Das Buch

»Eine Geisterbahn voller Schrecken und Spannung«, nannte die CHICAGO TRIBUNE Dean Koontz unheimlichen Roman *Das Versteck.* Einmal mehr gelingt es dem Meister des eiskalten Schreckens, den die Fans der amerikanischen Horrorliteratur heute bereits höher schätzen als Stephen King, die phantastischen Elemente des Grauens mit glaubhaften Figuren, erzählerischem Tempo und sprachlicher Kraft zu verbinden. Koontz entwirft eine surrealistische Welt der Alpträume voll schaudererregender Abgründe: Ein psychopathischer Koller streift durch die lauen kalifornischen Nächte. Seine Opfer sind meist junge, lebenslustige Frauen.

Bei einem schweren Autounfall ertrinkt der Antiquitätenhändler Hatch Harrison in den eisigen Fluten eines Flusses, aber den Ärzten gelingt es, ihn ins Leben zurückzuholen. Damit beginnt der Alptraum. Schreckliche Visionen trüben plötzlich die neue Lebensfreude. Nach und nach wird Hatch klar, daß er auf telepathische Weise mit dem Gehirn des Mörders verbunden ist. In peinigenden Bildern erlebt er die Verbrechen des Killers am eigenen Leibe mit – und er kommt immer näher, macht Jagd auf Hatch und seine Familie…

Ein Roman aus dem Vorhof der Hölle – pures Entsetzen, eiskalt serviert, zugleich eine ungemein spannende moderne Parabel über Leben und Tod, Liebe und Haß, Licht und Finsternis.

DerAutor

Dean R. Koontz, 1946 in Bedford/Pennsylvania geboren, besuchte das Shippensburg State College und nahm 1966 eine Lehrerstelle in Appalachia an. Wenig später heiratete er und veröffentlichte seinen ersten Roman und Kurzgeschichten. 1976 zog er mit seiner Familie nach Orange County/Kalifornien. In mehr als 20 Jahren schrieb Koontz 55 Bücher, die in einer Weltauflage von 60 Millionen Exemplaren in 18 Ländern verbreitet sind. Die meisten Bücher des Autors sind im Wilhelm Heyne Verlag lieferbar.

DEAN KOONTZ

DAS VERSTECK

Roman

Aus dem Englischen
von Alexandra v. Reinhardt und
Susanne Dickerhof-Kranz

WILHELM HEYNE VERLAG
MÜNCHEN

HEYNE ALLGEMEINE REIHE
Nr. 01/9422

Titel der Originalausgabe
HIDEAWAY
Erschienen bei G. P. Putman's Sons, New York

Die Hardcover-Ausgabe ist bei Hoffmann und Campe erschienen.
Printed in Germany 1995
Umschlaggestaltung: Atelier Ingrid Schütz, München
Gesamtherstellung: Elsnerdruck, Berlin

ISBN: 3-453-08248-6

Für Gerda.
In Liebe.

Wie oft birgt innre schwere Schuld,
Der außen Engel scheint an Huld.

William Shakespeare

Erster Teil

Von einer geglückten Flucht nur Sekunden entfernt

Das Leben ist ein Geschenk, das zurückgegeben werden muß, und es sollte Grund zur Freude sein. Es ist verdammt kurz, viel zu kurz, das ist eine absolute Tatsache. So schwierig das auch zu akzeptieren sein mag ist diese irdische Pilgerfahrt hin zur endgültigen Dunkelheit doch eine abgeschlossene Reise, ein vollendeter Kreis, ein erhabenes Kunstwerk, ein süßer melodischer Reim, eine gewonnene Schlacht.

The Book of Counted Sorrows

Erstes Kapitel

1

Eine ganze Welt summte geschäftig jenseits der dunklen Gebirgswälle, doch Lindsey Harrison kam es so vor, als wäre die Nacht öde und leer, ebenso leer wie die Kammern eines kalten, toten Herzens. Fröstelnd ließ sie sich etwas tiefer in die Polster des Beifahrersitzes sinken.

Dichtgedrängte Reihen alter Nadelbäume zogen sich zu beiden Seiten des Highways hügelaufwärts. An manchen Stellen traten sie ein wenig auseinander und boten vereinzelten Ahornbäumen und Birken Platz, deren winterkahle Äste gespenstisch in den Himmel ragten. Aber dieser majestätische Wald, der sich an den bizarren Felsformationen festklammerte, war machtlos gegen die Leere der bitteren Märznacht. Er schien nicht real zu sein. Während der Honda die kurvenreiche Straße hinabfuhr, schwebten Bäume und Felsen vorbei wie unwirkliche Traumbilder.

Im scharfen Wind trieben zarte trockene Schneeflocken durch das Scheinwerferlicht. Doch auch der Sturm vermochte nichts gegen die Leere auszurichten.

Lindseys Gefühl der Leere hatte keine äußeren Ursachen. Es kam von innen. Der chaotische Prozeß der Schöpfung war auch an diesem Abend in vollem Gange, allgegenwärtig wie seit ewigen Zeiten. Nur ihre eigene Seele war eine Wüstenei.

Sie blickte zu Hatch hinüber. Er saß leicht vorgebeugt hinter dem Steuer und spähte in die Dunkelheit hinaus. Jedem anderen wäre sein Gesichtsausdruck vielleicht ausdruckslos und unergründlich vorgekommen, aber nach zwölfjähriger Ehe verstand Lindsey mühelos darin zu lesen. Hatch war ein ausgezeichneter Autofahrer, dem schlechte Straßenverhältnisse nichts ausmachten. Zweifellos war er – ebenso wie sie selbst – in Gedanken bei dem verlängerten Wochenende, das sie gerade am Big Bear Lake verbracht hatten.

Wieder einmal hatten sie versucht, die frühere Ungezwungenheit im Umgang miteinander zurückzugewinnen. Und wieder war es ihnen nicht gelungen.

Die Ketten der Vergangenheit ließen sie noch immer nicht los.

Der Tod eines fünfjährigen Sohnes hatte unermeßliche emotionale Folgen. Er legte sich zentnerschwer aufs Gemüt, erstickte jede Heiterkeit schon im Keime, ließ zaghafte Knospen der Freude gar nicht erst erblühen. Jimmy war nun schon seit mehr als viereinhalb Jahren tot, fast so lange, wie sein kurzes Leben gewährt hatte, und doch lastete sein Tod heute noch genauso auf ihnen wie an jenem Tag, als sie ihn verloren hatten. Wie ein überdimensionaler Mond, der sich auf zu naher Umlaufbahn bedrohlich auftürmt.

Während er konzentriert durch die verschmierte Windschutzscheibe schaute, auf der die schneeverkrusteten Scheibenwischer hin und her schrabbten, seufzte Hatch leise. Dann sah er kurz zu Lindsey hinüber und schenkte ihr ein Lächeln. Es war ein schwaches Lächeln, fast maskenhaft, freudlos, müde und melancholisch. Er schien etwas sagen zu wollen, überlegte es sich aber anders und wandte seine Aufmerksamkeit wieder dem Highway zu.

Die drei Fahrspuren – eine abwärts, zwei aufwärts – verschwanden zusehends unter einer Schneedecke. Am Fuße des Abhangs mündete ein kurzer schnurgerader Straßenabschnitt in eine weite, unübersichtliche Kurve. Dieser Teil der Strecke war flach, aber die San Bernardino Mountains lagen noch nicht endgültig hinter ihnen. Die Straße würde noch einmal steil abwärts führen.

In der Kurve änderte sich die Landschaft um sie herum: Rechts ragte nun eine regelrechte Steilwand empor, während auf der anderen Straßenseite ein schwarzer Abgrund gähnte. Weiße Leitplanken warnten vor dieser Schlucht, aber sie waren im Schneegestöber kaum zu erkennen. Ein, zwei Sekunden bevor sie aus der Kurve kamen, hatte Lindsey eine Vorahnung von Gefahr. »Hatch ...«

Vielleicht spürte auch Hatch die Bedrohung, denn Lindsey hatte kaum den Mund geöffnet, als er auch schon leicht auf die Bremse trat und die Geschwindigkeit ein wenig verringerte.

Eine abschüssige gerade Strecke lag vor ihnen, und zwei Fahrstreifen wurden durch einen quer stehenden großen Biertransporter blockiert, nur fünfzehn oder zwanzig Meter entfernt.

Lindsey versuchte »o Gott!« zu murmeln, brachte aber keinen Ton heraus.

Der Fahrer hatte offenbar Bier in eines der Skigebiete in der Gegend liefern wollen und war vom Schneesturm überrascht worden, der erst vor kurzem eingesetzt hatte, aber immerhin noch einen halben Tag früher als vom Wetterbericht vorhergesagt. Ohne Schneeketten griffen die großen Reifen des Lastwagens auf dem vereisten Pflaster nicht, und der Fahrer mühte sich vergeblich ab, seinen Laster wieder in die richtige Position zu bringen und von der Stelle zu bewegen.

Hatch fluchte leise vor sich hin, verlor aber keinen Augenblick die Nerven, sondern trat vorsichtig auf die Bremse. Eine Vollbremsung konnte er nicht riskieren, weil der Honda dadurch gefährlich ins Schleudern geraten würde.

Als er das sich nähernde Scheinwerferlicht bemerkte, sah der Lastwagenfahrer aus dem Seitenfenster hinaus. In der schneeflimmernden Dunkelheit konnte Lindsey sein Gesicht nicht erkennen, nur ein bleiches Oval und zwei schwarze Löcher anstelle der Augen, eine gespenstische Fratze, so als säße irgendein böser Geist am Steuer jenes Fahrzeugs. Oder der Tod höchstpersönlich.

Hatch versuchte den Wagen auf die äußere der beiden Gegenfahrbahnen zu lenken, den einzigen Teil des Highways, der nicht versperrt war.

Lindsey fragte sich unwillkürlich, ob irgendein Fahrzeug, das sie wegen des Lastwagens nicht sehen konnten, gerade den Berg herauffuhr. Einen Frontalzusammenstoß würden sie sogar bei ihrem jetzigen geringen Tempo nicht überleben.

Obwohl Hatch sich verzweifelt abmühte, kam der Honda ins Schleudern. Das Heck glitt nach links, und Lindsey verlor den LKW plötzlich aus den Augen. Die schnellgleitende seitliche Drehung erinnerte an den nahtlosen Übergang von Szene zu Szene in einem Alptraum. Lindseys Magen krampfte sich schmerzhaft zusammen, ihr war übel, und obwohl sie angeschnallt war, preßte sie instinktiv die rechte

Hand gegen die Tür, die linke gegen das Armaturenbrett und spannte alle Muskeln an.

»Halt dich fest«, sagte Hatch, während er das Lenkrad in die Richtung drehte, die der Wagen ohnehin eingeschlagen hatte. Seine einzige Hoffnung, ihn wieder unter Kontrolle zu bringen.

Aber das seitliche Weggleiten ging in eine schwindelerregende Rotation über. Der Honda drehte sich im Kreis, wie ein Karussell ohne Drehorgelmusik: rund herum ... rund herum ... bis der LKW wieder in Sicht kam. Während sie hügelabwärts schlitterten und sich dabei noch immer drehten, war Lindsey einen Moment lang überzeugt, daß ihr Auto unbeschadet an dem anderen Fahrzeug vorbeikommen würde. Sie konnte jetzt die Straße einsehen. Kein Gegenverkehr.

Dann kollidierte die vordere Stoßstange auf Hatchs Seite mit dem hinteren Teil des Lastwagens. Das gepeinigte Metall kreischte und schepperte.

Der Honda bebte, wurde wie durch eine Explosion zurückgeschleudert und prallte rückwärts gegen die Leitplanke. Lindseys Zähne schlugen so hart aufeinander, daß der Schmerz in den Kiefer und bis zu den Schläfen hinauf ausstrahlte, und ihre gegen das Armaturenbrett gestemmte Hand krümmte sich schmerzhaft im Gelenk. Gleichzeitig wurde der Sicherheitsgurt, der diagonal von ihrer rechten Schulter über die Brust zur linken Hüfte führte, plötzlich so straff, daß er ihr den Atem abschnürte.

Das Auto prallte von der Leitplanke ab. Die Kraft reichte für einen erneuten Zusammenstoß mit dem LKW nicht aus, wohl aber für eine erneute Drehung um dreihundertsechzig Grad. Während sie am Laster vorbeischlitterten, versuchte Hatch verzweifelt, den Wagen wieder unter Kontrolle zu bringen, aber das Lenkrad ruckte wie wild hin und her, so heftig, daß er vor Schmerz aufschrie, weil es ihm die Hände aufschürfte.

Das leichte Straßengefälle schien sich plötzlich in einen Steilhang zu verwandeln, so als sauste man im Vergnügungspark mit der Wildwasserbahn den Wasserfall hinab. Lindsey hätte geschrien, wenn es ihr möglich gewesen wäre,

Luft zu holen. Doch obwohl sich der Sicherheitsgurt inzwischen wieder gelockert hatte, verspürte sie in dem diagonalen Streifen über dem Brustkorb noch immer einen solchen Schmerz, daß sie nicht tief einatmen konnte. Dann wurde sie von einer Schreckensvision aufgerüttelt: Der Honda glitt unaufhaltsam auf die nächste Kurve zu, durchbrach die Leitplanke und stürzte ins Leere ... Diese Vorstellung war so grauenhaft, daß sie wie ein heftiger Schlag wirkte, der Lindsey unwillkürlich wieder nach Luft schnappen ließ.

Nach der zweiten Drehung wurde die gesamte Fahrerseite gegen die Leitplanke geschmettert, und sie schrammten etwa zehn Meter daran entlang. Das Kreischen, Scharren, Kratzen von Metall auf Metall war wie die akustische Untermalung zu dem aufstiebenden Funkenflug, der sich mit den Schneeflocken vermischte, so als wären Schwärme von Leuchtkäfern mit Hilfe einer Zeitmaschine plötzlich vom Hochsommer in den Winter versetzt worden und schwirrten jetzt aufgeschreckt umher.

Der schleudernde Wagen kam mit einem Ruck zum Stehen, in leichter Schräglage. Offenbar war die linke vordere Ecke an einem Pfosten hängengeblieben. Einen Moment lang herrschte so tiefe Stille, daß Lindsey davon halb benommen war, bis sie ihr durch geräuschvolles Ausatmen ein Ende bereitete.

Nie zuvor in ihrem Leben hatte sie ein solch überwältigendes Gefühl der Erleichterung verspürt.

Dann bewegte sich das Auto wieder.

Es begann sich nach links zu neigen. Die Leitplanke gab nach, vielleicht durch Korrosion geschwächt oder durch die Erosion des Bodens in Mitleidenschaft gezogen.

»Raus!« schrie Hatch, während er hektisch am Verschluß seines Sicherheitsgurts herumfingerte.

Lindsey blieb keine Zeit mehr, ihren Gurt zu öffnen, geschweige denn, die Tür aufzustoßen und hinauszuspringen. Die Leitplanke zerbarst, und der Honda glitt in den Abgrund hinab. Und noch während es passierte, konnte sie einfach nicht daran glauben. Ihr Gehirn signalisierte das Herannahen des Todes, aber ihr Herz beharrte eigensinnig auf der Unsterblichkeit. Sie hatte sich im Laufe von fast fünf Jahren nicht an Jimmys Tod gewöhnt, so leicht würde sie sich nicht damit abfinden, daß ihr eigenes Ende unmittelbar bevorstand.

Begleitet vom Scheppern der in die Tiefe stürzenden Leitplankenstücke, glitt der Honda seitwärts den vereisten Abhang hinab und überschlug sich, als es immer steiler wurde. Nach Atem ringend, mit rasendem Herzklopfen, im Sicherheitsgurt schmerzhaft von einer Seite zur anderen gezerrt, setzte Lindsey ihre ganze Hoffnung auf einen Baum oder Felsvorsprung, auf irgend etwas, das diesen Höllensturz aufhalten würde. Aber da war nichts. Sie hätte nicht sagen können, wie oft sich der Wagen überschlug – vielleicht nur zweimal –, weil oben und unten und links und rechts jede Bedeutung verloren. Ihr Kopf schlug so hart gegen das Dach, daß sie fast ohnmächtig wurde. Sie wußte nicht, ob sie nach oben geschleudert worden war oder ob das Dach eine tiefe Delle abbekommen hatte, deshalb versuchte sie sich in ihrem Sitz zu ducken, aus Angst, daß das Dach beim nächsten Überschlag weiter nachgeben und ihren Schädel zertrümmern könnte. Die Scheinwerfer zerschnitten die Dunkelheit, und aus den Wunden spritzten Schneeströme hervor. Dann zerbrach die Windschutzscheibe, und Lindsey wurde von den winzigen Splittern des Sicherheitsglases übersät. Von einer Sekunde auf die andere herrschte um sie herum totale Finsternis. Offenbar waren nun die Scheinwerfer ausgefallen, ebenso die Beleuchtung des Armaturenbretts, die sich eben noch in Hatchs schweißnassem Gesicht gespiegelt hatte. Der Wagen rollte wieder aufs Dach und schlitterte in dieser Position weiter in den scheinbar bodenlosen Abgrund, mit dem Donnern von tausend Tonnen Kohle auf einer Stahlrutsche.

Die Dunkelheit war von nahtloser Schwärze, so als befänden Hatch und sie sich nicht im Freien, sondern in einer fensterlosen Geisterbahn, wo sie einen langen Tunnel hinabrasten. Sogar der Schnee, der doch normalerweise auch im Dunkeln noch leuchtete, war plötzlich unsichtbar. Kalte Flocken, vom eisigen Wind durch die zerbrochene Windschutzscheibe getrieben, peitschten ihr ins Gesicht, aber sie konnte sie nicht sehen, nicht einmal die, die an ihren Wimpern hängenblieben. Bei dem schrecklichen Gedanken, daß die Glassplitter ihre Augen verletzt haben könnten, mußte sie gegen eine aufsteigende Panik ankämpfen.

Blindheit.

Das war ihre größte Angst. Sie war Künstlerin. Ihr Talent wurde von dem inspiriert, was ihre Augen beobachteten, und ihre begnadeten Hände verwandelten diese Inspiration in Kunstwerke, angeleitet und kritisch überwacht von ihren Augen. Was sollte ein blinder Maler malen? Welche Hoffnung hatte sie, je wieder etwas zu schaffen, wenn sie plötzlich jenes Sinnes beraubt wäre, auf den sie am meisten angewiesen war.

Gerade als sie losschreien wollte, stieß der Wagen auf den Boden der Schlucht auf und kippte wieder auf die Räder. Der Aufprall war weniger heftig, als sie erwartet hatte. Fast sanft, als wäre der Honda auf einem riesigen Kissen gelandet.

»Hatch?« Ihre Stimme klang rauh.

Nach dem entsetzlichen Lärm während der mörderischen Rutschpartie war sie halb taub, nicht ganz sicher, ob die übernatürliche Stille um sie herum Realität war oder nur Einbildung.

»Hatch?«

Sie schaute nach links, wo er hätte sein müssen, aber sie konnte ihn nicht sehen – auch sonst nichts.

Sie *war* blind.

»O Gott, nein, bitte nicht!«

Ihr war außerdem schwindelig. Das Auto schien sich zu drehen und auf und ab zu tanzen wie ein Papierdrachen in den thermischen Strömungen eines Sommerhimmels.

»Hatch!«

Keine Antwort.

Ihre Benommenheit nahm zu. Der Honda schaukelte und schwankte noch heftiger als zuvor. Lindsey fürchtete das Bewußtsein zu verlieren. Wenn Hatch verletzt war, könnte er verbluten, während sie ohnmächtig war und ihm nicht helfen konnte.

Sie tastete blindlings umher. Er war auf dem Fahrersitz in sich zusammengesunken. Sein Kopf war auf die Schulter gesackt, ihr zugeneigt. Sie berührte sein Gesicht, und er bewegte sich nicht. Etwas Warmes und Klebriges bedeckte seine rechte Wange und Schläfe. Blut. Aus einer Kopfwunde. Mit zitternden Fingern ertastete sie seinen Mund und schluchzte vor Erleichterung auf, als sie seinen heißen Atem zwischen den leicht geöffneten Lippen spürte.

Er war bewußtlos, nicht tot.

Während sie nervös am Schnappverschluß des Sicherheitsgurtes herumfingerte, hörte sie neue Geräusche, die sie nicht identifizieren konnte. Ein leises Klopfen. Hungriges Schlabbern. Unheimliches glucksendes Kichern. Sie erstarrte sekundenlang und suchte krampfhaft nach einer logischen Erklärung für diese gräßlichen Laute.

Ohne Vorwarnung kippte der Honda leicht nach vorne, und ein Schwall eisigen Wassers ergoß sich durch die zerbrochene Windschutzscheibe auf Lindseys Schoß. Sie schnappte überrascht nach Luft, als diese arktische Dusche sie bis auf die Haut durchnäßte, und begriff plötzlich, daß ihre Empfindungen gar nichts mit Benommenheit zu tun hatten. Das Auto bewegte sich *tatsächlich. Es* trieb im Wasser. Sie waren in einem See oder Fluß gelandet. Wahrscheinlich in einem Fluß. Die ruhige Oberfläche eines Sees wäre nicht so bewegt.

Der Schock des kalten Wassers lähmte sie kurzfristig und ließ sie vor Schmerz zusammenfahren, doch als sie die Augen öffnete, konnte sie wieder sehen. Die Autoscheinwerfer waren erloschen, aber die Leuchtanzeigen am Armaturenbrett funktionierten noch. Sie hatte offenbar an hysterischer Blindheit und nicht an einer echten physischen Verletzung gelitten.

Viel konnte sie nicht sehen, aber es gab auch nicht viel zu sehen auf dem Grund dieser in tiefes Dunkel gehüllten Schlucht. Splitter von matt schimmerndem Glas säumte den Rahmen der zerschellten Windschutzscheibe. Das ölige Wasser draußen war nur aufgrund eines silbrigen Widerscheins zu erkennen, der der gekräuselten Oberfläche schwachen Glanz verlieh und die darauf treibenden Eisschollen wie dunkle Juwelen funkeln ließ. Die Ufer wären in totaler Finsternis versunken, hätte der Schnee die kahlen Felsen, das Unterholz und die Erde nicht mit einer gespenstischen weißen Decke geschmückt. Der Honda schien jetzt durch den Fluß zu fahren: Etwa auf halber Höhe der Motorhaube teilte sich das Wasser V-förmig, als wäre der Wagen ein Schiffsbug, und schlug gegen die unteren Rahmen der Seitenfenster. Sie wurden stromabwärts getrieben, und es war zu befürchten, daß die Strömung immer stärker werden würde. Irgendwo lauerten bestimmt auch Stromschnellen oder Felsen. Vielleicht sogar noch Schlimmeres. Lindsey erfaßte die extrem gefährliche Situation auf den ersten Blick, aber sie war noch immer so erleichtert über ihre zurückgewonnene Sehkraft, daß sie jedes Bild dankbar aufnahm, selbst ein derart bedrohliches.

Vor Kälte zitternd befreite sie sich von dem hinderlichen Sicherheitsgurt und wandte sich dann wieder Hatch zu. Sein Gesicht nahm sich im unwirklichen Schein der Armaturenbeleuchtung gespenstisch aus: eingesunkene Augen, wächserne Haut, weiße Lippen. Aus der Wunde auf der rechten Kopfseite sickerte Blut, aber Lindsey war schon heilfroh, daß es nicht hervorspritzte. Sie rüttelte ihn sanft, dann etwas stärker, rief seinen Namen.

Es würde alles andere als einfach sein, aus dem Wagen herauszukommen, solange er flußabwärts getragen wurde – besonders, da er sich jetzt schneller vorwärtsbewegte. Aber sie mußten zumindest darauf vorbereitet sein, den Honda so schnell wie möglich zu verlassen, wenn er an einem Felsen oder an einem der Ufer strandete. Vielleicht würde die Möglichkeit, dieser tödlichen Falle zu entrinnen, nur von sehr kurzer Dauer sein.

Hatch reagierte nicht.

Der Wagen ruckte plötzlich, und der vordere Teil sank tiefer ein. Wieder flutete eisiges Wasser durch die zerbrochene Windschutzscheibe. Die Wirkung war fast wie bei einem Elektroschock: Lindseys Herzschlag setzte aus, ebenso ihr Atem.

Diesmal hob die Strömung das Vorderteil des Honda nicht wieder an. Offenbar war der Fluß an dieser Stelle seichter und besaß deshalb weniger Hubkraft. Das Wasser drang weiterhin ungehindert ein und reichte Lindsey nach kürzester Zeit bis zu den Waden. Sie sanken.

»Hatch!« Sie schrie jetzt, schüttelte ihn heftig, ohne Rücksicht auf seine Verletzungen. Das Wasser strömte unaufhaltsam herein und durchnäßte bereits die Sitze. Es schäumte, und dieser Schaum erinnerte im bernsteinfarbenen Licht des Armaturenbretts an Flittergoldgirlanden am Weihnachtsbaum.

Lindsey zog ihre Füße aus dem Wasser, kniete sich auf den Sitz und bespritzte Hatchs Gesicht, in der verzweifelten Hoffnung, ihn dadurch aufwecken zu können. Aber er war in tiefe Schichten der Bewußtlosigkeit gesunken, die mit einem noch so festen Schlaf wenig gemeinsam hatten, vielleicht in ein Koma, das so bodenlos war wie ein Graben mitten im Ozean.

Das strudelnde Wasser erreichte den unteren Rand des Lenkrads.

Lindsey zerrte hektisch an Hatchs Sicherheitsgurt, um ihn davon zu befreien, und registrierte nur ganz am Rande den brennenden Schmerz, als sie sich mehrere Fingernägel einriß.

»Hatch, verdammt noch mal!«

Das Wasser reichte schon bis zur Mitte des Lenkrads, und der Honda bewegte sich kaum noch vorwärts. Er war inzwischen so schwer, daß der Druck der Strömung nicht ausreichte, um ihn fortzutragen.

Hatch war nur mittelgroß, einen Meter siebenundsiebzig, und hundertsechzig Pfund schwer, aber er hätte ebensogut ein Riese sein können. Sein Eigengewicht vereitelte Lindseys verzweifelte Bemühungen, ihn von der Stelle zu bewegen. Sie zog, zerrte und riß an dem Gurt, und als sie ihren Mann endlich davon befreit hatte, stand das Wasser über dem Armaturenbrett, für sie in Brusthöhe. Hatch reichte es aber schon bis zum Kinn, weil er auf dem Sitz zusammengesunken war.

Der Fluß war unglaublich kalt, und Lindsey fühlte, wie die Wärme aus ihrem Körper gepumpt wurde, so schnell, als würde Blut aus einer durchtrennten Arterie hervorschießen. Und während die Wärme aus ihr herausströmte, drang Kälte ein, und ihre Muskeln begannen zu schmerzen.

Trotzdem begrüßte sie die steigende Flut, denn der damit verbundene Auftrieb würde es ihr erleichtern, Hatch unter dem Lenkrad hervorzuziehen und durch die zerschellte Windschutzscheibe ins Freie zu hieven. Das war jedenfalls ihre Theorie, aber als sie an ihm zog, schien er noch schwerer zu sein als zuvor, und jetzt reichte ihm das Wasser bis zu den Lippen.

»Nun mach schon, mach schon«, murmelte sie wütend, »du wirst ertrinken, verdammt noch mal!«

2

Bill Cooper schaffte es endlich, seinen Biertransporter an den Straßenrand zu fahren. Dann gab er sofort einen Funkspruch durch. Ein anderer Fernfahrer, der zum Glück außer dem Funkgerät auch ein Autotelefon besaß, antwortete und versprach, Polizei und Notarzt im nahegelegenen Big Bear zu verständigen.

Bill hängte das Sprechgerät ein, holte eine langstielige, von sechs Batterien betriebene Taschenlampe unter dem Fahrersitz hervor und sprang in den Sturm hinaus. Der eisige Wind drang sogar durch seine mit Lammfell gefütterte Jeansjacke, aber die Winternacht fühlte sich nicht halb so kalt an wie sein Magen, der sich fast umgedreht hatte, als er mit ansehen mußte, wie der Honda ins Schleudern geriet, den Highway hinabschlitterte und schließlich mitsamt seinen unglückseligen Insassen in den Abgrund stürzte.

Er hastete über das glatte Pflaster zu der Stelle, wo ein Stück der Leitplanke fehlte. Er hoffte, den Honda ganz in der Nähe zu entdecken, von Baumstämmen aufgehalten. Aber an diesem Steilabhang wuchsen keine Bäume; die abschüssige Fläche war ebenmäßig, mit einer dicken Schneeschicht von früheren Stürmen bedeckt. Bill konnte den Weg des verunglückten Wagens deutlich erkennen – eine breite, tiefe Narbe im Schnee, soweit der Strahl seiner Taschenlampe reichte.

Lähmendes Schuldbewußtsein durchfuhr ihn. Er hatte wieder getrunken. Nicht viel. Ein paar Schlucke aus dem Flachmann, den er immer bei sich hatte. Er hatte sich absolut nüchtern gefühlt, als er die Fahrt ins Gebirge angetreten hatte. Jetzt war er sich nicht mehr so sicher. Er fühlte sich … nun ja, benebelt. Und mit einem Male kam es ihm töricht vor, daß er versucht hatte, Bier auszuliefern, obwohl sich das Wetter so rapide verschlechterte.

Unter ihm schien die Schlucht auf übernatürliche Weise bodenlos zu sein, und die unergründliche Tiefe erweckte in Bill die Vorstellung, als blickte er in die Verdammnis hinab, die ihn nach dem Ende seines Lebens erwarten würde. Ihn lähmte jenes Gefühl von Nichtigkeit, das mitunter sogar die besten Menschen überkommt – normalerweise allerdings um drei Uhr morgens, wenn sie allein im Bett liegen und die sinnlosen Schattenmuster an der Decke anstarren.

Dann teilten sich die Schneevorhänge für kurze Zeit, und er konnte erkennen, daß die Schlucht doch nicht so tief war, wie er befürchtet hatte, schätzungsweise dreißig bis vierzig Meter. Er trat einen Schritt nach vorn, in der Absicht, den gefährlich steilen Abhang hinabzusteigen und den Überlebenden zu helfen – falls es Überlebende gab. Aber dann zögerte er auf dem schmalen Streifen flachen Bodens am Rande des Abgrunds, weil der Whiskey ihn benommen machte, aber auch, weil er nicht sehen konnte, wo der Wagen zum Stehen gekommen war.

Ein gewundener schwarzer Streifen zog sich wie ein Band aus Satin durch den Schnee dort unten und kreuzte die Spuren, die der Wagen hinterlassen hatte. Bill zwinkerte verständnislos, als starrte er auf ein abstraktes Gemälde, bis ihm schließlich einfiel, daß es am Boden der Schlucht einen Fluß gab.

Das Auto war in diesen ebenholzfarbenen Wasserstreifen gestürzt.

Nach einem Winter mit extrem starken Schneefällen war es vor einigen Wochen wärmer geworden, und die Schneeschmelze hatte vorzeitig eingesetzt. Kürzlich war der Winter zwar noch einmal zurückgekehrt, aber der Fluß hatte nicht genug Zeit gehabt, eine neue feste Eisdecke zu bilden. Die Wassertemperatur mußte bei wenigen Grad über Null liegen. Selbst wenn ein Wageninsasse den Absturz überlebt hatte und auch nicht ertrunken war, würde er sehr schnell erfrieren.

Wenn ich nüchtern gewesen wäre, dachte er, wäre ich bei diesem Wetter umgekehrt. Ich bin eine jämmerliche Figur, ein versoffener Bierfahrer, dem es sogar an der Loyalität fehlt, sich wenigstens auch mit Bier vollaufen zu lassen. Herrgott noch mal!

Nur weil er so eine jämmerliche Figur war, mußten Menschen sterben. Er fühlte Übelkeit in sich aufsteigen, unterdrückte aber den Brechreiz.

Fieberhaft ließ er seine Blicke durch die dunkle Schlucht schweifen, bis er ein gespenstisches Leuchten wie von einem außerirdischen Wesen bemerkte, das sich rechts von ihm stromabwärts bewegte. Weiches bernsteinfarbenes Licht, das im Schneetreiben verschwand und wieder auftauchte. Das mußte die Innenbeleuchtung des Honda sein, der den Fluß hinuntertrieb.

Um sich vor dem eisigen Wind so gut es ging zu schützen, zog Bill den Kopf möglichst tief zwischen die Schultern, während er am Rand des Abhangs durch den Schnee stapfte, wobei er sich vorsichtshalber an der Leitplanke festhielt, für den Fall, daß er ausrutschen würde. Er folgte der Richtung des unten im Wasser treibenden Wagens und versuchte dabei, ihn nicht aus den Augen zu verlieren. Anfangs schwamm der Honda sehr schnell, wurde dann aber immer langsamer. Schließlich bewegte er sich überhaupt nicht mehr von der Stelle. Vielleicht war er an einem Felsen oder an einem Ufervorsprung hängengeblieben.

Das Licht wurde allmählich schwächer, so als wäre die Batterie bald erschöpft.

3

Obwohl sie Hatch vom Sicherheitsgurt befreit hatte, schaffte Lindsey es nicht, ihn zu bewegen, vielleicht weil seine Kleider sich irgendwo verfangen hatten oder weil sein Fuß unter dem Gaspedal oder unter dem Sitz eingeklemmt war.

Das Wasser stieg über Hatchs Nase. Lindsey konnte seinen Kopf nicht höher halten. Er mußte jetzt den Fluß einatmen.

Sie ließ ihn los, weil sie hoffte, daß die Atemnot ihn endlich zu sich bringen würde, daß er hustend und spuckend und spritzend von seinem Sitz hochspringen würde, aber auch, weil ihr die Energie fehlte, noch weiter um ihn zu kämpfen. Ihre eigenen Kräfte ließen im eisigen Wasser rasch nach. Mit erschreckender Schnelligkeit wurden ihre Glieder taub. Die von ihr ausgeatmete Luft schien genauso kalt zu sein wie die eingeatmete, als hätte ihr Körper überhaupt keine Wärme mehr abzugeben.

Der Wagen bewegte sich nicht mehr. Er ruhte jetzt auf dem Grund des Flusses, mit Wasser gefüllt und von dessen Gewicht in die Tiefe gezogen, nur dicht unter dem Dach gab es noch eine Luftblase. Dorthin preßte Lindsey ihr Gesicht und schnappte verzweifelt nach Luft.

Sie wimmerte leise vor sich hin, mit den winselnden Lauten eines geängstigten Tieres. Erfolglos versuchte sie sich zusammenzunehmen.

Das gespenstische, vom Wasser gebrochene Licht des Armaturenbretts wurde schwächer und ging von bernsteinfarben in ein trübes Gelb über.

Etwas Dunkles in ihr wollte aufgeben, wollte diese Welt loslassen und weit weg von hier an einen besseren Ort. Diese innere Stimme redete leise und ruhig auf sie ein: *Kämpfe nicht, es gibt ohnehin nichts mehr, wofür es sich zu leben lohnte. Jimmy ist schon so lange tot, so schrecklich lange, und jetzt ist auch Hatch tot oder so gut wie tot, laß einfach los, ergib dich, vielleicht wirst du im Himmel aufwachen und dort wieder mit ihnen vereint sein …* Es war eine einlullende Stimme von geradezu hypnotischer Überzeugungskraft.

Die restliche Luft reichte höchstens noch für einige Minuten, wenn überhaupt so lange, und sie würde in dem Auto sterben, wenn sie sich nicht schleunigst daraus rettete.

Hatch ist tot, seine Lunge ist voll Wasser, er wird bald nichts als Fischfutter sein, gib es auf, es hat doch sowieso alles keinen Sinn mehr. Hatch ist tot …

Die Luft, die sie schluckte, nahm einen immer saureren und metallischen Geschmack an. Sie konnte nur noch flache Atemzüge machen, so als wäre ihre Lunge geschrumpft.

Wenn ihr noch ein Rest an Körperwärme geblieben war, so bemerkte sie jedenfalls nichts davon. Als Reaktion auf die

Kälte krampfte sich ihr Magen zusammen, und sogar die eklige Masse, die ihr immer wieder in die Kehle stieg und die sie jedesmal hinunterwürgte, schien nichts anderes als schmutziger Schneematsch zu sein.

Hatch ist tot, Hatch ist tot …

»Nein«, flüsterte sie in barschem, zornigem Ton. »Nein, nein!«

Auflehnung brauste wie ein gewaltiger Sturm durch sie hindurch: Hatch konnte nicht tot sein. Undenkbar. Nicht Hatch, der nie einen Geburts- oder Jahrestag vergaß, der ihr ohne besonderen Anlaß Blumen schenkte, der nie die Beherrschung verlor und selten die Stimme erhob. Nicht Hatch, der für die Probleme anderer immer ein offenes Ohr hatte, der einem in Not geratenen Freund stets bereitwillig unter die Arme griff, dessen größter Fehler darin bestand, daß er viel zu gutmütig war. Er konnte nicht tot sein, er durfte nicht tot sein. Er war nicht tot. Er joggte täglich sieben Kilometer, ernährte sich gesund, mit wenig Fett und viel Obst und Gemüse, mied sowohl Koffein als auch entkoffeinierte Getränke. Zählte das alles denn gar nichts, verdammt noch mal? Er legte sich im Sommer nie ungeschützt in die Sonne, rauchte nicht, trank an einem Abend nie mehr als zwei Bier oder zwei Glas Wein und war zu gelassen, um jemals eine streßbedingte Herzkrankheit zu bekommen. Zählten Selbstdisziplin und Verzicht denn gar nichts? War die Schöpfung so total verkorkst, daß es überhaupt keine Gerechtigkeit mehr gab? Ja doch, es hieß, die Besten stürben jung, und bei Jimmy war das bestimmt der Fall gewesen, und Hatch war noch keine vierzig, jung in jeder Hinsicht, okay, zugegeben, aber es hieß doch auch, daß Tugend belohnt würde, und hier gab es jede Menge Tugend, verflucht, eine Riesenmenge Tugend, und das müßte doch irgend etwas zählen, es sei denn, daß Gott überhaupt nicht zuhörte, sich um gar nichts kümmerte, daß die Welt ein noch grausamerer Ort war, als sie bisher geglaubt hatte.

Sie weigerte sich, das hinzunehmen.

Hatch. War. Nicht. Tot.

Sie holte so tief Luft, wie sie nur konnte. Gerade als das Licht endgültig erlosch und sie wieder blind werden ließ, tauchte sie ins Wasser und kroch durch den Rahmen der nicht mehr vorhandenen Windschutzscheibe auf die Motorhaube.

Sie war jetzt nicht nur blind, sondern buchstäblich aller fünf Sinne beraubt. Sie konnte nichts außer ihrem eigenen wilden Herzklopfen hören, denn das Wasser dämpfte erfolgreich alle Geräusche. Von ihrem Geruchs- und Geschmackssinn Gebrauch zu machen würde die harte Strafe des Ertrinkens zur Folge haben. Und die betäubende Wirkung des eisigen Flusses war so stark, daß sie nur noch einen winzigen Bruchteil ihres Tastsinnes besaß. Sie kam sich deshalb wie ein körperloses Wesen vor, das im Fegefeuer – was immer das auch sein mochte – auf sein endgültiges Urteil wartete.

In der Annahme, daß der Fluß nicht viel tiefer war als das Auto und daß sie deshalb nicht lange brauchen würde, um an die Wasseroberfläche zu gelangen und Luft zu holen, versuchte sie noch einmal, Hatch zu befreien. Auf der Motorhaube liegend und sich mit gefühlloser Hand am Rahmen der Windschutzscheibe festhaltend, um dem natürlichen Auftrieb ihres Körpers Widerstand leisten zu können, tastete sie im Dunkeln umher, bis sie schließlich das Lenkrad und dann auch ihren Mann fand.

Endlich fühlte sie wieder Wärme in sich aufsteigen, aber es war keine positive Energie. Vielmehr begann ihre Lunge aus Atemnot zu brennen.

Sie packte Hatch am Jackett und zog mit aller Kraft – und zu ihrer Überraschung trieb er von seinem Sitz empor, plötzlich nicht mehr irgendwo eingeklemmt, sondern frei und leicht beweglich. Er blieb am Lenkrad hängen, aber nur kurz, und dann konnte Lindsey ihn durch die Windschutzscheibe ziehen, während sie selbst auf der Motorhaube rückwärts kroch, um ihm Platz zu machen.

Ein heißer, pulsierender Schmerz erfüllte ihre Brust. Das Bedürfnis zu atmen wurde schier unerträglich, aber noch konnte sie ihm widerstehen.

Sie riß Hatch in ihre Arme und stieß sich erst dann zur Oberfläche hin ab. Er war bestimmt ertrunken, und höchstwahrscheinlich umklammerte sie eine Leiche, aber dieser makabre Gedanke machte ihr nichts aus. Wenn es ihr gelang, ihn ans Ufer zu bringen, konnte sie künstliche Beatmung versuchen. Obwohl die Chance sehr gering war, daß ihre Wiederbelebungsversuche erfolgreich sein würden, blieb doch immerhin noch ein Funken Hoffnung. Er war nicht wirklich tot, war keine richtige Leiche, bis auch der letzte Hoffnungsschimmer erlosch.

An der Oberfläche fiel sofort ein heulender Wind über sie her, und verglichen damit kam ihr sogar das eisige Wasser plötzlich fast warm vor. Als diese Luft in ihre brennende Lunge stieß, stockte ihr Herzschlag, und ihre Brust zog sich vor Schmerz zusammen. Es kostete sie große Überwindung, überhaupt ein zweites Mal einzuatmen.

Sie hielt Hatch krampfhaft fest, während sie mit den Füßen Wasser trat und innerlich fluchend spuckte und schnaubte, weil die Wellen ihr immer wieder ins Gesicht schlugen. Die Natur schien lebendig zu sein, ein riesiges feindseliges Tier, und so unvernünftig das auch sein mochte, fühlte sie doch Zorn auf den Fluß und den Sturm in sich aufsteigen, so als wären es Geschöpfe, die sich absichtlich gegen sie verschworen hatten.

Sie versuchte sich zu orientieren, aber das war alles andere als einfach, im Dunkeln, bei brausendem Wind und ohne festen Boden unter den Füßen. Als sie das Ufer sah, dessen Schneedecke ein wenig schimmerte, wollte sie mit Hatch im Schlepptau darauf zuschwimmen, aber die Strömung war viel zu stark, und sogar wenn sie beide Arme hätte einsetzen können, wäre sie nicht dagegen angekommen. So wurden Hatch und sie stromabwärts getrieben, vom Sog mehrfach unter Wasser gezogen, aber jedesmal wieder in die Winterluft zurückgestoßen, und von Ästen und Eisschollen zerkratzt, die ebenfalls im Fluß gefangen waren. Unerbittlich riß er seine hilflosen Opfer mit sich, den tödlichen Wasserfällen oder Stromschnellen entgegen, die auf seinem Weg vom Gebirge ins Tal mit Sicherheit irgendwo lauerten.

4

Er hatte zu trinken begonnen, als Myra ihn verließ. Ohne Frau war er nie mit dem Leben zurechtgekommen. Junge, was für eine Entschuldigung. Würde Gott der Allmächtige irgend etwas anderes tun, als ihn mit Verachtung zu strafen, wenn der Tag des Jüngsten Gerichts anbrach?

Sich immer noch an der Leitplanke festhaltend, kauerte Bill Cooper unschlüssig am Rand des Steilabhangs und starrte angestrengt zum Fluß hinab. Hinter den Schneevorhängen waren die Lichter des Honda erloschen.

Er traute sich nicht, seinen Blick von der dunkel gewordenen Stelle dort unten abzuwenden und auf dem Highway nach dem Rettungsdienst Ausschau zu halten. Er befürchtete, den Männern dann keine exakten Angaben mehr über den verschwundenen Lichtpunkt machen zu können und sie versehentlich zu einem falschen Uferabschnitt zu dirigieren. Die verschwommene Schwarzweißwelt am Fluß bot wenig markante Anhaltspunkte.

»Los, nun beeilt euch doch«, murmelte er.

Der Wind, der Bill ins Gesicht peitschte, ihm Tränen in die Augen trieb und seinen Schnurrbart mit Schnee verkrustete, heulte so laut, daß er die Sirenen übertönte, bis die Fahrzeuge ein Stück hügelaufwärts um die Kurve bogen und die Nacht mit ihren Scheinwerfern und Blaulichtern belebten. Bill erhob sich und schwenkte die Arme, um ihre Aufmerksamkeit auf sich zu lenken, ließ den Fluß dabei aber nach wie vor nicht aus den Augen.

Hinter ihm hielten die Wagen am Straßenrand. Weil eine der Sirenen schneller verstummte als die andere, wußte er, daß es zwei Fahrzeuge waren, wahrscheinlich eine Polizeistreife und ein Rettungswagen.

Sie würden seine Whiskeyfahne riechen. Nein, in diesem Sturm und bei dieser Eiseskälte vielleicht doch nicht. Er war überzeugt, daß er für seine Tat den Tod verdiente – aber falls er nicht sterben sollte, dann, fand er, hatte er es nicht verdient, seinen Job zu verlieren. Es waren schwere Zeiten. Eine Rezession. Gute Jobs waren nicht leicht zu bekommen.

Der Widerschein der sich drehenden Warnlichter zauberte

in der Nacht stroboskopische Effekte hervor, so daß sich die Realität in einen abgehackten und technisch mangelhaften Trickfilm zu verwandeln schien, in dem der leuchtend rote Schnee wie blutiger Gischt zögernd aus den Wunden des Himmels tropfte.

5

Früher als Lindsey gehofft hatte, wurden Hatch und sie gegen eine Ansammlung glattgewaschener Felsen geschwemmt, die mitten im Flußlauf emporragten wie stark abgenutzte Zähne. Glücklicherweise war die Lücke, in die sie gedrückt wurden, so schmal, daß die Strömung sie nicht weiter mit sich forttragen konnte. Das Wasser schäumte und gurgelte um sie herum, aber mit den Felsen im Rücken brauchte Lindsey wenigstens nicht mehr gegen die gefährliche Gegenströmung anzukämpfen.

Sie fühlte sich völlig ausgelaugt. Ihre schlaffen Muskeln gehorchten ihr kaum noch, und es fiel ihr immer schwerer zu verhindern, daß Hatchs Kopf vornüber ins Wasser sank, obwohl das nun, da sie nicht mehr gegen den Fluß ankämpfen mußte, eigentlich relativ einfach hätte sein sollen.

Obwohl sie es nicht fertigbrachte, Hatch einfach loszulassen, war es im Grunde doch sinnlos, seinen Kopf über Wasser zu halten: er war ertrunken. Sie konnte sich nicht vormachen, daß er noch lebte. Und mit jeder Minute wurde es unwahrscheinlicher, daß künstliche Beatmung ihn noch wiederbeleben könnte. Aber sie würde nicht aufgeben. Sie *wollte* nicht aufgeben. Sie wunderte sich selbst über ihre leidenschaftliche Weigerung, die Hoffnung aufzugeben, hatte sie doch kurz vor dem Unfall noch geglaubt, nie wieder Hoffnung haben zu können.

Die beißende Kälte des Wassers betäubte nicht nur Lindseys Körper, sondern benebelte auch ihren Verstand. Sie versuchte vergeblich, sich zu konzentrieren und einen Plan zu entwickeln, wie sie von der Flußmitte ans Ufer gelangen könnte. Es war ihr unmöglich, auch nur einen klaren Gedanken zu fassen. Sie wußte, daß Schläfrigkeit eine Begleiterscheinung von starker Unterkühlung war, daß ein Eindösen zu tieferer Bewußtlosigkeit und letzten Endes zum Tode führen würde. Sie war fest entschlossen, um jeden Preis wach und auf der Hut zu bleiben – aber plötzlich merkte sie, daß sie die Augen geschlossen hatte und nahe daran gewesen war, dem schier übermächtigen Schlafbedürfnis nachzugeben.

Angst durchzuckte sie wie ein Blitz. In ihren Muskeln regten sich neue Kräfte. Sie zwinkerte fieberhaft mit eisverklebten Wimpern, denn ihre Körperwärme reichte nicht mehr aus, den Schnee schmelzen zu lassen. Als sie an Hatch vorbei an den runden Steinen entlangspähte, stellte sie fest, daß das rettende Ufer nur knapp fünf Meter entfernt war. Wenn die Felsen dicht beieinander lagen, könnte sie Hatch vielleicht an Land schleppen, ohne durch einen Spalt geschwemmt und stromabwärts getrieben zu werden.

Ihr Sehvermögen hatte sich mittlerweile jedoch soweit an die Dunkelheit gewöhnt, daß sie eine etwa anderthalb Meter breite Lücke erkennen konnte, wo sich der geduldige Fluß in Jahrhunderten einen Weg durch den Granit gebahnt hatte. Diese Lücke befand sich etwa auf halber Strecke zwischen ihr und dem Ufer. Das ebenholzfarbene Wasser schimmerte matt unter einem zarten Spitzenschal aus Eis und wurde vor dem Spalt immer schneller; auf der anderen Seite schoß es mit gewaltiger Kraft hervor, daran gab es für Lindsey überhaupt keinen Zweifel.

Sie wußte, daß sie viel zu schwach war, um dieses Hindernis überwinden zu können. Hatch und sie würden von der Strömung mitgerissen werden, dem sicheren Tod entgegen.

Als es ihr gerade wieder verführerisch vorzukommen begann, einfach den Widerstand aufzugeben und in einen endlosen Schlaf zu sinken, anstatt den sinnlosen Kampf gegen die feindliche Macht der Natur fortzusetzen, sah sie seltsame Lichter am oberen Rand der Schlucht, einige hundert Meter flußaufwärts. Sie war so verwirrt und ihr Verstand von der Kälte so betäubt, daß die kreisenden Lichtstrahlen für sie im ersten Augenblick etwas Gespenstisches, Geheimnisvolles, Übernatürliches hatten, so als blickte sie zur wundersamen Aura einer schwebenden göttlichen Präsenz empor.

Nur ganz allmählich begriff sie, daß dort oben auf dem Highway die Warnleuchten von Polizei oder Rettungsdienst blinkten, und gleich darauf entdeckte sie auch den hellen Schein von Taschenlampen, deren Strahlen die Finsternis wie Silberschwerter durchschnitten. Die Retter hatten den Steilabhang schon bewältigt und waren höchstens hundert Meter entfernt, an der Stelle, wo das Auto versunken war.

Sie rief nach ihnen, aber ihr Schrei war nicht lauter als ein Flüstern. Sie versuchte es noch einmal, mit größerem Erfolg, aber der heulende Wind übertönte offenbar auch diesmal ihre Stimme, denn die Taschenlampen blieben weiterhin auf jenen Uferabschnitt und das unruhige Wasser gerichtet, glitten dort suchend hin und her.

Sie bemerkte plötzlich, daß Hatch wieder aus ihren Armen zu gleiten drohte. Sein Gesicht war unter Wasser.

Lindseys Angst schlug blitzschnell und für sie selbst unerwartet wieder in Zorn um. Sie war wütend auf den Lastwagenfahrer, der sich im Gebirge von einem Schneesturm überraschen ließ, wütend auf sich selbst wegen ihrer körperlichen Schwäche, sie war aus unerfindlichen Gründen wütend auf Hatch, sie war wütend auf den kalten und gnadenlosen Fluß, und sie war außer sich vor Wut auf Gott, der ein so gewalttätiges und ungerechtes Universum erschaffen hatte.

Der Zorn verlieh ihr mehr Kraft als ihre Angst. Sie verschränkte ihre halb erfrorenen Hände, um Hatch besser festhalten zu können, zog seinen Kopf wieder aus dem Wasser und stieß einen gellenden Hilfeschrei aus, der lauter war als die klagende Stimme des Windes. Stromaufwärts schwenkten alle Taschenlampen sofort suchend in ihre Richtung.

6

Das verunglückte Paar sah aus, als wäre es schon tot. Von den Taschenlampen angestrahlt, schwammen die beiden Gesichter auf dem dunklen Wasser, gespenstisch weiß – durchsichtig, unwirklich, verloren.

Lee Reedman, ein County Deputy Sheriff aus San Bernardino, der für Rettungseinsätze ausgebildet war, watete ins Wasser, um die Todeskandidaten an Land zu bringen, wobei er sich an den Felsen stützte, die in den Fluß hineinragten. Er war mit einem zentimeterdicken Nylontau gesichert, das eine Reißfestigkeit von viertausend Pfund hatte, am Stamm einer großen Fichte befestigt war und von zwei anderen Polizisten festgehalten und langsam ausgelassen wurde.

Er hatte seinen Parka ausgezogen, aber die Uniform und die Stiefel anbehalten. Bei einer derart starken Strömung war an Schwimmen sowieso nicht zu denken, so daß er nicht befürchten mußte, durch seine Kleidung behindert zu werden. Und sie würde, sogar noch in klatschnassem Zustand, die beißende Kälte immerhin ein klein wenig abhalten und dafür sorgen, daß seine Körpertemperatur nicht ganz so schnell sank.

Doch schon eine Minute nachdem er in den Fluß gestiegen war, etwa auf halber Strecke zu den Verunglückten, hatte Lee das Gefühl, als wäre ihm ein Kühlmittel in den Blutkreislauf injiziert worden. Er konnte sich nicht vorstellen, daß er noch mehr gefroren hätte, wenn er sich nackt in diese eisigen Fluten gestürzt hätte.

Er hätte lieber auf das Winter-Rettungsteam gewartet, das bereits unterwegs war, denn das waren Männer, die Erfahrung darin hatten, Skifahrer aus Lawinen zu befreien und sorglose Schlittschuhläufer zu retten, die durch eine zu dünne Eisdecke eingebrochen waren. Dieses Team war mit wasserisolierten Schutzanzügen und allem anderen notwendigen Zubehör ausgestattet. Aber die Situation ließ keinen Aufschub zu; die Leute im Fluß würden nicht durchhalten, bis die Spezialisten eintrafen.

Er kam zu einer anderthalb Meter breiten Lücke zwischen den Felsen, durch die das Wasser mit einer Kraft schoß, als würde es auf der anderen Seite von einer riesigen Pumpe angesaugt. Er wurde von der Strömung umgeworfen, aber die Männer am Ufer hielten das Seil so straff, daß er nicht in den Spalt abgetrieben wurde. Er schluckte einen Mundvoll Wasser, das so bitterkalt war, daß seine Zähne schmerzten, und ruderte wild mit den Armen, aber schließlich fand er Halt am nächsten Felsen und zog sich hinüber.

Eine Minute später erreichte Lee, nach Atem ringend und vor Kälte zitternd, das Paar. Der Mann war bewußtlos, aber die Frau nahm ihre Umgebung noch wahr. Die sich überlappenden Strahlen der Taschenlampen am Ufer zuckten über die Gesichter der beiden, die in schrecklicher Verfassung waren. Das Fleisch der Frau schien geschrumpft zu sein und alle Farbe verloren zu haben, so daß die natürliche Phosphoreszenz der Knochen sich bemerkbar machte und den Schädel unter ihrer Haut enthüllte, als wäre er eine brennende Laterne. Ihre Lippen waren so weiß wie ihre Zähne; abgesehen von ihrem tropfnassen schwarzen Haar waren nur die Augen dunkel, tief eingesunken wie die Augen einer Leiche und trübe vor Schmerz und Todesangst. Lee konnte unter diesen Umständen ihr Alter nur sehr grob schätzen, und er hätte beim besten Willen nicht sagen können, ob sie häßlich oder attraktiv war, aber er sah auf den ersten Blick, daß ihre Kraftreserven völlig erschöpft waren, daß nur noch ein eiserner Wille sie am Leben hielt.

»Meinen Mann zuerst«, sagte sie und schob den Bewußtlosen in Lees Arme. Ihre schrille Stimme brach mehrmals. »Er hat eine Kopfverletzung, braucht Hilfe, beeilen Sie sich, los, schnell, verdammt noch mal!«

Ihre Wut störte Lee nicht. Er wußte, daß sie nicht gegen ihn gerichtet war und daß sie ihr die Kraft zum Durchhalten gab.

»Halten Sie sich fest. Wir gehen gemeinsam.« Er hob die Stimme, damit sie ihn trotz des brausenden Windes und des tosenden Flusses hören konnte. »Kämpfen Sie nicht gegen die Strömung an, versuchen Sie nicht, sich an den Felsen festzuhalten oder mit den Füßen auf dem Boden zu bleiben. Sie werden uns leichter an Land ziehen können, wenn wir uns vom Wasser tragen lassen.«

Sie schien ihn verstanden zu haben.

Lee warf einen Blick zum Ufer hinüber. Der Strahl einer Taschenlampe fiel direkt auf sein Gesicht, und er brüllte: »Fertig! Jetzt!«

Die Männer begannen das Seil einzuholen. Mit dem bewußtlosen Mann und der erschöpften Frau im Schlepptau bewegte sich Lee langsam auf das Ufer zu.

7

Nachdem Lindsey aus dem Wasser gezogen worden war, verlor sie immer wieder kurzfristig das Bewußtsein. Eine Zeitlang schien das Leben eine Videokassette zu sein, die im Schnelldurchlauf abgespult wird, mit grauweißem Flimmern und Störgeräuschen zwischen den willkürlich ausgewählten kurzen Szenen, bei denen der Film angehalten wurde.

Sie lag keuchend auf dem Boden am Ufer. Ein junger Notarzt mit schneeverkrustetem Bart kniete an ihrer Seite und leuchtete ihr in die Augen, um festzustellen, ob ihre Pupillen sich ungleichmäßig erweiterten. »Können Sie mich hören?« fragte er.

»Natürlich. Wo ist Hatch?«

»Wissen Sie, wie Sie heißen?«

»Wo ist mein Mann? Er braucht ... künstliche Beatmung ... Herzmassage ...«

»Wir kümmern uns um ihn. Also, wissen Sie, wie Sie heißen?«

»Lindsey.«

»Gut. Frieren Sie?«

Das schien eine dumme Frage zu sein, aber dann bemerkte sie, daß ihr nicht mehr kalt war. Im Gegenteil, in ihren Gliedmaßen breitete sich eine leicht unangenehme Hitze aus. Es war nicht die glühende Hitze von Flammen. Vielmehr hatte sie das Gefühl, als wären ihre Hände und Füße in eine ätzende Flüssigkeit getaucht worden, die allmählich ihre Haut zersetzte und die bloßen Nervenenden freilegte. Sie wußte, ohne daß man es ihr sagen mußte, daß ihr Unvermögen, die bitterkalte Winterluft zu spüren, über ihren physischen Zustand nichts Gutes aussagte.

Schnelldurchlauf ...

Sie wurde auf einer Bahre getragen. Am Flußufer entlang. Den Kopf vorne auf der Bahre, konnte sie den Träger am Fußende sehen. Die Schneedecke reflektierte die Strahlen der Taschenlampen, aber das schwache Licht war nicht hell genug, um mehr als die Konturen des Gesichts dieses Unbekannten erkennen zu lassen. Es verlieh seinen stahlharten Augen ein beängstigendes Flackern.

Farblos wie eine Kohlezeichnung, unwirklich still und geheimnisvoll, voll unheimlicher Schatten, hatte diese Szene etwas Alptraumhaftes an sich. Lindsey bekam plötzlich wildes Herzklopfen, während sie zu dem fast gesichtslosen Mann hochsah. Der mangelnden Logik eines Angsttraums unterworfen, war sie davon überzeugt, daß sie tot war, daß die schattenhaften Gestalten, die ihre Bahre trugen, in Wirklichkeit überhaupt keine Menschen waren, sondern Geister, die ihre Leiche zu dem Boot brachten, das den Styx überquerte und im Land der Toten und Verdammten anlegte.

Schnelldurchlauf ...

Sie war jetzt auf der Bahre festgeschnallt und wurde von unsichtbaren Männern oben auf dem Highway in fast vertikaler Position an zwei Seilen den Steilabhang hochgezogen. Zwei andere Männer begleiteten sie, kämpften sich rechts und links von der Bahre durch die kniehohen Schneeverwehungen und achteten darauf, daß sie nicht umkippte.

Sie tauchte ins Licht der Rettungsfahrzeuge ein. Dann hörte sie die hektischen Stimmen der Nothelfer und die Geräusche des Polizeifunks. Als ihr schließlich auch der Abgasgestank in die Nase stieg, wußte sie, daß sie am Leben bleiben würde.

Von einer geglückten Flucht nur Sekunden entfernt, dachte sie.

Trotz Erschöpfung, Benommenheit und Deliriums war Lindsey noch soweit bei Verstand, daß dieser Gedanke – oder vielmehr das dahinter verborgene unterbewußte Verlangen – sie beunruhigte. Nur Sekunden von einer geglückten Flucht entfernt? Das, wovon sie nur Sekunden getrennt hatten, war einzig und allein der Tod. War sie, auch fast fünf Jahre nachdem sie Jimmy verloren hatte, noch immer so deprimiert, daß sie den eigenen Tod als akzeptablen Ausweg empfand, geradezu als Erlösung?

Warum habe ich dann im Fluß nicht einfach aufgegeben? fragte sie sich. Warum habe ich weitergekämpft?

Hatch natürlich. Hatch hatte sie gebraucht. Sie wäre bereit gewesen, diese Welt zu verlassen, in der Hoffnung, eine bessere zu betreten. Aber sie hatte diese Entscheidung nicht für Hatch treffen können, und auf ihr eigenes Leben zu verzichten hätte unter den gegebenen Umständen nun einmal bedeutet, auch das seinige zu opfern.

Mit einem Ruck wurde die Bahre über den Rand der Schlucht gezogen und auf dem Highway neben einem Notarztwagen abgestellt. Roter Schnee wirbelte ihr ins Gesicht.

Ein Arzt mit wettergegerbtem Gesicht und schönen blauen Augen beugte sich über sie. »Alles wird wieder gut werden.«

»Ich wollte nicht sterben«, murmelte sie.

Eigentlich sprach sie gar nicht mit dem Mann, sondern hielt Zwiesprache mit sich selbst und versuchte zu leugnen, daß ihre Verzweiflung über den Verlust ihres Sohnes zu einer chronischen emotionalen Infektion geführt hatte, die in ihr den Wunsch weckte, sich im Tode mit ihm zu vereinen. Das Wort »selbstmordgefährdet« paßte nicht zu dem Bild, das sie von sich selbst hatte, und sie war entsetzt über die Erkenntnis, daß derartige Impulse ihr offenbar doch nicht fremd waren.

Von einer geglückten Flucht nur Sekunden entfernt …

»Wollte ich sterben?« fragte sie.

»Sie werden nicht sterben«, beruhigte sie der Arzt, während er zusammen mit einem anderen Mann die Seile von den Griffen der Bahre löste, um sie in den Notarztwagen zu heben. »Das Schlimmste ist jetzt vorbei. Das Schlimmste liegt hinter Ihnen.«

Zweites Kapitel

1

Ein halbes Dutzend Streifen- und Rettungswagen versperrte zwei Fahrspuren des Highways. Der Verkehr in beiden Fahrtrichtungen mußte sich auf die dritte Spur beschränken; uniformierte Polizisten sorgten für einen reibungslosen Ablauf. Lindsey bemerkte, daß die Insassen eines Jeep Wagoneer sie neugierig angafften, aber schon im nächsten Augenblick verschwanden sie hinter Schneeflocken und dichten Schwaden aus kristallisierten Abgasen.

Der Rettungswagen konnte zwei Patienten aufnehmen. Lindsey wurde auf eine Trage gelegt, die mit zwei elastischen Clips an der linken Wand befestigt war, damit sie während der Fahrt nicht wegrollen konnte. Hatch wurde auf eine identische Trage an der rechten Wand gebettet.

Zwei Notärzte stiegen ein und zogen die breite Tür hinter sich zu. Ihre weißen isolierten Nylonhosen und -jacken verursachten Reibungsgeräusche – eine ganze Serie leiser Pfeiftöne, die in diesem engen Raum elektronisch verstärkt zu werden schienen.

Mit kurzem Sirenengeheul setzte sich der Wagen in Bewegung. Den Ärzten bereitete es keine Mühe, dabei auf den Beinen zu bleiben. Sie wußten aus langer Erfahrung, wie man es schaffte, nicht das Gleichgewicht zu verlieren.

Die Männer mußten sich in dem schmalen Gang zwischen den behelfsmäßigen Betten dicht aneinanderdrängen. Beide wandten ihre Aufmerksamkeit Lindsey zu. Ihre Namen waren auf die Brusttaschen ihrer Jacken gestickt: David O'Malley und Jerry Epstein. Ihre Arbeitsmethode war eine seltsame Mischung aus professioneller Nüchternheit und besorgter Aufmerksamkeit: Untereinander tauschten sie mit emotionslosen Stimmen medizinische Informationen aus, aber mit Lindsey sprachen sie in sanftem, teilnahmsvollem und aufmunterndem Ton.

Dieses gespaltene Benehmen wirkte auf Lindsey eher alarmierend als beruhigend, aber sie war viel zu schwach und benommen, um ihren Ängsten Ausdruck verleihen zu können. Sie fühlte sich erschreckend matt. Zittrig. Sie mußte an ein surrealistisches Bild mit dem Titel *Diese Welt und die andere* denken, das sie im vergangenen Jahr gemalt hatte, denn die Hauptfigur dieses Werkes war ein Drahtseilakrobat im Zirkus, der von einer plötzlichen Unsicherheit befallen wurde. Und im Augenblick war das Bewußtsein jenes Drahtseil in luftiger Höhe, auf dem sie sich nur mit größter Mühe halten konnte. Jeder Versuch, mehr als ein oder zwei Worte mit den Ärzten zu wechseln, könnte sie endgültig aus dem Gleichgewicht bringen und zu einem tiefen Sturz ins Dunkel führen.

Dem größten Teil dessen, was die Männer sagten, konnte ihr benebeltes Gehirn keinen Sinn abgewinnen, aber sie verstand immerhin, daß sie an starker Unterkühlung und möglicherweise an Erfrierungen litt, daß die Ärzte in Sorge um sie waren. Zu niedriger Blutdruck. Herzschlag langsam und unregelmäßig. Langsame und flache Atmung.

Vielleicht war jene Flucht doch noch möglich. Wenn es wirklich das war, was sie wollte.

Sie war unentschieden. Wenn sie sich in ihrem Unterbewußtsein seit Jimmys Begräbnis tatsächlich nach dem Tod gesehnt hatte, so verspürte sie jetzt kein direktes Bedürfnis danach – aber der Gedanke hatte auch nichts besonders Erschreckendes an sich. Sie ergab sich einfach in ihr Schicksal, und es war ihr in ihrem gegenwärtigen Zustand ziemlich egal, wie dieses Schicksal aussehen würde, denn ihre Gefühle waren genauso betäubt wie ihre fünf Sinne. Hypothermie – starke Unterkühlung – hatte eine ebenso narkotisierende Wirkung wie beispielsweise ein Saufgelage; beides konnte jeden Überlebensinstinkt völlig lahmlegen.

Dann fiel ihr Blick zwischen den beiden leise miteinander redenden Ärzten hindurch auf Hatch, und abrupt wurde sie aus ihrer Halb-Trance herausgerissen. Seine Blässe war erschreckend. Er war nicht einfach weiß im Gesicht. Es war eine ungesunde Blässe mit sehr viel Grau darin. Seine Augen waren geschlossen, der Mund war leicht geöffnet, und er sah insgesamt so aus, als hätte sich ein Buschfeuer durch seinen Körper gefressen, hätte zwischen Knochen und Haut das ganze Fleisch verbrannt und nur eine Aschenschicht übriggelassen.

»Bitte«, sagte sie, »mein Mann ...« Sie war überrascht, wie leise, rauh und krächzend sich ihre Stimme anhörte.

»Sie zuerst«, erwiderte O'Malley.

»Nein. Hatch. Hatch ... braucht ... Hilfe.«

»Sie zuerst«, wiederholte O'Malley.

Seine Beharrlichkeit beruhigte sie ein wenig. Obwohl Hatch so miserabel aussah, ging es ihm offenbar nicht schlecht. Die künstliche Beatmung mußte wohl erfolgreich gewesen sein, und er war in besserer Verfassung als sie selber, sonst würden die Ärzte sich doch zuerst um ihn kümmern. Oder etwa nicht?

Ihre Gedanken verwirrten sich wieder. Die Anspannung ließ nach. Sie schloß die Augen.

2

Später ...

In ihrer Benommenheit wirkten die murmelnden Stimmen der Ärzte auf Lindsey ähnlich einlullend – wenn auch nicht ganz so melodisch – wie ein Wiegenlied. Was sie trotzdem wach hielt, war das immer schmerzhaftere Brennen in ihren Gliedern und das resolute Herumhantieren der Mediziner, die kleine kissenartige Gegenstände gegen ihre Seiten preßten. Was für Dinger das auch sein mochten – elektrische oder chemische Heizkissen, nahm sie an –, sie strahlten jedenfalls eine angenehm sanfte Wärme aus, die sich erheblich von dem Feuer in ihren Füßen und Händen unterschied.

»Hatch ... braucht ... auch Wärme«, brachte sie undeutlich hervor.

»Ihm geht es gut, machen Sie sich um ihn keine Sorgen«,

sagte Epstein. Sein Atem bildete beim Sprechen kleine weiße Wolken.

»Aber ihm ist bestimmt kalt.«

»Er soll auch kalt sein. So wollen wir ihn haben.«

»Aber nicht zu kalt, Jerry«, mischte sich O'Malley ein. »Nyebern will kein Gefrierfleisch. Wenn sich im Gewebe Eiskristalle bilden, kann das zu Gehirnschäden führen.«

Epstein rief dem Fahrer durch das halb geöffnete Fenster in der Trennwand zu: »He, Mike, schalt vielleicht mal ein bißchen die Heizung ein.«

Lindsey fragte sich, wer Nyebern sein mochte, und sie war beunruhigt über das Wort »Gehirnschäden«. Aber sie war viel zu müde, um sich zu konzentrieren und noch zu verstehen, was sie sagten.

Ihr Geist schweifte zu Erinnerungen aus der Kindheit ab, aber die waren so seltsam, so verzerrt, daß sie offenbar in einen Halbschlaf gesunken war, wo ihr Unterbewußtsein mit den Erinnerungen alptraumhafte Zaubertricks anstellen konnte.

... sie sah sich als Fünfjährige auf einer Wiese hinter ihrem Elternhaus spielen. Das leicht hügelige Gelände war ihr vertraut, aber irgendeine bösartige Macht war in ihren Geist gekrochen und hatte die Einzelheiten manipuliert: Das Gras hatte nun eine boshafte schwarze Farbe, war so schwarz wie der Bauch einer Spinne. Und alle Blütenblätter waren sogar noch schwärzer, mit roten Staubfäden, die wie dicke Blutstropfen glänzten ...

... sie sah sich als Siebenjährige auf dem Spielplatz ihrer Schule, in der Dämmerung, aber allein, was sie im wirklichen Leben nie gewesen war. Sie stand inmitten der vertrauten Schaukeln und Wippen und Kletterstangen und Rutschen, die in dem eigentümlichen orangefarbenen Licht des nahenden Abends scharfe Schatten warfen. Diese Geräte, mit denen man sonst soviel Spaß haben konnte, hatten plötzlich etwas Bedrohliches an sich, etwas seltsam Lauerndes und Bösartiges, so als könnten sie sich jede Sekunde in Bewegung setzen, mit lautem Knarren und Klirren, glühendes blaues Elmsfeuer auf ihren Flanken und Gliedmaßen, auf der Suche nach Blut als Schmiermittel, roboterartige Vampire aus Aluminium und Stahl ...

Gelegentlich hörte Lindsey einen sonderbaren fernen Schrei, das traurige Blöken eines großen mysteriösen Tieres. Schließlich begriff sie sogar in ihrem Delirium, daß das Geräusch weder ihrer Phantasie entsprang noch aus der Ferne kam, sondern seinen Ursprung direkt über ihrem Kopf hatte. Es war kein Tier; nur die Sirene, die hin und wieder kurz eingeschaltet wurde, um den schwachen Verkehr auf den schneeverwehten Straßen zu warnen.

Der Wagen hielt früher, als sie erwartet hatte, aber vielleicht lag das nur daran, daß ihr Zeitgefühl ebenso gestört war wie alle anderen Wahrnehmungen. Epstein warf die Tür auf, während O'Malley die Clips löste, die Lindseys Trage gehalten hatten.

Als man sie aus dem Fahrzeug hob, sah sie zu ihrer großen Überraschung, daß sie sich nicht wie erwartet in einer Klinik in San Bernardino befand, sondern auf einem Parkplatz vor einem kleinen Einkaufszentrum. Um diese Abendstunde war der Platz leer, bis auf den Notarztwagen und – erstaunlicherweise – einen großen Helikopter mit dem Emblem des Roten Kreuzes und der Aufschrift LUFTRETTUNGSDIENST.

Die Nacht war noch immer kalt, und ein scharfer Wind pfiff über das Pflaster. Sie befanden sich jetzt unterhalb der Schneegrenze, aber direkt am Fuße des Gebirges und von San Bernardino noch weit entfernt. Die Räder der Bahre quietschten auf dem Boden, als Epstein und O'Malley Lindsey rasch der Obhut der beiden Männer übergaben, die neben dem Hubschrauber warteten.

Der Motor war auf Leerlauf geschaltet. Die Rotoren drehten sich träge.

Die bloße Anwesenheit des Helikopters – und die darin zum Ausdruck kommende äußerste Dringlichkeit – wirkte wie ein scharfer Sonnenstrahl, der einen Teil des dichten Nebels in Lindseys Verstand vertrieb. Ihr wurde schlagartig klar, daß entweder sie selbst oder aber Hatch in schlechterer Verfassung war, als sie geglaubt hatte, denn eine so ungewöhnliche und kostspielige Beförderungsmethode war nur in sehr kritischen Fällen gerechtfertigt. Und das Ziel war offenbar weiter entfernt als irgendein Krankenhaus in San Bernardino. Vielleicht brachte man sie in ein Behandlungszentrum, das auf Traumatologie spezialisiert war. Doch während sie diese Geistesblitze hatte, wünschte sie verzweifelt, daß dieses Licht wieder erlöschen würde, daß sie wieder in die behütende geistige Umnebelung eintauchen könnte.

Während die neuen Ärzte sie übernahmen und in den Hubschrauber hoben, brüllte einer von ihnen über den Motorenlärm hinweg: »Aber die lebt ja noch!«

»Sie ist in schlechter Verfassung«, sagte Epstein.

»Ja, okay, sie sieht beschissen aus«, meinte der andere Arzt, »aber sie lebt noch. Nyebern erwartet einen Exitus.«

»Das ist der andere«, erklärte O'Malley.

»Der Ehemann«, ergänzte Epstein.

»Wir bringen ihn gleich rüber«, sagte O'Malley.

Lindsey war sich darüber im klaren, daß diese kurze Unterhaltung eine ungeheuer wichtige Information enthalten hatte, aber sie konnte nicht klar genug denken, um richtig zu verstehen, was gesagt worden war. Oder vielleicht wollte sie es einfach nicht verstehen.

Während sie in den geräumigen hinteren Teil des Hubschraubers gebracht, auf eine andere Bahre gelegt und auf der mit Vinyl bezogenen Matratze festgeschnallt wurde, versank sie wieder in ihren erschreckend verzerrten Kindheitserinnerungen.

... sie war neun Jahre alt und spielte mit ihrem Hund Boo, aber als der verspielte Labrador ihr den roten Gummiball zurückbrachte und zu ihren Füßen fallen ließ, war es plötzlich kein Ball mehr, sondern ein pulsierendes Herz, aus dem abgerissene Arterien und, Venen heraushingen. Und es pulsierte nicht etwa, weil es lebendig war, sondern weil es in den vermodernden Kammern vor Maden und Leichenkäfern nur so wimmelte ...

4

Der Hubschrauber war in der Luft. Wahrscheinlich war der Winterwind schuld daran, daß der Flug so unruhig war wie eine Bootsfahrt auf stürmischer See. In Lindseys Magen regte sich Übelkeit.

Ein Arzt beugte sich über sie und drückte ein Stethoskop an ihre Brust. Sein Gesicht blieb im Schatten.

Auf der anderen Seite der Kabine beugte sich ein zweiter Arzt über Hatch und brüllte in ein Funkgerät hinein. Er war nicht mit dem Piloten im Cockpit verbunden, sondern vermutlich mit einem Mediziner in der Klinik, die sie ansteuerten. Gegen die dröhnenden Rotoren anzukämpfen fiel ihm sichtlich schwer, und seine Stimme überschlug sich wie die eines nervösen Teenagers.

»... leichte Kopfwunde ... keine tödlichen Verletzungen ... Todesursache wahrscheinlich ... Ertrinken ...«

Am Fußende von Hatchs Bahre war die Schiebetür des Helikopters einen Spaltbreit geöffnet, und Lindsey stellte fest, daß die Tür auch auf ihrer Seite nicht ganz geschlossen war, so daß ein arktischer Durchzug entstand. Das erklärte auch, warum das Brausen des Windes und das Dröhnen der Rotoren so ohrenbetäubend war.

Warum wollten sie, daß es so kalt war?

Der Arzt, der sich um Hatch kümmerte, schrie immer noch: »... Mund-zu-Mund-Beatmung ... Herzmassage ... O_2 und CO_2 ... ergebnislos ... Epinephrin ... keine Wirkung ...«

Die reale Welt war viel zu real geworden, sogar durch den Nebel ihres Deliriums betrachtet. Diese Welt gefiel ihr nicht. Ihre Traumlandschaften waren trotz aller schrecklichen Veränderungen immer noch angenehmer als der Innenraum dieses Rettungshubschraubers, vielleicht weil sie auf der Ebene des Unterbewußtseins ihre Alpträume zumindest *ein wenig* beeinflussen konnte, während sich die tatsächlichen Ereignisse völlig ihrem Einfluß entzogen.

... sie tanzte auf dem College-Abschlußball, eng umschlungen mit Joey Delvecchio, ihrem damalige festen Freund. Über ihren Köpfen hing ein großer Baldachin aus Kreppapierwimpeln. Sie

selbst war gesprenkelt mit blauem, weißem und gelbem Licht von dem sich drehenden Kronleuchter über der Tanzfläche. Es war die Musik einer besseren Zeit, als Rock 'n' Roll noch nicht seine Seele verloren hatte, als es Disco und New Age und Hip-Hop noch nicht gab, als Elton John und die Eagles ihre größten Erfolge hatten, als die Isley Brothers noch Schallplatten aufnahmen, die Doobie Brothers, Stevie Wonder und Neil Sedaka ein Comeback feierten, als die Musik noch lebendig *war, als die Welt voller Hoffnungen und Möglichkeiten schien, die mittlerweile längst zerronnen waren. Eine Band aus dem Ort spielte halbwegs ordentlich eine Slow von Freddy Fender, und Lindsey fühlte sich glücklich und geborgen – bis sie ihren Kopf von Joeys Schulter hob und zu ihm aufschaute und anstelle seines vertrauten Gesichts eine halb verweste Fratze sah: gebleckte gelbe Zähne zwischen eingeschrumpften schwarzen Lippen, das Fleisch blatterig, blasig und glitschig; aus den hervortretenden blutunterlaufenen Augen sickerte irgendeine ekelerregende Flüssigkeit. Lindsey versuchte zu schreien und sich von ihm zu befreien, aber sie konnte nur weitertanzen, zu den süßlich-romantischen Klängen von »Before the Next Teardrop Falls«, in dem vollen Bewußtsein, daß sie Joey so sah, wie er einige Jahre später aussehen würde, nach seinem Tod bei der Explosion einer Marinekaserne im Libanon. Sie fühlte, wie der Tod von seinem kalten Fleisch auf sie übergriff. Sie wußte, daß sie sich aus seiner Umarmung losreißen mußte, bevor diese tödliche Flut sie überschwemmte. Doch als sie sich hilfesuchend umschaute, sah sie, daß Joey nicht der einzige tote Tänzer war. Sally Ontkeen, die acht Jahre später an Kokainvergiftung sterben würde, glitt in fortgeschrittenem Stadium der Verwesung vorbei, in den Armen ihres Freundes, der auf sie hinablächelte, als bemerkte er nichts von ihrer Zersetzung. Jack Winslow, der Footballstar des Colleges, der ein knappes Jahr später in trunkenem Zustand bei einem Autounfall ums Leben kommen würde, wirbelte mit seiner Partnerin vorüber; sein Gesicht war geschwollen, purpurfarben und grünlich, und sein Schädel war auf der linken Seite gespalten, wie er das nach dem Unfall sein würde. Er rief zu Lindsey und Joey herüber, aber die krächzende Stimme gehörte nicht Jack Winslow, sondern einem Wesen auf Urlaub vom Friedhof, mit Stimmbändern, die zu trockenen Schnüren verdorrt waren: »Was für eine Nacht! O Mann, was für eine tolle Nacht!«*

Lindsey erschauderte, aber nicht nur wegen des eisigen Windes, der durch die teilweise offenen Hubschraubertüren heulte.

Der Arzt, dessen Gesicht immer noch im Schatten lag, wollte gerade ihren Blutdruck messen. Ihr linker Arm befand sich nicht mehr unter der Decke. Die Ärmel ihres Sweaters und ihrer Bluse waren aufgeschnitten worden, so daß ihre nackte Haut zum Vorschein kam. Die Manschette des Sphygmomanometers wurde fest um ihren Oberarm gewickelt und mit Klettbändern geschlossen.

Sie schlotterte jetzt so heftig, daß der Arzt offenbar dachte, es könnte sich um Konvulsionen handeln. Er nahm einen kleinen Gummikeil von einem Tablett und wollte ihn ihr in den Mund schieben, damit sie sich nicht auf die Zunge beißen oder daran ersticken konnte.

Sie stieß seine Hand weg, »Ich werde sterben.«

Erleichtert darüber, daß sie doch nicht unter Krämpfen litt, sagte er: »Nein, so schlimm ist es nicht, es wird Ihnen bald wieder gutgehen.«

Er verstand nicht, was sie meinte. Ungeduldig erklärte sie: »Wir *alle* werden sterben.«

Das war die Bedeutung ihrer traumverzerrten Erinnerungen. Der Tod war bei ihr seit dem Tag ihrer Geburt, stets an ihrer Seite, ihr ständiger Begleiter. Bis zu Jimmys Tod vor fünf Jahren hatte sie das nicht begriffen und hatte es bis heute nacht, als der Tod ihr Hatch nahm, nicht *akzeptiert*.

Ihr Herz schien sich wie eine Faust in ihrer Brust zusammenzuballen. Ein neuer Schmerz durchdrang sie, anders als ihre zahlreichen körperlichen Beschwerden, viel schlimmer. Trotz Schock, Delirium und Erschöpfung, die ihr als Schutzschilde gegen die Schrecken der Realität gedient hatten, war die Wahrheit schließlich zu ihr durchgedrungen, und sie war ihr hilflos ausgesetzt, mußte sie akzeptieren.

Hatch war ertrunken.

Hatch war tot. Die Wiederbelebung war erfolglos geblieben. Hatch war für immer von ihr gegangen.

... sie war fünfundzwanzig Jahre alt und saß, auf Kissen ge-

stützt, in einem Bett der Entbindungsstation des St. Joseph's Hospital. Die Schwester brachte ihr ein kleines, in eine Decke gehülltes Bündel, ihr Baby, ihren Sohn, James Eugene Harrison, den sie neun Monate in sich getragen hatte, ohne ihn zu kennen, den sie von ganzem Herzen liebte, aber noch nie gesehen hatte. Die lächelnde Schwester legte das Bündel sanft in ihre Arme, und Lindsey schob zärtlich die mit Satin gesäumte Kante der blauen Baumwolldecke beiseite. Sie sah, daß sie ein winziges Skelett mit leeren Augenhöhlen an ihre Brust drückte, daß die zarten Fingerknochen sich zur typische kontaktsuchenden Geste eines hilflosen Kleinkindes bogen. Jimmy hatte schon vor der Geburt den Tod in sich getragen, wie jedes Lebewesen, und nicht einmal fünf Jahre später würde der Krebs ihn zurückfordern. Der kleine Knochenmund des Skelett-Kindes öffnete sich zu einem langgezogenen stillen Schrei …

5

Lindsey konnte hören, wie die Propellerflügel die Nachtluft durchschnitten, aber sie befand sich nicht mehr im Helikopter. Sie wurde über einen Parkplatz gerollt, auf ein großes Gebäude mit vielen hell erleuchteten Fenstern zu. Ihr war bewußt, daß sie eigentlich wissen müßte, was das war, aber sie konnte nicht klar denken, und im Grunde war ihr auch völlig egal, was es war, wohin man sie brachte und wozu.

Vor ihr flogen die Flügel einer Schwingtür auf, und dahinter lag ein in warmes gelbes Licht getauchter Raum, durch den die Silhouetten von Männern und Frauen huschten. Dann war Lindsey von diesem Licht und den Silhouetten umgeben … ein langer Korridor … ein Zimmer, in dem es nach Alkohol und anderen Desinfektionsmitteln roch … aus den Silhouetten wurden Menschen mit Gesichtern … weitere Gesichter tauchten auf … leise, eindringliche Stimmen … Hände griffen nach ihr, legten sie auf ein Bett … kippten es ein wenig, so daß ihr Kopf tiefer lag als ihr Körper … rhythmisches Piepsen und Klicken irgendwelcher elektronischer Geräte …

Sie wünschte, all diese Leute würden einfach weggehen und sie alleinlassen, in Frieden lassen. Alle Lampen ausschalten und weggehen. Sie im Dunkeln zurücklassen. Sie sehnte sich nach Ruhe, Stille, Frieden.

Ein widerlicher Geruch, scharf wie Ammoniak, stieg ihr in die Nase. Das Zeug brannte höllisch in ihren Nasengängen und zwang sie, ihre plötzlich tränenden Augen weit aufzureißen.

Ein Mann im weißen Kittel hielt ihr etwas dicht unter die Nase und blickte ihr dabei aufmerksam in die Augen. Als der Gestank einen heftigen Würgereiz bei ihr auslöste, zog er das Zeug weg und übergab es einer Brünetten in weißer Tracht. Der durchdringende Geruch verflog rasch.

Lindsey war sich der Geschäftigkeit um sie herum durchaus bewußt. Gesichter kamen und gingen. Sie wußte, daß sie im Zentrum der Aufmerksamkeit stand, daß dringliche Untersuchungen mit ihr angestellt wurden, aber sie wurde das Gefühl nicht los, daß das alles sie nichts anging. Es war wie ein Traum, und verglichen damit waren ihr sogar ihre vorangegangenen Alpträume noch realer vorgekommen. Das Stimmengewirr plätscherte dahin wie sanfte Wellen an einem Sandstrand.

»... ausgeprägte Blässe der Haut ... Zyanose von Lippen, Nägeln, Fingerspitzen, Ohrläppchen ...«

»... schwacher Puls, sehr schnell ... Atmung schnell und flach ...«

»... der Blutdruck ist so verdammt niedrig, daß ich keine Werte ablesen kann ...«

»Haben die Arschlöcher sie denn nicht gegen Schock behandelt?«

»Doch, auf dem ganzen Weg hierher.«

»Sauerstoff, CO_2-Gemisch. Schnell!«

»Epinephrin?«

»Ja, vorbereiten.«

»Epinephrin? Aber was, wenn sie nun innere Verletzungen hat? Eine Hämorrhagie kann man schließlich nicht sehen.«

»Verdammt, ich muß es eben riskieren.«

Jemand legte eine Hand über ihr Gesicht, so als wollte er

sie ersticken. Etwas wurde in ihre Nasenlöcher geschoben, und einen Moment lang konnte sie nicht atmen. Das Seltsame daran war, daß ihr das nichts ausmachte. Dann zischte kühle trockene Luft durch ihre Nase und zwang ihre Lunge sich auszudehnen.

Eine junge weißgekleidete Blondine beugte sich über sie, fixierte das Atmungsgerät und lächelte gewinnend. »Na also, Schätzchen. Spüren Sie's?«

Die Frau war schön, ätherisch, mit einer selten melodischen Stimme, umgeben von einem goldenen Schein.

Eine himmlische Erscheinung. Ein Engel.

Schnaubend brachte Lindsey hervor: »Mein Mann ist tot.«

»Alles wird wieder gut, Schätzchen. Entspannen Sie sich, atmen Sie so tief, wie Sie können. Alles wird wieder gut.«

»Nein, er ist tot«, beharrte Lindsey. »Tot und fort, fort für immer. Lügen Sie mich nicht an. Engel dürfen nicht lügen.«

Auf der anderen Bettseite rieb ein Mann in Weiß die Innenfläche von Lindseys linkem Ellbogen mit einem alkoholgetränkten Wattebausch ab. Er war eiskalt.

An den Engel gewandt, wiederholte Lindsey: »Tot und fort für immer.«

Der Engel nickte traurig. Seine blauen Augen strahlten Güte und Liebe aus, wie es sich für die Augen eines Engels gehörte. »Er ist fort, Schätzchen. Aber diesmal ist das vielleicht doch nicht das Ende.«

Der Tod war immer das Ende. Wie könnte der Tod nicht das Ende sein?

Eine Nadel stach in Lindseys linken Arm.

»Diesmal gibt es noch eine Chance«, sagte der Engel sanft. »Wir haben hier ein Spezialprogramm, ein wirklich ...«

Eine andere Frau stürzte ins Zimmer und rief aufgeregt: »Nyebern ist da!«

Ein allgemeiner Seufzer der Erleichterung ging durch den Raum, fast wie verhaltener Jubel.

»Er saß in Marina Del Rey beim Abendessen, als sie ihn erreichten. Er muß in einem Höllentempo hergerast sein.«

»Sehen Sie, Liebes?« sagte der Engel zu Lindsey. »Es gibt eine Chance. Es gibt noch eine Chance. Wir alle werden beten.«

Und wenn schon, dachte Lindsey bitter. Beten hat mir noch nie etwas genutzt. Es gibt keine Wunder. Die Toten bleiben tot, und die Lebenden warten nur darauf, es ihnen gleichzutun.

Drittes Kapitel

1

Nach den von Dr. Jonas Nyebern sorgfältig ausgearbeiteten und im Büro der Projektgruppe für Reanimationsmedizin aufbewahrten Bestimmungen hatte das Team vom Bereitschaftsdienst des Orange County General Hospital einen Operationssaal für die Behandlung der Leiche von Hatchford Benjamin Harrison vorbereitet. Sie hatten sich sofort an die Arbeit gemacht, nachdem die Notärzte über Polizeifunk aus den San Bernardino Mountains gemeldet hatten, daß das Opfer in eisigem Wasser ertrunken war, bei dem vorangegangenen Unfall aber nur leichte Verletzungen erlitten hatte, was den Mann zum idealen Versuchsobjekt für Nyebern machte. Als der Rettungshubschrauber auf dem Krankenhausparkplatz landete, war die Ausstattung des Operationssaales mit Instrumenten und Apparaturen komplett, einschließlich der Herz-Lungen-Maschine und anderer Zusatzgeräte, die das Reanimationsteam benötigte.

Diese komplizierte Behandlung konnte nicht in den normalen Räumen der Notaufnahme erfolgen, weil dort wegen des ständigen Zugangs neuer Patienten akuter Platzmangel herrschte. Obwohl Jonas Nyebern Herzchirurg war und auch sein ganzes Team viel chirurgische Erfahrung hatte, wurde bei Reanimationsversuchen sehr selten operiert. Nur wenn eine schwere innere Verletzung entdeckt würde, müßten sie Harrison aufschneiden. Die Verwendung eines Operationssaales war deshalb im Grunde keine Notwendigkeit, sondern einfach am zweckmäßigsten.

Als Jonas den OP betrat, nachdem er im Vorraum die übliche Reinigungsprozedur vorgenommen hatte, wartete sein Team schon auf ihn. Weil das Schicksal ihn seiner Frau, seiner Tochter und seines Sohnes beraubt und ohne Familie zurückgelassen hatte und weil eine angeborene Schüchternheit ihn von jeher daran gehindert hatte, außerhalb seiner beruflichen Umgebung Freundschaften zu schließen, waren die Mitglieder der Projektgruppe nicht nur seine Kollegen, sondern die einzigen Menschen auf der Welt, in deren Gesellschaft er sich richtig wohl fühlte und die ihm wirklich etwas bedeuteten.

Helga Dorner stand neben den Instrumentenschränken zu seiner Linken, im Halbschatten der grellen Halogenleuchten über dem Operationstisch. Sie war eine hervorragende Anästhesieschwester. Mit ihrem breiten Gesicht und der stämmigen Figur erinnerte sie an die unzähligen weiblichen Hauptdarstellerinnen in sowjetischen Filmen, die allesamt zu viele männliche Hormone zu haben schienen, aber ihre Augen und Hände hätten der lieblichsten Madonna von Raffael gehören können. Patienten fürchteten sich anfangs vor ihr, respektierten sie nach kurzer Zeit – und schließlich vergötterten sie sie.

Es war typisch für sie, daß sie Jonas in dieser ernsten Situation nicht zulächelte, sondern nur ermutigend den Daumen hochhielt.

Neben der Herz-Lungen-Maschine stand Gina Delilo, eine dreißigjährige MTA mit dem Spezialgebiet Chirurgie, die es aus unerfindlichen Gründen liebte, ihre außergewöhnliche Kompetenz und ihr Verantwortungsbewußtsein hinter einer kessen Aufmachung, einschließlich Pferdeschwanz und Pony, zu verbergen. Sie schien geradewegs einem jener alten Beach-Party-Filme entsprungen zu sein, die vor einigen Jahrzehnten populär gewesen waren. Wie alle anderen trug auch Gina einen grünen Anzug und eine Baumwollmütze, die ihr blondes Haar verbarg, aber aus den Stoffüberschuhen ragte ein Stück ihrer grell pinkfarbenen Kniestrümpfe heraus.

Der Operationstisch wurde flankiert von Dr. Ken Nakamura und Dr. Kari Dovell, zwei Klinikärzten, die gleichzeitig erfolgreiche Privatpraxen betrieben. Ken war ein seltenes Doppeltalent, ein gleichermaßen hervorragender Internist und Neurologe. Die tagtägliche Erfahrung, daß die menschliche Physiologie etwas sehr Fragiles ist, ließ manche Ärzte zur Flasche greifen, während andere derart abgebrüht wurden, daß sie schließlich jeden emotionalen Kontakt zu ihren Patienten verloren. Ken hatte einen besseren Schutz: seinen Sinn für Humor, der mitunter etwas makaber, aber immer psychologisch heilsam war. Kari, eine erstklassige Fachärztin für Pädiatrie, war zehn Zentimeter größer als Ken mit seinen ein Meter siebzig, und sie war gertenschlank, während er zur Korpulenz neigte, aber sie lachte genauso gern wie der Internist. Manchmal sah Jonas in ihren Augen jedoch eine tiefe Traurigkeit, die ihn bestürzte und glauben ließ, daß die Einsamkeit wie eine Geschwulst in ihr wucherte, so tief, daß kein noch so langes und scharfes Skalpell, keine noch so aufrichtige und innige Freundschaft sie zu entfernen vermochte.

Jonas ließ den Blick über seine vier Kollegen schweifen, aber niemand sagte etwas. In dem fensterlosen Raum herrschte eine gespenstische Stille.

Das Team trug trügerisch ausdruckslose Mienen zur Schau, so als wären sie alle an dem Geschehen nicht besonders interessiert. Aber ihre Augen verrieten sie, denn es waren die Augen von Astronauten, die im nächsten Moment ihren Shuttle verlassen und einen Weltraumspaziergang antreten sollen – Augen, die vor Erregung, Abenteuerlust und Staunen leuchteten, aber auch ein wenig vor Angst.

Auch andere Krankenhäuser hatten Personal mit genügend Fachkenntnissen auf dem Gebiet der Wiederbelebung, um einem Patienten eine faire Überlebenschance zu bieten, aber das Orange County General war eines von nur drei Zentren in ganz Südkalifornien, das sich eines großangelegten und finanziell geförderten Projekts zur Verbesserung der Reanimationsmöglichkeiten rühmen konnte. Harrison war der fünfundvierzigste Patient innerhalb der vierzehn Monate seit Bestehen der Projektgruppe, aber seine Todesart machte ihn zum interessantesten. Ertrinken, gefolgt von schnell einsetzender Hypothermie. Ertrinken bedeutete relativ geringe physische Schäden, und der Kältefaktor sorgte für eine drastische Verzögerung des postmortalen Zersetzungsprozesses der körpereigenen Zellen.

Bisher hatten Jonas und sein Team es meistens mit Opfern von Schlaganfällen, von Herzstillstand und Asphyxie infolge von Luftröhrenverstopfung sowie mit Drogentoten zu tun gehabt. Diese Patienten hatten normalerweise vor ihrem Tod oder im Augenblick des Todes irgendeinen irreversiblen Gehirnschaden erlitten, was ihre Chancen, im Reanimationszentrum wieder völlig hergestellt zu werden, natürlich erheblich verringerte. Und von denen, die an einem Trauma der einen oder anderen Art gestorben waren, hatten einige so schwere Verletzungen erlitten, daß sie auch nach gelungener Reanimation nicht gerettet werden konnten. Bei anderen Reanimierten hatte sich der Zustand zunächst stabilisiert, doch dann waren sie irgendwelchen Sekundärinfektionen mit anschließendem toxischen Schock erlegen. Und drei waren so lange tot gewesen, daß die erlittenen Gehirnschäden trotz erfolgreicher Reanimation eine Wiedererlangung des Bewußtseins verhinderten oder aber auch, wenn sie bei Bewußtsein waren, eine normale Lebensführung unmöglich machten.

Jonas verspürte heftige Gewissensbisse und tiefen Schmerz, wenn er an seine Fehlschläge dachte, an unvollkommen wiederhergestelltes Leben, an Patienten, in deren Augen er das qualvolle Wissen um ihren mitleiderregenden Zustand gelesen hatte …

»Diesmal wird es anders sein.« Kari Dovells Stimme war leise, nur ein Flüstern, aber sie riß Jonas aus seinen düsteren Gedanken.

Er nickte. Ihm lag sehr viel an diesen Menschen, und ihnen wünschte er noch mehr als sich selbst einen großen, uneingeschränkten Erfolg der Gruppe.

»Versuchen wir unser Bestes«, sagte er.

Noch während er sprach, flogen die Schwingtüren des Operatiossaales weit auf, und zwei Pfleger eilten mit dem Toten auf einer Trage herein. Schnell und geschickt verfrachteten sie ihn auf den Operationstisch, wobei sie behutsamer und respektvoller zu Werke gingen, als sie es vielleicht mit jeder anderen Leiche getan hätten, und verschwanden dann wieder.

Die Pfleger hatten den Raum noch nicht verlassen, als sich das Team schon an die Arbeit machte. Jeder Handgriff saß, während sie rasch die restlichen Kleidungsstücke des Toten aufschnitten, bis er nackt auf dem Rücken vor ihnen lag. Dann wurden die Elektroden eines Elektrokardiographen, eines Elektroenzephalographen und eines digitalen Thermometers an seinem Körper befestigt.

Jede Sekunde war kostbar. Minuten waren nicht mit Gold aufzuwiegen. Je länger der Mann tot blieb, desto geringer war die Chance, ihn wieder zum Leben zu erwecken.

Kari Dovell regulierte den Kontrast am EKG-Monitor. Für die Tonbandaufnahme, die von der ganzen Prozedur gemacht wurde, kommentierte sie laut, was alle Anwesenden sehen konnten: »Nullinien. Kein Herzschlag.«

»Kein Alpha, kein Beta«, fügte Ken Nakaniura hinzu, was bedeutete, daß keinerlei Hirnströme gemessen wurden.

Helga hatte die Manschette eines Blutdruckmeßgeräts um den rechten Oberarm des Mannes gewickelt und meldete erwartungsgemäß: »Kein meßbarer Blutdruck.«

Gina, die neben Jonas stand, las die Anzeige des Digitalthermometers ab: »Körpertemperatur sieben Grad Celcius.«

»So tief?« Karis grüne Augen weiteten sich vor Überraschung, während sie die Leiche betrachtete. »Und dabei muß er sich um mindestens fünf Grad erwärmt haben, seit man ihn aus dem Fluß gezogen hat. Hier drinnen wollen wir es ja kalt haben, aber *so* kalt nun auch wieder nicht.«

Der Thermostat war auf achtzehn Grad eingestellt, eine Kompromißlösung, damit einerseits das Reanimationsteam nicht fror und andererseits das Opfer sich nicht zu schnell erwärmte.

Kari wandte ihren Blick von dem Toten ab und sah Jonas an. »Kälte ist gut, okay, wir wollen, daß er kalt ist, aber nicht zu kalt, verdammt noch mal. Was, wenn sein Gewebe erfroren ist und seine Gehirnzellen stark geschädigt worden sind?«

Jonas untersuchte Zehen und Finger des Toten und hörte sich selbst sagen: »Es gibt keine Hinweise auf Bläschenbildung ...« Sein Kommentar war ihm sofort ein wenig peinlich.

»Das beweist gar nichts«, sagte Kari denn auch.

Jonas wußte, daß sie recht hatte. Sie alle wußten es. Im toten Fleisch erfrorener Fingerspitzen und Zehen hätten sich sowieso keine Bläschen bilden können, weil der Mann viel zu kurz danach gestorben war. Aber, verdammt, Jonas wollte nicht aufgeben, noch bevor sie überhaupt angefangen hatten.

»Aber es gibt auch keine Anzeichen für nekrotisches Gewebe«, sagte er.

»Weil der ganze Patient nekrotisch ist«, wandte Kari wieder ein, hartnäckig wie immer. Manchmal wirkte sie so ungeschickt wie ein Vogel mit spindeldürren Beinen, der zwar ein Herr der Lüfte ist, an Land aber nur mühsam herumstakst. Manchmal setzte sie ihre Größe aber auch ganz bewußt ein, indem sie einen einschüchternden Schatten warf und auf ihren Gegner mit einem harten Blick hinunterschaute, der zu besagen schien: Hör lieber auf mich, sonst hacke ich dir noch die Augen aus, mein Lieber. Jonas war fünf Zentimeter größer als Kari, und deshalb konnte sie nicht wirklich auf ihn herabschauen, aber die Wirkung ihres strengen Blicks war dieselbe, als wenn er nur einen Meter fünfundfünfzig groß gewesen wäre.

Hilfesuchend sah er Ken an.

Der Neurologe war aber auch nicht bereit, ihn vorbehaltlos zu unterstützen. »Die Körpertemperatur könnte *nach* dem Tod tatsächlich unter Null gefallen sein und sich auf dem Weg hierher wieder etwas erhöht haben, und wir können das nicht feststellen. Du weißt das, Jonas. Das einzige, was wir mit Sicherheit sagen können, ist, daß Elvis nie so mausetot gewesen ist wie dieser Bursche hier.«

»Wenn er *jetzt* nur sieben Grad hat ...«, meinte Kari wieder.

Jede Zelle im menschlichen Organismus besteht größtenteils aus Wasser. Der genaue Prozentsatz variiert zwischen Blutzellen und Knochenzellen, zwischen Hautzellen und Leberzellen, aber immer ist mehr Wasser als sonst etwas vorhanden. Und wenn Wasser gefriert, dehnt es sich aus. Legen Sie mal eine Flasche Sodawasser in die Tiefkühltruhe, weil Sie schnell einen kalten Drink brauchen, lassen Sie sie versehentlich etwas zu lange drin – und Sie bekommen gefrorenes Soda, gespickt mit Glassplittern, weil die Flasche explodiert ist. Auf ganz ähnliche Weise läßt gefrorenes

Wasser die Membranen der Gehirnzellen – aller Körperzellen – bersten.

Kein Mitglied der Gruppe wollte Harrison von den Toten auferwecken, wenn sich mit Sicherheit vorhersagen ließ, daß kein vollwertiger Mensch zurückkäme. Kein guter Arzt, so durchdrungen er auch von seiner Heilungsmission sein mochte, wollte mit dem Tod kämpfen und ihn besiegen, nur um mit einem Patienten dazustehen, der unter schweren Gehirnschäden litt oder nur mit Hilfe von Maschinen im Koma »am Leben« erhalten werden konnte.

Jonas wußte, daß seine größte Schwäche als Arzt sein extremer Haß auf den Tod war. Diesen Zorn trug er immer mit sich herum. Und in Momenten wie diesem konnte sich der Zorn zu kalter Wut steigern, die sein Urteilsvermögen beeinträchtigte. Er empfand den Tod eines jeden Patienten als persönlichen Affront. Deshalb neigte er dazu, die Lage viel zu optimistisch einzuschätzen und eine Wiederbelebung zu versuchen, die tragischere Folgen haben konnte, wenn sie gelang, als wenn sie erfolglos blieb.

Die vier anderen Teammitglieder wußten um seine Schwäche. Sie beobachteten ihn erwartungsvoll.

Hatte im OP zuvor schon Grabesstille geherrscht, so war es jetzt so still wie an irgendeinem einsamen Ort zwischen den Sternen, wo Gott – wenn es Ihn denn gab – das Urteil über Seine hilflosen Geschöpfe sprach.

Jonas war sich schmerzlich bewußt, daß kostbare Sekunden verrannen.

Der Patient war erst seit knapp zwei Minuten im OP. Aber zwei Minuten konnten alles entscheiden.

Harrison auf seinem Operationstisch war zweifellos so tot, wie ein Mensch nur sein konnte. Seine Haut war grau, Lippen, Fingernägel und Zehennägel bläulich verfärbt, die Lippen leicht geöffnet, wie sie es gewesen waren, als der letzte Atemzug aus ihm entwich. Dem Fleisch fehlte jede Elastizität.

Andererseits war er, abgesehen von der fünf Zentimeter langen Platzwunde auf der rechten Stirnseite, einer Abschürfung links am Kinn und Abschürfungen an den Handflächen, anscheinend unverletzt. Für einen Mann von achtunddreißig Jahren war er in ausgezeichneter körperlicher Verfassung gewesen, mit höchstens fünf Pfund Übergewicht, festen Knochen und kräftiger Muskulatur. Was auch immer mit seinen Gehirnzellen passiert sein mochte – seinem *Aussehen* nach war er ein perfekter Kandidat für die Reanimation.

Noch vor zehn Jahren hätte sich ein Arzt in Nyeberns Lage vom Fünf-Minuten-Limit leiten lassen, das damals als maximale Zeitspanne gegolten hatte, während der das menschliche Gehirn auf die Zufuhr von Blutsauerstoff verzichten konnte, ohne daß die geistigen Fähigkeiten dauerhaft beeinträchtigt wurden. In diesen letzten zehn Jahren hatte sich die Reanimationsmedizin jedoch zu einem aufregenden neuen Forschungsgebiet entwickelt, und es waren solche Fortschritte erzielt worden, daß die Theorie des Fünf-Minuten-Limits schließlich als überholt aufgegeben wurde. Mit Hilfe neuartiger Drogen, die freie Radikale unschädlich machen konnten, mit Hilfe von Apparaturen, die Blut abkühlen und erwärmen konnten, mit Hilfe massiver Dosen Epinephrin und anderer Mittel konnten die Ärzte einige Patienten aus immer tieferen Regionen des Todes zurückholen. Und Hypothermie – extreme Abkühlung des Gehirns, die die schnellen und verheerenden chemischen Veränderungen in den Zellen nach Eintritt des Todes verhinderte – verlängerte die Zeitspanne, innerhalb derer ein toter Patient erfolgreich reanimiert werden konnte. Zwanzig Minuten waren mittlerweile nichts Ungewöhnliches mehr. Dreißig waren nicht hoffnungslos. Es gab nachgewiesene Fälle von gelungener Wiederbelebung nach vierzig und fünfzig Minuten. Im Jahre 1988 wurde in Utah ein zweijähriges Mädchen aus einem eisigen Fluß gezogen und zu neuem Leben erweckt, nachdem es mindestens sechsundsechzig Minuten tot gewesen war, ohne Gehirnschäden davonzutragen. Und erst im vergangenen Jahr war in Pennsylvania eine zwanzigjährige Frau siebzig Minuten nach ihrem Tod geistig völlig unbeschadet wiederbelebt worden.

Die vier anderen Mitglieder der Gruppe starrten noch immer auf Jonas.

Der Tod ist nur ein anderer pathologischer Zustand, sagte er sich.

Die meisten pathologischen Zustände waren durch Behandlung reversibel.

Tod war *eine* Sache. Aber *kalt* und tot war etwas anderes.

An Gina gewandt fragte er: »Wie lange ist er schon tot?«

Zu Ginas Aufgaben gehörte es, mit den Notärzten am Ort des Geschehens Funkkontakt aufzunehmen und alle Informationen zu sammeln, die für das Wiederbelebungsteam im Augenblick der Entscheidung ausschlaggebend sein konnten. Sie warf einen Blick auf ihre Uhr – eine Rolex mit geschmacklosem pinkfarbenen Lederband, das aber zu ihren Kniestrümpfen paßte – und berichtete, ohne einen Moment zu zögern: »Sechzig Minuten, aber das ist nur eine Schätzung. Sie wissen nicht genau, wie lange er schon tot war, als sie ihn aus dem Wasser gezogen haben. Könnte auch mehr sein.«

»Oder weniger«, sagte Jonas.

Während er seine Entscheidung traf, trat Helga an Ginas Seite, und gemeinsam tasteten sie den linken Arm der Leiche ab, auf der Suche nach der Hauptvene, für den Fall, daß Jonas sich zur Reanimation entschloß. Blutgefäße im schlaffen Fleisch eines Toten zu lokalisieren, war gar nicht so einfach, weil das Anlegen eines Gummischlauchs den Blutdruck nicht erhöhen würde. In einem toten Organismus gab es keinen Druck.

»Okay, ich riskier's«, sagte Jonas.

Er blickte von Ken zu Kari, Helga und Gina, um ihnen eine letzte Gelegenheit zu geben, seine Entscheidung in Frage zu stellen. Dann schaute er auf seine Timex-Armbanduhr und sprach auf Band: »Es ist 21 Uhr 12, Montagabend, 4. März. Der Patient, Hatchford Benjamin Harrison, ist tot … aber eine Reanimation scheint möglich.«

Welche Zweifel die anderen zuvor auch gehabt haben mochten, nun zögerten sie keine Sekunde. Sie hatten das Recht – und die Pflicht –, Jonas zu beraten, bevor er die Entscheidung traf, aber sobald sie gefallen war, setzten sie ihr ganzes Wissen und Können ein, um seine Ankündigung, eine Reanimation sei möglich, wahr zu machen.

Lieber Gott, dachte Jonas, ich hoffe, ich habe das Richtige getan.

Gina hatte bereits eine Nadel in die Vene eingeführt, die sie und Helga lokalisiert hatten. Nun schalteten sie die Herz-Lungen-Maschine ein, die Harrisons Körper das Blut entziehen und allmählich auf siebenunddreißig Grad erwärmen würde. Anschließend würde es durch einen anderen Schlauch über eine Oberschenkelvene in den Körper zurückgepumpt werden.

Sobald der Prozeß eingeleitet war, gab es eine Unmenge zu tun. Die Monitore durften keine Sekunde aus den Augen gelassen werden, uni ein Ansprechen des Patienten auf die Therapie durch erste schwache Lebenszeichen nicht zu übersehen. Die von den Notärzten durchgeführte Behandlung mußte berücksichtigt werden, bevor man entscheiden konnte, ob die verabreichte Dosis Epinephrin zu groß war, um Harrison dieses herzstimulierende Hormon noch einmal zuzuführen. Währenddessen zog Jonas ein Tablett mit Medikamenten zu sich heran, die Helga vor Eintreffen der Leiche bereitgestellt hatte, und berechnete die ideale Zusammensetzung – Ingredienzen und Mengen – des chemischen Cocktails, der die freien Radikalen daran hindern sollte, das Gewebe zu schädigen.

»Einundsechzig Minuten«, meldete Gina, vom geschätzten Zeitpunkt des Todes ausgehend. »Wow! Ganz schön lang für einen Plausch mit den Engeln! Den hier zurückzuholen wird kein Kinderspiel, meine Lieben!«

»Neun Grad«, meldete Helga ihrerseits ein leichtes Ansteigen der Körpertemperatur, die sich allmählich der Raumtemperatur anpaßte.

Der Tod ist nur ein ganz gewöhnlicher pathologischer Zustand, rief Jonas sich selbst ins Gedächtnis. Pathologische Zustände sind normalerweise reversibel.

Mit ihrer verblüffend schlanken, langfingrigen Hand legte Helga ein Baumwollhandtuch über die Genitalien des Patienten, und Jonas begriff, daß es sich dabei nicht einfach um eine gewisse Schamhaftigkeit handelte, sondern um eine zartfühlende Geste, die eine wichtige neue Einstellung zu Harrison zum Ausdruck brachte. Ein Toter interessierte sich nicht für Fragen des Anstands. Ein Toter konnte auf Zartgefühl verzichten. Helgas Geste besagte, daß sie an eine Auferweckung dieses Mannes glaubte. Sie glaubte daran, daß er in die menschliche Gemeinschaft zurückkehren würde und deshalb schon jetzt mit Mitgefühl und Takt behandelt werden mußte und nicht nur als interessantes Forschungsobjekt, eine Herausforderung an die Wissenschaft.

2

Das Gras und Unkraut war kniehoch und besonders üppig nach einem ungewöhnlich regnerischen Winter. Eine kühle Brise brachte die Wiese zum Wispern. Gelegentlich flogen Fledermäuse und Nachtvögel über seinen Kopf hinweg oder schossen neben ihm tief herab, weil sie sich vorübergehend von ihm angezogen fühlten, als spürten sie den verwandten räuberischen Instinkt. Doch sobald sie den grausigen Unterschied zwischen sich und ihm wahrnahmen, flogen sie aufgeschreckt davon.

Er stand trotzig da und blickte zu den Sternen am Spätwinterhimmel empor, die noch zwischen den immer dichteren, gen Osten ziehenden Wolken leuchteten. Seiner festen Überzeugung nach war das Universum ein Reich des Todes, in dem Leben eine so seltene Ausnahme bildete, daß es geradezu abartig schien. Das Universum war für ihn ein mit unzähligen öden Planeten gefüllter Raum, der nicht von Gottes Schöpferkraft Zeugnis ablegte, sondern von der Sterilität Seiner Phantasie und vom Triumph der gegen Ihn verbündeten Mächte der Finsternis. Von den beiden Realitäten, die in diesem Universum nebeneinander existierten – Leben und Tod –, war das Leben die viel unbedeutendere. Es war inkonsequent. Die Existenz eines Bürgers im Land der Lebenden blieb auf Jahre, Monate, Wochen, Tage, Stunden beschränkt. Als Bürger im Reich der Toten war man hingegen unsterblich.

Er selbst lebte im Grenzland.

Er haßte die Welt der Lebenden, in die er hineingeboren worden war. Er verabscheute die Maskerade der Lebenden, die so taten, als läge ihnen etwas an Moral und Tugend, an Umgangsformen und an einer Sinngebung. Die Heuchelei in den zwischenmenschlichen Beziehungen, wo Selbstlosigkeit öffentlich proklamiert und Selbstsucht insgeheim praktiziert wurde, amüsierte ihn, widerte ihn aber gleichzeitig an. Jede gute Tat wurde seiner Ansicht nach nur im Hinblick darauf vollbracht, daß sie sich eines Tages hoffentlich auszahlen würde.

Seine größte Verachtung – und manchmal auch Wut – galt jenen, die von Liebe sprachen und behaupteten, ein derartiges Gefühl zu empfinden. Er wußte, daß Liebe mit allen anderen hochgestochenen Tugenden, über die sich Eltern, Lehrer und Priester so gern wortreich ausließen, etwas gemeinsam hatte: sie existierte nicht. Sie war ein Schwindel, ein Betrug, ein Machtmittel und sonst nichts.

Er schätzte statt dessen die Finsternis und das seltsame Anti-Leben der Totenwelt, in die er eigentlich gehörte, aber noch nicht zurückkehren konnte. Sein rechtmäßiger Platz war bei den Verdammten. Er fühlte sich zu Hause im Kreis all jener, die die Liebe verabscheuten, die wußten, daß Lustgewinn der einzige Sinn des Daseins war. Nur das eigene Ich zählte. Begriffe wie »böse« oder »Sünde« waren völlig irrelevant.

Je länger er die Sterne zwischen den Wolken anstarrte, desto heller schienen sie zu werden, bis jeder Lichtpunkt im ungeheuren leeren Raum ihm in die Augen stach. Tränen des Unbehagens raubten ihm die klare Sicht, und er war gezwungen, den Blick auf die Erde zu seinen Füßen zu senken. Sogar bei Nacht war das Land der Lebenden für seinesgleichen viel zu hell. Er brauchte kein Licht, um sehen zu können. Sein Sehvermögen hatte sich der totalen Finsternis des Todes, den Katakomben der Hölle angepaßt. Für Augen wie seine war Licht nicht nur etwas völlig Überflüssiges, sondern ein Ärgernis und manchmal sogar ein Greuel.

Ohne noch einmal zum Himmel hochzusehen, verließ er die Wiese und kehrte auf den rissigen Asphalt zurück. Seine Schritte hallten dumpf an dieser Stätte, die einst von Stimmengewirr und Gelächter erfüllt gewesen war. Wenn er gewollt hätte, hätte er sich aber auch so lautlos wie eine Katze auf der Jagd bewegen können.

Die Wolkendecke riß auf, und das plötzliche Mondlicht ließ ihn zusammenzucken. Er war ringsum von den bizarren Schatten der halbverfallenen Bauten seines Verstecks umgeben. Der Mondschein, der auf dem Asphalt schimmerte und jedem anderen bleich vorgekommen wäre, blendete ihn wie eine grelle Leuchtfarbe.

Er holte eine Sonnenbrille aus der Innentasche seiner Lederjacke und setzte sie auf. So war es besser.

Er zögerte kurz, wußte nicht so recht, was er während der Nachtstunden tun sollte. Zwei Möglichkeiten standen zur Wahl. Er konnte die Zeit bis zur Morgendämmerung mit den Lebenden oder mit den Toten verbringen. Diesmal fiel ihm die Entscheidung noch leichter als sonst, denn in seiner momentanen Stimmung zog er die Toten bei weitem vor.

Er trat aus einem Mondschatten heraus, der wie ein riesiges schiefes, zerbrochenes Rad aussah, und ging auf den verfallenen Bau zu, in dem er seine Toten aufbewahrte. Seine Sammlung.

3

»Vierundsechzig Minuten«, sagte Gina nach einem Blick auf ihre Rolex mit dem pinkfarbenen Lederband. »Bei dem hier könnten wir ganz schön in die Bredouille geraten.«

Jonas konnte nicht glauben, daß die Zeit so schnell verging. Sie schien regelrecht zu verfliegen, viel schneller als gewöhnlich, so als hätte sich jemand mit böser Absicht daran zu schaffen gemacht. Aber diesen Eindruck hatte er immer in solchen Situationen, wenn der Unterschied zwischen Leben und Tod in Minuten und Sekunden gemessen wurde.

Er betrachtete das mehr blaue als rote Blut, das durch den Plastikschlauch in die surrende Herz-Lungen-Maschine lief. Der menschliche Körper enthielt durchschnittlich fünf Liter Blut. Bevor das Wiederbelebungsteam mit Harrison fertig war, würden seine fünf Liter mehrmals durch die Apparatur geleitet, erwärmt und gefiltert worden sein.

Ken Nakamura stand vor einem Schaukasten und betrachtete die Röntgenbilder von Kopf und Brust und die Sonogramme, die im Rettungshubschrauber gemacht worden waren, während er mit 270 Stundenkilometern auf das Krankenhaus in Newport Beach zuraste. Kari beugte sich tief über die Augen des Patienten und versuchte mit Hilfe eines Ophtalmoskops festzustellen, ob es irgendwelche gefährlichen Anzeichen für einen Flüssigkeitsstau im Gehirn gab.

Von Helga assistiert, hatte Jonas mehrere Spritzen mit hohen Dosen verschiedener Neutralisatoren von freien Radikalen gefüllt. Die Vitamine E und C waren hierfür hervorragend geeignet und hatten den Vorteil, daß es sich um natürliche Substanzen handelte; aber er wollte dem Patienten auch chemisch auflösende Präparate verabreichen.

Freie Radikale waren schnelle, unbeständige Moleküle, die bei ihrer Wanderung durch den Körper chemische Reaktionen auslösten, wobei die meisten Zellen, mit denen sie in Berührung kamen, beschädigt wurden. Neueste Forschungsergebnisse legten die Vermutung nahe, daß sie die Hauptursache des Alterungsprozesses waren, was auch erklärte, warum natürliche »Gesundheitspolizisten« wie die Vitamine E und C das Immunsystem stärkten und auf lange Sicht zu jugendlicherem Aussehen und mehr Energie verhalfen. Freie Radikale waren ein Nebenprodukt des natürlichen Stoffwechselprozesses und deshalb im Organismus immer vorhanden. Wenn der Körper jedoch über einen längeren Zeitraum nicht über den Blutkreislauf mit Sauerstoff versorgt wurde, bildeten sich trotz der verzögernden Wirkung von Hypothermie riesige Ansammlungen dieser freien Radikalen. Und zwar viel mehr, als der Körper unter normalen Umständen zu bewältigen hatte. Begann das Herz dann wieder zu schlagen, wurden diese zerstörerischen Moleküle ins Gehirn geschwemmt, mit verheerenden Folgen.

Die Vitamine und chemischen Präparate würden die freien Radikalen unschädlich machen, bevor sie irreversible Schäden anrichten konnten. So hoffte man jedenfalls.

Jonas führte die drei intravenösen Spritzen an verschiedenen Stellen des Oberschenkels ein, injizierte den Inhalt aber noch nicht.

»Fünfundsechzig Minuten«, sagte Gina.

Der Patient war schon erschreckend lange tot.

Der Rekord für eine erfolgreiche Reanimation lag bisher bei siebzig Minuten.

Trotz der kühlen Luft fühlte Jonas, daß ihm auf der Kopfhaut, unter dem schütteren Haar, der Schweiß ausbrach. Er nahm emotional immer viel zuviel Anteil. Einige seiner Kollegen mißbilligten sein übersteigertes Einfühlungsvermögen, sie waren der Überzeugung, daß zwischen Arzt und Patient eine gewisse Distanz herrschen müsse, um die Urteilsfähigkeit nicht zu gefährden. Aber für Jonas war kein Patient *nur* Patient. Jeder dieser Patienten wurde von jemandem geliebt und gebraucht. Jonas war sich unmißverständlich klar, daß, wenn er versagte, davon nicht nur der Patient selbst betroffen war, sondern auch ein weites Netzwerk von Verwandten und Freunden, die um den Toten trauerten und weinten. Sogar wenn Jonas jemanden wie diesen Harrison behandelte, von dem er überhaupt nichts wußte, begann er sich die Angehörigen des Patienten *vorzustellen* und fühlte sich für sie genauso verantwortlich, als würde er sie persönlich gut kennen.

»Der Junge sieht gut aus«, kommentierte Ken die Röntgenbilder und Sonogramme. »Keine Knochenbrüche. Keine inneren Verletzungen.«

»Aber diese Sonogramme wurden *nach* seinem Tod angefertigt«, bemerkte Jonas. »Sie zeigen also keine *funktionierenden* Organe.«

»Richtig. Wir werden weitere Aufnahmen machen, wenn er reanimiert ist, und uns noch mal vergewissern, daß alles in Ordnung ist, aber bis jetzt sieht es erst mal ganz gut aus.«

Kari Dovell hatte ihre Untersuchung der Augen des Toten abgeschlossen und richtete sich wieder auf. »Er könnte eine Gehirnerschütterung haben. Schwer zu sagen.«

»Sechsundsechzig Minuten.«

»Jede Sekunde zählt jetzt, Leute. Seid ihr fertig?« mahnte Jonas, obwohl er wußte, daß das überflüssig war.

Die kühle Luft gelangte nicht an seinen Kopf, weil er eine

Haube trug, aber der Schweiß auf seiner Kopfhaut war eiskalt. Schauer liefen ihm über den Rücken.

Im Rhythmus des künstlichen Pulsschlags der Herz-Lungen-Maschine wurde auf siebenunddreißig Grad erwärmtes Blut durch den transparenten Plastikschlauch in den Körper des Patienten gepumpt.

Jonas injizierte die Hälfte des Inhalts der drei Spritzen in das erste Blut, das durch die Oberschenkelvene floß. Er wartete eine knappe Minute, dann injizierte er auch den Rest.

Helga hatte nach seinen Instruktionen bereits drei weitere Spritzen vorbereitet. Er ersetzte die leeren durch die vollen, injizierte den Inhalt aber noch nicht.

Ken stellte den tragbaren Defibrillator neben den Patienten. Falls Harrisons Herz nach der Reanimation unregelmäßig oder viel zu schnell schlagen sollte, könnte dieses Herzflimmern durch Stromstöße beseitigt werden. Diese Methode wurde aber nur im äußersten Notfall angewandt, denn die Defibrillation konnte bei einem soeben erst von den Toten auferweckten Patienten, dessen Zustand erwartungsgemäß noch äußerst labil war, auch eine gefährliche Gegenreaktion hervorrufen.

Nach einem Blick auf das Digitalthermometer meldete Kari: »Seine Körpertemperatur ist erst bei vierzehn Grad.«

»Siebenundsechzig Minuten«, sagte Gina.

»Viel zu langsam«, meinte Jonas.

»Externe Wärmezufuhr?«

Jonas zögerte.

»Na los. Wir sollten es versuchen«, riet Ken.

»Fünfzehn Grad«, sagte Kari.

»Wenn es in diesem Tempo weitergeht«, kommentierte Helga besorgt, »werden wir bei über achtzig Minuten ankommen, bevor er auch nur annähernd so warm ist, daß das Herz anspringen kann.«

Bei der Vorbereitung des OPs waren für alle Fälle Heizkissen unter das Laken auf dem Operationstisch gelegt worden. Sie erstreckten sich über den Bereich des ganzen Rückgrats.

»Okay«, entschied Jonas.

Kari schaltete die Heizkissen ein.

»Aber ganz behutsam«, riet Jonas.

Kari regelte die Temperatur.

Sie mußten den Körper erwärmen, aber bei einer zu schnellen Erhitzung konnten neue Probleme auftreten. Jede Wiederbelebung war eine Gratwanderung.

Jonas injizierte mehr Vitamin E und C und chemische Mittel.

Der Patient lag bleich und regungslos da. Er erinnerte Jonas an eine lebensgroße Figur in einer alten Kathedrale: ein Christus aus weißem Marmor, im Grabe liegend, vor der erfolgreichsten Auferstehung aller Zeiten.

Kari Dovell hatte Harrisons Lider für die ophtalmoskopische Untersuchung geöffnet, und nun starrte er blicklos an die Decke, während Gina künstliche Tränen in seine Augen tröpfelte, damit die Linsen nicht austrockneten. Bei dieser Arbeit summte sie »Little Surfer Girl« vor sich hin. Sie war ein Beach-Boys-Fan.

In den Augen der Leiche stand weder Schock noch Angst geschrieben, wie man vielleicht hätte erwarten können. Statt dessen hatten sie einen beinahe friedlichen Ausdruck, so als hätten sie im Moment des Todes etwas Wunderbares geschaut.

Gina hatte dem Patienten die Augentropfen verabreicht und warf wieder einen Blick auf die Uhr. »Achtundsechzig Minuten.«

Jonas ertappte sich bei dem unsinnigen Wunsch, ihr den Mund zu verbieten, als würde die Zeit stehenbleiben, wenn sie nicht Minute für Minute angäbe.

Blut wurde durch die Herz-Lungen-Maschine gepumpt.

»Siebzehn Grad.« Helga sagte das in so strengem Ton, als würde sie den Toten am liebsten dafür verprügeln, daß er sich mit dem Erwärmen soviel Zeit ließ.

Nullinien auf dem EKG.

Nullinien auf dem EEG.

»Nun komm schon«, drängte Jonas. »Los, nun mach doch!«

4

Er betrat das Museum der Toten nicht durch eine der oberen Türen, sondern durch die wasserlose Lagune. In der flachen Vertiefung lagen noch immer drei Gondeln auf dem rissigen Beton. Sie waren für jeweils zehn Fahrgäste gedacht, aber diese Gleiskettenboote waren schon vor langer Zeit von den Schienen gekippt worden, auf denen sie einst ihre glücklichen Passagiere transportiert hatten. Sogar bei Nacht und mit Sonnenbrille konnte er sehen, daß diese Gefährte nicht den schwanenhalsartigen Bug der echten venezianischen Gondeln besaßen, sondern mit grinsenden Wasserspeiern als Bugfiguren versehen waren, aus Holz handgeschnitzt und grell bemalt, früher vielleicht furchterregend, nun aber rissig, verwittert und abgeblättert. Die Lagunentüren, die sich in besseren Zeiten schwungvoll geöffnet hatten, sobald eine Gondel angefahren kam, wurden nicht mehr betrieben. Eine war in geöffneter Stellung festgefroren, die andere war geschlossen, hing aber nur noch an zwei ihrer vier verrosteten Scharniere. Durch den offenen Türflügel betrat er einen Gang, der viel schwärzer war als die Nacht, die hinter ihm lag.

Er nahm die Sonnenbrille ab. In dieser Finsternis brauchte er sie nicht.

Er benötigte aber auch keine Taschenlampe. Wo jeder normale Mensch blind gewesen wäre, konnte er sehen.

Der Betonkanal, durch den die Gondeln einst gefahren waren, war einen Meter tief und zweieinhalb Meter breit. Eine viel schmalere Rinne im Boden enthielt den verrosteten Gleiskettenmechanismus – ein endloses Band aus fünfzehn Zentimeter hohen stumpfen Haken, die einst in die Stahlösen auf der Unterseite des Bootsrumpfes eingerastet waren und auf diese Weise die Gondeln fortbewegt hatten. Als das Fahrgeschäft noch in Betrieb gewesen war, hatte Wasser diese Haken unsichtbar gemacht und die Illusion verstärkt, daß die Gondeln einfach in der Strömung trieben. Nun aber sah dieser in der Ferne verschwindende Mechanismus wie die Wirbelsäule eines riesigen prähistorischen Reptils aus.

Die Welt der Lebenden besteht nur aus solchen Täuschungsmanövern, dachte er. Unter der glatten Oberfläche laufen heimliche Mechanismen ab, die weniger schön sind.

Er ging tiefer in das Gebäude hinein. Die Abschüssigkeit des Kanals war zunächst kaum wahrnehmbar, aber ihm fiel sie auf, weil er diesen Weg schon so oft gegangen war.

Über seinem Kopf gab es auf beiden Seiten des Kanals meterbreite Wartungsgänge. Dahinter lagen die Tunnelwände, die schwarz gestrichen worden waren, unauffällige Kulissen für das gruselige Geschehen im Vordergrund.

An manchen Stellen entlang des Kanals gab es Nischen oder sogar richtige Zimmer. In früheren Zeiten waren hier die Figuren untergebracht gewesen, die die Fahrgäste amüsieren oder erschrecken sollten – oder beides: Geister und Trolle, Dämonen und Monster, mit Äxten bewaffnete Irre, die sich über die Leichen ihrer enthaupteten Opfer beugten. In einem der größten Räume hatte es einen kunstvollen Friedhof mit umherwandelnden Zombies gegeben; in einem anderen hatte eine sehr überzeugende fliegende Untertasse von beträchtlichen Ausmaßen Außerirdische ausgespuckt, deren riesige Köpfe mit Haifischzähnen ausgestattet waren. Die roboterartigen Figuren hatten sich bewegt und wild gestikuliert, Grimassen geschnitten und die Fahrgäste auf immer und ewig mit Stimmen vom Tonband eingeschüchtert, die knurrten und heulten, fluchten und drohten.

Nein, nicht auf immer und ewig. Jetzt waren sie alle verschwunden, verschrottet oder von den Gläubigern verkauft, einige auch gestohlen.

Nichts währte ewig.

Nur der Tod.

Dreißig Meter hinter den Eingangstüren endete die erste Etappe der Geisterfahrt. Der Tunnelboden führte nun plötzlich steil in die Tiefe, mit einem Winkel von etwa fünfunddreißig Grad, hinab in die totale Finsternis. Hier hatten sich die Gondeln von den Haken im Boden gelöst und waren ruckartig fünfundvierzig Meter hinabgesaust; unten waren sie in einem Teich gelandet, das Wasser spritzte hoch auf und durchnäßte die vorderen Fahrgäste, zum großen Vergnügen all jener, die das Glück – oder den Verstand – hatten, hinten zu sitzen.

Weil er kein gewöhnlicher Mensch war und über ganz besondere Kräfte verfügte, konnte er sogar in dieser völlig lichtlosen Umgebung ein Stück weit sehen, allerdings nicht bis zum Ende der Steilung. Seine katzenartige Nachtsicht war begrenzt: Im Umkreis von vier bis fünf Metern sah er alles genauso scharf wie bei Tageslicht; dann verschwammen die Konturen allmählich, und auf eine Entfernung von zwölf oder fünfzehn Metern verschluckte die Dunkelheit alles.

Mit leicht zurückgebeugtem Oberkörper, um auf dem abschüssigen Weg nicht das Gleichgewicht zu verlieren, stieg er ins Zentrum der verlassenen Geisterbahn hinab. Er fürchtete sich nicht vor dem, was unten auf ihn lauern könnte. Er fürchtete sich vor nichts mehr. Schließlich war er gefährlicher, brutaler und mörderischer als alles, womit diese Welt ihn bedrohen konnte.

Etwa auf halbem Wege zum früheren Teich hinab nahm er den Geruch des Todes wahr, der mit Strömen kühler, trockener Luft zu ihm aufstieg. Der Gestank erregte ihn. Kein Parfüm, nicht einmal das exquisiteste Parfum auf der zarten Haut einer schönen Frau, hätte sein Blut jemals so in Wallung bringen können wie der unvergleichliche süße Duft von verwestem Fleisch.

5

Unter den Halogenleuchten waren all die Flächen aus rostfreiem Stahl und weißem Email im Operationssaal etwas zu grell für die Augen, wie die geometrischen Formen einer arktischen Landschaft bei starker Sonne. Der Raum schien kühler geworden zu sein, so als würde die in den Toten einströmende Wärme die Kälte aus ihm verdrängen und an die Luft ringsum abgeben. Jonas Nyebern fröstelte.

Helga warf wieder einen Blick auf das Digitalthermometer. »Körpertemperatur auf einundzwanzig Grad gestiegen.«

»Zweiundsiebzig Minuten«, meldete Gina.

»Jetzt sind wir auf Erfolgskurs«, sagte Ken trocken. »Geschichte der Medizin, *Guinness-Buch der Rekorde,* Fernsehauftritte, Bücher, Filme, T-Shirts und Mützen und Gartenzwerge mit unseren Konterfeis ...«

»Ein paar Hunde sind nach neunzig Minuten reanimiert worden«, rief Kari ihm ins Gedächtnis.

»Ja«, stimmte Ken zu, »aber das waren eben *Hunde.* Außerdem waren sie so verrückt, daß sie Knochen jagten und Autos vergruben.«

Gina und Kari lachten leise, und der Scherz linderte die schier unerträgliche Spannung. Nur auf Jonas hatte er keine Wirkung. Er konnte sich während einer Wiederbelebung nie auch nur eine Sekunde lang entspannen, obwohl er genau wußte, daß übermäßige Nervenanspannung die Leistungsfähigkeit eines Arztes beeinträchtigen konnte. Kens Talent, ein bißchen Nervosität wie Dampf abzulassen, war bewundernswert und kam dem Patienten zugute; Jonas war mitten in der Schlacht zu so etwas einfach nicht imstande. »Zweiundzwanzig Grad, dreiundzwanzig.«

Es *war* eine Schlacht. Der Tod war der Gegner: schlau, mächtig und gnadenlos. Für Jonas war der Tod nicht nur ein pathologischer Zustand und nicht einfach das unausweichliche Schicksal aller Lebewesen, sondern ein Wesen, das durch die Welt schweifte, vielleicht nicht immer als jene mythische Gestalt mit dem unter einer Kapuze verborgenen Totenschädel, aber trotzdem eine sehr reale Präsenz. Der Tod.

»Vierundzwanzig Grad.«

»Dreiundsiebzig Minuten.«

Jonas injizierte weitere Drogen in das durch die Vene fließende Blut.

Er vermutete, daß die Kollegen seinen Glauben an den Tod als übernatürliche Kraft mit einem eigenen Willen und Bewußtsein für dummen Aberglauben halten würden. Seine feste Überzeugung, daß der Tod manchmal in leiblicher Gestalt auf Erden wandelte und auch jetzt, wenngleich unsichtbar, in diesem OP gegenwärtig war, würden sie wahrscheinlich sogar als Symptom von geistiger Labilität oder gar beginnendem Wahnsinn werten. Aber Jonas selbst zweifelte nicht an seiner geistigen Gesundheit. Schließlich basierte sein Glaube an den Tod als Wesen auf empirischen Beweisen. Er hatte den verhaßten Feind *gesehen,* als er erst sieben

Jahre alt war, er hatte seine Stimme gehört, hatte ihm in die Augen geblickt, seinen stinkenden Atem gerochen und seine eisigen Finger auf seinem Gesicht gespürt.

»Fünfundzwanzig Grad.«

»Haltet euch bereit«, sagte Jonas.

Die Körpertemperatur des Patienten näherte sich einer Schwelle, jenseits derer die Reanimation jederzeit einsetzen konnte. Kari zog eine Spritze mit Epinephrin auf, und Ken schaltete schon mal den Defibrillator ein. Gina öffnete das Ventil eines Behälters, der eine Spezialmischung von Sauerstoff und Kohlenstoffdioxid enthielt, und nahm die Atemmaske zur Hand, um sich zu vergewissern, daß sie einsatzbereit war.

»Sechsundzwanzig Grad«, sagte Helga. »Siebenundzwanzig.«

Gina schaute auf ihre Uhr. »Gleich ... vierundsiebzig Minuten.«

6

Unten angelangt, betrat er einen höhlenartigen Raum von der Größe einer Flugzeughalle. Hier war einst die Hölle nachgebildet worden, wie ein nicht allzu phantasievoller Designer sie sich vorgestellt hatte, einschließlich der – mit Hilfe von Gas – erzeugten Flammen, die an den Felsformationen aus Beton entlang der Wände leckten.

Das Gas war schon vor langer Zeit abgeschaltet worden. Die Hölle war jetzt kohlpechrabenschwarz. Aber natürlich nicht für ihn.

Er bewegte sich langsam über den Betonboden, der durch eine gewundene Rinne mit einem weiteren Gleiskettenmechanismus zweigeteilt wurde. Hier wurden die Gondeln durch einen See befördert: Geschickte Beleuchtung und blubbernde Luftblasen, die kochendes Öl simulierten, hatten die Illusion eines Feuersees erzeugt. Bei jedem Schritt genoß er den köstlichen Verwesungsgeruch, der immer durchdringender wurde.

Ein Dutzend mechanischer Dämone hatte einst von den

Felsen aus für wohligen Schrecken gesorgt: Die Figuren hatten riesige Fledermausflügel ausgebreitet und aus glühenden Augen harmlose Laserblitze auf die Gondeln geschleudert. Elf Dämonen waren weggeschafft worden, in irgendeinen anderen Vergnügungspark oder zur Verschrottung. Aus unerfindlichen Gründen war ein Teufel hiergeblieben – verrostetes Metall, mottenzerfressene Stoffe, verbeulter Kunststoff, schmutzstarrende hydraulische Vorrichtungen. Er stand noch immer auf einer hohen Felsspitze und wirkte eher kläglich als furchterregend.

Während er an dieser jämmerlichen Figur vorbeiging, dachte er: *Ich bin der einzige echte Dämon, den dieser Ort je gesehen hat und je sehen wird,* und das gefiel ihm.

Schon vor Monaten hatte er seinen früheren Vornamen abgelegt und den Namen eines Dämons angenommen, der ihm aus einem Buch über Satanismus im Gedächtnis geblieben war. Vassago. Einer der drei mächtigsten Prinzen der Hölle, nur Seiner Satanischen Majestät untertan. Vassago. Der Klang dieses Namens gefiel ihm sehr. Er kam ihm so leicht über die Lippen, als hätte er nie anders geheißen.

»Vassago.«

In der tiefen unterirdischen Stille hallte es von den Betonfelsen unheimlich wider: *»Vassago!«*

7

»Achtundzwanzig Grad.«

»Jetzt müßte es passieren«, sagte Ken.

Kari ließ die Monitore nicht aus den Augen. »Nullinien, nichts als Nullinien.«

Ihr Schwanenhals war so zart, daß Jonas den schnellen Puls in ihrer Halsschlagader sehen konnte.

Er blickte auf den Toten hinab. Dessen Halsschlagader pulsierte nicht.

»Fünfundsiebzig Minuten.«

»Falls er zu sich kommt, ist es jetzt ein offizieller Rekord«, sagte Ken. »Wir werden feiern müssen, mit allem Drum und

Dran: Besäufnis, große Kotzerei, Herumtorkeln, sich zum Gespött der Leute machen.«

»Neunundzwanzig Grad.«

Plötzlich schnaufte der Tote.

Jonas zuckte zusammen und starrte auf die Monitore.

Das EKG zeigte krampfartige Bewegungen im Herzen des Patienten.

»Na also«, sagte Kari.

8

Die Figuren der Verdammten, über hundert, als die Hölle noch in Betrieb gewesen war, waren ebenso verschwunden wie elf der zwölf Dämonen. Verstummt waren auch die schauerlichen Schreie der Gemarterten, das Klagen, Heulen und Zähneklappern vom Tonband. Doch nun beherbergte diese verlassene Stätte etwas viel Besseres als Roboter, etwas viel Realistischeres: Vassagos Sammlung.

Im Mittelpunkt des Raumes wartete Satan in all seiner Majestät, grausam und gewaltig. Die massive Statue des Höllenfürsten – vielmehr seines Oberkörpers – war von der Taille bis zu den Hörnerspitzen gut zehn Meter hoch. Früher hauste der Herr der Finsternis in einer tiefen Grube von fünf Meter Durchmesser unter dem See und tauchte in regelmäßigen Abständen aus dem Wasser empor, mit riesigen Feueraugen, knirschenden messerscharfen Zähnen, mahlenden Kiefern und gespaltener Zunge. Mit Donnerstimme warnte er: »Ihr, die ihr hier eingeht, lasset alle Hoffnung fahren!«, und lachte schauerlich.

Vassago war als Junge oft mit dieser Geisterbahn gefahren – damals, als er noch zu den Lebenden gehörte, als er noch kein Bewohner des Grenzlandes war –, und in jener Zeit hatte ihn der Teufel fasziniert, besonders das gräßliche Lachen. Wenn das Monster jetzt wie durch ein Wunder wieder lebendig geworden wäre, hätte es Vassago nicht mehr beeindruckt, denn inzwischen war er alt und erfahren genug, um zu wissen, daß Satan niemals lachte, daß er dazu überhaupt nicht fähig war.

Vassago blieb vor dem emporragenden Luzifer stehen und betrachtete die Statue mit einer Mischung aus Verachtung und Bewunderung. Natürlich war es ein kitschiger Teufel, eben ein Jahrmarktsspuk, der die Blasen kleiner Kinder auf eine harte Probe stellte und weiblichen Teenagern einen willkommenen Vorwand bot, sich kreischend und schutzsuchend in die starken Arme ihrer grinsenden Freunde zu werfen. Aber er mußte doch zugeben, daß der Künstler durchaus eine eigene Vision gehabt hatte, anstatt sich an die traditionelle Darstellung von Satan zu halten. Dies war kein Wüstling mit magerem Gesicht, Adlernase, schmalen Lippen, spitzem Kinn und Ziegenbärtchen. Nein, dies war eine Bestie, die diesen Namen wirklich verdiente: teils Reptil, teils Insekt, teils Mensch, abstoßend genug, um Furcht zu erregen, vertraut genug, um real zu wirken, und fremdartig genug, um Ehrfurcht zu erwecken. Staub, Verwitterung und Feuchtigkeit vieler Jahre hatten ihm Patina verliehen und die grellen Farben verblassen lassen, so daß er jetzt fast so eindrucksvoll aussah wie jene gigantischen Steinstatuen ägyptischer Götter, die in uralten Tempeln gefunden werden, tief begraben in Wüstensand.

Obwohl Vassago nicht wußte, wie Luzifer in Wirklichkeit aussah, und obwohl er vermutete, daß der »Vater der Lüge« viel imposanter – und schrecklicher – als diese Geisterbahnversion war, fand er das Gebilde aus Plastik und Schaumstoff doch so eindrucksvoll, daß er es zum Mittelpunkt seiner heimlichen Existenz in diesem Schlupfwinkel gemacht hatte. Zu Füßen Luzifers hatte er auf dem Betonboden des trockengelegten Sees seine Sammlerstücke kunstvoll arrangiert, teilweise zu seiner eigenen Freude und Belustigung, teilweise aber auch als Opfergabe für den Herrn des Schreckens: Die nackten Körper von sieben Frauen und drei Männern in verschiedenen Stadien der Verwesung waren möglichst vorteilhaft zur Schau gestellt, zehn exquisite Statuen eines perversen Michelangelo in einem Museum des Todes.

9

Ein einziges Schnaufen, einige krampfhafte Zuckungen der Herzmuskeln und eine unwillkürliche Nervenreaktion, die bewirkte, daß der rechte Arm zuckte und die Finger sich öffneten und schlossen wie die Beine einer sterbenden Spinne – das waren die einzigen Lebenszeichen des Patienten, bevor er wieder in die Regungslosigkeit der Toten zurückfiel.

»Dreißig Grad«, meldete Helga.

Ken Nakamura fragte: »Defibrillation?«

Jonas schüttelte den Kopf. »Er hat kein Herzflimmern. Sein Herz schlägt überhaupt nicht. Wir müssen abwarten.«

Kari hielt eine Spritze hoch. »Epinephrin?«

Jonas ließ die Monitore nicht aus den Augen. »Warten wir noch. Wir wollen ihn schließlich nicht zurückholen, nur damit er dann wegen Überdosierung eine Herzattacke erleidet.«

»Sechsundsiebzig Minuten.« Helgas Stimme klang so jung, atemlos und aufgeregt, als würde sie den Punktestand eines Volleyballspiels am Strand angeben.

»Einunddreißig Grad.«

Harrison schnaufte wieder. Sein Herz stotterte, was sich auf dem Bildschirm des Elektrokardiographen als Zackenbewegung darstellte. Ein Schauder durchlief seinen ganzen Körper. Dann zeigte das EKG wieder Nullinien an.

Die Griffe der Elektroden umfassend, warf Ken Jonas einen erwartungsvollen Blick zu.

»Zweiunddreißig Grad«, verkündete Helga. »Er ist im richtigen Temperaturbereich, und er will zurück.«

Jonas spürte, wie ihm der Schweiß jetzt über die rechte Schläfe und den Kieferknochen rann. Das war der schlimmste Teil der ganzen Prozedur: dieses Warten, um dem Patienten eine Chance zu geben, den entscheidenden Anstoß aus eigener Kraft zu schaffen, anstatt ihn durch weitere Methoden künstlicher Reanimation zu belasten.

Ein drittes spasmodisches Herzzucken war auf dem Bildschirm wieder als Zackenlinie zu erkennen, aber sie brach schneller ab als die vorangegangenen und war von keiner

Reaktion der Lunge begleitet. Es waren auch keine Muskelzuckungen zu sehen. Harrison lag regungslos und schlaff da.

»Er schafft den Sprung nicht«, sagte Kari Dovell.

Ken stimmte ihr zu. »Wir werden ihn verlieren.«

»Siebenundsiebzig Minuten.«

Nicht vier Tage im Grab wie Lazarus, bevor Jesus ihn auferweckte, dachte Jonas, aber auch siebenundsiebzig Minuten Tod sind schon viel.

»Epinephrin«, sagte er.

Kari reichte ihm die Spritze, und er setzte die Injektion augenblicklich in dieselbe Venenöffnung, die er schon vorher benutzt hatte.

Ken beugte sich mit den Elektroden in den Händen über den Patienten, um keine Sekunde zu verlieren, wenn ein Stromstoß erforderlich sein würde.

Das Epinephrin, ein starkes Hormon, das aus den Nebennieren von Schafen und Rindern gewonnen und von manchen Reanimationsspezialisten als »Wiederbelebungselixier« bezeichnet wird, wirkte auf Harrison so unmittelbar wie irgendein Elektroschock. Der schale Atem des Todes brach aus ihm hervor, er schnappte nach Luft, so als würde er noch immer in jenem eisigen Fluß ertrinken, er zuckte heftig, und sein Herz begann so schnell zu rasen wie das eines Kaninchens, dem ein Fuchs dicht auf den Fersen ist.

10

Vassago hatte jedes Stück seiner makabren Sammlung mit sehr viel Bedacht arrangiert. Die zehn Leichen einfach achtlos auf dem Betonboden liegen zu lassen, wäre ihm wie ein Sakrileg vorgekommen. Er respektierte den Tod nicht nur, sondern liebte ihn leidenschaftlich, war von ihm genauso durchdrungen wie Beethoven von der Musik oder Rembrandt von der Malerei. Der Tod war schließlich das Geschenk Satans an die Bewohner des Gartens Eden gewesen, ein Geschenk in hübscher Verpackung. Er war der Urheber des Todes, und sein war das Reich des ewigen Todes. Jedes

Fleisch, das vom Tod gezeichnet worden war, mußte mit der gleichen Ehrfurcht behandelt werden, wie sie ein gläubiger Katholik der heiligen Eucharistie bezeugt. Genauso, wie ihr Gott angeblich in der dünnen Oblate aus ungesäuertem Brot gegenwärtig ist, war das Antlitz von Vassagos unversöhnlichem Gott überall dort zu sehen, wo es nach Moder roch.

Die erste Leiche, die er Satan dargebracht hatte, war Jenny Purcell, eine zweiundzwanzigjährige Kellnerin, die in einer Imbißstube im Stil der 50er Jahre gearbeitet hatte, wo aus der Jukebox Elvis Presley, Chuck Berry, Lloyd Price, die Platters, Buddy Holly, Connie Francis und die Everly Brothers tönten. Jenny hatte Spätschicht gehabt, und als Vassago hereinkam und einen Hamburger und ein Bier bestellte, fand sie seine schwarze Kleidung und die dunkle Sonnenbrille, die er auch beim Essen nicht abnahm, unheimlich faszinierend.

Ein cooler Typ, dachte sie. Er sah interessant aus, sein hübsches Milchgesicht stand in scharfem Gegensatz zu einem energischen Kinn und einem harten Mund. Sein dichtes schwarzes Haar, das ihm in die Stirn fiel, verlieh ihm eine leichte Ähnlichkeit mit dem jungen Elvis. *Wie heißt du,* fragte sie, und er sagte: *Vassago,* und sie sagte: *Ich meine, mit Vornamen,* und er sagte: *Vassago und sonst nichts,* und das verwirrte sie und regte ihre Phantasie noch mehr an, und sie fragte: *Echt? So wie Cher nur einen Namen hat oder Madonna oder Sting?* Er blickte ihr durch seine dunklen Brillengläser tief in die Augen und sagte: *Ja – irgendwelche Probleme damit?* Die hatte sie nicht, ganz im Gegenteil. Sie fand ihn unheimlich attraktiv, weil er so »anders« war, aber sie entdeckte erst später – viel zu spät *wie* anders er war.

Alles an Jenny wies sie in seinen Augen als Nutte aus. Nachdem er sie mit einem zwanzig Zentimeter langen Stilett erdolcht hatte, brachte er sie deshalb in eine Stellung, die zu einer liederlichen Person paßte. Er zog sie aus und setzte sie auf den Boden, mit weit gespreizten Schenkeln und hochgezogenen Knien. Damit sie nicht umfiel, band er ihre zarten Handgelenke an den Schienbeinen fest. Dann zog er mit Hilfe starker Seile ihren Kopf vornüber nach unten, viel tiefer, als sie sich hätte vorbeugen können, als sie noch am Leben gewesen war, so daß ihr Zwerchfell brutal zusammengedrückt wurde. Zuletzt wickelte er die Seile um ihre Schenkel, so daß sie nun bis in alle Ewigkeit die Spalte zwischen ihren Beinen betrachten und über ihre Sünden nachdenken konnte.

Jenny war das erste Stück in seiner Sammlung gewesen. Seit neun Monaten tot und aufgebunden wie ein Schinken in der Räucherkammer, war sie mittlerweile ausgedörrt, eine mumifizierte Schale, an der Würmer und andere Verwesungsliebhaber kein Interesse mehr hatten. Sie stank auch nicht mehr so wie früher.

In ihrer abartigen Position hatte sie inzwischen mit einem Lederball mehr Ähnlichkeit als mit einem menschlichen Wesen. Man konnte sich kaum noch vorstellen, daß sie einmal eine sehr lebendige Person gewesen war, und fast genauso schwierig war es, in ihr eine tote Person zu erkennen. Folglich schien der Tod nicht mehr in ihren Überresten zu residieren. Für Vassago hatte sie aufgehört, eine Leiche zu sein; sie war nur noch ein eigenartiger Gegenstand, scheinbar schon immer unbelebt. Deshalb hatte er an ihr, obwohl sie seine Sammlung eröffnet hatte, nur noch ein minimales Interesse.

Er war einzig und allein vom Tod und von den Toten fasziniert. Die Lebenden interessierten ihn nur insofern, als sie den Keim des Todes in sich trugen.

11

Das Herz des Patienten schwankte zwischen leicht und stark beschleunigter Tätigkeit hin und her, zwischen hundertzwanzig und über zweihundertdreißig Schlägen pro Minute, ein durch das Epinephrin und die Hypothermie bedingter vorübergehender Zustand. Nur daß es sich hier nicht um einen vorübergehenden Zustand zu handeln schien. Die Arrhythmie wurde im Gegenteil immer stärker, was letztlich zum Herzstillstand führen konnte.

Jonas schwitzte jetzt nicht mehr; er war viel ruhiger, seit der Kampf mit dem Tod voll entbrannt war. »Gib ihm lieber einen Stoß«, sagte er. Keiner zweifelte daran, wem diese Aufforderung galt, und Ken Nakamura drückte die kalten Elektroden denn auch sofort auf Harrisons Brust, oberhalb und unterhalb des Herzens. Der Patient bäumte sich auf und prallte heftig auf den Tisch zurück, ein Geräusch, als hätte man mit einer Eisenstange auf ein Ledersofa geschlagen – *Wuwumm!*

Jonas starrte selbst auf den Elektrokardiographen, obwohl Karl die Linien auf dem Bildschirm laut erklärte: »Noch immer zweihundert Schläge pro Minute, aber rhythmisch ... ja ... regelmäßig ... regelmäßig ...«

Auf dem Elektroenzephalographen waren jetzt Alpha- und Beta-Gehirnströme zu beobachten, die für einen bewußtlosen Menschen durchaus im normalen Bereich lagen.

»Die Lunge arbeitet selbständig«, meldete Ken.

»Okay«, entschied Jonas, »beatmen, damit er genug Sauerstoff in seine kleinen grauen Zellen kriegt.«

Gina legte Harrison sofort die Sauerstoffmaske aufs Gesicht.

»Körpertemperatur auf vierunddreißig Grad gestiegen«, berichtete Helga.

Die Lippen des Patienten waren noch immer bläulich, aber unter seinen Fingernägeln war diese Verfärbung bereits fast verschwunden.

Auch seine Muskelspannkraft regenerierte sich. Sein Fleisch war nicht mehr so schlaff wie das eines Toten. Während das Leben in seine tiefgefrorenen Glieder zurückkehrte, begannen seine geplagten Nervenenden unkontrolliert zu zucken.

Seine Augen rollten und hüpften unter den geschlossenen Lidern, ein sicheres Anzeichen von REM-Schlaf. Er träumte.

»Hundertzwanzig Schläge pro Minute«, sagte Kari, »jetzt völlig rhythmisch ... sehr stabil.«

Gina warf einen Blick auf ihre Uhr und stieß vor Staunen laut den Atem aus. »Achtzig Minuten!«

»Sackerment!« rief Ken ungläubig, »wir haben den Rekord um zehn Minuten geschlagen!«

Jonas gab die offizielle Erklärung für das Tonband ab: »Patient um 21 Uhr 32 am Montagabend, 4. März, erfolgreich reanimiert.«

Zu lautem Jubel, wie er auf einem richtigen Schlachtfeld jetzt wohl zu hören gewesen wäre, waren sie nicht aufgelegt, aber sie beglückwünschten einander und lächelten sich erleichtert und glücklich an. Ihre Zurückhaltung hatte nichts mit falscher Bescheidenheit zu tun. Sie waren sich einfach bewußt, daß Harrisons Zustand weiterhin kritisch war. Den Kampf mit dem Tod hatten sie zwar gewonnen, aber ihr Patient hatte das Bewußtsein noch nicht wiedererlangt. Solange man seinen Geisteszustand nicht überprüfen konnte, ließ sich nicht ausschließen, daß er nur ins Leben zurückgeholt worden war, um jämmerlich dahinzuvegetieren, tragisch eingeschränkt in seinen Möglichkeiten, weil er irreparable Gehirnschäden erlitten hatte.

12

Berauscht vom köstlichen Parfum des Todes und geborgen in der unterirdischen Abgeschiedenheit, ging Vassago bewundernd an seiner Kollektion entlang, die Luzifers Kolossalstatue kreisbogenförmig zu einem Drittel umgab.

Eines der männlichen Exponate war ihm ins Netz gegangen, als es nachts auf einem gottverlassenen Abschnitt des Ortega Highway einen Reifen wechselte. Das zweite hatte auf einem Parkplatz am Strand im Wagen geschlafen. Das dritte hatte versucht, Vassago in einer Bar in Dana Point abzuschleppen. Es war nicht einmal eine Schwulenkneipe gewesen. Der Bursche war einfach betrunken gewesen, einsam, verzweifelt – und leichtsinnig.

Nichts brachte Vassago so in Rage wie die sexuellen Bedürfnisse und Lüste anderer. Er selbst hatte an Sex kein Interesse mehr, und er vergewaltigte keine der Frauen, die er umbrachte. Aber der Ekel und Zorn, die ihn überfielen, sobald er bei anderen sexuelle Begierden wahrnahm, hatten nichts mit Neid zu tun, beruhten keineswegs auf dem Gefühl, daß seine Impotenz ein Fluch oder auch nur eine unfaire Benachteiligung sei. Nein, er war froh, von Lust und

Begierde frei zu sein. Seit er ein Bürger des Grenzlandes war, kannte er ganz andere Freuden. Er konnte sich selbst nicht so recht erklären, warum ihn allein schon der Gedanke an Sex manchmal so in Wut brachte, warum ein kleiner Flirt oder ein kurzer Rock oder auch ein enger Pulli über üppigen Brüsten ihn zum Foltern und Morden anstacheln konnte, aber er vermutete, daß es der unauflösliche Zusammenhang zwischen Sex und Leben war, der ihn anwiderte. Neben dem Selbsterhaltungstrieb war Sexualität die stärkste Motivation menschlichen Handelns, jedenfalls wurde das immer wieder behauptet. Sex führte zur Entstehung neuen Lebens. Und weil er das Leben in all seiner protzenden Vielfalt haßte, blindwütig haßte, haßte er Sex natürlich auch.

Er tötete Frauen lieber als Männer, weil die Gesellschaft Frauen in weit stärkerem Maße dazu verleitete, ihre Sexualität zur Schau zu stellen, mit Hilfe von Make-up, verführerischen Düften, offenherzigen Kleidern und kokettem Getue. Außerdem war es der Schoß der Frau, aus dem neues Leben geboren wurde, und Vassago hatte sich geschworen, Leben zu vernichten, wo immer er nur konnte. Von Frauen kam das eine, was er an sich selbst verabscheute: der Funke Leben, der noch immer in ihm brannte und ihn daran hinderte, in das Land der Toten einzugehen, wohin er gehörte.

Außer Jenny besaß er weitere sechs weibliche Exponate: zwei Hausfrauen, eine junge Anwältin, eine Arzthelferin und zwei College-Studentinnen. Obwohl er sich bei jeder Leiche viel Mühe gegeben hatte, Persönlichkeit, Gesinnung und Schwächen der Frau durch das jeweilige Arrangement zum Ausdruck zu bringen und obwohl er ein großes Talent für Kadaverkunst besaß, speziell was die Verwendung verschiedenartigster Requisiten anlangte, so gefiel ihm doch der Effekt, den er bei einer der Studentinnen erzielt hatte, mehr als all seine anderen Werke zusammen.

Vor ihr blieb er stehen.

Er betrachtete sie in der Dunkelheit, begeistert über sein Meisterwerk ...

Margaret ...

Zum erstenmal sah er sie bei einem seiner rastlosen nächtlichen Streifzüge, in einer schwach beleuchteten Bar unweit des Universitätsgeländes, wo sie an einer Diätcola nippte, entweder weil sie noch nicht alt genug war, um wie ihre Freunde Bier ausgeschenkt zu bekommen, oder aber, weil sie sich nichts aus Alkohol machte. Er vermutete das letztere.

Ihr war deutlich anzumerken, daß sie sich in der lauten, verrauchten Kneipe denkbar unwohl fühlte. Sogar aus einiger Entfernung konnte Vassago an ihrer Körpersprache und ihren Reaktionen auf ihre Freunde erkennen, daß sie im Grunde schüchtern war, sich aber den anderen anzupassen versuchte, obwohl sie tief im Herzen wußte, daß sie nie ganz dazugehören würde. Das laute Stimmengewirr der zumeist Angetrunkenen, das Klirren der Gläser, die ohrenbetäubende Jukebox-Musik von Madonna, Michael Jackson und Michael Bolton, der Gestank nach Zigaretten und abgestandenen Bier, der Schweißgeruch grüner Bubis auf der Suche nach willigen Opfern – nichts von alldem berührte sie. Sie saß in dieser Bar, aber das alles prallte einfach an ihr ab, an einer unbändigen inneren Energie, die größer war als die der anderen jungen Männer und Frauen zusammengenommen.

Sie war so ungeheuer lebendig, daß sie regelrecht zu leuchten schien. Vassago konnte kaum glauben, daß durch ihre Adern das normale träge Menschenblut floß. Es hatte vielmehr den Anschein, als pumpte ihr Herz destillierte Lebensessenz.

Diese Vitalität zog ihn magisch an. Es würde ungeheuer befriedigend sein, eine so hell lodernde Lebensflamme auszulöschen.

Um herauszufinden, wo sie wohnte, folgte er ihr auf dem Nachhauseweg. In den beiden nächsten Tagen holte er im College Informationen über sie ein, nicht minder eifrig als jeder Student, der Material für eine Seminararbeit sammelt.

Ihr Name war Margaret Ann Campion. Sie war im letzten Studienjahr, zwanzig Jahre alt, und ihr Hauptfach war Musik. Sie spielte Klavier, Flöte, Klarinette und Gitarre und konnte auch fast jedem anderen Instrument, für das sie sich interessierte, nach kurzer Zeit wohlklingende Töne entlocken. Sie zählte zu den bekanntesten und meistbewunderten Studentinnen ihrer Fakultät, und man sagte ihr auch ein ungewöhnliches Kompositionstalent nach. Von Natur aus eher schüchtern, war sie bemüht, ihre Hemmungen zu überwinden, und beschränkte ihre Aktivitäten deshalb nicht nur auf die Musik. Sie war eine gute Läuferin, die zweitschnellste in ihrer Gruppe, und sie setzte sich bei Wettkämpfen voll ein. Sie schrieb für die Studentenzeitung über Musik und Filme, und sie war bei den Baptisten aktiv.

Ihre erstaunliche Vitalität äußerte sich nicht nur in der Begeisterung, mit der sie Musik spielte und komponierte, nicht nur in der fast schon spirituellen Aura, die Vassago in der Bar wahrgenommen hatte, sondern sie spiegelte sich auch in ihrem Äußeren wider. Sie war unvergleichlich schön, mit dem Körper einer Sexgöttin und dem Gesicht einer Heiligen. Reine Haut. Perfekte Backenknochen. Volle Lippen, ein breiter Mund, ein warmes Lächeln. Strahlend blaue Augen. Sie kleidete sich bewußt unauffällig, so als wollte sie ihre herrlich vollen Brüste, die Wespentaille, den straffen Po und die langen, schlanken Beine verbergen. Aber er war davon überzeugt, daß sie sich, wenn er sie entkleidete, als das erweisen würde, was er auf den ersten Blick in ihr erkannt hatte: eine perfekte Gebärmaschine, ein von Leben sprühendes Geschöpf, in dem irgendwann ein neues Leben von unvergleichlicher Schönheit empfangen werden und heranreifen könnte.

Er wollte sie tot sehen.

Er wollte, daß ihr Herz zu schlagen aufhörte, und dann würde er sie stundenlang in seinen Armen halten und spüren, wie die Wärme des Lebens langsam aus ihr entwich, bis sie kalt war.

Es kam ihm so vor, als könnte dieser eine Mord ihm endlich den Weg aus dem Grenzland, in dem er leben mußte, ins Land der Toten und Verdammten ebnen, in das er gehörte und nach dem er sich so sehnte.

Margaret beging den Fehler, um elf Uhr abends allein in eine Münzwäscherei ihrer Wohnanlage zu gehen. Viele der

Wohnungen waren an wohlhabende Rentner vermietet; und da die University of California in Irvine nicht weit entfernt war, wohnten hier auch Studenten, die sich zu zweit oder zu dritt die Miete teilten. Diese Mieterstruktur und die Tatsache, daß es hier immer friedlich und gesittet zuging, die Übersichtlichkeit der Anlage mit ihren vielen Grünflächen und der hellen Beleuchtung gaben Margaret wohl ein trügerisches Gefühl von Sicherheit.

Als Vassago den Waschsalon betrat, war Margaret gerade dabei, ihre schmutzigen Sachen in die Trommel einer Maschine einzulegen. Sie lächelte ihm zu, ein wenig überrascht, aber keineswegs ängstlich, obwohl er ganz in Schwarz gekleidet war und nachts eine Sonnenbrille trug.

Wahrscheinlich hielt sie ihn für einen dieser Unistudenten, die mit exzentrischer Aufmachung ihren rebellischen Geist und ihre intellektuelle Überlegenheit demonstrieren wollten. Solche Typen gab es auf jedem Campus zur Genüge, da es nun einmal einfacher war, sich wie ein rebellischer Intellektueller *anzuziehen* als wirklich einer zu *sein*.

»Oh, tut mir leid, Miss«, sagte er, »ich habe nicht gesehen, daß jemand hier ist.«

»Das macht nichts. Ich brauche nur diese eine Maschine«, erwiderte sie freundlich. »Es sind noch zwei andere da.«

»Nein, ich habe mein Zeug schon gewaschen, aber als ich die Klamotten dann zu Hause aus dem Korb nahm, habe ich festgestellt, daß eine Socke fehlt. Wahrscheinlich habe ich sie in einem der Trockner vergessen. Aber ich wollte Sie nicht stören. Tut mir wirklich leid.«

Sie lächelte noch breiter, vielleicht weil es ihr komisch vorkam, daß ein Möchtegern-James-Dean, ein schwarzgewandeter Rebell, der auch nicht wußte, was er tat, so höflich war – oder daß er selbst seine Wäsche wusch und nach verlorenen Socken suchte.

Inzwischen stand er neben ihr. Er schlug ihr ins Gesicht – zwei harte Boxhiebe genügten zum K. o. Sie sackte auf dem Vinylboden zusammen wie ein Haufen nasser Wäsche.

Als sie später in der ausgeräumten Hölle der vermodernden Geisterbahn zu sich kam und feststellte, daß sie nackt und an Händen und Füßen gefesselt auf dem Betonboden lag und in dem lichtlosen Raum absolut nichts sehen konnte, versuchte sie nicht, um ihr Leben zu betteln, wie einige der anderen es getan hatten. Sie bot ihm nicht ihren Körper an, tat nicht so, als würde seine Brutalität oder die Macht, die er über sie besaß, sie erregen. Sie bot ihm weder Geld, noch behauptete sie, ihn zu verstehen und Sympathie für ihn zu empfinden in dem jämmerlichen Versuch, ihn weich zu stimmen und zum Verbündeten und Freund zu machen. Sie schrie nicht, weinte nicht, klagte nicht, fluchte nicht. Sie war anders als die anderen, denn sie fand Hoffnung und Trost in unablässigem inbrünstigen leisen Gebet. Aber sie betete nicht darum, von ihrem Peiniger erlöst zu werden, in die Welt, der sie entrissen worden war, zurückkehren zu können – sie schien zu wissen, daß ihr Tod unvermeidlich war. Statt dessen betete sie, daß ihre Familie die Kraft aufbringen möge, ihren Verlust zu verschmerzen, daß Gott ihre beiden jüngeren Schwestern behüten, und sogar, daß ihrem Mörder göttliche Gnade und Vergebung zuteil werden möge.

Vassago haßte sie bald von ganzem Herzen. Er wußte, daß es so etwas wie Liebe und Gnade nicht gab, daß das nur leere Worte waren. Er hatte niemals Liebe verspürt, weder während seiner Zeit im Grenzland noch früher, als er noch zu den Lebenden gehört hatte. Allerdings hatte er oft so getan, als liebte er jemanden – Vater, Mutter, ein Mädchen –, um zu bekommen, was er haben wollte, und sie hatten sich immer täuschen lassen. Sich der naiven Täuschung hinzugeben, Liebe könnte in anderen existieren, obwohl man selbst dieses Gefühl nicht kannte, war ein Zeichen fataler Schwäche. Die ganzen sogenannten zwischenmenschlichen Beziehungen waren im Grunde doch nur ein Spiel, bei dem jeder betrog und heuchelte, und was die guten von den unfähigen Spielern unterschied, war die Fähigkeit, dieses Spiel zu durchschauen.

Um Margaret zu zeigen, daß man ihn nicht täuschen konnte und daß ihr Gott machtlos war, belohnte Vassago ihre stillen Gebete mit einem langen, qualvollen Tod. Schließlich schrie sie doch noch. Aber ihre Schreie waren nicht befriedigend, denn sie waren nur Ausdruck von physischem Schmerz, nicht aber von Angst, Wut oder Verzweiflung.

Er dachte, sie würde ihm besser gefallen, wenn sie erst einmal tot wäre, aber er haßte sie auch dann noch. Einige Minuten lang drückte er ihren Körper an sich und fühlte, wie die Wärme daraus entwich. Aber auch das war nicht so erregend, wie er es sich vorgestellt hatte. Weil sie mit einem ungebrochenen Glauben an das ewige Leben gestorben war, hatte sie Vassago um die Befriedigung betrogen, in ihren Augen die Erkenntnis des Todes zu sehen. Er stieß ihren schlaffen Körper angewidert von sich.

Jetzt, zwei Wochen nach ihrem Tod, kniete Margaret Campion in ständigem Gebet auf dem Boden der Geisterbahnhölle. Sie war sein bisher letztes Sammlerstück. Sie konnte nicht umkippen, weil sie an eine Eisenstange gebunden war. Dafür hatte er nicht einmal die Mühe gescheut, ein Loch in den Betonboden zu bohren. Sie war nackt und wandte dem riesigen Satan den Rücken zu. Obwohl sie Baptistin gewesen war, umklammerte sie mit ihren toten Händen ein Kruzifix, weil ihm das besser gefiel als ein einfaches Kreuz; sie hielt es verkehrt herum, so daß der Kopf mit der Dornenkrone nach unten wies. Margarets eigener Kopf war abgeschnitten und sodann mit größter Sorgfalt wieder angenäht worden – in umgekehrter Richtung. Auf diese Weise drehte sie Satan zwar den Rücken zu, aber ihr Gesicht war ihm zugewandt, nicht dem Kruzifix, das sie unehrerbietig in den Händen hielt. Diese Position symbolisierte ihre Heuchelei, verhöhnte ihren Glauben an die Liebe und das ewige Leben.

Obwohl ihre Ermordung ihm bei weitem nicht soviel Vergnügen bereitet hatte wie das anschließende Arrangieren des Kunstwerkes, war Vassago noch immer sehr zufrieden, daß er ihre Bekanntschaft gemacht hatte. Ihr Eigensinn, ihre Dummheit und Selbsttäuschung hatten ihm die Freude an ihrem Tod verdorben, aber zumindest war jene Aura erloschen, von der sie in der Bar umgeben gewesen war. Ihre unerträgliche Vitalität war dahin. Das einzig Lebendige in ihr waren jetzt die vielen Maden, die sich in ihrem Körper tummelten und sich an ihrem Fleisch gütlich taten. In absehbarer

Zeit würde auch sie nur eine verdorrte Hülse sein, wie Jenny, die Kellnerin.

Während er Margaret betrachtete, erwachte in ihm ein vertrautes Bedürfnis, das bald zwanghaft wurde. Er wandte sich von seiner Kollektion ab, durchquerte den riesigen Raum, eilte die Rampe hinauf, in den Eingangstunnel. Ein Objekt auszuwählen, zu töten und in ästhetisch perfekter Pose zu arrangieren, verschaffte ihm normalerweise anschließend eine Ruhepause von etwa einem Monat. Doch diesmal war er schon nach weniger als zwei Wochen gezwungen, ein neues würdiges Opfer zu finden.

Bedauernd ließ er den läuternden Duft des Todes hinter sich und mußte sich wieder an eine Luft gewöhnen, die mit den Gerüchen des Lebens verpestet war – wie ein Vampir, der gezwungen ist, Jagd auf die Lebenden zu machen, obwohl er die Gesellschaft der Toten bevorzugt.

13

Um halb elf, fast eine Stunde nach seiner Wiederbelebung, war Harrison noch immer bewußtlos. Seine Körpertemperatur war normal. Herzschlag und Atmung waren äußerst zufriedenstellend. Und obwohl die Alpha- und Beta-Gehirnwellen tiefen Schlaf anzeigten, gab es keinerlei alarmierende Hinweise darauf, daß es sich um ein Koma handeln könnte.

Als Jonas schließlich erklärte, der Patient sei außer unmittelbarer Lebensgefahr, und ihn in ein Privatzimmer im fünften Stock bringen ließ, beschlossen Ken Nakamura und Kari Dovell nach Hause zu fahren. Jonas ließ Helga und Gina bei dem Patienten und begleitete den Neurologen und die Kinderärztin zu den Waschbecken und schließlich bis zum Dienstausgang, der auf den Parkplatz für das Personal führte. Sie sprachen kurz über Harrison und über die Behandlungsmethoden, die am nächsten Morgen vielleicht erforderlich sein würden, aber größtenteils unterhielten sie sich über Belanglosigkeiten und erzählten einander den neuesten Klatsch, obwohl man eigentlich hätte meinen können, daß sie über solche Banalitäten erhaben sein müßten, nachdem sie soeben an einem Wunder mitgewirkt hatten.

Hinter der Glastür sah die Nacht kalt und unfreundlich aus. Es hatte zu regnen begonnen. Pfützen füllten jede Unebenheit im Pflaster, und im Schein der Parkplatzbeleuchtung sahen sie wie zerbrochene Spiegel aus, wie eine Ansammlung scharfer silbriger Scherben.

Kari küßte Jonas auf die Wange und lehnte sich sekundenlang an ihn. Sie schien etwas sagen zu wollen, fand aber offenbar nicht die richtigen Worte. Dann straffte sie sich wieder, stellte ihren Mantelkragen hoch und eilte in den windgepeitschten Regen hinaus.

Ken Nakamura blieb noch neben Jonas stehen. »Ich hoffe, du weißt, daß sie die ideale Partnerin für dich wäre.«

Jonas betrachtete die zum Wagen rennende Frau durch die nasse Glasscheibe hindurch. Es wäre eine Lüge gewesen zu behaupten, daß er in Kari nie auch die Frau sah. Sie war zwar sehr groß und schlank und hatte ein einschüchterndes Auftreten, aber zugleich war sie doch sehr feminin. Er bewunderte oft ihre schmalen Handgelenke und ihren Schwanenhals, der zu anmutig und zart schien, um ihren Kopf tragen zu können. Aber sie war intellektuell und emotional viel stärker, als sie aussah. Andernfalls hätte sie nie all die Hindernisse und Herausforderungen überwinden können, mit denen eine Frau in der Welt der Medizin konfrontiert wurde, wo noch immer Männer dominierten, für die Chauvinismus oft weniger eine Charaktereigenschaft als vielmehr ein Glaubensartikel war.

»Du bräuchtest sie nur zu fragen, Jonas«, fuhr Ken fort, »weiter nichts.«

»Ich bin nicht frei.«

»Du kannst nicht ewig um Marion trauern.«

»Es ist erst zwei Jahre her.«

»Ja, aber irgendwann mußt du dich dem Leben zuwenden.«

»Noch nicht.«

»Wann dann? Oder nie?«

»Ich weiß es nicht.«

Kari Dovell hatte inzwischen ihren Wagen erreicht und war rasch eingestiegen.

»Sie wird nicht ewig warten«, sagte Ken.
»Gute Nacht, Ken.«
»Andeutung verstanden.«
»Gut.«

Mit einem bedauernden Lächeln zog Ken die Tür auf, und der Wind peitschte durchsichtige Regentropfen auf die grauen Fliesen. Ken rannte in die Nacht hinaus.

Jonas wandte sich von der Tür ab und ging die Korridore entlang zu den Aufzügen. Er fuhr in den fünften Stock hinauf.

Er hatte Ken und Kari nicht zu sagen brauchen, daß er im Krankenhaus übernachten würde. Sie wußten, daß er es nach einer gelungenen Reanimation immer so hielt. Für sie war die Wiederbelebungsmedizin ein faszinierendes neues Forschungsgebiet, eine interessante Weiterführung ihrer eigentlichen Arbeit, eine Möglichkeit, ihr Fachwissen zu erweitern und geistig flexibel zu bleiben. Jeder Erfolg war sehr befriedigend, weil er ihnen eindringlich ins Gedächtnis rief, warum sie überhaupt Ärzte geworden waren – um zu heilen. Aber für Jonas war es mehr als nur das. Jede Reanimation war eine gewonnene Schlacht im nicht endenwollenden Krieg mit dem Tod, nicht einfach eine Heilung, sondern eine trotzige Herausforderung, eine zornig geballte Faust, die er dem Schicksal entgegenreckte. Die Wiederbelebungsmedizin war seine Liebe, seine Leidenschaft, seine Daseinsberechtigung, der einzige Grund, weshalb er morgens aufstand und in einer Welt weiterlebte, die ansonsten unerträglich farblos und sinnlos geworden war.

Er hatte sich bei einem halben Dutzend Universitäten beworben und angeboten, an der jeweiligen medizinischen Fakultät zu lehren, wenn im Gegenzug ein Forschungszentrum für Reanimationsmedizin unter seiner Leitung geschaffen würde, wobei er einen beträchtlichen Teil der notwendigen Finanzmittel selber auftreiben könnte. Er war sowohl als Herzchirurg als auch als Reanimationsspezialist bekannt und hochangesehen, und deshalb vertraute er darauf, daß er die gewünschte Stellung bald erhalten würde. Aber er war ungeduldig. Es genügte ihm nicht mehr, Reanimationen zu leiten. Er wollte die Auswirkungen eines kurzen Todes auf die menschlichen Zellen erforschen, die Mechanismen der freien Radikalen und ihrer möglichen Neutralisatoren studieren, seine eigenen Theorien testen und neue Wege finden, um den Tod aus jenen zu vertreiben, von denen er bereits Besitz ergriffen hatte.

Im fünften Stock erfuhr er im Schwesternzimmer, daß Harrison auf 518 gebracht worden war. Das war ein Zweibettzimmer, aber es gab zur Zeit genügend freie Betten, so daß Harrison so lange wie erforderlich allein bleiben konnte.

Als Jonas Zimmer 518 betrat, waren Helga und Gina noch mit dem Patienten beschäftigt, der in dem Bett am regennassen Fenster lag. Sie hatten ihm ein Hemd angezogen und ihn an einen Elektrokardiographen mit Telemeter angeschlossen, dessen Zweitbildschirm sich im Schwesternzimmer befand. An einem Ständer neben dem Bett hing eine Flasche mit klarer Flüssigkeit, die dem Patienten intravenös in den von all den anderen Injektionen früher am Abend schon ganz blau angelaufenen linken Arm infundiert wurde. Es handelte sich um Glukose, angereichert mit einem Antibiotikum, um eine Austrocknung zu verhindern und den vielen Infektionen vorzubeugen, die alles zunichte machen konnten, was im OP erreicht worden war. Helga hatte Harrison gekämmt und legte den Kamm gerade wieder in die Nachttischschublade. Gina cremte behutsam seine Lider ein, damit sie nicht zusammenklebten, eine Gefahr bei dahindämmernden Patienten, die ihre Augen lange nicht öffneten, ja nicht einmal zwinkerten, und die manchmal unter reduzierter Tränendrüsenfunktion litten.

»Das Herz arbeitet nach wie vor so regelmäßig wie ein Metronom«, sagte Gina, als sie Jonas sah. »Ich habe so das Gefühl, daß dieser Bursche hier noch vor Ende der Woche herumlaufen, Golf spielen, tanzen oder sich sonstwie amüsieren wird.« Sie zupfte an ihren Ponyfransen, die gut zwei Zentimeter zu lang waren und ihr ständig in die Augen fielen. »Er hat wirklich irres Glück gehabt.«

»Keine voreiligen Schlüsse«, mahnte Jonas, der nur allzu gut wußte, daß der Tod sich gern einen Scherz mit ihnen erlaubte, indem er so tat, als zöge er sich geschlagen zurück, nur um dann erneut anzugreifen und doch noch den Sieg davonzutragen.

Nachdem Gina und Helga sich verabschiedet und den Raum verlassen hatten, schaltete Jonas alle Lampen aus. Bis auf das schwache Leuchtstofflicht vom Korridor und das grüne Leuchten des Monitors war Zimmer 518 jetzt dunkel und voll gespenstischer Schatten. Es war auch sehr still. Das Audio-Signal am EKG war ausgeschaltet worden, so daß das endlose, rhythmisch bewegte Licht sich unhörbar über den Bildschirm schlängelte. Nur der Wind heulte leise vor dem Fenster, und gelegentlich klopfte Regen gegen die Scheibe.

Jonas trat ans Fußende des Bettes und blickte auf Harrison hinab. Obwohl er das Leben dieses Mannes gerettet hatte, wußte er sehr wenig über ihn. Ein Meter siebenundsiebzig groß, hundertsechzig Pfund schwer. Braunes Haar, braune Augen. Ausgezeichnete körperliche Verfassung.

Aber das waren nur Äußerlichkeiten. Wie sah es in seinem Innern aus? War Hatchford Benjamin Harrison ein guter Mensch? Ehrlich? Vertrauenswürdig? Ein treuer Ehemann? War er weitgehend frei von Neid und Gier, konnte er verzeihen und Mitleid empfinden, kannte er den Unterschied zwischen Recht und Unrecht?

Hatte er ein gütiges Herz?

Liebte er?

In der Hitze einer Wiederbelebungsprozedur, wenn jede Sekunde zählte und in viel zu kurzer Zeit viel zuviel getan werden mußte, verlor Jonas nie einen Gedanken an das zentrale ethische Problem, vor dem jeder Arzt stand, der dem Tod ein Opfer zu entreißen versuchte, denn solche Überlegungen hätten sich nachteilig auf sein Urteilsvermögen auswirken können. Hinterher war noch Zeit genug für Zweifel, für Fragen ... Obwohl ein Arzt dazu berufen war, Leben zu retten, und obwohl ihn auch der hypokratische Eid dazu verpflichtete, blieb die Frage, ob jedes Leben es wert war, gerettet zu werden? War es nicht klüger und ethisch vertretbarer, einen bösen Menschen, den der Tod dahingerafft hatte, auch tot zu lassen?

Falls Harrison ein schlechter Mensch war, wäre Jonas Nyebern mitverantwortlich für die bösen Taten des Mannes nach dessen Entlassung aus dem Krankenhaus. Der Schmerz, den Harrison anderen zufügte, würde in gewisser Weise auch Nyeberns Seele beflecken.

Glücklicherweise schien das diesmal nur eine hypothetische Frage zu sein. Harrison war allem Anschein nach ein rechtschaffener Bürger – ein angesehener Antiquitätenhändler, wie man ihm gesagt hatte, und er war mit einer recht bekannten Malerin verheiratet, deren Name auch Jonas ein Begriff war. Eine gute Künstlerin mußte sensibel sein und die Welt klarer sehen können als die meisten anderen Menschen. War es nicht so? Wenn sie mit einem schlechten Mann verheiratet wäre, wüßte sie das, und dann würde sie nicht mit ihm verheiratet bleiben. Diesmal gab es allen Grund zu glauben, daß ein Leben gerettet worden war, das auch wirklich gerettet werden *sollte.*

Jonas wünschte nur, sein Handeln wäre immer so unzweifelhaft richtig gewesen.

Er wandte sich vom Bett ab und trat ans Fenster. Tief unter ihm lag der fast leere Parkplatz. Die Pfützen, in denen Regentropfen tanzten, schienen zu kochen, so als würde ein unterirdisches Feuer den Asphalt verzehren.

Er konnte die Stelle ausmachen, wo Karis Auto geparkt gewesen war, und dort starrte er eine lange Zeit hin. Er bewunderte Kari sehr. Er fand sie auch attraktiv. Manchmal träumte er davon, mit ihr zusammen zu sein, und es war ein überraschend angenehmer Traum. Er gestand sich auch ein, daß er sie mitunter begehrte, und der Gedanke, daß auch sie ihn begehren könnte, schmeichelte ihm. Aber er *brauchte* sie nicht. Er brauchte nichts als seine Arbeit, die Befriedigung, gelegentlich den Tod zu besiegen, und …

»Etwas … ist … dort … draußen …«

Das erste Wort riß Jonas aus seinen Gedanken, aber die Stimme war so dünn und leise, daß er nicht wußte, woher sie kam. Er drehte sich um und blickte zur offenen Tür hinüber, in der Annahme, daß die Stimme vom Korridor gekommen war, und erst beim dritten Wort begriff er, daß es Harrison gewesen war, der gesprochen hatte.

Der Patient hatte den Kopf Jonas zugewandt, aber seine Augen waren auf das Fenster gerichtet.

Jonas trat rasch neben das Bett, warf einen Blick auf das EKG und sah, daß Harrisons Herz schnell, aber Gott sei Dank regelmäßig schlug.

»Etwas ist … dort draußen«, wiederholte Harrison.

Seine Augen waren nicht auf das Fenster gerichtet, sondern auf irgendeinen Punkt draußen in der stürmischen Nacht.

»Es ist nur der Regen«, versicherte Jonas.

»Nein.«

»Nur ein bißchen Winterregen.«

»Etwas Böses«, flüsterte Harrison.

Eilige Schritte hallten durch den Korridor, und eine junge Krankenschwester stürzte durch die offene Tür in den fast dunklen Raum. Sie hieß Ramona Perez, und Jonas wußte, daß sie sehr tüchtig und zuverlässig war.

»Oh, Dr. Nyebern, gut, daß Sie hier sind. Sein Herzschlag auf dem Monitor war …«

»Beschleunigt, ja, ich weiß. Er ist gerade aufgewacht.«

Ramona schaltete die Lampe über dem Bett ein, um den Patienten deutlicher sehen zu können.

Harrison starrte noch immer durchs Fenster in die Ferne, ohne von Jonas und der Schwester Notiz zu nehmen. Mit müder, noch leiserer Stimme als zuvor murmelte er wieder: »Etwas ist dort draußen.« Dann flatterten seine Lider schläfrig und fielen wieder zu.

»Mr. Harrison, können Sie mich hören?« fragte Jonas.

Der Patient antwortete nicht.

Das EKG zeigte, daß der Herzschlag sich rasch normalisierte: von hundertvierzig auf hundertzwanzig und dann auf hundert Schläge pro Minute.

»Mr. Harrison?«

Neunzig Schläge pro Minute. Achtzig.

»Er schläft wieder«, sagte Ramona.

»Sieht so aus.«

»Aber es ist ein normaler Schlaf«, fuhr sie fort. »Von einem Koma kann jetzt überhaupt keine Rede mehr sein.«

»Kein Koma«, bestätigte Jonas.

»Und er hat gesprochen! Ergaben seine Worte einen Sinn?«
»Irgendwie schon. Schwer zu sagen.«
Jonas beugte sich über das Bettgitter und betrachtete aufmerksam die Lider des Mannes, die im Rhythmus der schnellen Augenbewegungen zuckten. Harrison träumte wieder im Schlaf.
Draußen wurde der Regen plötzlich stärker. Auch der Wind heulte lauter und prasselte gegen das Fenster.
»Die Worte, die ich gehört habe, waren klar, nicht undeutlich«, sagte Ramona.
»Stimmt. Und er hat einige ganze Sätze gesprochen.«
»Dann ist er nicht aphasisch«, bemerkte sie. »Das ist großartig.«
Aphasie, die völlige Unfähigkeit zu sprechen oder gesprochene und geschriebene Sprache zu verstehen, gehörte zu den schlimmsten Formen der Gehirnschädigung durch Krankheit oder Unfall. Ein davon betroffener Patient konnte sich nur noch mit Gesten verständigen, und die Unzulänglichkeit dieser Pantomime stürzte ihn bald in tiefe Depression, aus der es manchmal keine Rückkehr gab.
Harrison war von diesem Fluch offenbar verschont geblieben. Falls er auch nicht gelähmt war und sein Gedächtnis nicht zu viele Lücken aufwies, hatte er eine gute Chance, wieder ein normales Leben führen zu können.
»Keine voreiligen Schlußfolgerungen«, warnte Jonas wieder. »Wir wollen uns keine falschen Hoffnungen machen. Vor ihm liegt noch ein weiter Weg. Aber Sie können in seinen Krankenbericht eintragen, daß er um 23 Uhr 30 erstmals das Bewußtsein wiedererlangt hat, zwei Stunden nach der Wiederbelebung.«
Harrison murmelte im Schlaf.
Jonas beugte sich über das Bett und hielt sein Ohr dicht an die Lippen des Patienten, die sich kaum bewegten. Die Worte waren nicht mehr als ein Hauch. Es war so, als hörte man im Radio eine spektrale Stimme von einem fernen Sender irgendwo auf der anderen Seite der Weltkugel, eine Stimme, die einen so weiten Weg durch die Atmosphäre zurückgelegt hat und durch schlechtes Wetter so undeutlich und ver-

zerrt ist, daß sie – obwohl nicht einmal zur Hälfte verständlich – geheimnisvoll und prophetisch klingt.

»Was sagt er?« fragte Ramona.

Bei dem Heulen des Sturms war sich Jonas nicht ganz sicher, ob er richtig gehört hatte, aber er glaubte, daß der Mann seinen früheren Satz wiederholte: »Etwas ... ist ... dort ... draußen.«

Der Wind brauste noch stärker, und der Regen trommelte so heftig gegen die Fensterscheiben, daß er das Glas zu zerbrechen drohte.

14

Vassago liebte den Regen. Die Sturmwolken hatten den ganzen Himmel bedeckt und keine Lücken übriggelassen, durch die der viel zu helle Mond hätte durchdringen können. Der Wolkenbruch dämpfte auch das Licht der Straßenlampen und der Scheinwerfer entgegenkommender Autos, schwächte sogar die grellen Neonreklamen und trübte insgesamt die Nacht so gründlich, daß er sich beim Fahren viel wohler fühlte als sonst, wenn nur seine Sonnenbrille ihn schützen konnte.

Er war von seinem Schlupfwinkel aus zuerst in westliche Richtung gefahren, dann an der Küste entlang nach Norden, auf der Suche nach einem Lokal mit gedämpftem Licht und einigen für seine Zwecke geeigneten Frauen. Viele Kneipen hatten montags geschlossen, und in anderen war so spät am Abend – kurz vor der Geisterstunde – nichts mehr los.

Schließlich fand er eine Bar in Newport Beach, am Pacific Coast Highway. Es war ein eleganter Schuppen mit Baldachin zur Straße hin, weißen Lichterketten entlang des Daches und einem Plakat: MITTWOCH BIS SAMSTAG TANZ / JOHNNY WILTONS BIG BAND. Newport war die reichste Stadt in weitem Umkreis, mit dem größten Privatjachthafen der Welt, und die meisten der piekfeinen Etablissements hatten eigene Anlegeplätze. Von der Wochenmitte an wurde der Parkplatz höchstwahrscheinlich bewacht, was für Vassagos Zwecke schlecht gewesen wäre, weil er keine potentiellen Zeugen gebrauchen konnte. Aber an einem regnerischen Montag war weit und breit kein Parkwächter zu sehen.

Er parkte neben der Bar, und während er den Motor abstellte, bekam er einen Anfall. Er hatte das Gefühl, einen leichten, aber anhaltenden Elektroschock zu erhalten. Seine Augen verdrehten sich, und er glaubte im ersten Moment, er hätte Krämpfe, weil er weder atmen noch schlucken konnte. Unwillkürlich stöhnte er auf. Der Anfall dauerte nur zehn oder fünfzehn Sekunden und endete mit einem Satz, der scheinbar *in* seinem Kopf gesprochen worden war: *Etwas ... ist ... dort ... draußen.*

Ein zufälliger Gedanke, ausgelöst durch eine Art Kurzschluß im Gehirn, konnte es nicht sein, denn er hatte ganz deutlich eine *Stimme* gehört, mit Timbre und Modulation. Und nicht seine eigene Stimme. Die Stimme eines Unbekannten. Er hatte auch das überwältigende Gefühl, als wäre plötzlich außer ihm noch jemand im Wagen, als hätte ein Geist die Mauer zwischen den Welten durchdrungen, um ihn zu besuchen, ein fremdartiges Wesen, das zwar unsichtbar, aber nichtsdestotrotz real war. Dann endete die Episode so abrupt, wie sie begonnen hatte.

Er blieb eine Weile sitzen und wartete, ob sich der Anfall wiederholen würde.

Regen hämmerte aufs Dach.

Das Auto ächzte und knarrte leise, während sich der Motor abkühlte.

Was auch immer das gewesen sein mochte, es war jetzt vorbei.

Er versuchte das Vorgefallene zu begreifen. Waren diese Worte *Etwas ist dort draußen* eine Warnung gewesen, eine übersinnliche Vorahnung? Eine Drohung? Worauf bezogen sie sich?

Er konnte dort draußen hinter den Wagenfenstern beim besten Willen nichts Besonderes sehen. Nur Regen. Und schützende Dunkelheit. Der verzerrte Widerschein der Straßenlampen und Leuchtreklamen schimmerte auf dem nassen Pflaster, in den Pfützen und Rinnsteinen, die sich in Sturzbäche verwandelten. Auf dem Highway fuhren vereinzelte Autos vorbei, aber soweit er sehen konnte, war niemand zu Fuß unterwegs – und er sah nicht schlechter als jede Katze.

Schließlich beschloß er, die Sache vorerst auf sich beruhen zu lassen. Früher oder später – zur *richtigen* Zeit – würde er sie bestimmt verstehen. Darüber zu grübeln war sinnlos. Falls es eine Drohung war, woher auch immer, störte sie ihn nicht. Er hatte vor nichts Angst. Das war das Beste daran, daß er die Welt der Lebenden verlassen hatte, auch wenn er vorübergehend im Grenzland diesseits des Todes gefangen war: Nichts auf der Welt vermochte ihn mehr zu schrecken.

Trotzdem gehörte jene innere Stimme zu den seltsamsten Dingen, die er je erlebt hatte. Und er verfügte über einen ziemlich umfangreichen Vorrat an seltsamen Erlebnissen, mit denen er die Episode vergleichen konnte.

Er stieg aus seinem silberfarbenen Camaro, schlug die Tür zu und ging auf den Eingang zu. Der Regen war kalt. Im tosenden Wind klapperten die Palmwedel wie morsche Knochen.

15

Lindsey Harrison lag ebenfalls im fünften Stock, am anderen Ende des Hauptkorridors. Als Jonas ihr Zimmer betrat und auf das Bett zuging, konnte er so gut wie nichts erkennen, denn hier gab es nicht einmal das grüne Licht eines EKG-Monitors. Die Frau war kaum zu sehen.

Er überlegte, ob er sie wecken sollte, und war überrascht, als sie fragte: »Wer sind Sie?«

»Ich dachte, Sie schliefen.«

»Ich kann nicht schlafen.«

»Hat man Ihnen kein Schlafmittel gegeben?«

»Es hat nichts geholfen.«

Wie im Zimmer ihres Mannes trommelte der Regen auch hier mit trotziger Wut ans Fenster. Jonas konnte hören, wie regelrechte Sturzbäche durch eine Aluminiumregenrinne donnerten.

»Wie fühlen Sie sich?« fragte er.

»Verdammt, wie soll ich mich schon fühlen?« Sie versuchte, ihre Worte zornig klingen zu lassen, war aber viel zu erschöpft und deprimiert, als daß es ihr gelungen wäre.

Er schob das Bettgitter hinunter, setzte sich auf die Kante der Matratze und streckte eine Hand aus, in der Annahme, daß ihre Augen besser an die Dunkelheit gewöhnt waren als die seinen. »Geben Sie mir Ihre Hand.«

»Wozu?«

»Ich bin Jonas Nyebern. Ich bin Arzt und möchte Ihnen etwas über Ihren Mann sagen, und ich glaube, daß alles etwas leichter sein wird, wenn Sie mich Ihre Hand halten lassen.«

Sie schwieg.

»Tun Sie mir den Gefallen«, bat er.

Die Frau glaubte, daß ihr Mann tot war, und es lag Jonas fern, ihre Qual verlängern zu wollen, indem er ihr die Nachricht von der Auferweckung lange vorenthielt. Er wußte aber aus Erfahrung, daß gute Nachrichten dieser Art genauso schockierend sein konnten wie schlechte; sie mußten behutsam und mit Einfühlungsvermögen mitgeteilt werden. Die Frau hatte bei der Einlieferung ins Krankenhaus leicht deliriert, hauptsächlich infolge Unterkühlung und Schock, aber dieser Zustand war mit Hilfe von Wärme und Medikamenten schnell behoben worden. Seit einigen Stunden war sie wieder im Vollbesitz ihrer geistigen Kräfte, lange genug, um den Tod ihres Mannes richtig zu begreifen und zu beginnen, sich mit dem Verlust auseinanderzusetzen. Obwohl sie ihn tief betrauerte und noch weit davon entfernt war, ihre Witwenschaft zu akzeptieren, hatte sie inzwischen in dem emotionalen Abgrund, in den sie gestürzt war, einen unsicheren Halt gefunden, einen schmalen Felsvorsprung, ein labiles Gleichgewicht – und von dieser Kante würde er sie nun wieder hinabstoßen.

Vielleicht hätte er es ihr aber trotzdem direkter gesagt, wenn er eine eindeutig gute Nachricht gehabt hätte. Unglückseligerweise konnte er ihr aber nicht versprechen, daß ihr Mann wieder ganz er selbst sein würde, nicht gezeichnet von diesem Ereignis, daß er imstande sein würde, sein bisheriges Leben ohne irgendwelche Beeinträchtigungen wieder aufzunehmen. Stunden- oder auch tagelange Untersuchungen und Tests würden erforderlich sein, bevor man eine gültige Aussage über die Wahrscheinlichkeit einer totalen Genesung machen konnte. Danach könnten Wochen oder Monate physischer Behandlung und Beschäftigungstherapie vor ihm liegen, und das alles ohne jede Erfolgsgarantie.

Jonas wartete noch immer auf ihre Hand. Schließlich streckte sie sie ihm mißtrauisch entgegen.

So zartfühlend wie nur möglich weihte er sie in groben Zügen in die Grundlagen der Reanimationsmedizin ein. Als sie zu begreifen begann, warum er sie über ein so esoterisches Thema informierte, umklammerte sie seine Hand plötzlich mit aller Kraft.

16

In Zimmer 518 fiel Hatch in ein Meer böser Träume. Im Grunde waren es nur zusammenhanglose Bilder, die sich vermischten, denen aber sogar jener unlogische Handlungsablauf fehlte, der Alpträumen normalerweise eigen ist. Windgepeitschter Schnee. Ein Riesenrad, manchmal in vollem Lichterglanz, manchmal dunkel und zerbrochen und unheimlich in regnerischer Nacht. Eine Baumgruppe, knorrig und schwarz, vom Winter kahlgepeitscht. Ein Biertransporter quer auf schneebedecktem Highway. Ein Tunnel mit Betonboden, der in eine totale Finsternis hinabführte, zu etwas Unbekanntem, das ihn mit unvorstellbarem Entsetzen erfüllte. Sein krebskranker Sohn Jimmy, der im Sterben lag, fahlgelb im Gesicht. Wasser, kalt und tief, undurchsichtig wie Tinte, Wasser auf allen Seiten, ausweglos. Eine nackte Frau, den Kopf nach hinten gedreht, mit einem Kruzifix in den Händen …

Am Rande der Traumszenen war er sich wiederholt einer gesichtslosen und mysteriösen Gestalt bewußt, ganz in Schwarz wie der erbarmungslose Schnitter, von den umherhuschenden Schatten kaum zu unterscheiden. Dann wieder gehörte der Schnitter nicht zur Szenerie, sondern diese wurde aus seinem Blickwinkel heraus beobachtet, so als sähe Hatch mit den Augen eines anderen – mit Augen, die die

Welt mit der mitleidlosen, hungrigen, nur den praktischen Vorteil berechnenden Einstellung einer Friedhofsratte betrachteten.

Eine Zeitlang hatte der Traum dann doch so etwas wie eine Handlung: Hatch sah sich einen Bahnsteig entlangrennen. Er versuchte verzweifelt, einen Zug einzuholen, der sich langsam in Bewegung setzte. Hinter einem Zugfenster sah er Jimmy, hohlwangig und mit tief eingesunkenen Augen, von seiner schweren Krankheit gezeichnet, nur mit einem Krankenhaushemd bekleidet. Der Junge blickte Hatch traurig an, hob eine seiner kleinen Hände und winkte zum Abschied: Lebewohl, Lebewohl, Lebewohl. Hatch wollte nach dem Türgriff greifen und auf die Stufen am Ende von Jimmys Wagen aufspringen, aber der Zug wurde schneller, Hatch blieb immer weiter zurück, die Tür entfernte sich. Jimmys bleiches, schmales Gesicht verschwamm und verschwand schließlich ganz, als der Wagen in das schreckliche Nichts versank, das sich hinter dem Bahnsteig auftat, in eine finstere Leere, die Hatch erst jetzt bemerkte. Dann glitt ein weiterer Wagen an ihm vorüber *(rattatat, ratta-tatat),* und zu seiner großen Bestürzung sah er Lindsey an einem der Fenster sitzen und mit verlorenem Gesichtsausdruck auf den Bahnsteig blicken. Hatch rief nach ihr –, »Lindsey!« –, aber sie hörte und sah ihn nicht, sie schien in Trance zu sein, und so begann er wieder zu rennen und versuchte aufzuspringen *(rattatat, ratta-tatat).* »Lindsey!« schrie er. Seine Hand war nur wenige Zentimeter vom Türgriff entfernt ... Plötzlich verschwanden Stufen und Türgriff, und der Zug war kein Zug mehr. Mit dem unheimlichen fließenden Übergang aller Veränderungen in allen Träumen war es mit einem Male eine Achterbahn in einem Vergnügungspark, die zu einer halsbrecherischen Fahrt startete *(rattatat, ratta-tatat).* Hatch erreichte das Ende der Plattform, ohne daß es ihm gelungen war, in Lindseys Wagen zu springen, und sie sauste davon, den ersten steilen Berg der langen wellenartigen Bahn hinauf. Dann schoß auch der letzte Wagen an ihm vorbei, dicht hinter Lindseys. Nur ein einziger Fahrgast saß darin. Der Mann in Schwarz, um den sich Schatten scharten wie Raben um einen Friedhofszaun, saß mit gesenktem Kopf da, das

Gesicht hinter dichtem Haar verborgen, das nach vorne fiel wie eine Mönchskapuze *(rattatat, ratta-tatat).* Hatch brüllte Lindsey eine Warnung zu, sie solle sich umschauen und auf der Hut sein vor dem, was da hinter ihr saß, sie solle vorsichtig sein und sich gut festhalten, sich um Gottes willen *gut festhalten!* Die raupenförmige Wagenkette erreichte den Berggipfel, hing dort einen Moment, so als wäre die Zeit stehengeblieben, und raste, begleitet von Kreischen und Schreien, auf der anderen Seite in die Tiefe.

Ramona Perez, die Nachtschwester im fünften Stock, zu deren Station Zimmer 518 gehörte, stand neben dem Bett und beobachtete ihren Patienten. Sie war besorgt, wußte aber nicht so recht, ob sie Dr. Nyebern rufen sollte.

Wie das EKG anzeigte, war Harrisons Puls hochgradig schwankend. Größtenteils bewegte er sich im beruhigenden Rahmen von siebzig bis achtzig Schlägen pro Minute. Doch dazwischen beschleunigte er sich abrupt auf hundertvierzig. Andererseits gab es aber keine Anzeichen für ernsthafte Arrhythmie.

Sein Blutdruck wurde von dem beschleunigten Herzschlag beeinflußt, aber die Gefahr eines Schlaganfalls oder einer Gehirnblutung infolge heftiger Schwankungen der Hypertension bestand offenbar nicht, weil der systolische Druck nie bedrohlich hoch war.

Er schwitzte stark, und die Ringe um seine Augen waren so dunkel, als hätte ein Maskenbildner ihn geschminkt. Er schauderte trotz der warmen Decken. Die Finger seiner linken Hand, die wegen der Tropfinfusion nicht zugedeckt war, zuckten gelegentlich, allerdings nicht stark genug, um die Nadel dicht unterhalb der Ellbogenbeuge zu gefährden.

Er flüsterte immer wieder den Namen seiner Frau, manchmal sehr eindringlich: »Lindsey … Lindsey … *Lindsey, nein!«*

Harrison träumte offensichtlich, und Erlebnisse in einem Alptraum konnten genauso starke physiologische Reaktionen hervorrufen wie reale Ereignisse.

Ramona beschloß, daß der beschleunigte Herzschlag nur das Resultat der Alpträume des armen Mannes war, nicht aber ein Hinweis auf kardiovaskuläre Instabilität. Er war nicht in Gefahr. Trotzdem blieb sie an seinem Bett stehen und beobachtete ihn aufmerksam.

17

Vassago saß an einem Tisch am Fenster, mit Blick auf den Hafen. Er war erst seit fünf Minuten in der Bar, vermutete aber schon, daß dies kein gutes Jagdrevier war. Die ganze Atmosphäre war ungeeignet. Er bedauerte, daß er einen Drink bestellt hatte.

An Montagabenden gab es keine Tanzmusik, aber in einer Ecke spielte ein Pianist. Er gab weder eine Neuauflage von Songs aus den 30er und 40er Jahren zum besten noch die gemäßigten Arrangements von einprägsamem Rock 'n' Roll, die so oft die Gehirne regelmäßiger Bargäste umnebeln. Aber er spielte die nicht minder verächtlichen einförmigen Melodien von »New Age«-Titeln, komponiert für all jene, denen auch noch dahinplätschernde Kaufhausmusik intellektuell zu anspruchsvoll war.

Vassago bevorzugte Musik mit einem harten Rhythmus, schnell und drängend, die seine Nerven aufpeitschte. Seit er im Grenzland lebte, konnte er die meiste Musik nicht genießen, weil ihre ordentlichen Strukturen ihn irritierten. Er mochte nur atonale, unmelodische, grelle Musik. Ihm gefielen abrupte Tonartwechsel, dröhnende Schlagzeuge und kreischende Gitarren. Er liebte schrille Töne, Disharmonien und unmotivierte Rhythmusschwankungen. Ihn erregte Musik, die Visionen von Blut und Gewalt in ihm aufsteigen ließ.

Die Szenerie hinter den großen Fenstern war für Vassago wegen ihrer Schönheit genauso unangenehm wie die Klaviermusik. Segelboote und Motorjachten lagen dichtgedrängt an den Privatdocks vor Anker. Sie waren festgezurrt, die Segel gerafft, die Motoren abgestellt, und schwankten nur leicht, denn der Hafen lag in einer geschützten Bucht, und der Sturm war nicht besonders heftig. Nur wenige der reichen Schiffseigner lebten an Bord, auch wenn manche Jachten sehr groß und komfortabel waren, und so schimmerte nur hinter vereinzelten Bullaugen Licht. Regen, hier und da durch die Hafenbeleuchtung wie in Quecksilber verwandelt, trommelte auf die Boote, perlte von der Politur ab, rann wie geschmolzenes Metall an den Masten hinab, über Deck und aus den Speigatts hinaus. Vassago konnte solche hübschen, harmonisch komponierten Postkartenidyllen nicht ausstehen, weil sie die Realität verfälschten, weil sie über den wahren Zustand der Welt hinwegtrogen. Ihn zog statt dessen visuelles Chaos an, bizarre, unheimliche, krankhafte Formen.

Mit ihren Plüschsesseln und der gedämpften bernsteinfarbenen Beleuchtung war diese Bar für einen Jäger wie ihn viel zu friedlich. Diese Atmosphäre lullte seine mörderischen Instinkte ein.

Er ließ seinen Blick über die Gäste schweifen, in der Hoffnung, ein für seine Sammlung geeignetes – und würdiges – Objekt zu finden. Wenn er etwas wirklich Prächtiges sah, das seine Sammlerleidenschaft weckte, würde nicht einmal diese alberne Atmosphäre seine Energie lähmen können.

Einige Männer saßen an der Bar, aber sie waren für ihn uninteressant. Die drei männlichen Exemplare seiner Kollektion – das zweite, vierte und fünfte Exponat – hatte er ausgewählt, weil die Umstände es ihm erlaubt hatten, sie mühelos zu überwältigen, ohne gesehen zu werden. Es war ihm keineswegs zuwider, Männer zu ermorden, aber er bevorzugte Frauen. Junge Frauen. Er wollte sie erledigen, bevor sie neues Leben ausbrüten konnten.

Die einzigen jungen Leute im Lokal waren vier Frauen in den Zwanzigern, die drei Tische von ihm entfernt, ebenfalls an der Fensterfront, saßen. Sie waren beschwipst und ein bißchen albern, steckten ihre Köpfe zusammen, als wollten sie klatschen, tuschelten, kicherten und brachen gelegentlich auch in schallendes Gelächter aus. Eine von ihnen war so bezaubernd, daß Vassagos Haß auf alles Schöne voll entbrannte. Sie hatte riesige schokoladenbraune Augen und eine rehartige Anmut. Er taufte sie »Bambi«. Ihr rabenschwarzes Haar war wellig und kurz geschnitten, so daß die untere Hälfte ihrer Ohren zu sehen war.

Es waren ungewöhnliche Ohren, groß, aber hübsch geformt. Er dachte, daß es möglich sein müßte, etwas Interessantes mit ihnen anzustellen, und er beobachtete Bambi weiterhin, um zu entscheiden, ob sie seinen Anforderungen genügte.

Sie redete mehr als ihre Freundinnen, und sie war die lauteste der Gruppe. Sie lachte auch am lautesten. Es hörte sich an wie Eselsgeschrei. Sie war außergewöhnlich attraktiv, aber ihr unaufhörliches Geschnatter und das aufdringliche Lachen verdarben alles. Kein Zweifel, sie hörte sich gerne selber reden.

Es wäre eine beträchtliche Verbesserung, dachte er, wenn sie taub und stumm wäre.

Von einer plötzlichen Inspiration erfaßt, setzte er sich aufrechter hin. Wenn er ihr die Ohren abschnitt, in den toten Mund stopfte und ihre Lippen zunähte, würde er den fatalen Makel ihrer Schönheit wunderbar symbolisieren. Die Vision war von solcher Einfachheit und gleichzeitig von so überwältigender Kraft, daß …

»Eine Cola mit Rum«, sagte die Kellnerin, stellte ein Glas vor Vassago auf den Tisch und legte eine Papierserviette daneben. »Geht das auf Rechnung?«

Er blickte auf und blinzelte verwirrt. Sie war eine stämmige Frau mittleren Alters mit kastanienbraunem Haar. Er konnte sie durch seine Sonnenbrille ganz deutlich sehen, hatte aber in seinem schöpferischen Fieber große Mühe, sie einzuordnen.

»Rechnung?« sagte er schließlich. »Äh, nein. Danke, Madam, ich zahle bar.«

Als er seine Brieftasche hervorzog, fühlte sie sich überhaupt nicht wie eine Brieftasche an, sondern wie eines von Bambis Ohren. Während sein Daumen über das glatte Leder glitt, glaubte er die kunstvollen Knorpelformationen der Ohrmuschel zu streicheln, die eleganten Krümmungen der Gehörgänge, durch die die Schallwellen nach innen zum Trommelfell transportiert wurden, zu liebkosen …

Er merkte endlich, daß die Kellnerin wieder mit ihm gesprochen hatte, daß sie ihm nun schon zum zweitenmal den Preis seines Drinks genannt hatte. Er hatte seine Brieftasche köstliche Sekunden lang gestreichelt, in Träume von Tod und Verstümmelung versunken.

Ohne hinzusehen, holte er eine knisternde Banknote hervor und reichte sie ihr.

»Das ist ja ein Hunderter«, sagte sie. »Haben Sie es nicht kleiner?«

»Leider nein, Madam«, erwiderte er ungeduldig, weil er sie schnell loswerden wollte.

»Da muß ich erst vorne an der Bar Wechselgeld holen, damit ich Ihnen herausgeben kann.«

»Ja, ja, okay. Schon gut. Danke, Madam.«

Sobald sie sich von seinem Tisch entfernte, wandte er seine Aufmerksamkeit wieder den jungen Frauen zu – nur um feststellen zu müssen, daß sie im Aufbruch begriffen waren. Sie zogen im Gehen ihre Mäntel an und waren schon fast bei der Tür.

Er wollte aufstehen und ihnen folgen, erstarrte aber, als er sich selbst plötzlich »Lindsey« sagen hörte.

Er rief den Namen nicht laut. Niemand im Lokal hörte etwas. Er war der einzige, der reagierte, und seine Reaktion bestand in totaler Überraschung.

Eine Hand auf dem Tisch, die andere auf der Stuhllehne, verharrte er halb aufgerichtet, wie gelähmt. Währenddessen verließen die vier jungen Frauen den Raum. Bambi war plötzlich weniger interessant geworden als der mysteriöse Name »Lindsey« – deshalb setzte er sich wieder hin.

Er kannte niemanden, der Lindsey hieß.

Er hatte nie jemanden gekannt, der Lindsey hieß.

Es ergab überhaupt keinen Sinn, daß er diesen Namen laut vor sich hin gesagt hatte.

Er blickte durchs Fenster auf den Hafen hinaus. Hunderte Millionen Dollar, mit denen irgendwelche Leute ihr Ego befriedigt hatten, hoben und senkten sich dicht an dicht auf den Wellen. Der dunkle Himmel lag wie ein zweites Meer darüber, genauso kalt und gnadenlos wie die richtige See. Der Regen glich Millionen silbergrauer Fäden, so als versuchte die Natur, Ozean und Himmel fest aneinanderzunähen und auf diese Weise den schmalen Luftstreifen zu vernichten, in dem Leben möglich war. Da er sowohl zu den

Lebenden als auch zu den Toten gehört hatte und nun ein lebender Toter war, hatte er geglaubt, so weltklug und erfahren zu sein, wie man überhaupt nur sein konnte, wenn man von einer Frau geboren worden war. Er war überzeugt gewesen, daß die Welt ihm nichts Neues mehr zu bieten hatte, ihn nichts mehr lehren konnte. Und nun das! Zuerst der Anfall im Auto: *Etwas ist dort draußen!* Und jetzt *Lindsey!* Es waren zwei verschiedenartige Erfahrungen, weil er diesmal keine Stimme im Kopf gehört und den Namen mit seiner eigenen Stimme statt mit der eines Unbekannten ausgesprochen hatte. Aber beide Ereignisse waren so sonderbar, daß eine Verbindung zwischen ihnen bestehen *mußte.* Während er auf die vertäuten Boote, den Hafen und die dunkle Welt dahinter hinausstarrte, kam sie ihm geheimnisvoller vor als seit ewigen Zeiten.

Er hob sein Glas und trank einen großen Schluck von seiner Cola mit Rum.

Als er das Glas abstellte, sagte er wieder »Lindsey«.

Das Glas klirrte gegen den Tisch, und er hätte es fast umgestoßen, weil der Name ihn abermals überrascht hatte. Er hatte ihn nicht vor sich hin gemurmelt, um sich über seine Bedeutung klarzuwerden. Vielmehr war er einfach aus ihm herausgeschossen wie beim erstenmal, nur atemloser und etwas lauter.

Interessant.

Dieses Lokal schien für ihn ein magischer Ort zu sein.

Er beschloß, eine Zeitlang hier sitzen zu bleiben und abzuwarten, was als nächstes geschehen würde.

Als die Kellnerin ihm das Wechselgeld brachte, sagte er: »Ich hätte gern noch einen Drink, Madam.« Er gab ihr einen Zwanziger. »Bitte behalten Sie den Rest.«

Glücklich über das großzügige Trinkgeld, eilte sie wieder an die Bar.

Vassago drehte sich dem Fenster zu, aber diesmal betrachtete er nicht den Hafen, sondern sein eigenes Spiegelbild im Glas. Die gedämpften Lichter im Raum reichten nicht aus, um auf der Scheibe ein scharfes Bild zu erzeugen. Seine Sonnenbrille kam in diesem matten Spiegel nicht richtig zur Geltung. Statt dessen schien sein Gesicht nur die leeren Augenhöhlen eines Totenschädels zu besitzen. Diese Vorstellung gefiel ihm.

In heiserem Flüsterton, nicht laut genug, um von den anderen Gästen gehört zu werden, aber noch eindringlicher als zuvor, sagte er: »Lindsey, nein!«

Er hatte diesen Ausbruch genauso wenig erwartet wie die vorangegangenen, aber er war nicht beunruhigt. Er hatte sich rasch an diese mysteriösen Vorfälle gewöhnt und bemühte sich nun, sie zu verstehen. Nichts konnte ihn auf Dauer überraschen. Schließlich war er in der Hölle gewesen und daraus zurückgekehrt. Und das galt für die wirkliche Hölle und auch die in der Geisterbahn. Der Einbruch des Phantastischen ins reale Leben konnte ihn also weder schrecken noch mit Ehrfurcht erfüllen.

Er bestellte einen dritten Drink. Als über eine Stunde ohne weitere Vorkommnisse verging und der Barkeeper die letzte Runde für diese Nacht ankündigte, brach er auf.

Der Drang war noch immer vorhanden, der Drang zu morden und ein Kunstwerk zu schaffen. Dieses Bedürfnis, das in seinen Eingeweiden brannte, hatte nichts mit dem Rum zu tun, es erzeugte einen stählernen Druck in seiner Brust, als wäre sein Herz ein Uhrwerk mit bis zum Zerreißen gespannter Feder. Er wünschte, er wäre der rehäugigen Frau gefolgt, die er Bambi getauft hatte.

Hätte er ihre Ohren abgeschnitten, wenn sie endlich tot gewesen wäre – oder noch, solange sie am Leben war?

Hätte sie die künstlerische Aussage begreifen können, wenn er ihre Lippen über dem vollen Mund zugenäht hätte? Wohl kaum. Keine der anderen Frauen hatte die Intelligenz und Einsicht besessen, sein einzigartiges Talent zu würdigen.

Auf dem nahezu leeren Parkplatz stand er eine Zeitlang im Regen und ließ sich durchnässen, um die Flammen seiner Besessenheit ein wenig einzudämmen. Es war fast zwei Uhr nachts. Bis zur Morgendämmerung blieb nicht mehr genügend Zeit, um erneut auf die Jagd zu gehen. Er würde ohne Neuerwerb in sein Versteck zurückkehren müssen. Wenn er tagsüber etwas Schlaf finden wollte, um dann bei Einbruch der Dunkelheit für einen neuen Beutezug fit zu sein, mußte er seinen schier unbezwinglichen kreativen Drang dämpfen.

Schließlich fröstelte er. Seine innere Hitze wich gnadenloser Kälte. Er hob eine Hand, berührte seine Wange. Sein Gesicht war kalt, aber seine Finger waren noch kälter, wie die Marmorhand einer David-Statue, die er auf dem Friedhof von Forest Lawn bewundert hatte, als er noch einer der Lebenden gewesen war.

So war es besser.

Während er die Wagentür öffnete, blickte er noch einmal in die regengepeitschte Nacht hinaus. Diesmal sagte er aus eigenem Willen vor sich hin: »Lindsey?«

Keine Antwort.

Wer auch immer sie sein mochte – es war ihr noch nicht bestimmt, seinen Weg zu kreuzen.

Er würde geduldig sein müssen. Er stand vor einem Geheimnis, das ihn faszinierte und neugierig machte. Aber zu den Tugenden der Toten gehörte die Geduld, und obwohl er noch halb am Leben war, wußte er, daß er die innere Kraft aufbringen würde, sich in der Geduld der Verstorbenen zu üben.

18

Am frühen Dienstagmorgen, eine Stunde vor Tagesanbruch, konnte Lindsey nicht mehr schlafen. Ihre Muskeln und Gelenke schmerzten, und die wenigen Stunden Schlaf hatten ihre Erschöpfung kaum gelindert. Sie wollte keine Beruhigungsmittel. Ungeduldig bestand sie darauf, in Hatchs Zimmer gebracht zu werden. Die Nachtschwester holte Jonas Nyeberns Erlaubnis ein, der noch immer im Hause war, und fuhr Lindsey im Rollstuhl nach Zimmer 518.

Nyebern war dort, mit geröteten Augen und zerzausten Haaren. Die Laken auf dem Bett an der Tür waren nicht zurückgeschlagen, aber zerknittert. Offenbar hatte sich der Arzt wenigstens etwas hingelegt, wenn er in dieser Nacht schon keinen richtigen Schlaf fand.

Lindsey hatte inzwischen genug über Nyebern erfahren – einiges von ihm selbst, das meiste aber von den Krankenschwestern –, um zu wissen, daß er eine Legende war. Er war ein vielbeschäftigter Herzchirurg gewesen, doch vor zwei Jahren hatte er bei irgendeinem schrecklichen Unfall seine Frau und zwei Kinder verloren, und seitdem widmete er der Chirurgie immer weniger Zeit und wandte sich um so intensiver der Wiederbelebungsmedizin zu. Seine Hingabe an diese Arbeit ging über bloße Berufung weit hinaus, war schon eher eine Obsession. In einer Gesellschaft, die gerade versuchte, drei Jahrzehnte der Genußsucht und der Ich-zuerst-Philosophie zu überwinden, lag es nahe, einen so selbstlos agierenden Mann wie Nyebern zu bewundern, und offenbar taten das auch alle.

Lindseys Bewunderung für ihn jedenfalls war grenzenlos. Schließlich hatte er Hatchs Leben gerettet.

Nur seine blutunterlaufenen Augen und zerknitterten Kleider ließen seine Müdigkeit erkennen. Er zog rasch den Vorhang zurück, der das Bett am Fenster umgab, und schob Lindsey im Rollstuhl neben ihren Mann.

Der Sturm hatte sich während der Nacht gelegt. Morgensonne drang durch die Lamellen der Jalousien und zauberte Streifen aus Schatten und goldenem Licht auf Decken und Laken, die wie künstliche Tigerfelle aussahen.

Von Hatch war nur das Gesicht und ein Arm zu sehen, Obwohl seine Haut genauso raubtierartig gemustert war wie die Bettwäsche, ließ sich seine Blässe nicht übersehen. Vom Rollstuhl aus sah sie ihn durch das Bettgitter in schrägem Winkel. Beim Anblick eines häßlichen blauen Flecks in der Umgebung der genähten Stirnwunde drehte sich Lindsey fast der Magen um. Hätte sich Hatchs Brust nicht kaum merklich gehoben und gesenkt, und hätte das EKG nicht den Herzschlag aufgezeichnet, sie hätte ihn für tot gehalten.

Aber er lebte, er *lebte,* und ihr schnürte sich die Kehle zu – ein so sicherer Vorbote von Tränen, wie Blitze Vorboten von Donner sind. Der Gedanke an Tränen überraschte sie und beschleunigte ihren Atem.

Von dem Moment an, als der Honda in die Schlucht hinabgestürzt war, in all den qualvollen Minuten und Stunden der nun hinter ihr liegenden Nacht, hatte Lindsey nicht ein einziges Mal geweint, trotz physischer und psychischer Qualen. Sie war nicht stolz auf ihren Stoizismus. Sie war nun einmal so.

Nein, streich das ...

Es stimmte nicht, daß sie immer so gewesen war. Während Jimmys Kampf mit dem Krebs hatte sie stoisch werden müssen. Zwischen dem Tag der niederschmetternden Diagnose und seinem Tod lagen neun lange Monate – eine genauso lange Zeit wie zwischen seiner Empfängnis und Geburt, als sie ihn liebevoll in ihrem Leib getragen hatte. Während dieses langen qualvollen Sterbens ihres Kindes hatte Lindsey tagtäglich nur den einen Wunsch gehabt, sich im Bett zu verkriechen, die Decke über den Kopf zu ziehen und zu weinen, den Tränen freien Lauf zu lassen, bis alle Flüssigkeit ihrem Körper entzogen wäre, bis sie verdorrte und zu Staub zerfiel und zu existieren aufhörte. Anfangs *hatte* sie geweint. Aber ihre Tränen verstörten Jimmy, und sie erkannte, daß es ein unverzeihlicher Egoismus war, sich gehenzulassen und den Aufruhr in ihrem Innern zu zeigen. Sogar wenn sie heimlich weinte, merkte Jimmy es immer; er war von jeher über sein Alter hinaus sensibel und aufgeweckt gewesen, und seine Krankheit schien ihn noch empfindsamer gemacht zu haben. In der neuesten Immunologieforschung wurde mit Nachdruck auf die Bedeutung einer positiven Einstellung – Lachen und Zuversicht – als Waffe im Kampf gegen lebensbedrohliche Krankheiten hingewiesen. Deshalb hatte sie gelernt, ihre Gefühle zu beherrschen und ihr Entsetzen über die Aussicht, ihn zu verlieren, zu verbergen. Sie hatte ihm Liebe, Lachen, Zuversicht und Mut geschenkt – und in ihm nie auch nur den leisesten Zweifel an ihrer festen Überzeugung aufkommen lassen, daß er diese bösartige Krankheit besiegen würde.

Als Jimmy dann starb, hatte Lindsey schon so lange erfolgreich ihre Tränen unterdrückt, daß sie nun nicht mehr weinen konnte. Und da die erlösenden Tränen ihr versagt blieben, stürzte sie in immer tiefere Verzweiflung. Sie verlor an Gewicht – zehn Pfund, fünfzehn, zwanzig –, bis sie völlig ausgezehrt war. Sie konnte sich nicht dazu bewegen, ihre Haare zu waschen, sich zu pflegen und ihre Kleider zu bügeln. Überzeugt davon, Jimmy im Stich gelassen, sein grenzenloses Vertrauen enttäuscht zu haben, weil es ihr nicht gelungen war, ihn zu retten, glaubte sie, kein Recht mehr auf irgendeine Freude zu haben – am Essen, an ihrem Aussehen, an einem Buch oder Film, an Musik oder sonst etwas. Mit viel Geduld und liebevoller Zuneigung hatte Hatch aber schließlich die Erkenntnis in ihr geweckt, daß der Nachdruck, mit dem sie sich für einen blinden Schicksalsschlag verantwortlich machte, in gewisser Weise ebenso eine Krankheit war wie Jimmys Krebs.

Obwohl sie nun noch immer nicht weinen konnte, war sie doch aus dem psychologischen Loch geklettert, das sie sich selbst gegraben hatte. Aber sie hatte seitdem am Rande dieses Abgrunds gelebt, stets in labilem Gleichgewicht.

Und nun kamen diese ersten Tränen seit langer, langer Zeit völlig überraschend und bestürzten sie. Ihre Augen wurden heiß, brannten. Ihr Blick trübte sich, Ungläubig hob sie eine zittrige Hand und berührte die warmen Spuren auf ihren Wangen.

Nyebern zog ein Kleenex aus einer Schachtel auf dem Nachttisch und gab es ihr.

Diese mitfühlende Geste rührte sie über alle Maßen, und ein leises Schluchzen entrang sich ihrer Kehle.

»Lindsey ...«

Er hatte eine rauhe Kehle, und seine Stimme war heiser, kaum mehr als ein Flüstern. Aber sie wußte sofort, wer zu ihr gesprochen hatte, daß es nicht Nyebern gewesen war.

Sie wischte sich hastig mit dem Kleenex die Tränen aus den Augen und beugte sich im Rollstuhl vor, bis ihre Stirn das kalte Bettgitter berührte. Hatchs Gesicht war ihr zugewandt. Seine Augen waren geöffnet, und sie sahen klar und wach aus.

»Lindsey ...«

Irgendwie brachte er die Kraft auf, seine rechte Hand unter der Decke hervorzuschieben und ihr entgegenzustrecken.

Sie schob ihren Arm durch die Gitterstäbe und nahm seine Hand in ihre.

Seine Haut war trocken. Die abgeschürfte Handfläche war mit einem Pflaster geschützt. Er war so schwach, daß er ihre

Hand nur kaum merklich drücken konnte, aber er war warm, herrlich warm und lebendig.

»Du weinst ja«, murmelte er.

Sie weinte tatsächlich stärker als zuvor, sie vergaß heiße Tränen, aber sie lächelte durch diese Tränen hindurch. Freude hatte bewirkt, was die Trauer in fünf schrecklichen Jahren nicht vermocht hatte. Sie weinte vor Glück, und dieses Weinen tat ihr gut. Die ständige Anspannung, an die sie sich so gewöhnt hatte, daß sie sie kaum noch wahrnahm, löste sich schlagartig, so als fiele Schorf von verheilenden Wunden ab, und das alles, weil Hatch am Leben war, weil er tot gewesen war, nun aber wieder lebte.

Wenn ein Wunder das Herz nicht von einer zentnerschweren Last befreien konnte – was sollte dann überhaupt dazu imstande sein?

»Ich liebe dich«, flüsterte Hatch.

Der Tränenstrom verwandelte sich in einen regelrechten Ozean, und sie hörte sich »ich liebe dich« schluchzen, und dann spürte sie Nyeberns Hand auf ihrer Schulter, eine weitere freundliche Geste, die sie überwältigte und ihre Tränen nur noch stärker fließen ließ. Aber sie lachte durch die Tränen hindurch, und sie sah, daß auch Hatch lächelte.

»Alles ist ... in Ordnung«, sagte Hatch heiser. »Das Schlimmste ... ist jetzt vorbei. Das Schlimmste ... liegt ... hinter uns ...«

19

Tagsüber, wenn er sich nach Möglichkeit vor dem Sonnenlicht verbarg, parkte Vassago den Camaro in einer unterirdischen Garage, wo das Wartungspersonal des Vergnügungsparks einst Liefer-Lastwagen abgestellt hatte. All diese Fahrzeuge waren natürlich längst verschwunden; Gläubiger hatten sie abgeholt. Der Camaro stand allein in der Mitte dieses dunklen fensterlosen Raums.

Von der Garage aus stieg Vassago eine breite Treppe – die Aufzüge funktionierten natürlich seit Jahren nicht mehr – zu einem noch tieferen Untergeschoß hinab. Dieses Basement hatte früher die Sicherheitsanlagen des Vergnügungsparks mit Dutzenden von Videobildschirmen beherbergt, die jeden Winkel des Geländes überwachten, außerdem das Kontrollzentrum der Fahrbetriebe, ein sogar noch komplizierteres High-Tech-Netzwerk von Computern und Monitoren, Schreiner- und Elektrowerkstätten, eine Cafeteria für das Personal, Garderoben und Umkleideräume für die Hunderte kostümierter Angestellter, einen Sanitätsnotdienst, Büros und vieles mehr.

Vassago hielt sich aber auf dieser Ebene nicht länger auf, sondern setzte seinen Weg in die Tiefe weiter fort. Trotz des trockenen Sandbodens von Südkalifornien verströmten die Betonwände hier einen feuchten Kalkgeruch.

Vor vielen Monaten, als er zum erstenmal in diese Gewölbe hinabgestiegen war, hatte er damit gerechnet, daß überall Ratten vor ihm flüchten würden. Aber er hatte in all den Wochen, als er die düsteren Korridore und stillen Räume der riesigen Anlage durchstreifte, keine einzige Ratte gesehen. Dabei hätte er gar nichts dagegen gehabt, diesen Ort mit Ratten zu teilen. Er mochte Ratten, diese Nager und Aasfresser, die in Verwestem schwelgten und wie eifrige Polizisten im Kielwasser des Todes für Ordnung sorgten. Vielleicht waren sie nie in die unterirdische Welt des Vergnügungsparks vorgedrungen, weil das Gebäude nach der Schließung total ausgeräumt worden war. Nur noch Beton, Plastik und Metall, viel Staub und hier und da zerknülltes Papier – fast so steril wie eine Weltraumstation und absolut uninteressant für Nagetiere, die hier keine Leckerbissen finden konnten.

Irgendwann würden die Ratten vielleicht seine Kollektion in der Geisterbahnhölle entdecken, daran Geschmack finden und sich dann von dort aus weiter ausbreiten. Dann hätte er angenehme Gesellschaft während des Tages, wenn die Außenwelt für ihn zu hell und ungemütlich war.

Am Ende der vierten und letzten Treppe, zwei Stockwerke unter der Garage, überschritt Vassago eine Schwelle. Wie überall im ganzen Komplex fehlte die Tür. Sie waren von Schrotthändlern weggeschleppt und billig weiterverkauft worden. Er befand sich in einem fünfeinhalb Meter breiten Betontunnel.

Der ebene Fußboden war in der Mitte mit einem gelben Streifen markiert, so als wäre es ein Highway – und in gewisser Weise war das tatsächlich der Fall gewesen.

Hier hatten sich die Lagerräume für die riesigen Vorräte befunden. Pappbecher und Hamburgerkartons, Popcornschachteln und Tüten für Pommes frites, Papierservietten und kleine Ketchup- und Senfpäckchen für die vielen Imbißstände im Vergnügungspark. Geschäftsformulare für die Büros. Säcke mit Dünger und Kanister mit Insektenvertilgungsmitteln für die Gärtner. Das alles – und tausend andere Dinge, die in dieser kleinen Welt benötigt wurden – war vor langer Zeit ausgeräumt worden. Die Räume waren leer.

Ein Netzwerk von Tunnels hatte die Lagerräume mit Aufzügen verbunden, die zu den Hauptattraktionen und Restaurants führten. Waren konnten angeliefert und Reparaturen durchgeführt werden, ohne daß die Besucher gestört und aus der Traumwelt gerissen wurden, für die sie bezahlt hatten. Im Abstand von dreißig Metern waren Nummern an die Wände gemalt, um die Wege zu markieren, und an Kreuzungen gab es sogar Schilder mit Hinweisen wie:

← Geisterbahn
← Restaurant Alpenchalet
Riesenrad →
Achterbahn →

Vassago wandte sich an der nächsten Kreuzung nach rechts, dann bog er links ab, dann wieder rechts. Sein außergewöhnliches Sehvermögen leistete ihm in diesen dunklen Passagen wertvolle Dienste, aber er hätte sich auch ohne diese Hilfe gut orientieren können, denn inzwischen waren ihm die verödeten Lebensadern des Vergnügungsparks ebenso vertraut wie die Konturen seines eigenen Körpers.

Schließlich kam er zu einem Schild neben einem Aufzug: MASCHINENRAUM GEISTERBAHN. Die Lifttüren waren ebenso verschwunden wie die Kabine und der Mechanismus

– zur Wiederverwertung oder als Schrott verkauft. Aber der Schacht war noch vorhanden: Er begann etwa einen Meter zwanzig unterhalb des Fußbodens und führte durch fünf Stockwerke Dunkelheit, zuerst zum Basement mit den Sicherheitsanlagen und Büros, dann weiter zur untersten Ebene der Geisterbahn, wo sich jetzt Vassagos Museum befand, bis zu den oberen Ebenen des Fahrgeschäfts.

Vassago ließ sich auf den Boden des Schachts hinab. Er setzte sich auf die alte Matratze, die er einmal mitgebracht hatte, um sein Versteck gemütlicher zu gestalten.

Wenn er den Kopf in den Nacken legte, konnte er in dem lichtlosen Schacht die rostigen Stahlsprossen einer Wartungsleiter sehen, die in die oberen Regionen emporführte.

Wenn er diese Leiter bis zur untersten Ebene der Geisterbahn emporkletterte, gelangte er in einen Dienstraum hinter den Wänden der Hölle, von dem aus der Gleiskettenmechanismus für die Gondeln zugänglich gewesen war. Aus dieser Kammer führte eine Tür, auf der anderen Seite als Felsen getarnt, in den nunmehr trockenen See des Hades, aus dem einst Luzifer aufgetaucht war.

Dies hier war der tiefste Punkt seines Verstecks, zwei Etagen plus ein Meter zwanzig unterhalb der Hölle. Hier fühlte er sich zu Hause, soweit ihm das überhaupt irgendwo möglich war. Draußen in der Welt der Lebenden bewegte er sich mit der Dreistigkeit eines heimlichen Herrn des Universums, aber er fühlte sich dort nirgends heimisch. Obwohl er sich im Grunde vor nichts mehr fürchtete, verspürte er doch ein ständiges leichtes Unbehagen, wann immer er sich außerhalb der kahlen schwarzen Korridore und der Grabkammern seines Verstecks befand.

Nach einer Weile öffnete er den Deckel einer stabilen Kühlbox aus Plastik, in der er Dosen mit besonders süßer Limonade aufbewahrte. Das war von jeher sein Lieblingsgetränk gewesen. Immer für Eis in der Kühlbox zu sorgen, war ihm viel zu mühsam, deshalb trank er das Zeug warm. Ihn störte das nicht.

Er bewahrte auch Süßigkeiten und Knabberzeug in der Kühlbox auf. Schokoriegel und Erdnußplätzchen, Kartoffelchips, Käsecracker, Kekse und Pralinen. Seit er im Grenzland lebte, war etwas mit seinem Stoffwechsel passiert: Er schien essen zu können, was immer er wollte, ohne zuzunehmen oder unter Mangelerscheinungen zu leiden. Und aus unerfindlichen Gründen war ihm immer nach dem, was er als Kind besonders gern gegessen hatte.

Er öffnete eine Limodose und trank einen großen warmen Schluck. Er holte einen Keks aus der Tüte und trennte sorgfältig die beiden Schokowaffeln, ohne sie zu beschädigen. Die weiße Füllung klebte an der Waffel in seiner linken Hand. Das bedeutete, daß er reich und berühmt sein würde, wenn er einmal groß war. Hätte der Zuckerguß an der rechten Waffel geklebt, wäre er berühmt, aber nicht unbedingt reich geworden, was alles mögliche bedeuten konnte, eine Zukunft als Rockstar oder auch als Mörder des Präsidenten der Vereinigten Staaten. Wenn die Füllung an beiden Waffeln kleben blieb, mußte man einen weiteren Keks essen, andernfalls riskierte man, überhaupt keine Zukunft zu haben.

Während er an dem Zuckerguß leckte und das süße Zeug langsam auf der Zunge zergehen ließ, starrte er in den leeren Liftschacht empor und dachte, wie interessant es doch war, daß er sich ausgerechnet den verlassenen Vergnügungspark als Schlupfwinkel ausgesucht hatte, wo die Welt doch so viele dunkle und einsame Orte bereithielt, unter denen man wählen konnte. Er war als Junge einige Male hier gewesen, als der Vergnügungspark noch in Betrieb war, zuletzt vor acht Jahren, mit zwölf, ein Jahr vor der Schließung. An diesem schönsten Abend seiner Kindheit hatte er hier seinen allerersten Mord begangen und damit seine lange Romanze mit dem Tod begonnen. Und nun war er hierher zurückgekehrt.

Er leckte den letzten Rest Füllung ab.

Er aß die erste Schokowaffel. Er aß die zweite.

Er fischte einen weiteren Keks aus der Tüte.

Er trank einen Schluck warme Limonade.

Er wünschte, er wäre tot. *Ganz* tot. Das war die einzige Möglichkeit, seine Existenz im Jenseits beginnen zu können.

Wenn alle Katzen Kühe wären, dachte er, hätte mein Vater ein Milchgeschäft.

Er aß den zweiten Keks, trank den Rest Limonade und streckte sich auf der Matratze aus, um einige Stunden zu schlafen.

Er träumte ... Es waren seltsame Träume von Leuten, die er nie zuvor gesehen hatte, Orten, an denen er nie gewesen war, von Ereignissen, die er nie miterlebt hatte. Wasser überall, darin treibende Eisschollen, Schneegestöber und heftiger Wind. Eine Frau im Rollstuhl, lachend und zugleich weinend. Ein Krankenhausbett mit Tigerstreifen aus dunklen Schatten und goldenen Sonnenstrahlen. Die Frau im Rollstuhl, lachend und weinend. Die Frau im Rollstuhl, lachend. Die Frau im Rollstuhl. Die Frau.

Zweiter Teil

Wieder am Leben

Auf den Feldern des Lebens reift eine Ernte manchmal völlig außerhalb der dafür üblichen Jahreszeit heran, wenn wir schon glaubten, die Erde wäre alt, und keinen einleuchtenden Grund mehr sahen, warum wir im Morgengrauen aufstehen und unsere Muskeln erproben sollten. Bei Einbruch des Winters, wenn der Herbst vorüber ist, scheint es am vernünftigsten, auszuruhen. Aber unter der Erde kalter Winterfelder liegen wartend die schlafenden Samen kommender Jahreszeiten, und genauso bewahrt auch das Herz die Hoffnung, daß alle bitteren Wunden einmal heilen werden.

The Book of Counted Sorrows

Viertes Kapitel

1

Hatch hatte das Gefühl, ins vierzehnte Jahrhundert zurückversetzt worden zu sein und vor Gericht um sein Leben zu kämpfen, von der Inquisition der Irrlehre bezichtigt.

Zwei Priester hielten sich in der Anwaltskanzlei auf. Pater Jiminez war zwar nur mittelgroß, aber eine so imposante Gestalt, als wäre er dreißig Zentimeter größer, mit pechschwarzem Haar und noch dunkleren Augen, in einem schwarzen Priesteranzug mit römischem Collar. Er wandte den Fenstern den Rücken zu. Auch die sich sanft im Wind wiegenden Palmen und der blaue Himmel von Newport Beach konnten die Atmosphäre in dem mahagonigetafelten und mit Antiquitäten eingerichteten Büro nicht aufheitern, und Jiminez' Silhouette wirkte irgendwie bedrohlich. Pater Duran, der noch keine dreißig und somit etwa fünfundzwanzig Jahre jünger als Pater Jiminez war, war blaß und mager mit asketischen Gesichtszügen. Der junge Priester schien von den Satsumavasen, -weihrauchgefäßen und -schalen der Meiji-Epoche fasziniert zu sein, die in einer großen Vitrine am anderen Ende des Büros standen, aber Hatch wurde das Gefühl nicht los, als wäre Durans Interesse an dem japanischen Porzellan nur gespielt, als würde der Geistliche in Wirklichkeit ihn und Lindsey, die neben ihm auf dem Louisseize-Sofa saß, heimlich beobachten.

Es waren auch zwei Nonnen zugegen, die auf Hatch einen noch bedrohlicheren Eindruck machten als die Priester. Sie gehörten einem Orden an, der noch dem voluminösen altmodischen Habit anhing, den man heutzutage nur noch selten sieht. Sie trugen gestärkte Hauben mit Brusttüchern, und diese Umrahmung aus weißem Leinen ließ ihre Gesichter besonders streng erscheinen. Schwester Immaculata, die Leiterin des Waisenhauses St. Thomas, saß wie ein großer schwarzer Raubvogel auf dem Lehnstuhl rechts vom Sofa, und Hatch wäre gar nicht erstaunt gewesen, wenn sie plötzlich einen krächzenden Schrei ausgestoßen hätte, mit wehender Kleidung aufgeflattert und durch den Raum geflogen wäre, um am Ende im Sturzflug auf ihn herabzuschießen und ihm die Nase abzuhacken. Ihre Mitschwester war eine etwas jüngere, nervös wirkende Nonne, die unablässig im Zimmer auf und ab lief und deren Blick durchdringender war als Laserstrahlen. Hatch hatte ihren Namen vergessen und sie deshalb »Die Nonne ohne Namen« getauft, weil sie ihn an Clint Eastwood erinnerte, der in alten Italowestern immer den schweigsamen Fremden ohne Namen gespielt hatte.

Hatch wußte, daß er unfair war, sogar mehr als unfair, daß er aus Nervosität völlig irrational reagierte. Alle hier in dieser Kanzlei wollten Lindsey und ihm nur helfen. Pater Jiminez, der Pfarrer der Kirche St. Thomas, dessen Gemeinde einen beträchtlichen Teil des Jahresbudgets für das von Schwester Immaculata geleitete Waisenhaus aufbrachte, war in Wirklichkeit kein bißchen bedrohlicher als der Priester in *Die Glocken von St. Marien*, ein lateinamerikanischer Bing Crosby, und Pater Duran wirkte sanftmütig und schüchtern. Schwester Immaculata hatte in Wirklichkeit mit einem Raubvogel nicht mehr Ähnlichkeit als mit einer Stripteasetänzerin, und die Nonne ohne Namen hatte ein warmes Lächeln, das ihren strengen Blick mehr als wettmachte, selbst wenn man diesen negativ auslegen wollte. Die Priester und Nonnen versuchten, Konversation zu machen, und es waren im Grunde er und Lindsey, die vor Nervosität nicht so ungezwungen sein konnten, wie es angebracht gewesen wäre.

Es stand soviel auf dem Spiel. Das war es, was Hatch nervös machte, obwohl ihm das eigentlich gar nicht ähnlich sah, weil er normalerweise sehr ausgeglichen war und mitunter fast abgeklärt wirkte. Er wollte, daß dieses Treffen erfolgreich verlief, weil Lindseys und sein Glück, ihre Zukunft, der Erfolg ihres neuen Lebens davon abhingen.

Nein, das stimmte nun auch wieder nicht. Er übertrieb schon wieder.

Aber er konnte es nicht ändern.

Seit er vor mehr als sieben Wochen wiederbelebt worden war, hatten Lindsey und er gemeinsam einen emotionalen Gezeitenwechsel vollzogen. Die lange erstickende Flut von Verzweiflung, die sie nach Jimmys Tod überrollt hatte, war plötzlich verebbt. Beiden war klar, daß sie nur dank eines medizinischen Wunders noch beisammen waren. Für diesen Aufschub nicht dankbar zu sein, die ihnen geschenkte Gnadenfrist nicht voll zu genießen, wäre in höchstem Maße undankbar gewesen, sowohl Gott als auch den Ärzten gegenüber. Mehr als das – es wäre dumm. Natürlich war es ihr gutes Recht gewesen, um Jimmy zu trauern, aber irgendwann hatten sie es dann zugelassen, daß der Schmerz in Selbstmitleid und chronische Depression ausartete, und das war falsch gewesen.

Hatchs Tod und Reanimation und Lindseys Todesnähe waren nötig gewesen, um sie beide ihrer beklagenswerten Schwermut zu entreißen, was ihm zeigte, daß sie doch verbohrter waren, als er geglaubt hatte. Wichtig war indessen aber nur, daß sie aufgerüttelt worden waren und beschlossen hatten, endlich wieder richtig zu leben.

Zu einem richtigen Leben gehörte für sie beide auch, wieder ein Kind im Hause zu haben. Der Wunsch nach einem Kind war kein sentimentaler Versuch, die frühere Stimmung wiederherzustellen, und es war auch nicht das neurotische Bedürfnis, Jimmy zu ersetzen, um endgültig über seinen Tod hinwegzukommen. Sie konnten einfach gut mit Kindern umgehen; sie liebten Kinder, und es war außerordentlich befriedigend, etwas von sich an ein Kind weitergeben zu können.

Sie mußten eines adoptieren. Das war das Problem. Während Lindseys Schwangerschaft hatte es viele Komplikationen gegeben, und die Entbindung war ungemein langwierig und schmerzhaft gewesen. Mutter und Kind hatten in Lebensgefahr geschwebt, und als Jimmy dann endlich geboren war, hatten die Ärzte Lindsey eröffnet, daß sie keine Kinder mehr bekommen könnte.

Die Nonne ohne Namen blieb endlich stehen, zog den weiten Ärmel ihres Habits hoch und schaute auf die Uhr. »Vielleicht sollte ich einmal nachsehen, wo sie so lange bleibt.«

»Lassen Sie dem Kind noch ein wenig Zeit«, sagte Schwester Immaculata ruhig, während sie mit plumper Hand über die Falten ihres Habits strich. »Wenn Sie nachsehen, wird sie das Gefühl haben, daß sie ihr nicht zutrauen, allein zurechtzukommen. Es gibt auf der Damentoilette nichts, womit sie nicht selber fertig werden könnte. Ich glaube nicht einmal, daß sie wirklich hin mußte. Wahrscheinlich wollte sie nur vor dem Treffen noch ein paar Minuten allein sein, um sich zu beruhigen.«

An Lindsey und Hatch gewandt, sagte Pater Jiminez: »Bitte entschuldigen Sie diese Verspätung.«

»Sie brauchen sich nicht zu entschuldigen.« Hatch rutschte auf dem Sofa hin und her. »Wir verstehen das gut. Wir sind nämlich selbst ein bißchen nervös.«

Erste Erkundigungen hatten ergeben, daß unzählige Ehepaare – eine regelrechte *Armee* – darauf warteten, ein Adoptivkind vermittelt zu bekommen. Manche wurden schon seit zwei Jahren immer wieder vertröstet. Und nachdem Hatch und Lindsey schon fünf Jahre kinderlos waren, fehlte ihnen die Geduld, sich auf eine lange Warteliste setzen zu lassen.

Ihnen blieben deshalb nur zwei Möglichkeiten. Sie konnten versuchen, ein Kind aus einer anderen Rasse zu adoptieren – ein schwarzes, asiatisches oder lateinamerikanisches. Die meisten potentiellen Adoptiveltern waren Weiße und warteten auf ein weißes Baby, das sie als ihr eigenes ausgeben konnten, während sich für ganze Scharen von Waisen der verschiedenen Minderheiten die Träume, zu einer Familie zu gehören, nie erfüllten. Die Hautfarbe spielte weder für Hatch noch Lindsey eine Rolle. Sie wären über jedes Kind glücklich gewesen, unabhängig von dessen Herkunft. In den letzten Jahren hatte ein irregeleiteter, übertriebener Wohltätigkeitsfimmel im Namen der Bürgerrechte jedoch zur Einführung verschiedener Vorschriften und Regelungen geführt, die eine Adoption von Kindern einer anderen Rasse verhindern sollten, und pedantische Bürokraten in allen Institutionen sorgten für eine strikte Durchsetzung dieser Bestimmungen. Die Theorie dabei war, daß kein Kind wirklich glücklich sein konnte, wenn es außerhalb seiner ethnischen Gruppe aufwuchs. Ein Musterbeispiel für den elitären Unsinn – und den ins Gegenteil verkehrten Rassismus –, den

Soziologen und sonstige Akademiker verzapften, ohne die einsamen Kinder zu befragen, die sie zu beschützen vorgaben.

Die zweite Möglichkeit war, ein behindertes Kind zu adoptieren. Verglichen mit den unzähligen fremdrassigen Waisenkindern gab es nicht viele behinderte, selbst wenn man jene Quasi-Waisen mitrechnete, deren Eltern irgendwo lebten, die aber wegen ihrer Beeinträchtigungen unerwünscht waren und der Obhut von Staat oder Kirche übergeben wurden. Doch obwohl sie nicht sehr zahlreich waren, gab es für Behinderte noch weniger Interessenten als für Minderheiten-Kinder. Der immense Vorteil war, daß sich im Augenblick keine politische Gruppierung für die angeblichen Anliegen dieser Kinder stark machte. Früher oder später würde eine Marschkolonne von Irrsinnigen zweifellos Gesetze erzwingen, denen zufolge ein grünäugiges, blondes, taubes Kind nur von grünäugigen, blonden, tauben Eltern adoptiert werden konnte, aber Hatch und Lindsey hatten das Glück, ihren Antrag gestaut zu haben, noch bevor die Mächte des Chaos das Heft in die Hand genommen hatten. Wenn er an die unangenehmen Bürokraten dachte, mit denen sie es vor sechs Wochen zu tun gehabt hatten, als sie sich zur Adoption entschlossen, wäre er am liebsten zu diesen Vermittlungsbehörden zurückgegangen und hätte die Sozialarbeiter erdrosselt, die ihnen einen Strich durch die Rechnung gemacht hatten. Einfach um ihnen ein bißchen gesunden Menschenverstand reinzuwürgen. Wenn er *diesen* Wunsch hier laut sagen würde, wären die guten Nonnen und Priester des Waisenhauses St. Thomas sicher ganz wild darauf, ihm einen ihrer Schützlinge anzuvertrauen!

»Und Sie fühlen sich nach wie vor gut, haben nicht unter irgendwelchen negativen Auswirkungen Ihrer Schicksalsprüfung zu leiden? Keine Schlafprobleme, gesunder Appetit?« erkundigte sich Pater Jiminez. Er wollte ganz offenkundig nur Konversation machen, während man auf die Hauptperson wartete, und mit seiner Frage keinesfalls Zweifel an Hatchs totaler Genesung und guter Gesundheit äußern.

Lindsey – von Natur aus nervöser als Hatch und eher zu

Überreaktionen neigend – beugte sich auf dem Sofa vor. Mit einem leichten Anflug von Schärfe sagte sie: »Hatch führt die Erfolgsstatistik aller reanimierten Personen an. Dr. Nyebern ist hell begeistert und hat ihm beste Gesundheit attestiert. Eine totale Wiederherstellung. Das alles stand auch in unserer Bewerbung.«

Hatch befürchtete, daß Lindseys heftige Reaktion die Priester und Nonnen mißtrauisch machen könnte, und fügte deshalb rasch ein Späßchen an: »Mir geht es wirklich großartig. Ehrlich gesagt, würde ich jedem einen kurzen Tod empfehlen. Das entspannt kolossal, verhilft zu größerer Gelassenheit im Leben.«

Alle lachten höflich.

Hatch erfreute sich *tatsächlich* bester Gesundheit. Während der ersten vier Tage nach seiner Reanimation hatte er unter Schwäche, Benommenheit, Übelkeit, Lethargie und vereinzelten Gedächtnislücken gelitten. Aber nach kürzester Zeit war er wieder voll bei Kräften gewesen, physisch und auch geistig. Seit nunmehr fast sieben Wochen führte er wieder ein ganz normales Leben.

Allerdings hatte Jiminez' beiläufige Erwähnung von Schlafproblemen ihn ein wenig beunruhigt, und wahrscheinlich hatte diese unschuldige Frage auch Lindsey aufgeschreckt. Seine Behauptung, gut zu schlafen, entsprach nicht ganz der Wahrheit, aber andererseits waren seine seltsamen Träume und die merkwürdigen emotionalen Auswirkungen, die sie auf ihn hatten, nichts Ernsthaftes, kaum der Rede wert, und im Grunde hatte er nicht das Gefühl, den Priester belogen zu haben.

Sie waren jetzt so dicht am Ziel ihrer Wünsche, daß er nicht riskieren wollte, durch ein falsches Wort den Erfolg aufs Spiel zu setzen. Es sollten keine unnötigen Verzögerungen eintreten. Obwohl die katholischen Adoptionsstellen bei der Unterbringung ihrer Schützlinge sehr gewissenhaft vorgingen, waren sie nicht so zermürbend langsam und zögerlich wie die staatlichen Institutionen, speziell wenn es sich bei den Bewerbern um solide Bürger wie Hatch und Lindsey handelte, die zur Adoption eines behinderten Kindes bereit waren, das andernfalls wohl im Waisenhaus bleiben müßte, bis es erwachsen war. Die Zukunft konnte für sie noch in dieser Woche beginnen, wenn sie den Leuten von St. Thomas, die längst auf ihrer Seite standen, keinen Grund zu irgendwelchen Bedenken gaben.

Hatch war selbst ein wenig überrascht, *wieviel* ihm daran lag, wieder Vater zu sein. Er hatte das Gefühl, als wäre er in den letzten fünf Jahren bestenfalls nur halb lebendig gewesen. Die ungenutzte Energie dieses halben Jahrzehnts schien sich in ihm akkumuliert zu haben und ihn plötzlich mit aller Macht zu durchströmen; die Farben wurden leuchtender, Töne melodischer und Gefühle intensiver. Er hatte das leidenschaftliche Bedürfnis, zu sehen, hören, laufen, arbeiten – *zu leben.* Und wieder Vater zu sein.

»Ich überlege schon die ganze Zeit, ob ich Sie etwas fragen dürfte«, sagte Pater Duran, während er sich von der Satsumasammlung abwandte. Seine Blässe und die scharfen Gesichtszüge wurden durch seine warmherzigen und intelligenten Eulenaugen etwas aufgelockert, die durch dicke Brillengläser noch vergrößert wurden. »Es ist eine ziemlich persönliche Frage, deshalb zögere ich.«

»Fragen Sie ruhig, was immer Sie wollen«, sagte Hatch.

Der junge Priester faßte Mut. »Manche Menschen, die für kurze Zeit klinisch tot waren, eine Minute oder zwei, berichten, daß ... nun ja, ihre Erfahrungen ähneln sich ...«

»Sie meinen den Eindruck, durch einen Tunnel zu stürzen, auf ein strahlendes Licht zu«, half ihm Hatch. »Das Gefühl eines großen Friedens, einer Heimkehr?«

»Ja.« Durans blasses Gesicht wurde lebhafter. »Genau das habe ich gemeint.«

Auch Pater Jiminez und die beiden Nonnen betrachteten Hatch mit neuem Interesse, und er wünschte, er könnte ihnen erzählen, was sie hören wollten. Sein Blick glitt von Lindsey zu den anderen. »Es tut mir leid, aber ich habe diese Erfahrung, von der so viele Menschen berichten, nicht gemacht.«

Pater Duran ließ seine schmalen Schultern hängen. »Aber was *haben* Sie erlebt?«

Hatch schüttelte den Kopf. »Nichts. Ich wünschte, es gäbe etwas zu berichten. Es wäre ... tröstlich, nicht wahr? Aber wenn man so will, hatte ich wohl einen sehr langweiligen Tod. Ich kann mich an überhaupt nichts erinnern, von dem Moment an, als der Wagen sich überschlug und ich das Bewußtsein verlor, bis ich Stunden später in einem Krankenhausbett aufwachte und als erstes den Regen sah, der an eine Fensterscheibe trommelte ...«

Er wurde durch das Eintreffen von Salvatore Gujilio unterbrochen, in dessen Kanzlei sie warteten. Gujilio, ein Hüne, groß *und* massig, riß die Tür weit auf, stürmte wie immer mit Riesenschritten ins Zimmer und ließ die Tür schwungvoll zufallen. Mit dem Ungestüm einer Naturgewalt – etwa eines mittleren Tornados – begrüßte er einen Besucher nach dem anderen. Hatch hätte sich nicht im geringsten gewundert, wenn die Möbel sich plötzlich wie Kreisel gedreht hätten und Bilder von den Wänden gefallen wären, denn der Anwalt strahlte eine solche Energie aus, daß er alles in seiner näheren Umgebung in Schwingung zu versetzen und zu elektrisieren schien.

Sein Redestrom versiegte keine Sekunde, während er Jiminez wie ein tapsiger Bär in seine Arme riß, Durans Hand wie einen Pumpenschwengel schüttelte und sich vor beiden Nonnen mit der Ehrerbietung eines glühenden Monarchisten verbeugte, der Mitglieder der Königsfamilie begrüßt. Gujilio war ungeheuer kontaktfreudig und hatte Lindsey schon bei der zweiten Begegnung zur Begrüßung und zum Abschied umarmt. Sie fand den Mann sehr sympathisch und hatte nichts gegen diese enge Tuchfühlung einzuwenden, aber sie war sich – wie sie Hatch später gestand – wie ein winziges Kind vorgekommen, das einen Sumo-Ringer umarmt. »Er reißt mich ja glatt von den Füßen«, hatte sie gesagt. Deshalb blieb sie jetzt vorsichtshalber auf dem Sofa sitzen und schüttelte dem Anwalt nur die Hand.

Hatch erhob sich und streckte seine rechte Hand aus, darauf gefaßt, daß sie verschlungen würde wie ein Krumen in einer Kultur hungriger Amöben. Und genau das geschah denn auch. Gujilio umschloß Hatchs Hand wie immer mit seinen beiden Bärenpranken und schien sie zerquetschen zu wollen.

»Was für ein herrlicher Tag!« rief er. »Ein ganz besonderer

Tag! Ich hoffe um unsrer aller willen, daß die Sache wie am Schnürchen läuft.«

Der Anwalt nahm sich jede Woche einige Stunden Zeit für die Kirche St. Thomas und das Waisenhaus. Es verschaffte ihm sichtlich größte Befriedigung, Adoptiveltern und behinderte Kinder zusammenzubringen.

»Regina ist auf dem Weg hierher«, berichtete er. »Sie hält noch einen kleinen Plausch mit meiner Sekretärin, weiter nichts. Ich glaube, sie ist nervös und schiebt den entscheidenden Moment hinaus, bis sie ihren ganzen Mut zusammengenommen hat. Sie wird aber bestimmt gleich hier sein.«

Hatch sah Lindsey an. Sie lächelte nervös und griff nach seiner Hand.

Salvatore Gujilio blieb dicht vor dem Sofa stehen. Er wirkte so gewaltig wie einer der großen Ballons bei einer Macys-Parade am Thanksgiving Day. »Sie wissen ja, welchen Sinn dieses Treffen hat – Sie sollen Regina kennenlernen, und sie soll Sie kennenlernen. Niemand fällt gleich hier, auf der Stelle, eine Entscheidung. Sie denken in Ruhe über alles nach und lassen uns morgen oder übermorgen wissen, ob Sie das Mädchen adoptieren wollen. Das gleiche gilt für Regina. Sie hat einen Tag Bedenkzeit.«

»Es ist ein großer Schritt«, warf Pater Jiminez ein.

»Ein gewaltiger Schritt«, bekräftigte Schwester Immaculata.

Die Nonne ohne Namen ging zur Tür, öffnete sie und spähte in den Gang hinaus. Regina war offenbar noch nicht zu sehen.

Gujilio umrundete seinen Schreibtisch. »Ich bin mir ganz sicher, daß sie gleich kommt.«

Der Anwalt brachte seinen massigen Körper in einem Schreibtischsessel unter, aber bei seiner Größe von einsfünfundneunzig war er auch im Sitzen eine imposante Erscheinung. Die Kanzlei war ausschließlich mit Antiquitäten eingerichtet, und der Schreibtisch war ein so herrliches Stück im Stil Napoleons III., daß Hatch sich sehnlichst wünschte, etwas Derartiges im Schaufenster seines Geschäfts zu haben. Mit Goldbronze verziert, bildeten die Intarsien aus exotischem Holz ein zentrales Ornament mit einem Musikinstrument über einem Fries aus stilisiertem Blattwerk. Die Beine waren geschwungen und mit bronzenem Akanthusblatt verziert, und die x-förmige gewundene Fußstütze war in der Mitte mit einer bronzenen Kreuzblume geschmückt. Gujilios Größe und phänomenale kinetische Energie ließen den Schreibtisch – ebenso wie alle anderen Antiquitäten – zerbrechlich erscheinen, und Hatch hatte jedesmal zunächst den Eindruck, als wären die Kostbarkeiten in unmittelbarer Gefahr, umgeworfen oder in kleine Stücke zerschlagen zu werden. Doch nach wenigen Minuten trat wie durch ein Wunder die perfekte Harmonie zwischen Mann und Einrichtung zutage, so daß man sich des unheimlichen Gefühls nicht erwehren konnte, daß der Anwalt sich hier eine Umgebung neu geschaffen hatte, in der er schon einmal in einem früheren – dünneren – Leben heimisch gewesen war.

Ein leises, fernes, aber durchdringendes Rumsen lenkte Hatchs Aufmerksamkeit von dem Anwalt und dessen Schreibtisch ab.

»Sie kommt.« Die Nonne ohne Namen entfernte sich hastig von der Tür. Regina sollte offenbar nicht merken, daß man nach ihr Ausschau gehalten hatte.

Wieder dieses Geräusch. Und wieder. Und wieder.

Es war rhythmisch und wurde lauter.

Rums! Rums!

Lindsey umschloß Hatchs Hand fester.

Rums! Rums!

Jemand schien den Takt zu einer unhörbaren Melodie zu schlagen, indem er mit einem Bleirohr auf den harten Holzboden des Flurs klopfte.

Verwirrt schaute Hatch zu Pater Jiminez hinüber. Der Priester blickte kopfschüttelnd zu Boden, aber seine Miene war undurchdringlich. Als das Geräusch immer lauter wurde, starrte Pater Duran erstaunt die angelehnte Tür zum Flur an, ebenso die Nonne ohne Namen. Salvatore Gujilio erhob sich beunruhigt. Schwester Immaculatas hübsche rote Apfelbäckchen wurden so weiß wie die Leinenhaube, die ihr Gesicht umrahmte.

Hatch konnte nun zwischen den dumpfen Schlägen ein leiseres schabendes Geräusch hören.

Rums! Schlurrf ... Rums! Schlurrrf ...

Je näher die Geräusche kamen, desto unheimlicher hörten sie sich an, und unwillkürlich stiegen in Hatch Bilder aus unzähligen alten Horrorfilmen auf: das Monster aus der Lagune, das sich krebsartig auf seine Beute zuschiebt; das Monster aus der Gruft, das im trüben Schein des halb verdeckten Mondes über einen Friedhofsweg schlurft; das Monster aus dem All, das sich wie eine Mischung aus Spinne und Reptil auf Gott weiß was für verhornten Gliedmaßen vorwärtsbewegte.

Rums!

Die Fenster schienen zu klirren.

Oder bildete er sich das nur ein?

Schlurrrf …

Ihm lief ein Schauer über den Rücken.

RUMS!

Er betrachtete den beunruhigten Anwalt, den kopfschüttelnden älteren und den erschrocken dreinblickenden jüngeren Priester und die beiden bleichen Nonnen, wandte seinen Blick aber rasch wieder der Tür zu, während er sich fragte, mit welcher Art von Behinderung dieses Kind geboren sein mochte. Fast rechnete er damit, im Türrahmen eine große, unförmige Gestalt auftauchen zu sehen, die Ähnlichkeit mit Charles Laughton in *Der Glöckner von Notre Dame* hatte und beim Grinsen schreckliche Fangzähne bleckte. Und Schwester Immaculata würde erklären: *Wissen Sie, Mr. Harrison, Regina wurde nicht von normalen Eltern der Obhut unserer Gemeinschaft anvertraut, sondern von einem Labor, wo die Wissenschaftler wirklich hochinteressante Genforschung betreiben …*

Ein Schatten fiel auf die Schwelle.

Hatch bemerkte, daß Lindsey seine Hand schmerzhaft umklammerte und daß seine Handfläche schweißnaß war.

Die unheimlichen Geräusche verstummten. Im Zimmer herrschte atemlose Stille.

Langsam wurde die Tür aufgestoßen.

Regina betrat den Raum. Sie zog ihr rechtes Bein wie ein totes Gewicht hinter sich her: *Schlurrrf* … Dann setzte sie es mit voller Wucht auf. *RUMS!*

Sie blieb stehen und blickte in die Runde. Herausfordernd. Hatch konnte kaum glauben, daß sie es war, die diesen ganzen Lärm verursacht hatte. Für eine Zehnjährige war sie ziemlich klein und schmächtig. Mit ihren Sommersprossen, der Stupsnase und dem wunderschönen kastanienbraunen Haar war sie denkbar ungeeignet für die Rolle des Monsters aus der Lagune oder irgendeines anderen furchterregenden Ungeheuers, obwohl die ernsten grauen Augen einen Ausdruck hatten, der Hatch bei einem Kind überraschte. Der wissende Blick eines Erwachsenen. Ein extrem ausgeprägtes Wahrnehmungsvermögen. Doch abgesehen von diesen Augen und einer Aura stählerner Entschlossenheit wirkte das Mädchen sehr fragil, geradezu erschreckend zerbrechlich und verletzbar.

Die Kleine erinnerte Hatch an eine exquisite chinesische Porzellanschale mit Mandarin-Muster aus dem 18. Jahrhundert, die er unlängst in seinem Geschäft in Laguna Beach gehabt hatte. Wenn man sie mit dem Finger antippte, gab es einen glockenhellen Ton, der einen befürchten ließ, sie würde in tausend Stücke zerbrechen, wenn man sie fallen ließ oder auch nur kräftig dagegen schlug. Aber wenn man sie auf ihrem Acrylregal länger betrachtete, waren die handgemalten Tempel- und Gartenszenen auf den Seitenflächen und die Blumenornamente am inneren Rand so eindrucksvoll und zeugten von solchem Können und solcher Inspiration, daß man sich ehrfürchtig des Alters und der Geschichte des Stücks bewußt wurde. Und plötzlich war man davon überzeugt, daß das zerbrechliche Äußere täuschte und diese Schale, wenn man sie fallen ließe, nicht den kleinsten Riß davontrüge, sondern beim Aufprall jedwedes andere Material zertrümmern würde.

Regina war offenbar fest entschlossen, ihren großen Auftritt möglichst wirkungsvoll zu inszenieren. Während sie auf das Sofa zuhumpelte, dämpfte der antike Perserteppich allerdings beträchtlich den Lärm, den sie verursachte. Sie trug eine weiße Bluse, einen kurzen grünen Rock, grüne Kniestrümpfe, schwarze Schuhe – und am rechten Bein eine Metallschiene, die vom Knöchel bis übers Knie reichte und wie ein mittelalterliches Folterinstrument aussah. Bei jedem Schritt schwankte sie so stark in den Hüften, als würde sie gleich umfallen.

Schwester Immaculata erhob sich aus ihrem Lehnstuhl und betrachtete Regina mißbilligend. »Was soll dieses Theater, junge Dame?«

Das Mädchen tat so, als hätte es die Frage der Nonne nicht verstanden. »Es tut mir leid, daß ich so spät komme, Schwester, aber an manchen Tagen geht es mir eben besonders schlecht.« Bevor die Nonne etwas erwidern konnte, wandte sich die Kleine Hatch und Lindsey zu, die aufgestanden waren und sich nun nicht mehr bei den Händen hielten.»Hallo, ich bin Regina. Ich bin ein Krüppel.« Sie streckte ihre rechte Hand aus. Hatch ebenfalls. Erst im letzten Moment bemerkte er, daß Arm und Hand mißgebildet waren. Der Arm war bis zum Handgelenk fast normal, nur etwas dünner als der linke, knickte dann aber scharf ab und ging nicht in eine komplette Hand über, sondern in nur zwei Finger und einen Daumenstumpf, die zudem nur begrenzt beweglich zu sein schienen. Dem Mädchen die Hand zu geben, war ein seltsames Gefühl – aber nicht unangenehm.

Ihre grauen Augen fixierten ihn aufmerksam. Sie wollte seine Reaktion testen. Er wußte sofort, daß es unmöglich sein würde, ihr jemals etwas vorzumachen, und er war heilfroh, daß ihre verkrüppelte Hand ihn nicht im geringsten abstieß.

»Ich freue mich sehr, dich kennenzulernen, Regina«, sagte er. »Ich bin Hatch Harrison, und das ist meine Frau Lindsey.«

Das Mädchen gab auch Lindsey die Hand. »Nun, ich weiß, daß ich eine Enttäuschung für Sie bin«, sagte es. »Alle Frauen, die nach Kindern ausgehungert sind, wollen doch Babies, die sie hätscheln können ...«

Die Nonne ohne Namen schnappte schockiert nach Luft. »Regina, also wirklich!«

Schwester Immaculata hatte es völlig die Sprache verschlagen. Sie war wie vom Schlag gerührt und sah mit ihren weit aufgerissenen Augen und dem offenen Mund einem erfrorenen Pinguin ähnlich, der eine arktische Kältewelle nicht überlebt hat.

Pater Jiminez verließ seinen Standort am Fenster und trat

näher ans Sofa heran. »Mr. und Mrs. Harrison, ich entschuldige mich für ...«

»Sie brauchen sich nicht zu entschuldigen«, fiel Lindsey ihm hastig ins Wort. Sie spürte ebenso wie Hatch, daß das Mädchen sie auf die Probe stellte, und wenn sie diese Prüfung bestehen wollten, durften sie sich auf gar keinen Fall an einer Koalition der Erwachsenen gegen die Kleine beteiligen.

Regina quälte sich mühsam in den zweiten Lehnstuhl, und Hatch war ziemlich sicher, daß sie dabei absichtlich viel ungeschickter tat, als sie es in Wirklichkeit war.

Die Nonne ohne Namen berührte sanft Schwester Immaculatas Schulter, und diese nahm wieder Platz, immer noch mit der Miene eines erfrorenen Pinguins. Die beiden Priester schoben die Besucherstühle vor dem Schreibtisch näher ans Sofa heran, und die jüngere Nonne holte sich einen Stuhl aus einer Zimmerecke und nahm neben den anderen Platz. Als Hatch bemerkte, daß er als einziger noch stand, setzte er sich wieder neben Lindsey auf das Sofa.

Nachdem nun alle versammelt waren, bestand Salvatore Gujilio darauf, Getränke zu servieren – Pepsi, Ginger Ale oder Perrier –, wobei er auf die Dienste seiner Sekretärin verzichtete und selbst alles Notwendige aus der Bar holte, die diskret in einem mahagonigetäfelten Eckschrank des eleganten Büros untergebracht war. Der Hüne bewegte sich erstaunlich lautlos und schnell, ohne gegen Möbel zu stoßen oder Vasen umzuwerfen, ohne den beiden Tiffanyvasen mit mundgeblasenen Trompetenblumenschirmen auch nur nahe zu kommen. Noch bemerkenswerter fand Hatch es allerdings, daß dieser imposante Mann nun nicht mehr automatisch im Mittelpunkt der Aufmerksamkeit stand. Mit dem schmächtigen Persönchen im Lehnstuhl konnte er nicht konkurrieren.

Regina hielt ihr Glas Pepsi in der linken, normalen Hand, und wandte sich demonstrativ Hatch und Lindsey zu. »Nun, Sie sind doch hergekommen, um möglichst viel über mich zu erfahren. Also sollte ich Ihnen wohl etwas über mich erzählen. Das Wichtigste ist natürlich, daß ich ein Krüppel bin.« Mit schiefgelegtem Kopf warf sie ihnen einen forschenden Blick zu. »Wußten Sie, daß ich ein Krüppel bin?«

»Wir wissen es jetzt«, sagte Lindsey.

»Aber ich meine, bevor Sie hergekommen sind.«

»Wir wußten, daß du ... irgendwelche Probleme hast«, sagte Hatch.

»Genmutation«, erklärte Regina.

Pater Jiminez stieß einen schweren Seufzer aus.

Schwester Immaculata schien etwas sagen zu wollen, warf Hatch und Lindsey einen Blick zu und beschloß zu schweigen.

»Meine Eltern waren drogenabhängig«, fuhr das Mädchen fort. »Regina!« protestierte die Nonne ohne Namen. »Das weißt du doch gar nicht. Davon kann überhaupt keine Rede sein.«

»Aber es paßt«, beharrte das Mädchen. »Drogenmißbrauch ist seit mindestens zwanzig Jahren die häufigste Ursache für angeborene Mißbildungen. Wußten Sie das? Ich habe es in einem Buch gelesen. Ich lese sehr viel. Ich bin ganz verrückt nach Büchern. Ich will nicht sagen, daß ich ein Bücherwurm bin. Das hört sich albern an, finden Sie nicht auch? Aber wenn ich ein Wurm wäre, möchte ich lieber in einem Buch als in einem Apfel wohnen. Es ist das Beste, was einem verkrüppelten Kind passieren kann, wenn es gerne liest, weil die anderen einen ja alles mögliche nicht machen lassen, auch wenn man selbst ganz sicher ist, daß man es genauso gut könnte wie jeder normale Mensch auch, und wenn man liest, kann man ein ganz anderes Leben führen. Ich mag Abenteuergeschichten, wo die Helden zum Nordpol oder zum Mars oder nach New York oder sonstwohin aufbrechen. Ich mag auch gute Krimis, fast alle von Agatha Christie, aber am besten gefallen mir Tiergeschichten, besonders wenn die Tiere sprechen können, wie in *Wind in den Weiden.* Ich hatte selbst einmal ein sprechendes Tier. Es war nur ein Goldfisch, und natürlich war es in Wirklichkeit ich und nicht der Goldfisch, der redete, weil ich nämlich ein Buch über Bauchreden gelesen und es dann gelernt hatte. Das war toll. Ich konnte am anderen Ende des Zimmers sitzen, und meine Stimme war aus dem Goldfisch zu hören.« Sie begann mit Piepsstimme zu sprechen, ohne die Lippen zu bewegen, und man hätte glauben können, es wäre die Nonne ohne Namen, die den denkwürdigen Satz von sich gab: *Hallo, ich bin Binky, der Fisch, und wenn du versuchst, mich auf ein Sandwich zu legen und zu essen, scheiße ich auf die Mayonnaise.* Ohne die schockierten Reaktionen der Ordensleute zu beachten, fuhr sie in ihrer eigenen Stimme fort: »Das ist auch so ein Problem mit Krüppeln wie mir. Wir neigen dazu, unverschämt zu sein, weil wir wissen, daß niemand sich traut, uns den Arsch zu versohlen.«

Schwester Immaculatas Miene ließ vermuten, daß *sie* sich das durchaus zutraute, aber sie murmelte nur etwas von Fernsehverbot bis Ende der Woche.

Hatch, dem die Nonne zunächst so furchterregend vorgekommen war, nahm ihre finstere Miene jetzt nur noch aus den Augenwinkeln wahr, weil er seinen Blick nicht von dem Mädchen wenden konnte.

Regina plapperte weiter fröhlich drauflos. »Abgesehen davon, daß ich manchmal ein superfreches Mundwerk habe, müssen Sie auch noch wissen, daß ich wahnsinnig ungeschickt bin, wenn ich wie John Silver herumhinke – das war übrigens ein phantastisches Buch, diese *Schatzinsel* ... Aber was ich sagen wollte – höchstwahrscheinlich werde ich jeden wertvollen Gegenstand in Ihrem Haus kaputtmachen. Natürlich nicht absichtlich, sondern einfach, weil ich so ein Trampel bin. Haben Sie für so was die nötige Geduld? Ich möchte nämlich nicht bewußtlos geprügelt und in eine Dachkammer gesperrt werden, nur weil ich ein armer tollpatschiger Krüppel bin. Dieses Bein sieht ja gar nicht mal so übel aus, und wenn ich regelmäßig weitertrainiere, wird es sich wahrscheinlich noch ganz passabel rausmachen, aber es ist nicht gerade kräftig, und ich habe auch verdammt wenig Gefühl darin.« Sie ballte ihre deformierte rechte Hand zu einer Art Faust und schlug sich so fest auf den rechten Oberschenkel, daß Gujilio zusammenzuckte. Der Anwalt versuchte gerade, dem jüngeren Priester, der das Mädchen wie hypnotisiert anstarrte, ein Glas Ginger Ale in die Hand zu drücken. Sie schlug noch einmal zu und erklärte: »Sehen Sie? Totes Fleisch. Und wenn wir schon bei Fleisch sind – ich stelle mich ziemlich an mit dem Essen, weil ich nämlich einfach kein totes Fleisch runterkriege. Oh, ich will damit nicht sagen, daß ich lebende Tiere esse. Aber ich bin Vegetarierin, und das wäre für Sie ziemlich kompliziert, sogar einmal angenommen, daß es Ihnen nichts ausmacht, daß ich kein Hätschelbaby bin, das man süß anziehen kann. Mein einziger Vorzug ist meine Intelligenz – ich bin nämlich fast ein Genie und sehr reif für mein Alter. Aber manche Leute sehen sogar darin eher einen Nachteil, weil ich mich oft nicht wie ein Kind benehme ...«

»Jetzt benimmst du dich mit Sicherheit wie ein sehr unreifes Kind«, warf Schwester Immaculata ein, sichtlich erfreut, diesen Pfeil abschießen zu können.

Aber Regina ignorierte sie total. »... und was Sie wollen, ist ja schließlich ein Kind, ein süßes, ahnungsloses Balg zum Vorzeigen, das unter Ihrer Anleitung lernt und erblüht, während ich schon auf eigene Faust ganz schön aufgeblüht bin. Intellektuell, meine ich. Titten habe ich nämlich noch keine. Ich langweile mich beim Fernsehen, was bedeutet, daß ich bei einem gemütlichen Familienabend vor der Glotze nicht mit von der Partie wäre, und ich bin allergisch gegen Katzen, falls Sie eine haben, und ich bin sehr eigenwillig, was manche Leute bei einem zehnjährigen Mädchen unausstehlich finden.« Sie nippte an ihrer Pepsi und lächelte ihnen zu. »Also, ich glaube, das wär's in etwa.«

»Sie ist sonst nie so«, murmelte Pater Jiminez, mehr zu sich selbst oder zu Gott als zu Hatch und Lindsey. Er trank die Hälfte seines Perriers in einem Zug, so als benötigte er eigentlich dringend etwas Härteres.

Hatch warf Lindsey einen forschenden Blick zu. Ihre Augen waren etwas glasig, und sie schien nicht zu wissen, was sie sagen sollte. Deshalb wandte er sich selbst an das Mädchen.

»Ich glaube, es ist nur fair, wenn ich dir jetzt etwas über uns erzähle.«

Schwester Inunaculata stellte ihr Glas ab und machte Anstalten aufzustehen. »Mr. Harrison, Sie brauchen sich wirklich nicht zu ...«

Hatch bedeutete der Nonne mit einer höflichen Geste, sitzen zu bleiben. »Nein, nein. Alles ist in bester Ordnung. Regina ist einfach ein bißchen nervös ...«

»Nicht besonders«, widersprach Regina.

»Natürlich bist du nervös«, beharrte Hatch.

»Nein.«

»Du bist genauso nervös wie Lindsey und ich. Das ist doch ganz natürlich.« Er lächelte dem Mädchen so gewinnend zu, wie er nur konnte. »Ja, also ... Ich habe mich von jeher für Antiquitäten interessiert. Ich liebe Dinge, die Bestand und einen ausgeprägten Charakter haben, und ich habe mein eigenes Antiquitätengeschäft mit zwei Angestellten. Damit verdiene ich meinen Lebensunterhalt. Aus Fernsehen mache ich mir selber nicht allzuviel, und ...«

»Ist Hatch eine Abkürzung?« fiel das Mädchen ihm unerwartet ins Wort. Es kicherte, um anzudeuten, daß bestenfalls ein sprechender Goldfisch einen so albernen Namen haben könnte.

»Mein richtiger Vorname ist Hatchford.«

»Das hört sich immer noch komisch an.«

»Dafür mußt du meine Mutter verantwortlich machen«, sagte Hatch. »Sie hat immer geglaubt, mein Vater würde eines Tages viel Geld verdienen, und dann würden wir gesellschaftlich aufsteigen, und ihrer Meinung nach hörte sich Hatchford nach echter Oberschicht an: Hatchford Benjamin Harrison. Es gab nur einen Namen, der ihr noch besser gefallen hätte – Hatchford Benjamin Rockefeller.«

»Und hat er's geschafft?« wollte das Mädchen wissen.

»Wer und was?«

»Hat Ihr Vater eine Menge Geld verdient?«

Hatch zwinkerte Lindsey zu. »Sieht ganz so aus, als hätten wir's mit einer Goldgräberin zu tun.«

»Wenn Sie nämlich reich wären«, erklärte Regina, »wäre das natürlich eine Überlegung wert.«

Schwester Immaculata stieß hörbar den Atem aus, und die Nonne ohne Namen lehnte sich auf ihrem Stuhl zurück und schloß resigniert die Augen. Pater Jiminez stand auf, winkte Gujilio aus dem Weg und begab sich zur Bar, um etwas Stärkeres als Pepsi, Ginger Ale oder Perrier zu holen. Weil weder Hatch noch Lindsey über das Benehmen des Mädchens empört zu sein schienen, fühlte niemand sich ermächtigt, das Gespräch zu beenden oder dem Kind auch nur Vorwürfe zu machen.

»Tut mir leid, dich enttäuschen zu müssen«, sagte Hatch.

»Wir sind nicht reich, obwohl es uns an nichts fehlt. Wir leben ganz gut, aber wir haben keinen Rolls-Royce, und wir tragen keine Kaviar-Pyjamas.«

Ein Schimmer echter Belustigung huschte über Reginas Gesicht, aber sie unterdrückte ihn hastig und wandte sich Lindsey zu. »Und was ist mit Ihnen?«

Lindsey blinzelte und räusperte sich. »Äh ... also, ich bin Künstlerin. Malerin.«

»Wie Picasso?«

»Das ist nicht mein Stil, aber ich nehme meine Kunst wahrscheinlich genauso ernst wie er.«

»Ich habe einmal ein Bild gesehen, auf dem Hunde Poker spielten«, sagte das Mädchen. »Haben Sie das zufällig gemalt?«

»Leider nein.«

»Gott sei Dank. Es war ein blödes Bild. Und einmal habe ich eins mit einem Stier und einem Stierkämpfer gesehen, auf Samt gemalt, mit sehr leuchtenden Farben. Malen Sie mit leuchtenden Farben auf Samt?«

»Nein«, erwiderte Lindsey, »aber wenn dir so was gefällt, könnte ich dir für dein Zimmer etwas Schönes auf Samt malen.«

Regina verzog das Gesicht. »Puh! Lieber würde ich mir eine tote Katze an die Wand hängen!«

Die Leute von St. Thomas konnte nichts mehr erschüttern. Der jüngere Priester lächelte sogar, und Schwester Immaculata murmelte »tote Katze« vor sich hin, nicht etwa empört, sondern eher zustimmend, weil selbst so ein makabrer Wandschmuck einem Gemälde auf Samt immer noch vorzuziehen wäre.

Lindsey wollte ihren Ruf retten, nachdem sie sich erboten hatte, etwas so Schreckliches zu malen. »Mein Stil wird im allgemeinen als Mischung von Neoklassizismus und Surrealismus beschrieben. Ich weiß, daß sich das ziemlich großkotzig anhört ...«

»Na ja, nicht gerade meine Lieblingsrichtung«, erklärte Regina im Brustton der Überzeugung, als würde sie diese Stilarten bestens kennen und wüßte auch, wie eine Mischung daraus aussehen mußte. »Wenn ich bei Ihnen leben würde und mein eigenes Zimmer hätte, würden Sie mich doch nicht zwingen, die Wände mit *Ihren* Bildern vollzuhängen, oder?« Sie betonte das »Ihren« so stark, als wollte sie ein für allemal klarmachen, daß ihr eine tote Katze immer noch lieber wäre, auch wenn hier kein Samt mit im Spiel war.

»Nicht eins«, versicherte Lindsey.

»Gut.«

»Glaubst du denn, daß es dir gefallen könnte, mit uns zu leben?« fragte Lindsey, und Hatch überlegte, ob diese Aussicht sie wohl freudig erregte oder eher erschreckte.

Die Kleine rappelte sich abrupt aus dem Stuhl hoch und schwankte heftig, als sie auf die Beine kam, so als würde sie gleich kopfüber auf den Tisch fallen. Hatch sprang auf, um sie aufzufangen, obwohl er vermutete, daß auch das zu ihrer Komödie gehörte. Als sie ihr Gleichgewicht wiedererlangt hatte, stellte sie das leere Glas ab und verkündete: »Ich muß dringend pinkeln. Ich habe nämlich eine schwache Blase. Das kommt auch von den mutierten Genen. Ich habe mich nicht unter Kontrolle. Ich habe immer Angst, daß mir an den unpassendsten Orten, wie etwa hier in Mr. Gujilios Büro, ein Mißgeschick passiert, und das sollten Sie auch noch in Betracht ziehen, bevor Sie mich aufnehmen. Wahrscheinlich haben Sie eine ganze Menge schöner Sachen, wo Sie ja in der Antiquitäten- und Kunstbranche sind. Sie hängen bestimmt an diesem Zeug, und stellen Sie sich nur mal vor, was los wäre, wenn ich ständig Sachen zerbreche oder auf irgendwas besonders Kostbares pinkle. Dann würden Sie mich auf schnellstem Wege ins Waisenhaus zurückschicken, und ich würde mir das so zu Herzen nehmen, daß ich aufs Dach raufklettern und mich in die Tiefe stürzen würde. Ein höchst tragischer Selbstmord, den bestimmt keiner von uns will. War nett, Sie kennenzulernen.«

Sie machte eine Kehrtwendung und humpelte über den Perserteppich und aus dem Zimmer, wobei sie wieder dieses grandiose *RUMS! Schlurrrf …* vollführte, das zweifellos einem ähnlichen Talent entsprang wie ihre Bauchrednerkünste. Ihr kastanienbraunes Haar wippte und schimmerte wie Feuer.

Alle standen schweigend da und lauschten auf die Schritte

des Mädchens, die sich langsam entfernten. Einmal prallte es offenbar hart gegen eine Wand, hinkte aber sogleich tapfer weiter.

»Sie hat *keine* schwache Blase«, sagte Pater Jiminez und trank einen großen Schluck der bernsteinfarbenen Flüssigkeit in seinem Glas, bei der es sich um Bourbon handeln mußte. »Das gehört *nicht* zu ihrer Behinderung.«

»Sie ist in Wirklichkeit nicht so«, fügte Pater Duran an. Er zwinkerte mit seinen Eulenaugen, als wäre ihm Rauch hineingekommen. »Sie ist ein wunderbares Kind. Ich weiß, daß Sie das kaum glauben werden …«

»Und sie kann auch viel besser gehen, viel, viel besser«, sagte die Nonne ohne Namen. »Ich weiß nicht, was plötzlich in sie gefahren ist.«

»Ich weiß es«, meldete sich Schwester Immaculata zu Wort. Sie strich sich mit einer Hand müde über das Gesicht. Ihre Augen waren traurig. »Vor zwei Jahren, als sie acht war, gelang es uns, Adoptiveltern für sie zu finden. Ein Ehepaar in den Dreißigern, dem man gesagt hatte, es könnte nie eigene Kinder haben. Sie hatten sich selbst eingeredet, daß ein behindertes Kind ein besonderer Segen wäre. Zwei Wochen nachdem Regina bei ihnen eingezogen war, noch während der Probezeit, wurde die Frau schwanger. Sie würden nun doch ein eigenes Kind haben, und plötzlich kam ihnen die Adoption nicht mehr als der Weisheit letzter Schluß vor.«

»Und sie brachten Regina einfach zurück?« fragte Lindsey. »Gaben sie im Waisenhaus wieder ab? Wie schrecklich!«

»Ich kann ihnen keinen Vorwurf daraus machen«, sagte Schwester Inimaculata. »Wahrscheinlich fühlten sie, daß ihre Liebe für ein eigenes Kind *und* die arme Regina nicht ausreichen würde, und in diesem Fall haben sie das Richtige getan. Regina hat es nicht verdient, in einem Haus aufzuwachsen, wo sie ständig das Gefühl hätte, nur an zweiter Stelle zu stehen, weniger geliebt zu werden als das andere Kind, immer so eine Art Außenseiterin zu bleiben. Für Regina war diese Zurückweisung jedenfalls ein schrecklicher Schlag. Es dauerte sehr lange, bis sie wieder etwas Selbstbewußtsein bekam. Ein zweites Mal will sie so ein Risiko wahrscheinlich nicht eingehen.«

Sie standen schweigend da. Draußen schien die Sonne sehr hell. Die Palmen wiegten sich sanft. Hinter den Bäumen waren Gebäude zu sehen – Fashion Island, das Einkaufs- und Geschäftszentrum von Newport Beach, an dessen Peripherie sich Gujilios Kanzlei befand.

»Eine schlechte Erfahrung raubt sensiblen Kindern manchmal jede Chance. Sie weigern sich, es noch einmal zu versuchen. Ich befürchte, unsere Regina gehört zu dieser Kategorie. Sie ist mit dem festen Vorsatz hergekommen, Sie zu schockieren und das Kontaktgespräch in eine Katastrophe zu verwandeln, und das ist ihr ja tatsächlich phantastisch gelungen.«

»Es ist wie bei jemandem, der sein Leben lang im Gefängnis war«, sagte Pater Jiminez, »plötzlich wird er begnadigt und ist anfangs auch überglücklich. Nach kurzer Zeit muß er aber feststellen, daß er sich in der Außenwelt nicht zurechtfindet. Also begeht er ein Verbrechen, nur um wieder eingesperrt zu werden. Das Gefängnis – oder auch das Waisenhaus – mag noch so trist und beengend sein, aber es ist vertraut, es bietet Sicherheit.«

Salvatore Gujilio nahm den Besuchern ihre leeren Gläser ab. Er war nach wie vor in jeder Hinsicht eine imposante Gestalt, aber obwohl Regina den Raum verlassen hatte, wirkte er nicht mehr so dominierend wie vor ihrem Eintreffen. Durch den Vergleich mit dem zierlichen, stupsnasigen, grauäugigen Kind war das Überwältigende seiner Präsenz ein für allemal dahin.

»Es tut mir so leid.« Schwester Immaculata legte Lindsey tröstend eine Hand auf die Schulter. »Wir werden es nochmals versuchen, meine Liebe. Wir suchen ein anderes Kind für Sie aus, und diesmal wird es bestimmt das ideale Kind sein.«

2

Lindsey und Hatch verließen Gujilios Kanzlei an diesem Donnerstagnachmittag um 15 Uhr 10. Sie hatten abgemacht, bis nach dem Abendessen nicht über das Treffen zu sprechen. Jeder sollte Zeit haben, in Ruhe darüber nachzudenken, um dann seine eigenen Schlüsse zu ziehen. Beide wollten keinen rein emotionalen Entschluß fassen oder den anderen voreilig beeinflussen – um es später vielleicht ein Leben lang zu bereuen.

Natürlich hatten sie nie damit gerechnet, daß das Kontaktgespräch *so* verlaufen könnte. Lindsey hätte nur allzu gern darüber gesprochen. Sie vermutete, daß ihrer beider Entschluß bereits feststand, daß das Mädchen bereits für sie entschieden hatte und es deshalb im Grunde sinnlos war, noch lange zu überlegen. Aber sie hatten nun einmal vereinbart abzuwarten, und Hatch schien nicht geneigt, diese Abmachung zu brechen. Folglich hielt auch Lindsey den Mund.

Sie saß am Steuer ihres neuen roten Mitsubishi. Hatch saß entspannt auf dem Beifahrersitz, streckte einen Arm zum offenen Fenster hinaus und klopfte den Takt zu einem Golden Oldie im Radio, »Please Mr. Postman« von den Marvelettes.

Sie passierte die letzte der riesigen Dattelpalmen entlang des Newport Center Drive, bog nach links auf den Pacific Coast Highway ab und fuhr südwärts, vorbei an Mauern, an denen sich Bougainvillea emporrankte. Der Apriltag war warm, aber nicht heiß und der Himmel strahlend blau. Kurz vor Sonnenuntergang würde sein flimmerndes Leuchten an die Gemälde von Maxfield Parrish erinnern. Auf dem Highway herrschte wenig Verkehr, und der Ozean schimmerte wie gold- und silberdurchwirkter Brokat.

Ein stiller Jubel erfüllte Lindsey – seit sieben Wochen ein Dauerzustand. Es war einfach die Freude, am Leben zu sein. Jedes Kind kennt dieses Gefühl, aber den meisten Erwachsenen geht es irgendwann verloren. Auch ihr war es abhanden gekommen, und sie hatte es nicht einmal gemerkt. Eine unvorhergesehene Konfrontation mit dem Tod war genau das Richtige, um einem die Lebensfreude der ersten Jugendjahre wiederzugeben.

Zwei Etagen unterhalb der Hölle verschlief Vassago den Tag auf seiner schmutzigen und durchgelegenen Matratze, nackt unter einer Decke. Meistens träumte er von gemartertem Fleisch und zersplitterten Knochen, von Blut und Galle, von Totenschädeln und Skeletten. Manchmal träumte er von sterbenden Menschen, die sich unter einem schwarzen Himmel auf kahler Erde in Todeskrämpfen wanden, während er zwischen ihnen umherwandelte wie ein Prinz der Hölle zwischen den niederen Scharen der Verdammten.

An diesem Tag aber hatte er ganz andere Träume, seltsame Träume, bemerkenswert wegen ihrer Alltäglichkeit. Eine dunkelhaarige, dunkeläugige Frau in einem kirschroten Wagen, aus der Perspektive eines unsichtbaren Mannes gesehen, der neben ihr auf dem Beifahrersitz saß. Palmen. Rote Bougainvillea. Der lichtgesprenkelte Ozean.

Harrison's Antiques lag am südlichen Ende von Laguna Beach, am Pacific Coast Highway. Es war ein elegantes zweistöckiges Artdeco-Gebäude, das einen reizvollen Kontrast zu den Auslagen in den großen Schaufenstern bildete – Antiquitäten aus dem 18. und 19. Jahrhundert.

Glenda Dockridge, Hatchs Assistentin und Geschäftsführerin, half Lew Booner, dem »Mann für alles«, beim Abstauben. In einem großen Antiquitätenladen hatte das Staubwischen Ähnlichkeit mit dem Streichen der Golden-Gate-Brücke: Wenn man endlich fertig war, konnte man gleich wieder von vorne anfangen. Glenda war blendender Laune, weil sie einen schwarzen Schrank aus dem Second Empire mit Bronzeverzierungen und Lackmalerei *und* – demselben Kunden – einen polygonen Tisch mit kunstvollen Intarsien, eine italienische Arbeit des 19. Jahrhunderts, verkauft hatte. Kein Wunder, daß Glenda sehr zufrieden war – schließlich arbeitete sie auf Provisionsbasis.

Während Hatch die Post durchsah, die wichtigste Korrespondenz erledigte und zwei Rosenholzpostamente mit eingelegten Jadedrachen prüfte, die ein Agent in Hongkong aufgetrieben hatte, half Lindsey beim Staubwischen. In ihrer neuen Geistesverfassung machte ihr sogar diese lästige Arbeit Spaß, denn sie gab ihr Gelegenheit, die Einzelheiten der

Antiquitäten zu bestaunen – die Kreuzblume an einer Bronzelampe, die Schnitzerei eines Tischbeins, die spitzenartigen Ränder an englischem Porzellan aus dem 18. Jahrhundert. Bei jedem Gegenstand dachte sie über seine Geschichte und kulturelle Bedeutung nach, und dabei kam ihr die Erkenntnis, daß ihre neue Lebenseinstellung eigentlich viel mit Zen zu tun hatte.

Bei Anbruch der Abenddämmerung spürte Vassago offenbar, daß die Nacht nun nicht mehr fern war. Er erwachte und setzte sich in seiner gruftartigen Heimstatt auf, erfüllt von Hunger nach dem Tod und von dem Bedürfnis zu morden.

Das letzte Bild aus seinem Traum, an das er sich erinnern konnte, war die Frau im roten Auto. Allerdings hatte sie jetzt nicht mehr den Wagen gesteuert, sondern stand in einem Raum, den er nicht deutlich erkennen konnte, und wischte mit einem weißen Tuch einen chinesischen Paravent ab. Sie drehte sich um, so als hätte er mit ihr gesprochen, und lächelte.

Ihr Lächeln war so strahlend, so lebensfroh, daß Vassago ihr Gesicht mit einem Hammer zertrümmern, ihre Zähne ausschlagen, ihre Kieferknochen zermalmen wollte, damit sie nie wieder lächeln konnte.

Er hatte in den letzten Wochen schon mehrmals von ihr geträumt. Beim erstenmal hatte sie im Rollstuhl gesessen und zugleich gelacht und geweint.

Er kramte noch einmal in seinem Gedächtnis, konnte sich aber beim besten Willen nicht daran erinnern, sie irgendwann im realen Leben gesehen zu haben. Er fragte sich, wer sie sein mochte, warum sie ihn im Schlaf heimsuchte.

Draußen wurde es Nacht. Er spürte, wie sich der große schwarze Vorhang herabsenkte, der der Welt am Ende jedes lichten Tages einen Vorgeschmack auf den Tod gab.

Er zog sich an und verließ sein Versteck.

Um sieben Uhr saßen Hatch und Lindsey an diesem Frühlingsabend bei Zov's, einem kleinen, aber beliebten Restaurant in Tustin. Die Einrichtung war vornehmlich schwarzweiß, mit vielen großen Fenstern und Spiegeln. Auch das freundliche und tüchtige Personal war schwarzweiß gekleidet. Und das Essen, das hier serviert wurde, war schlichtweg ein Gedicht.

Der Lärmpegel war eher angenehm als störend. Sie brauchten nicht die Stimmen zu heben, um sich zu verständigen, und das Stimmengewirr im Hintergrund schuf eine Art Privatsphäre, so daß man sich von den Leuten an den Nebentischen nicht belästigt oder belauscht fühlte.

Während der ersten beiden Gänge – Kalamari und Schwarze-Bohnen-Suppe – plauderten sie belangloses Zeug. Doch als der Hauptgang serviert wurde – Schwertfisch für beide –, konnte Lindsey nicht länger an sich halten.

»Okay«, sagte sie, »wir hatten den ganzen Nachmittag Zeit zum Nachdenken. Wir haben einander nicht beeinflußt. Was hältst du nun also von Regina?«

»Was hältst du von ihr?«

»Du zuerst.«

»Warum ich?«

»Warum nicht?«

Er holte tief Luft, zögerte kurz. »Ich bin ganz verrückt nach der Kleinen.«

Lindsey wäre am liebsten aufgesprungen und wie eine wildgewordene Cartoonfigur durchs Restaurant getanzt, so glücklich und erleichtert war ihr zumute. Sie hatte gehofft, daß Hatch so reagieren würde, aber sie hatte es nicht gewußt, hatte wirklich nicht die geringste Ahnung gehabt, weil das Treffen so … na ja, der passende Ausdruck war wohl »entmutigend« … verlaufen war.

»O Gott, ich liebe sie«, sagte Lindsey. »Sie ist so süß.«

»Ein zähes Früchtchen.«

»Das war doch nur Theater.«

»Sicher, sie hat für uns Theater gespielt, aber zäh ist sie trotzdem. Sie mußte es werden. Das Leben hat ihr keine andere Wahl gelassen.«

»Aber es ist eine gute Zähigkeit.«

»Eine großartige«, stimmte er zu. »Ich habe ja auch nicht gesagt, daß sie mich abstieß. Im Gegenteil, ich habe sie bewundert und sofort ins Herz geschlossen.«

»Sie ist so gescheit.«
»Sie hat sich so verzweifelt bemüht, unsympathisch zu wirken, und das hat sie nur noch sympathischer gemacht.«
»Das arme Ding. Sie hatte solche Angst, wieder zurückgestoßen zu werden, daß sie in die Offensive ging.«
»Als ich ihre Schritte im Gang hörte, dachte ich, nun käme ...«
»Godzilla!« sagte Lindsey.
»Mindestens. Und wie hat dir Binky, der sprechende Goldfisch, gefallen?«
»Scheiße auf der Mayonnaise!« kicherte Lindsey.
Beide lachten, und die Leute an den Nebentischen drehten sich nach ihnen um, entweder wegen des herzhaften Gelächters oder weil sie Lindseys Bemerkung gehört hatten. Bei diesem Gedanken mußten Hatch und Lindsey nur noch lauter lachen.
»Sie wird uns ganz schön zu schaffen machen«, sagte Hatch.
»Sie wird einfach ein Traum sein.«
»Nichts ist so einfach.«
»*Sie* wird es sein.«
»*Ein* Problem gibt es bereits.«
»Welches denn?«
Er zögerte wieder. »Was, wenn sie nicht mit uns kommen will?« Lindseys Lächeln erstarrte. »Sie wird es wollen. Ganz bestimmt.«
»Vielleicht auch nicht.«
»Sei doch nicht so pessimistisch!«
»Ich sage nur, daß wir auf eine Enttäuschung gefaßt sein müssen.«
Lindsey schüttelte heftig den Kopf. »Nein. Es wird klappen. Es muß einfach klappen. Wir haben genug Unglück erlebt, genug schlechte Zeiten. Wir haben etwas Besseres verdient. Das Blatt hat sich gewendet. Wir werden wieder eine richtige Familie haben. Das Leben wird schön sein, wunderschön. Das Schlimmste liegt jetzt hinter uns.«

3

An diesem Donnerstagabend wollte Vassago die Annehmlichkeiten eines Motelzimmers genießen.

Normalerweise benutzte er eines der Felder hinter dem verlassenen Vergnügungspark als Toilette. Er wusch sich jeden Abend mit Flüssigseife und Wasser aus Flaschen. Er rasierte sich mit Rasierklinge und Schaum aus der Sprühdose vor einer großen Spiegelscherbe, die er in einem Winkel des Parks gefunden hatte.

Wenn es nachts regnete, badete er gern im Freien und benutzte den Wolkenbruch als Dusche. Bei Gewittern suchte er dazu den höchsten Punkt des gepflasterten Geländes auf, in der Hoffnung, daß Satan ihn begnadigen und mit Hilfe eines Blitzschlags ins Land der Toten zurückrufen würde. Aber die Regenzeit war in Südkalifornien jetzt vorbei und würde höchstwahrscheinlich erst im Dezember wieder einsetzen. Falls er der Rückkehr in die Schar der Toten und Verdammten vorher für würdig befunden würde, müßte seine Befreiung aus der verhaßten Welt der Lebenden auf irgendeine andere Weise als durch einen Blitz erfolgen.

Ein- oder zweimal pro Woche mietete er ein Motelzimmer, um zu duschen und sich gründlicher zu pflegen, als das unter den primitiven Bedingungen seines Schlupfwinkels möglich war, allerdings nicht, weil Hygiene ihm besonders viel bedeutete. Schmutz hatte durchaus seine Reize. Im Hades, nach dem er sich so sehnte, bestanden Luft und Wasser aus verschiedenartigstem Schmutz. Aber solange er unter den Lebenden weilte und sich hier seine Opfer suchte, um seine Sammlung zu vergrößern, die ihm die Pforten der Hölle öffnen sollte, mußte er bestimmte Konventionen beachten, wenn er nicht unangenehm auffallen und sich dadurch in Gefahr bringen wollte. Dazu gehörte ein Minimum an Reinlichkeit.

Vassago benutzte immer dasselbe Motel, das *Blue Skies,* ein schäbiges Loch am Südrand von Santa Ana, wo der unrasierte Mann am Empfang nur Bargeld akzeptierte, nicht nach dem Ausweis fragte und den Gästen nie in die Augen sah, so als fürchtete er sich vor dem, was er in ihren Augen –

oder sie in seinen – sehen könnte. Die ganze Gegend war ein Sumpf voller Drogenhändler und Nutten. Vassago war einer der wenigen Männer, die keine Huren mit aufs Zimmer nahmen. Er blieb aber immer nur ein oder zwei Stunden, was der Aufenthaltsdauer der Durchschnittsgäste entsprach, und er genoß dieselbe Anonymität wie all jene, die sich grunzend, keuchend und schwitzend in den Nachbarzimmern vergnügten.

Er hätte nicht ständig hier leben können, allein schon wegen dieser widerlichen, geräuschvollen Paarungen, die ihn in Wut brachten und ihm mit ihrem frenetischen und lebensvollen Rhythmus der Begierde Übelkeit verursachten. Diese schwüle Atmosphäre erschwerte klares Denken und machte es unmöglich auszuruhen, obwohl er sich früher, als er noch einer der Lebenden gewesen war, gerade an den Ausschweifungen und Perversionen dieses Ortes ergötzt hatte.

Kein anderes Motel, keine andere Pension wäre sicher gewesen. Überall hätte er sich ausweisen müssen. Außerdem war es ihm nur bei sehr oberflächlichem Kontakt mit den Lebenden möglich, als einer von ihnen durchzugehen. Jeder Empfangschef oder Wirt, der sich näher für ihn interessieren und ihn häufiger sehen würde, könnte nicht umhin zu bemerken, daß dieser Gast sich von normalen Menschen auf undefinierbare, aber höchst beunruhigende Weise unterschied.

Es gab also gute Gründe, weshalb er den Vergnügungspark als Hauptquartier vorzog. Dort würden die Behörden, die nach ihm fahndeten, ihn am allerwenigsten vermuten. Noch wichtiger war aber, daß es dort Einsamkeit, Grabesstille und totale Finsternis gab, in die er tagsüber entfliehen konnte, wenn die grelle Sonne für seine Augen unerträglich wurde. Motels waren nur zwischen Abend- und Morgendämmerung erträglich.

Als er an diesem angenehm warmen Donnerstagabend das Büro des Motels mit seinem Zimmerschlüssel verließ, fiel ihm ein Pontiac am äußersten Rand des Parkplatzes auf. Er war so abgestellt, daß die Motorhaube in Richtung Büro wies. Der Wagen war auch am Sonntag hier gewesen, als Vassago das *Blue Skies* zuletzt aufgesucht hatte. Ein Mann saß hinter dem Steuer und schien zu schlafen. Vielleicht döste er auch nur vor sich hin, während er auf jemanden wartete. Er hatte auch am Sonntagabend dort gesessen. Seine Gesichtszüge waren im Dunkeln nicht zu erkennen, zumal die Windschutzscheibe das Licht der Parkplatzbeleuchtung reflektierte.

Vassago fuhr seinen Camaro zu Zimmer 6, etwa in der Mitte des langen Flügels des L-förmigen Motels, parkte vor dem Gebäude und schloß die Zimmertür auf. Er hatte außer sauberer Kleidung zum Wechseln nichts bei sich – ausschließlich schwarze Kleidungsstücke wie jene, die er am Leibe trug.

Im Zimmer schaltete er kein Licht ein. Das tat er nie.

Eine Zeitlang stand er an die Tür gelehnt da und dachte über den Pontiac und den Mann am Steuer nach. Der Kerl könnte natürlich nur ein Drogenhändler sein, der seine Geschäfte im Wagen abwickelte. Von Dealern wimmelte es hier sogar noch mehr als von Kakerlaken, die sich in den Wänden des heruntergekommenen Gemäuers unablässig vermehrten. Aber wo waren dann seine Kunden mit den nervös flackernden Augen und den schmierigen Geldbündeln?

Vassago ließ seine Kleider aufs Bett fallen, schob seine Sonnenbrille in die Jackentasche und ging in das kleine Bad, wo es nach hastig versprühten Desinfektionsmitteln roch, die eine Mischung übler biologischer Gerüche nicht gänzlich überdecken konnten.

Ein Rechteck schwachen Lichts ließ erkennen, daß es hoch oben in der Rückwand der Dusche ein Fenster gab. Vassago schob die Glastür auf und betrat die Kabine. Wenn das Fenster sich nicht öffnen ließ, hatte er eben Pech gehabt. Die rostigen Angeln knarrten, aber es schwang nach außen auf. Er zog sich am Sims über seinem Kopf hoch, schob sich durch das Fenster und landete auf dem Hinterhof des Motels.

Er setzte seine Sonnenbrille wieder auf. Eine Natriumdampflampe verbreitete uringelbes Licht, das seine Augen wie windgepeitschter Sand reizte. Die dunklen Gläser dämpften es zu trüber Bernsteinfarbe und verschafften ihm eine klare Sicht.

Er ging nach rechts, bis zum Ende des Blocks, bog nach

rechts auf die Seitenstraße ab und schlug sich an der nächsten Ecke wieder nach rechts. Er umrundete den kurzen Flügel des L-förmigen Gebäudes und schlich den überdachten Weg vor den Zimmern entlang, bis er hinter dem Pontiac stand.

In diesem Teil des Motels war zur Zeit alles ruhig. Niemand betrat oder verließ eines der Zimmer.

Der Mann am Steuer stützte sich mit dem Ellbogen auf das offene Fenster. Hätte er einen Blick in den Seitenspiegel geworfen, hätte er Vassago vielleicht noch rechtzeitig gesehen, aber seine Aufmerksamkeit konzentrierte sich auf Zimmer 6 des anderen Flügels.

Vassago riß die Tür auf und der Typ wäre fast herausgefallen, weil er sich dagegen gelehnt hatte. Vassago rammte ihm seinen Ellbogen wie einen Fallhammer ins Gesicht, was normalerweise wirkungsvoller war als eine Faust. Der Schlag war aber nicht hart genug. Der Kerl war zwar leicht benommen, aber keineswegs k. o. Er versuchte sogar auszusteigen und Widerstand zu leisten, war aber fett und langsam. Er wurde noch langsamer, als Vassago ihn mit dem Knie in den Unterleib traf. Würgend ging er in die Knie, und Vassago machte einen Schritt zurück, um ihm einen kräftigen Tritt versetzen zu können. Der Unbekannte fiel auf die Seite, und mit einem weiteren Fußtritt, diesmal gegen den Kopf, setzte Vassago ihn vollends außer Gefecht. Regungslos lag er auf dem Asphalt.

Als Vassago hinter sich jemanden erschrocken nach Luft schnappen hörte, drehte er sich blitzschnell um und sah sich einer krausköpfigen Blondine im Minirock und einem Mann mittleren Alters gegenüber, der einen billigen Anzug und ein minderwertiges Toupet trug. Sie waren aus dem nächstgelegenen Zimmer gekommen und starrten zuerst auf den am Boden liegenden Mann und dann auf Vassago. Er hielt ihren Blicken ungerührt stand, bis sie den Rückzug in ihr Zimmer antraten und leise die Tür hinter sich schlossen.

Der bewußtlose Kerl war schwer, wog mindestens zwei Zentner, aber Vassago hob ihn ohne erkennbare Mühe hoch, trug ihn auf die andere Wagenseite und verfrachtete ihn auf den Beifahrersitz. Dann setzte er sich ans Steuer, ließ den Motor an und verließ das Motel.

Einige Blocks entfernt bog er in eine Straße ein, deren Häuser dreißig Jahre alt waren und allmählich verfielen. Alte Lorbeer- und Korallenbäume säumten die schrägen Gehwege und verliehen der heruntergekommenen Gegend einen Hauch von Romantik. Vassago parkte am Straßenrand, stellte den Motor ab und schaltete die Scheinwerfer aus.

Da es in der Nähe keine Straßenlampen gab, nahm er die Sonnenbrille ab, bevor er den Mann durchsuchte. In einem Schulterhalfter unter der Jacke entdeckte er einen geladenen Revolver und nahm ihn an sich.

Der Unbekannte hatte zwei Brieftaschen bei sich. Die dickere enthielt dreihundert Dollar Bargeld, die Vassago konfiszierte. Ferner Kreditkarten, Fotos von Leuten, die er nicht kannte, den Abholbon einer Reinigung, einen Führerschein, der den Mann als Morton Redlow aus Anaheim auswies, sowie unwichtiges Kleinzeug. Die zweite Brieftasche war ganz dünn. Redlow bewahrte darin nur seine Lizenz als Privatdetektiv und seinen Waffenschein auf.

Im Handschuhfach fand Vassago nur einige Schokoriegel und einen Taschenbuchkrimi. In der Konsole zwischen den Sitzen gab es Kaugummi, Pfefferminzbonbons, einen weiteren Schokoriegel und einen Faltplan von Orange County.

Er studierte die Karte, dann fuhr er los, in Richtung Anaheim. Sein Ziel war die Adresse auf Redlows Führerschein.

Als sie schon mehr als die Hälfte der Strecke hinter sich hatten, begann Redlow zu stöhnen und sich zu bewegen, so als würde er jeden Moment zu sich kommen. Vassago nahm eine Hand vom Lenkrad, griff nach dem Revolver und schlug mit dem Kolben zu. Redlow war wieder still.

4

An Reginas Tisch im Speisesaal saßen außer ihr fünf weitere Kinder, darunter Carl Cavanaugh, der acht Jahre alt war und sich entsprechend aufführte. Er war wegen beidseitiger Lähmung der Beine auf einen Rollstuhl angewiesen, doch als wäre dieses Handicap noch nicht genug, erschwerte er sich das Leben zusätzlich dadurch, daß er sich wie ein kompletter Idiot betrug. Kaum standen die Teller auf dem Tisch, als er auch schon sagte: »Ich liebe Freitagnachmittage, und wißt ihr auch, warum?« Noch bevor jemand mangelndes Interesse bekunden konnte, fuhr er fort: »Weil es donnerstags zum Abendessen immer Bohnen und Erbsensuppe gibt. Da kann man am Freitagnachmittag ein paar kräftige Furze lassen.«

Die anderen Kinder stöhnten angewidert. Regina ignorierte ihn einfach.

Carl war zwar ein Blödmann, aber er hatte recht: Donnerstags gab es im Waisenhaus von St. Thomas zum Abendessen unweigerlich Erbsensuppe, Schinken mit grünen Bohnen, Kartoffeln in Kräuterbuttersauce und Fruchtgelee mit einem Klacks künstlicher Schlagsahne als Nachtisch. Manchmal kriegten die Nonnen allerdings einen Rappel, vielleicht weil sie zu tief ins Glas geguckt hatten oder weil sie nie aus ihren schrecklichen Klamotten rauskamen, und wenn sie ausgerechnet an einem Donnerstag ausrasteten, gab es schon einmal Mais statt grüner Bohnen, und wenn sie total über die Stränge schlugen, vielleicht sogar zwei Vanillekekse zum Gelee.

An diesem Donnerstag hielt das Menü keine Überraschungen bereit, aber Regina wäre es sowieso egal gewesen, sie hätte es wahrscheinlich nicht einmal bemerkt, wenn man ihr plötzlich ein Filet Mignon serviert hätte oder auch Kuhfladen. Das heißt, ein Kuhfladen auf ihrem Teller wäre ihr vermutlich doch aufgefallen, hätte sie aber nicht weiter gestört, wenn es ein Ersatz für die grünen Bohnen gewesen wäre. Sie haßte grüne Bohnen. Was sie liebte, war Schinken. Sie hatte gelogen, als sie den Harrisons weismachte, sie wäre Vegetarierin. Sie hatte gehofft, der Gedanke, für sie eine Spezialkost zubereiten zu müssen, würde die Leute so abschrecken, daß sie sie sofort ablehnen würden – anstatt später, wenn es viel mehr weh tun würde. Doch während sie aß, achtete sie weder auf das Essen noch auf die Unterhaltung der anderen Kinder. Sie war mit ihren Gedanken ausschließlich bei dem nachmittäglichen Treffen in Mr. Gujilios Kanzlei.

Sie hatte alles verpatzt.

Man würde ein Museum Berühmter Verpatzer bauen müssen, nur um darin eine Statue von ihr aufzustellen, damit die Leute aus aller Welt – aus Frankreich und Japan und Chile – herkommen und sie bestaunen konnten. Ganze Schulklassen würden mit ihren Eltern anrücken, damit die Kinder lernen konnten, was man *nicht* tun durfte, wie man sich nicht verhalten durfte. Eltern würden auf Reginas Statue deuten und ihre Sprößlinge mit erhobenem Zeigefinger warnen: »Erinnere dich jedesmal, wenn du dich für besonders schlau hältst, an sie und denk daran, daß auch du *so* enden könntest, als mitleiderregende und lächerliche Figur, verlacht und verspottet.«

Nach etwa zwei Dritteln des Kontaktgesprächs hatte sie erkannt, daß die Harrisons besondere Menschen waren. Sie würden sie wahrscheinlich nie so schlecht behandeln wie die infamen Dotterfields, diese Leute, die sie mit zu sich nach Hause genommen hatten, nur um sie zwei Wochen später zu verstoßen, weil sie feststellten, daß sie ein eigenes Balg haben würden, zweifellos ein Kind des Satans, das eines Tages die Welt vernichten und sich sogar gegen die Dotterfields wenden und sie mit einem Feuerstrahl aus seinen dämonischen Schweinsäuglein bei lebendigem Leibe verbrennen würde! (Auweia! Anderen etwas Böses wünschen. Der Gedanke ist so schlimm wie die Tat. Denk bei der nächsten Beichte daran, Reg!) Jedenfalls waren die Harrisons anders, was ihr allmählich aufgegangen war – totalen Mist gebaut! – und was sie genau gewußt hatte, als Mr. Harrison den Witz über die Kaviar-Pyjamas machte und damit bewies, daß er Sinn für Humor hatte. Aber mittlerweile war sie so mit ihrer Rolle verwachsen, daß sie nicht mehr aufhören konnte, ekelhaft und gehässig zu sein – so ein Blödhammel! Jetzt feierten die Harrisons bestimmt, daß sie gerade noch mal davongekommen waren, und betranken sich, oder sie knieten in einer Kirche, weinten vor Erleichterung, beteten den Rosenkranz und dankten der Muttergottes, daß sie eingegriffen und ihnen den Mißgriff erspart hatte, dieses schreckliche

Mädchen zu adoptieren. Scheiße! (O je, ein ordinärer Ausdruck! Aber das war nicht so schlimm wie wenn man den Namen Gottes mißbrauchte. Lohnte es sich überhaupt, das bei der Beichte zu erwähnen?)

Obwohl sie keinen Appetit hatte und trotz Carls dummer Späße aß sie ihr ganzes Abendessen auf, aber nur, weil Gottes Polizisten, die Nonnen, sie nicht aufstehen lassen würden, solange ihr Teller nicht leer wäre. Die Früchte im Zitronengelee waren ausgerechnet Pfirsiche, der Alptraum an sich. Ihr war schleierhaft, wie jemand Zitronen und Pfirsiche miteinander kombinieren konnte. Okay, Nonnen waren nicht sehr weltlich, aber sie verlangte schließlich auch nicht, daß sie lernen sollten, welcher seltene Wein zum gebratenen Lendenstück eines Schnabeltiers paßte, um Gottes willen! (Verzeih mir bitte, Gott!). Ananas und Zitronengelee, in Ordnung. Birnen und Zitronengelee, auch in Ordnung. Sogar Bananen und Zitronengelee. Aber Pfirsiche in Zitronengelee waren für ihre Begriffe genauso schlimm wie Reispudding mit Wassermelonenstücken anstelle von Rosinen, mein Gott noch mal! (Verzeih mir, Gott!). Sie schaffte es trotzdem, das Zeug zu essen, indem sie sich einredete, daß es noch viel schlimmer hätte kommen können: Die Nonnen hätten tote Mäuse im Schokoladenmantel servieren können – obwohl sie keine Ahnung hatte, warum ausgerechnet Nonnen so etwas tun sollten. Aber sich etwas Schlimmeres vorzustellen als das, womit sie es gerade zu tun hatte, war ein Trick, der meistens funktionierte, eine Technik, sich selbst auszutricksen, die sie schon oft angewandt hatte. Bald war das gräßliche Gelee verschwunden, und sie konnte den Speisesaal verlassen.

Nach dem Abendessen gingen die meisten Kinder in den Aufenthaltsraum, um Monopoly und andere Spiele zu spielen, oder in den Fernsehraum, um sich in der Glotze irgendeinen Blödsinn anzuschauen, aber sie verschwand wie immer auf ihr Zimmer. Sie verbrachte die meisten Abende mit Lesen. Aber diesen nicht. An diesem Abend wollte sie sich selbst bemitleiden und über ihren Status einer Weltklasse-Verpatzerin nachdenken (nur gut, daß Dummheit keine Sünde ist!), um nie wieder zu vergessen, wie blöd sie gewesen war, und um sich nie wieder so idiotisch aufzuführen.

Während sie sich fast so schnell wie ein Kind mit zwei gesunden Beinen über die gefliesten Böden bewegte, fiel ihr ein, wie sie ins Büro des Anwalts gehinkt war, und dabei stieg ihr die Röte ins Gesicht. Und als sie in ihrem Zimmer, das sie mit einem blinden Mädchen namens Winnie teilte, ins Bett sprang und sich auf den Rücken warf, dachte sie daran, wie sie vor den Harrisons absichtlich besonders ungeschickt in den Stuhl geplumpst war. Sie errötete noch stärker und legte beide Hände über ihr Gesicht.

»Reg«, sagte sie leise in ihre Hände hinein, »du bist doch das größte Arschloch auf der ganzen Welt.« (Noch ein Punkt für die nächste Beichte: lügen und täuschen und Gottes Namen mißbrauchen. Und nun auch noch: wiederholt ordinäre Wörter benutzen.) »Scheiße, Scheiße, Scheiße!« (Das würde eine lange Beichte werden.)

5

Als Redlow zu sich kam, waren seine diversen Schmerzen so schlimm, daß sie seine Aufmerksamkeit hundertprozentig beanspruchten. Er hatte so gräßliches Kopfweh, daß er in der Fernsehwerbung unschlagbar überzeugend gewesen wäre: Man hätte neue Aspirinfabriken eröffnen müssen, um die sprunghaft gestiegene Nachfrage zu befriedigen. Ein Auge war zur Hälfte zugeschwollen. Seine Lippen waren aufgeplatzt und fühlten sich riesengroß und taub an. Sein Nacken brannte, er hatte Magenstiche, und in seinen Hoden pochte es dermaßen, daß allein schon der Gedanke, aufstehen und gehen zu müssen, ihm Übelkeit verursachte.

Allmählich fiel ihm ein, was passiert war: Der Bastard hatte ihn total überrascht und überwältigt. Dann merkte er, daß er nicht auf dem Asphalt des Motelparkplatzes lag, sondern auf einem Stuhl saß, und zum erstenmal verspürte er Angst.

Er saß nicht einfach auf dem Stuhl – er war daran gefesselt. Stricke um Brust und Taille, weitere Stricke um die Oberschenkel. Und seine Arme waren an die Stuhllehnen gebunden, unterhalb der Ellbogen und an den Handgelenken.

Die Schmerzen hatten sein Denkvermögen getrübt. Die Angst zerriß schlagartig diese Umnebelung.

Er versuchte, sein geschwollenes linkes Auge möglichst weit zu öffnen, kniff gleichzeitig das unverletzte rechte Auge zusammen und spähte in die Dunkelheit. Einen Moment lang glaubte er, in einem Zimmer des *Blue Skies Motel* zu sein, vor dem er gewartet hatte, um dem Jungen auf die Spur zu kommen. Dann erkannte er aber sein eigenes Wohnzimmer. Er konnte nicht viel sehen, weil nirgends Licht brannte, aber nachdem er seit achtzehn Jahren in diesem Haus lebte, erkannte er die Muster der nächtlichen Lichtquellen an den Fenstern, die Umrisse der Möbel, die sich als dunklere Schatten von den übrigen Schatten im Raum abhoben, und den subtilen, aber einzigartigen Geruch seines Heimes, der für ihn genauso unverwechselbar war wie der Geruch eines ganz speziellen Baus für einen Wolf in der Wildnis.

Er fühlte sich an diesem Abend allerdings nicht wie ein Wolf. Eher wie ein Kaninchen, das am ganzen Leibe zittert, weil es spürt, daß es dem Wolf zur Beute fallen wird.

Einige Sekunden lang glaubte er allein zu sein und begann an seinen Fesseln zu zerren. Dann löste sich ein Schatten von all den anderen Schatten und kam auf ihn zu.

Er konnte von seinem Gegner nur die Silhouette erkennen, und sogar sie schien mit den Silhouetten von Gegenständen zu verschmelzen oder sich ständig zu verändern, so als wäre der Junge ein polymorphes Wesen, das verschiedene Formen annehmen konnte. Aber er wußte sofort, daß es der Junge war, weil er jenen Unterschied spürte, jene *Fremdartigkeit,* die er sofort wahrgenommen hatte, als er den Bastard am Sonntag zum erstenmal zu Gesicht bekommen hatte, vor vier Tagen, im *Blue Skies.*

»Sitzen Sie bequem, Mr. Redlow?«

Während der drei Monate, die Redlow nun schon nach dem Kerl suchte, war er immer neugieriger auf ihn geworden und hatte sich vorzustellen versucht, was der Junge wollte, was er brauchte, was er dachte. Nachdem er unzähligen Leuten verschiedene Fotos von ihm gezeigt und sie selbst immer wieder lange betrachtet hatte, war er besonders neugierig auf die Stimme gewesen, die zu diesem erstaunlich attraktiven, aber gefährlichen Gesicht gehörte. Sie hörte sich nicht im entferntesten so an, wie er es sich vorgestellt hatte, weder kalt und stählern wie die Stimme einer auf Mensch getrimmten Maschine, noch guttural und wild wie das Knurren eines Raubtiers. Vielmehr war sie beruhigend, melodisch, mit einem angenehmen klangvollen Timbre.

»Mr. Redlow, Sir, können Sie mich hören?«

Mehr als alles andere brachte die Höflichkeit des Jungen und seine gepflegte Ausdrucksweise Redlow aus der Fassung.

»Ich möchte mich dafür entschuldigen, daß ich so grob mit Ihnen umgesprungen bin, Sir, aber Sie haben mir keine andere Wahl gelassen.«

Nichts deutete darauf hin, daß der Junge sich über ihn lustig machen wollte. Er hatte einfach eine gute Erziehung genossen. Man hatte ihm beigebracht, im Gespräch mit Älteren Respekt und Rücksichtnahme zu zeigen, und diese Gewohnheit konnte er nicht einmal unter den jetzigen Umständen ablegen. Der Detektiv hatte plötzlich das primitive, abergläubische Gefühl, sich in der Gesellschaft eines Wesens zu befinden, das Menschlichkeit zwar imitieren konnte, mit der Spezies Mensch aber absolut nichts gemeinsam hatte.

Wegen seiner aufgeplatzten Lippen konnte Redlow nur undeutlich sprechen. »Wer sind Sie?« fragte er. »Was zum Teufel wollen Sie von mir?«

»Sie wissen genau, wer ich bin.«

»Verdammt, ich habe nicht die leiseste Ahnung. Sie haben mich total überrumpelt. Ich habe Ihr Gesicht nicht gesehen. Sind Sie eigentlich so was wie eine Fledermaus? Warum machen Sie kein Licht an?«

Immer noch nur ein schwarzer Schatten, kam der Junge näher, bis er etwa einen Meter vom Stuhl entfernt war. »Sie sind engagiert worden, um mich zu finden.«

»Ich bin engagiert worden, um einen Burschen namens Kirkaby zu beschatten. Leonard Kirkaby. Seine Frau glaubt, daß er sie betrügt. Und das tut er auch. Jeden Donnerstag bumst er seine Sekretärin im *Blue Skies Motel.*«

»Nun, Sir, es fällt mir ein bißchen schwer, das zu glauben, wissen Sie? Das *Blue Skies* ist eine Absteige für Ganoven und billige Nutten, nicht für Geschäftsleute mit ihren Sekretärinnen.«

»Vielleicht macht es ihn an, das Mädchen wie eine Hure zu behandeln und es in diesem Drecksloch zu ficken. Wer weiß? Es gibt schließlich alles mögliche. Wie auch immer, Sie sind jedenfalls nicht Kirkaby. Ich kenne seine Stimme. Er hört sich überhaupt nicht an wie Sie. Und er ist auch nicht so jung. Außerdem ist er ein Schwächling. Er hätte mich nie so fertig machen können wie Sie.«

Der Junge schwieg eine Weile. Blickte auf Redlow hinunter. Dann begann er im Zimmer auf und ab zu laufen. Im Dunkeln. Ohne zu zögern, ohne gegen ein Möbelstück zu stoßen. Wie eine rastlose Katze, nur daß seine Augen nicht leuchteten.

Schließlich sagte er: »Sie wollen also sagen, Sir, daß das alles nur ein großer Irrtum ist?«

Redlow wußte, daß seine einzige Überlebenschance darin bestand, den Jungen von seiner Lüge zu überzeugen: daß ein Kerl namens Kirkaby eine Schwäche für seine Sekretärin hatte und die verbitterte Ehefrau Beweise für den Seitensprung haben wollte, um sich scheiden zu lassen. Er wußte nur noch nicht, welchen Ton er anschlagen sollte, um seine Geschichte zu verkaufen. Bei den meisten Leuten hatte er ein untrügliches Gespür, wie man sie einwickeln konnte, so daß sie selbst die unwahrscheinlichsten Geschichten für bare Münze hielten. Aber der Junge war anders; er dachte und reagierte nicht wie normale Menschen.

Redlow entschied sich für die grobe Masche. »Hör zu, du Arschloch, ich wünschte, ich wüßte, wer du bist, oder zumindest, wie du aussiehst, denn dann würde ich dir deinen verdammten Schädel einschlagen, sobald wir diese Komödie beendet haben.«

Der Junge schwieg wieder eine Weile, dachte offenbar nach.

Schließlich sagte er: »Okay, ich glaube Ihnen.«

Redlow sackte vor Erleichterung in sich zusammen, aber in dieser Position hatte er nur noch größere Schmerzen, deshalb spannte er seine Muskeln an und setzte sich wieder möglichst aufrecht hin.

»Es ist jammerschade, aber Sie sind für meine Sammlung einfach nicht geeignet«, sagte der Junge.

»Sammlung?«

»Sie haben nicht genug Leben in sich.«

»Wovon reden Sie eigentlich?« fragte Redlow.

»Sie sind total ausgebrannt.«

Die Unterhaltung nahm eine Wendung, die Redlow nicht verstand, und das beunruhigte ihn.

»Entschuldigen Sie, Sir, ich will Sie nicht kränken, aber Sie sind für diese Art Arbeit allmählich viel zu alt.«

Wem sagst du das? dachte Redlow. Ihm fiel ein, daß er nur ein einziges Mal an seinen Fesseln gezerrt hatte. Noch vor wenigen Jahren hätte er unauffällig immer wieder die Muskeln angespannt und versucht, auf diese Weise die Knoten zu lockern. Jetzt saß er völlig passiv da.

»Sie sind ein muskulöser Mann, aber ein bißchen schlaff geworden, haben einen Bauch und sind langsam und schwerfällig. Ihrem Führerschein habe ich entnommen, daß Sie vierundfünfzig sind, und das sieht man Ihnen auch an. Warum geben Sie den Job nicht auf?«

»Er ist das einzige, was ich habe«, sagte Redlow und war über seine Antwort selbst überrascht. Eigentlich hatte er sagen wollen: *Das ist das einzige, was ich kann.*

»Ja, Sir, das sehe ich«, sagte der Junge. »Sie sind zweimal geschieden, haben keine Kinder, und zur Zeit lebt keine Frau mit Ihnen in diesem Haus. Wahrscheinlich leben Sie seit Jahren ohne eine Frau im Haus. Tut mir leid, aber ich habe herumgeschnüffelt, während Sie bewußtlos waren, obwohl ich weiß, daß man so etwas nicht tun darf. Entschuldigen Sie bitte. Aber ich wollte Näheres über Sie erfahren, um verstehen zu können, warum Sie diesen Job machen.«

Redlow sagte nichts, weil er nicht begreifen konnte, worauf das alles hinauslaufen sollte. Er befürchtete, ein falsches Wort zu sagen und den Jungen damit in Rage zu bringen. Der Mistkerl war wahnsinnig, und bei einem Verrückten wußte man nie, welche Kleinigkeit zu einem totalen Kurzschluß führen konnte. Im Laufe der Jahre war der Junge einige Male analysiert worden, und nun schien er seinerseits Redlow analysieren zu wollen, aus irgendwelchen Gründen, die er höchstwahrscheinlich selbst nicht erklären konnte. Vielleicht war es das Beste, ihn einfach reden zu lassen, damit er sich auf diese Weise abreagierte.

»Ist es das Geld, Mr. Redlow?«

»Sie meinen, ob ich welches verdiene?«

»Genau das meine ich, Sir.«

»Ich verdiene ganz ordentlich.«

»Sie fahren aber keinen großen Wagen und tragen keine teuren Anzüge.«

»Ich bin kein Angeber«, sagte Redlow.

»Es liegt mir fern, Sie beleidigen zu wollen, Sir, aber das Haus hier ist nichts Besonderes.«

»Vielleicht nicht, aber es ist jedenfalls keine Hypothek mehr drauf.«

Der Junge stand jetzt dicht vor ihm und beugte sich bei jeder Frage weiter vor, so als könnte er Redlow in dem lichtlosen Raum genau sehen und wollte sich kein nervöses Zukken seines Gesichts entgehen lassen, während er sein Verhör anstellte. Unheimlich! Sogar im Dunkeln spürte Redlow, daß der Junge sich immer tiefer über ihn beugte, tiefer, tiefer …

»Keine Hypothek«, sagte er nachdenklich. »Ist das der Grund, weshalb Sie leben? Nur um sagen zu können, daß Sie eine Hypothek für eine solche Bruchbude abbezahlt haben?«

Redlow hätte das dumme Arschloch am liebsten zum Teufel gewünscht, aber er war sich plötzlich gar nicht mehr so sicher, ob die grobe Masche wirklich eine gute Idee war.

»Ist das alles, Sir? Ist das für Sie der Sinn des Lebens? Finden Sie es deshalb so kostbar, klammern Sie sich deshalb so daran fest? Liegt euch Liebhabern des Lebens deshalb soviel an einem möglichst langen Leben – nur um einen armseligen Haufen Besitz anzusammeln und dann als angeblicher Gewinner abtreten zu können? Es tut mir leid, Sir, aber ich kann das einfach nicht verstehen. Ich kann es beim besten Willen nicht verstehen.«

Das Herz des Detektivs schlug viel zu laut. Es klopfte schmerzhaft gegen seine gequetschten Rippen. Er hatte sein Herz seit vielen Jahren nicht gut behandelt: zu viele Hamburger, zu viele Zigaretten, zuviel Bier und Bourbon. Was bezweckte der Junge eigentlich – ihn zu Tode zu ängstigen?

»Ich könnte mir vorstellen, daß Sie einige Klienten haben, die bar bezahlen, damit keine schriftlichen Belege für die Aufträge existieren. Ist das eine vernünftige Annahme, Sir?«

Redlow räusperte sich und versuchte, seine Stimme nicht allzu ängstlich klingen zu lassen. »Ja, klar. Das kommt vor.«

»Und es gehört wohl auch zum Spiel, möglichst viel von diesem Geld am Finanzamt vorbeizuschmuggeln. Das heißt, daß dieses Geld nie auf einer Bank landet, habe ich recht?«

Der Junge beugte sich jetzt so tief über ihn, daß der Detektiv seinen Atem roch. Er hätte einen üblen sauren Gestank erwartet, aber der Atem roch süß, nach Schokolade, als hätte der Bursche im Dunkeln Süßigkeiten genascht.

»Ich könnte mir also gut vorstellen, daß Sie irgendwo hier im Haus ein hübsches Sümmchen versteckt haben. Stimmt das, Sir?« Ein warmer Hoffnungsschimmer milderte die eisigen Schauer, die Redlow in den letzten Minuten durchlaufen hatten. Wenn es dem Jungen um Geld ging, war die Lage nicht hoffnungslos. Diese Motivation konnte er verstehen. Vielleicht würde er diesen Abend doch noch überleben.

»Ja«, bestätigte der Detektiv. »Es ist Geld im Haus. Nehmen Sie es und gehen Sie. In der Küche steht ein Mülleimer. Nehmen Sie den Plastikbeutel heraus. Darunter liegt eine braune Papiertüte mit Bargeld.«

Etwas Kaltes und Rauhes berührte die rechte Wange des Detektivs, und er zuckte davor zurück.

»Eine Zange«, erklärte der Junge und klemmte ein Stückchen Fleisch ein.

»Was machen Sie?«

Der Junge drückte die Zange zusammen.

Redlow schrie vor Schmerz auf. »Warten Sie, warten Sie, hören Sie auf, Scheiße, bitte aufhören, nein!«

Der Junge entfernte die Zange. »Es tut mir leid, Sir, aber ich möchte nur, daß Sie verstehen, daß ich nicht gerade glücklich sein werde, wenn ich im Mülleimer kein Geld finde. Wenn Sie mich in diesem Punkt belogen haben, könnte ich auf die Idee kommen, daß Sie mich auch sonst belogen haben.«

»Es ist da«, beteuerte Redlow hastig.

»Es ist nicht nett zu lügen, Sir. Es ist nicht *gut.* Gute Menschen lügen nicht. Das wird einem doch beigebracht, nicht wahr, Sir?«

»Schauen Sie doch nach. Sie werden ja sehen, daß ich nicht gelogen habe«, sagte Redlow verzweifelt.

Der Junge verließ das Wohnzimmer. Seine leisen Schritte auf den Küchenfliesen hallten durchs Haus. Dann ein lautes Scheppern, als er den Abfallbeutel aus dem Mülleimer zog.

Der Schweiß brach Redlow aus allen Poren, als er den Jungen durch das pechschwarze Haus zurückkommen hörte. Im Wohnzimmer hob sich seine Silhouette dann vom hellgrauen Rechteck eines Fensters ab.

»Wie kommt es, daß Sie im Dunkeln sehen können?« fragte der Detektiv und stellte bestürzt fest, daß in seiner Stimme leichte Hysterie mitschwang, obwohl er sich doch nach Kräften bemühte, nicht die Kontrolle über sich zu verlieren. Er wurde *wirklich* alt. »Tragen Sie eine Nachtsichtbrille oder so was ähnliches, irgendeine militärische Erfindung? Aber wie zum Teufel sollten Sie an so was herankommen?«

Ohne seine Frage zu beantworten, sagte der Junge: »Wissen Sie, ich brauche nicht viel, nur Essen und Kleider zum Wechseln. Normalerweise komme ich nur zu Geld, wenn ich meine Sammlung um ein neues Exponat erweitere. Aber manche haben nicht viel bei sich, nur ein paar Dollar. Dieses Geld ist wirklich eine Hilfe. Eine große Hilfe. Es müßte eigentlich reichen, bis ich dorthin zurückkehren kann, wo ich hingehöre. Wissen Sie, wohin ich gehöre, Mr. Redlow?«

Der Detektiv gab keine Antwort. Die Silhouette des Jungen war vom Fenster verschwunden, und er versuchte mit zusammengekniffenen Augen in der Dunkelheit irgendeine Bewegung auszumachen. Es beunruhigte ihn, nicht zu wissen, wo der Kerl war.

»Wissen Sie, wohin ich gehöre, Mr. Redlow?« wiederholte der Junge.

Redlow hörte, wie ein Möbelstück verrückt wurde. Vielleicht einer der Beistelltische neben dem Sofa.

»Ich gehöre in die Hölle«, erklärte der Junge. »Ich war eine Weile dort. Ich möchte dorthin zurückkehren. Was für ein Leben haben Sie geführt, Mr. Redlow? Glauben Sie, daß ich Sie in der Hölle treffen könnte, wenn ich dorthin zurückkehre?«

»Was machen Sie?« fragte Redlow.

»Ich suche nach einer Steckdose«, antwortete der Junge, während er ein weiteres Möbelstück beiseite schob. »Ah, hier ist eine.«

»Eine Steckdose?« fragte Redlow beunruhigt. »Wozu?«

Ein gräßliches Geräusch durchschnitt die Dunkelheit: *sssSrrrrr*.

»Was war das?«

»Nur ein kleiner Test, Sir.«

»Was haben Sie da getestet?«

»Sie haben da draußen in der Küche alle möglichen Töpfe und Pfannen und Feinschmeckerutensilien. Kochen ist wohl eines Ihrer Hobbys?« Der Junge richtete sich auf und war nun wieder vor dem Hintergrund der aschgrauen Fensterscheibe zu erkennen. »Haben Sie vor Ihrer zweiten Scheidung gern gekocht – oder ist das Hobby neueren Datums?«

»Was haben Sie getestet?«

Der Junge näherte sich dem Stuhl.

»Ich habe noch mehr Geld im Haus«, sagte Redlow hastig. Der Schweiß rann ihm jetzt in Strömen über das Gesicht und durchtränkte seine Kleider. »Im Schlafzimmer.« Der Junge beugte sich wieder über ihn, eine mysteriöse und unmenschliche Gestalt. Er schien dunkler als alles um ihn herum zu sein, ein schwarzes Loch in Menschengestalt, schwärzer als schwarz. »Im W-Wandschrank. Er hat einen H-H-Holzboden.« Die Blase des Detektivs war plötzlich voll. Innerhalb von Sekunden war sie prall wie ein Ballon geworden. Drohte zu platzen. »N-Nehmen Sie die Schuhe und das andere Zeug raus und heben Sie die hintersten B-B-Bretter ab.« Gleich würde er sich in die Hose machen. »In der G-Geldkassette sind dreißigtausend Dollar. Nehmen Sie sie. Bitte. Nehmen Sie sie und gehen Sie.«

»Vielen Dank, Sir, aber ich brauche dieses Geld nicht. Ich habe genug, mehr als genug.«

»O Gott, steh mir bei!« Redlow war sich verzweifelt bewußt, daß er zum erstenmal seit Jahrzehnten Gott angesprochen – oder auch nur an Ihn gedacht – hatte.

»Unterhalten wir uns lieber darüber, für wen Sie in *Wirklichkeit* arbeiten, Sir?«

»Ich habe Ihnen doch schon gesagt ...«

»Aber ich habe gelogen, als ich sagte, daß ich Ihnen glaube.«

Sssssrrrrrr

»Was ist das?« fragte Redlow.

»Ein Test.«

»Was testen Sie da, verdammt noch mal?«

»Es funktioniert wirklich gut.«

»Was? Was ist das? Was haben Sie da?«

»Ein elektrisches Tranchiermesser«, antwortete der Junge.

6

Hatch und Lindsey hatten es auf der Rückfahrt vom Abendessen nicht eilig. Anstatt über die Autobahn fuhren sie gemächlich die Küstenstraße entlang, hörten K-Earth 101,1 auf UKW und sangen bei Oldies wie »New Orleans«, »Whispering Bells« und »California Dreamin'« laut mit. Lindsey konnte sich nicht erinnern, wann sie das zuletzt getan hatten, obwohl es früher geradezu eine Marotte von ihnen gewesen war. Jimmy hatte mit drei Jahren den ganzen Text von »Pretty Woman« auswendig gekannt, und mit vier hatte er »Fifty Ways to Leave Your Lover« singen können, ohne eine Zeile auszulassen. Zum erstenmal seit fünf Jahren konnte sie an Jimmy denken und trotzdem fröhlich weitersingen.

Sie lebten in Laguna Niguel, südlich von Laguna Beach, auf der Ostseite der Küstenhügel, wo man zwar keinen Blick auf den Ozean hatte, aber trotzdem von den Meeresbrisen profitierte, die die Sommerhitze ebenso wie die Winterkälte mäßigten. Diese Wohngegend war – wie die meisten anderen in Südkalifornien – auf dem Reißbrett entworfen worden, und zwar mit solcher Pedanterie, daß man hätte glauben können, die Städteplaner hätten allesamt eine militärische Vergangenheit. Aber die anmutig gewundenen Straßen, die schmiedeeisernen Straßenlaternen mit künstlicher grüner Patina, die Arrangements von Palmen, Jacaranda und Gummibäumen sowie die gepflegten Grünstreifen mit bunten Blumenbeeten wirkten so beruhigend auf Augen und Seele, daß die übertriebene Ordnung nichts Beklemmendes an sich hatte.

Als Künstlerin glaubte Lindsey, daß menschliche Hände genauso befähigt waren, Schönheit zu erschaffen, wie die Natur und daß Disziplin eine Grundvoraussetzung für die Entstehung echter Kunst war, weil die Kunst einen Sinn im Chaos des Lebens offenbaren sollte. Deshalb verstand sie auch den Impuls der Planer, die unzählige Stunden damit verbracht hatten, alles harmonisch aufeinander abzustimmen, bis hin zu solchen Kleinigkeiten wie den gußeisernen Kanalgittern in den Rinnsteinen. Ihr zweistöckiges Haus, in dem sie erst seit Jimmys Tod lebten, war in italienisch-mediterranem Stil gebaut, wie alle anderen Häuser in dieser Gegend mit mexikanischem Ziegeldach und cremefarbenen Stuckverzierungen. Zwei große Gummibäume flankierten die Einfahrt. Im Licht der Gartenlaternen sah man Beete mit Fleißigen Lieschen und Petunien vor rot blühenden Azaleensträuchern. Als sie in die Garage fuhren, sangen sie die letzten Takte von »You Send Me«.

Während Lindsey im Bad war, schaltete Hatch das Gasfeuer des Wohnzimmerkamins ein, und während er im Bad war, schenkte sie für jeden einen Baileys auf Eis ein. Sie setzten sich auf das Sofa vor dem Kamin und legten ihre Füße auf die dazu passende große Ottomane.

Alle Polstermöbel im Haus waren modern, mit weichen Linien und in hellen Naturtönen. Sie bildeten einen reizvollen Kontrast – und einen gelungenen Hintergrund – für die vielen Antiquitäten und für Lindseys Gemälde.

Das Sofa war überaus bequem, regte zu Gesprächen an, verführte aber auch – wie sie heute zum erstenmal feststellte – zum Kuscheln. Zu ihrer Überraschung wurde aus Kuscheln bald Streicheln und Umarmen, und das ging irgendwie in Petting über, als wären sie zwei gottverdammte Teenager. Lindsey wurde von der Leidenschaft gepackt wie seit Jahren nicht mehr.

Wie in einer Reihe von Überblendungen im Spielfilm zogen sie ganz langsam ein Kleidungsstück nach dem anderen aus, bis sie schließlich nackt waren, ohne so recht zu wissen, wie es passiert war. Und auf genauso geheimnisvolle Weise waren sie plötzlich vereinigt und bewegten sich in einem sanften Rhythmus, während das flackernde Kaminlicht über ihre Körper glitt. Die beglückende Natürlichkeit dieses Aktes, der sich von träumerischer Zärtlichkeit zu atemloser Ekstase steigerte, stand in krassem Gegensatz zu den stumpfen Pflichtübungen, die sie in den letzten fünf Jahren absolviert hatten, und Lindsey hätte fast glauben können, es wäre tatsächlich nur ein schöner Traum, der sich aus Erinnerungsfetzen an Hollywood-Erotik speiste. Doch während ihre Hände über die Muskeln an seinen Armen und Schultern glitten, während sie sich seinen Stößen entgegenwölbte, während sie zum Höhepunkt kam, und dann gleich noch einmal, und während sie spürte, wie er sich in ihr verlor und seine stählerne Härte in einem sanften Fluß verschmolz, war sie sich jede Sekunde selig bewußt, daß dies kein Traum war. Ganz im Gegenteil, sie hatte ihre Augen nach einem langen Dämmerschlaf endlich geöffnet und war zum erstenmal seit Jahren hellwach. Der eigentliche Traum war das wirkliche Leben des letzten halben Jahrzehnts gewesen, ein Alptraum, der nun zu Ende war.

Ohne sich die Mühe zu machen, ihre auf dem Teppich verstreuten Kleidungsstücke aufzusammeln, gingen sie in ihr Schlafzimmer hinauf, um sich noch einmal zu lieben, diesmal in dem riesigen chinesischen Bett. Sie ließen sich jetzt mehr Zeit für zärtliche Vorspiele und für Liebesgeflüster, das sich fast so lyrisch und melodisch anhörte wie ein leises Lied. Durch den langsameren Rhythmus konnten sie nun die Zartheit ihrer Haut, die Flexibilität der Muskeln, ihre festen Knochen, weichen Lippen und ihren synkopischen Herzschlag viel bewußter wahrnehmen. Als die Flut der Ekstase den Gipfel erreicht hatte und allmählich verebbte, waren die Worte »Ich liebe dich«, die in die Stille fielen, eigentlich überflüssig, aber sie waren trotzdem Musik in den Ohren und machten glücklich.

Dieser Apriltag gehörte vom ersten Blick auf das Morgenlicht bis zum Einschlafen zu den schönsten ihres Lebens. Die Ironie des Schicksals wollte es, daß die folgende Nacht für

Hatch eine der schlimmsten Nächte seines Lebens werden sollte, seltsam und erschreckend.

Gegen elf hatte sich Vassago der Leiche des Detektivs auf höchst befriedigende Weise entledigt. In Redlows Pontiac fuhr er ins *Blue Skies Motel* zurück, nahm endlich die lange heiße Dusche, die er sich für diesen Abend vorgenommen hatte, zog saubere Kleider an und verließ das Motel mit dem festen Vorsatz, es nie wieder zu betreten. Wenn Redlow ihn hier gefunden hatte, war er hier nicht mehr sicher.

Er fuhr einige Blocks in seinem Camaro und stellte den Wagen in einer Straße mit verwahrlosten Industriebauten ab, wo er wahrscheinlich wochenlang unbemerkt stehen würde, bis er entweder gestohlen oder von der Polizei abgeschleppt wurde. Er hatte ihn einen Monat lang benutzt – das Erbstück einer der Frauen, die er in seine Sammlung aufgenommen hatte. Er hatte die Kennzeichen mehrmals ausgewechselt, indem er in den Stunden vor Tagesanbruch die Nummernschilder geparkter Autos abmontierte.

Er kehrte zu Fuß zum Motel zurück und fuhr in Redlows Pontiac davon. Der Wagen war nicht so schneidig wie der silberfarbene Camaro, aber er würde sich in den nächsten Wochen damit bescheiden können.

Sein Ziel war das *Rip It*, ein von Neo-Punks frequentierter Nachtklub in Huntington Beach, wo er im dunkelsten Winkel des Parkplatzes anhielt. Im Kofferraum fand er einen Werkzeugkasten, entfernte mit Schraubenzieher und Zange die Nummernschilder und vertauschte sie mit den Kennzeichen eines daneben geparkten schäbigen grauen Ford. Dann fuhr er ans andere Ende des Parkplatzes und stellte den Pontiac dort ab.

Vom Meer her fiel dichter Nebel ein, feuchtkalt wie etwas Totes. Palmen und Telefonmasten verschwanden, so als hätte die Nebelsäure sie aufgelöst, und die Straßenlampen glichen in der Dunkelheit gespenstischen Irrlichtern.

Der Nachtklub war ganz nach Vassagos Geschmack. Laut, schmutzig und dunkel. Es stank nach Rauch, verschüttetem Alkohol und Schweiß. Die Band produzierte härtere Musik, als er sie anderswo je gehört hatte, hämmerte jede Nummer mit wilder Rage herunter, verzerrte die Melodie fast bis zur Unkenntlichkeit, entstellte sie zu einer Abfolge ohrenbetäubender Rhythmen, die sich stumpfsinnig wiederholten. Mit Hilfe riesiger Verstärker wurde ein derartiger Lärm erzeugt, daß die schmierigen Fensterscheiben klirrten und einem fast das Trommelfell platzte.

Die Menge war energiegeladen, high von verschiedenartigsten Drogen; manche waren betrunken, viele gefährlich. Die bevorzugte Kleiderfarbe war schwarz, so daß Vassago gut ins Bild paßte. Und er war auch nicht der einzige, der eine Sonnenbrille trug. Hier verkehrten auch Skinheads beiderlei Geschlechts, andere trugen einen kurzen Bürstenschnitt. Was hier allerdings völlig fehlte, waren die verspielten Auswüchse – riesige spitz abstehende Fransen und farbenprächtige Irokesenkämme –, die für den frühen Punk typisch gewesen waren. Auf der überfüllten Tanzfläche wurde geschoben und angerempelt und in vielen Fällen sicher auch abgetatscht, aber keiner hier hatte je Unterricht in einem Arthur-Murray-Studio genommen oder »Soul Train« gesehen.

An der verschrammten, klebrig-schmutzigen Bar deutete Vassago auf das Corona, eine von sechs Biersorten, die im Regal standen. Er bezahlte und nahm dem Barkeeper die Flasche ab, ohne auch nur ein Wort sagen zu müssen. Er trank im Stehen und ließ seinen Blick dabei aufmerksam über die Menge schweifen.

Nur wenige Gäste unterhielten sich, ob sie nun an der Bar und an den Tischen saßen oder entlang der Wände herumstanden. Die meisten schwiegen verdrossen, nicht etwa, weil die dröhnende Musik eine Konversation fast unmöglich machte, sondern weil sie die neue Generation einer entfremdeten Jugend repräsentierten, einer Jugend, die nicht nur der Gesellschaft den Rücken gekehrt, sondern sich auch untereinander nichts mehr zu sagen hatte. Diese jungen Leute waren davon überzeugt, daß die Befriedigung ihrer Gelüste der einzige Sinn des Lebens war, daß es keine lohnenden Gesprächsthemen gab, daß sie sowieso die letzte Generation einer auf die Zerstörung zusteuernden Erde waren, ohne jede Zukunft.

Außer diesem Nachtklub gab es weit und breit nur noch einen einzigen, wo ausschließlich *echte* Neo-Punks verkehrten. Die meisten anderen, die sich als »Punker-Bars« ausgaben, wurden von Leuten frequentiert, die diesen Lebensstil gelegentlich imitierten, so wie manche Zahnärzte und Steuerberater es liebten, in handgearbeiteten Stiefeln, verblichenen Jeans, karierten Hemden und riesigen Hüten eine Country-and-Western-Bar zu besuchen und so zu tun, als wären sie Cowboys. Im *Rip It* wurde nicht Komödie gespielt, hier blickte einem jeder herausfordernd in die Augen und versuchte dabei zu entscheiden, ob er Sex oder Gewalt von einem wollte und bekommen konnte. Wenn es eine Entweder-oder-Situation war, hätten viele die Gewalt vorgezogen.

Einige suchten nach etwas, das Gewalt und Sex noch übertraf, ohne klare Vorstellung, was das sein könnte. Vassago hätte ihnen zeigen können, wonach sie suchten.

Das Problem war nur, daß er anfangs niemanden sah, der seinen Ansprüchen an ein Sammelstück gerecht wurde. Er war kein plumper Massenmörder, der Leichen aufeinanderstapelte, nur um ihre Zahl zu vergrößern. Quantität war für ihn nicht ausschlaggebend, ihm ging es in erster Linie um Qualität. Er war ein Ästhet des Todes. Wenn er sich die Rückkehr in die Hölle verdienen wollte, mußte er das mit einer außergewöhnlichen Opfergabe tun, mit einer Kollektion, die sowohl in der Gesamtkomposition als auch im Charakter jedes einzelnen Exponats einzigartig war.

Vor drei Monaten war er im *Rip It* schon einmal fündig geworden. Das Mädchen hatte sich allen Ernstes »Neon« genannt. Als er in seinem Wagen versuchte, sie k. o. zu schlagen, war sie nach dem ersten Schlag noch nicht hinüber und wehrte sich mit einer Heftigkeit, die komisch war und erregend zugleich. Und sogar später, als sie in der Geisterbahnhölle zu sich kam, leistete sie Widerstand, obwohl sie an Händen und Füßen gefesselt war. Sie wand sich hin und her, biß und spuckte, bis er ihren Schädel mehrmals gegen den Betonboden schlug.

Plötzlich, als er sein Bier schon fast ausgetrunken hatte, sah er ein Mädchen, das ihn an Neon erinnerte, obwohl es ihr äußerlich nicht ähnlich sah. Sie waren jedoch Schwestern im Geiste: harte Brocken, zornig aus Gründen, die sie selbst nicht immer verstanden, weit über ihr Alter hinaus erfahren, mit all der potentiellen Gewalttätigkeit von Tigerinnen. Neon war einsdreiundsechzig groß gewesen, brünett, mit dunklem Teint. Diese hier war eine Blondine Anfang Zwanzig, mindestens einen Meter siebzig groß, schlank und knochig. Intensive Augen, strahlend blau wie eine Gasflamme, aber eiskalt. Sie trug eine löcherige schwarze Jeansjacke über einem engen schwarzen Pulli, einen kurzen schwarzen Rock und Stiefel.

Sie wußte, daß es in ihrem Alter mehr auf Aussehen als auf Intelligenz ankam, und sie verstand es perfekt, sich in Szene zu setzen. Sie bewegte sich mit zurückgeschobenen Schultern und fast hoheitsvoll erhobenem Kopf. Ihre Selbstsicherheit war so einschüchternd wie eine Pickelrüstung. Obwohl jeder Mann im Raum sie mit lüsternen Blicken verschlang, traute sich keiner an sie heran, denn sie schien imstande, jeden mit einem einzigen Blick oder Wort zu kastrieren.

Ihre gewaltige sexuelle Ausstrahlung war das, was Vassago an ihr interessierte. Männer würden sich von ihr immer magisch angezogen fühlen – ein paar Typen an der Bar beobachteten sie aufmerksam –, und einige würden sich auch nicht einschüchtern lassen. Verglichen mit ihrer wilden Vitalität war sogar Neon ein scheues Reh gewesen. Sobald ihre Verteidigungslinien durchbrochen würden, würde sie geil und ekelerregend fruchtbar sein und in ihrem dicken Bauch bald neues Leben tragen, die reinste Zuchtstute.

Er kam zu dem Schluß, daß sie zwei große Schwächen hatte. Die erste war ihre feste Überzeugung, daß sie allen anderen weit überlegen und deshalb unberührbar und sicher war; die gleiche Überzeugung hatte in harmloseren Zeiten das Auftreten gekrönter Häupter geprägt: Sie hatten nicht daran gezweifelt, daß jeder gewöhnliche Sterbliche ihnen respektvoll den Weg frei machen oder ehrfürchtig vor ihnen niederknien würde. Ihre zweite Schwäche war ein gewaltiger aufgestauter Haß und Zorn, der aus jeder Pore ihrer glatten, blassen Haut drang und sich jederzeit entladen konnte.

Er überlegte, wie er ihren Tod am besten arrangieren

könnte, um ihre Fehler symbolisch zum Ausdruck zu bringen. Bald hatte er mehrere gute Ideen.

Sie stand bei einer Gruppe von sechs Männern und vier Frauen, schien aber nicht zu ihnen zu gehören. Vassago war noch unschlüssig, auf welche Weise er mit ihr Kontakt aufnehmen sollte, als sie – für ihn nicht ganz überraschend – den ersten Schritt machte. Diese Anziehungskraft war leicht erklärlich: Schließlich waren sie die beiden gefährlichsten Personen im Raum.

Als die Band eine Pause machte und der Lärmpegel soweit sank, daß der Aufenthalt in diesem Klub für eine Katze keine tödlichen Folgen mehr gehabt hätte, kam die Blondine an die Bar. Sie schob sich zwischen Vassago und einen anderen Mann, bestellte ein Bier und bezahlte es sofort. Sie nahm dem Barkeeper die Flasche aus der Hand, wandte sich Vassago zu und betrachtete ihn über den Rand der offenen Flasche hinweg.

»Bist du blind?« eröffnete sie das Gespräch.

»Für gewisse Dinge, Miss.«

Sie starrte ihn ungläubig an. »Miss?«

Er zuckte die Achseln.

»Wozu die Sonnenbrille?« wollte sie wissen.

»Ich bin in der Hölle gewesen.«

»Was soll das heißen?«

»Die Hölle ist kalt und dunkel.«

»Tatsächlich? Und was hat das mit der Sonnenbrille zu tun?«

»Da drüben lernt man, in totaler Finsternis zu sehen.«

»Das ist mal eine interessante Abart von schwachsinnigem Geschwätz.«

»Deshalb sind meine Augen jetzt sehr lichtempfindlich.«

»Ein wirklich *neuartiges* schwachsinniges Geschwätz.« Er sagte nichts.

Sie trank ihr Bier, ließ ihn dabei aber nicht aus den Augen. Ihm gefiel die Art, wie ihre Halsmuskeln arbeiteten, wenn sie schluckte.

Nach kurzem Schweigen fragte sie: »Verzapfst du immer dieselbe Scheiße, oder erfindest du öfter mal was Neues?«

Er zuckte wieder die Achseln.

»Du hast mich beobachtet«, sagte sie.
»So?«
»Jedes Arschloch hier drin starrt mich die meiste Zeit an.«
Er blickte in ihre strahlend blauen Augen. Es wäre eine gute Idee, sie herauszuschneiden und verkehrt herum wieder einzusetzen, so daß sie ihren eigenen Schädel betrachten könnte. Eine symbolhafte Darstellung ihrer Ichbezogenheit.

Im Traum unterhielt sich Hatch mit einer schönen, aber unglaublich kalt aussehenden Blondine. Ihre makellose Haut war porzellanweiß, und ihre Augen glichen funkelndem Eis, in dem sich ein klarer Winterhimmel spiegelt. Sie standen an der Bar eines seltsamen Etablissements, das er nie zuvor gesehen hatte. Sie betrachtete ihn über den Rand einer Bierflasche hinweg, die sie festhielt – und zum Mund führte – wie einen Phallus. Aber die herausfordernde Art, wie sie daraus trank und den Glasrand ableckte, war nicht nur eine erotische Einladung, sondern wirkte zugleich bedrohlich. Er konnte nicht hören, was sie sagte, und er hörte nur einige wenige Worte, die er selber sagte: »... in der Hölle gewesen ... kalt und dunkel ... lichtempfindlich ...« Die Blondine sah ihn an, und es war zweifellos er, der mit ihr redete, aber er sprach nicht mit seiner eigenen Stimme. Plötzlich registrierte er, daß seine ganze Aufmerksamkeit sich auf ihre arktischen Augen konzentrierte, und bevor er wußte, was er tat, hatte er ein Schnappmesser gezückt und die Klinge herausspringen lassen. So als fühlte sie keinen Schmerz, als wäre sie schon tot, zeigte die Blondine überhaupt keine Reaktion, als er mit einer blitzschnellen Bewegung ihr linkes Auge aus der Höhle löste. Er rollte es zwischen seinen Fingerspitzen und setzte es verkehrt herum wieder ein, so daß die blaue Linse nach innen starrte ...
Hatch richtete sich auf. Er konnte nicht atmen, hatte rasendes Herzklopfen. Er schwang seine Beine aus dem Bett und stand angsterfüllt da, mit dem Gefühl, vor etwas wegrennen zu müssen. Aber er schnappte nur nach Luft, weil er nicht wußte, wohin er rennen sollte, wo er Zuflucht finden könnte, um in Sicherheit zu sein.
Sie waren eingeschlafen, ohne die Nachttischlampe auszu-

schalten, über die sie ein Handtuch gehängt hatten, um das Licht zu dämpfen, während sie sich liebten. Er konnte Lindsey auf ihrer Betthälfte liegen sehen, unter den Decken vergraben.

Sie lag so regungslos da, daß er glaubte, sie wäre tot. Ihm schoß der verrückte Gedanke durch den Kopf, daß er sie umgebracht hatte. Mit einem Schnappmesser.

Dann bewegte sie sich im Schlaf und murmelte etwas.

Er erschauderte. Betrachtete seine Hände. Sie zitterten heftig.

Vassago war dermaßen begeistert von seiner künstlerischen Vision, daß er den unwillkürlichen Drang verspürte, ihre Augen gleich hier in der Bar nach innen zu drehen, während alle zuschauten. Aber er beherrschte sich.

»Was willst du?« fragte sie nach einem weiteren Schluck Bier.

»Wovon – vom Leben?«

»Von mir.«

»Was glaubst du?«

»Ein bißchen Nervenkitzel«, sagte sie.

»Mehr als das.«

»Heim und Familie?« fragte sie sarkastisch.

Er antwortete nicht sofort. Er brauchte Zeit zum Nachdenken. Dieser Fisch war etwas Besonderes, nicht so leicht einzufangen wie die meisten. Er wollte nicht riskieren, daß sie ihm vom Angelhaken sprang, nur weil er etwas Falsches gesagt hatte. Er holte sich noch ein Bier und nippte daran.

Vier Mitglieder einer Ersatzband steuerten auf die Bühne zu. Sie würden spielen, während die anderen Musiker Pause hatten. Bald würde jede Unterhaltung unmöglich sein. Was aber noch wichtiger war – sobald die aggressive Musik begann, würde der Energiepegel im Klub stark ansteigen und möglicherweise das Magnetfeld zwischen ihm und der Blondine empfindlich stören. Dann wäre sie für seinen Vorschlag, zusammen aufzubrechen, eventuell nicht mehr empfänglich.

Er beantwortete endlich indirekt ihre Frage, indem er ihr eine Lüge über seine wahren Absichten auftischte. »Kennen Sie jemanden, dem Sie den Tod wünschen?«

»Wer kennt so jemanden nicht?«

»Wer ist es?«

»Die Hälfte aller Leute, die ich je gekannt habe.«

»Ich meine, irgendeine ganz bestimmte Person.«

Sie begriff allmählich, was er ihr vorschlug. Sie trank einen Schluck Bier und leckte mit der Zunge den Flaschenrand ab. »Soll das ein Spiel sein?«

»Nur wenn Sie wollen, daß es ein Spiel bleibt, Miss.«

»Du bist pervers.«

»Ist nicht gerade das Ihr Geschmack?«

»Vielleicht bist du ein Bulle.«

»Glauben Sie das wirklich?«

Sie starrte intensiv seine Sonnenbrille an, obwohl sie seine Augen hinter den dunklen Gläsern kaum erkennen konnte. »Nein, kein Bulle.«

»Sex ist nicht der richtige Anfang«, sagte er.

»Nicht?«

»Tod ist ein besserer Anfang. Zuerst zusammen ein bißchen töten, dann erst der Sex. Sie glauben gar nicht, wie erregend das sein kann.«

Sie sagte nichts.

Die Ersatzband nahm ihre Instrumente zur Hand.

»Diese bestimmte Person, der Sie den Tod wünschen – ist das ein Mann?«

»Ja.«

»Wohnt er irgendwo in der Nähe?«

»Mit dem Auto sind es zwanzig Minuten von hier.«

»Worauf warten wir dann noch?«

Die Musiker stimmten ihre Instrumente, obwohl das bei der Musik, die sie produzieren würden, eigentlich vergebliche Liebesmüh war. Hier waren sie gut beraten, wenn sie das richtige Zeug spielten, und das zur vollen Zufriedenheit der Gäste, denn andernfalls riskierten sie an einem Ort wie diesem eine ordentliche Tracht Prügel.

Schließlich sagte die Blondine: »Ich habe ein bißchen PCP. Willst du auch was?«

»Wär nicht schlecht.«

»Hast du 'ne Karre?«

»Gehen wir.«

Er hielt ihr galant die Tür auf.

Sie lachte.

»Mann, du bist wirklich pervers.«

Die Digitaluhr auf dem Nachttisch zeigte 1 Uhr 28 an. Obwohl Hatch nur wenige Stunden geschlafen hatte, war er hellwach und wollte sich nicht wieder hinlegen.

Außerdem hatte er einen trockenen Mund. Als hätte er Sand gegessen. Er mußte unbedingt etwas trinken.

Das Licht der handtuchumhüllten Lampe ermöglichte es ihm, den Weg zur Kommode zu finden und leise die richtige Schublade zu öffnen, ohne Lindsey zu wecken. Fröstelnd zog er ein Sweatshirt an. Er hatte bisher nur eine Pyjamahose am Leibe gehabt und wußte, daß das dünne Pyjamaoberteil ihn nicht genügend wärmen würde.

Er öffnete die Schlafzimmertür und trat auf den Flur hinaus. Von dort warf er einen Blick auf seine schlafende Frau. Im weichen bernsteinfarbenen Licht sah sie wunderschön aus, wie sie so dalag, mit entspanntem Gesicht, leicht geöffneten Lippen, eine Hand unter dem Kinn, die dunklen Haare auf dem Kissen ausgebreitet. Ihr Anblick wärmte ihn noch mehr als das Sweatshirt. Dann dachte er an all die Jahre, die sie durch ihre depressive Trauer verloren hatten, und eine mächtige Woge des Bedauerns ertränkte die durch den Alptraum hervorgerufenen Ängste. Er schloß lautlos hinter sich die Tür.

Auf dem Flur war alles in dunkle Schatten gehüllt, aber von der Halle im Erdgeschoß fiel schwaches Licht die Treppe hinauf. Sie hatten es vorhin so eilig gehabt, vom Sofa ins Bett zu kommen, daß sie nicht einmal die Lampen ausgeschaltet hatten.

Wie zwei geile Teenager. Er lächelte bei diesem Gedanken.

Während er die Treppe hinabging, fiel ihm der Alptraum wieder ein, und das Lächeln verging ihm wieder.

Die Blondine. Das Messer. Das Auge. Es war so *real* gewesen.

Im Erdgeschoß blieb er lauschend stehen. Die Stille im Haus war unnatürlich. Er klopfte mit dem Knöchel gegen den Treppenpfosten, nur um einen Laut zu hören. Das Geräusch erschien ihm leiser, als es eigentlich hätte sein müssen, und die nachfolgende Stille war noch unheimlicher als zuvor.

»Mein Gott, dieser Traum hat dich ganz schön mitgenommen«, sagte er laut, und der Klang seiner eigenen Stimme hatte eine beruhigende Wirkung.

Seine nackten Füße verursachten lustige platschende Geräusche auf dem Eichenboden des Korridors, und auf den Küchenfliesen waren sie noch lauter. Sein Durst wurde mit jeder Sekunde quälender. Er holte eine Dose Pepsi aus dem Kühlschrank, öffnete sie, legte den Kopf zurück, schloß die Augen und trank einen großen Schluck.

Es schmeckte nicht wie Cola. Es schmeckte wie Bier.

Mit gerunzelter Stirn öffnete er die Augen und betrachtete die Dose. Es war überhaupt keine Dose mehr. Es war eine Bierflasche, dieselbe Marke wie in seinem Traum: Corona. Weder er noch Lindsey tranken Corona. Wenn sie überhaupt mal Bier tranken, dann nur Heineken.

Er zitterte vor Angst, als würde er von Stromstößen geschüttelt.

Dann bemerkte er, daß die Fliesen des Küchenbodens verschwunden waren. Er stand barfuß auf Kieselsteinen. Sie schnitten in seine Fußballen.

Sein Herz klopfte zum Zerspringen, während er sich in der Küche umsah. Er hatte das verzweifelte Bedürfnis, sich zu vergewissern, daß er in seinem eigenen Haus war, daß die Welt nicht irgendeine bizarre neue Dimension angenommen hatte. Er ließ seinen Blick über die vertrauten weiß gestrichenen Birkenschränke gleiten, über die dunklen Arbeitsplatten aus Granit, über den Geschirrspüler und die glänzende Front der eingebauten Mikrowelle und versuchte mit aller Willenskraft, den Alptraum zu vertreiben. Aber die Kieselsteine verschwanden nicht. Er hielt nach wie vor eine Flasche Corona in der rechten Hand. Er wandte sich zur Spüle, um sich kaltes Wasser ins Gesicht zu spritzen, aber die Spüle war nicht mehr da. Eine Hälfte der Küche war verschwunden, und statt dessen war da eine Leitplanke, und entlang dieser Leitplanke waren Autos geparkt, und dann –

– war er überhaupt nicht mehr in seiner Küche. Sie war

spurlos verschwunden. Er befand sich im Freien, in dichtem Nebel, der rot schimmerte, weil irgendwo hinter ihm eine Neonreklame brannte. Er ging über einen Parkplatz mit Kieselsteinbelag, und er war nicht mehr barfuß, sondern trug schwarze Rockports mit Gummisohle.

Er hörte eine Frau sagen: »Ich heiße Lisa. Und du?«

Er drehte den Kopf zur Seite und sah die Blondine. Sie ging neben ihm, hielt mit ihm Schritt, während sie den Parkplatz überquerten. Anstatt ihre Frage sofort zu beantworten, setzte er die Corona-Flasche an die Lippen, trank den letzten Rest Bier aus und ließ die leere Flasche einfach auf den Kies fallen. »Ich heiße ...«

... er schnappte erschrocken nach Luft, als kalte Pepsi aus der fallengelassenen Dose um seine nackten Füße schäumte und eine Pfütze bildete. Die Kieselsteine waren verschwunden. Auf den pfirsichfarbenen Fliesen des Küchenbodens schimmerte verschüttete Cola.

In Redlows Pontiac sagte Lisa, sie müßten auf dem San Diego Freeway in südlicher Richtung fahren. Während Vassago bei dichtem Nebel die nächste Autobahnauffahrt ansteuerte, wühlte sie in ihrer Handtasche herum, die ein reichhaltiges Sortiment an Pharmaerzeugnissen enthielt, und brachte PCP-Kapseln zum Vorschein, die sie beide mit dem Rest ihres Bieres hinunterspülten.

PCP war ein Beruhigungsmittel für Tiere, das auf Menschen häufig die entgegengesetzte Wirkung hatte und sie in destruktive Raserei versetzte. Es würde interessant sein, die Wirkung der Droge auf Lisa zu beobachten, die das Bewußtsein einer Schlange zu haben schien, der Moralvorstellungen völlig unbekannt waren, die für die Welt nur unbändigen Haß und Verachtung übrig hatte, deren Überlegenheits- und Machtgefühle einen gewissen Hang zur Selbstzerstörung nicht ausschlossen und in der bereits soviel komprimierte psychotische Energie aufgestaut war, daß sie ständig am Rande einer Explosion zu stehen schien. Vassago vermutete, daß sie mit Hilfe von PCP zu höchst amüsanten Ausbrüchen extremer Gewalt fähig sein würde, zu einem regelrechten Blutrausch, für ihn ein anregendes Schauspiel.

»Wohin fahren wir?« fragte er auf der Autobahn. Die Scheinwerfer bohrten sich in einen weißen Nebel, der die Welt verschluckte und den Eindruck erweckte, als könnten sie jede Landschaft und Zukunft erfinden, die sie sich wünschten. Was immer sie sich vorstellten, würde aus dem Nebel entstehen.

»Nach El Toro«, antwortete sie.

»Wohnt er dort?«

»Ja.«

»Wer ist der Mann?«

»Brauchst du einen Namen?«

»Nein, Madam. Warum wünschen Sie ihm den Tod?«

Sie betrachtete ihn eine Zeitlang. Allmählich breitete sich auf ihrem Gesicht ein Lächeln aus, so als würde jemand ihr mit einem unsichtbaren Messer langsam eine Wunde schneiden. Ihre kleinen weißen Zähne waren spitz. Piranha-Zähne. »Du wirst es wirklich tun, oder?« fragte sie. »Du wirst einfach reingehen und den Kerl umbringen, um mir zu beweisen, wie begehrenswert du bist.«

»Ich will nichts beweisen«, erwiderte er. »Ich werde ihn umbringen, weil es Spaß machen könnte. Wie schon gesagt ...«

»Zuerst zusammen ein bißchen töten, dann erst der Sex«, ergänzte sie.

Nur damit sie weiterredete und sich entspannte, erkundigte er sich: »Hat er eine Wohnung oder ein eigenes Haus?«

»Was spielt das für eine Rolle?«

»In ein Haus zu gelangen ist wesentlich einfacher, und die Nachbarn sind nicht so nah dran.«

»Es ist ein Haus.«

»Warum wünschen Sie ihm den Tod?«

»Er wollte mich haben, ich wollte ihn nicht, und er glaubte, sich trotzdem nehmen zu können, was er wollte.«

»Kann nicht einfach gewesen sein, gegen Ihren Willen etwas von Ihnen zu bekommen.«

Ihre Augen wurden kälter denn je. »Das Dreckschwein mußte im Gesicht genäht werden, als alles vorbei war.«

»Aber er hat trotzdem bekommen, was er wollte?«

»Er war viel größer und stärker als ich.«

Sie wandte sich von ihm ab und starrte auf die Straße hinaus.

Im Westen war eine starke Brise aufgekommen, und der Nebel wirbelte nicht mehr träge durch die Nacht. Er wurde über die Autobahn gepeitscht wie die Rauchwolken bei einem Großbrand, so als stünde die gesamte Küste in Flammen, als würden ganze Städte in Schutt und Asche gelegt und als schwelten die Ruinen.

Vassago betrachtete immer wieder Lisas Profil. Er wünschte, er könnte mit ihr nach El Toro fahren und sehen, wie blutrünstig ihre Rachegelüste waren. Anschließend würde er sie gern überreden, ihm in sein Versteck zu folgen und sich aus eigenem freien Willen für seine Sammlung zur Verfügung zu stellen. Ob sie es wußte oder nicht – sie wünschte sich den Tod, Sie würde für den süßen Schmerz dankbar sein, der ihre Fahrkarte zur Verdammnis sein würde. Mit ihrer hellen Haut, die einen reizvollen Kontrast zu ihrer schwarzen Kleidung bildete und zu leuchten schien, mit ihrem immensen Haß, der ihr aus allen Poren drang und sie wie eine dunkle Aura umstrahlte, wäre sie ein unvergleichlicher Anblick, wenn sie zwischen Vassagos Kollektion ihrem Schicksal entgegenginge und bereitwillig den Todesstoß empfinge, als Opfer für seine Rückkehr in die Hölle.

Er wußte jedoch, daß sie seinen Wunschtraum nicht erfüllen, daß sie nicht freiwillig für ihn sterben würde, selbst wenn sie unbewußt den Tod herbeisehnte. Auch wenn sie schließlich erkennen sollte, daß das ihr größtes Verlangen war, würde sie ausschließlich für sich selbst sterben, aus rein egoistischen Motiven.

Sobald sie begreifen würde, was er in Wirklichkeit von ihr wollte, würde sie um sich schlagen und sich wütend verteidigen. Sie würde nicht so leicht zu überwältigen sein wie Neon – und mehr Schaden anrichten. Am liebsten brachte er jeden Neuerwerb in sein Museum der Toten, solange das zukünftige Exponat noch am Leben war, um es genüßlich unter den grausamen Augen von Luzifer zu töten. Aber er wußte, daß er sich diesen Luxus mit Lisa nicht leisten konnte. Sie wäre nicht leicht zu bezwingen, nicht einmal, wenn er völlig unerwartet zuschlug. Und wenn er einmal den Vorteil des Überraschungseffekts eingebüßt hatte, würde sie eine gefährliche, eine ebenbürtige Gegnerin sein.

Er fürchtete nicht, verletzt zu werden. Nichts konnte ihn schrecken, auch nicht die Aussicht auf physische Schmerzen. Im Gegenteil, jeder Schlag von ihr, jede Kratz- oder Bißwunde wäre ein köstlicher Nervenkitzel, ein ungetrübter Genuß.

Das Problem war nur, daß sie stark genug sein könnte, um ihm zu entkommen, und eine Flucht konnte er nicht riskieren. Was ihm Sorgen machte, war nicht, daß sie zur Polizei gehen könnte. Sie lebte in einer Subkultur, die der Polizei mißtraute und für jeden Hüter des Gesetzes nur Verachtung und Haß übrig hatte. Doch wenn sie sich seiner Kontrolle entzöge, hätte er keine Chance mehr, sie in seine Kollektion aufzunehmen. Und er war davon überzeugt, daß sie mit ihrer überwältigenden perversen Energie seine letzte Opfergabe sein würde, die ihm die Pforten der Hölle endlich wieder weit öffnen konnte.

»Merkst du schon was?« fragte sie, immer noch in den Nebel starrend, durch den sie mit gefährlicher Geschwindigkeit rasten.

»Ein bißchen«, sagte er.

»Ich merke überhaupt nichts.« Sie öffnete ihre Handtasche und begann wieder darin zu wühlen und ihren Vorrat an Pillen und Kapseln zu begutachten. »Wir brauchen eine Art Verstärker, damit das andere Zeug richtig wirkt.«

Während Lisa durch ihre Suche nach dem geeigneten Stoff abgelenkt war, nahm Vassago die rechte Hand vom Steuer und griff unter den Sitz, wo er Redlows Revolver versteckt hatte. Sie blickte auf, als er die Mündung in ihre linke Seite drückte. Falls sie noch begriff, was geschah, zeigte sie keine Überraschung. Er gab zwei Schüsse ab. Sie war auf der Stelle tot.

Hatch wischte die verschüttete Pepsi mit Küchentüchern auf. Als er zur Spüle ging, um sich die Hände zu waschen, zitterte er noch immer, aber nicht mehr so stark wie zuvor.

Das Entsetzen, das ihn für kurze Zeit völlig überwältigt hatte, ließ nun wieder etwas Raum für Neugier. Er berührte zögernd den Rand des Spülbeckens aus rostfreiem Stahl, dann den Wasserhahn, als könnten sie sich unter seinen Fingern in Nichts auflösen. Er versuchte zu verstehen, wie ein Traum weitergehen konnte, nachdem er aufgewacht war. Geisteskrankheit war die einzige plausible Erklärung, aber die konnte er nicht akzeptieren.

Er drehte den Hahn auf, regulierte die Wärme, pumpte etwas Seife aus dem Behälter, seifte sich die Hände ein und warf einen Blick aus dem Fenster über der Spüle, das auf den Hinterhof hinausging. Der Hof war verschwunden, hatte einer Autobahn Platz gemacht. Das Küchenfenster hatte sich in eine Windschutzscheibe verwandelt. In dichten Nebel gehüllt und von zwei Scheinwerferstrahlen nur teilweise erhellt, rollte das Pflaster auf ihn zu, so als raste das Haus mit neunzig Stundenkilometer darüber hinweg. Er spürte jemanden neben sich, obwohl dort eigentlich nur die beiden Öfen sein durften. Als er den Kopf zur Seite drehte, sah er die Blondine, die in ihrer Handtasche herumwühlte. Dann merkte er, daß er etwas in der Hand hatte, etwas viel Stabileres als Seifenschaum, und er blickte auf einen Revolver hinab –

– die Küche verschwand vollständig. Er saß in einem Wagen, der über eine neblige Straße brauste, und er drückte eine Revolvermündung gegen die linke Seite der Blondine. Als sie aufblickte, spürte er entsetzt, daß sein Finger auf den Abzug drückte, einmal, zweimal. Sie wurde seitwärts geschleudert, während der ohrenbetäubende Knall der Schüsse durch das Auto dröhnte.

Vassago hatte nicht vorhersehen können, was nun geschah.

Der Revolver war offenbar mit großkalibrigen Patronen geladen gewesen, denn die beiden Schüsse schleuderten die Blondine mit unerwarteter Wucht gegen die Beifahrertür. Entweder war die Tür nicht richtig geschlossen gewesen, oder aber eine Kugel hatte die Blondine durchschlagen und das Türschloß beschädigt. Jedenfalls flog die Tür plötzlich weit auf. Heulender Wind drang wie ein Raubtier in den Pontiac ein, und Lisa wurde in die Nacht hinausgezogen. Er trat hart auf die Bremse und blickte in den Rückspiegel. Während das Heck des Wagens wie ein Fischschwanz hin und her zuckte, sah er, wie der Körper der Blondine hinter ihm über das Pflaster rollte.

Er wollte anhalten, im Rückwärtsgang zurücksetzen und sie wieder in den Wagen holen, aber selbst zu dieser späten Nachtstunde war die Autobahn nicht völlig ausgestorben. Höchstens einen halben Kilometer hinter sich sah er die Scheinwerfer von zwei Autos, verschwommene Lichtflecken im Nebel, die schnell näher kamen. Diese Fahrer würden bei der Leiche sein, bevor er sie erreichen und im Pontiac verstauen könnte.

Er nahm seinen Fuß von der Bremse und gab Gas, schwenkte über zwei Fahrspuren hinweg hart nach links, dann nach rechts. Die Tür schlug erwartungsgemäß zu. Sie klapperte, öffnete sich aber nicht wieder. Das Schloß war offenbar doch noch funktionsfähig.

Obwohl die Sichtweite nur etwa dreißig Meter betrug, beschleunigte er den Pontiac auf hundertzwanzig Stundenkilometer und raste blindlings in den wogenden Nebel hinein. An der übernächsten Ausfahrt verließ er die Autobahn und verlangsamte das Tempo. Er wollte diese Gegend so schnell wie möglich verlassen, hielt sich auf den Landstraßen aber genau an die Geschwindigkeitsbegrenzungen, weil jedem Bullen, der ihn anhalten könnte, mit Sicherheit sofort das Blut auf dem Polster und auf der Scheibe der Beifahrertür auffallen würde.

Hatch sah im Rückspiegel, wie die Leiche über das Pflaster rollte und im Nebel verschwand. Sekundenlang sah er auch sein eigenes Spiegelbild vom Nasenrücken bis zu den Augenbrauen. Er trug eine Sonnenbrille, obwohl er nachts am Steuer saß. Nein! Er trug sie nicht. Der Fahrer des Wagens trug diese Sonnenbrille, und das Bild im Spiegel zeigte nicht sein eigenes Gesicht. Obwohl er der Fahrer zu sein schien, begriff er, daß dieser Schein trog, denn obwohl er die Augen hinter den dunkel getönten Gläsern nur verschwommen sehen konnte, hatten sie keinerlei Ähnlichkeit mit seinen eigenen Augen, waren irgendwie seltsam, andersartig. Dann –

– stand er wieder vor der Spüle, keuchend und würgend

vor Ekel. Hinter dem Fenster lag nur der Hof, in Dunkelheit und Nebel gehüllt.

»Hatch?«

Erschrocken drehte er sich um.

Lindsey stand im Bademantel auf der Schwelle. »Fehlt dir etwas?«

Er wischte sich die eingeseiften Hände am Sweatshirt ab und versuchte zu sprechen, doch der Schrecken hatte ihm die Sprache vorschlagen.

Sie eilte auf ihn zu. »Hatch?«

Er drückte sie an sich und war glücklich über ihre Umarmung, die ihm schließlich die Kraft gab, mühsam zu stammeln: »Ich habe sie erschossen, sie wurde aus dem Wagen geschleudert, o Gott, Allmächtiger, sie ist wie eine Stoffpuppe über die Straße gerollt!«

7

Auf Hatchs Bitte hin brühte Lindsey Kaffee auf. Das vertraute köstliche Aroma war ein wirksames Mittel gegen die unheimlichen Geschehnisse. Mehr als alles andere stellte dieser Duft eine Atmosphäre von Normalität her, die Hatchs Nerven beruhigte. Sie tranken den Kaffee am Frühstückstisch in einer Ecke der Küche.

Hatch bestand darauf, die Jalousie am nahen Fenster zu schließen. »Ich habe das Gefühl ... dort draußen ist etwas ... und ich will nicht, daß es uns sieht.« Er konnte nicht erklären, was er mit »etwas« meinte.

Nachdem Hatch alles erzählt hatte, was geschehen war, seit er aus dem Alptraum von der eiskalten Blondine, dem Schnappmesser und dem verstümmelten Auge erwacht war, fand Lindsey für das ganze Geschehen nur eine einzige Erklärung: »Du warst offenbar nicht richtig wach, als du dein Bett verlassen hast, auch wenn es dir so vorkam. Du bist im Schlaf gewandelt. Du bist erst ganz aufgewacht, als ich in die Küche gekommen und deinen Namen gerufen habe.«

»Ich bin nie ein Schlafwandler gewesen«, widersprach er.

Sie versuchte seinen Einwand scherzhaft abzutun. »Es ist nie zu spät, sich ein neues Laster zuzulegen.«

»Ich glaube das nicht.«

»Und welche Erklärung hast du dann?«

»Überhaupt keine.«

»Also bleibt es beim Schlafwandeln.«

Er starrte in die weiße Porzellantasse, die er mit beiden Händen umklammerte wie ein Zigeuner, der aus den Lichtmustern an der Oberfläche der schwarzen Flüssigkeit die Zukunft ablesen will. »Hast du jemals geträumt, jemand anderer zu sein?«

»Ich denke schon.«

Er warf ihr einen scharfen Blick zu. »Das ist keine Antwort. Hast du jemals einen Traum mit den Augen eines Unbekannten gesehen? Einen Traum, den du mir erzählen könntest?«

»Nun ja ... nein. Aber ich bin sicher, daß es so etwas gegeben haben muß. Ich erinnere mich einfach nicht daran. Träume sind schließlich Schäume. Sie verfliegen so schnell. Wer erinnert sich schon lange an sie?«

»An diesen Traum werde ich mich für den Rest meines Lebens erinnern«, sagte er.

Obwohl sie ins Bett zurückkehrten, konnten sie nicht wieder einschlafen. Teilweise lag das vielleicht am Kaffee. Lindsey dachte, daß Hatch gerade deshalb Kaffee gewollt hatte: Er hatte ihn am Einschlafen hindern sollen, damit der Alptraum nicht zurückkommen konnte. Nun, das hatte jedenfalls geklappt.

Beide lagen auf dem Rücken und starrten an die Decke.

Er hatte die Nachttischlampe eher widerwillig ausgeschaltet, obwohl er sich nur durch ein kurzes Zögern verraten hatte, bevor er auf den Schalter drückte. Er glich fast einem Kind, das im Grunde alt genug war, um berechtigte Ängste von eingebildeten unterscheiden zu können, sich aber von letzteren doch nicht völlig befreien konnte und deshalb noch immer Angst vor einem Monster unter dem Bett hatte, sich aber schämte, das zuzugeben.

Nun, da nur das indirekte Licht weit entfernter Straßenlampen zwischen den Vorhängen ins Zimmer fiel, hatte er sie mit seinen Ängsten angesteckt. Sie konnte sich nur allzu leicht einbilden, daß einige der Schatten an der Decke sich bewegten, fledermaus-, eidechsen-, spinnenförmige Wesen, die verstohlen umherhuschten und etwas Böses im Schilde führten.

Sie unterhielten sich gelegentlich leise, über Belanglosigkeiten.

Beide wußten, worüber sie im Grunde sprechen wollten, aber sie fürchteten sich davor. Im Gegensatz zu den Kriech- und Krabbelwesen an der Decke und den Ungeheuern unter Kinderbetten war das eine begründete Angst. Gehirnschaden.

Seit er nach der Reanimation im Krankenhaus aufgewacht war, hatte Hatch schlechte Träume von beklemmender Intensität. Nicht jede Nacht. Manchmal konnte er drei oder vier Nächte hintereinander ungestört schlafen. Aber Häufigkeit und Intensität nahmen von Woche zu Woche zu.

Es waren – wie er ihr erzählte – nicht immer dieselben Träume, aber sie enthielten allesamt ähnliche Elemente. Gewalt. Schreckliche Bilder von nackten, verwesenden Leichen in ausgefallenen, perversen Posen. Immer liefen die Träume aus der Perspektive eines Unbekannten ab, einer mysteriösen Gestalt, immer derselben, so als wäre Hatch ein Geist, der in dem Mann lebte, ihn aber nicht beherrschen konnte. Im allgemeinen begannen oder endeten – oder begannen *und* endeten die Alpträume in einer ganz bestimmten Szenerie: einer Ansammlung ungewöhnlicher Bauten und anderer merkwürdiger Strukturen, die er nicht identifizieren konnte, allesamt unbeleuchtet und meistens nur als verwirrende Silhouetten vor einem Nachthimmel zu sehen. Er sah auch höhlenartige Räume und ein Labyrinth von Betonkorridoren, die er erkennen konnte, obwohl es weder Fenster noch künstliche Beleuchtung gab. Er sagte, der Ort komme ihm bekannt vor, aber er sah nie genug, um wirklich feststellen zu können, wo er sich befand.

Bis zu dieser Nacht hatten sie sich einzureden versucht, daß dieses Phänomen nur von kurzer Dauer sein würde. Hatch hatte wie immer eine äußerst positive Einstellung.

Schlechte Träume waren nichts Besonderes. Jeder Mensch hatte gelegentlich welche. Sie hatten ihre Ursache oft in Streß. Wenn man den Streß vermied, verschwanden auch die Alpträume.

Aber sie verschwanden nicht. Und nun hatten sie eine neue und sehr beängstigende Wendung genommen: Schlafwandeln.

Oder vielleicht hatte er mittlerweile in wachem Zustand Halluzinationen, bei denen er dieselben Bilder wie im Schlaf sah.

Kurz vor der Morgendämmerung griff Hatch unter der Decke nach Lindseys Hand und hielt sie fest. »Mir geht es gut. Es ist nichts, wirklich. Nur ein Traum.«

»Du solltest morgen als erstes Nyebern anrufen«, sagte sie schweren Herzens. »Wir sind nicht ehrlich zu ihm gewesen. Er hat gesagt, du solltest ihn sofort verständigen, wenn irgendwelche Probleme auftauchten ...«

»Das hier ist doch kein Problem«, versuchte er abzuwiegeln.

»Physische *oder* seelische Probleme«, betonte sie. Sie hatte Angst um ihn – und auch um sich selbst, falls mit ihm tatsächlich etwas nicht stimmen sollte.

»Sie haben alle Tests mit mir gemacht, die meisten sogar zweimal. Sie haben mir das bestmögliche Gesundheitszeugnis ausgestellt. Keine Gehirnschäden.«

»Dann brauchst du dir auch keine Sorgen zu machen. Es gibt keinen Grund, einen Besuch bei Nyebern aufzuschieben.«

»Gehirnschäden wären *sofort* erkennbar gewesen. Sie können nicht im nachhinein auftreten.«

Sie schwiegen eine Zeitlang.

Sie konnte sich nun nicht mehr vorstellen, daß irgendwelche Kriechtiere durch die Schatten an der Decke huschten. Diese Phantasiegebilde hatten sich in Nichts aufgelöst, sobald er ausgesprochen hatte, wovor sie sich beide am meisten fürchteten.

Schließlich fragte sie: »Was ist mit Regina?«

Er dachte eine Weile nach. »Ich glaube, wir sollten alles in die Wege leiten, den Papierkram erledigen – natürlich vorausgesetzt, daß sie überhaupt zu uns kommen will.«

»Und wenn ... wenn du nun irgendein Problem hast? Und wenn es schlimmer wird?«

»Es wird sowieso Tage dauern, bis alles geregelt ist und wir sie mitnehmen können. Bis dahin werden die neuen Testergebnisse vorliegen. Ich bin sicher, daß mit mir alles in Ordnung ist.«

»Du nimmst diese Sache viel zu leicht.«

»Streß bringt einen um.«

»Wenn Nyebern nun etwas Ernstes findet ...«

»Dann werden wir das Waisenhaus um einen Aufschub bitten. Wenn wir ihnen jetzt erzählen, daß ich Probleme habe, die mir nicht erlauben, gleich morgen den ganzen Papierkram zu erledigen, kommen ihnen vielleicht Bedenken hinsichtlich unserer Tauglichkeit. Sie könnten uns ablehnen, und dann hätten wir wahrscheinlich keine Chance mehr, Regina zu adoptieren.«

Der Tag war so herrlich gewesen, von dem Kontaktgespräch in Salvatore Gujilios Kanzlei bis hin zu ihren Liebesspielen vor dem Kamin und in dem massiven alten chinesischen Bett. Die Zukunft hatte so rosig ausgesehen, und sie hatten geglaubt, das Schlimmste läge bereits hinter ihnen. Lindsey konnte kaum glauben, daß sich plötzlich ein neuer gähnender Abgrund vor ihnen aufgetan hatte.

Sie sagte: »O Gott, Hatch, ich liebe dich!«

Er rückte im Dunkeln dicht an sie heran und nahm sie in seine Arme. Die Morgendämmerung brach an, und noch immer hielten sie einander eng umschlungen, ohne zu sprechen, weil für den Augenblick alles gesagt war.

Später, nachdem sie geduscht und sich angezogen hatten, gingen sie hinunter und tranken wieder Kaffee am Frühstückstisch. Sie hörten morgens immer Radio, einen Sender, der die neuesten Nachrichten brachte.

Auf diese Weise erfuhren sie vom Tod einer jungen blonden Frau namens Lisa Blaine. Sie war in der vergangenen Nacht durch zwei Schüsse ermordet und auf dem San Diego Freeway aus einem fahrenden Auto geworfen worden – genau zu dem Zeitpunkt, als Hatch in der Küche stand und die Vision hatte, daß er auf den Abzug drückte und die Leiche hinter dem Auto über die Straße rollte.

8

Aus Gründen, die er selber nicht verstehen konnte, wollte Hatch unbedingt jenen Autobahnabschnitt sehen, wo die tote Frau gefunden worden war. »Vielleicht rastet irgendwas ein«, war seine einzige Erklärung.

Er saß am Steuer des neuen roten Mitsubishi. Sie fuhren auf dem Küsten-Highway nach Norden, dann auf Landstraßen ostwärts zur South Coast Plaza Shopping Mall, wo es eine Auffahrt zum San Diego Freeway in südlicher Richtung gab. Hatch bestand darauf, den nächtlichen Weg des Mörders bis zum Tatort möglichst genau nachzuvollziehen.

Um Viertel nach neun war die Rush-hour eigentlich schon vorbei, aber alle Fahrspuren waren noch verstopft. Die Wagenkolonne bewegte sich nur im Schrittempo südwärts. Zum Glück bewahrte die eingebaute Klimaanlage Hatch und Lindsey vor den Abgaswolken.

Der dichte Nebel, der sich nachts vom Pazifik über die Küste ausgebreitet hatte, war spurlos verschwunden. Die Bäume wiegten sich in einer leichten Frühlingsbrise, und Vögel zogen fröhlich ihre Kreise am wolkenlosen, strahlend blauen Himmel. An einem Tag wie diesem schien es fast absurd, an den Tod zu denken.

Sie passierten die Ausfahrt MacArthur, dann Jamboree, und Hatch spürte, wie seine Nacken- und Schultermuskulatur sich mit jedem Meter, den sie vorwärts kamen, mehr und mehr verspannte. Er hatte das unheimliche Gefühl, diese Strecke in der letzten Nacht tatsächlich zurückgelegt zu haben, als Flughafen, Hotels, Bürogebäude und die braunen Hügel im Hintergrund vom Nebel verschluckt worden waren, obwohl er genau wußte, daß er in Wirklichkeit zu Hause gewesen war.

»Sie wollten nach El Toro«, sagte er. An diese Einzelheit hatte er sich bisher nicht erinnert. Oder sie war ihm erst jetzt durch eine Art sechsten Sinn offenbart worden.

»Vielleicht hat sie dort gewohnt ... oder er lebt dort.«

Hatch runzelte die Stirn. »Das glaube ich nicht.«

Während sie entnervend langsam dahinkrochen, fielen ihm nicht nur verschiedene Details des Traums ein, sondern er *fühlte* die spannungsgeladene Atmosphäre in jenem Wagen, die potentielle Gewalttätigkeit.

Seine Hände rutschten vom Lenkrad. Sie waren mit kaltem Schweiß überzogen. Er wischte sie an seinem Hemd ab.

»Ich glaube«, sagte er, »in gewisser Hinsicht war die Blondine fast genauso gefährlich wie ich ... wie er ...«

»Was meinst du damit?«

»Ich weiß es nicht. Es ist einfach das Gefühl, das ich zu jenem Zeitpunkt hatte.«

Die Sonne funkelte auf den Fahrzeugen, die sich in zwei mächtigen Kolonnen aus Stahl, Chrom und Glas nach Norden und Süden wälzten. Die Außentemperatur betrug etwa sechsundzwanzig Grad. Hatch fror trotzdem.

Als ein Schild die nächste Ausfahrt – Culver Boulevard – anzeigte, beugte sich Hatch ein wenig vor. Er nahm seine rechte Hand vom Steuer und griff unter den Sitz. »Hier hat er den Revolver hervorgeholt ... sie hat irgendwas in ihrer Tasche gesucht ...«

Er wäre nicht allzu überrascht gewesen, wenn er unter dem Sitz tatsächlich einen Revolver gefunden hätte, denn er erinnerte sich erschreckend deutlich daran, wie nahtlos Traum und Wirklichkeit während der letzten Nacht ineinander übergegangen waren, wie sie sich getrennt und dann wieder vermischt hatten. Warum nicht auch jetzt, sogar bei Tageslicht?

Er atmete erleichtert auf, als er feststellte, daß der Raum unter dem Sitz leer war.

»Polizei«, sagte Lindsey.

Hatch war so sehr in die Rekonstruktion der Ereignisse seines Alptraums vertieft, daß er nicht sofort mitbekommen hatte, was Lindsey sagte. Dann sah er die Streifenwagen und andere Polizeifahrzeuge, die auf der Standspur geparkt waren.

Uniformierte Beamte suchten in gebückter Haltung jeden Zentimeter des staubigen Randstreifens und des trockenen Grases hinter der Leitplanke ab. Wahrscheinlich hofften sie, irgend etwas zu finden, das zusammen mit der Blondine – oder zuvor oder danach – aus dem Wagen des Mörders gefallen war.

Hatch fiel auf, daß alle Polizisten Sonnenbrillen trugen,

ebenso wie er selbst und Lindsey. Das grelle Licht blendete wirklich sehr.

Aber der Mörder hatte ebenfalls eine Sonnenbrille getragen. Warum in aller Welt hatte er in dunkler Nacht und bei dichtem Nebel einen Lichtschutz benötigt?

Das hatte nichts mehr mit einer Marotte, mit bloßer Affektiertheit oder Exzentrizität zu tun. Es war unheimlich.

Hatch hielt noch immer den imaginären Revolver in der Hand. Aber weil sie viel langsamer vorankamen als der Mörder, hatten sie die Stelle noch nicht erreicht, wo die Schüsse gefallen waren.

Die Autos krochen Stoßstange an Stoßstange dahin, nicht etwa, weil an diesem Tag dichterer Verkehr als sonst herrschte, sondern weil die Fahrer das Tempo drosselten, um die Polizisten neugierig anzustarren. Im Verkehrsfunk wurde so etwas treffend als »Gafferstau« bezeichnet.

»Er ist gerast«, sagte Hatch.

»Bei dichtem Nebel?«

»Und mit einer Sonnenbrille.«

»Ein Blödhammel«, kommentierte Lindsey.

»Nein, dieser Bursche ist intelligent.«

»Für mich hört sich das aber idiotisch an.«

»Furchtlos.« Hatch versuchte wieder in die Haut des Mannes zu schlüpfen, mit dem er im Traum einen Körper geteilt hatte. Das war alles andere als einfach. Etwas an dem Mörder war völlig fremdartig und widersetzte sich jeder Analyse. »Er ist durch und durch kalt... innerlich kalt und dunkel ... er denkt nicht so wie du und ich ...« Hatch suchte verzweifelt nach Worten, die das Wesen des Mannes charakterisieren konnten. »Schmutzig.« Er schüttelte den Kopf. »Ich meine damit nicht, daß er ungewaschen war. Nichts Derartiges. Eher so etwas wie ... ja, wie wenn er verseucht wäre.« Er seufzte und gab auf. »Jedenfalls ist er völlig furchtlos. Nichts vermag ihn zu schrecken. Er hält sich für unverletzbar. Aber das hat in seinem Fall nichts mit Leichtsinn zu tun. Denn irgendwie ... hat er recht.«

»Was willst du damit sagen – daß er unverwundbar ist?«

»Nein. Das nicht. Aber nichts, was man ihm antun könnte, würde ihm etwas ausmachen.«

Lindsey verschränkte wie fröstelnd die Arme über der Brust. »Du schilderst ihn so ... so unmenschlich.«

Die Beweisaufnahme der Polizei konzentrierte sich im Moment auf den halben Kilometer südlich der Ausfahrt Culver Boulevard. Sobald sie diesen Abschnitt hinter sich hatten, begann sich der Stau aufzulösen.

Der imaginäre Revolver in Hatchs Hand schien sich zu materialisieren. Fast spürte er den kalten Stahl an seiner Haut.

Als er den Phantomrevolver auf Lindsey richtete und sie anblickte, zuckte sie unwillkürlich zusammen. Er sah sie deutlich, aber gleichzeitig sah er das Gesicht der Blondine, die von ihrer Handtasche aufgeschaut und keine Zeit mehr gehabt hatte, irgendeine Reaktion zu zeigen, weder Überraschung noch Angst.

»Hier, genau an dieser Stelle ... zwei Schüsse, dicht hintereinander«, sagte Hatch schaudernd, denn die Erinnerung an die Gewalttat war viel leichter heraufzubeschwören als die Stimmung und Geistesverfassung des Mörders. »Die Kugeln rissen große Löcher in sie.« Er konnte es so deutlich sehen. »0 Gott, es war schrecklich!« Er fühlte sich in die Szene zurückversetzt. »Wie sie zerfetzt wurde ... Und der Knall ... wie Donner ... wie das Ende der Welt ...« Er hatte den bitteren Geschmack von Magensäure in der Kehle. »Sie wurde gegen die Tür geschleudert, war auf der Stelle tot, aber die Tür flog weit auf. Damit hatte er nicht gerechnet. Er wollte sie für seine Sammlung haben, aber sie wurde in die Dunkelheit gerissen, rollte wie eine leere Dose über den Asphalt ...«

Noch ganz in der Erinnerung an seinen Traum befangen, trat er hart auf die Bremse, wie es der Mörder getan hatte.

»Hatch, nein!«

Ein Auto, dann ein zweites und drittes, wichen in letzter Sekunde chromblitzend und glasfunkelnd aus, die Hupen bellten. Um ein Haar wäre es zu einem Unfall gekommen.

Hatch schüttelte die Erinnerungen ab, gab wieder Gas und reihte sich in den Verkehrsfluß ein. Er wußte, daß er aus den anderen Wagen angestarrt wurde.

Diese neugierigen Blicke waren ihm jedoch völlig egal, denn er hatte wie ein Bluthund die Witterung aufgenommen. Es war natürlich kein Geruch im eigentlichen Sinne, dem er folgte. Es war ein undefinierbares Etwas, das ihn leitete, vielleicht telepathische Schwingungen, eine durch den Mörder bewirkte Störung im Äther, ähnlich der Spur in der Meeresoberfläche, die eine Haiflosse hinterläßt. Nur mit dem Unterschied, daß der Äther sich offenbar nicht so schnell regenerierte wie Wasser.

»Er wollte ursprünglich zurückfahren, um sie zu holen, sah aber ein, daß es hoffnungslos war, und fuhr dann weiter.« Hatch hörte selbst, daß seine Stimme leise und rauh war, so als gäbe er schmerzhafte Geheimnisse preis.

»Dann habe ich die Küche betreten, und du hast so merkwürdige Laute von dir gegeben, gekeucht und gewürgt«, berichtete Lindsey. »Du hast die Arbeitsplatte so fest umklammert, als wolltest du den Granit zerbrechen. Ich dachte, du hättest einen Herzanfall ...«

»Er ist sehr schnell gefahren«, sagte Hatch, beschleunigte selbst aber nur wenig, »hundert ... hundertzehn ... noch schneller ... er wollte möglichst weit entfernt sein, wenn der nachfolgende Verkehr auf die Leiche stieß ...«

Lindsey erkannte, daß er nicht einfach Spekulationen anstellte. »Du erinnerst dich an mehr, als du geträumt hast, über den Zeitpunkt hinaus, als ich in die Küche kam und dich weckte.«

»Das sind keine Erinnerungen«, sagte er heiser.

»Was dann?«

»Ich fühle es.«

»Jetzt?«

»Ja.«

»Wie?«

»Irgendwie.« Er konnte es einfach nicht besser erklären. »Irgendwie«, flüsterte er und hatte das beklemmende Gefühl, als würde das weite flache Land auf beiden Seiten der Straße sich trotz der heilen Morgensonne verdunkeln, als würfe der Mörder einen mächtigen Schatten, der auch noch Stunden, nachdem er selbst verschwunden war, zurückblieb. »Hundertzwanzig ... hundertdreißig ... fast hundertvierzig Stundenkilometer ... obwohl die Sichtweite nicht mehr als dreißig Meter betrug.« Wenn vor ihm im Nebel ein Fahrzeug unterwegs gewesen wäre, hätte es einen katastrophalen Auffahrunfall gegeben. »Er hat nicht gleich die erste Ausfahrt genommen, wollte weiter weg … raste dahin … raste …«

Um ein Haar hätte er die Ausfahrt zur State Route 133 verpaßt, die nach Laguna Beach führte. Im letzten Moment trat er hart auf die Bremse und riß das Steuer nach rechts herum. Der Mitsubishi drohte zu schleudern, aber als sie die Autobahn verließen, verringerte Hatch das Tempo und bekam den Wagen sofort wieder unter Kontrolle.

»Ist er hier abgebogen?« fragte Lindsey.

»Ja.«

Hatch fuhr auf der nun folgenden Straße nach rechts.

»Wollte er nach Laguna Beach?«

»Ich … ich glaube nicht.«

Er bremste an einer Kreuzung ab und blieb auf der Standspur stehen. Vor ihnen erstreckte sich hügeliges Land, mit braunem Gras bedeckt. Wenn er geradeaus weiterfuhr, würde er zum Laguna Canyon gelangen, wo die Wildnis noch nicht erschlossen war, wo sich noch keine Häuser aneinanderreihten. Fast bis Laguna Beach war die Strecke von Buschland und vereinzelten Eichen gesäumt. Der Mörder hätte aber auch nach links oder rechts abbiegen können. Hatch blickte in beide Richtungen, auf der Suche nach … ja, wonach eigentlich? Nach irgendwelchen unsichtbaren Hinweisen, die ihn hierher geführt hatten.

Nach kurzer Zeit fragte Lindsey: »Du weißt nicht, wohin er von hier aus gefahren ist?«

»Versteck.«

»Was?«

Hatch blinzelte. Er wußte selbst nicht genau, warum er dieses Wort gewählt hatte. »Er ist zu seinem Versteck gefahren … unter die Erde …«

»Unter die Erde?« Lindsey betrachtete verwirrt die Hügel.

»… in die Dunkelheit …«

»Du meinst, er hat ein unterirdisches Versteck?«

»… kühle, kühle Stille …«

Hatch saß eine Weile da und starrte die Kreuzung an, während einige Autos vorbeifuhren. Er war am Ende der Fährte angelangt. Hier war der Mörder nicht. Das wußte er, aber er wußte auch nicht, wohin der Mann verschwunden war. Er hatte keine Visionen mehr – aber seltsamerweise hatte er plötzlich den süßen Geschmack von Schokoladenwaffeln auf der Zunge, so intensiv, als hätte er gerade in eine hineingebissen.

9

In Laguna Beach verzehrten sie ein spätes Frühstück aus Bratkartoffeln, Eiern mit Schinken und gebuttertem Toast. Seit seinem Tod und seiner Auferweckung machte sich Hatch um Dinge wie den Cholesterinspiegel oder die Langzeitwirkung von passivem Rauchen keine Gedanken mehr. Er vermutete, daß ihm solche kleinen Risiken eines Tages wieder groß vorkommen würden, daß er sich dann wieder vorzugsweise von Obst und Gemüse ernähren, über Raucher schimpfen und eine gute Flasche Wein mit einer Mischung aus Freude und schlechtem Gewissen öffnen würde, weil er an die schädlichen Folgen des Alkoholkonsums dachte. Im Augenblick freute er sich seines Lebens aber noch viel zu sehr, als daß ihn übertriebene Sorgen um seine Gesundheit quälen konnten – und aus diesem Grunde war er auch fest entschlossen, sich von seinen Träumen und dem Tod der Blondine nicht verrückt machen zu lassen.

Essen übte eine natürliche beruhigende Wirkung aus. Jeder Bissen Eigelb verminderte seine Nervosität.

»Okay«, sagte Lindsey, die sich ihrem Frühstück mit weniger herzhaftem Appetit als Hatch widmete, »nehmen wir einmal an, daß es *doch* zu irgendwelchen Gehirnschäden gekommen ist. Zu so leichten, daß sie bei keinem Test erfaßt werden konnten. Nicht stark genug, um Lähmungen, Sprachstörungen oder so was in der Art zu bewirken. Durch einen schier unglaublichen Glücksfall, mit einer Wahrscheinlichkeit von eins zu einer Milliarde, hatte dieser Gehirnschaden in Wirklichkeit keine negativen Folgen, sondern segensreiche. Vielleicht sind in der Gehirnmasse neue Verbindungen entstanden, die dir übersinnliche Kräfte verleihen.«

»Quatsch!«

»Warum?«

»Ich habe keine übersinnlichen Kräfte.«

»Wie willst du es sonst nennen?«

»Und selbst wenn ich solche Kräfte hätte, würde ich sie nicht gerade als segensreich bezeichnen.«

Weil die Frühstückszeit eigentlich schon vorbei war, herrschte im Restaurant nicht allzuviel Betrieb. Alle Nachbartische waren leer. Sie konnten also über die Ereignisse dieses Morgens sprechen, ohne befürchten zu müssen, daß jemand zuhörte. Trotzdem schaute sich Hatch ständig mißtrauisch um.

Unmittelbar nach seiner Wiederbelebung hatten Medienleute das Orange County General belagert, und in den ersten Tagen nach seiner Entlassung hatten Reporter buchstäblich vor seiner Tür kampiert. Schließlich war er länger als jeder andere Mensch tot gewesen, wodurch ihm wesentlich mehr als die fünfzehn Minuten Publicity zustanden, die nach Ansicht von Andy Warhol im ruhmbesessenen Amerika bald das Schicksal jedes einzelnen sein würden. Er hatte nichts geleistet, was diesen Ruhm gerechtfertigt hätte. Er wollte ihn gar nicht. Er hatte den Tod nicht aus eigener Kraft besiegt. Lindsey, Nyebern und das Wiederbelebungsteam hatten ihn zurückgeholt. Er war eine Privatperson, der es vollkommen genügte, bei den besseren Antiquitätenhändlern Respekt zu genießen, die seinen Laden kannten und manchmal mit ihm Geschäfte machten. Und er wäre auch zufrieden gewesen, wenn nur Lindsey ihn respektiert hätte, wenn er nur in ihren Augen berühmt gewesen wäre, und nur deshalb, weil er ein guter Ehemann war. Durch seine beharrliche Weigerung, Interviews zu geben, hatte er die Presseleute schließlich davon überzeugt, daß es vernünftiger war, ihn in Ruhe zu lassen und statt dessen Jagd auf ein soeben zur Welt gekommenes zweiköpfiges Kalb – oder irgend etwas Vergleichbares – zu machen, das sich für eine Schlagzeile oder eine Meldung zwischen zwei Deo-Werbespots in Radio oder Fernsehen eignete.

Wenn jetzt bekannt würde, daß er aus dem Totenreich die wundersame Gabe mitgebracht hatte, Kontakt mit dem Geist eines psychopathischen Killers aufzunehmen, würden erneut ganze Scharen von Reportern über ihn herfallen. Schon der Gedanke war einfach unerträglich. Sogar ein Schwarm Mörderbienen – oder auch ein Trupp bettelnder Hare-Krishna-Jünger mit Opferschalen und glasig verzückten Augen wäre ihm lieber gewesen.

»Wenn es nicht irgendeine übersinnliche Fähigkeit ist«, fragte Lindsey beharrlich, »was ist es dann?«

»Ich weiß es nicht.«

»Das ist keine gute Erklärung.«

»Vielleicht geht es vorbei, passiert nie wieder. Vielleicht war es nur Zufall.«

»Das glaubst du doch selbst nicht.«

»Na ja … ich *möchte* es glauben.«

»Wir müssen uns damit auseinandersetzen.«

»Warum?«

»Wir müssen versuchen, es zu verstehen.«

»Warum?«

»Frag nicht ständig ›warum‹, wie ein fünfjähriges Kind.«

»Warum?«

»Jetzt mal ganz im Ernst, Hatch. Eine Frau ist tot. Vielleicht war sie nicht die erste. Vielleicht ist sie nicht die letzte gewesen.«

Er legte seine Gabel auf den halb geleerten Teller und trank einen großen Schluck Orangensaft, um die Bratkartoffeln herunterzuspülen. »Okay, also gut, es ist so was wie eine übersinnliche Vision, genauso, wie sie in Filmen gezeigt werden. Aber es ist mehr als nur das. Unheimlicher.«

Er schloß die Augen, versuchte irgendeine Analogie zu finden. Als ihm etwas einfiel, öffnete er die Augen wieder und sah sich im Restaurant um, um sicher zu sein, daß keine neuen Gäste an einem der Nebentische Platz genommen hatten.

Er betrachtete voller Bedauern seinen Teller. Seine Eier wurden kalt. Er seufzte.

»Du kennst doch diese Berichte«, sagte er, »denen zufolge eineiige Zwillinge, die gleich nach der Geburt getrennt werden und Tausende von Kilometern voneinander entfernt bei völlig unterschiedlichen Adoptiveltern aufwachsen, trotzdem ähnliche Lebenswege haben.«

»Natürlich habe ich davon schon gehört. Und?«

»Sogar bei völlig unterschiedlichem Hintergrund, bei völlig verschiedener Erziehung, wählen sie ähnliche Berufe, erreichen etwa das gleiche Einkommen, heiraten Frauen, die einander sehr ähnlich sind, und geben ihren Kindern sogar dieselben Namen. Es ist geradezu unheimlich. Und sogar wenn sie nicht wissen, daß sie Zwillinge sind, wenn man ihnen bei der Adoption gesagt hat, sie wären Einzelkinder, fühlen sie immer, über große Entfernungen hinweg, daß es da draußen noch etwas gibt, auch wenn sie nicht wissen, wen oder was sie suchen. Niemand kann diese Bindung erklären, nicht einmal Genforscher.«

»Und was hat das mit dir zu tun?«

Er zögerte, nahm seine Gabel zur Hand. Er wollte nicht reden, sondern essen. Essen beruhigte. Aber sie würde ihm keine Ruhe lassen. Seine Eier waren fast schon geronnen. Seine Beruhigungsmittel! Er legte die Gabel wieder hin.

»Manchmal«, sagte er, »sehe ich mit den Augen dieses Kerls, wenn ich schlafe, und jetzt spüre ich ihn manchmal sogar, wenn ich wach bin, und das ist wie diese übersinnlichen Phänomene in Filmen, okay. Aber da ist außerdem diese ... diese Verbindung zu ihm, die ich dir wirklich nicht erklären oder beschreiben kann, auch wenn du mir Löcher in den Bauch fragst.«

»Du willst doch wohl nicht sagen, daß er dein Zwillingsbruder oder so was Ähnliches ist?«

»Nein, nein. Ich glaube, daß er viel jünger ist als ich, vielleicht erst zwanzig oder einundzwanzig. Und kein Blutsverwandter. Aber es ist eine ähnlich geheimnisvolle Verbindung wie die zwischen Zwillingen, so als hätten er und ich etwas Wichtiges gemeinsam, als teilten wir irgendeine wesentliche Erfahrung.«

»Beispielsweise?«

»Ich weiß es nicht. Ich wünschte, ich wüßte es.« Dann beschloß er aber, ganz ehrlich zu sein. »Vielleicht wünsche ich es mir auch *nicht.*«

Später, als die Kellnerin die leeren Teller abgeräumt und starken schwarzen Kaffee serviert hatte, sagte Hatch: »Ich habe nicht die Absicht, zur Polizei zu gehen und meine Hilfe anzubieten, falls es das ist, was dir vorschwebt.«

»Es ist die Pflicht jedes ...«

»Ich weiß sowieso nichts, was der Polizei helfen könnte.«

Sie blies auf ihren heißen Kaffee. »Du weißt immerhin, daß er einen Pontiac fuhr.«

»Ich glaube nicht, daß es sein Wagen war.«

»Wessen dann?«

»Vielleicht gestohlen.«

»War das auch etwas, das du gespürt hast?«

»Ja. Aber ich weiß nicht, wie er aussieht, wie er heißt, wo er wohnt ... ich weiß überhaupt nichts Nützliches.«

»Und wenn dir nun etwas Brauchbares einfällt? Wenn du etwas siehst, was der Polizei helfen könnte?«

»Dann werde ich anonym anrufen.«

»Sie werden die Information ernster nehmen, wenn sie wissen, wer du bist.«

Er fühlte sich durch das Eindringen dieses geisteskranken Fremden in sein Leben vergewaltigt. Diese Vergewaltigung ärgerte ihn, und er fürchtete seinen Zorn mehr als den Unbekannten, mehr als den übernatürlichen Aspekt der Angelegenheit, mehr noch als die Möglichkeit eines Gehirnschadens. Er hatte Angst, in irgendeiner extremen Situation doch noch entdecken zu müssen, daß er den Jähzorn seines Vaters geerbt hatte, daß dieser Jähzorn nur darauf lauerte, geweckt zu werden.

»Es ist ein Mordfall«, sagte er. »Da wird jeder Hinweis ernst genommen, auch ein anonymer. Ich habe jedenfalls nicht vor, jemals wieder Schlagzeilen zu machen.«

Vom Restaurant fuhren sie quer durch die Stadt zu *Harrison's Antiques,* wo Lindsey im obersten Stockwerk ein Atelier hatte, zusätzlich zu dem in ihrem Haus. Wenn sie malte, wirkte ein regelmäßiger Wechsel der Umgebung auf sie erfrischend und inspirierend.

Während der Fahrt war manchmal zwischen den Häusern auf der rechten Straßenseite ein kleiner Ausschnitt des in der Sonne funkelnden Ozeans zu sehen. Aber Lindsey ließ sich auch im Auto nicht von dem Thema abbringen, mit dem sie ihren Mann während des Frühstücks gequält hatte, denn sie wußte, daß Hatchs einziger ernsthafter Charakterfehler die Neigung war, alles auf die leichte Schulter zu nehmen. Jimmys Tod war die einzige schlimme Erfahrung seines ganzen Lebens, bei der die Taktik versagt hatte, etwas zu vereinfachen, als unwichtig abzutun und zu verdrängen. Und sogar in diesem Fall hatte er versucht, seine Trauer zu unterdrücken, anstatt sie bewußt zu bewältigen; gerade dadurch hatte sie ungesunde Ausmaße annehmen können. Wenn sie ihm nicht zusetzte, würde er nach kürzester Zeit auch die Bedeutung dieser unerklärlichen Ereignisse herunterzuspielen versuchen.

»Du mußt trotzdem mit Nyebern sprechen«, sagte sie.

»Vermutlich ...« – »Unbedingt!«

»Falls es ein Gehirnschaden ist, falls das die Ursache dieser übersinnlichen Phänomene ist, handelt es sich um einen *segensreichen* Gehirnschaden, das hast du selbst gesagt.«

»Aber vielleicht ist er degenerativ, vielleicht wird er schlimmer werden.«

»Das glaube ich nun wirklich nicht«, widersprach er. »Ich fühle mich ansonsten prächtig.«

»Du bist aber kein Arzt.«

»Also gut«, gab er nach. Er bremste an der Ampel vor der Kreuzung, die zum öffentlichen Strand im Zentrum der Stadt führte. »Ich rufe ihn an. Aber wir müssen heute nachmittag zu Gujilio.«

»Du kannst Nyebern vorher einschieben, wenn er Zeit für dich hat.«

Hatchs Vater war ein Haustyrann gewesen, ein jähzorniger Mann mit scharfer Zunge, der seine Frau wie eine Dienstmagd herumkommandierte und seinen Sohn mit Schimpftiraden, Hohn und Spott, beißendem Sarkasmus und wilden Drohungen einschüchterte. Alles und nichts konnte Hatchs Vater in Wut versetzen, denn insgeheim liebte er Ärger und suchte geradezu nach immer neuen Gründen. Er war ein Mann, der glaubte, niemals glücklich sein zu können – und er sorgte selbst dafür, daß sein Schicksal sich erfüllte, indem er sich und seine ganze Umgebung unglücklich machte.

Vielleicht befürchtete Hatch, daß auch er eine Anlage zu diesem mörderischen Jähzorn haben könnte, vielleicht hatte es in seinem Leben aber auch einfach schon zu viele Turbulenzen gegeben; jedenfalls hatte er sich bewußt bemüht, so freundlich und mild zu sein, wie sein Vater gereizt und übellaunig war, so großmütig, wie sein Vater nachtragend war, so tolerant, wie sein Vater engstirnig war; er war fest entschlossen, alle Schicksalsschläge des Lebens hinzunehmen, anstatt wie sein Vater sogar bei imaginären Hieben sofort zurückzuschlagen. Und es war ihm gelungen: er war der netteste Mann, den Lindsey je gekannt hatte, um Lichtjahre netter als jeder andere. Oder worin wurde Nettigkeit sonst gemessen? Wagenladungen, Haufen, Kübeln? Manchmal ging Hatch aus übertriebenem Harmoniebedürfnis aber allen Unannehmlichkeiten einfach aus dem Wege. Er scheute jede Konfrontation, weil er nicht riskieren wollte, daß ihn irgendwelche negativen Gefühle überwältigten, die auch nur im entferntesten an den Jähzorn und die Paranoia seines alten Herrn erinnerten.

Die Ampel schaltete von Rot auf Grün, aber drei junge Frauen in Bikinis überquerten noch die Straße, beladen mit Strandzubehör, unterwegs zum Meer. Hatch wartete nicht nur geduldig, sondern betrachtete mit wohlgefälligem Lächeln die spärlich bekleideten Strandnixen.

»Ich nehme alles zurück«, sagte Lindsey.

»Was denn?«

»Ich dachte gerade, was für ein netter Mann du bist, viel zu nett, aber offenbar bist du nichts weiter als ein geiler Bock.«

»Aber ein netter geiler Bock.«

»Ich werde Nyebern anrufen, sobald wir im Laden sind«, erklärte Lindsey.

Er fuhr den Hügel hinauf, an dem sich der Hauptteil der Stadt erstreckte, vorbei am alten Laguna Hotel. »Okay. Aber ich werde ihm mit absoluter Sicherheit nicht auf die Nase binden, daß ich plötzlich übersinnliche Wahrnehmungen habe. Er ist ein guter Mensch, aber er würde eine derartige Neuigkeit nicht für sich behalten können. Mein Gesicht würde in Null Komma nichts das Titelblatt des *National Enquirer* zieren. Außerdem glaube ich im Grunde nicht, daß ich tatsächlich telepathisch veranlagt bin. Zum Teufel! Ich weiß nicht, was ich bin – abgesehen von einem geilen Bock natürlich.«

»Und was willst du ihm dann erzählen?«

»Ich werde ihm gerade genug über die Träume sagen, daß er begreift, wie seltsam und beängstigend sie sind. Dann wird er schon die notwendigen Tests veranlassen. Reicht das?«

»Es muß wohl reichen.«

Im Grabesdunkel seines Verstecks lag Vassago zusammengerollt und nackt auf der schmutzigen Matratze. Er schlief fest und sah Sonnenlicht, Sand, das Meer und drei Mädchen in Bikinis, alles durch die Windschutzscheibe eines roten Wagens.

Er träumte und wußte, daß er träumte, was ein seltsames Gefühl war. Er drehte sich auf die andere Seite.

Er sah auch die dunkelhaarige, dunkeläugige Frau, von der er gestern geträumt hatte, als sie am Steuer des roten Autos gesessen hatte. Sie war ihm schon oft im Traum erschienen, einmal in einem Rollstuhl, als sie geweint und zugleich gelacht hatte.

Er fand sie viel interessanter als die spärlich bekleideten Strandnixen, weil sie ungewöhnlich lebensvoll war. Sie strotzte geradezu von Lebensfreude. Durch den unbekannten Mann am Steuer wußte Vassago irgendwie, daß die Frau einmal mit dem Gedanken gespielt hatte, sich dem Tod auszuliefern, daß sie aber im kritischen Moment davor zurückgeschreckt war, sich selbst das Leben zu nehmen oder sich einfach in den Tod treiben zu lassen, und ein frühes Grab verschmäht hatte –

... Wasser, er spürte eine Gruft aus Wasser, kalt und erstickend, der sie nur knapp entronnen war ...

– und seit diesem Erlebnis war sie energiegeladener, lebendiger, lebensfroher denn je. Sie hatte den Tod um sein Recht gebracht. Dem Teufel die Stirn geboten. Vassago haßte sie dafür, denn er hatte den Sinn des Lebens gefunden, als er sich in den Dienst des Todes stellte.

Er versuchte, sich des Körpers des Mannes am Steuer zu bedienen, um sie zu berühren. Es klappte nicht. Das war nur ein Traum, und Träume waren unkontrollierbar. Wenn es ihm gelungen wäre, Hand an sie zu legen, hätte sie sehr schnell bereut, auf den relativ schmerzlosen Tod durch Ertrinken verzichtet zu haben, der ihr hätte zuteil werden können.

Fünftes Kapitel

1

Als sie bei den Harrisons einzog, glaubte Regina fast, gestorben und in den Himmel gekommen zu sein – nur daß sie ein eigenes Bad hatte, und sie konnte sich nicht vorstellen, daß oben im Himmel jemand ein eigenes Bad hatte, weil im Himmel niemand ein Bad brauchte. Nicht daß im Himmel alle ständig Verstopfung oder so was Ähnliches hatten, und mit Sicherheit verrichteten sie ihre Geschäfte nicht einfach in der Öffentlichkeit, Gott bewahre (verzeih bitte, Gott!), denn kein vernünftiger Mensch würde in den Himmel kommen wollen, wenn man dort bei jedem Schritt aufpassen müßte, wohin man trat. Nein, es war einfach so, daß es im Himmel keine irdischen Bedürfnisse gab. Im Himmel hatte man ja nicht einmal einen Körper; man war wahrscheinlich nur so eine Kugel aus geistiger Energie, so eine Art Ballon, angefüllt mit strahlendem goldenen Gas, der zwischen den Engeln umherschwebte und Gott mit Lobgesängen pries – wenn man allerdings darüber nachdachte, mußten all diese strahlenden und singenden Ballons ein komischer Anblick sein, aber was Ausscheidungen betraf, so genügte es bestimmt, hin und wieder ein bißchen Gas abzulassen, das noch nicht einmal schlecht riechen würde, wahrscheinlich so ähnlich wie der wohlduftende Weihrauch in der Kirche oder wie ein Parfum.

An diesen ersten Tag im Hause der Harrisons, einen Spätnachmittag am Montag, dem 29. April, würde sie sich ihr Leben lang erinnern, weil sie so nett zu ihr waren. Sie erwähnten nicht einmal den wahren Grund, weshalb sie ihr die Wahl zwischen einem Schlafzimmer im ersten Stock und einem Arbeitszimmer im Erdgeschoß ließen, das sich zum Schlafzimmer umgestalten ließ.

»Was für diesen Raum spricht«, sagte Mr. Harrison über

das Arbeitszimmer, »ist der Ausblick. Er ist schöner als oben.«

Er führte Regina zu den großen Fenstern, die auf einen Rosengarten hinausgingen, der von riesigen Farnen gesäumt war. Der Blick *war* sehr hübsch.

»Und du hättest all diese Bücherregale«, fügte Mrs. Harrison hinzu, »die du im Laufe der Zeit mit deiner eigenen Sammlung füllen könntest, wo du doch so gerne liest.«

Ohne es auch nur anzudeuten, war es natürlich ihre eigentliche Sorge, daß ihr die Treppe Probleme bereiten könnte. Aber ihr machten Treppen nicht viel aus. Im Gegenteil, sie mochte Treppen, sie liebte Treppen, sie war geradezu verrückt nach Treppen. Im Waisenhaus hatte man sie im Erdgeschoß untergebracht, bis sie mit acht Jahren begriff, daß sie das ihrer Beinschiene und ihrer verkrüppelten rechten Hand zu verdanken hatte. Daraufhin hatte sie verlangt, in den zweiten Stock umziehen zu dürfen. Die Nonnen wollten davon nichts hören, folglich versuchte sie es mit einem Wutanfall, aber die Nonnen wußten mit so etwas umzugehen. Dann versuchte sie, mit provozierender Nichtachtung ans Ziel zu gelangen, aber die Nonnen ließen sich nicht provozieren. Schließlich trat sie in einen Hungerstreik, und endlich gaben die Nonnen nach, zunächst allerdings nur probeweise. Sie hatte mehr als zwei Jahre im zweiten Stock gewohnt und nie den Aufzug benutzt. Als sie sich im Hause der Harrisons für das Schlafzimmer im ersten Stock entschied, ohne es auch nur gesehen zu haben, versuchten sie nicht, es ihr auszureden, fragten nicht, ob sie das »schaffen« würde, zuckten nicht einmal mit der Wimper. Sie liebte sie dafür.

Das Haus war einfach umwerfend – cremefarbene Wände, moderne und antike Möbel, chinesische Vasen und Schalen, alles harmonisch aufeinander abgestimmt. Als sie mit ihr einen Rundgang machten, fühlte sich Regina *wirklich* so gefährlich ungeschickt, wie sie bei dem Kontaktgespräch behauptet hatte. Sie bewegte sich übertrieben vorsichtig, weil sie befürchtete, sie könnte einen wertvollen Gegenstand umwerfen und dadurch eine Kettenreaktion auslösen, die den ganzen Raum erfassen, sich über die

Schwelle ins nächste Zimmer ausbreiten und von dort aufs ganze Haus übergreifen würde: Ein herrliches Stück würde das nächste mit sich reißen, zweihundert Jahre altes Porzellan in tausend Stücke zerspringen, antike Möbel würden zu Brennholz zersplittern, und schließlich würden sie zu dritt inmitten eines einzigen Trümmerhaufens stehen, bedeckt mit dem Staub dessen, was noch kurz zuvor ein Vermögen wert gewesen war.

Sie war so überzeugt davon, daß genau dies passieren würde, daß sie sich in jedem Zimmer den Kopf zerbrach, was sie sagen könnte, wenn es zur Katastrophe kam, wenn auch die letzte Pralinenschale aus Kristall vom letzten zerberstenden Tisch fiel, der einmal dem ersten französischen König gehört hatte. »Hoppla!« war wohl nicht ganz angebracht, und »Allmächtiger!« auch nicht, weil die Harrisons sie ja schließlich in dem Glauben adoptiert hatten, sie wäre ein braves katholisches Mädchen und keine gottlose Heidin (entschuldige, lieber Gott!), und sie konnte auch nicht sagen: »Jemand hat mich gestoßen«, weil das eine Lüge wäre, und mit Lügen kaufte man sich eine Fahrkarte zur Hölle, obwohl sie stark vermutete, daß sie sowieso in der Hölle landen würde, nachdem sie es einfach nicht lassen konnte, zu fluchen, ordinäre Wörter zu benutzen und Gottes Namen gedankenlos im Munde zu führen. Für sie würde es wohl nie einen Ballon mit strahlendem goldenen Gas geben.

Überall im Haus hingen Bilder an den Wänden, und Regina stellte fest, daß die schönsten Gemälde in der rechten unteren Ecke alle dieselbe Signatur trugen: Lindsey Sparling. Obwohl sie ein absoluter Versager war, war sie doch intelligent genug zu begreifen, daß der Name Lindsey nicht zufällig dort stand, daß Sparling Mrs. Harrisons Mädchenname sein mußte. Es waren die seltsamsten und schönsten Gemälde, die Regina je gesehen hatte, manche so hell und mit einer so positiven Ausstrahlung, daß man unwillkürlich lächeln mußte, andere wieder dunkel und nachdenklich stimmend. Sie wäre am liebsten vor jedem einzelnen lange stehengeblieben, um sie richtig aufzunehmen, aber sie befürchtete, daß die Harrisons sie für eine arschkriecherische Heuchlerin halten könnten, die nur so tat, als interessierte sie sich für die

Bilder, um Abbitte für ihre unverschämten Bemerkungen in Mr. Gujilios Kanzlei über Gemälde auf Samt zu leisten.

Irgendwie kam sie durchs ganze Haus, ohne etwas zu beschädigen, und das letzte Zimmer war ihres. Es war größer als alle Zimmer im Waisenhaus, und sie mußte es mit niemandem teilen. Die Fenster hatten weiße Holzläden. Die Einrichtung bestand aus einem Eckschreibtisch mit passendem Stuhl, einem Bücherschrank, einem Lehnstuhl mit Fußschemel, Nachttischen mit passenden Lampen – und einem herrlichen Bett.

»Es ist um 1850 angefertigt worden«, sagte Mrs. Harrison, als Regina ihre Hand langsam über das schöne Bett gleiten ließ.

»Ein englisches Stück«, ergänzte Mr. Harrison. »Mahagoni mit handgemaltem Muster unter mehreren Lackschichten.«

Die dunkelroten und dunkelgelben Rosen und die smaragdgrünen Blätter auf dem Bettgestell schienen lebendig zu sein; sie stachen nicht grell von dem dunklen Holz ab, waren aber so taufrisch und leuchtend, daß Regina sicher war, ihren Duft wahrnehmen zu können, wenn sie ihre Nase an die Blüten hielt.

»Vielleicht ist es für ein junges Mädchen ein bißchen alt«, sagte Mrs. Harrison, »ein bißchen verstaubt ...«

»Ja, natürlich«, stimmte Mr. Harrison sofort zu, »wir können es in den Laden schaffen und verkaufen, und du suchst dir etwas aus, was dir gefällt, etwas Modernes. Das war bisher einfach ein Gästezimmer.«

»Nein«, sagte Regina hastig. »Es gefällt mir wirklich. Darf ich es behalten? Ich meine, obwohl es so teuer ist?«

»So teuer ist es gar nicht«, erwiderte Mr. Harrison, »und natürlich kannst du alles behalten, was du willst.«

»Oder alles loswerden, was du willst«, ergänzte Mrs. Harrison. »Uns ausgenommen, versteht sich«, sagte Mr. Harrison.

»Stimmt«, schmunzelte Mrs. Harrison, »ich befürchte, daß wir zum Haus gehören.«

Reginas Herz klopfte so heftig, daß sie kaum noch Luft bekam. Glück und Angst. Alles war so wunderbar – sicher würde es bald wieder damit zu Ende sein. Nichts, was so schön war, konnte lange andauern.

Eine Wand war mit Spiegeltüren versehen, und Mrs. Harrison öffnete eine der Schiebetüren und zeigte Regina, daß sich dahinter ein Wandschrank verbarg. Der größte Schrank der Welt. Vielleicht brauchte man einen so riesigen Schrank, wenn man ein Filmstar war, oder aber einer dieser Männer, von denen sie gelesen hatte, die manchmal gern Frauenkleider anzogen, denn dann brauchte man Garderobe für Jungen *und* Mädchen. Aber sie brauchte keinen so großen Kleiderschrank; die Sachen, die sie besaß, würden hier mindestens zehnmal hineinpassen.

Ziemlich verlegen betrachtete sie die beiden Pappkoffer, die sie aus dem Waisenhaus mitgebracht hatte. Sie enthielten alles, was sie auf dieser Welt besaß. Zum erstenmal in ihrem Leben begriff sie, daß sie arm war. Eigentlich merkwürdig, daß sie nie zuvor über ihre Armut nachgedacht hatte, denn schließlich war sie ja eine Waise, die nichts geerbt hatte. Das heißt, nichts außer einem vermurksten Bein und einer abgeknickten rechten Hand, an der zwei Finger fehlten.

Als hätte sie Reginas Gedanken gelesen, sagte Mrs. Harrison: »Machen wir einen Einkaufsbummel.«

Sie fuhren zur South Coast Plaza Mall. Dort kauften sie ihr alles mögliche: Kleidung, Bücher, was immer sie sich wünschte. Regina befürchtete, daß sie zuviel Geld ausgaben und sich nun ein Jahr lang von Bohnen ernähren müßten – sie mochte keine Bohnen –, aber sie überhörten geflissentlich alle Andeutungen über die Vorzüge der Sparsamkeit. Schließlich mußte sie der Verschwendungssucht Einhalt gebieten, indem sie behauptete, ihr schwaches Bein bereite ihr Probleme.

Anschließend aßen sie in einem italienischen Restaurant zu Abend. Sie hatte bis dahin zweimal auswärts gegessen, aber nur in einem Schnellimbiß, wo der Inhaber allen Kindern des Waisenhauses Hamburger und Pommes frites spendierte. Dies hier war ein *richtiges* Restaurant, und sie mußte soviel Neues verarbeiten, daß sie Mühe hatte, gleichzeitig zu essen, sich an der Unterhaltung zu beteiligen und alles zu genießen. Hier gab es keine harten Plastikstühle, und auch Messer und Gabeln waren nicht aus Plastik. Die Teller waren weder aus Pappe noch aus Styropor, und die

Getränke wurden in *Gläsern* serviert, was wohl bedeutete, daß die Gäste in richtigen Restaurants nicht so ungeschickt waren wie die in einem Schnellimbiß, daß man ihnen auch zerbrechliche Dinge anvertrauen konnte. Die Bedienungen waren keine Teenager, und sie brachten einem das Essen an den Tisch, anstatt es über die Theke neben der Kasse zu schieben. Und bezahlen mußte man erst *nach* dem Essen!

Wieder im Haus der Harrisons, packte Regina ihre Sachen aus, putzte sich die Zähne, zog einen Pyjama an, nahm ihre Beinschiene ab und legte sich ins Bett. Beide Harrisons kamen zu ihr, um ihr eine gute Nacht zu wünschen. Mr. Harrison setzte sich auf die Bettkante und meinte, daß ihr anfangs vielleicht alles seltsam und verwirrend vorkommen würde, daß sie sich hier aber bestimmt bald ganz zu Hause fühlen würde. Dann küßte er sie auf die Stirn und sagte: »Träume süß, Prinzessin.« Auch Mrs. Harrison setzte sich auf die Bettkante und erzählte, was sie in den nächsten Tagen zusammen unternehmen würden. Dann küßte sie Regina auf die Wange, sagte »Gute Nacht, Liebling« und schaltete die Deckenlampe aus, bevor sie das Zimmer verließ.

Regina hatte noch nie einen Gutenachtkuß bekommen und deshalb nicht gewußt, wie sie darauf reagieren sollte. Einige der Nonnen drückten ein Kind manchmal zärtlich an sich, aber Küsse gab es nicht. Solange sich Regina zurückerinnern konnte, hatte ein Flackern der Lampen bedeutet, daß man innerhalb einer Viertelstunde im Bett sein mußte, und wenn die Lichter erloschen, hatte jedes Kind selbst dafür zu sorgen, daß es gut zugedeckt war. Jetzt war sie zweimal fürsorglich zugedeckt worden und hatte zwei Gutenachtküsse bekommen, alles an *einem* Abend, und sie war so überrascht gewesen, daß sie keinen von beiden geküßt hatte, was sie eigentlich hätte tun müssen, wie ihr nun verspätet einfiel.

»Du verpfuschst aber auch wirklich alles, Reg«, sagte sie laut vor sich hin.

In ihrem herrlichen Bett liegend, von den gemalten Rosen umrankt, konnte sich Regina lebhaft die Unterhaltung der Harrisons in ihrem Schlafzimmer vorstellen:

Hat sie dir einen Gutenachtkuß gegeben?

Nein, und dir?

Nein. Vielleicht ist sie ein kalter Fisch.

Vielleicht ist sie ein dämonisches Kind. Ja, wie das Kind in Das Omen.

Weißt du, was mir Sorgen bereitet?

Sie wird uns im Schlaf erdolchen.

Wir sollten alle Küchenmesser verstecken. Am besten auch die Werkzeuge.

Liegt deine Pistole noch in der Nachttischschublade?

Ja, aber eine Pistole wird sie nicht aufhalten.

Gott sei Dank haben wir ein Kruzifix.

Wir werden abwechselnd schlafen.

Und gleich morgen schicken wir sie ins Waisenhaus zurück.

»Wie kann man nur solchen Mist bauen?« fragte sich Regina.

»Scheiße!« Sie seufzte. »Tut mir leid, Gott.« Dann faltete sie die Hände zum Gebet und sagte leise: »Lieber Gott, wenn Du die Harrisons überzeugen kannst, mir noch eine Chance zu geben, werde ich nie wieder ›Scheiße‹ sagen und ein besserer Mensch werden.« Das schien ihr aus Gottes Sicht kein befriedigender Handel zu sein, deshalb fügte sie weitere Anreize hinzu: »Ich werde in der Schule weiterhin beste Noten haben, ich werde nie wieder Gelee ins Weihwasserbecken werfen, und ich werde ernsthaft in Betracht ziehen, Nonne zu werden.« Immer noch nicht gut genug. »Und ich werde Bohnen essen.« *Das* müßte genügen. Gott war wahrscheinlich mächtig stolz auf Seine Bohnen. Schließlich hatte Er alle möglichen Sorten erschaffen. Ihre Abneigung gegen Bohnen – gegen alle Arten von Bohnen – war im Himmel zweifellos negativ aufgefallen und im Großen Buch der Gottesbeleidigungen eingetragen worden: *Regina, gegenwärtig zehn Jahre alt, ist der Ansicht, daß Gott einen schweren Fehler gemacht hat, als Er die Bohnen erschuf.* Sie gähnte. Sie glaubte, daß es jetzt um ihre Chancen bei den Harrisons und um ihre Beziehung zu Gott besser bestellt war, obwohl sie über ihren zukünftigen Speiseplan nicht besonders glücklich war. Trotzdem schlief sie ein.

2

Während Lindsey sich im Bad das Gesicht wusch, die Zähne putzte und die Haare bürstete, saß Hatch mit der Zeitung im Bett. Er las zuerst den Wissenschaftsteil, weil dort heutzutage die wirklich wichtigen Neuigkeiten standen. Dann überflog er das Feuilleton und las seine Lieblings-Comic-strips, bevor er sich endlich mit den ersten Seiten der Zeitung beschäftigte, wo die neuesten Heldentaten der Politiker so erschreckend und komisch wie immer waren. Auf Seite 3 entdeckte er den Artikel über Bin Cooper, den Bierfahrer, dessen Lastwagen an jenem schicksalhaften Abend im März die verschneite Bergstraße blockiert hatte.

Wenige Tage nach seiner Wiederbelebung hatte Hatch erfahren, daß gegen den LKW-Fahrer Anzeige erstattet worden war, weil er unter Alkoholeinfluß gestanden und die zulässige Promillegrenze um mehr als das Doppelte überschritten hatte. George Glover, Hatchs Anwalt, hatte ihn gefragt, ob er gegen Cooper oder die Gesellschaft, für die er arbeitete, Zivilklage erheben wolle, aber Hatch war von Natur aus nicht nachtragend. Außerdem hatte er einen Horror davor, in die schwerfällige Maschinerie der Juristen und Gerichte zu geraten. Er lebte. Nur das allein zählte. Der LKW-Fahrer würde auch ohne Hatchs Mitwirkung wegen Trunkenheit am Steuer verurteilt werden, und er war froh, diese Angelegenheit der Rechtsprechung überlassen zu können.

Er hatte von William Cooper zwei Briefe erhalten, den ersten nur vier Tage nach seiner Reanimation. Es war eine anscheinend aufrichtige, wenngleich langatmige und devote Epistel, bei der es ihm um eine Absolution ging. Das Schreiben wurde im Krankenhaus abgegeben, wo Hatch noch behandelt wurde. »Zeigen Sie mich an, wenn Sie wollen«, schrieb Cooper, »ich habe es verdient. Ich würde Ihnen alles geben, was ich besitze, wenn Sie es wollen, obwohl es nicht viel ist, weil ich kein reicher Mann bin. Aber ob Sie mich verklagen oder nicht, hoffe ich aufrichtig, daß Ihr großmütiges Herz Ihnen erlauben wird, mir auf irgendeine Weise zu verzeihen. Ohne den genialen Dr. Nyebern und seine wunderbaren Mitarbeiter wären Sie mit Sicherheit tot, und dadurch würde mein Gewissen bis zum Ende meines Lebens keinen einzigen Tag mehr Ruhe finden.« In diesem Stil ging es über vier eng beschriebene Seiten weiter, in unleserlicher Schrift, die stellenweise überhaupt nicht zu entziffern war.

Hatch hatte Cooper in einem kurzen Antwortbrief beruhigt, daß er nicht beabsichtige, ihn gerichtlich zu belangen, und daß er keinen Groll gegen ihn hege. Er hatte dem Mann außerdem dringend empfohlen, sich wegen seines Alkoholproblems beraten zu lassen, falls er das bisher nicht getan hatte.

Einige Wochen später, als Hatch wieder zu Hause war und arbeitete und nachdem der Mediensturm endlich abgeflaut war, hatte er einen zweiten Brief von Cooper erhalten. Unglaublicherweise ging er Hatch darin um Hilfe an: Dieser solle sich doch dafür einsetzen, daß er seinen Job als Lastwagenfahrer zurückbekomme, nachdem man ihn aufgrund der polizeilichen Anzeige gefeuert habe. »Ich bin schon zweimal wegen Trunkenheit am Steuer verurteilt worden, das stimmt«, schrieb Cooper, »aber in beiden Fällen war ich mit meinem Privatauto unterwegs, nicht mit dem LKW, und während meiner Freizeit, nicht im Dienst. Jetzt bin ich meinen Job los, und außerdem wollen sie mir den Führerschein abnehmen, was mir das Leben sehr schwermachen wird. Ich meine – wie soll ich denn ohne Führerschein einen neuen Job bekommen? Und da habe ich mir eben gedacht, wo Sie doch auf meinen ersten Brief so freundlich geantwortet und sich als Gentleman und wahrer Christ erwiesen haben, könnten Sie vielleicht ein gutes Wort für mich einlegen, was eine große Hilfe wäre. Schließlich hatte die Sache für Sie ja keinen tödlichen Ausgang, und sie hat Ihnen sogar eine ganze Menge Publicity eingebracht, was bestimmt für Ihren Antiquitätenhandel gar nicht so schlecht war.«

Befremdet und ungewöhnlich wütend hatte Hatch den Brief abgelegt, ohne ihn zu beantworten. Tatsache war, daß er sich bemüht hatte, ihn möglichst schnell zu vergessen, weil es ihn beunruhigte, *wie* ärgerlich er wurde, sobald er daran dachte.

In dem kurzen Artikel auf Seite 3 stand, daß Coopers Anwalt aufgrund eines einzigen Formfehlers bei den polizeilichen Ermittlungen durchgesetzt hatte, daß alle gegen Cooper vorgebrachten Anklagen abgewiesen wurden. Der Unfall wurde kurz mit drei Sätzen erwähnt, gefolgt von dem albernen Hinweis, Hatch halte »den gegenwärtigen Zeit-Rekord im Totsein vor einer erfolgreichen Reanimation«. Als hätte er die ganze Sache selbst arrangiert, in der Hoffnung, auf diese Weise in die neueste Ausgabe des Guinness-Buchs der Rekorde zu kommen.

Was aber allem die Krone aufsetzte und Hatch zu lauten Flüchen veranlaßte, war die Meldung, daß Cooper seinen Arbeitgeber wegen ungerechtfertigter Entlassung verklagen wolle und damit rechne, entweder seinen alten Job zurückzubekommen oder, wenn das nicht klappte, wenigstens eine erhebliche Abfindung. »Ich habe durch meinen ehemaligen Arbeitgeber eine schwere Demütigung hinnehmen müssen, wodurch sich gravierende streßbedingte Gesundheitsschäden entwickelt haben«, hatte Cooper den Reportern berichtet. Zweifellos war das ein Zitat aus dem Schriftsatz des Anwalts, das Cooper auswendig gelernt hatte. »Und dabei hat mir sogar Mr. Harrison geschrieben, daß er mich für unschuldig an den Ereignissen jenes Abends hält.«

Hatch sprang in blinder Wut aus dem Bett. Sein Gesicht glühte, und er zitterte am ganzen Körper.

Unglaublich! Der versoffene Mistkerl versuchte seinen Job zurückzubekommen und bediente sich dazu auch noch Hatchs mitfühlender Zeilen, indem er sie völlig falsch auslegte. Das war Irreführung der Öffentlichkeit. Es war unverantwortlich. Gewissenlos. »Diese verfluchte Drecksau!« schimpfte er laut vor sich hin.

Er ließ den Rest der Zeitung achtlos auf den Boden fallen und stürmte mit dem Artikel in der Hand aus dem Schlafzimmer und die Treppe hinab, zwei Stufen auf einmal nehmend. Im Arbeitszimmer warf er das Zeitungsblatt auf den Schreibtisch, knallte die Schiebetür eines Wandschranks auf und riß die oberste Schublade eines Aktenschranks heraus.

Er hatte Coopers handgeschriebene Briefe aufgehoben und erinnerte sich genau, daß der Fahrer zwar keine gedruckten Briefköpfe hatte, daß er aber beide Male nicht nur seine Adresse, sondern auch eine Telefonnummer angegeben hatte.

Hatch war so durcheinander, daß er den richtigen Ordner – mit der Aufschrift VERSCHIEDENES – zunächst übersah. Er fluchte leise vor sich hin, bis er ihn endlich fand und herauszog. Beim hastigen Durchblättern glitten andere Briefe heraus und flatterten zu Boden.

Auf Coopers zweitem Brief war die Telefonnummer besonders sorgfältig geschrieben. Hatch eilte damit zum Telefon, das auf dem Schreibtisch stand. Seine Hand zitterte so stark, daß er die Nummer nicht lesen konnte. Er legte den Brief deshalb auf die Schreibunterlage, in den Lichtkegel der Messinglampe.

Er haute beim Wählen wild auf die Tasten, konnte es kaum abwarten, dem Kerl ordentlich die Meinung zu sagen. Die Leitung war besetzt.

Er drückte auf den Trennknopf, versuchte es noch einmal. Immer noch besetzt.

»Verdammtes Arschloch!« Er legte wütend auf, schnappte sich den Hörer aber sofort wieder, weil er nichts anderes tun konnte, um Dampf abzulassen. Natürlich war immer noch besetzt, denn seit seinem ersten Versuch war höchstens eine halbe Minute vergangen. Diesmal schleuderte er den Hörer so heftig auf die Gabel, daß er fast den Apparat kaputtgemacht hätte.

Auf einer bestimmten Bewußtseinsebene war er über sein kindisches Verhalten selbst bestürzt. Aber dieser Teil von ihm war im Moment völlig machtlos, und er schaffte es nicht, seine Wut zu zügeln.

»Hatch?«

Er schaute überrascht auf, als er seinen Namen hörte, und sah Lindsey im Bademantel auf der Schwelle stehen.

»Was ist los?« fragte sie mit gerunzelter Stirn.

»Was los ist?« Er steigerte sich noch mehr in seine Wut hinein, so als steckte sie mit Cooper unter einer Decke, als stellte sie sich dumm, obwohl sie in Wirklichkeit über die neueste Entwicklung bestens informiert war. »Ich werde dir sagen, was los ist! Sie lassen dieses Arschloch von Cooper einfach laufen! Der Mistkerl bringt mich um, blockiert die verdammte Straße und *bringt mich um,* und dann kommt er frei und besitzt auch noch die Frechheit, *meinen* Brief zu benutzen, um seinen Job zurückzubekommen!« Er griff nach dem zerknüllten Zeitungsblatt und schwenkte es anklagend, als könnte sie wissen, was in dem Artikel stand. »Er will seinen Job zurückhaben – damit er auch anderen Leuten die Straße versperren und sie umbringen kann!«

Mit besorgter und verwirrter Miene betrat Lindsey das Zimmer. »Man läßt ihn laufen? Wie ist das möglich?«

»Ein Formfehler. Ist das nicht phantastisch? Irgendein Bulle schreibt auf der Vorladung ein Wort falsch oder so was Ähnliches, und der Kerl kommt völlig ungeschoren davon!«

»Liebling, beruhige dich ...«

»Beruhigen? *Beruhigen* soll ich mich?« Er schüttelte das Zeitungsblatt wieder. »Weißt du, was hier noch steht? Diese verkommene Drecksau hat die ganze Geschichte diesen verdammten Schmierfinken verkauft, die mir keine Ruhe gelassen haben und mit denen ich nichts zu tun haben wollte. Und jetzt verkauft dieser versoffene Hurensohn ihnen die Geschichte seiner ...« – er glättete die Zeitung, fand den Artikel, las daraus vor, so wütend, daß ihm der Speichel aus dem Mund flog – »... seines ›emotionalen Leidensweges und seiner Rolle bei der Bergung der Verunglückten, die Mr. Harrison das Leben rettete‹. Was für eine Rolle hat er denn bei meiner Rettung gespielt? Meint er etwa seinen Funkspruch, nachdem wir in den Abgrund gestürzt sind? Aber wenn sein verdammter Laster sich nicht quergestellt hätte, wären wir gar nicht erst verunglückt! Nicht genug damit, daß er seinen Führerschein behält und wahrscheinlich seinen Job zurückbekommt – er schlägt auch noch Kapital aus der Sache! Wenn mir dieses gottverfluchte Schwein über den Weg läuft, mache ich es kalt, das schwöre ich dir!«

»Das ist doch nicht dein Ernst«, sagte sie schockiert.

»Und ob das mein Ernst ist! Dieses verantwortungslose geldgierige Schwein! Was dieser Cooper brauchte, wären ein paar kräftige Tritte in den Schädel, damit sein Hirn besser funktioniert! Und anschließend würde ich *ihn* in diesen eisigen Fluß werfen ...«

»Liebling, schrei nicht so!«

»Warum zum Teufel sollte ich in meinem eigenen Haus nicht so laut schreien wie ...«

»Du wirst Regina aufwecken.«

Es war nicht die Erwähnung des Mädchens, die ihn aus seiner blinden Rage riß, sondern der Anblick, der sich ihm in der verspiegelten Schranktür neben Lindsey bot. Er sah darin nicht sich. Eine Sekunde lang sah er einen jungen Mann mit dichten schwarzen Haaren, die ihm in die Stirn fielen, mit Sonnenbrille, schwarz gekleidet. Er wußte, daß er den Mörder sah, aber der Mörder schien *er selbst* zu sein. In diesem Augenblick waren sie eins. Dieser aberwitzige Gedanke – und das Bild des jungen Mannes – verschwand nach wenigen Sekunden. Nun starrte Hatch sein eigenes vertrautes Spiegelbild an.

Was ihn noch mehr erschütterte als die Halluzination als solche, war die vorübergehende Vermischung der Identität.

Sein eigener Anblick war fast ebenso abstoßend wie der des Mörders. Er sah aus, als würde ihn jeden Moment der Schlag treffen. Wirre Haare. Ein hochrotes, wutverzerrtes Gesicht. Und seine Augen waren ... wild. Er sah wie sein Vater aus, und das war undenkbar, unerträglich.

Er konnte sich nicht erinnern, wann er zuletzt so wütend gewesen war. Ehrlich gesagt, war er noch *nie* derart in Rage geraten. Bisher hatte er geglaubt, zu solchen Wutausbrüchen überhaupt nicht fähig zu sein.

»Ich ... ich weiß nicht, was über mich gekommen ist.«

Er ließ das zerknitterte Zeitungsblatt fallen. Es streifte den Schreibtisch und flatterte zu Boden, und das leise Knistern ließ ein unerklärlich lebendiges Bild vor seinem geistigen Auge erstehen – *trockene braune Blätter, die in einem öden, halbverfallenen Vergnügungspark von einer Brise über das rissige Pflaster getrieben wurden*

– und einen Moment lang war er *dort*, und um ihn herum wucherte Unkraut aus den Rissen im Asphalt, welkes Laub wirbelte vorbei, und der Mond schien durch die Stützpfeiler einer Achterbahn. Dann war er wieder in seinem Arbeitszimmer. Er fühlte sich so schwach, daß er sich an den Schreibtisch lehnte.

»Hatch?«

Er blinzelte, konnte nicht sprechen.

»Was ist mit dir?« Sie eilte zu ihm hin, berührte zögernd seinen Arm, so als befürchtete sie, daß er zerfallen könnte –

oder auf ihre schüchterne Berührung mit einem heftigen Schlag reagieren würde.

Er legte seine Arme um sie und drückte sie fest an sich. »Lindsey, es tut mir leid. Ich weiß wirklich nicht, was in mich gefahren ist.«

»Schon gut.«

»Nein. Ich war so … so *wütend!*«

»Du hast dich einfach sehr geärgert, weiter nichts.«

»Es tut mir so leid«, wiederholte er kläglich.

Auch wenn sie glaubte, er hätte sich einfach wahnsinnig geärgert – er wußte, daß es mehr als das gewesen war, etwas Merkwürdiges, eine schreckliche Rage. Weißglühend. Psychotisch. Er hatte deutlich gespürt, daß er am Rande eines Abgrunds schwankte und nur noch mit den Absätzen auf festem Boden stand.

In Vassagos Augen warf Luzifers Statue sogar in der totalen Dunkelheit einen Schatten, aber er konnte die Leichen in ihren erniedrigenden Posen dennoch deutlich sehen und sich an ihnen ergötzen. Er war ganz hingerissen von dem organischen Gesamtkunstwerk, das er geschaffen hatte, vom Anblick der Gedemütigten und von ihrem Gestank. Und obwohl sein Gehör bei weitem nicht so gut wie sein nächtliches Sehvermögen war, glaubte er nicht, daß er sich die leisen saugenden Verwesungsgeräusche nur einbildete, zu denen er sich wiegte wie ein Musikliebhaber zu Klängen von Beethoven.

Als ihn plötzlich Ärger überkam, wußte er nicht, worüber er sich eigentlich ärgerte. Es war zunächst eine kalte Wut, seltsam unbestimmt. Er öffnete sich ihr, genoß sie, fachte sie bewußt weiter an.

Vor seinem geistigen Auge tauchte flüchtig eine Zeitung auf. Er konnte sie nicht deutlich sehen, aber irgendein Artikel war die Ursache seines Zorns. Er kniff die Augen zusammen, als könnte ihm das helfen, den Text zu erkennen.

Die Vision war plötzlich zu Ende – nicht aber der Zorn. Er nährte ihn weiter, so wie ein glücklicher Mensch ein Lachen bewußt über die natürliche Zeitspanne hinaus ausdehnt, weil der Klang des Lachens ihn heiter stimmt. Er hörte sich plötzlich laut schimpfen: »Diese verfluchte Drecksau!«

Er hatte keine Ahnung, woher dieser Ausruf kam, genauso wie er keine Ahnung hatte, warum er in jener Bar in Newport Beach »Lindsey« gesagt hatte, vor Wochen, als diese seltsamen Erlebnisse begonnen hatten.

Er fühlte sich vor Wut so energiegeladen, daß er seiner Sammlung den Rücken kehrte, den riesigen Raum durchquerte, die Rampe hinaufstieg, auf der einst die Gondeln in die Tiefe geschossen waren, und ins Freie trat, wo der Mondschein ihn zwang, seine Sonnenbrille aufzusetzen. Er konnte nicht stillstehen. Er brauchte Bewegung, Bewegung. Er ging die Hauptstraße entlang, ohne zu wissen, nach wem oder was er suchte, neugierig, was als nächstes geschehen würde.

Einzelne Bilder huschten ihm durch den Kopf, verschwanden aber so schnell wieder, daß er sie nicht einordnen konnte: die Zeitung, ein Zimmer mit gefüllten Bücherregalen, ein Aktenschrank, ein handgeschriebener Brief, ein Telefon ... Er ging immer schneller, bog in Seitenstraßen oder auf die schmalen Wege zwischen den zerfallenden Bauten ab, auf der vergeblichen Suche nach einer Art Antenne, um die ihm zufliegenden Bilder besser erkennen zu können.

Als er an der Achterbahn vorbeikam, fiel kaltes Mondlicht durch das Gewirr von Stützpfeilern und funkelte auf den Schienen, so als wären sie nicht aus Stahl, sondern aus Eis. Er legte den Kopf zurück und betrachtete die monolithische – und plötzlich geheimnisvolle – Struktur, und dann hörte er sich wütend brüllen: »Und anschließend würde ich *ihn* in diesen eisigen Fluß werfen!« Eine Frau sagte: *Liebling, schrei nicht so.*

Obwohl Vassago wußte, daß ihre Stimme aus seinem Innern gekommen war, drehte er sich suchend um. Und da stand sie. In einem Bademantel. Auf einer Türschwelle, die es eigentlich gar nicht geben konnte, weil die Tür nicht von Wänden umgeben war. Links und rechts vom Türrahmen und auch darüber war nur die Nacht, der öde Vergnügungspark. Aber im Hintergrund war etwas zu sehen, was die Eingangshalle eines Hauses zu sein schien, ein kleiner Tisch mit einer Blumenvase, eine Treppe, die in einem Bogen nach oben führte.

Es war die Frau, die er bisher nur aus seinen Träumen kannte, die er erstmals im Rollstuhl und zuletzt in einem roten Auto auf sonnenbeschienener Straße gesehen hatte. Als er einen Schritt auf sie zu machte, sagte sie: *Du wirst Regina aufwecken.*

Er blieb stehen, nicht weil er befürchtete, Regina aufzuwecken, wer auch immer das sein mochte, und auch nicht deshalb, weil er die Frau nicht mehr haben wollte – das wollte er durchaus, weil sie so *lebensvoll* war –, sondern weil er plötzlich links neben der imaginären Tür einen Spiegel entdeckte, der in der Nachtluft schwebte, obwohl das völlig unmöglich war. Er sah darin sein Spiegelbild, aber es war nicht er selber, sondern ein Mann, den er nie zuvor gesehen hatte, der so groß wie er war, aber etwa doppelt so alt, schlank und fit, das Gesicht wutverzerrt.

Der Ausdruck von Wut verwandelte sich plötzlich in Schock und Ekel, und sowohl Vassago als auch der andere Mann wandten sich vom Spiegel ab, der Frau auf der Schwelle zu. »Lindsey, es tut mir leid«, sagte Vassago.

Lindsey! Der Name, der ihm in jener Bar in Newport Beach dreimal über die Lippen gekommen war.

Bis jetzt hatte er ihn nicht mit der Frau in Verbindung gebracht, die ihm namenlos so oft im Traum erschienen war.

»Lindsey«, wiederholte Vassago.

Diesmal hatte er aus eigenem Willen gesprochen und nicht einfach wiederholt, was der Mann im Spiegel sagte, und das ließ die Vision wie eine Seifenblase zerplatzen. Der Spiegel mitsamt dem Spiegelbild, die Tür und die dunkeläugige Frau – alles verschwand.

Vassago streckte eine Hand aus, dorthin, wo die Frau eben noch gestanden hatte. »Lindsey ...« Er sehnte sich danach, sie zu berühren. Sie war so unglaublich lebendig. »Lindsey.« Er wollte sie aufschlitzen und ihr pochendes Herz mit beiden Händen umfassen, bis die gleichmäßigen Schläge langsamer würden ... immer langsamer ... bis zum Stillstand. Er wollte ihr Herz festhalten, während das Leben allmählich daraus entwich und der Tod es in Besitz nahm.

So schnell, wie die Flutwelle der Wut Hatch erfaßt hatte, so schnell verebbte sie auch wieder. Er zerknüllte das Zeitungsblatt zu einem Ball und warf es in den Papierkorb neben dem Schreibtisch, ohne den Artikel über den LKW-Fahrer eines weiteren Blickes zu würdigen.

Cooper war eine jämmerliche Gestalt, ein Versager, der sich selbst zugrunde richtete und früher oder später seine gerechte Strafe bekommen würde; und diese Strafe würde viel schlimmer als alles sein, was Hatch ihm gern angetan hätte.

Lindsey sammelte die auf dem Boden vor dem Aktenschrank verstreuten Briefe auf und legte sie wieder in den Ordner mit der Aufschrift VERSCHIEDENES.

Coopers Brief lag noch auf dem Schreibtisch neben dem Telefon. Als Hatch ihn zur Hand nahm und die handgeschriebene Adresse über der Telefonnummer sah, stieg neuer Zorn in ihm auf. Aber es war nur ein schwacher Abklatsch seiner Wut von vorhin, und er verflog sofort wieder. Er legte auch diesen Brief in den Ordner, den Lindsey in den Schrank zurückstellte.

Im Schatten der Achterbahn stehend, die ihm etwas Schutz vor dem lästigen Mondlicht bot, wartete Vassago auf weitere Visionen, von einer nächtlichen Brise angenehm erfrischt.

Er war über die Ereignisse verwirrt, aber im Grunde nicht überrascht. Er kannte das Jenseits. Er wußte, daß eine andere Welt existierte, von dieser hier nur durch einen hauchdünnen Vorhang getrennt. Deshalb konnten sogenannte übernatürliche Phänomene ihn nicht in Staunen versetzen.

Als er fast schon glaubte, die rätselhafte Episode wäre zu Ende, hatte er eine weitere flüchtige Vision. Er sah einen Briefbogen. Weißes liniertes Papier. Blaue Tinte. Unleserliche Schrift. Aber der Briefkopf war in Druckbuchstaben geschrieben. William X. Cooper. Und eine Adresse in Tustin.

»Und anschließend würde ich *ihn* in diesen eisigen Fluß werfen«, murmelte Vassago und wußte irgendwie, daß die Wut, die er plötzlich in der Geisterbahnhölle bei seiner Kollektion verspürt und die ihn später auf geheimnisvolle Weise mit dem Mann im Spiegel verknüpft hatte, sich gegen diesen William Cooper richtete. Er hatte diesen Zorn begrüßt und weiter angefacht, weil er verstehen wollte, wessen Zorn es war und warum er ihn miterleben konnte, aber auch, weil Zorn die Hefe im Brot der Gewalt war, und Gewalt war sein Hauptnahrungsmittel.

Er begab sich von der Achterbahn auf direktem Wege zur unterirdischen Garage. Dort standen zwei Autos.

Morton Redlows Pontiac war in der hintersten Ecke abgestellt, in den dunkelsten Schatten. Vassago hatte den Wagen seit der vergangenen Donnerstagnacht nicht mehr benutzt, als er Redlow und später die Blondine ermordet hatte. Obwohl er glaubte, daß der Nebel genügend Schutz geboten hatte, konnte er doch nicht ausschließen, daß irgendwelche Zeugen gesehen hatten, wie die Frau aus dem Pontiac auf die Straße flog.

Er sehnte sich danach, ins Land der endlosen Nacht und der ewigen Verdammnis heimzukehren, wieder unter seinesgleichen zu sein, aber er wollte nicht von der Polizei abgeknallt werden, bevor seine Sammlung komplett war. Wenn seine Opfergabe bei seinem Tod unvollständig wäre, würde das Urteil möglicherweise lauten, daß er für die Hölle noch immer nicht reif sei, und man würde ihn in die Welt der Lebenden zurückschicken, damit er eine neue Kollektion zusammenstellte.

Der zweite Wagen war ein perlgrauer Honda, der einer Frau namens Renata Desseux gehört hatte, die er in der Samstagnacht, zwei Nächte nach dem Fiasko mit Lisa, auf dem Parkplatz eines Einkaufszentrums durch einen Schlag auf den Hinterkopf ausgeschaltet hatte. Anstelle der Neo-Punkerin Lisa war sie sein neuestes Exponat geworden.

Er hatte die Nummernschilder abmontiert, in den Kofferraum geworfen und sie später durch andere ersetzt, die er in den Außenbezirken von Santa Ana von einem alten Ford gestohlen hatte. Außerdem waren Hondas so weit verbreitet, daß er sich in diesem Wagen völlig sicher und anonym fühlte. Er verließ das Gelände des Vergnügungsparks und das kaum besiedelte Hügelland und fuhr auf die Ebene zu, die in goldenem Licht erstrahlte, so weit das Auge reichte, von Süden bis Norden, von den Hügeln bis zum Ozean.

Das Wachstum der Städte.
Zivilisation.
Jagdgründe.
Die endlosen Weiten Südkaliforniens – Tausende Quadratkilometer, mehrere Zehnmillionen Einwohner, Ventura County im Norden und San Diego County im Süden nicht mitgerechnet waren Vassagos Verbündete, wenn es darum ging, seine Sammlung zu komplettieren, ohne die Polizei auf sich aufmerksam zu machen. Drei seiner Opfer stammten aus verschiedenen Orten in Los Angeles County, zwei aus Riverside, der Rest aus Orange County. Während dieser Monate waren hier Hunderte von Personen als vermißt gemeldet worden, so daß seine wenigen Sammelstücke den Behörden mit Sicherheit nicht aufgefallen waren.

Was ihm ferner zu Hilfe kam, war die Tatsache, daß diese letzten Jahre des Jahrhunderts und Jahrtausends eine Zeit der Unbeständigkeit waren. Sehr viele Menschen verzichteten auf jede Kontinuität im Leben und wechselten häufig ihre Berufe, Wohnorte, Freunde und Ehepartner. Folglich fiel es viel weniger auf, wenn eine Person verschwand, und selbst wenn es auffiel, gingen die wenigsten Leute noch zur Polizei. Die meisten Verschwundenen wurden nämlich später irgendwo entdeckt: Sie hatten einfach aus eigenem Antrieb ein neues Leben begonnen. Einem jungen Geschäftsführer wurde vielleicht plötzlich die Plackerei zuviel, und er nahm in Las Vegas oder Reno einen Job als Croupier beim Black Jack an, und eine junge Mutter, die wegen der aufwendigen Pflege eines Kleinkinds und der Ansprüche eines kindischen Ehemanns frustriert war, konnte in denselben Städten als Bardame oder Oben-ohne-Tänzerin landen. Sie handelten einem plötzlichen Impuls zufolge, ließen ihr bisheriges Leben so leichtfertig hinter sich, als wäre ein durchschnittliches Mittelschicht-Leben genauso schandbar wie ein krimineller Hintergrund. Andere fielen irgendwelchen Süchten zum Opfer und lebten in billigen Rattenlöchern von Hotels, wo Zimmer wochenweise an die unzähligen versponnenen Jünger irgendeiner Subkultur vermietet wurden. Und weil dies hier Kalifornien war, landeten viele Vermißte schließlich in religiösen Kommunen in Marin County oder in

Oregon, wo sie irgendeinen neuen Gott oder die neue Offenbarung eines alten Gottes verehrten oder auch nur einen Mann mit verschlagenen Augen, der behauptete, er *sei* Gott.

Es war ein neues Zeitalter, das Traditionen geringschätzte. Es gab einen Platz für jede Art von Lebensstil. Sogar für den von Vassago.

Wenn er Leichen hinterlassen hätte, wäre wahrscheinlich irgendwann aufgefallen, daß Opfer und Mordmethoden sich ähnelten. Die Polizei hätte begriffen, daß hier ein Täter von einmaliger Stärke und Gerissenheit am Werke war, und sie hätten eine Sonderkommission gebildet, um ihn zu finden.

Aber er hatte nur die Leiche der Blondine und des Detektivs nicht in die Hölle geschafft. Und diese beiden waren auf ganz verschiedene Art und Weise gestorben. Außerdem würde Morton Redlow vielleicht noch wochenlang nicht gefunden.

Zwischen Redlow und Lisa gab es nur zwei Verbindungen: den Revolver des Detektivs, mit dem die Frau erschossen worden war, und sein Auto, aus dem sie gestürzt war. Der Wagen war in der hintersten Ecke der längst nicht mehr benutzten Tiefgarage sicher versteckt. Der Revolver lag zusammen mit Keksen und Knabberzeug in der Kühlbox, auf dem Boden des Liftschachtes, mehr als zwei Etagen unter der Geisterbahn. Er hatte nicht die Absicht, die Schußwaffe noch einmal zu benutzen.

Er war unbewaffnet, als er nach längerer Fahrt in nördliche Richtung die Adresse erreichte, die er auf dem handgeschriebenen Brief in seiner Vision gesehen hatte. William X. Cooper, wer auch immer das sein mochte, falls es ihn tatsächlich gab, wohnte in einer gar nicht so üblen Anlage namens Palm Court. Dieser Name war zusammen mit der Straßennummer in ein dekoratives Holzschild geschnitzt, das von vorne angeleuchtet und erwartungsgemäß von Palmen umstanden wurde.

Vassago fuhr langsam weiter, bog rechts um die Ecke und parkte zwei Blocks entfernt. Er wollte nicht, daß sich jemand erinnerte, den Honda vor dem Gebäude stehen gesehen zu haben. Er hatte eigentlich nicht direkt die Absicht, diesen Cooper zu ermorden, er wollte sich nur mit ihm unterhalten, ihm einige Fragen stellen, speziell über dieses dunkelhaarige, dunkeläugige Weib namens Lindsey. Aber er begab sich in eine Situation, die er nicht verstand, und deshalb konnten Vorsichtsmaßnahmen nicht schaden. Außerdem – wenn er ehrlich war, tötete er in letzter Zeit die meisten Leute, mit denen er sich eine Weile unterhielt.

Nachdem sie den Aktenschrank geschlossen und das Licht ausgeschaltet hatten, schauten Hatch und Lindsey nach Regina, Leise traten sie an ihr Bett. Durch die offene Tür fiel vom Gang etwas Licht ein, so daß sie sehen konnten, daß das Mädchen fest schlief. Eine kleine, zur Faust geballte Hand lag unter ihrem Kinn. Sie atmete gleichmäßig durch leicht geöffnete Lippen. Falls sie träumte, mußten es angenehme Träume sein.

Es versetzte Hatch einen Stich ins Herz, als er sie betrachtete, denn sie schien so unendlich jung zu sein. Er konnte kaum glauben, daß er jemals so jung wie Regina gewesen war, denn Jugend war gleichbedeutend mit Unschuld. Ihm selbst war durch die Erziehungsmethoden seines Vaters die Unschuld schon in frühem Alter ausgetrieben worden; er hatte sie gegen ein intuitives Verständnis für eine abartige Psychologie eingetauscht, das ihm ermöglicht hatte, in einer Familie zu überleben, wo Wutausbrüche und brutale »Disziplin« als gerechte Bestrafung für unschuldige Fehler und kleine Mißverständnisse angesehen wurden. Er wußte, daß Regina nicht so zart sein konnte, wie sie aussah, denn das Leben hatte auch ihr so übel mitgespielt, daß sie sich eine dicke Haut und ein gepanzertes Herz zulegen mußte.

Doch so zäh sie einerseits auch sein mochten, waren sie andererseits doch beide sehr verwundbar, Kind und Mann gleichermaßen. Im Augenblick fühlte Hatch sich sogar noch verletzlicher als das Mädchen. Wenn er die Wahl zwischen Reginas Behinderungen und den Gehirnschäden gehabt hätte, die er offenbar *doch* davongetragen hatte, hätte er sich ohne Zögern für die körperlichen Beeinträchtigungen entschieden. Nach den Erfahrungen der letzten Tage, einschließlich der unerklärlichen Eskalation seines Ärgers zu blinder Wut, hatte Hatch das beklemmende Gefühl, sich nicht mehr völlig unter Kontrolle zu haben. Und seit er als kleiner Junge das abschreckende Beispiel seines Vaters vor Augen gehabt hatte, fürchtete er nichts so sehr wie mangelnde Selbstbeherrschung.

Ich werde dich nie im Stich lassen, versprach er dem schlafenden Kind.

Sein Blick schweifte zu Lindsey, der er sein Leben verdankte, und zwar das vor und das nach seinem Tod, und insgeheim versprach er auch ihr: Ich werde dich nie im Stich lassen.

Er fragte sich allerdings, ob er imstande sein würde, diese Versprechen zu halten.

Als sie später in ihrem Schlafzimmer im Dunkeln lagen, jeder auf seiner Betthälfte, sagte Lindsey: »Morgen müßte Nyebern die restlichen Testergebnisse erhalten.«

Hatch hatte fast den ganzen Samstag im Krankenhaus verbracht, Blut- und Urinproben abgegeben, sich Röntgenstrahlen und Ultraschallwellen ausgesetzt. Mit den vielen Elektroden an seinem Körper war er sich bisweilen wie das Monster vorgekommen, dem Dr. Frankenstein in alten Filmen Energie zuführte, indem er während eines Gewitters Drachen steigen ließ.

»Als ich heute mit ihm gesprochen habe, meinte er, daß bisher alles in Ordnung ist. Ich bin ganz sicher, daß auch die restlichen Testergebnisse negativ sein werden. Was auch immer mit mir los sein mag, es hat nichts mit irgendwelchen geistigen oder physischen Schäden infolge des Unfalls oder infolge meines zeitweiligen … Todes zu tun. Ich bin gesund. Und völlig normal.«

»O Gott, das hoffe ich von ganzem Herzen.«

»Mit mir ist alles in bester Ordnung.«

»Glaubst du das wirklich?«

»Ja. Wirklich und wahrhaftig.« Er wunderte sich, wie glatt ihm diese Lüge über die Lippen kam. Vielleicht weil es eine barmherzige Lüge war, die Lindsey beruhigen sollte, damit sie schlafen konnte.

»Ich liebe dich«, sagte sie.

»Ich liebe dich auch.«

Wenige Minuten später – auf der Digitaluhr war es kurz vor Mitternacht – schlief sie und schnarchte leise.

Hatch konnte nicht einschlafen. Vielleicht würde er schon morgen erfahren, daß es für ihn keine Zukunft gab. Er rechnete damit, daß Dr. Nyebern ihn mit grauem Gesicht und düsterer Miene begrüßen würde, weil er ihm die traurige Mitteilung machen mußte, daß in einem Gehirnlappen ein verdächtiger Schatten entdeckt worden war, eine Ansammlung toter Zellen, eine Gehirnverletzung, eine Zyste oder ein Tumor. Etwas Tödliches. Inoperables.

Seit den unheimlichen Ereignissen von Donnerstagnacht und Freitagmorgen, als er von der Ermordung der Blondine geträumt und später die Spur des Mörders bis zur Route 133 verfolgt hatte, war er allmählich wieder etwas zuversichtlicher geworden. Das Wochenende war ruhig verlaufen. Und der nun zu Ende gehende Tag war herrlich gewesen: Reginas Einzug hatte ihn aufgemuntert und in beste Laune versetzt. Dann hatte er den Zeitungsartikel über Cooper gelesen und die Kontrolle über sich verloren.

Er hatte Lindsey nichts von dem Bild des Unbekannten im Spiegel erzählt. Diesmal konnte er sich nicht mit dem Gedanken trösten, daß er im Schlaf gewandelt war, halb wach, halb träumend. Nein, er war hellwach gewesen, und das bedeutete, daß das Bild im Spiegel eine Halluzination sein mußte. Ein gesundes, unbeschädigtes Gehirn produzierte keine Halluzinationen. Er hatte Lindsey nichts davon erzählt, weil er sie nicht vorzeitig in Angst und Schrecken versetzen wollte. Es würde noch schlimm genug für sie sein, wenn erst die restlichen Testergebnisse vorlagen.

Weil er nicht einschlafen konnte, begann er wieder über den Zeitungsartikel nachzudenken, obwohl er es im Grunde gar nicht wollte. Er versuchte, seine Gedanken von William Cooper abzulenken, kehrte aber immer wieder zu diesem Thema zurück – so wie man einen schmerzenden Zahn immer wieder mit der Zunge abtastet. Es kam ihm fast so vor, als würde er *gezwungen*, über den Fahrer nachzudenken, als zöge ein riesiger innerer Magnet seine Aufmerksamkeit unerbittlich in diese Richtung. Bald stellte er bestürzt fest, daß erneut Ärger in ihm aufstieg. Und dann, von einer Sekunde zur anderen, eskalierte der Ärger zu solcher Wut und solcher Gewaltbereitschaft, daß er die Fäuste ballen und die

Zähne zusammenbeißen und seinen ganzen Willen anspannen mußte, um nicht einen Wutschrei auszustoßen.

Durch einen Blick auf die Hausbriefkästen am Haupteingang zur Wohnanlage Palm Court erfuhr Vassago, daß William Cooper Apartment 28 bewohnte. Durch den Verbindungsgang gelangte er zum Innenhof mit Palmen, Gummibäumen, Farnen und – was ihm besonders mißfiel – vielen Lichtern. Er stieg eine Außentreppe zu dem überdachten Balkon der Wohnungen im ersten Stock empor.

Niemand war zu sehen. Palm Court war ruhig, friedlich.

Obwohl es einige Minuten nach Mitternacht war, brannte in Coopers Apartment noch Licht. Vassago konnte einen leise gestellten Fernseher hören.

Am Fenster rechts der Tür war die Jalousie heruntergelassen, aber die Lamellen waren schräg gestellt, so daß er eine Küche sehen konnte, in der nur das schwache Licht an der Dunstabzugshaube brannte.

Ein größeres Fenster links der Tür gehörte zum Wohnzimmer. Die Vorhänge waren nicht ganz geschlossen. Durch den Spalt sah Vassago einen Mann, der in einem großen Fernsehsessel mit hochgeklapptem Fußteil lag. Sein Kopf war zur Seite gesunken, sein Gesicht dem Fenster zugewandt. Er schien zu schlafen. Auf einem Beistelltisch neben dem Sessel stand ein Glas mit einem Rest goldfarbener Flüssigkeit neben einer halbleeren Flasche Jack Daniel's. Eine Tüte Käsegebäck war vom Tisch gefallen, und ein Teil des orangefarbenen Inhalts war auf dem gallengrünen Teppich verstreut.

Vassago blickte nach rechts und links. Der Balkon war leer, auch der auf der anderen Seite des Innenhofs.

Er versuchte Coopers Wohnzimmerfenster aufzuschieben, aber es war entweder abgeschlossen, oder aber es klemmte. Auf dem Weg zum Küchenfenster drückte er versuchsweise auf die Türklinke, ohne sich große Hoffnungen zu machen. Die Tür war nicht verschlossen. Er drückte sie auf, betrat das Zimmer und schloß hinter sich ab.

Der Mann im Fernsehsessel, vermutlich Cooper, bewegte sich nicht, als Vassago die Vorhänge am großen Fenster vollends zuzog. Wenn auf dem Balkon jemand vorbeiging, würde er nichts sehen können.

Er wußte bereits, daß die Küche, die Eßecke und das Wohnzimmer leer waren. Nun inspizierte er noch, lautlos wie eine Katze, das Bad und die beiden Schlafzimmer (eines davon war unmöbliert und wurde offenbar als Rumpelkammer benutzt). Der Mann im Fernsehsessel war allein in der Wohnung.

Auf der Kommode im Schlafzimmer fand Vassago eine Brieftasche und einen Schlüsselbund. Die Brieftasche enthielt 58 Dollar, die er an sich nahm, und einen Führerschein auf den Namen William X. Cooper. Das Foto zeigte eindeutig den Mann im Wohnzimmer, nur einige Jahre jünger und natürlich nicht sinnlos betrunken.

Vassago kehrte mit der Absicht ins Wohnzimmer zurück, Cooper zu wecken und ein kurzes informatives Gespräch mit ihm zu führen. Wer ist Lindsey? Wo wohnt sie?

Doch als er sich dem Fernsehsessel näherte, schoß heißer Zorn wie ein Stromstoß durch ihn hindurch, viel zu plötzlich und unmotiviert, als daß es sein eigener hätte sein können. Er kam sich fast wie eine Art Radio vor, das die Emotionen anderer Leute empfing. Und was er empfing, war die gleiche Wut, die ihn schlagartig überfallen hatte, als er vor einer knappen Stunde seine Sammelstücke bewundert hatte. Wie beim erstenmal fachte er dieses Gefühl auch jetzt mit seinem eigenen einzigartigen Zorn weiter an und fragte sich, ob er wohl neue Visionen haben würde. Doch während er dastand und auf Cooper hinabschaute, loderte der Ärger urplötzlich zu flammender Wut empor, und er verlor die Kontrolle über das Geschehen. Er packte die Bourbonflasche am Hals.

Steif im Bett liegend, die Hände so fest zu Fäusten geballt, daß sogar seine kurz geschnittenen Fingernägel sich schmerzhaft in die Haut bohrten, hatte Hatch das absurde Gefühl, als hätte sich jemand seines Geistes bemächtigt. Durch das Aufflackern seines Ärgers hatte er offenbar eine Tür geöffnet, nur einen hauchdünnen Spaltbreit, aber das hatte schon genügt, damit jemand auf der anderen Seite Halt fand und die Tür aus den Angeln reißen konnte. Er fühlte, wie etwas Unbeschreibliches mit aller Macht in ihn einströmte, eine Kraft ohne Form und Gesicht, nur durch Haß und Wut charakterisiert. Ihre Raserei glich der eines Hurrikans, eines Taifuns, ging über menschliche Dimensionen weit hinaus, und Hatch wußte, daß er ein viel zu kleines Gefäß war, um all den Zorn aufzunehmen, der in ihn gepumpt wurde. Er hatte das Gefühl, als würde er explodieren, zerbersten, so als wäre er kein Mann, sondern ein Kristallfigürchen.

Die halbvolle Flasche Jack Daniel's traf die Schläfe des schlafenden Mannes mit solcher Wucht, daß der Knall fast so laut war wie ein Schuß aus einer Schrotflinte. Whiskey und scharfe Glassplitter flogen umher, regneten und klirrten gegen den Fernseher, gegen Möbel und Wände. Die Luft war plötzlich vom weichen Aroma des Kornbranntweins erfüllt, vermischt mit Blutgeruch, denn die klaffende Kopfwunde blutete ausgiebig.

Der Mann schlief nicht mehr. Der Schlag hatte ihn in eine tiefere Ebene der Bewußtlosigkeit befördert.

Vassago hatte nur noch den Flaschenhals in der Hand, der in drei scharfen Zacken endete, von denen Bourbon tropfte. Sie erinnerten ihn an giftige Schlangenzähne. Er faßte die Waffe anders herum, hob sie hoch über den Kopf und ließ sie unter wildem Zischen niedersausen. Die Glasschlange biß tief in Coopers Gesicht.

Die vulkanische Wut, die sich in Hatch ergoß, war mit nichts vergleichbar, was er je erlebt hatte, weit überwältigender als auch noch der schlimmste Zornausbruch seines Vaters. Er hätte sie niemals in sich selbst erzeugen können, ebensowenig wie man Schwefelsäure in einem Papierkessel herstellen könnte: Das Gefäß würde von der Substanz einfach aufgelöst werden. Ein Lavastrom des Zorns, der mit gewaltigem Druck in sein Inneres strömte, so heiß, daß er schreien wollte, so weißglühend, daß er keine Zeit zum Schreien hatte. Sein Bewußtsein wurde ausgelöscht, und er stürzte in eine gnädige traumlose Finsternis, wo es weder Wut noch Angst und Schrecken gab.

Vassago bemerkte, daß er vor wilder Freude schrie. Nach einem Dutzend oder auch zwanzig Schlägen war von der Glaswaffe fast nichts mehr übrig. Widerwillig ließ er das kurze Stück Flaschenhals fallen, das er so fest umklammert hatte, daß seine Knöchel weiß hervortraten. Knurrend warf er sich gegen den Fernsehsessel, kippte ihn um. Der Tote rollte auf den gallengrünen Teppich. Vassago hob den Beistelltisch hoch und schleuderte ihn in den Fernseher, wo Humphrey Bogart gerade zwei Kugellager über seine lederige Hand rollen ließ und über Erdbeeren plauderte. Der Bildschirm implodierte, und Bogart verwandelte sich in einen gelben Funkenregen, dessen Anblick in Vassago neue Feuer der Zerstörungswut entfachte. Er warf einen Tisch um, riß zwei Drucke von den Wänden und zerschmetterte das Glas zwischen den Rahmen. Er wischte eine Sammlung billiger Keramiknippes vom Kamin. Am liebsten hätte er so weitergemacht, von einem Ende des Apartments bis zum anderen, hätte das ganze Geschirr aus den Küchenschränken zerbrochen, alles Glas zu winzigen Splittern zertrümmert, die Nahrungsmittel im Kühlschrank gegen die Wände geschleudert, mit einem Möbelstück auf das andere eingehämmert, bis alles zersplittert wäre, aber das Schrillen einer Sirene ließ ihn innehalten. Sie war noch weit entfernt, kam aber rasch näher, und was das zu bedeuten hatte, begriff er trotz des Blutrausches, der seinen Geist benebelte. Er rannte zur Tür, wich dann aber wieder zurück, weil ihm klar wurde, daß sich vielleicht unten im Hof Leute zusammengeschart hatten oder zumindest aus den Fenstern schauten. Er hastete in Coopers Schlafzimmer, zog die Vorhänge auf und sah unter sich das Dach der Garagen, die sich am ganzen Gebäude entlangzogen. Dahinter lag ein durch eine Mauer begrenzter Hof. Vassago schob die untere Hälfte des zweigeteilten Fensters hoch, zwängte sich hindurch, ließ sich auf das Garagendach fallen, rollte bis zum Rand und fiel hinab, landete aber wie eine Katze auf den Füßen. Er verlor seine Sonnenbrille, schnappte sie sich und setzte sie wieder auf. Er sprintete nach links, während die Sirene immer lauter wurde, sehr laut, sehr nahe. Rasch kletterte er über die zweieinhalb Meter hohe Betonmauer, geschickt wie eine Spinne, die jede poröse Oberfläche hochlaufen kann, und sprang in einen anderen Hof hinab, der zu den Garagen auf der Rückseite eines anderen Wohnkomplexes gehörte. Instinktiv fand er sich im Labyrinth dieser Hinterhöfe zurecht, überwand weitere Mauern und gelangte schließlich auf die Straße, wo er geparkt hatte, nur einen halben Block von dem perlgrauen Honda entfernt. Er sprang in den Wagen, ließ den Motor an und zwang sich zu gemäßigtem Tempo. Er schwitzte und keuchte so stark, daß die Scheiben beschlugen. Die köstliche Geruchsmischung aus Bourbon, Blut und Schweiß berauschte ihn, erregte ihn, und er war so tief *befriedigt* über die Gewalt, die er entfesselt hatte, daß er auf dem Lenkrad trommelte und schallend und schrill lachte.

Eine Zeitlang fuhr er einfach ziellos durch die Straßen. Als sein Gelächter verebbte und sein Puls wieder normal war, orientierte er sich und schlug die Richtung seines Verstecks ein.

William Cooper konnte ihm nun keine Angaben mehr über die Frau namens Lindsey machen. Doch das störte Vassago nicht. Er wußte nicht, was mit ihm geschah, warum Cooper oder Lindsey oder der Mann im Spiegel auf übernatürliche Weise seiner Aufmerksamkeit empfohlen worden waren. Aber er wußte, daß er irgendwann alles begreifen würde, wenn er nur felsenfest auf Luzifer vertraute.

Er begann sich zu fragen, ob die Hölle ihn vielleicht absichtlich freigegeben hatte, ob man ihn wieder ins Land der Lebenden geschickt hatte, damit er mit gewissen Leuten abrechnete, die der Fürst der Finsternis tot sehen wollte. Vielleicht war er doch nicht aus der Hölle gestohlen, sondern ins Leben zurück*gesandt* worden, um eine Mission der Vernichtung zu erfüllen. Falls dem so sein sollte, war er glücklich, das Instrument der finsteren und mächtigen Kräfte zu sein, nach deren Gesellschaft er sich zurücksehnte. Er wartete schon begierig auf seinen nächsten Auftrag.

In der Morgendämmerung erwachte Hatch nach mehreren Stunden eines tiefen, fast totenähnlichen Schlafes und wußte nicht, wo er war. Einen Moment lang trieb er in einem Meer der Verwirrung dahin, dann wurde er ans Ufer der Erinnerung geschwemmt: das Schlafzimmer, Lindseys leise Atemzüge, das aschgraue erste Morgenlicht, das sich auf den Fensterscheiben wie feiner Silberstaub ausnahm.

Dann fiel ihm jener unerklärliche und unmenschliche Wutanfall ein, der mit paralytischer Kraft durch ihn gebraust war, und er wurde starr vor Angst. Er versuchte sich zu erinnern, wohin dieser wirbelsturmartige Zorn geführt hatte, in welcher Gewalttat er gipfelte, aber sein Gehirn war leer. Er glaubte, einfach ohnmächtig geworden zu sein, so als hätte jene unnatürlich intensive Wut einen Kurzschluß seiner Gehirnströme bewirkt.

War er ohnmächtig geworden – oder hatte er einen Blackout gehabt? Das war ein gewaltiger Unterschied. Wenn er das Bewußtsein verloren hatte, war er wohl die ganze Nacht im Bett gewesen, erschöpft, regungslos wie ein Stein auf dem Meeresgrund. Doch wenn er einen *Blackout* gehabt hatte, wenn sein Bewußtsein nur getrübt gewesen war, wenn er einen psychotischen Dämmerzustand erlebt hatte, konnte er Gott weiß was getan haben.

Er fühlte plötzlich, daß Lindsey in großer Gefahr schwebte.

Sein Herz klopfte zum Zerspringen, während er sich aufsetzte und sie betrachtete. Das Dämmerlicht war noch zu schwach, als daß er sie hätte deutlich sehen können. Sie hob sich nur umrißhaft vom Bettzeug ab. Er streckte die Hand nach dem Lichtschalter der Nachttischlampe aus. Zögerte. Er hatte Angst vor dem Anblick, der sich ihm bieten würde.

Ich würde Lindsey doch nie etwas zuleide tun, niemals, dachte er verzweifelt.

Aber er erinnerte sich nur allzu gut daran, daß er in der vergangenen Nacht für kurze Zeit nicht er selbst gewesen war.

Sein Ärger auf Cooper hatte eine Tür geöffnet, durch die ein Monster aus der Finsternis in ihn eingedrungen war.

Zitternd drückte er auf den Schalter. Im Lampenschein sah er, daß Lindsey unverletzt war, daß sie – lieblich wie immer – mit friedlichem Lächeln schlief.

Grenzenlos erleichtert schaltete er das Licht aus – und dann fiel ihm Regina ein. Wieder überkam ihn jene schreckliche Angst.

Lächerlich. Er würde Regina genauso wenig etwas zuleide tun wie seiner Frau. Sie war ein wehrloses Kind.

Er zitterte wie Espenlaub.

Er schlüpfte aus dem Bett, ohne Lindsey zu wecken, zog seinen Bademantel an und verließ leise das Zimmer.

Barfuß ging er den Korridor entlang, wo durch zwei Oberlichter der Morgen seinen Einzug hielt. Seine Schritte wurden immer langsamer, als er sich Reginas Zimmer näherte. Seine Befürchtungen wogen so schwer wie Bleigewichte.

Vor seinem inneren Auge tauchte das Bild des bemalten Mahagonibettes auf, mit Blut bespritzt, die Bettwäsche rot, blutgetränkt. Aus unerfindlichen Gründen hatte er die Vorstellung, daß das zerschmetterte Gesicht des Kindes mit Glassplittern übersät sein würde. Diese unheimliche Einzelheit überzeugte ihn vollends davon, daß er während seines Blackout etwas Unvorstellbares getan hatte.

Als er leise die Tür öffnete, sah er, daß Regina genauso friedlich schlief wie Lindsey, in der gleichen Stellung wie nachts, als Lindsey und er vor dem Zubettgehen nach ihr gesehen hatten. Kein Blut. Kein zerbrochenes Glas.

Er schluckte schwer, schloß die Tür und ging bis zum ersten Oberlicht. Durch die getönte Scheibe blickte er in einen Himmel von undefinierbarer Farbe empor, so als würde dort in großen Lettern plötzlich eine Erklärung stehen.

Keine Lettern am Himmel. Keine Erleuchtung. Er blieb verwirrt und angsterfüllt.

Zumindest waren Lindsey und Regina unverletzt. Die dunkle Macht, mit der er während der Nacht in Kontakt gekommen war, hatte ihnen nichts zuleide getan.

Ihm fiel ein alter Vampirfilm ein, in dem ein asketisch aussehender Priester eine junge Frau warnte, daß die Untoten ihr Haus nur betreten könnten, wenn sie sie dazu einlud – daß sie aber sehr schlau und wahre Überredungskünstler seien und sogar vorsichtige Menschen dazu verführen könnten, diese tödliche Einladung auszusprechen.

Zwischen Hatch und dem Psychopathen, der die blonde Punkerin namens Lisa umgebracht hatte, bestand irgendeine Verbindung. Dadurch, daß es ihm nicht gelungen war, seinen Ärger über William Cooper zu unterdrücken, hatte er diese Verbindung noch gestärkt. Sein Zorn war der Schlüssel, der die Tür öffnete. Wenn er seinem Zorn nachgab, sprach er eine Einladung aus, ähnlich jener, vor der der Priester im Film die junge Frau gewarnt hatte. Hatch konnte nicht erklären, woher er das wußte, aber er wußte, daß es sich so verhielt, er *wußte* es. Er wünschte bei Gott, daß er es auch *verstehen* könnte.

Er kam sich verloren vor.

Klein und ohnmächtig und voller Angst.

Und obwohl Lindsey und Regina diese Nacht unbeschadet überstanden hatten, spürte er stärker denn je, daß sie in großer Gefahr schwebten, daß diese Gefahr von Tag zu Tag wuchs. Von Stunde zu Stunde.

3

Am 30. April wusch Vassago sich vor Tagesanbruch im Freien mit Wasser aus der Flasche und Flüssigseife. Beim ersten Morgenlicht hatte er sich bereits in die tiefsten Tiefen seines Verstecks zurückgezogen. Er lag auf seiner Matratze, starrte auf den Fahrstuhlschacht und delektierte sich an Schokoladenwaffeln und Limonade. Danach verzehrte er noch ein paar Päckchen Kekse.

Ein Mord verschaffte ihm jedesmal eine immense Befriedigung, denn mit jedem tödlichen Schlag wurden ungeheuere innere Spannungen freigesetzt. Noch entscheidender war aber, daß jeder Mord, jeder Akt des Tötens, eine Auflehnung gegen alles bedeutete, was in irgendeiner Form geehrt und als heilig erachtet wurde. Gesetze, Vorschriften, Regeln und vor allem jener penible Verhaltenskodex, den die Lebenden anwandten und der sie glauben ließ, daß das Leben kostbar und von tiefem Sinn erfüllt sei. Das Leben war banal und wertlos. Nur das sinnliche Empfinden zählte und die rasche Befriedigung aller Gelüste, was nur die wirklich Starken und Unabhängigen begriffen hatten. Nach jedem Mord fühlte Vassago sich frei wie der Wind und stärker als jeder Stahlkoloß.

Bis zu jener besonderen und glorreichen Nacht, als er gerade zwölf Jahre alt war, hatte er noch zu der Masse der Abhängigen gehört und sich, obwohl sie ihm unsinnig erschienen, nach den Regeln der sogenannten Zivilisation durch das Leben gemüht. Er gab vor, seine Mutter zu heben, Vater, Schwester und den ganzen Rattenschwanz von Verwandten, und empfand nicht mehr für sie als für jeden beliebigen Fremden auf der Straße. Bereits als Kind, als er schon so weit war, sich Gedanken über solche Dinge zu machen, hatte er sich gefragt, ob irgend etwas nicht mit ihm stimmte, ob eine entscheidende Komponente in seinem Wesen fehlte. Er beobachtete sich dabei, wie er das Spiel der Liebe spielte, wie er die Klaviatur von gespielter Zuneigung und schamlosen Schmeicheleien sicher beherrschte. Es erstaunte ihn, wie überzeugend seine Darstellung auf andere wirkte, denn er hörte wohl die Unaufrichtigkeit in seiner Stimme, merkte wohl den Schwindel in seinen Gesten und war sich der Falschheit seines liebevollen Lächelns stets bewußt. Bis er eines Tages den Verrat in ihren Stimmen und Gesichtern entdeckte und feststellen mußte, daß keiner von *ihnen* je Liebe empfunden hatte noch eine jener nobleren Gesinnungen besaß, die ein zivilisierter Mensch anstreben sollte – Selbstlosigkeit, Tapferkeit, Frömmigkeit, Demut und den ganzen anderen Schrott. Sie spielten auch nur, alle wie sie da waren. Später gelangte er zu dem Schluß, daß den meisten von ihnen, selbst den Erwachsenen, seine Art von Weitblick verwehrt blieb und sie nicht einmal merkten, daß andere Leute genau wie sie selbst waren. Ein jeder glaubte von sich, daß nur er eine Unzulänglichkeit, einen Makel gewissermaßen, aufwies und deshalb das Spiel besonders gut beherrschen mußte, wollte er nicht entlarvt und als unmenschlich geachtet werden. Gott hatte versucht, eine Welt der Liebe zu erschaffen, war gescheitert und hatte Seine Geschöpfe geheißen, sich zumindest den Anschein jener Perfektion zu geben, die er ihnen nicht verleihen konnte. Mit dieser erstaunlichen Erkenntnis tat Vassago den ersten Schritt zum Freisein. Mit zwölf Jahren hatte er dann in jener entscheidenden Sommernacht begriffen, daß er, um frei, wirklich frei zu sein, nicht umhinkam, nach seinen eigenen Vorstellungen zu handeln, sich von der menschlichen Gesellschaft zu lösen und anders zu leben, nur dem Gesetz der eigenen Genußfreude gehorchend. Und er mußte bereit sein, jene Macht, die ihm seine Einsicht in die wahre Beschaffenheit der Welt verlieh, über andere auszuüben. In jener Nacht lernte er, daß Töten ohne Reue die reinste Form der Macht darstellte und daß das Ausüben von Macht der höchste Genuß überhaupt war ...

Damals hieß er noch Jeremy – bevor er starb und von den Toten zurückkehrte und sich den Namen des Dämonenfürsten Vassago zulegte. Sein bester Freund war Tod Ledderbeck, der Sohn von Dr. Sam Ledderbeck, einem Gynäkologen, den Jeremy immer einen ›Quacksalber‹ schimpfte, wenn er Tod in Rage bringen wollte.

An jenem Junitag war Mrs. Ledderbeck mit den beiden Jungen Tod und Jeremy zu Fantasy World gefahren, einem riesigen Freizeitpark, der allen Erwartungen zum Trotz Disneyland allmählich ernsthaft Konkurrenz machte. Der Park lag abgeschieden in einer idyllischen Hügellandschaft ein paar Meilen östlich von San Juan Capistrano – wie einst Magic Mountain, bevor die nördlichen Vororte von Los Angeles es eingeholt und eingekreist hatten. Auch Disneyland war zunächst auf dem flachen Land in der Nähe einer völlig unbedeutenden Stadt namens Anaheim gebaut worden. Mit japanischem Geld, was einige Leute befürchten ließ, die Japaner könnten eines Tages das ganze Land besitzen. Es gab allerdings auch Gerüchte, daß die Mafia beteiligt sei. Und das machte die Sache noch geheimnisvoller und spannender. Auf jeden Fall aber bot der Park ungeheure Attraktionen, die Vergnügungsfahrten waren einsame Spitze und das Junkfood hielt, was sein Name versprach. Genau hier, in Fantasy World, wollte Tod seinen zwölften Geburtstag feiern, den ganzen Tag lang, nur mit seinem besten Freund und weit weg von elterlicher Aufsicht. Tod bekam gewöhnlich, was er wollte, denn er war ein braves Kind; jeder mochte ihn; er wußte genau, wie er das Spiel spielen mußte.

Mrs. Ledderbeck setzte die beiden Freunde am Eingang ab und rief ihnen aus dem Auto nach: »Heute abend um zehn hole ich euch wieder ab. Genau hier, und seid ja pünktlich!«

Als sie ihre Eintrittskarten gekauft hatten und den Vergnügungspark betraten, fragte Tod: »Wo wollen wir anfangen?«

»Weiß nicht. Was schlägst du vor?«

»Mit dem ›Skorpion‹ fahren?«

»Au ja!«

»Prima!«

Und sie rasten davon zum nördlichen Teil des Parks, wo sich das stählerne Gerüst des ›Skorpions‹, laut Fernsehwerbung »Die Achterbahn mit Biß«, in verheißungsvollem Schrecken in den wolkenlosen Himmel reckte. Im Vergnügungspark war es noch relativ leer, und so brauchten sie sich nicht zwischen sich endlos vorwärtsschiebenden Menschenschlangen durchzuquetschen. Ihre Tennisschuhe trommelten auf dem Fußweg, und jedes Aufklatschen der Gummisohle auf dem Asphaltbelag glich einem Schrei nach Freiheit. Sie fuhren mit dem ›Skorpion‹, kreischten und brüllten, wenn er sich aufbäumte, wand und drehte, vornüber plumpste und sich erneut aufbäumte. Als die Fahrt zu Ende war, rasten sie sofort wieder zur Einstiegsrampe, um gleich die nächste Runde zu drehen.

Damals wie heute liebte Jeremy extreme Geschwindigkeit. Die engen Kurven, die wilden Berg- und Talfahrten in der Achterbahn, die einem den Magen hoben, boten einen kindlichen Ersatz für die Gewalttätigkeit, die er unbewußt herbeisehnte. Nach zwei Fahrten mit dem ›Skorpion‹ und lauter rasanten Stürzen, Schrauben, Loopings und anderen Wonnen, die noch vor ihm lagen, war Jeremy wie berauscht.

Nur Tod verdarb ihm die Stimmung, als sie nach der zweiten Runde den ›Skorpion‹ verließen und er ihm den Arm um die Schultern legte. »Mann, das ist wohl der stärkste Geburtstag, den man sich denken kann. Nur du und ich.«

Diese kameradschaftliche Vertraulichkeit, wie überhaupt jede Kameradschaft, war einfach verlogen. Scheinheilig. Lug und Trug. Jeremy haßte dieses falsche Getue, doch Tod war davon geradezu erfüllt. Kameraden, dicke Freunde, Blutsbrüder. Du und ich, wir beide gegen den Rest der Welt.

Jeremy war sich nicht ganz sicher, was ihn mehr ärgerte: daß Tod ihm dauernd diesen Bären über ihre dicke Freundschaft aufband und auch noch glaubte, daß Jeremy diesen

Vertrauensbeweis schluckte – oder daß Tod manchmal blöd genug war, *selber* darauf hereinzufallen. Seit kurzem erst keimte in Jeremy der Verdacht, daß einige Leute das Spiel des Lebens absolut perfekt beherrschten und gar nicht mehr merkten, daß es nur ein Spiel war. Sie täuschten sogar sich selbst mit all ihrem Gerede über Freundschaft, Liebe und Mitgefühl. Und Tod wurde ihnen allmählich immer ähnlicher, diesen hoffnungslosen Idioten.

Dicke Freunde sein bedeutete lediglich, daß du einen dazu bringst, Dinge für dich zu tun, die er für einen anderen nie im Leben tun würde. Freundschaft war nichts anderes als ein Verteidigungspakt auf Gegenseitigkeit, ein Mittel, um mit vereinten Kräften gegen das Pack deiner Mitmenschen anzugehen, die dir ohne zu zögern die Fresse einschlagen und sich nehmen würden, was immer sie wollten. Jedem war doch klar, was es mit Freundschaft auf sich hatte, nur sprach niemand offen darüber, am wenigsten Tod.

Als sie später aus dem Spukhaus kamen und zur nächsten Attraktion, der ›Sumpfbestie‹ strebten, machten sie erst einmal bei einem Eisverkäufer halt, der köstliches Eis mit Schokoladendressing und gehackten Nüssen oben drauf verkaufte. Sie saßen auf Plastikstühlen unter einem roten Sonnenschirm an einem Plastiktisch und schleckten ihr Eis, hinter ihnen eine filmreife Kulisse aus Akazien und einem tosenden künstlichen Wasserfall. Zunächst war alles auch ganz in Ordnung, bis Tod wieder die Stimmung verderben mußte.

»Ist doch toll, mal ganz ohne die Alten in so einem Park zu sein, meinst du nicht?« sagte er mit dem Mund voller Eiscreme. »Endlich kannst du mal Eis vor dem Lunch essen, wie jetzt. Mensch, du kannst es auch zum Lunch essen, wenn du willst, und danach noch mal, und niemand regt sich auf, weil du dir den Appetit verdirbst oder weil dir schlecht wird.«

»Schon toll«, pflichtete Jeremy bei.

»Wir bleiben einfach hier hocken und essen Eis, bis es uns wieder hochkommt.«

»Klingt gut, Wir sollten es aber nicht verschwenden.«

»Was?«

Jeremy erklärte. »Wenn wir kotzen müssen, dann nicht auf den Boden. Wir sollten jemanden vollkotzen.«

»Prima«, meinte Tod, der endlich begriff. »Jemanden, der es verdient und wo es sich lohnt.«

»Wie die da.« Jeremy zeigte auf zwei aufgetakelte Teenager, die gerade vorbeischlenderten. Sie trugen weiße Bermudas und bunte Blusen und fanden sich selbst so unwiderstehlich, daß sie wirklich zum Kotzen waren, selbst wenn man nichts gegessen hatte und nur ein trockenes Würgen hervorbrachte.

»Oder die alten Knacker da drüben«, sagte Tod und deutete auf ein älteres Ehepaar, das sich gerade ein Eis kaufte.

»Nein, die nicht«, erklärte Jeremy. »Die sehen doch selber aus wie ausgekotzt.«

Tod fand den Gedanken so göttlich, daß er sich fast an seinem Eis verschluckte. Manchmal war er halt schon in Ordnung.

»Irgendwie komisch mit dem Eis«, meinte er, als er sich wieder beruhigt hatte.

»Was ist komisch daran?« hakte Jeremy nach.

»Eis wird aus Milch gemacht, die von Kühen kommt. Und die Schokolade machen sie aus Kakaobohnen. Aber wessen Eier müssen dran glauben für die Sauce?«

Stimmte schon, manchmal war Tod schwer in Ordnung.

Aber als sie gerade so schön am Lachen waren und in bester Stimmung, lehnte er sich über den Tisch und strich Jeremy leicht über das Haar. »Du und ich, Jer, wir gehen durch dick und dünn, bleiben ewig Freunde, bis wir abkratzen, okay?«

Der meinte das wirklich. Hatte sich selbst reingelegt. Er war so gräßlich aufrichtig, daß Jeremy *ihn* zum Kotzen fand.

Statt dessen fragte er: »Was kommt jetzt? Willst du mich auf den Mund küssen?«

Tod ging nicht auf den feindseligen Ton seines Freundes ein und grinste ihn unbeeindruckt an. »Du kannst mich mal.«

»Selber!«

Sie kabbelten sich weiter den ganzen Weg bis zur nächsten Attraktion. Die ›Sumpfbestie‹ war nicht besonders aufregend und schlecht gemacht, doch immerhin für ein paar

Witze gut. Tod tobte eine Weile ganz ausgelassen, und es war lustig, mit ihm zusammenzusein.

Nach der ›Schlacht im Weltraum‹ fing Tod aber wieder an und nannte sie beide »die größten Astronauten-Asse«, was Jeremy irgendwie verlegen machte, weil es so albern und kindisch war. Zugleich ärgerte es ihn, weil es auf andere Weise gesagt nur wieder bedeutete »wir sind Kumpel, Kameraden, ewige Blutsbrüder«. Als sie den ›Skorpion‹ bestiegen und er aus der Halle zog, sagte Tod: »Ist ja gar nichts, ist doch bloß ein Sonntagsspaziergang für zwei Astronauten-Asse wie wir.« Beim Betreten der »Welt der Riesen« legte Tod Jeremy den Arm um die Schultern und meinte: »Die beiden Astronauten-Asse werden ja wohl noch mit einem dämlichen Riesen fertig oder?«

Jeremy lag es auf der Zunge zu sagen, *Hör zu, du Trottel, wir sind doch nur Freunde, weil dein Alter und meiner zufällig in der gleichen Branche arbeiten, deshalb hat man uns zusammengebracht. Ich hasse diesen Arm-um-die-Schulter-legen-Scheiß, also laß es gut sein. Wir wollen unseren Spaß haben und uns gut amüsieren, mehr nicht. In Ordnung?*

Selbstverständlich sagte er nichts dergleichen, weil die richtig guten Spieler im Leben nie zugaben, daß alles nur ein Spiel war. Wenn man die anderen Mitspieler merken ließ, daß man sich nicht um die Spielregeln scherte, ließen sie einen nicht mitspielen. Geh ins Gefängnis. Geh direkt ins Gefängnis. Geh nicht über Los. Eine Runde aussetzen.

Gegen sieben Uhr abends, als sie genug Junkfood gefuttert hatten und vorbildlich hätten erbrechen können, wenn es darauf ankam, hatte Jeremy die Nase so voll von Tods Astronauten-Gequassel und seinen Freundschaftsbeweisen, daß er sehnlichst wünschte, es wäre schon zehn Uhr und Mrs. Ledderbeck würde mit ihrem Wagen auftauchen.

Es geschah bei der Fahrt mit dem ›Tausendfüßler‹, als sie gerade durch einen pechschwarzen Tunnel schossen und Tod wieder von den Astronauten-Assen faselte. Das war einmal zuviel. Jeremy beschloß, ihn zu töten. Sowie ihm der Gedanke durch den Kopf schoß, wußte er, daß er seinen »besten Freund« umbringen mußte. Und es schien so *richtig.*

Wenn das Leben ein Spiel war mit einem Buch von Zigtausenden von Regeln, konnte es ja überhaupt keinen Spaß machen – es sei denn, man fand Mittel und Wege, die Regeln zu brechen, und durfte trotzdem weiterspielen. *Jedes* Spiel war langweilig, wenn man sich an die Spielregeln hielt – Monopoly, Rommé, Baseball. Schummelte man aber an den Schlagbasen, vertauschte man unbemerkt die Karten oder drehte den Würfel, wenn der Spielpartner nicht aufpaßte, bekam sogar ein lahmes Spiel einen gewissen Reiz. Den größten Nervenkitzel kriegte man aber nur im Spiel des Lebens, wenn man mit einem Mord davonkam.

Der ›Tausendfüßler‹ hielt mit kreischenden Bremsen an der Ausstiegsplattform, und Jeremy schlug vor: »Los, gleich noch mal.«

»Klar doch.«

Sie stürzten zum Ausgang, um sich sofort wieder für den Eintritt anzustellen. Im Laufe des Tages hatte sich der Vergnügungspark gefüllt, und man mußte jetzt gute zwanzig Minuten in der Schlange anstehen, bis man dran war.

Als sie herauskamen, war der Abendhimmel genau über ihnen tiefblau, pechschwarz im Osten und orangefarben im Westen. In Fantasy World setzte die Abenddämmerung früher ein und dauerte länger als im westlichen Teil des Landes, weil eine hohe Bergkette zwischen dem Vergnügungspark und dem fernen Ozean die letzten Sonnenstrahlen abfing. Die Berge standen als schwarze Silhouetten vor dem feurigen Abendhimmel, wie ausgediente Halloween-Masken.

Mit dem Einbruch der Dunkelheit hatte Fantasy World andere, eher bizarre Formen angenommen. Lichterketten und -kerzen wie zu Weihnachten zierten die Gebäude und stählernen Aufbauten der Fahrgeschäfte. In den Bäumen flackerten weiße Birnchen, und zwei Scheinwerfer schwenkten abwechselnd über den schneebedeckten Gipfel des künstlichen Big Foot Mountain. Neonlichter erstrahlten in allen erdenklichen Farbtönen, und draußen von der Mars-Insel schossen bunte Laserstrahlen in den Abendhimmel, als wollten sie ein imaginäres Raumschiff abfangen. In der warmen Brise, die nach frisch geröstetem Popcorn und heißen

Erdnüssen roch, gaukelten Fähnchen und Wimpel. Fetzen von Musik jeder Stilrichtung drangen aus den Festbuden, in der Open-air-Disko am südlichen Parkende dröhnte Rock 'n' Roll, und in einer anderen Bude swingte eine Bigband. Die Menschen plauderten angeregt miteinander, lachten und amüsierten sich, und von den Abenteuerfahrten klangen schrille Schreie herüber.

»Mit Mutprobe diesmal«, rief Jeremy, als er mit Tod zur Startrampe des ›Tausendfüßlers‹ rannte.

»Klar«, erwiderte Tod. »Mit Mutprobe.«

Der ›Tausendfüßler‹ war eine überdachte Achterbahn, wie der Space Mountain in Disneyland. Doch anstatt in einem riesigen Raum hin- und her-, auf- und abzufliegen, schoß dieser hier durch eine lange Reihe von Tunneln, die teils dunkel, teils erleuchtet waren. Die Fahrergondel wurde durch eine stabile Stange in Bauchhöhe gesichert, doch wer schlank und gelenkig genug war, konnte sich drunter durchzwängen und auf die Fußstütze stellen. Man stand mit dem Rücken an die Stange gepreßt und packte sie von rückwärts oder hakte die Arme von hinten unter – das war Fahren mit Mutprobe, »Achterbahn-Surfen« sozusagen.

Es war dumm und gefährlich zugleich, was sie da vorhatten. Und sie wußten es. Sie hatten es aber schon unzählige Male gemacht, nicht nur auf dem ›Tausendfüßler‹, auch in anderen Achterbahnen. Die Mutprobe ließ den Adrenalinspiegel unerhört in die Höhe schnellen und verpaßte einem wirklich den Kick, besonders in einem pechschwarzen Tunnel, wo man nicht sehen konnte, was auf einen zukam.

»Astronauten-Asse!« rief Tod, während sie in der Schlange warteten. »Ein Astronauten-As hat keine Angst, den ›Tausendfüßler‹ herauszufordern, stimmt's?«

»Genau«, sagte Jeremy, als sie sich durch den Eingang drängten. Von ferne hörten sie das Gekreisch der Leute, deren Wagen bereits in die dunklen Tunnel donnerten.

Einem Gerücht zufolge (und Gerüchte rankten sich um jeden Freizeitpark mit derlei Abenteuer- und Geisterbahnen) hatte ein Junge das »Achterbahn-Surfen« auf dem ›Tausendfüßler‹ mit dem Leben bezahlt, weil er zu groß war. Die Tunneldecke schien in den beleuchteten Sektoren hoch genug zu sein, doch hieß es, daß sie an einer dunklen Passage abgesenkt war – vielleicht liefen hier die Rohre der Klimaanlage durch, oder man hatte eine Zwischendecke eingezogen, vielleicht waren auch bloß die Konstrukteure Nullen gewesen. Jedenfalls schlug der Junge, aufrecht im Wagen stehend, mit dem Schädel gegen diesen Vorsprung, er hatte ihn nicht mal kommen sehen. Sein Gesicht wurde zerschmettert, und er wurde regelrecht geköpft. Die ahnungslosen Fahrgäste in den nachfolgenden Wagen wurden von umherspritzendem Blut, Hirn und abgebrochenen Zähnen übersät.

Jeremy glaubte dieses Märchen nicht einen Moment lang. Fantasy World war schließlich nicht von Leuten gebaut worden, die Stroh im Kopf hatten. Ganz bestimmt hatten sie damit gerechnet, daß die Kinder versuchen würden, unter der Sicherheitsstange durchzuklettern, denn nichts war wirklich kindersicher, und somit würden sie die Tunneldecke auch überall hoch genug gezogen haben. Das Gerücht besagte weiter, daß an der bewußten Stelle im Dunkeln immer noch Blutflecke und Reste von angetrockneter Hirnmasse klebten, was natürlich reiner Blödsinn war.

Die eigentliche Gefahr für jeden, der aufrecht stehend durch den Tunnel fuhr, lag darin, in einer scharfen Kurve oder beim unerwarteten Beschleunigen des Zuges das Gleichgewicht zu verlieren und herauszufallen. Jeremy rechnete sich aus, daß es ungefähr sechs bis acht extreme Kurven auf der Strecke gab, wo Tod Ledderbeck leicht aus dem Wagen stürzen konnte, ohne daß man groß nachhelfen mußte.

Die Warteschlange schob sich langsam vorwärts. Jeremy war weder ungeduldig, noch hatte er Angst. Je näher sie an die Einlaßschranken vorrückten, desto mehr steigerte sich seine Erregung. Gleichzeitig wurde er immer entschlossener. Kein Zittern der Hände, kein flaues Gefühl im Magen. Er wollte es endlich *tun*.

Der Einsteigebahnhof glich einer Höhle mit riesigen Stalagmiten und Stalaktiten. Seltsame helläugige Geschöpfe schwammen in den trüben Tiefen unheimlicher Teiche, mutierte Albinokrebse krochen am Ufer herum und langten mit gräßlichen Riesenscheren nach den Leuten auf der Einstiegsplattform, schnappten nach ihnen, nur waren ihre Arme nicht lang genug, um sich ein zusätzliches Abendbrot zu greifen.

Jeder Zug bestand aus sechs Wagen, in jeden paßten zwei Personen. Die Waggons waren wie die Segmente eines Tausendfüßlers angestrichen; den ersten schmückte sogar ein Insektenkopf mit beweglichen Kieferzangen und schwarzen Facettenaugen, ein richtiges Monstergesicht. Der letzte Wagen trug einen aufgebogenen Stachel, der mehr zu einem Skorpion denn zum Hinterteil eines Tausendfüßlers paßte. Es wurden immer zwei Züge gleichzeitig abgefertigt, und sie donnerten in Sekundenabstand in den Tunnel davon. Das Ganze war natürlich computergesteuert, und somit bestand keine Gefahr, daß zwei Züge ineinanderrasten.

Jeremy und Tod wurden dem ersten Zug zugeteilt.

Tod wollte eigentlich in den ersten Wagen, dort war das Risiko für ihre Mutprobe besonders groß, weil sie alles als erste erlebten: jeden Sturz ins Dunkel, den kalten Luftstrahl aus den Wanddüsen, die Explosion, wenn sie durch Schwingtüren ins gleißende Licht schossen. Außerdem gehörte zu einer echten Mutprobe auch das Angeben, und der erste Wagen bot die geeignete Plattform für derlei Exhibitionismus, weil die Passagiere der hinteren Wagen auf den hellen Streckenabschnitten wie gebannt zuschauten.

Nachdem der erste Wagen bereits belegt war, rannten sie zum hinteren. Letzte im Zug zu sein war fast so gut wie erste, weil das Gekreisch der Leute vor einem den Adrenalinspiegel hob und die Erwartungen steigerte. Sicher in einem der mittleren Wagen zu sitzen paßte irgendwie nicht zu einer Mutprobe.

Die Sicherheitsstangen senkten sich automatisch, als alle zwölf Passagiere ihre Plätze eingenommen hatten. Eine technische Aufsicht schritt die Plattform ab und vergewisserte sich, daß die Stangen fest eingerastet waren.

Jeremy dankte dem Schicksal, daß sie nicht im ersten Wagen saßen, sonst hätte er zehn Augenzeugen hinter sich gehabt. In der pechschwarzen Finsternis der unbeleuchteten Tunnelabschnitte würde er nicht einmal seine eigene Hand vor Augen erkennen, um so weniger würde irgend jemand sonst sehen können, wie er Tod aus dem Wagen stieß. Doch hier ging es um den ultimativen Regelverstoß, und er wollte kein unnötiges Risiko eingehen. Alle potentiellen Augenzeugen saßen also direkt vor ihm und starrten nach vorn. Es wäre ihnen sogar unmöglich gewesen, sich nach hinten umzudrehen, weil jeder Sitz zum Schutz vor Rückstößen mit einer überhöhten Rückenlehne versehen war.

Die Aufsicht hatte den Routinecheck beendet und gab dem Mann am Instrumentenpult das Signal zur Abfahrt.

»Jetzt geht die Post ab«, sagte Tod.

»Ja, jetzt geht die Post ab«, pflichtete Jeremy bei.

»Astronauten-Asse!« johlte Tod.

Jeremy biß die Zähne zusammen.

»Astronauten-Asse!« grölte Tod noch einmal.

Ach, zum Teufel. Einmal ist keinmal. Und Jeremy brüllte: »Astronauten-Asse!«

Der Zug setzte sich nicht mit dem sonst bei Achterbahnen üblichen Rucken und Rütteln in Bewegung. Ein ungeheurer Preßluftschub katapultierte ihn regelrecht nach vorn, verbunden mit einem ohrenbetäubenden Knall, als wäre eine Kugel abgefeuert worden. Sie wurden in die Sitze gepreßt, flogen an dem Bedienungsmann vorbei und verschwanden im schwarzen Schlund des Tunnels.

Pechschwarze Finsternis umgab sie.

Damals war er erst zwölf. Noch nicht gestorben. Noch nicht in der Hölle gewesen. Noch nicht zurückgekehrt. Die Dunkelheit machte ihn damals genauso blind wie alle anderen, wie Tod.

Der Zug donnerte durch Schwingtüren in einen hell erleuchteten Tunnelabschnitt, der langsam anstieg. Dann drosselte der Zug sein Tempo, bis er fast nur noch kroch. Links und rechts wurden sie von Monsterfiguren bedroht, bleichen, mannshohen Gestalten, die sich aufrichteten und hohle Schreie ausstießen. In ihren runden Mäulern rotierten gräßliche Zähne wie die Messer in einer Müllvernichtungsanlage. Der Anstieg wurde immer steiler, und noch mehr mechanische Monster schnatterten, johlten, heulten, knurrten und kreischten ihnen entgegen. Sie waren bleich und schleimig, mit glühenden Augen oder schwarzen leeren Augenhöhlen, die Sorte Kreatur, die man normalerweise ganz tief unter der

Erde vermutete – natürlich nur, wenn man *keine* Ahnung hatte.

An dieser Stelle mußte man sich für die Mutprobe fertig machen. Obwohl es noch mehr Steigungen auf der Strecke gab, verlief die Fahrt hier für eine Weile relativ ruhig, und man hatte Zeit genug, unter der Sicherheitsstange durchzuklettern.

Jeremy fing an, sich mühsam unter der Stange durchzuwinden, doch Tod rührte sich nicht. »He, komm schon, du Schlafmütze, du mußt an deinem Platz sein, bevor wir oben sind.«

Tod sah sich ängstlich um. »Wenn sie uns erwischen, werfen sie uns raus.«

»Die erwischen uns schon nicht.«

Zum Ende der Fahrt würde der Zug gemächlich durch ein dunkles Tunnelsegment rollen, und die Fahrgäste konnten sich wieder beruhigen. In diesen letzten Sekunden, bevor der Zug in die künstliche Höhle einlief, von der sie gestartet waren, konnte man sich wieder unter der Sicherheitsstange durchzwängen und bequem Platz nehmen. Jeremy wußte, daß er es konnte, er hatte auch keine Angst davor, erwischt zu werden. Tod brauchte sich auch keine Sorgen zu machen, wie er auf seinen Sitz zurückkam, denn bis dahin würde er schon tot sein. Er brauchte sich dann überhaupt keine Gedanken mehr zu machen.

»Ich hab' keine Lust, mich wegen der Mutprobe rausschmeißen zu lassen«, maulte Tod, als der Zug die erste lange Steigung zur Hälfte genommen hatte. »Der Tag war doch super, und wir haben noch viel Zeit, bis Mom uns abholt.«

Mutierte Albinoratten pfiffen rechts und links von den künstlichen Felsen, und Jeremy sagte: »Schon gut, du bist und bleibst halt 'ne Memme.«

»Ich bin keine Memme«, erwiderte Tod trotzig.

»Aber ja doch, sicher.«

»Bin ich nicht!«

»Wenn die Schule wieder anfängt, solltest du den Haushaltskurs belegen, da lernst du kochen und stricken und wie man Blumenarrangements macht.«

»Du bist ein Arsch, weißt du das?«

»Ohhhhhhh, jetzt hast du mir das Herz gebrochen«, schluchzte Jeremy, während er sich auf seinen Sitz kauerte. »Ihr Mädels könnt einem wirklich das Leben schwermachen.«

»Du Hirnamputierter.«

Der Zug kroch die Steigung hinauf, und das für Achterbahnen typische harte Klicken und Rattern ließ einem schon das Herz schneller schlagen und im Magen flau werden.

Jeremy zwängte sich unter der Stange durch und stellte sich auf die Fußstütze, den Blick nach vorn gerichtet. Als er über die Schulter blickte, sah er Tod in seinem Sitz schmollen. Inzwischen war es ihm egal, ob Tod zu ihm rauskletterte oder nicht. Er hatte beschlossen, den Jungen zu töten, und wenn schon nicht an seinem zwölften Geburtstag in Fantasy World, dann eben woanders, später. Allein der Gedanke daran machte ihm unheimlichen Spaß. Wie bei der Fernsehwerbung für Heinz-Ketchup, der so dickflüssig war, daß es anscheinend Stunden brauchte, bis er aus der Flasche troff: Vor-freuuuuuu-de! Wenn er ein paar Tage oder Wochen länger auf eine passende Gelegenheit warten mußte, Tod zu töten, gab das der Sache nur noch mehr Reiz. Also piesackte er Tod nicht weiter und schaute ihn nur verächtlich an. Vorfreuuuuuu-de!

»Ich habe keine Angst«, beteuerte Tod.

»Ja. Ja.«

»Ich will mir nur nicht den Tag verderben.«

»Aber ja doch.«

»Hirnie«, sagte Tod.

Jeremy zischte: »Astronauten-Asse, von wegen.«

Das saß. Tod fuhr so auf sein Freundschaftsgefasel ab, daß es ihn sichtlich traf, wenn nur der leiseste Zweifel daran geäußert wurde, daß er sich als echter Freund bewährte. Sein entgeisterter Gesichtsausdruck verriet nicht nur, daß er zutiefst verletzt war, sondern auch eine Verzweiflung, die Jeremy überraschte. Vielleicht verstand Tod *doch,* worum es im Leben ging, daß es lediglich ein brutales Spiel war, bei dem jeder Spieler es nur darauf anlegte, als Sieger daraus hervorzugehen, und das hatte den guten Tod wohl ganz aus der Fassung gebracht. Er war in Panik und klammerte sich an den letzten Strohhalm, an seinen Begriff von Freundschaft. Spielte man das Spiel mit einem oder zwei Partnern, ging es um den Rest der Welt gegen dein kleines Team, das ließ sich ertragen. Besser als die ganze Welt gegen dich ganz *allein.* Tod Ledderbeck und sein alter Kumpel Jeremy gegen den Rest der Welt war irgendwie romantisch und voller Abenteuer, aber Tod Ledderbeck allein auf sich gestellt, da bekam er Hosenflattern.

Tod hockte niedergeschlagen hinter der Sicherheitsstange, dann beschloß er zu handeln. Mit dem Mut der Verzweiflung zwängte er sich unter der Stange durch.

»Beeil dich doch«, rief Jeremy ihm zu. »Wir sind gleich oben.«

Tod hatte sich endlich nach draußen geschlängelt und hangelte mit den Füßen nach der Stütze, auf der Jeremy bereits stand. Sein Fuß verfing sich, und er wäre beinahe aus dem Wagen gefallen.

Jeremy packte ihn und hielt ihn fest. *Hier* war nicht die geeignete Stelle, wo Tod stürzen sollte. Der Zug fuhr viel zu langsam. Tod würde sich höchstens ein paar Schrammen und blaue Flecken einhandeln.

So standen sie nun Seite an Seite vor der Sicherheitsstange, die Füße breitbeinig auf den Wagenboden gestemmt, preßten sich mit dem Rücken an die Stange, der sie soeben entronnen waren, umklammerten sie von hinten und grinsten einander an, als der Zug die Steigung genommen hatte und oben angekommen war. Durch eine Schwingtür ging es in den nächsten finsteren Tunnel. Die Strecke verlief lange genug geradeaus, um die Spannung der Fahrgäste genüßlich zu steigern. Vor-freuuuuuu-de. Als Jeremy es kaum noch aushalten konnte, schoß der erste Wagen talwärts, und die Leute darin kreischten in der Dunkelheit. Gleich darauf folgte der zweite Wagen, der dritte, der vierte und fünfte –

»Astronauten-Asse!« grölten Jeremy und Tod wie aus einer Kehle.

– und der letzte Wagen des Zugs donnerte mit ungeheuerem Tempo hinter den anderen in die Tiefe. Der Wind fuhr ihnen um die Ohren und ließ ihre Haare nach hinten wehen. Dann kam eine atemberaubende Rechtskurve, als sie am wenigsten erwartet wurde, eine kleine Steigung, wieder eine Rechtskurve auf geneigter Strecke, daß sich die Wagen in die Seite legten, schneller, immer schneller, dann wieder ein Stück geradeaus und erneut eine Steigung, doch bei ihrem Tempo nahmen sie die wie im Flug und stiegen noch höher, wurden jetzt etwas langsamer, langsamer, je näher sie der Spitze kamen. Vor-freuuuuu-de. Dann waren sie über den Grat und rasten hinunter, rasten, rasten in diese unendliche Tiefe, daß Jeremy meinte, sein Magen würde ihm aus dem Körper gerissen. Er wußte, was jetzt kam, dennoch war er atemlos vor Spannung. Der Zug fuhr jetzt einen riesigen Looping, schoß über Kopf durch das Rund. Jeremy stemmte die Füße in den Wagenboden und hielt die Sicherheitsstange umklammert, als sei er daran festgeschweißt. Er hatte das Gefühl, gleich würde er aus dem Wagen getragen und auf die Schienen geschmettert. Natürlich wußte er rein verstandesmäßig, daß die Zentrifugalkraft ihn da halten würde, wo er doch eigentlich nicht hingehörte, aber das war nicht wichtig: *Was man fühlte, hatte immer größere Bedeutung als das, was man wußte, das Gefühl zählte mehr als der Verstand.* Dann war der Looping zu Ende, der Zug donnerte wieder durch eine Schwingtür in einen hellen Tunnel und nutzte sein rasantes Tempo für die nächste Steigung, die nächsten Talfahrten und scharfen Kurven.

Jeremy sah Tod an.

Das gute alte Astronauten-As war ein wenig blaß um die Nase. »Keine Loopings mehr«, brüllte Tod in das Rattern des Zuges. »Das Schlimmste haben wir hinter uns.«

Jeremy brach in hämisches Lachen aus. *Das Schlimmste liegt noch vor dir, du Blödmann. Und für mich kommt das Beste erst – Vor-freuuu-de.*

Tod lachte ebenfalls, aber bestimmt aus anderen Gründen.

Nachdem sie die zweite Steigung genommen hatten, passierte der Zug eine dritte Schwingtür und tauchte erneut in eine pechschwarze Finsternis ein. Jeremy war jetzt besonders erregt, weil er wußte, daß Tod Ledderbeck soeben das letzte Mal in seinem Leben Licht gesehen hatte. Der Zug neigte sich nach rechts und links, sauste hinauf, donnerte hinunter und legte sich in einer Reihe von Haarnadelkurven auf die

Seite. Bei alldem spürte Jeremy Tod genau neben sich. Während sie den Bewegungen des Zuges folgten, streiften sie sich mit ihren bloßen Armen oder stießen mit den Schultern zusammen. Jeder Körperkontakt ließ Jeremy in Vorfreude erschauern, er bekam eine Gänsehaut vor Vergnügen. Er wußte, daß er die endgültige Macht über diesen Jungen besaß, die Macht über Leben und Tod, und was ihn von den anderen Weltwundern unterschied, die diese Bezeichnung doch in Wirklichkeit gar nicht verdienten, war, daß er keine Skrupel hatte, seine Macht *auszuüben.*

Er wartete auf einen Streckenabschnitt, der mit seinen wellenartigen Bewegungen das größte Risiko für ihre Mutprobe barg. Dann nämlich würde Tod sich in Sicherheit wiegen – *das Schlimmste haben wir hinter uns* – und würde um so leichter zu überrumpeln sein. Bevor sie zu der Steile kamen, die Jeremy für seinen Mord ausgewählt hatte, bot die Abenteuerfahrt noch eine besonders trickreiche Überraschung: eine Drehung um dreihundertsechzig Grad bei höchster Geschwindigkeit, wobei sich die Wagen auf die Seite legten. Sobald sie aus diesem Kreis herausfuhren, raste der Zug über sechs Hügel hintereinander, die zwar niedrig waren, aber so dicht aufeinanderfolgten, daß der Zug sich wie eine benebelte Raupe auf und ab, auf und ab, auf und ab wand, bis er schließlich die letzte Schwingtür erreichte, die sie in die künstliche Höhle führte, von der sie losgefahren waren.

Der Zug begann sich zu neigen.

Sie fuhren in die Dreihundertsechzig-Grad-Kurve.

Der Wagen legte sich auf die Seite.

Tod versuchte, aufrecht stehen zu bleiben, dennoch fiel er leicht gegen Jeremy, der auf der Innenseite des Wagens stand, als er in die Rechtskurve schoß. Das gute alte Astronauten-As heulte wie eine Sirene, um sich richtig in Ekstase zu bringen und das Letzte aus dieser Fahrt rauszuholen, nachdem das Schlimmste überstanden war.

Vor-freuuuu-de!

Jeremy schätzte, daß sie ein Drittel der Kurve durchfahren hatten ... jetzt die Hälfte ... das letzte Drittel.

Die Strecke verlief wieder gerade, sie kämpften nicht mehr mit der Schwerkraft.

Dann erreichte der Zug unvermutet den ersten Anstieg und schoß so schnell in die Höhe, daß es Jeremy den Atem nahm.

Seine rechte Hand, die am weitesten von Tod entfernt war, ließ die Stange los.

Der Zug raste talwärts.

Jeremy baute die Rechte zur Faust.

Sobald der Zug die Talsohle erreicht hatte, sauste er bereits auf die zweite Steigung zu.

Jeremy holte zu einem wilden Schwinger aus und schlug zu.

Der Zug donnerte ins Tal.

Der Schlag traf Tod mitten ins Gesicht. Jeremy spürte, wie das Nasenbein des Jungen brach.

Während der Zug die nächste Steigung nahm, stieß Tod einen gellenden Schrei aus, der jedoch in dem allgemeinen Gekreische und Gebrüll unterging.

Für den Bruchteil einer Sekunde würde Tod vermutlich glauben, daß er von dem Vorsprung getroffen worden war, der dem Gerücht zufolge einst einen Jungen geköpft hatte. In seiner Panik würde er die Stange loslassen. Zumindest hoffte Jeremy das, und ließ selber die Stange los, nachdem er den Schwinger ausgeführt hatte und der Zug in vollem Tempo den dritten Abhang hinunterraste. Er warf sich mit voller Wucht gegen seinen besten Freund, packte ihn, zerrte und stieß ihn mit aller Kraft zum Wagenrand. Tod versuchte, sich an Jeremys Haaren festzukrallen, doch der schüttelte wild den Kopf und stieß noch einmal zu, trat ihm in die Seite …

… der Zug flog die vierte Steigung hinauf …

… Tod kippte aus dem Wagen, stürzte in die Finsternis, in die Unendlichkeit. Jeremy geriet ins Wanken, verlor beinahe das Gleichgewicht und griff verzweifelt im Dunkeln nach der rettenden Stange, fand sie, klammerte sich fest …

… der Zug sauste wieder talwärts …

Jeremy meinte, einen letzten Schrei von Tod zu hören, gefolgt von einem dumpfen Aufprall, als er an die Tunnelwand schlug und im Sog des Zuges auf die Schienen zurückgerissen wurde, vielleicht war es aber auch nur Einbildung …

... raste mit schlingernden Bewegungen den nächsten Berg hinauf, daß Jeremy beinahe übel wurde ...

... entweder war Tod da hinten in der Finsternis bereits tot, bewußtlos oder halb benommen und versuchte, auf die Beine zu kommen ...

... donnerte talwärts. Jeremy wurde hin- und hergeschüttelt, er verlor beinahe den Halt, und schon ging es in die sechste und letzte Steigung ...

... wenn er noch nicht ganz tot war, merkte Tod viellcicht geradc, daß da noch ein Zug angerast kam ...

... wieder talwärts und dann in die Zielgerade.

Sobald er wieder ruhigeren Boden unter sich verspürte, trat Jeremy den Rückzug an und versuchte, sich ein Bein nach dem anderen unter der Sicherheitsstange hindurch auf seinen Platz zu zwängen. Am Ende des finsteren Tunnels lag die letzte Schwingtür. Sie führte in die hell erleuchtete Haupthöhle, in den Bahnhof mit dem Aufsichtspersonal, das ihn beim »Achterbahn-Surfen« erwischen würde.

Er arbeitete fieberhaft, um sich durch den schmalen Raum zwischen der Rückenlehne und der Stange durchzuwinden. Eigentlich nicht allzu schwierig. Es war einfacher, sich von außen unter der Stange durch auf den Sitz zu zwängen als umgekehrt. Geschafft.

Sie passierten die Schwingtür – *wummm* – und ratterten in gemächlichem Tempo auf die Ausstiegsplattform zu. Die Leute standen dichtgedrängt und blickten dem herannahenden Zug entgegen. Jeremy rechnete jeden Augenblick damit, daß sie mit dem Finger auf ihn zeigen und »Mörder« rufen würden.

Gerade als der Zug an der Rampe ausrollte und zum Halt kam, fingen überall rote Warnlampen an zu blinken. Aus den Lautsprechern hoch oben in den künstlichen Felsformationen ertönte die blecherne Stimme eines Computers: *»Der Zug mußte eine Notbremsung machen. Die Fahrgäste werden gebeten, auf ihren Plätzen zu bleiben ...«*

Sobald sich die automatische Verriegelung der Sicherheitsstange gelöst hatte, erhob sich Jeremy von seinem Platz und sprang auf den Bahnsteig.

»... die Fahrgäste werden gebeten, auf ihren Plätzen zu bleiben,

bis das Aufsichtspersonal eintrifft und sie aus dem Tunnel führt ...«

Die Männer von der technischen Aufsicht blickten einander ratlos an.

»... *die Fahrgäste werden gebeten, auf ihren Plätzen zu bleiben ...«*

Jeremy wandte sich zu der Tunnelöffnung um, aus der sie eben erst gekommen waren. Der nächste Zug schob sich durch die Schwingtür.

»... *die anderen Fahrgäste werden gebeten, Ruhe zu bewahren und sich zu den Ausgängen zu begeben ...«*

Der einlaufende Zug rollte nicht in der gewohnten Art heran, er ruckte und ruckelte und drohte, aus den Schienen zu springen.

Dann sah Jeremy, was die Vorderräder blockierte und den ersten Wagen fast zum Entgleisen brachte. Andere Fahrgäste mußten es auch entdeckt haben, denn plötzlich brachen sie in Schreie aus, die nichts mit dem fröhlichen Gekreisch und Gejohle eines Jahrmarktvergnügens gemein hatten. Dies waren Schreie des Entsetzens und des Grauens.

»... *die Fahrgäste werden gebeten ...*

Mit einem letzten Rucken und Zucken kam der Zug weit vor der Plattform zum Stehen. Da hing etwas am Kopf des grausamen Insekts, das den ersten Wagen schmückte, hatte sich in seinem gezahnten Unterkiefer verfangen. Es war der spärliche Rest vom guten alten Astronauten-As. Würde einen appetitlichen Happen für so eine monströse Wanze bieten.

»... *alle Fahrgäste werden gebeten, Ruhe zu bewahren und sich zu den Ausgängen zu begeben ...«*

»Schau nicht hin, Junge«, sagte ein Aufsichtsbeamter mitfühlend zu Jeremy und drehte ihn von dem grausamen Spektakel weg. »Mach um Gottes willen, daß du wegkommst.«

Das Aufsichtspersonal hatte den Schock soweit überwunden, daß es die Leute zu den Ausgängen dirigieren konnte. Jeremy barst schier vor Aufregung, doch als ihm bewußt wurde, wie dämlich er vor sich hingrinste und daß er viel zu freudig erregt war, um den trauernden Freund überzeugend zu spielen, schloß er sich den anderen an, die panikartig zum Ausgang drängten.

Draußen glitzerte unbekümmert die weihnachtliche Festbeleuchtung, die Laserstrahlen schossen unverändert in den dunklen Nachthimmel, und Neon-Regenbogen standen links und rechts am Himmelrand. Tausende von Besuchern gingen ihrem Vergnügen nach, ahnungslos, daß der Tod mitten unter ihnen weilte. Da machte Jeremy, daß er wegkam. Er rannte los, drängte und quetschte sich durch die Menschenmenge, wich manchem Beinahzusammenstoß aus und wußte eigentlich gar nicht, wohin er rannte. Irgend etwas trieb ihn weiter, bis er genug Abstand zwischen sich und Tod Ledderbecks zerfetzten Körper gelegt hatte.

Schließlich machte er an dem künstlichen See halt, auf dem Hovercraft-Zubringer emsig zwischen der Mars-Insel und dem Anleger hin- und hersurrten. Er kam sich selber wie auf dem Mars oder einem anderen fremden Stern vor, wo die Schwerkraft geringer schien als auf der Erde. Er befand sich in einem Schwebezustand und fühlte sich, als ob er gleich abheben und davonfliegen würde.

Er setzte sich auf eine Bank, um sich an etwas festzuhalten, saß mit dem Rücken zum See und starrte auf die mit Blumenbeeten gesäumte Promenade, auf der unzählige Leute unterwegs waren. Endlich ließ er dem Gelächter freien Lauf, das in ihm hochdrängte wie die Kohlensäurebläschen in einer durchgeschüttelten Cola-Flasche. Mit einem gewaltigen Prusten machte er sich Luft und wurde bald von solchen Lachsalven geschüttelt, daß er sich festhalten mußte, um nicht von der Bank zu fallen. Die Leute wurden auf ihn aufmerksam und starrten ihn an, und ein Ehepaar blieb vor ihm stehen und fragte, ob er sich verlaufen hätte. Jeremy keuchte vor Lachen, und die Tränen liefen ihm über das Gesicht. Die dachten wohl, daß er weinte, das kleine zwölfjährige Dummchen, das seine Eltern in der Menge verloren hatte und jetzt nicht wußte, was es tun sollte. Ihre Ahnungslosigkeit brachte ihn nur noch mehr zum Lachen.

Als das Lachen schließlich verebbte, beugte er sich vor und starrte auf seine Turnschuhe. Er überlegte, was er Mrs. Ledderbeck für eine Geschichte auftischen sollte, wenn sie ihn und Tod um zehn Uhr abholen kam – vorausgesetzt die Verantwortlichen des Vergnügungsparks hatten die Leiche noch nicht identifiziert und sich mit Mrs. Ledderbeck in Verbindung gesetzt. Jetzt war es acht Uhr. »Er wollte unbedingt die Mutprobe auf der Achterbahn«, erklärte Jeremy seinen Turnschuhen. »Ich hab versucht, ihn davon abzubringen, aber er bestand darauf und nannte mich einen Blödmann, weil ich nicht mitmachen wollte. Tut mir leid, Mrs. Ledderbeck, Doktor Ledderbeck, aber so hat er halt manchmal geredet. Er dachte wohl, daß er damit unheimlich cool wirkt.« Klang schon ganz gut für den Anfang, doch sollte er noch etwas mehr Betroffenheit zeigen: »Ich wollte einfach nicht mitmachen, also ging Tod alleine los und fuhr mit dem ›Tausendfüßler‹. Ich hab' am Ausgang gewartet, und als dann all die Leute rauskamen und von diesem zerfetzten und blutigen Körper redeten, wußte ich gleich, wen sie meinten, und ich ... und ich ... irgendwie kriegte ich die Panik.« Das Aufsichtspersonal würde sich nicht mehr daran erinnern können, ob Tod allein oder mit einem Freund zusammen in den Wagen gestiegen war, sie hatten täglich mit Tausenden von Fahrgästen zu tun und konnten unmöglich wissen, wer allein und wer mit wem zusammen gewesen war. »Es tut mir so leid, Mrs. Ledderbeck, ich hätte es ihm ausreden müssen. Ich hätte mit ihm gehen sollen und ihn irgendwie davon abhalten. Ich komm' mir so dumm vor, so ... hilflos. Warum hab' ich ihn alleine mit dem ›Tausendfüßler‹ fahren lassen? Macht so was ein bester Freund?«

Gar nicht so übel. Er mußte noch ein wenig daran feilen, doch mußte er aufpassen, daß er nicht zu dick auftrug. Rührung ja, tränenerstickte Stimme, ja. Aber keine lauten Schluchzer oder ähnlich dramatische Effekte.

Für Jeremy stand fest, daß er es bringen würde.

Jetzt war er ein Meister des Spiels.

Sowie die Geschichte glaubwürdig klang, machte sich sein Hunger bemerkbar. Ein Bärenhunger. Jeremy zitterte geradezu vor Hunger. An einer Imbißbude kaufte er sich einen Hot dog mit allem, was dazugehört – Zwiebeln, Relish, Chili, Senf, Ketchup –, und schlang ihn hinunter. Er jagte frisch gepreßten Orangensaft hinterher. Das Zittern hielt an. Als Nachtisch kaufte er sich eine Eiscremewaffel.

Das äußere Zittern hatte aufgehört, nur innerlich bebte er noch. Nicht etwa aus Furcht. Es ähnelte vielmehr dem köstlichen Kribbeln, das ihn jedesmal überkam, wenn er einem Mädchen nachstarrte und sich vorstellte, wie es mit ihr wäre, nur unvergleichlich viel besser. Ähnlich dem aufregenden Schauer, der ihm über den Rücken lief, als er im Laguna Beach Park über den Sicherheitszaun geklettert war, sich genau an den Rand des Sandkliffs gestellt und auf die Wellen tief unten geblickt hatte, die gierig an den Felsen leckten. Dieses Gefühl, wie der Boden unter seinen Schuhen allmählich abbröckelte, immer weiter, bis zur Sohlenmitte bereits ... und er hatte gewartet, gespannt darauf gewartet, ob der trügerische Boden mit einemmal unter ihm wegbrechen und ihn mitreißen würde, bevor er noch Zeit hätte, zurückzuspringen und die rettende Stange zu packen. Doch er hatte ausgeharrt und gewartet ...

Dieses erregende Kribbeln, das Jeremy jetzt empfand, übertraf alles andere noch um vieles. Es wuchs von Minute zu Minute, ein sinnliches inneres Feuer, das der Mord an Tod nicht gelöscht, sondern noch angefacht hatte.

Sein dunkles Gelüst wurde zu einer quälenden Begierde.

Er strich im Park herum auf der Suche nach Befriedigung.

Es überraschte ihn, daß alles in Fantasy World seinen normalen Gang nahm, als ob es das Unglück beim ›Tausendfüßler‹ nie gegeben hätte. Er hatte angenommen, daß der ganze Vergnügungspark geschlossen würde, nicht nur die eine Achterbahn. Dann wurde ihm klar, daß Geld wichtiger war als die Trauer um einen Besucher. Und selbst wenn einige der Leute, die Tods zerfetzten Körper gesehen hatten, die Geschichte weitertrugen, wurde sie wahrscheinlich als ein Aufwärmen des alten Gerüchts abgetan. Alles drehte sich wie eh und je im Park nur um oberflächliches, schnelles Vergnügen, und daran würde sich auch nichts ändern.

Einmal traute er sich am ›Tausendfüßler‹ vorbei, allerdings in einem gewissen Abstand, weil er nicht sicher war, ob er seine Erregung über die vollbrachte Tat und seinen Stolz über den neuerworbenen Status würde verbergen können. Meister des Spiels. Das Eingangsgebäude war mit Ketten versperrt, Zutritt verboten. Ein Schild WEGEN REPARATURARBEITEN GESCHLOSSEN hing an der Eingangstür. Nicht etwa wegen Tod, das Astronauten-As konnte man nicht mehr reparieren. Da stand aber keine Ambulanz, die sie ja vielleicht benötigt *hätten*, auch kein Leichenwagen. Polizei war auch nicht zu sehen. Seltsam.

Dann fiel ihm eine Fernsehsendung über die technische Unterwelt von Fantasy World ein: eine Welt aus Katakomben, unterirdischen Versorgungstunneln, Lagerräumen, Sicherheitsüberwachung und Kontrollzentren für die computergesteuerten Geister- und Achterbahnen, wie in Disneyland. Um keine Unruhe unter den zahlungskräftigen Besuchern aufkommen zu lassen und die Schaulustigen abzuhalten, waren die Polizei und die Leute von der Gerichtsmedizin vermutlich durch diese unterirdischen Tunnel hereingeschleust worden.

Jeremy spürte, wie dieses innere Kribbeln heftiger wurde. Dieses Gelüst. Die Gier.

Er war ein Meister des Spiels. Keiner konnte ihm etwas anhaben.

Vielleicht sollte er den Bullen und den Jungs vom Labor noch mehr zu tun geben, damit sie bei Laune blieben.

Er schlich weiter durch den Park wie ein Raubtier auf Beutezug, wachsam, auf der Suche nach einer günstigen Gelegenheit. Sie fand sich, wo er sie am wenigsten erwartet hätte, auf der Männertoilette.

Ein etwa dreißigjähriger Mann stand an einem der Waschbecken und begutachtete sich im Spiegel, kämmte sein dichtes blondes Haar, das von Frisiercreme glänzte. Er hatte ein paar persönliche Gegenstände auf die Spiegelablage gelegt: Brieftasche, Autoschlüssel, eine Taschenpackung Mundspray, ein halbleeres Päckchen Pfefferminz-Kaugummi (der Kerl litt offenbar unter einem Mundgeruch-Komplex) und ein Feuerzeug.

Das Feuerzeug weckte augenblicklich Jeremys Interesse. Es war nicht etwa eines dieser Wegwerf-Plastikfeuerzeuge, nein, es war aus Stahl in der Form einer Miniaturbrotscheibe mit einem aufklappbaren Deckel. Wenn man den aufschnippte, erschienen Zündstein und Docht. Das fluoreszierende Deckenlicht verlieh den sanften Kurven dieses Feuerzeugs etwas ganz Besonderes, es wurde zu einem übernatürlichen Objekt mit einem merkwürdigen eigenen Strahlen. Ein Fanal, aber nur für Jeremy erkennbar.

Er zögerte einen Moment, dann ging er zu einem der Urinbecken. Als er seinen Reißverschluß wieder hochzog, sah er, daß der Typ immer noch vor dem Spiegel stand und sich herausputzte.

Jeremy achtete streng darauf, sich nach dem Pinkeln immer die Hände zu waschen, denn das tat man als wohlerzogener Mensch. Das war eine der Regeln, die ein guter Spieler beachtete.

Er trat an das Waschbecken neben dem Schönling. Während er sich ausgiebig die Hände seifte, konnte er seinen Blick nicht von dem Feuerzeug abwenden, das nur Zentimeter entfernt auf der Ablage lag. Er schalt sich innerlich, wie dumm er sich verhielt. Der Kerl würde gleich merken, daß er es auf sein Feuerzeug abgesehen hatte. Doch die schlanken silbernen Konturen fesselten ihn. Während er wie gebannt darauf starrte und sich die Seife von den Händen spülte, vermeinte er das Knistern und Prasseln eines alles verzehrenden Feuers zu hören.

Der Mann steckte seine Brieftasche ein, ließ die anderen Dinge jedoch noch liegen und ging zu einem der Urinbecken. Jeremy wollte gerade nach dem Feuerzeug greifen, als die Tür aufging und ein Vater mit seinem Sprößling hereinkam. Sie hätten alles verderben können, doch sie gingen jeder in eine Toilettenkabine und verriegelten die Türen. Jeremy wußte sofort, daß dies ein Zeichen war. Tu's doch, sagte das Zeichen. Nimms dir, mach schon, los. Jeremy warf einen Blick auf den Mann am Urinbecken, schnappte sich das Feuerzeug, drehte sich um, ging hinaus, ohne sich die Hände abzutrocknen. Niemand verfolgte ihn.

Das Feuerzeug fest in der rechten Faust, schlich er sich durch den Park auf der Suche nach dem perfekten brennbaren Material. Die Gier in ihm war jetzt so intensiv, daß sie wie Feuer brannte. Die Hitze breitete sich aus von seinem Schritt über den Bauch und den Rücken, dann war sie in seinen Händen und in den Beinen, die vor Erregung manchmal weich wie Gummi waren.

Gier …

Als er den letzten Schokoladenkeks vertilgt hatte, rollte Vassago die leere Tüte zusammen, verknotete sie außerdem noch zum kleinstmöglichen Päckchen und warf sie in die Abfalltüte neben der Kühltasche. Sauberkeit galt als eines der obersten Gebote in der Welt der Lebenden.

Er verlor sich nur allzu gern in der Erinnerung an jene besondere Nacht vor acht Jahren, als er zwölf war und sich für immer verändert hatte. Doch jetzt war er müde und wollte schlafen. Vielleicht träumte er wieder von der Frau, die Lindsey hieß. Vielleicht hatte er auch wieder eine Vision, würde zu jemandem geführt, der zu der Frau gehörte. Denn irgendwie schien sie Teil seines Schicksals zu sein, er fühlte sich von Kräften zu ihr hingezogen, die er zwar nicht verstand, aber respektierte. Beim nächstenmal würde er nicht denselben Fehler machen wie mit Cooper. Die Gier würde ihn nicht wieder überwältigen und außer Kontrolle geraten lassen. Zuerst würde er Fragen stellen. Wenn er alle Antworten bekommen hatte, und erst dann, würde er das wunderbare Blut befreien und mit ihm eine weitere Seele, damit sie sich mit den unendlichen Scharen jenseits dieser scheußlichen Welt vereinte.

4

Den Dienstag vormittag verbrachte Lindsey zu Hause in ihrem Atelier, um an einem Bild weiterzuarbeiten. Hatch würde Regina auf dem Weg nach North Tustin an der Schule absetzen. Er war mit einem Erbschaftsverwalter verabredet, der einige antike Wedgwood-Vasen zum Verkauf anbot. Nach dem Lunch hatte er einen Termin bei Dr. Nyebern, um mit ihm die Testergebnisse vom Samstag zu besprechen. Auf dem Heimweg würde er Regina abholen und wäre dann am späten Nachmittag zurück. Bis dahin wollte Lindsey auch mit dem Bild fertig sein, an dem sie seit Monaten arbeitete.

So hatte sie es zumindest geplant, doch das Schicksal und ihre eigene Psychologie hatten sich gegen sie verschworen. Zunächst gab die Kaffeemaschine den Geist auf. Lindsey werkelte eine geschlagene Stunde an dem Gerät herum, bis sie den Schaden gefunden und behoben hatte. Sie war recht geschickt in solchen Dingen und führte kleinere Reparaturen gern selber aus. Allein der Gedanke, den Tag ohne einen kräftigen Schuß Koffein beginnen zu müssen, ließ sie erschauern. Natürlich wußte sie, daß Kaffee nicht gesund war, ebensowenig wie Batteriesäure oder Zyanid, die sie ja auch nicht trank. Das zeigte hinreichend, daß sie genug Standvermögen gesundheitsschädlichen Dingen gegenüber besaß!

Endlich konnte Lindsey, mit einem Kaffeebecher und einer Thermoskanne bewaffnet, in ihr Atelier im zweiten Stock hinaufgehen. Durch die Nordfenster ihres Studios schien jetzt genau das richtige Licht für ihr Vorhaben herein. Jetzt hatte sie alles, was sie brauchte. Pinsel, Palette, Spachtel. Ihre Malfarben. Sie hatte ihren in der Höhe verstellbaren Hocker, ihre Staffelei und ihre Stereoanlage und stapelweise CDs von Garth Brooks, Glenn Miller und Van Halen. Offenbar boten sie die ideale Hintergrundmusik für eine Malerin, deren Malstil eine Mischung aus Neoklassizismus und Surrealismus darstellte. Was ihr jedoch fehlte, war auch nur ein Funken Interesse an ihrer Arbeit und die richtige Konzentration.

Immer wieder wanderte ihr Blick von der Leinwand zu dem einen Fenster, in dessen oberer rechter Ecke sich eine schwarze Spinne zu schaffen machte. Sie mochte keine Spinnen, aber töten konnte sie sie auch nicht. Sie würde sie später mit einem Glas einfangen und nach draußen setzen. Die Spinne wanderte jetzt in die linke Fensterecke, doch die schien sie nicht sonderlich zu interessieren, also kehrte sie an ihren Ausgangspunkt zurück. Genüßlich bog und streckte sie ihre langen Beine und fand ein sichtlich spinneneigenes Vergnügen an dieser besonderen Ecke.

Lindsey wandte sich wieder ihrer Staffelei zu. Das Bild war eine ihrer gelungensten Arbeiten und fast fertig, es waren nur noch einige wenige letzte Pinselstriche nötig.

Sie mochte sich nicht entschließen, die Maltuben aufzuschrauben und einen Pinsel zur Hand zu nehmen, denn eines konnte sie so perfekt wie malen: sich Sorgen machen. Diesmal war es Hatchs Gesundheitszustand – psychisch wie physisch – der ihr Sorgen bereitete, und der Gedanke an den Unbekannten, der die blonde Frau getötet hatte. Die unheimliche Verbindung zwischen dieser grausamen Bestie und ihrem Hatch beunruhigte sie zutiefst.

Die Spinne hangelte sich jetzt am rechten Fensterrahmen nach unten auf das Fensterbrett. Ein spinnentypischer sechster Sinn ließ sie aber auch diesen Winkel ablehnen, denn sie kehrte wieder an ihren Lieblingsplatz in der *oberen* rechten Fensterecke zurück.

Wie die meisten Menschen ließ Lindsey übersinnliche Kräfte nur in einem gut gemachten Gruselfilm gelten, in Wirklichkeit betrachtete sie sie jedoch als reine Scharlatanerie. Trotzdem war sie relativ schnell zu dem Schluß gelangt, daß Übersinnlichkeit eine Erklärung für das sein könnte, was Hatch widerfahren war. Sie bestand auch weiterhin auf ihrer Theorie, selbst als Hatch ihr versichert hatte, daß er keine solchen Gaben besaß.

Während sie frustriert auf das unfertige Bild vor sich starrte, ging ihr auf, warum sie so beharrlich an der Vorstellung festhielt, daß in jener Freitagnacht, als sie der Spur des Mörders folgten, tatsächlich eine übersinnliche Kraft in ihrem Wagen präsent gewesen sein könnte. Sollte Hatch nämlich doch parapsychologische Fähigkeiten erworben haben, würde er mit der Zeit Reize von allen möglichen Menschen empfangen, und seine Verbindung zu dem Mörder wäre so ungewöhnlich nicht. War er jedoch *nicht* übersinnlich veranlagt, und die Bindung zwischen ihm und dem Monster viel enger als bei einer, wie Hatch behauptete, zufälligen Telepathie, standen sie bereits bis zu den Knien im Ungewissen. Und das Ungewisse war tausendmal beängstigender als etwas, das man beschreiben und definieren konnte.

Wenn also die Verbindung zwischen den beiden weitaus mysteriöser war und tiefer ging als bei einer übersinnlichen Wahrnehmung, konnte das für Hatchs seelische Verfassung gefährliche Folgen haben. Was für ein mentales Trauma trug man davon, wenn man auch nur kurz in die Psyche eines skrupellosen Killers versetzt worden war? Rührte die Bindung zwischen ihnen von einer Art Ansteckung her, wie bei einer *biologischen* Verseuchung? War das Virus in den Äther gelangt und hatte Hatch angesteckt?

Nein, einfach lächerlich. Nicht ihr Mann. Er war zuverlässig, gradlinig, anständig, sanft und ein ganz normaler Mensch.

Die Spinne hatte sich nun endgültig in der oberen rechten Fensterecke niedergelassen und damit begonnen, ein Netz zu spinnen.

Lindsey mußte wieder an Hatchs Wutausbruch in der vergangenen Nacht denken, als er den Zeitungsartikel über Cooper gelesen hatte. Sein wutverzerrtes Gesicht. Der fieberhafte harte Glanz in seinen Augen. So hatte sie Hatch noch nie erlebt. Seinen Vater, ja, aber ihn niemals. Hatch hegte zwar die Befürchtung, etwas von seines Vaters Veranlagung geerbt zu haben, aber sie hatte noch keine Anzeichen dafür entdecken können, und vermutlich war das gestern nacht auch keines gewesen. Was sie gesehen hatte, konnte vielmehr die Wut des Killers gewesen sein, die über jenes mysteriöse Band auf Hatch übergesprungen war …

Nein. Von Hatch hatte sie nichts zu befürchten, er war ein herzensguter Mann, einen besseren konnte sie sich nicht vorstellen, der reinste Quell an Güte, so daß selbst der ganze Wahnsinn dieses Killers ihm nichts würde anhaben können: Er würde sich in Hatch auflösen, bis nichts mehr davon übrig war.

Ein seidiger Silberfaden trat aus dem Hinterleib der Spinne, während sie geschäftig die rechte obere Fensterecke in Beschlag nahm. Lindsey holte ein Vergrößerungsglas aus der Schublade und hielt es über das Tier. Erst durch die Vergrößerung konnte sie erkennen, daß die hauchdünnen Beine dicht behaart waren. Die gräßlichen Facettenaugen blickten in alle Richtungen, und der gezuckte Kiefer mahlte unentwegt, wie im Vorgeschmack auf die zu erwartende Beute.

Ihr Verstand sagte Lindsey zwar, daß die Spinne genauso ein Geschöpf Gottes war wie sie selbst und deshalb nichts Schlechtes darstellte, trotzdem ekelte sie sich. Das Tier verkörperte einen Teil der Natur, den sie weniger schätzte: Er hatte mit Jagen und Töten zu tun und damit, daß die einen die anderen auffraßen. Sie legte das Vergrößerungsglas weg und ging nach unten, um ein Glas aus der Küche zu holen. Sie wollte die Spinne einfangen und nach draußen setzen, bevor sie sich weiter häuslich bei ihr einrichtete.

Am Fuß der Treppe fiel Lindseys Blick zufällig durch das kleine Fenster neben der Haustür. Gerade eben fuhr der Postwagen weg. Sie ging nach draußen und holte die Post aus dem Briefkasten neben der Einfahrt: zwei Rechnungen, ein Versandhauskatalog und die neueste Ausgabe von *Arts American*, einem Kunstmagazin.

Heute war ihr jede Ausrede willkommen, sich vor ihrer Arbeit zu drücken, was ungewöhnlich genug war, denn sie liebte ihre Malerei. Sie hatte inzwischen völlig vergessen, daß sie eigentlich heruntergekommen war, um ein Glas für die Spinne zu holen, und nahm die Post mit nach oben. Mit einem frisch eingeschenkten Kaffee ließ sie sich in ihrem Sessel nieder und schlug die Zeitschrift auf.

Beim Überfliegen des Inhaltsverzeichnisses entdeckte sie sofort einen Artikel über sich. Das überraschte sie. *Arts American* hatte schon öfter über ihre Arbeit berichtet, nur hatte der Verlag es ihr immer rechtzeitig angekündigt. Gewöhnlich klärte der Redakteur vorher noch einiges mit ihr ab, auch wenn es kein richtiges Interview war.

Dann fiel ihr Blick auf den Namen des Verfassers, und sie erstarrte. S. Steven Honell. Ohne auch nur eine Zeile zu lesen, wußte sie, daß der Artikel ein absoluter Verriß sein würde.

Honell war ein angesehener Romanschriftsteller, der hin und wieder auch über Kunst schrieb; Mitte bis Ende Sechzig und unverheiratet. Als ausgesprochen phlegmatischer Mensch hatte er sich in jungen Jahren bereits gegen die Annehmlichkeiten von Ehe und Familie und für die Schriftstellerei entschieden. Um gut schreiben zu können, lautete sein Wahlspruch, mußte man ein mönchisches Leben führen. In der Abgeschiedenheit sei man geradezu gezwungen, sich einer Sache ganz unmittelbar und ungestört zu widmen, was man in Gesellschaft von anderen Menschen eben nicht könne. Honell hatte seine Einsamkeit zunächst in Nordkalifornien gesucht, dann in Neu-Mexiko. Vor kurzem erst war er nach Orange County gezogen, einer waldreichen und noch recht einsamen Hügellandschaft am unteren Ende des Silverado Canyon.

Vor einem Jahr im September hatten Lindsey und Hatch eines Abends am zivilisierteren Ende von Silverado Canyon ein Restaurant aufgesucht, das für seine guten Drinks und saftigen Steaks berühmt war. Sie aßen an einem kleinen Tisch im Barraum, dessen rustikale Note ihnen gefiel. An der Bar hockte ein ziemlich angetrunkener weißhaariger Mann und ließ sich lautstark über Literatur, Kunst und Politik aus. Er vertrat seinen Standpunkt äußerst heftig und sparte nicht mit giftigen Bemerkungen. Aus der Art, wie die anderen Gäste am Tresen und der Barkeeper ihn gewähren ließen, schloß Lindsey, daß es sich bei dem brummigen Kerl um einen Stammgast und eine Art Lokalmatador handeln mußte, über den mehr Geschichten im Umlauf waren, als er selber erzählen konnte.

Dann erkannte sie ihn. Es war S. Steven Honell. Sie hatte einige seiner Bücher gelesen, und manche hatten ihr gefallen. Vor allem aber bewunderte sie seine selbstlose Hingabe an die Schriftstellerei. Sie selbst wäre niemals imstande gewesen, Liebe, Ehe und Kinder ihrer Malerei zu opfern, obgleich die Erprobung ihrer Kreativität ebenso wichtig für sie war wie Essen und Trinken. Während sie Honell ungewollt zuhörte, verwünschte sie insgeheim den Zufall, der sie und Hatch ausgerechnet in dieses Lokal geführt hatte. Von nun an würde sie keines von Honells Büchern mehr lesen können, ohne an seine abfälligen Bemerkungen über die Werke und Fähigkeiten seiner Zunftkollegen denken zu müssen. Mit jedem Drink wurde Honell galliger, und je ätzender seine Kritik anderen gegenüber wurde, desto nachsichtiger ging er mit den eigenen Schwächen um. Seine Redseligkeit war unerträglich. Durch den Alkohol wurde der geschwätzige Narr sichtbar, der sich hinter der Legende vom verschlossenen Einzelgänger verbarg. Man hätte ihn nur noch mit einer Pferdedosis Demerol – intravenös – oder mit einer 357er Magnum zum Schweigen bringen können. Lindsey aß hastig ihr Steak, fest entschlossen, auf den Nachtisch zu verzichten und so schnell wie möglich zu gehen.

Dann hatte Honell sie entdeckt. Immer wieder warf er ihr schräge Blicke über die Schulter zu, und seine schwimmenden Augen zwinkerten ungläubig. Schließlich kletterte er von seinem Barhocker und kam schwankend an ihren Tisch. »Entschuldigen Sie, sind Sie nicht Lindsey Sparling, die Malerin?« Sie wußte, daß er manchmal über amerikanische Kunst schrieb, aber es überraschte sie, daß er mit ihrer Malerei vertraut war und sogar sie selbst erkannte. »Stimmt«, sagte sie und hoffte insgeheim, daß er nun bloß nicht erklären möge, wie er ihre Arbeit schätzte und wer er selber war. »Ich schätze Ihre Arbeit wirklich sehr«, fing er an. »Damit will ich Sie aber wirklich nicht langweilen.« Sie bedankte sich für das Kompliment und wollte sich gerade abwenden, als er sich vorstellte. Nun war sie an der Reihe, ihm zu versichern, daß ihr seine Romane gefielen, was im Prinzip auch stimmte, nur würde sie sie von heute an in einem anderen Licht sehen. Er schien nicht der Mann zu sein, der die Liebe einer Familie seiner Kunst geopfert hatte, vielmehr schien er zur Liebe gar nicht fähig. In seiner Abgeschiedenheit mochte er ja die größtmöglichen Inspirationen für sein kreatives Schaffen erfahren; gleichzeitig blieb ihm aber auch genug Zeit, um sich selbst zu bewundern und darüber nachzusinnen, in welchen Dingen er seinen Kollegen haushoch überlegen war. Lindsey tat ihr Bestes, sich ihre Abneigung nicht anmerken zu lassen, und lobte seine Bücher, doch schien er ihre Antipathie zu spüren. Er beendete das Gespräch ziemlich rasch und kehrte zu seinem Barhocker zurück.

Honell hatte sich danach kein einziges Mal mehr nach ihr umgedreht und auf weitere große Reden verzichtet. Er konzentrierte sich nur noch auf den Inhalt seines Glases.

Da saß sie nun in ihrem Sessel, das aufgeschlagene Kunstmagazin auf dem Schoß, und allein beim Lesen des Namens Honell zog sich ihr bereits der Magen zusammen. Sie hatten den großen alten Mann betrunken erlebt und gesehen, wie er mehr von seiner wahren Natur preisgab, als ihm lieb sein konnte. Was die Sache aber noch schlimmer machte: Sie war eine gebildete Frau und bewegte sich in Kreisen, wo auch die Leute verkehrten, mit denen Honell bekannt war. Also sah er in ihr eine Bedrohung. Der einzige Weg, sie lahmzulegen, war ein perfekt formulierter, wenn auch ungerechter Artikel, in dem das Wesentliche ihrer Arbeit niedergemacht wurde. Sollte Lindsey danach irgendwelche Geschichten über ihn verbreiten, konnte Honell jederzeit behaupten, daß es ein Racheakt und der Wahrheitsgehalt mehr als zweifelhaft sei. Nie zuvor hatte sie eine Kritik gelesen, die so bösartig und gemein war, und doch so gekonnt geschrieben, daß der Verfasser selbst über jeden Vorwurf der persönlichen Animosität erhaben blieb.

Als Lindsey den Artikel zu Ende gelesen hatte, legte sie das Magazin bedächtig auf den kleinen Beistelltisch. Sie hätte das Heft zwar viel lieber in eine Ecke gefeuert, doch das hätte Honell so gepaßt.

»Ach, zum Teufel«, rief sie dann und warf die Zeitschrift mit aller Kraft quer durchs Zimmer. Sie prallte von der Wand ab und klatschte auf den Boden.

Ihre Arbeit bedeutete Lindsey sehr viel. Intelligenz, Gefühl, Begabung und Können steckten darin, und selbst wenn ein Bild nicht so geriet, wie sie es sich gewünscht hatte, tat sie sich auch da schwer damit. Eine gewisse Angst spielte immer mit. Und jedesmal offenbarte sie mehr von sich selbst, als klug war. Heiterkeit und Verzweiflung hielten sich die Waage. Ein Kritiker hat das unbestrittene Recht, einen Künstler abzulehnen, wenn er nach reiflicher Überlegung sein Urteil fällt und wenigstens versucht, das Anliegen des Künstlers zu verstehen. *Hier* handelte es sich aber nicht um ehrliche Kritik. Das hier war in böser Absicht mit giftiger Feder geschrieben. Ihre Malerei bedeutete ihr alles, und er hatte sie in den Dreck gezogen.

Lindsey sprang auf und begann wütend im Zimmer auf und ab zu gehen. Genau das hatte Honell mit seiner ätzenden Kritik ja nur bezweckt, daß sie sich so gehenließ. Sie konnte es auch nicht ändern.

Wenn Hatch doch nur da wäre. Seine Gegenwart war besänftigender als ein Glas voll Whiskey.

Sie blieb vor dem Fenster stehen, in dessen oberer rechter Ecke die schwarze Spinne inzwischen ein kunstvolles Netz gesponnen hatte. Da fiel ihr ein, daß sie ein Glas hatte holen wollen. Sie nahm noch einmal das Vergrößerungsglas zur

Hand und betrachtete die Filigranarbeit des Netzes, das wie Seide schimmerte. Die Falle war raffiniert, geradezu verlockend. Die lebende Webmaschine dieses mörderischen Gespinsts war die Verkörperung des Raubtiers schlechthin: klein, aber stark, gewandt und schnell. Der kugelige Spinnenkörper glänzte wie ein dicker schwarzer Blutstropfen, und die Kiefer mahlten in Erwartung der Beute, die noch erlegt werden mußte.

Die Spinne und Steven Honell waren vom selben Schlag und würden Lindsey immer fremd und unerklärlich bleiben, egal wie lange sie sie betrachtete. Beide spannen ihre Netze im Verborgenen. Beide waren mit aller Tücke in ihr Haus eingedrungen, der eine mit Hilfe des gedruckten Wortes in einer Zeitschrift, die andere durch eine Ritze im Fensterrahmen oder durch einen Türspalt. Beide waren bösartig und gefährlich.

Lindsey legte das Vergrößerungsglas hin. Bei Honell konnte sie nichts machen, bei der Spinne schon. Rasch zog sie zwei Papiertaschentücher aus der Box auf ihrem Tisch, warf sie über das Tier in seinem Netz und drückte zu.

Dann knüllte sie die Taschentücher zusammen und warf sie in den Papierkorb.

Gewöhnlich fing sie eine Spinne nur ein und setzte sie sorgsam nach draußen, dennoch plagten sie keine Gewissensbisse. Wäre Honell jetzt hier gewesen, hätte sie in ihrer Wut nicht gezögert, ähnlich schnell und gewaltsam auch mit ihm abzurechnen.

Lindsey kehrte an ihre Staffelei und das Bild zurück und sah plötzlich, wo die letzten Pinselstriche fehlten. Hastig schraubte sie die Maltuben auf und legte ihre Pinsel zurecht. Es war nicht das erste Mal, daß eine ungerechte Behandlung oder dumme Beleidigung sie zu ungeahnter Form auflaufen ließ. Sie fragte sich, wie viele andere Künstler ihre besten Werke schufen, während sie sich ausmalten, wie sie es den ewigen Miesmachern und Nörglern, die ihnen eins auswischen und sie schlechtmachen wollten, heimzahlten.

Nachdem sie zehn oder fünfzehn Minuten intensiv gearbeitet hatte, schoß ihr ein beunruhigender Gedanke durch den Kopf, der an ihre sorgenvollen Überlegungen *vor* der Lektüre des Artikels anknüpfte. Honell und die Spinne waren nicht die einzigen ungebetenen Eindringlinge. Der Killer mit der Sonnenbrille hatte sich ebenfalls Zutritt verschafft, und zwar über den mysteriösen Draht zu Hatch. Wenn er Hatch nun genauso sehen konnte wie Hatch ihn? Er würde ihn suchen und verfolgen, um dann wirklich bei ihnen einzudringen. Und er wäre bei weitem gefährlicher als Honell oder jede Spinne.

5

Das letze Mal hatte Hatch Jonas Nyebern in seinem Sprechzimmer im Orange County General Hospital aufgesucht. Heute fand ihr Treffen in der Privatpraxis des Arztes im Ärztehaus an der Jamboree Road statt.

Das Wartezimmer war bemerkenswert. Nicht wegen des kurzflorigen grauen Teppichbodens oder der Standardmöblierung, sondern wegen der Bilder an den Wänden.

Hatch staunte über die Sammlung hochwertiger alter Ölgemälde, die jeweils eine religiöse Szene aus der katholischen Heilslehre darstellten: das Martyrium des hl. Judas, die Kreuzigung, die Heilige Mutter Gottes, die Verkündigung, die Auferstehung und andere mehr.

Der materielle Wert dieser Sammlung erstaunte Hatch nicht so sehr. Schließlich war Nyebern ein äußerst erfolgreicher Herzchirurg und kam aus einer vermögenden Familie. Vielmehr überraschte es Hatch, daß der Angehörige eines Berufsstandes, der sich seit Jahrzehnten in zunehmendem Maße agnostisch gerierte, seine Bürowände mit religiöser Kunst schmückte, ganz zu schweigen von jenen Miserikordienbildern, die auf Nichtkatholiken wie Nichtgläubige wie eine Provokation wirken mußten.

Als Hatch der Schwester in die hinteren Räume folgte, sah er, daß die Gemäldesammlung sich im Flur der Praxis fortsetzte. Er fand es reichlich skurril, daß links von der aus rostfreiem Stahl und weißem Email gestylten Personenwaage ein Ölbild mit der Darstellung von Jesu Gefangennahme im Garten Gethsemane hing, und daneben eine Tabelle mit dem Idealgewicht für jede Größe, jedes Alter und Geschlecht.

Nach dem Wiegen, dem Blutdruckmessen und der Pulskontrolle wartete Hatch in einem kleinen Untersuchungszimmer auf Nyebern. Er saß am Fußende der Liege, die mit Papier von einer Endlosrolle abgedeckt war. An der gegenüberliegenden Wand hing eine Sehtafel und daneben eine wunderbare Darstellung der Himmelfahrt. Der Maler hatte das Licht auf außergewöhnliche Weise behandelt, so daß die Szene dreidimensional wirkte und die Figuren auf dem Bild zu leben schienen.

Nyebern ließ nur kurz auf sich warten. Als er eintrat, lächelte er Hatch beruhigend an. Er gab ihm die Hand und kam gleich zur Sache. »Ich will Sie gar nicht unnötig auf die Folter spannen, Hatch. Die Tests sind alle negativ. Sie erfreuen sich bester Gesundheit.«

Das tröstete Hatch weniger, als man vielleicht hätte vermuten sollen. Er hatte gehofft, sie würden bei den Tests auf etwas stoßen, das eine Erklärung für seine Alpträume und die mysteriöse Verbindung mit dem Killer bieten könnte. Andererseits überraschte ihn das Ergebnis auch nicht, denn er hatte befürchtet, daß die Antworten auf seine Fragen nicht leicht zu finden sein würden.

»Es sind also nur Alpträume«, fuhr Nyebern fort. »Nichts weiter. Ganz gewöhnliche Alpträume.«

Hatch hatte ihm nichts über die Vision von der erschossenen Blondine erzählt, die später tatsächlich tot auf der Schnellstraße lag. Wie er Lindsey schon erklärt hatte, war er nicht bereit, noch einmal Schlagzeilen zu machen, zumindest so lange nicht, bis er ein genaueres Bild von dem Killer hatte und der Polizei eine Täterbeschreibung liefern konnte. In letzterem Fall würde er sich allerdings den Blitzlichtern der Presse erneut stellen müssen.

»Kein erhöhter Schädeldruck«, sagte Nyebern. »Keine Elektrolytstörung, kein Anzeichen für eine Verlagerung der Epiphyse, was manchmal heftige Alpträume bis hin zu Halluzinationen hervorrufen kann ...« Nyebern ging die Testergebnisse methodisch der Reihe nach durch.

Während er dem Arzt zuhörte, stellte Hatch bei sich fest, daß er ihn jedesmal älter in Erinnerung behielt, als er wirklich war. Über Jonas Nyebern lag beständig ein feierlicher

Ernst und eine Müdigkeit, die ihn einfach alt wirken ließen. Er war groß und schlank, zog jedoch automatisch die Schultern vor und hielt sich krumm, als wollte er sich kleiner machen. Mit dieser Haltung ähnelte er mehr einem alten Mann als einem Fünfzigjährigen. Manchmal war er auch von einer tiefen Schwermut überschattet, als ob er großes Leid durchgemacht hätte.

Nyebern war fertig mit den Testergebnissen und blickte auf. Er lächelte Hatch an, es war ein warmes Lächeln, doch lag noch ein Rest Traurigkeit darin. »Das Problem ist nicht physischer Natur, Hatch.«

»Könnten Sie irgend etwas übersehen haben?«

»Möglich wäre es schon, aber ziemlich unwahrscheinlich. Wir ...«

»Eine winzigkleine Verletzung der Gehirnzellen, vielleicht tauchen ein paar hundert Zellen nicht in Ihren Tests auf und haben ernsthafte Schäden.«

»Wie ich schon sagte, das ist sehr unwahrscheinlich. Ich denke, wir können mit Sicherheit davon ausgehen, daß es sich hier um ein rein psychisches Problem handelt, was bei dem Trauma, das Sie durchgemacht haben, nur allzu verständlich ist. Warum versuchen wir es nicht mit einer Therapie?«

»Psychotherapie?«

»Irgendwelche Vorbehalte?«

»Nein.«

Außer, dachte Hatch, daß sie nichts bringen wird. Das hier ist nicht irgendein Seelenschaden, sondern ein real existierendes Problem.

»Ich kenne da den richtigen Mann, erstklassig. Sie werden ihn mögen«, sagte Nyebern, zog einen Füller aus der Brusttasche seines weißen Arztkittels und notierte den Namen des Psychotherapeuten auf seinem Rezeptblock. »Ich werde den Fall mit ihm besprechen und Sie anmelden, wenn es Ihnen recht ist.«

»Ja, natürlich. Einverstanden.«

Wenn er doch Nyebern die ganze Geschichte erzählen könnte. Dann würde es aber *endgültig* so aussehen, als müßte er dringend zur Analyse. Nur widerwillig fand er sich damit ab, daß weder ein Arzt noch ein Psychotherapeut ihm helfen konnten. Sein Leiden war zu ungewöhnlich, um auf eine der herkömmlichen Therapien anzusprechen. Vielleicht sollte er lieber zu einem Medizinmann gehen. Oder zu einem Exorzisten. Er *hatte* fast so ein Gefühl, als ob der schwarzgekleidete Killer mit der Sonnenbrille in der Tat ein Dämon war, der seine, Hatchs, Abwehrkräfte auf die Probe stellen wollte, bevor er Besitz von ihm ergriff.

Sie plauderten noch ein wenig über andere Dinge.

Hatch stand auf, um sich zu verabschieden, und deutete auf das Gemälde mit der Himmelfahrtsszene. »Eine wunderbare Arbeit.«

»Danke. Es ist einzigartig, nicht wahr?«

»Italienische Schule.« – »Ja.«

»Frühes achtzehntes Jahrhundert?«

»Stimmt genau«, antwortete Nyebern. »Kennen Sie sich in religiöser Kunst aus?«

»Nicht besonders gut. Ich denke aber, daß die ganze Sammlung hier von italienischen Malern aus derselben Epoche stammt.«

»Da liegen Sie richtig. Ein oder zwei Stücke fehlen noch, dann ist die Sammlung komplett.«

»Es hängt nur etwas seltsam«, sagte Hatch und trat vor das Bild neben der Sehtafel.

»Ich weiß, was Sie damit sagen wollen«, erwiderte Nyebern. »Nur habe ich zu Hause leider keinen Platz mehr für alle meine Bilder. Ich bin nämlich dabei, dort *moderne* religiöse Kunst zu sammeln.«

»Gibt es die denn?«

»Wenig. Religiöse Themen sind heutzutage bei den wirklich begabten Künstlern nicht besonders beliebt. Die meisten Bilder kommen von mittelmäßigen Malern. Doch manchmal ... manchmal gibt es noch echte Talente, die sich von biblischen Themen inspirieren lassen und sie dann mit aktuellem Bezug umsetzen. Ich werde die moderne Sammlung hierher verlegen, wenn diese hier vollständig ist und ich mich von ihr trennen werde.«

Hatch hatte sich umgedreht und musterte Nyebern mit berufsmäßigem Interesse. »Wollen Sie denn verkaufen?«

»O nein«, erwiderte der Arzt und steckte den Füller in die

Brusttasche zurück. Er hatte lange, schmale Hände, wie man es bei einem Chirurgen erwartete. Die Hand blieb auf der Brust liegen, als gelobte er, die Wahrheit zu sprechen. »Ich werde sie einem guten Zweck stiften. Das wäre dann in zwanzig Jahren meine sechste Sammlung religiöser Kunst, die ich verschenke.«

Da Hatch den Wert der Gemälde von den anderen Räumen her leicht überschlagen konnte, war er beeindruckt von der philanthropischen Haltung, die Nyebern mit diesen einfachen Worten ausdrückte. »Und wer ist der glückliche Beschenkte?«

»Nun, gewöhnlich eine katholische Universität, bei zwei anderen Gelegenheiten war es eine andere kirchliche Institution.«

Der Arzt betrachtete das Gemälde, doch sein Blick war starr, als ob er durch das Bild hindurch, über die Wand, an der es hing, und noch weit über den Horizont hinausging. Nyeberns Hand lag immer noch auf seiner Brust.

»Das ist wirklich großzügig von Ihnen«, sagte Hatch voll Anerkennung.

»Es ist kein Akt von Großmut.« Nyeberns Stimme schien ebenso weit weg zu sein wie sein Blick. »Es ist ein Akt der Buße.«

Diese Worte verlangten nach einer Erklärung, obwohl Hatch es als ein Eindringen in die Privatsphäre des Arztes empfand. »Buße, wofür?«

Den Blick immer noch auf das Gemälde geheftet, antwortete Nyebern: »Ich spreche niemals darüber.«

»Ich wollte nicht aufdringlich sein. Ich dachte nur ...«

»Vielleicht würde es mir guttun, darüber zu reden. Meinen Sie nicht auch?«

Hatch erwiderte nichts darauf – er hatte den Eindruck, daß der Arzt ihm sowieso nicht zuhörte.

»Buße«, setzte Nyebern noch einmal an. »Zunächst einmal Buße dafür, daß ich der Sohn meines Vaters bin. Und dann ... dafür, daß ich der Vater meines Sohnes bin.«

Hatch begriff nicht ganz, warum beides eine Sünde sein sollte, und wartete geduldig. Der Arzt würde bestimmt gleich erläutern, wie er das meinte. Allmählich kam er sich vor wie der Mann in dem alten Coleridge-Gedicht, der auf dem Weg zu einer Gesellschaft von dem verrückten alten Seemann aufgehalten wurde, der unbedingt seine Horrorgeschichte loswerden mußte, weil er sonst das letzte bißchen Verstand, das ihm noch geblieben war, verlieren würde.

Mit unverwandt starrem Blick auf das Bild fing Nyebern an zu reden. »Als ich gerade sieben Jahre alt war, lief mein Vater plötzlich Amok und erschoß meine Mutter und meinen Bruder. Meine Schwester und ich waren bloß angeschossen, er hielt uns ebenfalls für tot und brachte sich um.«

»O mein Gott, wie schrecklich«, stieß Hatch hervor und dachte an die cholerischen Anfälle seines Vaters. »Das tut mir wirklich sehr leid, Doktor Nyebern.« Er begriff aber immer noch nicht, worin das Vergehen oder die Sünde bestand, für die Nyebern unbedingt büßen wollte.

»Bestimmte Psychosen haben manchmal eine genetische Ursache. Als ich die ersten Anzeichen von soziopathologischem Verhalten bei meinem Sohn bemerkte, selbst als er noch sehr klein war, hätte ich wissen müssen, worauf es hinauslaufen würde, und etwas unternehmen müssen, aber ich konnte die Wahrheit nicht ertragen. Es war zu schmerzhaft, einfach schrecklich. Und dann, vor zwei Jahren, als er achtzehn war, erstach er seine Schwester ...«

Hatch lief es kalt den Rücken hinunter.

»... und danach seine Mutter.«

Hatch wollte dem Arzt spontan die Hand auf den Arm legen, doch spürte er instinktiv, daß Nyeberns Schmerz niemals gelindert werden konnte und kein Mittel, schon gar nicht simpler Trost, seine Wunde würde heilen können. Obwohl er eine ganz persönliche Tragödie schilderte, erwartete der Arzt offensichtlich kein Mitgefühl oder freundschaftliche Gefühle von Hatch. Mit einemmal wirkte er auf geradezu beängstigende Weise selbstbeherrscht. Er sprach über diese Tragödie, weil die Zeit gekommen war, sie aus seiner persönlichen Dunkelkammer ans Licht zu zerren und noch einmal zu überprüfen. Das hätte er heute mit wem auch immer getan, wäre Hatch nicht dagewesen, hätte er es vielleicht auch in den leeren Raum gesprochen.

»Als sie tot waren«, fuhr Nyebern fort, »nahm Jeremy dasselbe Messer, ein Fleischmesser, mit in die Garage, spannte es in den Schraubstock an meiner Werkbank, stieg auf einen Hocker und ließ sich in das Messer fallen, spießte sich selbst auf. Er ist verblutet.«

Die rechte Hand des Arztes lag noch immer auf seiner Brust, nur schien es nicht mehr so, als ob er die Wahrheit zu sagen gelobte. Es erinnerte Hatch vielmehr an ein Gemälde von Jesus Christus mit der Hand auf dem entblößten Heiligen Herzen. Die schmale Hand der göttlichen Gnade wies auf das Symbol des Opfers und der Verheißung der Ewigkeit.

Schließlich löste Nyebern seinen Blick von dem Bild und sah Hatch an. »Manche Leute meinen, das Böse ist nur die Folge unseres Handelns und nichts anderes als das Ergebnis unseres Willens. Ich denke auch, daß es so ist – und noch mehr. Ich glaube, daß das Böse eine reale Macht ist, eine Energie für sich, eine Präsenz in unserer Welt. Glauben Sie das auch, Hatch?«

»Ja«, sagte Hatch spontan und zu seiner eigenen Überraschung.

Nyebern blickte auf den Rezeptblock in seiner Linken. Er nahm die rechte Hand von der Brust, riß das oberste Blatt ab und reichte es Hatch. »Der Mann heißt Foster. Dr. Gabriel Foster. Ich denke, er wird Ihnen helfen können.«

Hatch bedankte sich leicht benommen.

Nyebern ging zur Tür und machte Hatch ein Zeichen, vorzugehen.

Im Flur blieb der Arzt stehen. »Hatch?«

Hatch blickte sich fragend um.

»Tut mir leid«, sagte Nyebern.

»Was?«

»Daß Sie sich die ganze Geschichte anhören mußten, warum ich die Sammlung verschenke.«

Hatch nickte. »Ich hab ja schließlich gefragt, oder?«

»Ich hätte mich auch kürzer fassen können.«

»Bitte?«

»Nun, ich hätte auch sagen können, daß ich mir den Weg in den Himmel freikaufen möchte.«

Hatch blieb noch eine Weile auf dem Parkplatz in seinem Wagen sitzen und betrachtete eine Wespe, die über der Motorhaube seines roten Wagens schwebte, als hätte sie die Rose ihres Lebens gefunden.

Das Gespräch in Nyeberns Praxis hing ihm nach wie ein Traum, aus dem er nur mühsam erwachte. Er hatte das dumpfe Gefühl, daß die Tragödie in Nyeberns Leben in einer bestimmten Beziehung zu seinem gegenwärtigen Problem stand, nur konnte er keinen tatsächlichen Zusammenhang herstellen.

Die Wespe schwebte nach links, dann nach rechts, blieb aber auf die Windschutzscheibe gerichtet, als ob sie ihn dahinter erkennen konnte und auf mysteriöse Weise angezogen wurde. Sie schlug immer wieder gegen das Glas, prallte ab und setzte ihr Schweben fort. Klopf, schweb, klopf, schweb, klopf-klopf, schweb. Eine wild entschlossene Wespe. Hatch überlegte, ob es sich bei ihr um jene Sorte handelte, deren Stachel beim Stechen abbrach und ihren Tod zur Folge hatte. Klopf, schweb, klopf, schweb, klopf-klopf-klopf. Und wenn sie zu dieser Spezies gehörte, war sie sich dann im klaren, was ihre Ausdauer ihr einbrachte? Klopf, schweb, klopf-klopf-klopf.

Nachdem seine letzte Patientin an diesem Tag, eine charmante Dreißigjährige, an der er im letzten März eine Herztransplantation vorgenommen hatte, gegangen war, betrat Jonas Nyebern sein privates Arbeitszimmer und schloß die Tür. Er nahm an seinem Schreibtisch Platz und suchte in seiner Brieftasche nach einem Zettel mit einer Telefonnummer, die er vorsichtshalber nicht auf seinem Adressenkarussell notiert hatte. Er fand das Papier, nahm den Telefonhörer ab und drückte die Zahlen in die Tastatur.

Nach dem dritten Klingeln sprang der Anrufbeantworter an wie schon bei seinen vorhergehenden Anrufen gestern und heute morgen: *Hier spricht Morton Redlow. Ich bin im Moment leider nicht im Büro. Bitte hinterlassen Sie eine Nachricht und Ihre Telefonnummer. Ich rufe so bald wie möglich zurück.*

Jonas wartete auf den Pfeifton und sagte leise: »Mr. Redlow, hier spricht Dr. Nyebern. Ich habe schon ein paarmal angerufen, tut mir leid, aber ich hatte letzten Freitag bereits mit einem Bericht von Ihnen gerechnet, spätestens an diesem

Wochenende. Bitte rufen Sie mich so schnell wie möglich an. Danke.«

Er legte auf.

Er fragte sich, ob er Grund hatte, sich Sorgen zu machen.

Er fragte sich, ob er Grund hatte, sich *keine* Sorgen zu machen.

6

Regina saß im Französischunterricht bei Schwester Mary. Der ewige Kreidegeruch ging ihr auf den Geist, der harte Plastikstuhl drückte auf ihr krankes Bein, und sie lernte brav, wie man auf französisch sagte: *Hallo, ich bin Amerikanerin. Könnten Sie mir bitte zeigen, wo ich hier eine Kirche finde, damit ich die Sonntagsmesse besuchen kann?*

Très spannend.

Sie ging weiterhin in ihre alte Klasse in der St. Thomas's Elementary School, ein Schulwechsel wurde nach den strengen Auflagen der Adoption nicht befürwortet. (Adoption auf Probe, wohlgemerkt. Alles offen. Konnte noch danebengehen. Die Harrisons könnten plötzlich auf die Idee kommen, Wellensittiche statt Kinder aufzuziehen. Könnten sie zurückschicken, sich einen Vogel kaufen. Bitte, lieber Gott, laß sie merken, daß Du in Deiner göttlichen Weisheit Vögel so geschaffen hast, daß sie dauernd kleckern müssen. Mach ihnen klar, wie mühsam es ist, einen Vogelkäfig sauberzuhalten.) Wenn sie mit St. Thomas's Elementary fertig war, würde sie auf die St. Thomas's High School gehen, weil die Gemeinde des hl. Thomas offenbar überall mitmischte. Neben dem Waisenhaus und den beiden Schulen gehörte noch eine Kindertagesstätte und ein Secondhandladen dazu. Die Gemeinde war praktisch ein Multi und Pater Jimenez so eine Art oberster Boß wie Donald Trump, nur daß Pater Jimenez nicht mit Flittchen herumlief oder Spielcasinos besaß. Die Bingo-Halle zählte praktisch nicht. (Lieber Gott, das mit den Vögeln und dem Meckern war nicht als Kritik gemeint. Ich bin sicher, Du weißt, warum Du die Vögel überall hin machen läßt, und wie mit dem Mysterium der Heiligen Dreieinigkeit gibt es eben Dinge, die wir gewöhnlichen Sterblichen nicht ganz begreifen können. Also, nichts für ungut. Ich hab's nicht so gemeint.) Wie auch immer, sie ging recht gern in die Schule von St. Thomas, weil die Nonnen und die weltlichen Lehrer einen ganz schön antrieben. Also lernte man ungeheuer viel, und das gefiel ihr. Sie lernte leidenschaftlich gern.

An diesem Dienstag stand ihr der Sinn aber überhaupt nicht nach Lernen, und wenn man sie jetzt aufriefe, um irgendwas auf französisch zu sagen, würde sie garantiert das Wort für Kirche mit dem für Nähnadel verwechseln, wie es ihr zur Häme ihrer Mitschüler und zum eigenen Verdruß schon einmal passiert war. (Lieber Gott, denk bitte daran, daß ich damals einen Rosenkranz für den Patzer gebetet habe, nur um Dir zu beweisen, daß ich es nicht mit Absicht getan habe.) Als die Schulglocke schrillte, verließ Regina als erste ihren Platz und stürmte vor den anderen aus dem Klassenzimmer, und das, obwohl die meisten ihrer Mitschüler nicht aus dem St.-Thomas-Heim kamen und nicht behindert waren.

Den ganzen Korridor entlang bis zu ihrem Schulspind und von da bis zum Ausgang quälte sie die Frage, ob Mr. Harrison sie wirklich abholen würde, wie er es versprochen hatte. In Gedanken sah sie sich schon im Getümmel ihrer Mitschüler auf dem Gehweg vor der Schule stehen und konnte das Auto nirgends entdecken. Dann waren die anderen alle fort, sie stand alleine da, und der Wagen kam immer noch nicht. Sie wartete und wartete, bis die Sonne unterging und der Mond aufstieg und ihre Armbanduhr Mitternacht anzeigte. Und als die anderen Kinder am nächsten Morgen wieder zur Schule kamen, ging sie einfach mit ihnen hinein und erzählte keinem, daß die Harrisons sie nicht mehr haben wollten.

Er war da. Sein rotes Auto parkte in einer Reihe mit den Wagen der anderen Eltern. Als er Regina kommen sah, öffnete er von innen die Beifahrertür für sie.

Er ließ sie einsteigen und die Wagentür zuziehen, dann fragte er: »Na, war's schlimm?«

»Ja«, antwortete sie plötzlich schüchtern, dabei war Schüchternheit noch nie ein Thema für sie gewesen. Sie hatte einfach den Dreh mit dieser Familien-Kiste noch nicht heraus und bezweifelte, daß sie ihn je finden würde.

Er sagte: »Ja, ja, diese Nonnen.«

»Ja«, pflichtete sie ihm bei.

»Zäh.«

»Ja.«

»Zäh wie Leder.«

»Wie Leder«, wiederholte sie und nickte. Allmählich kamen ihr Zweifel, ob sie jemals wieder in ihrem Leben ganze Sätze fertigbringen würde.

Als er den Wagen aus der Parklücke steuerte, sagte er: »Ich möchte wetten, wenn du eine Nonne mit einem Schwergewichtschampion – egal ob Muhammad Ali oder sonstwer – zusammen in einen Boxring steckst, schlägt sie ihn in der ersten Runde k. o.«

Regina konnte sich ein Grinsen nicht verkneifen.

»Ganz bestimmt«, fuhr er fort. »Nur Superman würde den Kampf mit einer abgebrühten Nonne überstehen. Batman? Vergiß es. Selbst jede *Durchschnitts*-Nonne könnte den Boden mit ihm polieren – oder Suppe machen aus der ganzen Horde von Ninja-Turtles.«

»Sie meinen es ja gut«, steuerte Regina bei. Das waren schon fünf Worte an einem Stück, aber es klang irgendwie doof. Am besten sagte sie gar nichts mehr, ihr fehlte einfach die Übung im Umgang mit Vätern.

»Die Nonnen?« fragte er. »Natürlich meinen sie es nur gut. Sonst wären sie ja keine Nonnen. Dann wären sie vielleicht Mafia-Killer, internationale Terroristen oder Kongreßabgeordnete.«

Er schien es überhaupt nicht eilig zu haben, nach Hause zu kommen, denn er fuhr in gemütlichem Tempo, als machten sie einen Ausflug. Sie konnte nicht wissen, ob das generell sein Fahrstil war, aber sie nahm an, daß er vielleicht absichtlich bummelte, um länger mit ihr allein zu sein. Richtig süß. Sie mußte schlucken und merkte, wie ihr die Tränen in die Augen schossen. Das war ja großartig. Selbst ein Kuhfladen hätte sich schlauer angestellt als sie, und jetzt brach sie auch noch in Tränen aus, was ihre Freundschaft garantiert so richtig besiegeln würde. Bestimmt wünschte sich jeder Adoptivvater nichts sehnlicher als einen stummen und emotional unausgewogenen Krüppel. Das war doch gerade der letzte Schrei. Na ja, und wenn sie erst mal heulte, mischten auch die Nebenhöhlen noch mit, und ihre Rotznase würde laufen wie verrückt. Das machte sie dann ja *noch* reizvoller. Er würde den Gedanken an eine gemütliche Autofahrt schnell wieder aufgeben und so nach Hause jagen, daß er schon eine Meile vorher auf die Bremse treten müßte, um nicht durch die Garagenwand zu schießen. (Lieber Gott, hilf mir. Du mußt doch gemerkt haben, daß ich ›Kuhfladen‹ und nicht ›Kuhscheiße‹ gedacht habe, also hab doch ein wenig Erbarmen.)

Sie plauderten über dies und jenes. Genaugenommen plauderte er, und Regina steuerte hin und wieder ein Grunzen bei, als sei sie ein Tier aus dem Zoo. Doch bald stellte sie zu ihrem Erstaunen fest, daß sie in vollständigen Sätzen redete – und das schon seit ein paar Minuten – und daß sie sich in seiner Nähe wohl fühlte.

Er wollte wissen, was sie einmal machen wollte, wenn sie groß war. Und sie laberte ihm die Ohren voll mit ihrem Ding über Leute, die tatsächlich Geld mit dem Schreiben von Büchern verdienten, die sie gerne las, und daß sie selber bereits vor zwei Jahren angefangen hatte, ihre eigenen Geschichten zu schreiben. Noch ein bißchen holperig, bekannte sie offen, aber sie würde daran arbeiten. Für ihre zehn Jahre war sie schon recht gescheit, ein wirklich helles Köpfchen, nur konnte sie nicht erwarten, so bald schon Erfolg zu haben. Mit achtzehn vielleicht oder günstigstenfalls mit sechzehn. Wann hatte Mr. Christopher Pike seine ersten Geschichten veröffentlicht? Mit siebzehn? Achtzehn? Vielleicht war er auch schon zwanzig gewesen, älter aber auf keinen Fall. So also sah das Ziel aus, das Regina anstrebte – mit zwanzig ein zweiter Mr. Christopher Pike zu sein. Sie besaß ein ganzes Notizbuch voller Ideen für Geschichten, darunter auch einige recht brauchbare, wenn man die unsagbar albernen ausnahm, wie die Geschichte vom intelligenten Schwein aus dem Weltall. Sie war eine ganze Weile hell begeistert davon gewesen, bis ihr aufging, wie dämlich sie im Grunde war. Als sie in die Einfahrt ihres Hauses in Laguna Niguel einbogen, redete sie immer noch vom Bücherschreiben, und er schien tatsächlich zuzuhören.

Vielleicht würde es ihr doch gelingen, den richtigen Dreh mit dieser Familie zu finden.

Vassago träumte vom Feuer. Das Klicken des Feuerzeugs im Dunkeln. Das Schnarren, mit dem das Zündrad am Zündstein rieb. Ein Funke. Das weiße Sommerkleid eines jungen Mädchens, in Feuer erblüht. Das Spukhaus in lodernden Flammen. Lautes Geschrei, als die gruselige Dunkelheit vom gierigen Züngeln des flammendroten Lichts aufgezehrt wurde. Tod Ledderbeck lag tot in der Höhle des ›Tausendfüßlers‹, und das Haus der Plastikgerippe und Gummidämonen war plötzlich von realem Terror und dem beißenden Gestank des Todes erfüllt.

Vassago hatte schon oft von dem Feuer geträumt, unzählige Male seit der Nacht von Tods zwölftem Geburtstag. Es schuf stets die wunderbarsten Schimären und Wahngebilde, die seinen Schlaf begleiteten.

Diesmal aber stiegen fremde Gesichter und Bilder aus den Flammen. Da war wieder das rote Auto. Ein wunderhübsches ernstes Mädchen mit braunem Haar und großen grauen Augen, die merkwürdig alt in dem jungen Gesicht wirkten. Eine kleine Hand, grausam verkrüppelt, an der zwei Finger fehlten. Ein Name, den er schon einmal gehört hatte, hallte durch die züngelnden Flammen und die schmelzenden Schatten im Spukhaus. *Regina ... Regina ... Regina.*

Nach dem Besuch bei Dr. Nyebern war Hatch in gedrückter Stimmung. Zum einen, weil die Tests nichts aufwiesen, was irgendeine Erklärung für seine rätselhaften Visionen geliefert hätte, zum anderen, weil er ungewollt Einblick in die privaten Probleme des Arztes bekommen hatte. Doch wenn es überhaupt ein Mittel gegen Melancholie gab, dann war es Regina. Sie besaß die Begeisterungsfähigkeit und Unbekümmertheit ihres Alters; das Leben hatte sie nicht ein bißchen kleingekriegt.

Während sie auf die Haustür zugingen, fiel Hatch auf, daß Regina weniger Mühe mit dem Gehen zu haben schien als noch vor ein paar Tagen in Gujilios Büro, obwohl die Beinschiene sie behinderte. Ein bunter Schmetterling begleitete sie, er gaukelte über ihrem Kopf, als ahnte er, wie sehr sie ihm in ihrem Wesen ähnelte: so munter und schön.

Regina bedankte sich förmlich: »Danke, daß Sie mich abgeholt haben, Mr. Harrison.«

»Aber bitte, es war mir ein Vergnügen«, erwiderte er mit ebensolchem Ernst.

Dieser »Mr. Harrison«-Quatsch konnte so nicht weitergehen, da mußten sie sich ganz schnell etwas einfallen lassen. Vermutlich hielt Regina aus Scheu vor allzu großer Vertrautheit an dieser Förmlichkeit fest und aus Angst, man könnte sie wieder zurückschicken wie bei ihrer ersten Adoption. Sicher befürchtete sie auch, sich zu blamieren, wenn sie das Falsche tat oder sagte, und ihre letzte Hoffnung auf ein wenig Glück zu verspielen.

Vor der Haustür blieb Hatch stehen und schaute Regina ernst an: »Von nun an wird einer von uns beiden, Lindsey oder ich, dich jeden Tag von der Schule abholen, es sei denn, du hast einen Führerschein und möchtest kommen und gehen, wann du willst.«

Sie blickte zu ihm auf. Der Schmetterling umkreiste ihren Kopf wie eine lebende Krone oder ein Heiligenschein. »Sie ziehen mich auf, stimmt's?« fragte sie vorsichtig.

»Nun, ich fürchte, ja.«

Sie wurde rot und schaute schnell weg, als ob sie überlegen mußte, ob aufgezogen werden etwas Gutes oder Schlechtes war. Er konnte sie beinahe laut denken hören: *Flachst er nun, weil er mich für schlau hält oder für hoffnungslos blöde?* So oder so ähnlich.

Auf der Heimfahrt war es Hatch nicht entgangen, daß auch Regina manchmal von Selbstzweifeln gepackt wurde, die sie glaubte verbergen zu können und die doch deutlich in ihrem hübschen, ausdrucksstarken Gesicht geschrieben standen. Jedesmal, wenn er einen Riß in Reginas Selbstvertrauen spürte, hätte er sie am liebsten in die Arme geschlossen und getröstet – und alles verdorben. Sie wäre entsetzt darüber, daß man ihr ihre inneren Kämpfe überhaupt anmerkte, denn sie brüstete sich damit, hart zu sein, robust und eigenständig, und trug diese Vorstellung wie einen Panzer gegen die Unbill der Welt.

»Hoffentlich macht es dir nichts aus, aufgezogen zu werden«, sagte Hatch und schloß die Haustür auf. »So bin ich nun mal. Ich könnte mich natürlich den Anonymen Aufziehern anschließen, um meine Sucht loszuwerden, aber das ist ganz schön hart. Sie schlagen dich mit Gummischläuchen, und du mußt jeden Tag dicke Bohnen essen.«

Irgendwann einmal, wenn sie merkte, daß sie geliebt und akzeptiert wurde, würde ihr Selbstvertrauen so unerschütterlich sein, wie sie es sich jetzt einbildete. Bis dahin war es am besten, so zu tun, als ob er sie genauso sah, wie sie es sich wünschte – und ihr unauffällig und mit viel Geduld bei ihrer Entwicklung zu helfen.

Bevor sie ins Haus traten, machte Regina Hatch ein Geständnis. »Ich hasse dicke Bohnen, jede Sorte Bohnen, aber ich habe mit dem lieben Gott ein Abkommen getroffen. Wenn er mir … etwas gibt, was ich mir ganz doll wünsche, werde ich für den Rest meines Lebens jede Art von Bohnen essen und mich nicht beklagen.«

Hatch zog die Tür ins Schloß und sagte: »Das ist aber ein tolles Angebot. Der liebe Gott muß schwer beeindruckt sein.«

»Das will ich hoffen«, meinte Regina.

In Vassagos Traum ging Regina im Sonnenschein spazieren. Das eine Bein steckte in einer Schiene, und ein Schmetterling umgaukelte sie wie eine Blume. Ein von Palmen umstandenes Haus. Eine Tür. Sie schaute zu Vassago auf, und ihr Blick verriet so viel Lebensfreude und ein so empfindsames Gemüt, daß sein Puls im Schlaf noch raste.

Sie gingen zu Lindsey in den ersten Stock hinauf. Dort hatte sie sich in einem Gästezimmer ein zweites Atelier eingerichtet. Die Staffelei war so zur Tür gedreht, daß Hatch das Bild nicht sehen konnte. Lindseys Bluse hing halb aus der Jeans heraus, ihre Haare waren verstrubbelt, und auf ihrer linken Wange prangte ein roter Farbklecks. Hatch kannte diesen Glanz in ihren Augen, er signalisierte, daß Lindsey sich im letzten Stadium ihrer Malwut befand und das Bild offenbar so gut wurde, wie sie es sich erhofft hatte.

»Hallo, Liebes«, begrüßte sie Regina. »Wie war's in der Schule?« Regina war es nicht gewöhnt, mit einem Kosenamen angesprochen zu werden, und die Worte machten sie wieder einmal verlegen. »Na ja, so halt.«

»Aber du gehst doch gern zur Schule! Ich weiß, daß du gute Noten hast.«

Regina reagierte nur mit einem Schulterzucken und schaute etwas betreten drein.

Hatch kämpfte mit dem Wunsch, das Mädchen in die Arme zu schließen. »Regina will später einmal Schriftstellerin werden«, sagte er zu Lindsey.

Sie blickte Regina überrascht an. »Das ist aber toll. Ich weiß, daß du gerne liest, aber ich hatte keine Ahnung, daß du selber schreiben willst.«

»Ich auch nicht«, meinte das Mädchen und kam plötzlich in Fahrt. Ihre anfängliche Scheu Lindsey gegenüber war vergessen, die Worte strömten nur so aus ihr heraus, während sie um die Staffelei herumging und das fast fertige Bild betrachtete. »Bis letztes Jahr an Weihnachten im Heim. Für mich lagen sechs Taschenbücher unter dem Weihnachtsbaum. Nicht etwa dieser Kinderkram für Zehnjährige, richtige Bücher, weil ich schon auf dem Stand der zehnten Klasse bin, also wie die *Fünfzehnjährigen.* Ich bin nämlich frühreif, wie man so sagt. Egal, die Bücher waren bisher mein tollstes Geschenk, und ich dachte mit einemmal, wie schön es wäre, wenn eines Tages ein Mädchen in dem Heim *meine* Bücher geschenkt bekäme und sich genauso darüber freuen würde. Nicht, daß ich je so gut sein werde wie Mr. Daniel Pinkwater oder Mr. Christopher Pike. Du meine Güte, die stehen ja mit Shakespeare und Judy Blume in einer Reihe. Aber ich kann auch gute Geschichten erzählen, und die sind nicht immer so ein Scheiß wie das intelligente Schwein aus dem Weltall, äh, ich meine natürlich Mist. Nein, Käse wollte ich sagen. Intelligentes-Schwein-aus-dem-Weltall-Käse.«

Lindsey ließ Hatch – oder wen auch immer – ihre Bilder niemals sehen, bevor sie fertiggemalt waren. Und mit diesem hier war sie noch beschäftigt, um so mehr überraschte es Hatch, daß sie nicht einmal mit der Wimper zuckte, als Regina sich das Bild auf der Staffelei anschaute. Kein Kind, auch nicht mit einer noch so frechen Nase und Sommersprossen, sollte ein Privileg genießen dürfen, das ihm selbst verwehrt wurde. Entschlossen trat Hatch auch an die Staffelei und wagte einen Blick auf das unfertige Bild.

Es war phantastisch. Den Hintergrund bildete ein Sternenhimmel, und darüber schwebte das transparente Gesicht eines ätherischen, bildschönen Jungen. Nicht irgendeines Jungen. Es war ihr Jimmy. Lindsey hatte ihn früher ein paarmal gemalt, als er noch lebte, doch seit seinem Tod noch nie – bis eben jetzt. Es war ein idealisierter Jimmy von solcher Perfektion, daß er wie ein Engel wirkte. Seine lieben Augen blickten gen Himmel auf ein warmes Licht, das vom obersten Bildrand auf ihn niederfiel, und sein Ausdruck war mehr als verzückt. Verklärt. Im Vordergrund des Bildes schwebte eine schwarze Rose. Sie war nicht durchsichtig wie das Gesicht des Jungen, vielmehr so plastisch gemalt, daß Hatch die samtige Weichheit der Blütenblätter zu fühlen glaubte. Auf dem grünen Stiel lag kühler Tau, und die Dornen wirkten mit ihren naturgetreuen scharfen Spitzen gefährlich echt. Es war Lindsey gelungen, die schwebende Rose mit einer Aura des Übernatürlichen zu erfüllen, die den Blick fesselte, ja den Betrachter geradezu magisch anzog. Der Junge beachtete die Rose jedoch nicht, sein Blick blieb entzückt. Die Botschaft des Bildes lautete: So eindrucksvoll die Rose auch sein mochte, galt sie doch nichts im Vergleich zu dem himmlischen Leuchten.

Nach Jimmys Tod bis zu Hatchs Reanimation hatte Lindsey strikt jede Art von Trost von einem Gott abgelehnt, der eine Welt erschaffen konnte, in der es den Tod gab. Hatch erinnerte sich an einen Priester, der Lindsey zum Beten raten wollte: Es würde ihren Schmerz um den Verlust des Sohnes schmälern. Lindsey hatte kalt und abweisend reagiert: *Beten bringt nichts. Erwarten Sie keine Wunder, Pater. Die Toten sind tot, und die Lebenden warten nur darauf, es ihnen gleichzutun.* Nun war eine Veränderung in ihr vorgegangen. Die schwarze Rose auf dem Bild verkörperte den Tod. Nur besaß er keine Macht über Jimmy. Der befand sich jenseits des Todes, erhob sich darüber. Mit ihrer Idee zu dem Bild und der perfekten Umsetzung dieser Idee hatte Lindsey einen Weg gefunden, endlich Abschied von dem Jungen zu nehmen, ohne Schmerz oder Verbitterung. Es war ein Abschied in Liebe und in der neuen Erkenntnis, an mehr als nur an das Leben glauben zu wollen, das doch immer in einer kalten, dunklen Erdgrube endete.

»Es ist wunderschön«, sagte Regina ehrfürchtig. »Aber irgendwie unheimlich … Ich weiß nicht, warum … unheimlich … und so schön.«

Hatch blickte von dem Bild auf und sah Lindsey an, wollte etwas sagen, schluckte. Mit seiner Wiederbelebung waren auch ihre Gefühle füreinander wiedererweckt worden, und sie hatten sich eingestehen müssen, fünf kostbare Jahre an ihren Kummer verloren zu haben. Dennoch wollten sie nicht gelten lassen, daß das Leben jemals wieder so schön sein könnte wie vor diesem leisen Tod: Sie hatten Jimmy nicht wirklich losgelassen. Jetzt konnte Hatch in Lindseys Blick lesen, daß sie sich wieder uneingeschränkt der Hoffnung hingab. Der Tod des Jungen lastete nun so schwer auf Hatch wie seit Jahren nicht mehr, denn wenn Lindsey ihren Frieden mit Gott gemacht hatte, mußte er es auch tun. Er rang nach Worten, schaute wieder auf das Bild, spürte, wie die Tränen in ihm aufstiegen, und verließ hastig das Zimmer.

Ohne zu wissen, was er tat, ging Hatch in sein kleines Arbeitszimmer hinunter, das sie Regina als Schlafzimmer angeboten hatten, öffnete die Terrassentür und trat in den Rosengarten hinaus.

Die Rosen glühten in der warmen Nachmittagssonne in roten, weißen, gelben, rosa und pfirsichfarbenen Tönen. Hier und da standen noch Knospen, andere Blüten hatten sich weit geöffnet. Eine schwarze Rose war nicht darunter. Betörender Duft erfüllte den Garten.

Hatch streckte die Hände aus nach dem nächsten Rosenstrauch, wollte die Blüten anfassen, stockte. Er hielt die Arme gebeugt, wie um etwas darin zu wiegen, vermeinte ein Gewicht darin zu spüren. Da war nichts in seinen Armen, und trotzdem spürte er etwas, spürte das Leichtgewicht seines vom Krebs zerfressenen Sohnes auf den Armen, als sei es gerade erst eine Stunde her.

In den letzten Minuten vor Jims Tod hatte er die Schläuche und Drähte von ihm entfernt, den Jungen aus den schweißnassen Krankenhauslaken gehoben und sich mit ihm in einen Sessel am Fenster gesetzt. Dort hielt er ihn eng umschlungen und flüsterte mit ihm, bis kein Atem mehr über die schmalen blassen Lippen strich. Hatch würde sein Leben lang das Federgewicht des toten Jungen in seinen Armen nicht vergessen, nicht die kantigen Knochen, die trockene Hitze, die seine wächserne Haut ausströmte, seine ergreifende Gebrechlichkeit.

Die Erinnerung daran überfiel ihn eben jetzt, hier im Rosengarten. Er blickte auf in den Sommerhimmel und fragte: »Warum?«, als ob er eine Antwort erwartete. »Er war doch so klein«, sagte Hatch. »So verdammt klein.«

Noch während er sprach, zog das Gewicht in seinen Armen an ihm, als trüge er eine tonnenschwere Last. Konnte er sich doch noch nicht von dem Jungen lösen? Dann geschah etwas Seltsames, die Last in seinen Armen wurde immer geringer, bis sie sich ganz aufgelöst hatte, der unsichtbare Körper des Jungen schien zu entschweben, als sei der Leib endlich in die Seele übergegangen, als bräuchte Jim keinen Trost mehr.

Hatch ließ die Arme sinken.

Ob sich von nun an die bittersüße Erinnerung an ein verlorenes Kind in die süße Erinnerung an das geliebte Kind umkehrte? Und würde diese Erinnerung dann vielleicht nicht mehr so schwer wiegen, daß sie das Herz erdrückte?

Er stand immer noch zwischen den Rosen.

Es war ein warmer Tag. Der späte Nachmittag leuchtete golden.

Der Himmel schien durchsichtig klar – und zutiefst geheimnisvoll.

Regina bat Lindsey, ein paar ihrer Bilder in ihrem Zimmer aufhängen zu dürfen, und ihre Bitte klang ehrlich. Sie wählten drei aus. Gemeinsam klopften sie Nägel in die Wand und hängten die Bilder zusammen mit Reginas großem Kruzifix aus dem Heim auf.

Dabei fragte Lindsey: »Hättest du heute abend Lust auf Pizza?«

Regina war begeistert. »Ich liebe Pizza!«

»Ich kenne eine wirklich nette Pizzeria, da ist die Pizza ganz knusprig, mit viel Käse drauf.«

»Und Peperoni?«

»Dünne Scheibchen, aber reichlich.«

»Salami?«

»Kannst du auch haben. Aber beißt sich das nicht ein wenig mit deiner vegetarischen Diät?«

Regina wurde rot. »Ach das. An dem Tag hab' ich mich ziemlich beschissen, äh, ich meine, idiotisch benommen.«

»Schon gut«, erwiderte Lindsey. »Wir alle benehmen uns hin und wieder etwas idiotisch.«

»Nein, Sie nicht, und Mr. Harrison auch nicht.«

»Wart's nur ab.« Lindsey stand auf einer Trittleiter und schlug einen Nagel für den Bilderhaken ein. Regina reichte ihr das Bild. »Hör mal«, fragte Lindsey. »Würdest du mir heute abend einen Gefallen tun?«

»Einen Gefallen? Klar.«

»Ich weiß, daß die Situation für dich nicht einfach ist. Du fühlst dich hier noch nicht richtig zu Hause und wirst auch noch etwas Zeit dafür brauchen ...«

»Aber es ist doch nett hier«, protestierte das Mädchen.

Lindsey streifte den Bilderdraht über den Haken und richtete den Rahmen aus, bis er gerade hing. Dann setzte sie sich auf eine Stufe der Trittleiter und nahm Reginas Hände, die gute Hand und die verkrüppelte. »Du hast recht – es ist nett hier. Das ist aber nicht dasselbe, wie *zu Hause.* Ich wollte dich in diesem Punkt nicht drängen, im Gegenteil, ich wollte dir Zeit genug lassen, aber ... Vielleicht geht es dir zu schnell, aber laß uns mit diesem Mr. und Mrs. Harrison aufhören und nenn uns beim Vornamen. Am besten gleich und besonders Hatch. Gerade jetzt würde es ihm sehr viel bedeuten, wenn du wenigstens Hatch zu ihm sagtest.«

Das Mädchen senkte den Blick und schaute auf ihre ineinander verschränkten Hände. »Nun ja, ich denke ... ja, das geht in Ordnung.«

»Und weißt du, was? Es ist nicht ganz fair, daß ich dich

jetzt schon darum bitte, bevor du ihn besser kennst. Aber weißt du, was jetzt das Schönste auf der Welt für ihn wäre?«

Das Mädchen hielt den Blick noch immer gesenkt. »Was denn?«

»Wenn du es übers Herz brächtest, Dad zu ihm zu sagen. Du brauchst nichts zu überstürzen. Überlege es dir. Es wäre einfach wunderbar, wenn du das für ihn tun könntest. Ich kann dir im Moment nicht erklären, warum, aber ich versichere dir eines, Regina – er ist ein guter Mensch. Er würde alles für dich tun, und wenn es sein muß, sein Leben riskieren und nichts dafür verlangen. Er wäre entsetzt, wenn er wüßte, daß ich überhaupt etwas von dir verlange. Aber eigentlich bitte ich dich nur, es dir zu überlegen.«

Nach einer langen Minute schaute das Mädchen auf und nickte. »In Ordnung, ich werde es mir überlegen.«

»Danke, Regina.« Lindsey richtete sich wieder auf. »Jetzt laß uns noch das letzte Bild aufhängen.«

Lindsey markierte die Bildmitte mit einem Bleistift und trieb einen Nagel in die Wand.

Als Regina ihr das Bild reichte, sagte sie drucksend: »Es ist halt so, daß ich noch nie im Leben … da gab's nie jemanden, zu dem ich Mom oder Dad sagen konnte. Das ist was ganz Neues für mich.«

Lindsey lächelte beruhigend. »Das kann ich verstehen, Liebes. Wirklich. Und Hatch wird es auch verstehen, wenn es noch ein bißchen dauert.«

Als helle Flammen aus dem Spukhaus loderten, die Hilferufe und Todesschreie immer lauter gellten, nahm etwas Seltsames im Feuerschein Gestalt an. Eine Rose. Eine schwarze Rose. Sie schwebte wie von Zauberhand geführt. Noch nie hatte Vassago etwas Schöneres im Leben, in der Welt der Toten oder im Reich der Träume erblickt. Leuchtend stand sie vor ihm, mit Blütenblättern so glatt und weich, als wären sie aus dem nachtschwarzen Samt des Himmels gemacht. Ihre Dornen waren köstlich scharf und spitz und glichen gläsernen Nadeln. Der grüne Stiel schimmerte wie Schuppen einer Schlangenhaut. Ein Blutstropfen lag auf einem Blütenblatt.

Die Rose schwand aus seinem Traum, kehrte wieder – und

mit ihr die Frau mit Namen Lindsey und das braunhaarige Mädchen mit den sanft-grauen Augen. Vassago gierte nach allen dreien: der schwarzen Rose, der Frau und dem Mädchen mit den grauen Augen.

Hatch hatte sich bereits umgezogen, und Lindsey rumorte noch im Badezimmer. Er saß auf der Bettkante und las den Artikel von S. Steven Honell. Er selbst konnte buchstäblich jede Beleidigung mit einem Schulterzucken abtun; doch wenn Lindsey betroffen war, machte ihn das wütend. Er wollte nicht einmal Kritik an ihrer Arbeit akzeptieren, von der Lindsey *selber* behauptete, daß sie berechtigt war. Als er Honells bösartige, höhnische und letztlich dumme Schmähschrift las, die Lindseys gesamte Karriere als »nutzlose Energieverschwendung« hinstellte, wuchs sein Zorn mit jeder Zeile.

Wie schon in der vergangenen Nacht, entlud sich Hatchs Wut wie ein Vulkan. Er knirschte mit den Zähnen, bis sie schmerzten, seine Hände bebten so heftig, daß die Zeitschrift flatterte. Alles verschwamm ihm vor den Augen, als würde seine Sicht von aufsteigenden Hitzeschwaden getrübt. Er blinkte und zwinkerte, um die tanzenden Buchstaben wieder zu lesbaren Worten zu machen.

Und wie in der vergangenen Nacht kam es Hatch auch jetzt wieder so vor, als ob seine Wut eine Tür in seinem Innersten aufstieß, daß etwas eindrang und von ihm Besitz ergriff. Eine böse Kraft, die nur haßerfüllte Raserei kannte. Oder aber er hatte sie immer schon in sich getragen, latent wie ein Virus, und seine Wut hatte sie aktiviert. Er war nicht mehr Herr seines eigenen Willens und spürte eine weitere Präsenz, die einer Spinne gleich durch den winzigen Spalt zwischen seiner Schädeldecke und seiner Hirnhaut kroch.

Er wollte die Zeitschrift aus der Hand legen und sich entspannen – und mußte doch gegen seinen Willen weiterlesen.

Im Traum wanderte Vassago durch das brennende Spukhaus. Das Feuer ängstigte ihn nicht, weil er einen Fluchtweg wußte. Manchmal war er zwölf, dann wieder zwanzig Jahre alt, und immer erhellten menschliche Fackeln seinen Weg.

Einige bildeten schwelende Aschehäufchen zu seinen Füßen, andere wieder loderten auf, wenn er vorbeikam.

Er hielt eine aufgeschlagene Zeitschrift in der Hand, starrte auf einen Artikel, der ihn erzürnte, den er jedoch zwingend lesen mußte. Die Seiten bogen sich schon in der Hitze und drohten, Feuer zu fangen. Namen sprangen ihn an. Lindsey. Lindsey Sparling. Endlich wußte er, wie sie hieß. Er wollte die Zeitschrift hinwerfen, ein paarmal tief durchatmen und sich wieder beruhigen ... Statt dessen schürte er seine Wut und ließ sich von einer Woge des Zorns überrennen. Jetzt wollte er mehr wissen. Die Seitenränder krümmten sich in der Hitze. Honell. Ein neuer Name. Steven Honell. Aschenglut fiel auf den Artikel. Steven S. Honell. Nein, zuerst das S. S. Steven Honell. Die Seite fing Feuer. Honell. Ein Schriftsteller. Eine Bar. Silverado Canyon. Die Zeitschrift in seiner Hand loderte auf und vermengte sein Gesicht –

Wie von einer Tarantel gestochen fuhr er in seinem dunklen Versteck auf. Er war hellwach. Erregt. Jetzt wußte er genug, um die Frau zu finden.

Eben noch brannte der Zorn in ihm wie Feuersglut, dann hatte er sich unvermittelt wieder gelegt. Hatchs verkrampfte Schultern wurden wieder locker, sein Kiefer entspannte sich, die Zeitschrift entglitt seinen Händen und fiel zu Boden.

Er blieb auf der Bettkante sitzen und sah sich benommen um.

Die Tür zum Badezimmer war immer noch geschlossen, und er registrierte dankbar, daß Lindsey nicht gerade herausgekommen war, als er ... als er was? In Trance war? Besessen?

Ein brenzliger Geruch stieg ihm in die Nase. Rauch.

Sein Blick fiel auf die Zeitschrift zu seinen Füßen. Zögernd hob er sie auf. Die Seite mit Honells Artikel war noch aufgeschlagen. Obwohl kein sichtbarer Rauch aufstieg, roch es verbrannt, nach verbranntem Holz, Papier, Teer, Kunststoff und noch Schlimmerem. Die Papierränder waren bräunlich verkohlt, als hätten sie in der Glut gelegen.

7

Honell saß in seinem Schaukelstuhl am Kamin, als es an der Haustür klopfte. Ein Glas Whiskey stand neben ihm, und er blätterte in einem seiner Bücher, *Miss Culvert,* das er vor fünfundzwanzig Jahren, mit dreißig, geschrieben hatte.

Es war inzwischen eine feste Gewohnheit bei ihm, daß er sich jeden seiner neun Romane einmal im Jahr vornahm, weil er in ständigem Wettkampf mit sich selber lebte. Statt sich aufs Altenteil zu begeben, wie die meisten seiner Kollegen, setzte er seinen ganzen Ehrgeiz daran, sich noch zu steigern. Die eigene Kunst zu verbessern, stellte in der Tat eine besondere Herausforderung dar, weil er schon in jungen Jahren *irrsinnig* gut gewesen war. Wenn er seine eigenen Bücher las, ergötzte er sich jedesmal aufs neue an seinem schriftstellerischen Können. *Miss Culvert* handelte in fiktiver Form von dem egozentrischen Leben seiner Mutter, das sie als Mitglied der respektablen Gesellschaft der oberen Mittelklasse in einem kleinen Städtchen in Illinois geführt hatte, und stellte zugleich die selbstzufriedene, muffige und fade »Kultur« des Mittleren Westens bloß. Er hatte die alte Hexe wirklich gut getroffen. Und wie er sie getroffen hatte. Als er *Miss Culvert* aufs neue las, mußte er daran denken, wie entsetzt seine Mutter über das Buch gewesen war, und wie gekränkt. Das bestärkte ihn damals in seinem Entschluß, sofort eine Fortsetzung zu schreiben. In seinem zweiten Roman, *Mrs. Towers,* ging es um die Ehe seiner Mutter mit seinem Vater, ihre Witwenschaft und ihre Wiederheirat. Honell war überzeugt, daß dieses Buch seine Mutter umgebracht hatte. Die offizielle Diagnose lautete Herzanfall. Doch irgend etwas muß einen Herzinfarkt schließlich auslösen, und hier stimmte das Timing mit dem Erscheinen seines Buches und den Schlagzeilen, die es machte, perfekt überein.

Als der unerwartete Besucher anklopfte, fühlte sich Honell unangenehm berührt. Sein Gesicht verzog sich säuerlich. Er zog die Gesellschaft seiner Romanfiguren jenen vor, die unerwartet oder ungebeten bei ihm eindrangen. Ja, selbst gebetenen Gästen, sei's drum. Seine Romangestalten waren immer sorgfältig ausgearbeitet und klar, während die Personen des wirklichen Lebens so … nun ja, unscharf, trüb, uninteressant und sehr komplex schienen.

Er warf einen Blick auf die Kaminuhr. Zehn nach neun.

Erneutes Klopfen. Diesmal mit mehr Nachdruck. Sicher einer seiner Nachbarn. Ein bedrückender Gedanke, denn sie waren allesamt Idioten.

Honell beschloß, nicht aufzumachen. Aber in so einer ländlichen Gegend betrachtete sich jeder grundsätzlich als »guter Nachbar« und nicht als Belästigung. Wenn er auf das Klopfen nicht reagierte, würden sie ums Haus herumschleichen und durch die Fenster spähen. Und das alles nur wegen dieser gut nachbarschaftlichen Sorge um sein Wohlergehen. Herrgott, wie er diese Leute haßte! Er ertrug sie nur deshalb, weil er die Großstädter erst recht nicht ausstehen konnte, und die Leute in den Vorstädten waren ihm geradezu *widerwärtig*.

Schließlich setzte er das Whiskeyglas ab, legte das Buch beiseite und stemmte sich aus dem Schaukelstuhl. Er ging mit der festen Absicht zur Tür, dem ungebetenen Besucher, wer immer er sein mochte, gründlich den Marsch zu blasen. Mit seiner Sprachgewalt brauchte er genau eine Minute, um jemanden fertigzumachen, zwei Minuten waren bereits lebensgefährlich. Schon das Vergnügen, jemanden so anschnauzen zu können, würde ihn für diese Ruhestörung entschädigen.

Als Honell den Vorhang von der verglasten Eingangstür zurückzog, stellte er überrascht fest, daß der Besucher kein Nachbar war – vielmehr ein Unbekannter. Der junge Mann mochte höchstens zwanzig sein, war bleich wie der Tod, ganz in Schwarz gekleidet und trug eine Sonnenbrille.

Honell machte sich keine Gedanken über die Absichten des Fremden. Der Canyon lag höchstens eine Autostunde von den belebteren Plätzen dieser Gegend entfernt und war wegen seiner unwirtlichen Umgebung und der schlechten Straße nicht besonders befahren. Einbruch und Diebstahl kamen hier so gut wie nie vor, weil die Einbrecher Orte bevorzugten, wo mehr zu holen war. Abgesehen davon besaßen die Leute hier draußen in ihren Blockhäusern sowieso keine Reichtümer.

Der bleiche junge Mann machte ihn neugierig.

»Was wünschen Sie«, fragte er durch die Tür.

»Mr. Honell?«

»Ja.«

»S. Steven Honell?«

»Soll das hier ein Verhör sein?«

»Entschuldigen Sie bitte, Sir, sind Sie der Schriftsteller?«

Ein Student. Ja, es konnte nur ein Student sein.

Vor gut zehn Jahren – na ja, sagen wir, zwanzig – war Honell regelmäßig von Literaturstudenten belagert worden, die von ihm lernen oder einfach ehrfurchtsvoll zu seinen Füßen liegen wollten. Ein ruheloser Haufen, immer auf der Suche nach dem neuesten Trend und ohne Verständnis für die wirkliche hohe Kunst der Literatur.

Zum Teufel, heutzutage konnten die meisten nicht einmal lesen; sie gaben doch nur vor, Studenten zu sein. Die Colleges und Universitäten, an denen sie angeblich studierten, waren doch bloß Kindergärten für in alle Ewigkeit zu Grünschnäbeln Verdammte. Wenn die wirklich studierten, konnte er zum Mars fliegen.

»Ja, der bin ich. Was gibt's?«

»Sir, ich schätze Ihre Bücher über alles.«

»Haben Sie wohl auf Kassette gehört?«

»Bitte? Nein, ich habe sie gelesen. Alle!«

Die Tonbandkassette hatte sein Verleger ohne seine Zustimmung aufnehmen lassen, der Inhalt war allerdings um zwei Drittel gekürzt. Ein Zerrbild seiner Romane.

»So? Na, dann sicher als Comic?« fragte Honell säuerlich, obwohl er wußte, daß das Sakrileg einer Comic-strip-Adaption seiner Romane noch nicht begangen worden war.

»Entschuldigen Sie bitte die Störung. Ich habe wirklich lange überlegt, bis ich den Mut fand, Sie aufzusuchen. Heute abend habe ich mir ein Herz gefaßt, weil ich wußte, wenn ich es jetzt nicht tue, dann schaffe ich es nie. Ich bewundere Ihr Werk, Sir, und wenn Sie ein wenig Zeit hätten, einen Moment nur, um mir ein paar Fragen zu beantworten, wäre ich Ihnen sehr dankbar.«

Eine nette kleine Unterhaltung mit einem intelligenten jungen Mann schien verlockender, als *Miss Culvert* noch einmal zu lesen. Er hatte schon lange keinen derartigen Besuch mehr gehabt, der letzte lag lange zurück, das war noch in Santa Fé gewesen. Nach kurzem Zögern öffnete Honell die Tür.

»Gut, kommen Sie herein. Wollen wir mal sehen, ob Sie tatsächlich verstehen, was Sie lesen.«

Der junge Mann trat ein, und Honell ging voraus zu seinem Schaukelstuhl und dem Whiskey.

»Das ist sehr freundlich von Ihnen«, murmelte der Fremde und zog die Tür hinter sich ins Schloß.

»Freundlichkeit ziert die Schwachen und Dummen, junger Mann. Ich habe andere Beweggründe.« An seinem Schaukelstuhl angekommen, wandte er sich um und sagte: »Nehmen Sie die Sonnenbrille ab, junger Mann. Eine Sonnenbrille bei Nacht ist dümmste Hollywood-Manier und paßt nicht zu einem gebildeten Menschen.«

»Entschuldigen Sie, Sir, es ist keine Manier. Nur ist es auf dieser Welt so beängstigend viel heller als in der Hölle – ich bin sicher, Sie werden das auch noch merken.«

Hatch hatte überhaupt keine Lust, essen zu gehen. Er wollte viel lieber einfach hier sitzen bleiben, die Zeitschrift mit den auf rätselhafte Weise angesengten Seiten anstarren und sich, *bei Gott*, zwingen, endlich zu begreifen, was in ihm vorging. Er war ein Vernunftsmensch. Übernatürliches war ihm fremd. Nicht ohne Grund handelte er mit Antiquitäten, denn er liebte es, sich mit schönen Dingen zu umgeben, die eine Atmosphäre von Ordnung und Beständigkeit schufen.

Kinder aber brauchten auch ihre Ordnung, und dazu gehörten regelmäßige Mahlzeiten. Also gingen sie in eine Pizzeria und hinterher noch ins Kino um die Ecke. Der Film war lustig, und obwohl er Hatch nicht von seinen Problemen ablenken konnte, wirkte Reginas vergnügtes Gekicher wie Balsam auf seine bloßliegenden Nerven.

Als er später an Reginas Bett stand, ihr einen Kuß auf die Stirn drückte, gute Nacht wünschte und das Licht ausdrehte, sagte sie stockend: »Gute Nacht … Dad.«

Er war schon mit einem Schritt aus der Tür, zögerte kurz und drehte sich noch einmal um.

»Gute Nacht«, sagte er mit aller Gelassenheit, derer er fähig war. Es war bestimmt besser, keine große Sache aus ihrem »Geschenk« zu machen, weil sie ihn sonst wieder mit Mr. Harrison anreden würde. Doch sein Herz machte einen Freudensprung.

Im Schlafzimmer erzählte er Lindsey davon. »Sie hat Dad zu mir gesagt.«

»Wer?«

»Wer wohl!«

»Hast du sie bestochen?«

»Du bist ja nur neidisch, weil sie nicht Mom zu dir sagt.«

»Das wird sie bestimmt noch. Sie hat schon nicht mehr solche Angst.«

»Vor dir?«

»Vor dem Risiko.«

Hatch ging noch einmal nach unten, um nachzusehen, ob Nachrichten auf dem Anrufbeantworter eingegangen waren. Seltsam, nach allem, was er durchgemacht hatte, und den Schwierigkeiten, in denen er zur Zeit steckte, genügte es, daß das Mädchen ihn Dad nannte, und er fühlte sich geradezu beflügelt. Er nahm gleich zwei Treppenstufen auf einmal.

Der Anrufbeantworter stand neben dem Kühlschrank auf dem Küchentresen. Darüber hing eine Pinnwand aus Kork. Hatch hoffte auf eine Nachricht von dem Erbschaftsverwalter, dem er ein Angebot für die Wedgwoodsammlung gemacht hatte. Das Display des Gerätes zeigte drei Anrufe an. Der erste war von Glenda Dockridge, seiner Assistentin, der zweite von Simpson Smith, einem befreundeten Antiquitätenhändler aus Los Angeles. Die dritte Nachricht stammte von Lindseys Freundin Janice Dimes. Alle drei sagten das gleiche: *Hatch, Lindsey, Hatch und Lindsey, habt ihr die Zeitung gelesen? Habt ihr das in den Nachrichten über Cooper gehört, den Kerl, der schuld an eurem Unfall war, Bill Cooper Er ist tot. Ermordet. Er ist letzte Nacht umgebracht worden.*

Hatch gerann das Blut in den Adern. Nein, nicht das Blut, die Kühlflüssigkeit, die er in seinen Adern spürte.

Gestern abend noch hatte er sich maßlos darüber aufgeregt, daß Cooper unbehelligt davongekommen war, und ihm den Tod an den Hals gewünscht. Moment mal. Nein, er hatte ihn verflucht und gedroht, daß er ihm alles heimzahlen und *ihn* in das eiskalte Wasser werfen würde, aber den Tod hatte er ihm nicht gewünscht. Und selbst *wenn* es so wäre? Schließlich hatte er ihn ja nicht umgebracht und trug auch keine Schuld an dem, was geschehen war.

Während er die Nachrichten löschte und das Band zurückspulte, kam ihm der Gedanke, daß die Polizei ihn früher oder später vernehmen würde.

Dann wieder fragte er sich, warum er sich eigentlich Sorgen machte. Vielleicht hatten sie den Mörder bereits verhaftet, dann fiel sowieso kein Verdacht auf ihn. Und warum sollte man ihn überhaupt verdächtigen? Er hatte doch nichts getan. *Gar nichts.* Warum kroch ein Schuldgefühl in ihm hoch wie der Tausendfüßler in einem langen dunklen Tunnel?

Tausendfüßler?

Die rätselhafte Vorstellung ließ ihn schaudern. Er konnte nicht sagen, woher sie kam. Es schien ihm, als hätte er sie gar nicht selber erdacht, vielmehr ... *empfangen.*

Er raste hinauf ins Schlafzimmer.

Lindsey lag schon im Bett und war gerade dabei, sich zuzudecken.

Die Zeitung lag auf seinem Nachttisch, wie jeden Abend. Er stürzte sich darauf und überflog die Titelseite.

»Hatch? Was ist los?«

»Cooper ist tot.«

»Was?«

»Der Kerl mit dem Biertransporter. William Cooper. Ermordet.«

Sie schlug die Bettdecke zurück und setzte sich auf.

Auf der dritten Seite wurde er fündig. Er setzte sich neben Lindsey auf die Bettkante, und sie lasen den Artikel gemeinsam.

Wie es hieß, suchte die Polizei nach einem jungen Mann, Anfang Zwanzig, mit auffallend blasser Hautfarbe und dunklem Haar. Ein Nachbar hatte zufällig gesehen, wie er den Gartenweg des Apartmenthauses hinunterrannte. Er könnte eine Sonnenbrille getragen haben. Nachts.

»Derselbe verdammte Mistkerl, der die blonde Frau getötet hat«, stieß Hatch hervor. »Die Sonnenbrille im Rückspiegel. Jetzt kann er auch noch meine Gedanken lesen. Er handelt aus *meiner* Wut heraus, tötet Menschen, mit denen ich abrechnen will.«

»Das ist doch absurd. Das kann nicht sein.«

»Doch.« Hatch fühlte sich hundeelend. Er drehte seine Hände hin und her, als erwartete er, Blutspuren von dem Bierfahrer zu entdecken. »Mein Gott, ich habe ihn auf Cooper gehetzt.«

Er war zu Tode erschrocken. Ein heftiges Schuldgefühl würgte ihn, und er verspürte das dringende Bedürfnis, sich die Hände zu waschen und mit einer Drahtbürste zu schrubben, bis sie bluteten. Als er aufstehen wollte, versagten seine Beine, und er mußte sich wieder hinsetzen.

Lindsey starrte ihn sprachlos an. Sie war ebenfalls bestürzt über die Nachricht, doch lange nicht so aufgewühlt wie Hatch.

Da begann er von dem Spiegelbild des schwarzgekleideten jungen Mannes mit der Sonnenbrille zu erzählen, das letzte Nacht statt seines eigenen in der Spiegeltür erschienen war, als er vor Wut über Cooper kochte. Er gestand ihr auch, wie er später neben ihr im Bett gelegen und über Cooper gebrütet hatte und sein Ärger sich plötzlich in einer so ungezügelten Wut entlud, daß ihm die Adern schwollen. Und daß es ihm so vorgekommen war, als sei etwas in ihn eingedrungen und habe ihn überwältigt. Er erzählte von seinem Blackout. Und zur Krönung beschrieb er ihr noch seine unerklärlich heftige Reaktion auf den Artikel in dem Kunstmagazin und holte das Heft, um ihr die angesengten Seiten zu zeigen.

Als Hatch zum Schluß kam, war Lindsey ebenso entsetzt wie er selbst, nur überwog bei ihr die Enttäuschung darüber, daß er sie nicht früher eingeweiht hatte. »Warum hast du mir nichts davon gesagt?«

»Ich wollte dich nicht beunruhigen.« Er merkte selbst, wie lahm seine Erklärung klang.

»Wir haben noch nie etwas voreinander verborgen. Wir haben immer alles miteinander geteilt. Alles.«

»Es tut mir leid, Lindsey. Ich wollte nur ... ich habe ... diese letzten Monate ... diese Alpträume von verwesten Leichen, Gewalt und Feuer ... und dann seit ein paar Tagen diese *Vorahnungen ...*«

»Es wird künftig keine Geheimnisse mehr zwischen uns geben«, erklärte sie kategorisch.

»Ich wollte dir nur ersparen ...«

»Keine Geheimnisse«, beharrte sie.

»Einverstanden. Keine Geheimnisse.«

»Du bist auch nicht schuld an dem, was Cooper widerfahren ist. Selbst wenn es eine Art Band zwischen dir und dem Killer gibt, und Cooper deswegen zum Opfer wurde, ist das nicht deine Schuld. Du konntest nicht *wissen*, daß deine Wut auf Cooper sein Todesurteil war. Abgesehen davon hättest du es auch nicht verhindern können.«

Hatchs Blick fiel auf die Zeitschrift in Lindseys Hand und die angesengten Seiten. Eisiger Schrecken durchfuhr ihn. »Ich bin aber schuld, wenn ich nicht versuche, Honell zu retten.«

Sie sah ihn mißbilligend an. »Was meinst du damit?«

»Wenn meine Wut die Bestie auf Cooper gehetzt hat, warum dann nicht auch auf Honell?«

Honell schlug die Augen auf und litt Höllenqualen. Nur daß er diesmal selber einstecken mußte – und die Pein körperlicher, nicht psychischer Art war. Sein Schritt schmerzte von den Fußtritten, die er bekommen hatte. Ein Schlag an die Kehle mußte seine Speiseröhre zerschmettert haben. Die Kopfschmerzen brachten ihn beinahe um, und seine Hand- und Fußgelenke brannten wie Feuer. Zunächst wußte er keine Erklärung dafür, bis er merkte, daß er mit allen vieren an die Pfosten von etwas – seinem Bett vermutlich – gefesselt war und die Stricke seine Gelenke wundscheuerten.

Er konnte nicht viel erkennen, zum Teil deshalb, weil seine Augen tränten, aber auch, weil seine Kontaktlinsen bei dem Kampf herausgefallen waren. Ohne Zweifel war er überfallen worden, nur konnte er sich im Moment nicht daran erinnern, von wem.

Das Gesicht des jungen Mannes hing über ihm, noch etwas verschwommen, wie der Mond, wenn man das Teleskop nicht scharf eingestellt hat. Er beugte sich weiter vor, und

Honell erkannte jetzt ein Gesicht, hübsch und blaß, von dichtem schwarzen Haar umrahmt. Er lächelte nicht mit diesem eiskalten Psychopathenlächeln, das Honell aus Filmen kannte. Er blickte auch nicht finster oder böse. Sein Gesicht blieb ausdruckslos – bis auf diese winzige Spur professioneller Neugier vielleicht, mit der ein Entomologe die neueste Mutation einer vertrauten Insektenart betrachtet.

»Bitte entschuldigen Sie diese unhöfliche Behandlung, nachdem Sie so freundlich waren, mich in Ihr Haus zu lassen. Ich bin leider in Eile und hatte keine Zeit, meine Fragen in einer gewöhnlichen Unterhaltung loszuwerden.«

»Wie Sie meinen«, erwiderte Honell beschwichtigend. Erschrocken stellte er fest, wie sich seine sonst so einschmeichelnde und sonore Stimme verändert hatte. Sie war immer ein verläßliches Instrument der Verführung und ein Werkzeug des Zorns gewesen, je nach Bedarf ... jetzt klang sie rauh, ab und zu von einem häßlichen Gurgeln unterbrochen, einfach widerlich.

»Ich möchte wissen, wer Lindsey Sparling ist«, sagte der junge Mann gleichgültig, »und wo ich sie finden kann.«

Zu Hatchs Überraschung stand Honells Nummer im Telefonbuch. Nun ja, inzwischen war sein Name nicht mehr so bekannt, wie in seinen ruhmreichen Jahren, als er *Miss Culvert* und *Mrs. Towers* geschrieben hatte. Honell brauchte sich heute keine Gedanken mehr um unerwünschten Besuch oder Ruhestörungen zu machen, die Leute gönnten ihm mehr Ruhe, als ihm lieb war.

Während Hatch die Nummer wählte, ging Lindsey unruhig auf und ab. Sie war sicher, daß Honell Hatchs gutgemeinte Warnung nur als billige Drohung ansehen würde. Hatch dachte ebenso und wollte es dennoch versuchen. Honells Reaktion blieb ihm allerdings erspart, weil niemand da draußen in der Einsamkeit des Canyons abnahm. Er ließ das Telefon gut zwanzigmal klingeln.

Gerade als er den Hörer auflegen wollte, durchzuckten ihn Bilder in rascher Folge wie Blitze: ein zerwühltes Bett, blutige, gefesselte Handgelenke, ein blutunterlaufenes, kurzsichtiges Augenpaar ... und in den vor Schreck geweiteten Pupillen die zweifache Spiegelung eines finsteren Gesichts mit einer Sonnenbrille.

Hatch zuckte zurück und ließ den Hörer fallen, als hätte er sich in eine Klapperschlange verwandelt. »Er hat ihn bereits gefunden.«

Das Klingeln hatte endlich aufgehört.

Vassago starrte den Apparat an, doch er blieb stumm.

Er wandte sich wieder dem Mann zu, der auf dem Bett lag und mit Armen und Beinen an die Bettpfosten gefesselt war. »Aha, die Dame ist also verheiratet und heißt jetzt Lindsey Harrison?«

»Ja«, krächzte der alte Mann.

»Und jetzt wüßte ich zu gerne noch die Adresse, Sir.«

Der Münzfernsprecher hing an der Wand neben einem kleinen Lebensmittelladen im Einkaufszentrum rund zwei Meilen von Harrisons Haus entfernt. Es war einer dieser modernen Apparate, die offen in einer Art Plastikglocke hingen. Hatch hätte die Intimität einer richtigen Telefonzelle vorgezogen, doch die wurden immer seltener, weil sie störanfällig und zu kostenaufwendig waren.

Er parkte ein ganzes Stück entfernt, damit niemand ihn durch die Glasfront des Ladens sehen oder sich sein Autokennzeichen merken konnte.

Eine heftige Windböe begleitete ihn auf dem Weg zu dem Sprechapparat. Die Rhododendronbüsche, die den Eingang des Einkaufszentrums schmückten, waren von Blattläusen befallen, ihre welken Blätter fegten mit trockenem Rascheln über den Gehweg. In dem gelblich-trüben Licht der Parkplatzbeleuchtung ähnelten sie vielmehr einem Insektenschwarm, merkwürdig mutierten Heuschrecken vielleicht, auf dem Weg zu ihrem unterirdischen Stock.

In dem Lebensmittelladen herrschte kaum Betrieb, und die übrigen Geschäfte des Einkaufszentrums waren geschlossen. Hatch duckte sich in den Schutz der Plastikkapsel, um sicherzugehen, daß er nicht gehört wurde.

Er fand es ratsam, die Polizei nicht von seinem eigenen Telefonapparat aus anzurufen, weil er wußte, daß sie einen

Anrufer zurückverfolgen und die Nummer des Anschlusses feststellen konnten, und er hatte kein Interesse daran, an oberster Stelle ihrer Verdächtigenliste zu stehen, falls Honell tatsächlich tot war. Sollte sich seine Sorge um Honell jedoch als unbegründet herausstellen, wollte er keinesfalls in den Akten der Polizei als hysterischer Fall oder Spinner erscheinen.

Hatch wußte immer noch nicht, was er sagen sollte, wärend er mit dem angewinkelten Zeigefinger die Tastatur drückte. Die Hand, die den Hörer hielt, hatte er mit einem Taschentuch umwickelt, um keine Fingerabdrücke zu hinterlassen. Er wußte nur, was er *nicht* sagen durfte: *Hallo, ich war achtzig Minuten lang tot, dann wurde ich wieder zum Leben erweckt und leide seither unter diesem seltsamen, manchmal aber nützlichen telepathischen Draht zu einem psychopathische Mörder, und ich wollte Ihnen nur sagen, daß er gleich wieder zuschlägt.* Kaum vorstellbar, daß die Beamten ihm mehr Glauben schenken würden als einem Kerl, der aus Angst vor geheimnisvollen Strahlen eine pyramidenförmige Kopfbedeckung aus Aluminiumfolie trug und die Polizei mit seiner Verschwörungstheorie über außerirdische Nachbarn behelligte.

Hatch hatte beschlossen, gleich das Büro des Bezirkssheriffs anzurufen und nicht die Revierwache in der Stadt, weil die Delikte des Mannes mit der Sonnenbrille in verschiedene Zuständigkeitsbereiche fielen.

Als die Zentrale sich meldete, sprach Hatch hastig auf die Telefonistin ein, ließ sich nicht unterbrechen, weil er wußte, daß die Polizei auch den Anruf von einem öffentlichen Fernsprecher zurückverfolgen konnte, wenn sie Zeit genug für eine Fangschaltung hatte. »Der Mann, der letzte Woche die blonde Frau auf der Schnellstraße getötet hat, ist derselbe, der gestern nacht William Cooper umgebracht hat, und heute nacht wird er Steven Honell, den Schriftsteller, töten, wenn Sie nicht gleich eine Polizeistreife hinschicken, und zwar dringend. Honell wohnt in Silverado Canyon, die Adresse weiß ich nicht, aber er gehört bestimmt in Ihren Dienstbereich, und er ist ein toter Mann, wenn Sie nicht sofort etwas unternehmen.«

Hatch hängte ein und eilte zu seinem Wagen zurück. Das Taschentuch hatte er zusammengeknüllt und in die Hosentasche gestopft. Er fühlte sich weniger erleichtert, als er erwartet hatte, und kam sich ausgesprochen albern vor.

Diesmal mußte er gegen den Wind ankämpfen. Die dürren, von den Schädlingen ausgesaugten Rhododendronblätter wirbelten ihm entgegen. Sie raschelten auf dem Asphalt und knirschten unter seinen Füßen.

Hatch mußte sich eingestehen, daß sein Versuch, Honell zu helfen, gescheitert war und alle Mühe umsonst. Die Polizeibeamten würden ihn mit einem Schulterzucken als verrückten Spinner abtun.

Zu Hause angekommen, ließ er den Wagen auf der Einfahrt stehen. Er wollte Regina nicht mit dem Klappen des Garagentors wecken. Seine Kopfhaut prickelte, als er ausstieg. Er blieb stehen und spähte in den Schatten der Bäume und um das Haus. Nichts.

Lindsey schenkte ihm in der Küche einen Kaffee ein.

Dankbar schlürfte er das heiße Gebräu. Er fröstelte plötzlich stärker als eben noch draußen in der kalten Nachtluft.

»Was meinst du?« fragte Lindsey. »Ob sie deinen Anruf ernstgenommen haben?«

»Das war ein Schuß in den Ofen«, sagte er.

Vassago fuhr immer noch den perlgrauen Honda von Renata Desseux, die er Samstagnacht überfallen und seiner Sammlung einverleibt hatte. Der Wagen ließ sich gut fahren, besonders auf der kurvenreichen Straße. Vassago kam von Honells Haus und steuerte nun dichter besiedeltes Gebiet an.

Als er gerade eine besonders enge Kurve nahm, kam ihm ein Streifenwagen entgegen. Die Sirene war nicht eingeschaltet, doch das Blaulicht warf gespenstische Schatten auf die Schieferwand des Canyons und die knorrigen Äste der überhängenden Bäume.

Er blickte abwechselnd auf den Weg vor sich und auf die Heckleuchten des Streifenwagens in seinem Rückspiegel, bis sie hinter einer Kurve verschwanden. Der Wagen war bestimmt auf dem Weg zu Honells Haus. Das unentwegte Klingeln des Telefons, das seine Fragen unterbrochen hatte, mußte irgendwie einen Alarm bei der Polizei ausgelöst haben, nur konnte er sich nicht erklären, wie und warum.

Vassago setzte seine Fahrt mit unverändertem Tempo fort. Am Ende von Silverado Canyon bog er nach Süden in die Santiago Canyon Road ein und hielt sich an die vorgeschriebene Geschwindigkeit, wie es sich für einen braven Staatsbürger gehörte.

8

Hatch lag im Bett und grübelte. Die Vorstellung, daß seine Welt allmählich zerbrechen und alles um ihn herum sich in nichts auflösen könnte, quälte ihn.

Sein Glück mit Lindsey und Regina war doch in greifbarer Nähe. Oder täuschte er sich? Waren sie unerreichbar für ihn geworden?

Wenn er doch nur eine Eingebung hätte, die diese übernatürlichen Vorkommnisse in einem anderen Licht erscheinen ließe. Solange er das Böse, das in sein Leben getreten war, nicht identifizieren konnte, wußte er auch kein Mittel, es zu bekämpfen.

Dr. Nyeberns Worte klangen in ihm nach: *Ich glaube, daß das Böse eine reale Macht ist, eine Energie für sich, eine Präsenz in unserer Welt.*

Hatch vermeinte, immer noch einen leichten Brandgeruch von den angekohlten Seiten des Kunstmagazins auszumachen. Er hatte die Zeitschrift vorsichtshalber in seinem Schreibtisch eingeschlossen, den Schlüssel abgezogen und an seinen Schlüsselbund gehängt.

Es war bisher nie nötig gewesen, etwas wegzuschließen, und Hatch wußte selbst keine Erklärung für seine Vorsicht. Sicherung von Beweismaterial, redete er sich ein. Aber Beweismaterial wofür? Die verkohlten Seiten der Zeitschrift gaben keinerlei Beweis ab, für nichts und niemanden.

Nein. Das stimmte nicht ganz. Die Zeitschrift war für ihn, wenn schon nicht für andere, Beweis genug, daß nicht alles nur seiner Phantasie oder seinen Halluzinationen entsprungen sein konnte. Was er um seines eigenen Seelenfriedens willen weggeschlossen hatte, stellte in der Tat ein Beweisstück dar. Einen Beweis dafür, daß er nicht verrückt war.

Lindsey lag neben ihm, ebenfalls wach. Entweder konnte sie nicht oder wollte nicht einschlafen. Sie sagte: »Und wenn der Killer ...«

Hatch wartete ab, obwohl er wußte, was sie sagen wollte. Nach einer Weile fuhr sie auch tatsächlich fort:

»Wenn der Killer dich nun genauso spüren und sehen kann wie du ihn. Wenn er dich verfolgt ... uns ... Regina?«

»Morgen werden wir Vorsorge treffen.«

»Was für eine Vorsorge?«

»Schußwaffen zum Beispiel.«

»Aber vielleicht brauchen wir Hilfe.«

»Wir haben keine andere Wahl.«

»Polizeischutz vielleicht.«

»Ich habe das unbestimmte Gefühl, daß die Polizei kein besonderes Interesse daran hat, Leute zum Schutz eines Mannes abzustellen, der behauptet, einen übersinnlichen Draht zu einem wahnsinnigen Mörder zu besitzen.«

Der Wind, der vorhin noch trockene Rhododendronblätter durch das Einkaufszentrum gewirbelt hatte, machte sich jetzt über das lose Gitter eines Regensiels her und ließ es klappern.

»Ich war doch irgendwo, als ich tot war«, sagte Hatch.

»Was willst du damit sagen?«

»Fegefeuer, Himmel, Hölle – das sind doch die gängigen Möglichkeiten für einen Katholiken, wenn es stimmt, an was wir glauben.«

»Aber ... du hast doch immer erklärt, daß du kein Sterbeerlebnis hattest.«

»Hatte ich auch nicht. Ich kann mich an nichts erinnern ... von jenseits. Das heißt aber noch lange nicht, daß ich nicht dort war.«

»Worauf willst du hinaus?«

»Möglicherweise ist dieser Mörder kein gewöhnlicher Mensch.«

»Ich kann dir nicht folgen, Hatch.«

»Vielleicht habe ich etwas von *da* mitgebracht.«

»Mitgebracht?«

»Von wo immer, während ich tot war.«

»Etwas?«

Die Dunkelheit hatte auch ihre Vorteile. Der tief verwurzelte Aberglaube im Innersten ließ sich im Dunkeln leichter aussprechen als im Hellen, wo er nur albern wirken würde.

»Ein Geist. Ein Wesen.«

Sie sagte nichts darauf.

»Meine Reise ins Jenseits und zurück hat vielleicht eine Tür aufgestoßen«, fuhr er fort. »Etwas hereingelassen.«

»Etwas«, wiederholte sie, nur diesmal klang es nicht wie eine Frage. Er merkte, daß sie begriff, worauf er hinauswollte – und daß es ihr nicht behagte.

»Und jetzt läuft es frei herum. Das erklärt auch die Verbindung mit mir – und warum es Leute umbringt, die mich wütend machen.«

Sie schwieg eine Weile. »Wenn du etwas mitgebracht hast, ist es zweifellos gefährlich und böse. Was denn – willst du damit etwa sagen, daß du in der Hölle warst und diesen Killer huckepack mitgebracht hast?«

»Ja, vielleicht. Ich bin kein Heiliger, egal was du von mir denkst. Schließlich klebt Coopers Blut an meinen Händen.«

»Das war, nachdem du gestorben und reanimiert warst. Außerdem bist du nicht schuld an seinem Tod.«

»Aber meine Wut hat ihn doch zum Opfer gemacht, meine Wut ...«

»Blödsinn«, fiel Lindsey ihm scharf ins Wort. »Du bist der gutartigste Mensch, den ich kenne. Wenn dir im Leben nach dem Tod eine Bleibe im Himmel oder in der Hölle zusteht, dann hast du mit Sicherheit ein Zimmer mit Aussicht verdient.«

Angesichts der düsteren Gedanken, die ihn bedrängten, überraschte es Hatch, daß er lachen konnte. Er tastete nach ihrer Hand und drückte sie dankbar. »Ich liebe dich auch.«

»Du mußt dir schon etwas anderes einfallen lassen, um mein Interesse wachzuhalten.«

»Gut, korrigieren wir unsere erste Theorie ein wenig. Wenn es nun doch ein Leben nach dem Tod gibt, das aber nicht so geordnet ist, wie die Theologen uns immer glauben machen wollen. Es bräuchte ja gar nicht Himmel *oder* Hölle zu sein, wo ich war. Nur ein anderer Ort, unvertraut, fremd, mit unbekannten Gefahren.«

»Die Theorie gefällt mir auch nicht viel besser.«

»Wenn ich mit diesem Wesen klarkommen will, muß ich zuerst eine Erklärung dafür finden. Ich kann schlecht zurückschlagen, wenn ich nicht weiß, wo ich ansetzen soll.«

»Es muß doch eine logische Erklärung für das alles geben«, meinte sie.

»Das sage ich mir ja auch dauernd. Aber wenn ich danach suche, komme ich immer wieder auf das Irrationale zurück.«

Das Regengitter klirrte. Der Wind seufzte unter dem Dachgesims und ächzte in der Esse des Schlafzimmerkamins.

Hatch dachte an Honell. Ob auch er den Wind hörte, wo immer er war – und wenn ja, war es dann der Wind von dieser Welt oder im Jenseits?

Vassago parkte direkt vor *Harrison's Antiques* am südlichen Ende von Laguna Beach. Das Antiquitätengeschäft befand sich in einem schönen Art-deco-Haus aus den dreißiger Jahren. In den großen Schaufenstern brannte kein Licht mehr, denn es war schon Mitternacht. Aus Dienstag wurde Mittwoch.

Steven Honell hatte ihm nicht sagen können, wo die Harrisons wohnten, und im Telefonbuch gab es keinen Eintrag mit ihrer Nummer. Der Schriftsteller kannte nur den Namen ihres Antiquitätenladens und seine ungefähre Lage am Pacific Coast Highway.

Ihre Privatadresse mußte irgendwo im Ladenbüro zu finden sein. Hineinzukommen würde sich als schwierig erweisen. Schilder in den Ecken der riesigen Schaufensterscheiben und an der Eingangstür machten unmißverständlich klar, daß das Gebäude alarmgesichert war und zudem von einem Wachdienst kontrolliert wurde.

Vassago war mit allen erdenklichen Fähigkeiten ausgestattet aus der Hölle zurückgekehrt: Er konnte im Dunkeln sehen, er hatte die schnellen Reflexe eines Raubtiers, er kannte weder Furcht noch Skrupel, kurz: Er war einem Roboter ebenbürtig. Aber er konnte nicht durch Wände gehen, sich in Rauch auflösen und wieder menschliche Formen annehmen, fliegen oder andere Kunststücke vollbringen, die einen echten Dämon ausmachten. Bis er sich aber seine Rückkehr zur Hölle verdient hatte, indem er entweder seine Totensammlung vervollständigt oder alle die umgebracht hatte, die ihm seine Mission befahl, mußte er sich mit den spärlichen Talenten der dämonischen Halbwelt begnügen, die allerdings nicht ausreichten, eine Alarmanlage zu knacken.

Er fuhr wieder weg.

Im Stadtzentrum entdeckte er gleich neben einer Tankstelle eine Telefonzelle. Trotz der vorgerückten Stunde herrschte noch Betrieb, und die grelle Neonbeleuchtung ließ Vassago hinter seiner dunklen Brille blinzeln.

Nachtfalter mit riesigen Flügeln umkreisten die Lampen und warfen rabengleiche schwarze Schatten auf den Asphalt.

Der Boden der Telefonzelle war mit Kippen übersät. Ameisen arbeiteten eifrig an der Leiche eines toten Käfers.

Irgend jemand hatte einen handgeschriebenen Zettel mit den Worten AUSSER BETRIEB an den Münzapparat geklebt, doch das störte Vassago nicht. Ihn interessierte vielmehr das Telefonbuch, das mit einer dicken Kette gesichert war.

Er suchte im Branchenbuch unter dem Stichwort »Antiquitäten«. Laguna Beach quoll geradezu über von derlei Geschäften, das reinste Einkaufsparadies. Dann blätterte er die Inseratsseiten durch. Es gab Firmennamen wie »International Antiques«, andere Geschäfte firmierten unter dem Namen ihres Besitzers, wie »Harrison's Antiques«.

Manchmal waren Vor- und Nachname aufgeführt, und in einigen Inseraten stand sogar der volle Name des Besitzers dabei, weil in diesem Gewerbe ein guter Name Gold wert war. »Robert O. Loffman Antiques« im Branchenteil zum Beispiel verwies auf Robert O. Loffman im Personenregister des Telefonbuchs, mit Angabe der Adresse. Vassago las sie mehrmals durch, bis er sie auswendig wußte …

Auf dem Weg zurück zu seinem Wagen bemerkte Vassago eine Fledermaus, die sich aus dem nachtdunklen Himmel auf einen Falter im gleißenden Licht der Tankstelle stürzte und ihn im Flug erbeutete. Dann verschwand sie ebenso lautlos, wie sie gekommen war.

Loffman war siebzig Jahre alt, doch in seinen schönsten Träumen war er wieder achtzehn, flink und gelenkig, stark und glücklich. Es waren keine Sexträume mit vollbusigen jungen Frauen, die willig ihre Schenkel öffneten; es waren auch keine Actionträume, in denen gerannt, über Zäune gehechtet oder von steilen Felsen gesprungen wurde. Nein, in seinen Träumen ging es immer recht profan zu: ein gemütlicher Spaziergang bei Sonnenuntergang am Strand, barfuß, mit dem Gefühl von feuchtem Sand zwischen den Zehen und mit den von der untergehenden Sonne rosa gefärbten Schaumkronen der Brandung; oder er saß an einem heißen Sommernachmittag im Schatten einer Palme und sah den Kolibris zu, die den Nektar aus exotischen Blüten saugten. Schon die Tatsache, daß er wieder jung war, genügte, um sein Interesse an dem Traum wachzuhalten.

Im Augenblick war er gerade wieder achtzehn und lag in der Hängematte auf der Veranda des Hauses seiner Kindheit in Santa Ana. Er schaukelte ein wenig hin und her und schälte sich einen Apfel, weiter geschah nichts. Es war ein wunderschöner Traum, voll von Düften und greifbaren Dingen und viel sinnlicher als ein Traum von einem Harem voll nackter Schönheiten.

»Wachen Sie auf, Mr. Loffman.«

Er beachtete die Stimme nicht, denn er wollte allein sein auf seiner Veranda. Er konzentrierte sich auf den Streifen Apfelschale, der sich spiralförmig unter seinem Messer wand.

»Machen Sie schon, Sie alte Schlafmütze.«

Er wollte den Apfel in einer einzigen langen Spirale schälen.

»Haben Sie Schlaftabletten genommen oder so was?«

Zu Loffmans Bestürzung lösten sich die Veranda, die Hängematte, der Apfel und das Obstmesser in Dunkelheit auf, und er fand sich in seinem Schlafzimmer im Bett wieder.

Als er sich aus dem Schlaf gekämpft hatte, merkte er, daß jemand im Zimmer war. Kaum zu erkennen, stand eine geisterhafte Gestalt neben seinem Bett.

Loffman war zwar noch nie überfallen worden und wohnte in einer Gegend, die unter den heutigen Verhältnissen als vergleichsweise sicher galt, doch mit dem Alter war er vorsichtig geworden. Er hatte sich angewöhnt, mit einer geladenen Pistole neben dem Bett zu schlafen. Jetzt tastete er danach mit klopfendem Herzen. Vergeblich fuhr seine Hand über die Marmorfläche der französischen Kommode aus dem 18. Jahrhundert, die ihm als Nachttisch diente. Die Waffe lag nicht mehr da.

»Es tut mir leid, Sir«, sagte der Eindringling. »Ich wollte Sie nicht erschrecken. Bitte beruhigen Sie sich. Wenn Sie die Pistole suchen, die habe ich. Ich sah sie gleich, als ich hereinkam.«

Der Fremde hätte Licht anmachen müssen, um die Waffe zu sehen, und das Licht hätte Loffman aufgeweckt. Also mußte sie noch irgendwo liegen. Er tastete weiter.

Unvermittelt tauchte etwas metallisch Kaltes aus dem Dunkel auf und wurde an seine Kehle gedrückt. Er zuckte zurück, doch das Ding folgte ihm, mit Nachdruck, als ob der Geist, der ihn quälte, im Dunkeln sehen konnte. Als er merkte, was das kalte Ding an seiner Kehle war, erstarrte er. Es war der Lauf einer Pistole. Drückte auf seinen Adamsapfel. Glitt höher, unter sein Kinn.

»Wenn ich abdrücke, klebt Ihr Gehirn an der Wand. Aber ich werde Ihnen nichts tun, Sir. Kein Grund, Sie zu quälen, solange Sie tun, was ich verlange. Ich möchte, daß Sie mir eine wichtige Frage beantworten.«

Wäre Robert Loffman jetzt wirklich achtzehn gewesen wie in seinen schönsten Träumen, hätte er die ihm noch vergönnte Zeit auf Erden nicht mehr zu schätzen gewußt als mit siebzig, obwohl er heute doch viel weniger zu verlieren hatte. Er war bereit, sich mit der ganzen Zähigkeit einer festgesaugten Zecke an das Leben zu klammern. Er würde jede Frage beantworten, jede Tat begehen, bloß um sich zu retten, egal wie hoch der Preis war. Loffman versuchte, all dies dem Phantom zu vermitteln, das die Pistole an sein Kinn drückte, nur kam es ihm eher so vor, als ob er obskures Zeug brabbelte und Geräusche von sich gab, die, milde ausgedrückt, keinerlei Sinn machten.

»Ja, Sir«, sagte der Eindringling. »Ich kann Ihre Einstellung gut verstehen. Also, bitte korrigieren Sie mich, wenn ich mich irre, aber ich nehme an, daß der Antiquitätenhandel, der ja mit anderen verglichen eine recht kleine Branche ist, hier in Laguna Beach eine eingeschworene kleine Gemeinde hat. Bestimmt kennen Sie sich alle und verkehren gesellschaftlich miteinander. Sind befreundet.«

Antiquitätenhandel? Loffman war versucht zu glauben, daß er träumte, nur daß sein Traum sich zu einem wahren Alptraum entwickelt hatte. Warum sollte jemand mitten in der Nacht bei ihm einbrechen und mit vorgehaltener Waffe über Antiquitäten sprechen?

»Wir kennen uns natürlich, einige sind auch befreundet, aber es gibt auch krumme Hunde in der Branche, das sind Gangster«, beeilte sich Loffman zu sagen. Er schwatzte und schwatzte, konnte gar nicht mehr aufhören und betete insgeheim, seine Angst möge Beweis genug für seine Aufrichtigkeit sein, Alptraum hin oder her. »Das sind alles Betrüger mit einer Registrierkasse, und mit denen freundet man sich nicht an, wenn man noch einen Funken Selbstachtung hat.«

»Kennen Sie Mr. Harrison von Harrison's Antiques?«

»O ja, recht gut sogar. Er hat einen guten Ruf als Antiquitätenhändler, ist absolut vertrauenswürdig. Ein netter Mensch.«

»Waren Sie schon einmal bei ihm zu Hause?«

»Bei ihm? O ja, drei- oder viermal, und er hat mich ebenfalls besucht.«

»Dann haben Sie sicher auch eine Antwort auf diese eine wichtige Frage, die mir am Herzen liegt. Können Sie mir Mr. Harrisons Adresse geben und genau erklären, wie ich dort hinkomme?«

Loffman fiel ein Stein vom Herzen, weil er dem Eindringling helfen konnte. Nur vage kam ihm die Idee, daß er Harrison eventuell in große Gefahr brachte. Aber vielleicht war es ja doch ein Alptraum und somit egal, ob er die Adresse weitergab. Er wiederholte sie mehrere Male und gab dem Fremden die genaue Wegbeschreibung.

»Vielen Dank, Sir. Sie haben mir sehr geholfen. Wie ich vorhin schon sagte, gibt es keinen Grund, Sie zu quälen. Ich werde es trotzdem tun, weil ich soviel Spaß daran habe.«

Also *doch* ein Alptraum.

Vassago fuhr an Harrisons Haus in Laguna Niguel vorbei. Er bog einmal um den Block und kam zurück.

Das Haus faszinierte ihn auf unglaubliche Weise. Zwar ähnlich gebaut wie die anderen Häuser in der Gegend, hob es sich wiederum auf so undefinierbare, grundlegende Art von ihnen ab, daß es genausogut als einsamer Fels in einer konturlosen Ebene hätte aufragen können. Hinter keinem der Fenster brannte mehr Licht, auch die Gartenbeleuchtung hatte sich mittels Zeitschalter selbsttätig ausgeschaltet. Aber auch wenn alle Lichter gebrannt hätten, wäre das Haus nicht weniger ein Fanal für Vassago gewesen.

Während er langsam ein zweites Mal an dem Haus vorbeirollte, fühlte er sich angezogen wie ein Magnet. Sein Schicksal war unentrinnbar mit diesem Haus und seiner Bewohnerin, dieser lebensfrohen Frau, verknüpft.

Vassago konnte nichts entdecken, was nach einer Falle roch. Ein roter Wagen war in der Einfahrt statt in der Garage geparkt, aber er konnte nichts Ungewöhnliches daran finden. Trotzdem beschloß er, ein drittes Mal um den Block zu fahren und das Haus noch einmal gründlich zu betrachten.

Als er um die Ecke bog, flatterte ein einzelner silbriger Nachtfalter durch seine Scheinwerferkegel, der Lichtschein brach sich an dem Tier, das kurz wie ein Funke aufglühte. Er mußte an die Fledermaus denken, wie sie in das Lampenlicht der Tankstelle gejagt kam und den unseligen Nachtfalter im Flug erbeutete. Ihn bei lebendigem Leib verspeiste.

Erst weit nach Mitternacht war Hatch endlich eingenickt. Sein Schlaf glich einer tiefen Erzmine, und die Adern seiner Träume bildeten helle Mineralbänder in den sonst dunklen Stollenwänden. Die Träume waren ausnahmslos unangenehm, aber auch wieder nicht so furchtbar, daß er aufwachen mußte.

Im Moment sah er sich gerade am Fuß einer Schlucht stehen, deren Wände steil wie eine Festung aufragten. Selbst bei geringerer Steigung hätte er sie nicht erklimmen können, denn sie bestanden aus einem seltsam losen Schiefergestein, das gefährlich bröckelte und rutschte. Ein kalkiger Schimmer ging von dem Schiefer aus und bildete die einzige Lichtquelle in dieser finsteren Nacht. Weder Mond noch Sterne standen am Himmel. Hatch rannte von einem Ende der schmalen, langen Schlucht zum anderen und wieder zurück, voll dunkler Vorahnungen, die er sich nicht erklären konnte.

Da sah er etwas, und seine Nackenhärchen sträubten sich. Der weiße Schiefer bestand nicht etwa aus Gestein und dem Sediment von Abermillionen Meerestierchen aus grauer Vorzeit; nein, er setzte sich aus menschlichen Knochenbergen zusammen; ausgebleichte, zersplitterte und zusammengepreßte Skelette, hier und da noch deutlich zu erkennen, wo ein bleicher Fingerknochen herausragte oder wenn sich das Schlupfloch eines kleinen Insekts als leere Augenhöhle in einem Totenschädel herausstellte. Hatch merkte auch, daß der Himmel über ihm nicht etwa leer war, wie er meinte, sondern vielmehr etwas von solch finsterem Schwarz darin kreiste, daß es das gesamte Firmament verdeckte. Die lederartigen Flügel schlugen lautlos. Er konnte nichts erkennen, spürte nur einen gierigen Blick auf sich und ahnte den unstillbaren Hunger dieses Wesens.

Hatch drehte sich unruhig im Schlaf und murmelte Unverständliches in sein Kopfkissen.

Vassago blickte auf die Uhr im Wagen. Auch ohne die Anzeige wußte er instinktiv, daß es in einer Stunde hell wurde.

Er war nicht sicher, ob ihm bis Tagesanbruch noch genug Zeit blieb, ins Haus einzudringen, den Mann zu töten und die Frau zu seinem Versteck zu bringen. Er würde zwar nicht gerade zusammenschrumpfen und zu Staub zerfallen wie die lebenden Toten und Vampire im Film, aber seine Augen waren so lichtempfindlich, daß ihm die dunklen Brillengläser nicht genügend Schutz vor dem hellen Tageslicht boten. Es würde ihn blenden, regelrecht blind machen und seine Fahrtüchtigkeit drastisch vermindern. Sein unsicherer Zickzackkurs würde ihn für jeden Polizisten verdächtig machen, und in diesem Zustand der Schwäche wäre er der Polizei gegenüber wehrlos.

Weit mehr beunruhigte ihn der Gedanke, daß er die Frau verlieren könnte. Nachdem er sie so oft im Traum gesehen hatte, war sie zu einem Objekt größter Begierde geworden. Unter seinen Opfern hatte es manch begehrenswertes Objekt gegeben, das ihn hoffen ließ, es möge seine Sammlung vollenden und ihm sogleich die Rückkehr in die grimmige Welt der ewigen Finsternis und des Hasses ermöglichen. Ein Trugschluß, wie er hinterher zugeben mußte, nur waren diese Opfer ihm vorher auch nie im Traum erschienen. *Diese* Frau wäre wirklich die Krönung seiner Sammlung. Er durfte nur nicht überstürzt handeln, um sie nicht wieder zu verlieren, ehe er ihr am Fuß des gigantischen Luzifer das Leben entreißen und ihren erkaltenden Leichnam in jene Stellung bringen konnte, die ihre Sünden und Schwächen am passendsten symbolisierte.

Während Vassago zum drittenmal an dem Haus vorbeifuhr, erwog er, sofort zu seinem Versteck zu fahren und erst nach Sonnenuntergang zurückzukommen. Das gefiel ihm jedoch nicht besonders. Die Frau in so greifbarer Nähe zu wissen reizte ihn, erregte ihn maßlos, und er verabscheute den Gedanken, sich jetzt wieder von ihr trennen zu müssen. Sie steckte ihm bereits im Blut.

Er mußte ein Versteck in ihrer Nähe finden. Vielleicht ein heimliches Plätzchen in ihrem Haus. Einen Winkel, in den sie den ganzen garstigen, hellichten Tag lang garantiert nicht schauen würde.

Vassago parkte den Honda zwei Straßen weiter und ging zu Fuß im Schutz der Straßenbäume zu dem Haus zurück. Die Straße wurde von hohen Bogenlampen erleuchtet, die nicht bis in die Vorgärten der friedlich daliegenden Häuser schienen. Im Vertrauen darauf, daß alles noch schlief und niemand sah, wie er im Schatten des Gesträuchs um das Haus herumschlich, suchte er nach einer unverriegelten Tür oder einem ungesicherten Fenster. Bei dem kleinen Fenster an der rückwärtigen Garagenwand hatte er Glück.

Regina wurde von einem leisen Scharren aufgeweckt, danach folgte ein dumpfer Schlag und ein verhaltenes langgedehntes Quietschen. Ihre neue Umgebung war noch ungewohnt für sie, wenn sie aufwachte, brauchte sie immer eine gewisse Zeit, sich zurechtzufinden. Eines wußte sie jedoch mit absoluter Sicherheit: daß sie nicht in ihrem Bett im Waisenhaus lag. Regina tastete nach der Nachttischlampe, knipste sie an und mußte blinzeln in dem hellen Licht. Als sie erkannte, wo sie war, wurde ihr klar, daß *unheimliche* Geräusche sie aufgeweckt hatten, die in dem Moment verstummten, als ihr Licht anging. Das machte die Sache noch unheimlicher.

Sie machte die Lampe wieder aus und lauschte in die Dunkelheit. Bunte Ringe tanzten vor ihren Augen, die Nachwirkungen von dem hellen Lichtschein. Sie konnte zwar keine verstohlenen Geräusche mehr ausmachen, meinte aber, daß sie aus dem Garten hinter dem Haus gekommen sein mußten.

Ihr Bett war so gemütlich. Die gemalten Blumen auf dem Bettgestell schienen das ganze Zimmer mit Duft zu erfüllen. Zwischen diesen Rosen fühlte sie sich geborgener als je zuvor.

Regina hatte in den letzten Tagen sehr wohl gemerkt, daß die Harrisons irgendein Problem mit sich herumtrugen, und fragte sich, ob die verdächtigen Geräusche mitten in der Nacht etwas damit zu tun haben könnten. Gestern nachmittag auf der Heimfahrt von der Schule, abends beim Pizzaessen und danach im Kino war die Spannung zwischen den beiden zu spüren gewesen, obwohl sie sie krampfhaft vor ihr zu verbergen suchten. Regina wußte wohl, was für eine Nervensäge sie sein konnte, hielt es jedoch für ausgeschlossen, daß sie der Grund für die Nervosität ihrer Adoptiveltern war. Vor dem Einschlafen hatte sie die Harrisons in ihr Gebet eingeschlossen und den lieben Gott bekniet, ihr Problem, falls sie eins hatten, möge nur klein und bald gelöst sein. Zum Schluß vergaß sie nicht, ihn an ihr selbstloses Gelöbnis zu erinnern, bei Bedarf jede Art von Bohnen zu essen.

Sollten diese verdächtigen Geräusche doch irgendwie mit der inneren Unruhe der Harrisons zusammenhingen, schien es Regina unbedingt angebracht, dem nachzugehen. Sie warf einen fragenden Blick auf ihr Kruzifix über dem Bett und seufzte. Man konnte ja nicht immer auf Jesus und Maria hoffen, schließlich hatten sie genug zu tun. Mußten ja ein ganzes Universum leiten. Gott hilft denen, die sich selbst helfen.

Sie schlüpfte aus dem Bett, stand vorsichtig auf und tastete sich an der Wand entlang zum Fenster. Die Beinschiene hatte sie zum Schlafen abgelegt, und ohne Stütze konnte sie nur mühsam gehen.

Ihr Schlafzimmerfenster ging auf den kleinen Hinterhof neben der Garage hinaus, von wo die verdächtigen Geräusche gekommen waren. Es herrschte stockfinstere Nacht da draußen, kein Mondlicht erhellte die Szene. Je länger Regina in die Dunkelheit hinausstarrte, desto weniger konnte sie erkennen, als ob die Dunkelheit ihr Sehvermögen aufsaugte, ja, es schien beinahe so, als ob *jeder* undurchdringliche Schatten voll Leben war und sie belauerte.

Das Garagenfenster war zwar nicht verriegelt, ließ sich jedoch nicht so einfach aufstemmen, weil die Beschläge angerostet und der Fensterrahmen vom letzten Anstrich verklebt war. Vassago hatte mehr Geräusche verursacht, als ihm lieb war, aber er glaubte nicht, daß irgend jemand im Haus etwas gemerkt hatte. Gerade als sich das Fenster endlich rührte und die Beschläge unter seinem Druck nachgaben, ging ein Licht im ersten Stock des Hauses an.

Er sprang mit einem Satz von der Garage weg und wartete im Schatten einer riesigen Myrte am Zaun, bis das Licht wieder ausging.

Und da sah er sie am Fenster stehen. Bei brennendem Licht hätte er sie wahrscheinlich nicht so gut erkennen können. Das Mädchen, das ihm schon so oft mit Lindsey Harrison zusammen im Traum erschienen war. Zuletzt hatten sich ihre Blicke über einer schwebenden schwarzen Rose getroffen, auf deren samtigem Blütenblatt ein Blutstropfen schimmerte.

Regina.

Ungläubig und in steigender Erregung starrte er zu ihr hinauf. Früher an diesem Abend hatte er Steven Honell gefragt, ob die Harrisons eine Tochter hätten, aber der Schriftsteller wußte nur etwas von einem Sohn, der schon vor Jahren gestorben war.

Nur durch die Nachtluft und eine Fensterscheibe von Vassago getrennt, schien das Mädchen vor ihm zu schweben wie eine Vision. In Wirklichkeit war sie noch viel schöner als in seinen Träumen. Sie wirkte so vital, sprühte geradezu vor Lebenskraft, daß es ihn nicht verwundert hätte, wenn sie sich ebenfalls mit nachtwandlerischer Sicherheit im Dunkeln bewegt hätte, auch wenn ihr Fall natürlich anders lag als seiner. Sie schien ein inneres Leuchten zu besitzen, das sie befähigte, sich in jeder Art von Dunkelheit zurechtzufinden. Vassago zog sich weiter in den Schatten der Myrte zurück, weil er befürchtete, daß das Mädchen ihn ebenso gut zu sehen vermochte wie er sie.

Unter ihrem Fenster hing ein Spalier an der Hauswand. Spalierwein rankte sich bis zum Fenstersims daran hoch, dann teilten sich die Ranken und zogen sich rechts und links vom Fenster weiter nach oben bis zur Dachrinne. Sie war eine Prinzessin, im Turm gefangen, und hielt Ausschau nach dem Prinzen, der sie erlösen würde. Das Gefängnis war das Leben, der Prinz, auf den sie sehnlichst wartete, der Tod, und wovon er sie erlösen sollte, war der Fluch des Lebens.

»Ich werde dir helfen«, murmelte Vassago leise, rührte sich aber nicht aus seinem Versteck.

Nach einer Weile löste das Mädchen sich vom Fenster. Verschwand. Die dunkle Fensteröffnung war leer.

Vassago sehnte sie zurück, ein letzter Blick.

Regina.

Er wartete fünf Minuten lang, dann noch einmal fünf Minuten. Sie kam nicht mehr ans Fenster.

Schließlich merkte er, daß es bald hell wurde, und schlich sich zur Garage zurück. Diesmal leistete das kleine Fenster keinen Widerstand und öffnete sich lautlos. Vassago wand sich durch die Luke wie ein Aal. Nur das leise Schurren seiner Kleidung war zu hören.

Lindsey schlief unruhig und schlecht. Sie wachte in regelmäßigen Abständen auf, verschwitzt, obwohl das Haus nicht geheizt war. Hatch lag neben ihr und murmelte Unverständliches im Schlaf. Im Morgengrauen drang ein Geräusch von unten aus der Halle. Lindsey richtete sich auf und lauschte. Dann hörte sie die Wasserspülung in der Gästetoilette. Regina. Sie legte sich wieder zurück, auf sonderbare Weise beruhigt von dem profanen Geräusch. Eigentlich albern, daß so etwas ein Trost sein könnte. Es schien so lange her, daß ein Kind unter ihrem Dach wohnte. Und es tat gut, das Mädchen bei einer alltäglichen Verrichtung zu hören, das Haus wirkte dadurch weniger bedrohlich. Vielleicht war ihr Glück doch greifbarer, als sie dachte, trotz all ihrer gegenwärtigen Probleme.

Wieder in ihrem Bett, dachte Regina ernsthaft darüber nach, warum Gott die Menschen mit Verdauungsorganen ausgestattet hatte. Sollte das wirklich der Weisheit letzter Schluß sein, oder war Er am Ende ein Spaßvogel?

Ihr fiel ein, wie sie einmal im Waisenhaus mitten in der Nacht aufstehen mußte, einer Nonne über den Weg gelaufen war und ihr genau diese Frage gestellt hatte. Schwester Sarafina schien in keiner Weise verblüfft. Damals war Regina allerdings noch zu jung gewesen, um zu wissen, wie man eine Nonne verblüffte. Dazu bedurfte es Jahre der Übung. Schwester Sarafina hatte ohne Zögern geantwortet, daß Gott den Menschen einen Anlaß bot, mitten in der Nacht aufzustehen, und somit eine weitere Gelegenheit, an Ihn zu denken und Ihm dankbar für das Leben zu sein, das Er ihnen gewährte. Regina hatte gelächelt und genickt, dabei jedoch gedacht, daß Schwester Sarafina entweder zu müde sein mußte, um klar zu denken, oder ein bißchen beschränkt. Es entsprach ja wohl nicht ganz Gottes Stil, von Seinen Kindern zu erwarten, daß sie auch noch auf dem Klo unentwegt Seiner gedachten.

Zufrieden mit ihrem Abstecher auf die Toilette, kuschelte Regina sich wieder in ihre Decke und suchte nach einer Erklärung, die überzeugender klang als die von der Nonne vor ein paar Jahren. Keine verdächtigen Geräusche drangen mehr aus dem Garten, und bevor noch das erste Tageslicht ihr Fenster streifte, schlief sie wieder tief und fest.

Die hohen Fenster in der breiten Garagentür ließen gerade genug Lampenlicht von draußen herein. Vassago konnte ohne Brille erkennen, daß nur ein Wagen, ein schwarzer Chevy, in der Doppelgarage stand. Ein kurzer Rundgang ergab, daß es hier kein brauchbares Versteck für ihn gab, weder vor den Harrisons noch vor dem eindringenden Tageslicht.

Da entdeckte er das Seil, das von der Decke hing. Er griff nach der Schlaufe und zog einmal vorsichtig daran, zog stärker, bis die Klapptür aufschwang. Sie war gut geölt und öffnete sich lautlos.

Dann schob er die dreiteilige Trittleiter an der Innenseite der Klapptür behutsam auseinander. Er ging langsam vor, denn er wollte keine unnötigen Geräusche machen.

Schließlich kletterte er in die Bodenkammer über der Garage. Im Dachstuhl mußten irgendwo Luftschlitze sein, doch im ersten Moment schien der Ort hermetisch abgeschlossen, so dick war die Luft. Vassagos hochsensible Augen erfaßten einen Dielenboden, jede Menge Pappkartons und ein paar Möbelstücke, die mit Schutzbezügen abgedeckt waren. Keine Fenster. Genau über sich konnte er die rauhe Unterseite der Dachdecke zwischen den Sparren erkennen. Zwei Glühbirnen baumelten an jeweils einem Ende des langgezogenen Spitzdachs, aber er brauchte ja kein Licht.

Ganz vorsichtig und langsam, wie in einem Stummfilm, streckte er sich bäuchlings auf dem Dachboden aus, langte durch die Bodenluke, zog die Klappleiter Stück für Stück herauf und sicherte sie an der Innenseite der Klapptür. Dann drückte er die Tür behutsam zu. Nur ein leises Klicken war zu hören, als die starke Verriegelungsfeder einrastete. Jetzt war er eingeschlossen.

Er zog ein paar Schutzbezüge von den Möbeln, sie schienen relativ sauber, legte sie auf den Boden zwischen den Kartons und baute sich ein Lager. Hier wollte er warten, bis der Tag sich neigte.

Regina. Lindsey. Ich bin da.

Sechstes Kapitel

1

Am Mittwochmorgen brachte Lindsey Regina zur Schule. Bei ihrer Rückkehr fand sie Hatch am Küchentisch sitzend vor. Er war dabei, ihre zwei Browningpistolen Kaliber 9 mm zu reinigen und zu ölen. Vor fünf Jahren hatte er sie angeblich zu ihrem Schutz erworben, kurz nachdem die Diagnose über Jimmys unheilbaren Krebs gefallen war. Als Ausrede hatte er die alarmierende Zahl von Verbrechen benutzt, obwohl die Quote in ihrem Teil von Orange County nie besonders hoch war – und damals erst recht nicht. Lindsey wußte genau, ließ es sich aber nie anmerken, daß Hatch weniger Furcht vor Einbrechern hatte als vor der Krankheit, die ihm seinen Sohn rauben würde. Weil er dem Krebs gegenüber machtlos war, suchte er unbewußt nach einem Gegner, den er mit einer Waffe bekämpfen *konnte.*

Bislang waren die Pistolen aber nur auf einem Schießplatz zum Einsatz gekommen. Hatch hatte darauf bestanden, daß auch Lindsey lernte, mit einer Waffe umzugehen, aber seit einem oder zwei Jahren waren sie nicht einmal mehr zum Zielschießen gekommen.

»Hältst du das wirklich für klug?« fragte sie und wies auf die Pistolen.

»Ja«, antwortete er knapp.

»Vielleicht sollten wir die Polizei einschalten.«

»Wir haben doch schon mehrfach durchdiskutiert, warum das nicht geht.«

»Wir könnten es ja trotzdem versuchen.«

»Sie werden uns nicht helfen. Können es auch nicht.«

Lindsey mußte zugeben, daß er recht hatte. Sie besaßen keinerlei Beweis dafür, daß sie in Gefahr waren.

»Übrigens«, fuhr er mit einem Blick auf die Pistolen fort,

während er die Läufe reinigte. »Ich hatte den Fernseher an, um nicht so allein bei dieser Arbeit zu sein. Die Morgennachrichten.«

Das kleine Fernsehgerät auf dem drehbaren Bord am Ende des Küchentresens war jetzt ausgeschaltet.

Lindsey fragte nicht, was in den Morgennachrichten gewesen war. Sie hatte so ein Gefühl, daß sie es bereuen würde, zugleich ahnte sie, daß sie es bereits wußte.

Schließlich blickte Hatch auf und sah sie an. »Steven Honell wurde letzte Nacht gefunden. Er war mit allen vieren an die Bettpfosten gebunden und ist mit einem Feuerhaken erschlagen worden.«

Lindsey stand wie erstarrt. Dann zog sie einen Stuhl heran, sie mußte sich setzen.

Gestern noch hatte sie Steven Honell eine Zeitlang richtiggehend gehaßt. Mehr als das. Jetzt empfand sie keinerlei feindselige Gefühle mehr ihm gegenüber. Nur noch Mitleid für einen verklemmten Menschen, der seine Unsicherheit hinter Arroganz und Selbstgefälligkeit verborgen hatte. Ein mieser, kleinlicher und gemeiner Kerl, doch jetzt war er tot; und diese Strafe war zu hoch für derlei Charakterschwächen.

Lindsey senkte den Kopf und legte ihn auf ihre verschränkten Arme auf dem Tisch. Sie konnte nicht weinen, es gab nichts an ihm, was ihr gefallen hätte, bis auf sein Talent vielleicht. Wenn das Auslöschen dieses Talents schon keine Tränen bei ihr auslöste, erfüllte es sie zumindest mit Verzweiflung.

»Früher oder später«, sagte Hatch, »ist der Dreckskerl auch hinter mir her.«

Mühsam hob Lindsey den Kopf. »Warum bloß?«

»Ich weiß es nicht, Vermutlich werden wir nie dahinterkommen, warum. Es nie begreifen. Doch gibt es zwischen ihm und mir eine Verbindung, und er wird kommen.«

»Die Polizei soll sich darum kümmern«, meinte Lindsey. Sie wußte genau, daß kein Polizeibeamter ihnen würde helfen können, und weigerte sich dennoch wie ein trotziges Kind, von dieser Vorstellung abzulassen.

»Sie würden ihn auch gar nicht finden«, erwiderte Hatch grimmig. »Einen Geist.«

»Er wird nicht kommen«, redete Lindsey sich ein.

»Vielleicht nicht gleich morgen, nächste Woche oder in einem Monat. Aber er wird kommen, das ist so sicher wie das Amen in der Kirche. Und wir werden gewappnet sein.«

»Wirklich?« fragte sie ungläubig.

»In jeder Hinsicht.«

»Kannst du dich noch daran erinnern, was du letzte Nacht gesagt hast?«

Er schaute sie fragend an. »Was?«

»Daß er womöglich kein gewöhnlicher Mensch ist, daß du ihn vielleicht huckepack von ... von dort mitgebracht hast.«

»Ich dachte, du hättest diese Theorie verworfen?«

»Habe ich auch. Ich glaube so was einfach nicht. Und du? Was hältst du davon, ganz ehrlich?«

Er antwortete nicht, sondern beschäftigte sich wieder mit den Pistolen.

Lindsey gab nicht nach. »Wenn du das glaubst, wenn du nur halbwegs davon überzeugt bist – was sollen dann die Waffen?«

Er sagte nichts darauf.

»Wie kann man mit einer Pistole einen bösen Geist bekämpfen?« drängte sie. Es kam ihr so vor, als sei das alles nicht wahr – daß sie nur im Traum aufgestanden war und Regina zur Schule gebracht hatte und daß sie jetzt mitten in einem Alptraum steckte. »Wie soll man etwas aus dem Jenseits mit einer Kugel aufhalten können?«

»Etwas anderes habe ich nicht«, erklärte er ruhig.

Wie andere Ärzte auch, hielt Jonas Nyebern mittwochs keine Sprechstunde ab und führte keine chirurgischen Eingriffe durch. Im Gegensatz zu anderen Kollegen verbrachte er den Nachmittag allerdings nicht mit Golfspielen, Segeln oder einer Partie Bridge im Country Club. Er nutzte seinen freien Tag gewöhnlich, um Briefe zu schreiben oder wissenschaftliche Abhandlungen und Fallstudien für das Reanimationszentrum im Orange County General zu verfassen.

Auch an diesem ersten Mittwoch im Mai würde Jonas sich überwiegend in seinem Arbeitszimmer zu Hause in Spyglass Hill aufhalten, wo er seit zwei Jahren, seit dem Verlust seiner Familie, wohnte. Er mußte noch einen Vortrag ausarbeiten, den er am kommenden achten Mai auf einem wissenschaftlichen Kongreß in San Franziska halten sollte.

Von den Fenstern seines teakholzgetäfelten Arbeitszimmers aus konnte er Corona Del Mar und Newport Beach überblicken. In rund fünfzig Kilometern Entfernung baute sich die dunkle Steilküste von Santa Catalina Island wie eine Sperrmauer vor dem grün-blau marmorierten Ozean auf und konnte ihm doch nichts von seiner grenzenlosen Weite und erhabenen Größe nehmen.

Jonas brauchte die Vorhänge nicht zu schließen, weil ihn das Panorama schon lange nicht mehr ablenkte. Er hatte das Grundstück damals in der Hoffnung erworben, daß das luxuriöse Haus und der wunderbare Ausblick ihm trotz seines tragischen Verlustes das Leben wieder lebenswerter machen würden. Wahren Trost fand er jedoch nur in seiner Arbeit, und so setzte er sich auch jetzt an seinen Schreibtisch, ohne einen Blick an die schöne Aussicht zu verschwenden.

Heute morgen hatte er allerdings Mühe, sich auf die weißen Buchstaben auf dem blauen Bildschirm seines Computers zu konzentrieren. Seine Gedanken wanderten jedoch nicht auf den Pazifik hinaus, sondern zurück zu seinem Sohn Jeremy.

Als Jonas an jenem verhangenen Frühlingstag vor zwei Jahren nach Hause gekommen war, hatten Marion und Stephanie auf dem Boden gelegen und aus so vielen tiefen Stichwunden geblutet, daß sie nicht mehr zu retten waren. Jeremy hatte er in der Garage vorgefunden, aufgespießt mit einem in den Schraubstock gespannten Messer, er war bewußtlos und dabei, zu verbluten. Jonas wollte damals nicht eine Sekunde lang an die Gewalttat irgendeines Wahnsinnigen oder beim Stehlen überraschten Einbrechers glauben. Vielmehr sagte ihm sein Instinkt, daß dieser Junge selbst, der da über der Werkbank hing und dessen Leben auf den Zementboden tropfte, der Täter war. Mit Jeremy hatte vom ersten Tag an etwas nicht gestimmt – etwas Gravierendes *fehlte* –, ein Defekt, der im Lauf der Jahre immer deutlicher und erschreckender wurde, obwohl Jonas sich lange Zeit einzureden versuchte, daß das Verhalten des Jungen nur ein Ausdruck der üblichen pubertären Rebellion war. Aber der

Wahnsinn von Jonas' Vater hatte bloß eine Generation übersprungen und war nun in Jeremys geschädigter Erbsubstanz wieder zum Ausbruch gekommen.

Der Junge überlebte zwar die rasende Fahrt mit der Ambulanz zum nahegelegenen Orange County General, aber er starb auf der Krankenliege, als sie ihn durch den Krankenhausflur rollten.

Jonas hatte gerade erst die Leitung des Bezirkskrankenhauses von der Notwendigkeit eines eigenen Reanimationsteams überzeugt und es auch bekommen. Anstatt nun den in die Herz-Lungen-Maschine eingebauten Wärmeaustauscher anzuschließen und das Blut des Jungen durch Zirkulation zu erwärmen, benutzten sie den Apparat zur Hypothermie, um das Blut des Jungen zu *kühlen.* Sie arbeiteten unter Hochdruck, mußten die Körpertemperatur drastisch senken, um ein eventuelles Absterben von Zellgewebe oder eine Schädigung des Gehirns während der Operation zu verhindern. Die Raumtemperatur wurde bis auf 10 Grad Celsius heruntergefahren, und der Patient auf beiden Seiten in Beutel mit Trockeneis gepackt. Jonas führte den Eingriff selber durch, öffnete die Stichwunde und versuchte den Schaden zu beheben, der eine Reanimation zwecklos machen würde.

Möglicherweise wußte er damals, warum er Jeremy unbedingt retten wollte, später jedenfalls konnte er seine Gründe nicht mehr definieren, geschweige denn verstehen.

Weil er mein Sohn war, sagte er sich manchmal. Ich fühlte mich für ihn verantwortlich.

Was für eine elterliche Verantwortung hatte er denn für den Meuchler seiner Frau und Tochter?

Ich habe ihn nur gerettet, um ihn *fragen* zu können, um eine *Erklärung* zu bekommen, redete er sich ein andermal ein.

Dabei wußte er genau, daß es keine plausible Antwort gab. Weder Philosophen noch Psychologen noch die Täter selbst haben jemals eine überzeugende Erklärung für auch nur eine monströse, soziopathologisch begründete Gewalttat abgeben können.

Die einzig zwingende Antwort mußte sein, daß die menschliche Rasse unvollkommen und defekt war und in sich bereits die Saat ihrer Selbstzerstörung trug. Die Kirche würde es unter Bezug auf das Paradies und den Sündenfall das Vermächtnis der Schlange nennen. Wissenschaftler würden auf das Geheimnis der Genetik verweisen, und die Biochemie würde es als Hauptfunktion der Nukleotidsequenz ansehen. Vielleicht meinten alle denselben Defekt, nur mit anderen Worten. Jonas vermutete, daß diese Erklärung, ob nun von wissenschaftlicher oder von theologischer Seite, immer unbefriedigend bleiben würde, weil sie keine Lösung anbot und keine Prophylaxe wußte. Bis auf den Glauben an Gott oder an die Wissenschaft.

Aus welchem Grund auch immer, Jonas hatte Jeremy gerettet. Der Junge war einunddreißig Minuten lang klinisch tot gewesen, was damals nicht einmal einen Rekord darstellte, weil ein junges Mädchen aus Utah noch nach sechsundsechzig Minuten reanimiert worden war, allerdings lag hier der Fall anders. Das Mädchen hatte sich in einem Zustand extremer Unterkühlung befunden, während Jeremys Temperatur bei seinem Tod normal gewesen war, somit konnte die Wiederbelebung doch als Rekord gelten. In der Tat stellte eine Reanimation nach einunddreißig Minuten klinischem Tod bei normaler Körpertemperatur ebenso ein Wunder dar wie die Reanimation nach achtzig Minuten Hypothermie. Sein eigener Sohn und Hatch Harrison zählten somit zu Jonas' bislang größten Erfolgen – wenn man bei dem ersten überhaupt von einem Erfolg sprechen konnte.

Zehn Monate lang lag Jeremy im Koma, wurde intravenös ernährt, atmete jedoch selbständig und benötigte keinerlei Gerät, um seine lebenswichtigen Organfunktionen zu steuern. Noch im Koma wurde er vom Krankenhaus in eine erstklassige Privatklinik verlegt.

In jener Zeit hätte Jonas das Einstellen der intravenösen Ernährung auf gerichtlichem Wege erwirken können. Nur wäre Jeremy dann verhungert oder an Austrocknung gestorben, und manchmal empfindet selbst ein Komapatient Schmerzen bei einem so grausamen Tod, je nachdem, wie tief sein Koma ist. Jonas jedenfalls wollte Jeremy nicht unnötig leiden lassen. Auf irgendeine hinterlistige Art, die so tief in seinem Unterbewußtsein verankert gewesen sein mußte, daß er selber erst viel später darauf kam, war er von dem egoistischen Gedanken besessen, dem Jungen, wenn er erwachte – falls er je aus dem Koma erwachte –, ein Motiv für sein abnormes Verhalten zu entlocken, das allen anderen Forschern in der Geschichte der Menschheit bisher entgangen war. Vielleicht hielt er sich für besonders geeignet dank seiner einmaligen Erfahrung mit einem wahnsinnigen Vater und einem geistesgestörten Sohn: Schließlich hatte der eine ihn schwer verwundet und zur Waise gemacht, der andere zum Witwer. Auf jeden Fall bezahlte er die Privatklinik. Und jeden Samstagnachmittag verbrachte er am Bett seines Sohnes und betrachtete das blasse friedliche Gesicht, in dem er soviel von sich selbst wiederfand.

Nach zehn Monaten erlangte Jeremy das Bewußtsein zurück. Das Sprachzentrum seines Gehirns war beschädigt, er konnte weder lesen noch sprechen, wußte seinen Namen nicht mehr und auch nicht, wie er hierher gekommen war. Sein Spiegelbild betrachtete er wie das eines Fremden, und auch seinen Vater erkannte er nicht. Als die Polizei ihn vernahm, zeigte er weder Anzeichen von Schuld noch des Verstehens. Er war als Idiot wiedergeboren, seine geistigen Fähigkeiten auf ein Minimum reduziert, unfähig, sich länger auf etwas zu konzentrieren, und schnell verwirrt.

Mit Gesten machte er deutlich, daß er unter heftigen Augenschmerzen litt und extrem lichtempfindlich war. Eine augenärztliche Untersuchung ergab eine seltsame, in der Tat unerklärliche Degeneration der Regenbogenhaut in beiden Augen. Die elastische Membran schien teilweise zerfressen. Der Muskel, der die Pupille verengen sollte, um den Lichteinfall zu reduzieren, war verkümmert. Außerdem war der Dilatator pupillae, der Erweiterer, geschrumpft, und so blieb die Regenbogenhaut weit offen. Darüber hinaus war der Muskel mit dem Nerv verschmolzen, so daß auch eine nervliche Steuerung nicht mehr möglich war. So einen Fall hatte es noch nie gegeben, mit einer weiteren Verschlimmerung mußte gerechnet werden. Ein chirurgischer Eingriff war unmöglich. Sie setzten dem Jungen eine Sonnenbrille mit Seitenschutz und tiefdunklen Gläsern auf. Selbst mit der Brille aber verbrachte er den hellen Tag lieber in Räumen mit Metalljalousien oder schweren Vorhängen vor den Fenstern.

Jeremy machte sich schnell beliebt beim gesamten Personal der Rehabilitationsklinik, in die er später verlegt wurde. Er tat ihnen vor allem wegen seiner Augen leid, weil er so ein hübscher Junge war und ein schweres Los tragen mußte. Zudem benahm er sich jetzt so rührend, schüchtern wie ein Kind – eine Folge seines IQ-Schwunds –, und seine frühere Arroganz, sein kaltes Kalkül und die offene Feindseligkeit waren völlig verschwunden.

Über vier Monate lang wanderte er in der Klinik herum, half den Schwestern mit einfachen Arbeiten, mühte sich erfolglos mit einem Sprachtherapeuten ab, starrte nachts stundenlang aus dem Fenster, aß mit genügend Appetit, nahm zu und trainierte abends im abgedunkelten Fitneßraum. Sein magerer Körper setzte wieder Fleisch und Muskeln an, und das strohtrockene Haar gewann seinen Glanz zurück.

Ungefähr vor zehn Monaten, als Jonas sich schon Gedanken machte, wo er Jeremy unterbringen konnte, wenn die Heilgymnastik und die Bewegungstherapie sich erschöpft hatten, war der Junge verschwunden. Obwohl er nie Anstalten gemacht hatte, aus dem Klinikgelände auszubrechen, war er eines Nachts unbemerkt aus dem Haus geschlüpft und nie mehr zurückgekommen.

Jonas hatte erwartet, daß die Polizei Jeremy schnell aufgreifen würde. Aber sie fahndeten ja nur nach einem Vermißten, nicht nach einem mutmaßlichen Mörder. Wäre Jeremy voll und ganz wiederhergestellt gewesen, hätten sie ihn als Gefahr und als vor dem Gesetz Flüchtigen behandelt, seine offenkundige Debilität verschaffte ihm jedoch eine Art Immunität. Jeremy war nicht mehr dieselbe Person, die die Straftaten begangen hatte; angesichts seiner verminderten geistigen Fähigkeiten, seines Sprach-Unvermögens und seiner entwaffnenden Naivität hätte kein Gericht ihn jemals verurteilt.

Eine Vermißtenfahndung war sowieso keine richtige Fahndung. Die Polizeikräfte wurden für dringendere Fälle und ernsthaftere Delikte eingesetzt.

Obwohl die Polizei davon ausging, daß der Junge weggelaufen, den falschen Leuten in die Hände gefallen war und bereits tot sein mußte, stand für Jonas fest, daß sein Sohn noch am Leben war. Und tief in seinem Herzen wußte er auch, daß nicht etwa ein dämlich grinsender Idiot frei herumlief, sondern ein gerissener, gefährlicher und – im wahrsten Sinne des Wortes – irrsinnig kranker Mensch.

Sie waren alle hereingelegt worden.

Jonas hätte nicht beweisen können, daß Jeremys Debilität nur gespielt war, mußte in seinem Innersten aber bekennen, daß er sich absichtlich hatte täuschen lassen. Er hatte den neuen Jeremy akzeptiert, weil er, um es genau zu sagen, nicht den Mut aufbrachte, sich dem anderen Jeremy, dem Mörder von Marion und Stephanie, zu stellen. Der erdrückendste Beweis für seine Mittäterschaft an Jeremys Täuschungsmanöver lag darin, daß er keine Computertomographie angeordnet hatte, um den Grad der Hirnschädigung festzustellen. Die bloße Tatsache einer solchen Verletzung genügte, die Ursache war nebensächlich, hatte er sich damals eingeredet. Eine für einen Arzt undenkbare Reaktion und doch nicht so unvorstellbar bei einem Vater, der mit dem Monstrum in seinem Sohn nicht konfrontiert werden wollte.

Und jetzt lief dieses Monster frei herum. Er konnte es nicht beweisen, aber er wußte es. Jeremy war irgendwo da draußen. Der alte Jeremy.

Zehn Monate lang hatte er nacheinander durch drei verschiedene Detekteien nach seinem Sohn fahnden lassen, weil er sich in moralischer, nicht in gesetzlicher Hinsicht für den Jungen und seine Straftaten verantwortlich fühlte. Die ersten beiden Agenturen waren erfolglos geblieben und schließlich zu dem Schluß gelangt: Wenn man keine Spur aufnehmen konnte, gab es auch keine Spur. Der Junge, hieß es in ihrem Bericht, sei mit an Sicherheit grenzender Wahrscheinlichkeit tot.

Der dritte Detektiv, Morton Redlow, war ein Ein-Mann-Betrieb. Er kam nicht so großspurig daher wie die großen Agenturen, dafür besaß Redlow die Zähigkeit einer Bulldogge, und das ließ Jonas hoffen. Letzte Woche erst hatte Redlow angedeutet, daß er eine heiße Spur verfolgte und am Wochenende Näheres sagen könnte.

Seither wartete Jonas auf ein Lebenszeichen von dem Detektiv. Auch auf die Nachrichten auf seinem Anrufbeantworter hatte Redlow nicht reagiert.

Jonas wandte sich vom Computer und dem Vortrag ab,

auf den er sich doch nicht konzentrieren konnte, nahm den Telefonhörer von der Gabel und wählte die Nummer des Detektivs. Wieder lief der Anrufbeantworter. Bevor Jonas jedoch Namen und Adresse hinterlassen konnte, brach die Verbindung ab. Die Aufnahmekassette in Redlows Anrufbeantworter war voll und hatte selbsttätig abgeschaltet.

Jonas beschlich eine böse Ahnung.

Er legte den Hörer zurück, stand auf und trat ans Fenster. Er war schrecklich niedergeschlagen und glaubte nicht, daß der wunderbare Ausblick ihm in irgendeiner Weise helfen würde, aber zumindest wollte er es versuchen. Jeder Tag hielt neue Schrecken und Ängste für ihn bereit, so daß er jede Art von Hilfsmittel brauchte, um nachts überhaupt schlafen und morgens aufstehen zu können.

Die Morgensonne wob silberne Fäden in die auflaufenden Wellen und verwandelte das Meer in ein einzigartiges blaugraues Gewebe mit metallischen Mustern.

Er versuchte sich einzureden, daß Redlows Bericht erst ein paar Tage überfällig war, weniger als eine Woche. Es gab keinen Grund, sich Sorgen zu machen. Daß er nicht zurückrief, konnte auch bedeuten, daß er krank war oder persönliche Probleme hatte.

Aber Jonas wußte es. Er war sich ganz sicher. Redlow hatte Jeremy ausfindig gemacht und den Jungen, trotz aller Warnungen, grob unterschätzt.

Eine Jacht mit weißen Segeln kreuzte vor der Küste. Große weiße Möwen segelten hinterher, gingen im Sturzflug auf die Wellen nieder und tauchten wieder auf, ihre Fischbeute im Schnabel. Mit ihrem eleganten und unbeschwerten Flug boten die Vögel einen wunderbaren Anblick, nur nicht für die Fische. Für die Fische nicht.

Lindsey ging in ihr Atelier, das zwischen ihrem und Reginas Schlafzimmer lag. Sie rückte den Hocker von der Staffelei vor ihr Zeichenbrett, schlug ihr Skizzenheft auf und machte sich Gedanken über ihr nächstes Bild.

Es schien richtig und wichtig, daß sie sich auf ihre Arbeit konzentrierte, und das nicht nur, weil schon der eigentliche Akt des Malens die Seele besänftigte, sondern auch, weil das

Festhalten an alltäglicher Routine ihr die einzige Möglichkeit bot, die irrationalen Kräfte zu bändigen, die wie eine dunkle Sturzflut in ihr Leben brandeten. Nichts konnte wirklich ganz und gar danebengehen – wirklich? –, wenn sie nur weiterhin malte, ihren schwarzen Kaffee trank, drei Mahlzeiten am Tag einnahm, Geschirr spülte, sich vor dem Zubettgehen die Zähne putzte, morgens duschte und ihr Deo benutzte. Wie sollte eine mörderische Bestie aus dem jenseits in ein *geordnetes* Leben einbrechen können? Ganz bestimmt besaßen Ghule und Geister, Unholde und Ungeheuer keine Macht über Leute, die ordentlich gewaschen und gekämmt, deodoriert und fluorisiert, richtig gekleidet und ernährt, gut beschäftigt und motiviert waren.

Zumindest redete sie sich das ein. Ihre zittrige Hand mit dem Zeichenstift verriet das Gegenteil.

Honell war tot.

Cooper war tot.

Ihr Blick wanderte immer wieder zum Fenster, als erwartete sie die Spinne dort zu sehen. Doch da huschte weder eine kleine schwarze Kugel am Rahmen entlang, noch gab es ein neues Spinnennetz in der Fensterecke. Da war nur Glas mit Baumwipfeln und blauem Himmel dahinter.

Nach einer Weile kam Hatch herein, umarmte sie von hinten und drückte ihr einen Kuß auf die Wange.

Er war jedoch keineswegs romantisch gestimmt, sondern legte eine Pistole auf ihre Kommode. »Steck sie ein, wenn du rausgehst. Er wird allerdings nicht bei Tageslicht kommen, das weiß ich. Ich spüre es. Zum Teufel! Als ob er ein Vampir oder so was Ähnliches ist. Ein wenig Vorsicht kann nicht schaden, besonders, wenn du allein im Haus bist.«

Sie zögerte, nickte dann. »In Ordnung.«

»Ich werde eine Weile unterwegs sein, muß was besorgen.«

»Besorgen?« Sie drehte sich auf ihrem Hocker nach ihm um.

»Wir haben nicht genug Munition.«

»Beide Patronenrahmen sind voll.«

»Außerdem will ich noch eine Schrotflinte kaufen.«

»Hatch! Selbst wenn der Kerl kommt, was ich bezweifle,

sind wir hier nicht im Krieg. Wenn jemand in dein Haus eindringt, fallen ein oder zwei Schüsse, aber es ist keine offene Feldschlacht.«

Hatch hatte eine harte, unnachgiebige Miene aufgesetzt. »Eine gute Schrotflinte ist die einzig richtige Waffe zur Selbstverteidigung. Du mußt nicht einmal besonders gut schießen können. Die Schrotladung erwischt ihn. Ich weiß auch schon, welche Flinte ich nehme, mit kurzem Lauf, Pistolengriff mit ...«

Sie drückte ihm die flache Hand auf die Brust und unterbrach ihn. »Hör auf damit. Du machst mir angst.«

»Das ist gut. Wenn wir Angst haben, sind wir eher auf der Hut und verhalten uns vorsichtiger.«

»Wenn du wirklich meinst, daß wir in Gefahr sind, sollten wir Regina nicht hier im Haus behalten.«

»Wir können sie unmöglich ins Heim zurückschicken.« Hatchs Antwort kam wie aus der Pistole geschossen, als hätte er bereits Überlegungen angestellt.

»Nur bis alles vorbei ist.«

»Nein.« Er schüttelte den Kopf. »Regina ist zu sensibel, das weißt du doch. Sie ist so dünnhäutig und zieht gern voreilig die falschen Schlüsse. Den kleinsten Einwand würde sie bereits als Zurückweisung empfinden. Wir hätten keine Möglichkeit, ihr die Gründe zu erklären, und sie würde uns vielleicht keine zweite Chance mehr geben.«

»Ich bin sicher, sie ...«

»Außerdem bräuchten wir eine plausible Erklärung für das Heim. Wenn wir uns eine Lügengeschichte ausdenken – und ich wüßte nicht, wie –, würden sie dahinterkommen und sich fragen, warum wir sie anlügen. Sie würden im nachhinein ihre Zustimmung zur Adoption bereuen. Und wenn wir ihnen dann die Wahrheit gestehen und was über Visionen und telepathische Verbindungen zu einem wahnsinnigen Mörder faseln, sind wir erst recht untendurch bei ihnen, und sie würden uns Regina nie mehr anvertrauen.«

Er hatte sich *wirklich* alles gut überlegt.

Lindsey sah ein, daß er recht hatte.

Hatch hauchte ihr einen Kuß auf die Stirn. »Ich bin in einer Stunde zurück, spätestens in zwei.«

Als er gegangen war, stand Lindsey noch eine Weile sinnend vor der Waffe.

Verdrossen wandte sie sich schließlich ab und nahm den Zeichenstift zur Hand. Sie riß das oberste Blatt vom Zeichenbrett. Das neue Blatt war leer. Weiß und unberührt. Und so blieb es auch.

Lindsey nagte nervös an ihrer Unterlippe und blickte zum Fenster. Kein Spinnennetz. Keine Spinne. Nur eine blanke Fensterscheibe. Dahinter Baumwipfel und blauer Himmel.

Bis heute hatte sie nicht geahnt, daß ein makellos blauer Himmel bedrohlich wirken konnte.

Die vergitterten Schlitze im Dach der Bodenkammer dienten zur Belüftung. Sie ließen nicht viel Helligkeit durch, der schwache Hauch kühler Morgenluft brachte nur eine Ahnung von Tageslicht mit herein.

Das Licht störte Vassago auch nicht, denn er hatte sein Lager inmitten von Pappkartons und Möbelstücken aufgeschlagen und lag im Halbdunkel. Es roch nach trockenem Holz und muffiger Pappe.

Weil er keinen Schlaf fand, begann er sich zur Entspannung auszumalen, wie herrlich das Inventar dieser Dachkammer brennen würde. In seiner krankhaften Phantasie stiegen flammende Feuerwände mit gelben und roten Spiralen auf, und die Splinte im brennenden Dachgebälk zerbarsten mit lautem Knall. Pappkartons und Papierverpackungen, entzündliche Erinnerungsstücke gingen in Rauchwolken auf, begleitet von einem Prasseln, das an den fernen Theaterapplaus eines fanatischen Publikums erinnerte. Obwohl sich der Brand nur in seiner Phantasie abspielte, mußte Vassago die Augen vor dem imaginären Feuerschein schließen.

Die Vorstellung von dem Feuer war nicht unterhaltsam – vielleicht deshalb, weil in der Dachkammer nur *Dinge* brannten, leblose Objekte. Wo lag da der Spaß?

Achtzehn waren im Spukhaus verbrannt – oder zu Tode getrampelt worden – in jener Nacht, als Tod Ledderbeck im Tunnel des ›Tausendfüßlers‹ den Tod gefunden hatte. *Das* war ein Feuer gewesen.

Jeremy hatte es zwar verstanden, jeden Verdacht in bezug

auf den Tod des Astronauten-Asses oder den Brand im Spukhaus abzuwehren, die Nachbeben seiner Nacht des Großen Spiels holten ihn jedoch ein. Die Vorkommnisse in Fantasy World machten mindestens zwei Wochen lang Schlagzeilen und bildeten für einen Monat das Hauptgesprächsthema in der Schule. Der Vergnügungspark schloß vorübergehend die Pforten, machte wieder auf bei schleppendem Geschäft, schloß erneut wegen Umbauarbeiten, nahm den Betrieb wieder auf mit schwindendem Publikum und gab schließlich angesichts permanent schlechter Presse und einer drohenden Prozeßlawine auf. Ein paar tausend Menschen verloren ihren Arbeitsplatz. Mrs. Ledderbeck erlitt einen Nervenzusammenbruch, der Jeremys Ansicht nach nur gespielt war. So zu tun, als ob sie Tod wirklich geliebt hätte, war ja wohl der Gipfel an Heuchelei.

Andere Erschütterungen, mehr persönlicher Natur, trafen Jeremy. Unmittelbar nach dem Geschehen, nach einer langen schlaflosen Nacht, mußte er sich eingestehen, daß er vollkommen die Beherrschung verloren hatte. Nicht als er Tod umbrachte. So etwas schickte sich nicht, wenn der Meister des Spiels seine Meisterschaft unter Beweis stellte. Doch vom Moment von Tods tödlichem Sturz aus dem Wagen an war er trunken vor Macht gewesen und in dem Vergnügungspark herumgetaumelt, als hätte er sechs oder ein Dutzend Dosen Bier runtergeschüttet. Berauscht, benebelt, breit und stinkbesoffen vor Macht, weil er in die Rolle des Todes geschlüpft und der geworden war, den alle Menschen fürchteten. Das Erlebnis hatte jedoch nicht einfach nur eine berauschende Wirkung: Es machte süchtig. Jeremy wollte es am nächsten Tag wieder tun, am übernächsten und dann jeden Tag, solange er lebte. Er mußte noch einmal jemanden anzünden und herausfinden, wie man sich fühlte, wenn man mit einem scharfen Messer, mit einer Pistole, mit einem Hammer, mit den bloßen Händen ein Leben auslöschte. Jene Nacht hatte schlagartig eine frühe Pubertät bei ihm ausgelöst, die Phantasien vom Töten ließen ihn erigieren, und das Ausmalen der vor ihm liegenden Mordtaten brachte ihn zu einem bis dahin unbekannten Höhepunkt. Erschrocken über die Heftigkeit seines ersten Orgasmus und den feuchten Erguß, traf ihn bei

Morgengrauen die Erkenntnis, daß der wahre Meister des Spiels nicht nur keine Angst beim Töten empfinden durfte, sondern vielmehr die ungezähmte Gier, erneut zu töten, die sich aus dem ersten Mal speiste, *beherrschen* mußte.

Glatt mit einem Mord davonzukommen, bewies seine Überlegenheit den anderen Spielern gegenüber, er würde jedoch nicht lange unbehelligt bleiben, wenn er die Selbstbeherrschung verlor und Amok lief, wie diese Kerle im Fernsehen, die in einer Einkaufspassage mit einer halbautomatischen Waffe in die Menschenmenge feuerten. So einer war kein Meister, eher ein Dummkopf, ein Verlierer. Ein Meister suchte sorgfältig aus, traf seine Wahl, selektierte sein Opfer und eliminierte es stilgerecht.

Auf seiner Lagerstatt in der Bodenkammer sann Vassago darüber nach, daß ein Meister wie eine Spinne vorgehen mußte. Ein geeignetes Jagdrevier suchen. Das Netz spinnen. Sich hinsetzen, die langen Beine einziehen und sich ganz klein und unsichtbar machen … und lauern.

Eine Menge Spinnen leisteten ihm unter dem Dach Gesellschaft. Mit seinen extrem lichtempfindlichen Augen konnte er sie noch im Halbdunkel erkennen. Einige waren bewundernswert fleißig, andere lebten zwar, regten sich aber nicht, stellten sich tot. Er empfand geschwisterliche Gefühle für die Tiere. Seine kleinen Brüder.

Das Waffengeschäft glich einer Festung. Ein Schild an der Eingangstür signalisierte, daß der Laden alarmgesichert war und nachts von scharfen Hunden bewacht wurde. Vor den Fenstern waren mächtige Eisenstreben verankert. Die Ladentür mußte mindestens acht Zentimeter dick sein, aus Massivholz mit einem Stahlkern. Die drei soliden Türangeln erweckten den Eindruck, als seien sie für eine Tiefseetaucherkugel konstruiert worden, um Tausenden von Tonnen Druck unter Wasser standzuhalten. Viel Waffenzubehör lagerte offen in Regalen, doch die Gewehre, Flinten und Handfeuerwaffen lagen unter Verschluß oder standen, mit schweren Ketten gesichert, in offenen Waffenschränken. In allen vier Ecken des langgezogenen Verkaufsraums hingen Videokameras hinter kugelsicherem Glas.

Der Laden war beinahe so gut gesichert wie Fort Knox. Hatch fragte sich, ob er in Zeiten lebte, wo Waffen eine größere Anziehung auf Diebe ausübten als bares Geld.

Die vier Angestellten im Laden pflegten untereinander einen kameradschaftlichen Ton und gaben sich umgänglich mit den Kunden. Ihre Hemden fielen lose über den Hosenbund. Vielleicht aus Bequemlichkeit, vielleicht trug auch jeder von ihnen eine Schußwaffe im Holster unter dem Hemd.

Hatch kaufte eine 12kalibrige Mossberg: eine kurzläufige Schrotflinte mit Pistolengriff und halbautomatischem Nachladeschloß.

»Die einzig richtige Waffe für den Selbstschutz«, meinte der Verkäufer. »Wenn Sie die haben, brauchen Sie keine andere Waffe mehr.«

Hatch sagte sich, daß er schon dankbar sein mußte, in einem Zeitalter zu leben, wo die Regierung ihren Bürgern Zusagen machte, sie auch vor so geringfügigen Übeln wie Radon im Keller oder den durch die ultimative Ausrottung der einäugigen, blauschwänzigen Stechmücke entstandenen Umweltschäden zu schützen. In einem weniger zivilisierten Zeitalter – so um die Jahrhundertwende herum – hätte er zweifellos eine Ausrüstung erworben, die Hunderte von Schußwaffen, eine Tonne Dynamit und eine Panzerweste zum Schutz beim Türöffnen umfaßte.

Er fand, daß Ironie eine bittere Variante des Humors darstellte und nicht ganz seinem Geschmack entsprach. Zumindest nicht in seiner gegenwärtigen Stimmung.

Hatch füllte die üblichen Behördenformulare aus, bezahlte mit einer Kreditkarte und verließ den Laden mit der Mossberg, einem Waffenreinigungsset und mehreren Schachteln Munition. Die Ladentür fiel hinter ihm zu mit dem satten Ton einer Tresortür.

Er hatte seine Einkäufe im Kofferraum des Mitsubishi verstaut, sich hinter das Steuer gesetzt und wollte gerade den Motor anlassen – als seine Hand auf dem Griff der Gangschaltung erstarrte. Der kleine Parkplatz war nicht mehr da, das Waffengeschäft verschwunden.

Als ob ein böser Zauber über allem lag und den sonnigen Tag verschwinden ließ, fand Hatch sich in einem langen, schaurigen Tunnel wieder. Er warf einen Blick aus dem Seitenfenster, blickte nach hinten aus dem Rückfenster, aber die Illusion oder Halluzination – was immer es sein mochte – war perfekt und stimmte in jedem Detail, wie gerade eben noch der Parkplatz.

Als Hatch wieder nach vorn blickte, lag ein langer Abhang vor ihm, in dessen Mitte das Gleis einer Schmalspurbahn verlief. Und plötzlich rollte sein Wagen wie ein Zug, der bergauf fuhr.

Hatch trat das Bremspedal durch. Vergeblich.

Er schloß die Augen und zählte langsam bis zehn, spürte sein Herz pochen und versuchte, sich zu entspannen. Als er die Augen wieder öffnete, saß er immer noch in dem Tunnel.

Er stellte den Motor ab. Der Wagen bewegte sich weiter.

Die Stille, nachdem das Motorgeräusch vererbt war, währte nur kurz und wurde von einem anderen Geräusch abgelöst: *rattatat, rattatatat.*

Von links kam ein unmenschlicher Schrei. Aus dem Augenwinkel nahm Hatch eine bedrohliche Bewegung wahr. Er riß den Kopf herum und sah sich einer äußerst befremdlichen Gestalt gegenüber, einem mannshohen, bleichen und plumpen Ding. Es reckte sich drohend und schrie gellend, in seiner runden Mundöffnung rotierten Zähne wie die Messer in einer Müllvernichtungsanlage. Ein ähnliches Monstrum baute sich jetzt rechts vor ihm auf, und weiter vorn warteten noch mehr und dahinter noch andere Ungeheuer. Sie alle heulten, johlten, kreischten und knurrten, als er an ihnen vorbeifuhr.

Trotz seines Entsetzens und seiner Orientierungslosigkeit merkte Hatch, daß die Schreckensgestalten an den Tunnelwänden nicht echt waren. Alsbald konnte er auch das ratternde Geräusch einordnen: Er befand sich in seinem Auto in einer Geisterbahn und raste gerade auf einen Gipfel zu, hinter dem es steil bergab ging.

Hatch machte sich gar nicht erst die Mühe, sich einzureden, daß das alles nicht sein konnte, und versuchte nicht, sich wachzurütteln. Er gab einfach auf. Er wußte inzwischen, daß es *egal* war, ob er seinen Augen traute oder nicht, die Fahrt würde trotzdem weitergehen. Also konnte er genausogut die Zähne zusammenbeißen und die Sache durchstehen.

Daß er aufgab, hieß aber nicht, daß er keine Angst hatte. Im Gegenteil, die Hosen schlotterten ihm vor Angst.

Einen kurzen Moment lang erwog er, die Wagentür zu öffnen und auszusteigen. Das würde vielleicht den Bann brechen. Er ließ es sein aus dem unguten Gefühl heraus, daß er beim Aussteigen nicht auf dem Parkplatz vor dem Waffenladen, sondern im Tunnel stehen und sein Wagen ohne ihn weiter bergauf fahren würde. Wenn er den Kontakt mit seinem roten Mitsubishi verlor, würde er vielleicht endgültig die Tür zur Realität zuschlagen, sich für immer dieser Halluzination verschreiben. aus der es kein Entkommen mehr gab.

Der Wagen fuhr an dem letzten künstlichen Monster vorbei, erreichte den Gipfelpunkt. Schob sich durch eine Schwingtür. Ins Dunkel. Die Tür schloß sich hinter ihm. Der Wagen kroch vorwärts. Vorwärts. Vorwärts. Unvermittelt schoß er nach vorn und stürzte in eine bodenlose Tiefe.

Hatch schrie auf, und mit seinem Schrei klärte sich die Dunkelheit. Der sonnige Frühlingstag war wieder da. Der Parkplatz. Der Waffenladen.

Seine Hände hielten das Steuer so fest umklammert, daß die Knöchel weiß hervortraten.

Den ganzen Vormittag lang wachte Vassago mehr als daß er schlief. Sobald er jedoch einnickte, befand er sich wieder auf dem ›Tausendfüßler‹ in jener glorreichen Nacht.

In den Tagen und Wochen nach den tödlichen Vorkommnissen in Fantasy World hatte er sich ohne Zweifel als wahrer Meister bewiesen und seinen zwanghaften Wunsch zu töten mit eiserner Disziplin unterdrückt. Schon der Gedanke an seine vergangenen Mordtaten reichte, um den Druck abzulassen, der sich regelmäßig in ihm aufbaute. Hunderte von Malen durchlebte er erneut die sinnlichen Details jedes einzelnen Todes und löschte, zumindest für kurze Zeit, das Feuer, das in ihm loderte. Und die Gewißheit, daß er, wenn möglich, jederzeit wieder töten würde, setzte seiner Hemmungslosigkeit weitere Schranken.

Es dauerte zwei Jahre, bis er wieder tötete und im Alter von vierzehn Jahren einen Jungen im Feriencamp ertränkte. Der Junge war kleiner und schwächer als Jeremy, wehrte sich aber mit aller Kraft. Als er mit dem Gesicht nach unten im Teich treibend gefunden wurde, drehten sich die Gespräche im Camp nur noch um dies eine Thema. Wasser konnte genauso aufregend sein wie Feuer.

Als Jeremy sechzehn und im Besitz eines Führerscheins war, legte er zwei Anhalter um. Den einen im Oktober, den anderen wenige Tage vor Thanksgiving im November. Bei dem letzten handelte es sich bloß um einen Collegestudenten auf dem Weg nach Hause in die Ferien. Doch der erste war ein besonderer Fall, ein Gauner, der glaubte, in Jeremy ein naives Opfer für seinen eigenen Lustgewinn gefunden zu haben. Jeremy hatte beide Male ein Messer benutzt.

Mit siebzehn entdeckte er den Satanismus und konnte nicht genug darüber lesen, überrascht, daß seine geheime Philosophie bereits kodifiziert war und Eingang in Geheimkulte gefunden hatte. Oh, da gab es auch mildere Erscheinungsformen, von kleinherzigen Schlappschwänzen propagiert, denen nur daran lag, ein klein wenig von der Gottlosigkeit zu kosten, als Entschuldigung dafür, dem Lustprinzip frönen zu wollen. Es gab aber auch die wirklich Überzeugten, die fest daran glaubten, daß es Gott nicht gelungen war, den Menschen nach Seinem Bilde zu schaffen, daß die Masse der Menschheit einer Viehherde glich, daß Selbstsucht lobenswert war und der Genuß das einzig erstrebenswerte Ziel darstellte und daß der höchste Genuß überhaupt nur in der brutalen Ausübung von Macht über andere erlangt werden konnte.

Aus einem im Selbstverlag gedruckten Bändchen hatte Jeremy gelernt, daß die ultimative Form von Macht sich darin ausdrückte, diejenigen zu vernichten, die einen erzeugt hatten, und damit die Bande familiärer Zuwendung und »Liebe« zu zerstören. Das Büchlein sagte weiter, daß man sich mit aller Macht dem ganzen Schwindel von Vorschriften, Geboten und edler Gesinnung widersetzen mußte, die andere angeblich zum Leben benötigten. Jeremy hatte sich diesen Rat zu eigen gemacht und sich damit seinen Platz in der Hölle verdient – bis sein Vater ihn unbedingt ins Leben zurückzerren mußte.

Aber bald würde er wieder dort sein. Ein paar Morde noch, vor allem zwei ganz besondere, würden ihn wieder ins Reich der Finsternis und der Verdammten heimkehren lassen.

Im Laufe des Tages wurde es in der Bodenkammer immer wärmer.

Ein paar fette Fliegen summten in seinem dämmrigen Unterschlupf umher und verfingen sich hier und da in den verführerischen, doch klebrigen Netzen, die sich zwischen den Dachbalken spannten. Da kam Bewegung in die Spinnen.

In der warmen Abgeschiedenheit fiel Vassago in einen tiefen, von heftigen Träumen erfüllten Schlaf Feuer und Wasser, Klinge und Kugel.

Hatch bückte sich neben der Garagenecke und öffnete die Klappe des Zeitschalters für die Gartenbeleuchtung. Er stellte die Automatik auf sechs Uhr morgens, damit das Licht auch während der Nacht brennen blieb.

Er schloß die Klappe wieder, richtete sich auf und ließ den Blick über die Straße und die Nachbargärten streifen. Alles schien so friedlich und harmonisch. Die Dachziegel der Häuser hier wiesen ein einheitliches Hellbraun, Sandfarben und Beige auf und nicht den kräftigen Orangeton, der bei dem älteren kalifornischen Haustyp überwog. Cremeweiß oder in passenden Pastelltönen verputzte Hauswände harmonierten miteinander gemäß den an den Finanzierungszuschuß und die Hypothek gekoppelten Vorschriften von »Anstand, Sitte & Konvention«. Die grünen Rasenflächen waren sauber gemäht, die Blumenbeete gepflegt und die Bäume ordentlich beschnitten. Schwer zu glauben, daß eine scheußliche Gewalt jemals in eine so geordnete Welt eindringen könnte, und absolut *unvorstellbar*, daß ein übernatürliches Wesen diese Straßen begehen würde. Die Normalität dieser nachbarschaftlichen Gemeinde wirkte solide wie ein zinnenbewehrter Schutzwall. Ein Bollwerk gegen das Böse.

Hatch kam nicht zum erstenmal der Gedanke, daß Lindsey und Regina hier sicher waren – wenn er nicht gewesen wäre. Sollte der Wahnsinn tatsächlich in seine Festung des Normalseins eingedrungen sein, hatte er ihn selbst hereingelassen. Vielleicht war er selber verrückt, vielleicht waren seine merkwürdigen Erlebnisse nichts weiter als Wahnvorstellungen, die Halluzinationen eines wirren Geistes. Hatch wäre jede Wette auf seinen gesunden Geisteszustand eingegangen – und wollte doch nicht ganz ausschließen, daß er diese Wette auch verlieren könnte. Egal, ob er nun verrückt war oder nicht, auf jeden Fall diente er als eine Art Verbindungsdraht, über den es, was immer es war, auf sie niedergehen würde. Vielleicht täten Lindsey und Regina gut daran, wegzufahren und einen gewissen Abstand zwischen sich und ihn zu legen, bis die Sache überstanden war.

Sie wegzuschicken schien ein weiser und verantwortlicher Entschluß – nur daß tief in seinem Inneren eine leise Stimme Bedenken anmeldete. Hatch hegte den furchtbaren Verdacht oder war es mehr als nur ein Verdacht? –, daß der Killer es gar nicht auf ihn selber, sondern vielmehr auf Lindsey und Regina abgesehen hatte. Wenn Lindsey und Regina allein irgendwo hinfuhren, würde dieses mörderische Monster ihnen folgen, während Hatch zurückblieb und auf einen Showdown wartete, der nie stattfand.

Na gut, dann mußten sie eben zusammenhalten. Wie eine Familie. Aufstieg und Fall des Hauses Harrison.

Bevor er das Haus verließ, um Regina von der Schule abzuholen, ging Hatch noch einmal durch alle Räume und vergewisserte sich, daß ihre Festung keine Schwachstellen aufwies. Er entdeckte ein unverriegeltes Fenster in der Garage. Der Schnappriegel saß schon eine ganze Weile locker, und er hatte ihn längst reparieren wollen. Hatch holte sein Werkzeug und hantierte an dem Mechanismus, bis der Riegel wieder richtig zuschnappte.

Wie er Lindsey schon gesagte hatte, glaubte er nicht, daß der Mann aus seinen Visionen heute nacht schon zuschlagen würde, vielleicht auch nicht in dieser Woche, in einem Monat oder später, aber er würde mit *Sicherheit* kommen. Selbst wenn dieser unliebsame Besuch noch Tage oder Wochen entfernt lag, war es ein beruhigendes Gefühl, gerüstet zu sein.

2

Vassago erwachte.

Ohne die Augen aufzuschlagen wußte er, daß es Abend wurde. Er spürte, wie sich die grausame Sonne anschickte, über den Horizont zu rutschen. Als er dann doch die Augen öffnete, bestätigte ihm die durch die Luftschlitze sickernde Dämmerung, daß die Fluten der Nacht im Steigen begriffen waren.

Es fiel Hatch nicht leicht, ein normales häusliches Leben zu führen, während er nur darauf lauerte, daß er von einer schrecklichen, vielleicht sogar blutigen Vision heimgesucht wurde, die sogar, solange sie andauerte, die Wirklichkeit ausmerzte. Es war mühsam, am Eßtisch zu sitzen, zu lächeln, sich an Pasta und Parmesankäse zu delektieren, neckische Witze zu erzählen, der jungen Dame mit den ernsten grauen Augen ein Kichern zu entlocken – und dabei an die Schrotflinte zu denken, die geladen hinter dem Wandschirm aus Koromandelholz lehnte, oder an die Pistole, die er nebenan in der Küche auf dem Kühlschrank, außer Sichtweite für die Augen eines kleinen Mädchens, deponiert hatte.

Hatch quälte vor allem die Frage, wie der Mann in Schwarz eindringen würde, falls er kam. Zunächst einmal bei Nacht. Er kam nur nachts aus seinem Versteck. Sie brauchten sich keine Gedanken zu machen, daß er Regina auf dem Schulweg abfangen könnte. Aber würde er dreist an der Tür klingeln oder höflich anklopfen in der Hoffnung, sie zu einer zivilen Zeit zu überrumpeln, weil sie die Tür in der Annahme aufmachten, daß es ein Nachbar sei? Oder würde er warten, bis sie alle zu Bett gegangen und die Lichter gelöscht waren, um sie im Dunkeln zu überfallen?

Hatch wünschte, sie hätten ein Alarmsystem eingebaut wie in ihrem Laden. Als sie nach Jims Tod ihr Haus verkauft und in ein anderes gezogen waren, hätten sie sich gleich darum kümmern sollen. Schließlich standen in jedem Zimmer wertvolle Antiquitäten. Doch nachdem Jimmy ihnen genommen worden war, schien es unerheblich, ob ihnen noch etwas – oder alles – geraubt wurde.

Lindsey spielte ihre Rolle mit Hingabe und Überzeugung: Sie gab vor, hungrig zu sein, und aß einen ganzen Berg Nudeln, was Hatch nicht so gelang, überbrückte sein brütendes Schweigen mit echt klingendem Geplapper und tat alles mögliche, damit der Abend wie ein normaler Abend wirkte.

Reginas feinem Gespür entging jedoch nicht, daß irgend etwas nicht stimmte. Obwohl sie hart im Nehmen war, krochen leise Zweifel in ihr hoch, ob die Ursache für diese Nervosität nicht vielleicht doch bei ihr lag.

Im Lauf des Tages hatten Hatch und Lindsey darüber gesprochen, wieweit sie das Mädchen über ihre Situation aufklären konnten, ohne es unnötig zu beunruhigen. Die Antwort lautete: gar nicht. Regina lebte erst seit zwei Tagen bei ihnen und kannte sie noch nicht gut genug, daß man sie mit dieser verrückten Geschichte überrumpeln konnte. Wenn sie von Hatchs Alpträumen erfuhr, seinen Wahnvorstellungen, der angesengten Zeitschrift, den Morden und so weiter, mußte sie ja glauben, daß sie es mit Irren zu tun hatte.

Jedenfalls brauchte man dem Kind in diesem Stadium noch nichts zu sagen, Sie würden auf sie aufpassen, das waren sie ihr schuldig.

Hatch wollte nicht glauben, daß sie vor drei Tagen erst dem Problem seiner wiederholten Alpträume nicht so viel Bedeutung beigemessen hatten, um die Probeadoption zu verschieben. Nur, damals lebten Honell und Cooper noch, und übernatürliche Kräfte gab es eigentlich nur in billigen Filmen oder in Artikeln des *National Enquirer.*

Während sie beim Essen saßen, hörte er ein Geräusch in der Küche. Ein Klicken und Scharren. Lindsey und Regina redeten sich gerade die Köpfe heiß, ob Nancy Drew, eine junge Detektivin und Heldin zahlloser Bücher, eine »blöde Nuß« war, wie Regina meinte, oder für ihr Alter recht forsch und clever, aus heutiger Sicht allerdings vielleicht etwas antiquiert. Entweder waren sie beide zu vertieft in ihre Debatte, um etwas zu merken – oder Hatch hatte sich das Geräusch nur eingebildet.

»Entschuldigt mich einen Moment«, sagte er und schob seinen Stuhl zurück. »Bin gleich wieder da.«

Er stieß die Schwingtür zur Küche auf und schaute sich

argwöhnisch um. Die einzig feststellbare Bewegung kam von dem Spaghettitopf auf dem Herd. Zwischen dem Topfrand und dem gekippten Deckel kräuselte sich eine kleine Dampfwolke.

Aus dem an die Küche anschließenden Mehrzweckraum war ein leiser Plumps zu hören. Hatch konnte von da, wo er stand, nur einen Teil des Raums überblicken. Auf leisen Sohlen ging er näher an die Türöffnung heran und nahm im Vorbeigehen die Pistole vom Kühlschrank.

Der Mehrzweckraum lag verlassen da. Diesmal wußte Hatch ganz sicher, daß er sich das Geräusch nicht eingebildet hatte. Verblüfft sah er sich um.

Ein Kribbeln auf der Haut ließ ihn zu dem kleinen Gang herumfahren, der vom Mehrzweckraum zur Halle führte. Nichts und niemand zu sehen. Woher kam dann dieses Gefühl, als ob eine kalte Hand sich auf seinen Nacken legte?

Hatch schlich sich in den Gang und stand vor der eingebauten Garderobe. Die Schiebetüren waren geschlossen. Gegenüber lag die Gästetoilette. Auch die Tür war zu. Irgend etwas zog ihn zur Halle, und er wäre gern seinem Instinkt gefolgt, andererseits wollte er die beiden geschlossenen Türen nicht im Rücken haben.

Er riß die Tür der Garderobe auf und spähte hinein. Wieder nichts. Hatch kam sich reichlich albern vor, wie er mit vorgehaltener Pistole auf Mäntel und Kleiderbügel zielte, wie in einem Polizeifilm. Er konnte nur hoffen, daß es nicht der letzte Akt war. Manchmal, wenn es das Drehbuch verlangte, brachten sie am Ende nämlich auch den Guten um.

Dann warf er einen Blick in die Gästetoilette. Auch leer. Also ging er weiter in die Eingangshalle. Das mulmige Gefühl blieb, wenn auch nicht mehr so stark wie vorhin. In der Halle war niemand. Auf der Treppe auch nicht.

Hatch spähte ins Wohnzimmer. Nichts. Durch den Türbogen am Ende des Zimmers konnte er eine Ecke des Eßtisches erkennen. Lindsey und Regina redeten immer noch über Nancy Drew.

Er sah im Arbeitszimmer nach, das auch von der Halle abging. Er untersuchte den Wandschrank. Die Öffnung für die Knie an seinem Schreibtisch.

Wieder in der Halle, kontrollierte er die Eingangstür. Fand sie, wie erwartet, abgeschlossen.

Es hatte keinen Sinn. Wenn er jetzt schon so schreckhaft reagierte, wie sollte das dann, um Gottes willen, in ein paar Tagen oder Wochen sein? Lindsey würde ihn jeden Morgen von der Decke herunterlocken müssen, damit er seinen Kaffee trank.

Hatch wiederholte seinen Rundgang trotzdem, überprüfte im Mehrzweckraum die Schiebetüren, die zum Innenhof und in den Hintergarten führten. Sie waren geschlossen und ordentlich mit der zusätzlichen Einbruchsicherung verriegelt.

Dann ging er noch einmal in die Küche und probierte die Tür zur Garage. Nicht abgeschlossen, und schon meldete sich dieses Kribbeln auf der Haut wieder.

Langsam schob er die Tür auf. Die Garage lag im Dunkeln. Er tastete nach dem Schalter, knipste das Licht an. Eine ganze Formation von Neonröhren sprang an und tauchte den Raum in voller Länge und Breite in grelles Licht, das unerbittlich jede Ecke ausleuchtete und nichts Ungewöhnliches enthüllte.

Hatch trat ein und zog die Tür leise hinter sich zu. Er schritt den gesamten Raum ab, die großen Rolltüren lagen zu seiner Rechten, die Heckseiten der beiden geparkten Wagen zu seiner Linken. Auf dem mittleren Parkplatz stand kein Fahrzeug.

Seine Gummisohlen machten keinerlei Geräusch. Er hatte erwartet, daß sich hinter den Autos jemand verbarg. Aber da war niemand.

Am Ende der Garage angekommen, warf er sich auf den Boden und spähte unter die Wagen. Er konnte ungehindert bis zum anderen Ende sehen. Niemand hielt sich unter den Autos versteckt, und soweit er beurteilen konnte, schlich auch niemand um die Autos herum.

Er richtete sich wieder auf und ging zu der anderen Tür am rückseitigen Ende. Sie führte auf den kleinen Hof und war mit einem Vorhängeschloß gesichert. Hier würde bestimmt niemand hereinkommen.

Auf dem Rückweg zur Küche sah er noch in den Wandschränken nach, die hoch genug für eine erwachsene Person waren. Auch hier hatte sich niemand versteckt.

Er kontrollierte die Fensterverriegelung, die er vor wenigen Stunden erst repariert hatte. Der Riegel saß unverändert fest in seinem Schloß.

Hatch kam sich wieder so albern vor. Wie ein Erwachsener bei einem Kinderspiel, der sich wie ein Kinoheld aufführte.

Wie schnell hätte er denn wohl reagiert, wenn sich *tatsächlich* jemand in einem der Wandschränke verborgen und auf ihn gestürzt hätte, sobald die Tür aufging? Und was wäre gewesen, wenn er sich auf den Boden geworfen hätte, um unter den geparkten Autos nachzusehen, und *genau da* vor ihm hätte der Mann in Schwarz gelegen, nur Zentimeter entfernt?

Glücklicherweise durfte er die Antwort auf diese beunruhigenden Fragen schuldig bleiben. Zumindest kam er sich nicht mehr so dämlich vor, weil der Mann in Schwarz ja wirklich hätte dasein können.

Früher oder später *würde* das Schwein kommen. Hatch war sich absolut sicher, daß zwangsläufig eine Begegnung stattfinden mußte. Ob man es nun einen Verdacht, eine Vorahnung oder sonstwas nannte, er wußte, daß er der leise warnenden Stimme in seinem Innersten trauen konnte.

Als er um den Mitsubishi herumging, fiel ihm eine Art Delle auf der Motorhaube auf. Er blieb stehen, weil er es für eine Täuschung durch das Licht hielt, für den Schatten des Seils, das genau über dem Wagen von der Falltür herunterhing. Er bewegte es hin und her, doch die Stelle am Wagen rührte sich nicht, wie es der Schatten von dem Seil getan hätte.

Hatch beugte sich über die Motorhaube und fuhr mit der Hand über das kühle Blech, fühlte die Delle von der Größe einer Hand. Ein tiefer Seufzer entfuhr ihm. Der Wagen war noch neu und mußte schon in die Werkstatt. Man brauchte bloß mit einem nagelneuen Auto zum Einkaufen zu fahren, und schon parkte so ein Vollidiot seinen Wagen viel zu dicht dran und schrammte beim Aussteigen mit der Wagentür dagegen.

Er hatte die Delle weder gesehen, als er am Nachmittag von dem Waffenladen zurückkam, noch als er Regina von der Schule abholte. Vielleicht konnte man sie von innen hinter dem Steuer auch nicht entdecken, vielleicht mußte man genau davor stehen und den Wagen aus einem bestimmten

Blickwinkel betrachten. Die Delle schien aber groß genug, um von überall her sichtbar zu sein.

Hatch versuchte sich gerade vorzustellen, wie es passiert sein mochte – jemand mußte an dem Wagen vorbeigegangen und etwas fallen gelassen haben –, als er den Fußabdruck entdeckte. Es war nur der Hauch eines Abdrucks, heller Sand auf rotem Lack, die Sohle und ein Teil des Absatzes von einem bequemen Schuh, ähnlich wie der, den er trug. Jemand mußte auf der Motorhaube des Mitsubishi gestanden haben oder darüber gelaufen sein.

Vor der St.-Thomas-Schule womöglich; eines der Schulkinder wollte vor seinen Kameraden angeben. Hatch hatte den Verkehr falsch eingeschätzt und zwanzig Minuten zu früh vor der Schule gestanden. Statt nun im Auto zu warten, war er zur Entspannung ein wenig spazierengegangen. Und irgend so ein Klugscheißer war mit seinen Kumpels aus der nahegelegenen High-School – der Fußabdruck war zu groß für einen kleinen Jungen – noch vor dem Schlußläuten ausgebüxt, und nun mußten sie voreinander angeben, sprangen und kletterten über Hindernisse, anstatt sie zu umgehen, als wären sie aus dem Gefängnis ausgebrochen und die Bluthunde ihnen auf den …

»Hatch?«

Er wurde aus seinen Gedankengängen gerissen, die gerade irgendwo hinzuführen schienen, und drehte sich nach der Stimme um, als sei sie ihm fremd.

Lindsey stand in der Türöffnung zwischen Garage und Küche. Sie blickte erst die Waffe in seiner Hand an, dann ihn. »Was ist los?«

»Ich dachte, ich hätte was gehört.«

»Und?«

»Nichts.« Hatch war so überrumpelt, daß er den Fußabdruck und die Delle auf der Motorhaube vergaß. Er folgte Lindsey in die Küche und sagte: »Diese Tür war offen, dabei hatte ich sie verriegelt.«

»Ach ja, Regina hatte ein Buch im Wagen liegenlassen. Sie hat es vor dem Abendessen geholt.«

»Du hättest nachsehen müssen, ob sie die Tür wieder abgeschlossen hat.«

»Es ist doch nur die Tür zur Garage«, wandte Lindsey ein und wollte wieder ins Eßzimmer gehen.

Hatch faßte sie an der Schulter und hielt sie fest. »Es ist aber eine Schwachstelle«, sagte er mit mehr Nachdruck in der Stimme, als dieser kleine Verstoß gegen die Sicherheit rechtfertigte.

»Sind denn die anderen Garagentüren verriegelt?«

»Ja, und diese hier sollte es auch sein.«

»Aber wir müssen doch so oft von der Küche in die Garage –« ihr zweiter Kühlschrank stand dort – »es ist eben viel einfacher, wenn die Tür nicht verriegelt ist. Wir haben sie nie verriegelt.«

»Sollten wir aber«, sagte er bestimmt.

Sie standen sich Auge in Auge gegenüber. Lindsey sah ihn besorgt an. Er wußte, was sie dachte, daß er auf einem schmalen Grat zwischen weiser Vorsicht und einer Art leiser Hysterie wandelte und manchmal sogar den Grat zur falschen Seite hin überschritt. Andererseits war *sie* ja nicht in den Genuß seiner Alpträume und Visionen gekommen.

Vermutlich gingen Lindsey ähnliche Gedanken durch den Kopf, denn sie nickte. »Okay. Es tut mir leid. Du hast recht.«

Er schaltete das Garagenlicht aus, schloß die Tür und versperrte sie mit dem Vorhängeschloß – und fühlte sich kein bißchen sicherer.

Lindsey war schon auf dem Weg ins Eßzimmer, als sie sich noch einmal zu ihm umwandte und auf die Waffe in seiner Hand deutete. »Willst du die mit an den Tisch bringen?«

Er hatte ihr heute wohl wirklich zuviel zugemutet, also schüttelte er den Kopf und machte eine Christopher-Lloyd-Grimasse. »Ich fürchte, die Rigatoni sind immer noch lebendig. Ich mag sie nicht essen, ehe sie tot sind.«

»Nun ja, dafür hast du ja dein Schießeisen hinter dem Wandschirm«, erinnerte sie ihn.

»Du hast recht.« Er legte die Pistole auf den Kühlschrank zurück. »Wenn das nicht hilft, kann ich sie ja immer noch auf die Einfahrt legen und mit dem Auto überfahren.«

Sie stieß die Schwingtür auf, und Hatch folgte ihr ins Eßzimmer.

Regina sah ihn vorwurfsvoll an. »Deine Nudeln werden kalt.«

Hatch zog wieder ein Gesicht. »Dann brauchen sie eben eine Wärmflasche.«

Regina kicherte. Wie Hatch es *liebte,* wenn sie kicherte.

Nach dem Geschirrspülen ging Regina in ihr Zimmer. »Ich muß noch was vorbereiten«, erklärte sie. »Wir schreiben morgen eine Klassenarbeit in Geschichte.«

Lindsey zog sich in ihr Atelier zurück. Sie wollte mit ihren Bildern weiterkommen. Als sie sich hinter ihr Zeichenbrett setzen wollte, fiel ihr Blick auf die Pistole. Sie lag immer noch auf der Kommode, wo Hatch sie hingelegt hatte.

Lindsey blickte sie finster an. Normalerweise lehnte sie Waffen als solche nicht unbedingt ab, doch war diese hier mehr als nur eine Schußwaffe. In ihr manifestierte sich ihre Hilflosigkeit angesichts einer gestaltlosen Bedrohung nur allzu deutlich. Eine Pistole in Reichweite liegen zu haben schien wie ein Eingeständnis, daß sie verzweifelt waren und ihr Schicksal nicht mehr selbst bestimmen konnten. Eine zusammengerollte Schlange auf ihrer Kommode hätte sie nicht mehr erschrecken können.

Lindsey wollte auf jeden Fall vermeiden, daß Regina hereinkam und die Waffe sah.

Sie zog eine Schublade der Kommode auf, schob einige Malutensilien beiseite und stopfte die Pistole dazwischen. Jetzt fühlte sie sich schon besser.

Den ganzen Morgen und Nachmittag lang war ihr nichts gelungen. Sie hatte eine Menge Skizzen angefangen, die zu nichts führten, und verspürte nicht einmal Lust, eine Leinwand vorzubereiten.

Oder besser: Hartfaserplatte. Wie die meisten Künstler heutzutage malte Lindsey auch auf Hartfaser, bezeichnete für sich aber noch immer jedes bemalbare Rechteck als Leinwand, als stammte sie aus einer anderen Epoche und könnte nicht umdenken. Sie verwendete auch lieber Acrylfarben als Ölfarben. Im Gegensatz zur Leinwand hielt sich eine Hartfaserplatte länger, und in Acryl gemalt behielten die Bilder ihre Originalfarben besser bei als in Öl.

Wenn sie allerdings nicht bald damit *anfing*, war es ziemlich egal, ob sie mit Acrylfarben oder Katzendreck malte. Sie behauptete von sich, Malerin zu sein, dabei mangelte es ihr an einer packenden Idee und der entsprechenden Umsetzung. Entschlossen nahm sie ein dickes Stück Zeichenkohle zur Hand und beugte sich über ihr Zeichenbrett. Ihre Inspiration sollte endlich vom Sockel steigen und ihren fetten Hintern in Bewegung setzen.

Nach einer Minute bereits wanderte Lindseys Blick im Raum umher, bis er am Fenster hängenblieb. Keine Aussicht, die sie ablenken konnte, keine Baumwipfel, die sich im Wind bewegten. Die Nacht hatte keine Konturen.

Die Dunkelheit vor dem Fenster machte aus der Scheibe einen Spiegel. Lindsey sah sich selbst in ihrem Zimmer über ihr Zeichenbrett gebeugt. Weil es jedoch kein richtiges Spiegelbild war, wirkte sie transparent, ja beinahe geisterhaft, als ob sie schon tot war und als Geist an ihrer letzten Wirkungsstätte auf Erden herumspukte.

Dieser Gedanke behagte ihr gar nicht, und so wandte sie sich lieber wieder dem unberührten weißen Blatt auf ihrem Zeichenbrett zu.

Nachdem Lindsey und Regina in ihren Zimmern verschwunden waren, ging Hatch noch einmal durch alle Räume im Erdgeschoß und vergewisserte sich, daß die Fenster und Türen verriegelt waren. Er hatte sie vorher schon kontrolliert, was er tat, war sinnlos. Er tat es trotzdem.

Als er vor der Schiebetür im Mehrzweckraum stand, schaltete er die Außenbeleuchtung im Patio ein als zusätzliches Licht zu der gedämpften Gartenbeleuchtung. Der Hof war jetzt so ausgeleuchtet, daß Hatch beinahe alles überblicken konnte. Es sei denn, jemand hatte sich am hinteren Zaun hinter die Büsche geduckt. Er blieb eine Weile an der Schiebetür stehen und spähte in den Garten, lauerte, ob einer der dunklen Schatten sich bewegte.

Es konnte gut sein, daß er völlig falsch lag. Vielleicht war der Kerl gar nicht hinter ihnen her. Dann würde Hatch nach Ablauf von zwei oder drei Monaten angespannten Wartens tatsächlich reif für die Heilanstalt sein. Er wünschte beinahe, der Kerl würde bald kommen, damit er die Sache hinter sich hatte.

Er ging zur Ecke mit dem Eßtisch und überprüfte die Fenster. Sie waren ebenfalls verriegelt.

Regina saß in ihrem Zimmer und legte die Sachen, die sie für ihre Schularbeiten benötigte, auf ihrem Schreibtisch zurecht. Die Bücher auf die eine Seite der Schreibunterlage, Kugelschreiber und Stifte auf die andere und ihr Notizbuch in die Mitte. Alles hatte seinen Platz und seine Ordnung.

Während sie damit beschäftigt war, begann sie wieder, über die Harrisons zu grübeln. Irgend etwas stimmte nicht mit den beiden.

Nicht etwa in dem Sinne, daß sie Diebe waren, feindliche Spione, Geldfälscher, Mörder oder kinderfressende Kannibalen. Sie hatte einmal eine Idee für eine Geschichte gehabt: Wo diese Nervensäge von einem Kind von Leuten adoptiert wird, die *tatsächlich* Kannibalen sind. Im Keller findet sie einen Haufen Kinderknochen und in der Küche eine Sammlung Rezepte wie MÄDCHEN-KEBAB und MÄDCHEN-EINTOPF. Bei den Zutaten heißt es dann zum Beispiel: »ein zartes junges Mädchen, ungesalzen; eine Zwiebel, feingehackt; ein Pfund Möhren, gewürfelt ...« In der Geschichte geht das Mädchen zur Polizei, doch man glaubt ihr nicht, weil sie für ihre lebhafte Phantasie bekannt ist. Nun ja, das eine war Fiktion, und hier ging es um die Realität, und die Harrisons schienen sich mit Pizza, Spaghetti und Hamburgern zu begnügen.

Regina knipste die Schreibtischlampe an.

Obwohl die Harrisons selbst ganz in Ordnung zu sein schienen, hatten sie bestimmt Probleme, weil sie krampfhaft versuchten, ihre Nervosität zu überspielen. Vielleicht konnten sie die Raten für das Haus nicht mehr bezahlen, die Bank würde ihnen das Haus wegnehmen, und sie müßten alle drei in ihr altes Zimmer im Waisenhaus ziehen. Oder sie hatten herausgefunden, daß von Mrs. Harrison eine Schwester existierte, eine böse Zwillingsschwester, wie das in den Fernsehserien immer passierte. Vielleicht schuldeten die Harrisons auch der Mafia Geld, und weil sie nicht zahlen konnten, würden sie ihnen die Beine brechen.

Regina nahm ein Wörterbuch aus dem Bücherregal und legte es auf den Schreibtisch.

Wenn die Harrisons wirklich ein schlimmes Problem hatten, dann wenigstens mit der Mafia, damit konnte Regina umgehen. Die Beine der Harrisons würden allmählich heilen, und sie hätten eine wichtige Lektion gelernt, daß man sich nämlich nicht mit Kredithaien einließ. In der Zwischenzeit würde sie sich um sie kümmern, darauf achten, daß sie regelmäßig ihre Arznei schluckten, ab und zu Fieber messen, ihnen Eiscreme servieren mit kleinen Kekstierchen verziert, notfalls sogar ihre Bettschüsseln leeren (Schreck laß nach!). Sie kannte sich in Krankenpflege aus, schließlich war sie selbst in den vergangenen Jahren so oft darauf angewiesen gewesen. (Lieber Gott, wenn *ich* das große Problem bin, könntest Du nicht ein kleines Wunder geschehen lassen und an meiner Stelle die Mafia nehmen, damit sie mich behalten und wir glücklich miteinander werden? Ich wäre sogar bereit, mir dafür auch die Beine brechen zu lassen. Sprich doch mal mit den Jungs von der Mafia, mal sehen, was sie dazu sagen.)

Nachdem alles für ihre Schularbeiten bereitlag, brauchte sie sich nur noch bequemer anzuziehen. Sie hatte zwar beim Nachhausekommen gleich ihre Schuluniform mit grauen Cordhosen und einem langärmligen grünen Sweatshirt vertauscht, fand aber, daß es sich in Pyjama und Bademantel noch besser lernen ließ. Außerdem juckte es dauernd unter ihrer Beinschiene, und sie wollte sie für heute ablegen.

Sie schob die verspiegelte Tür des Wandschranks zur Seite und sah sich einem schwarzgekleideten Mann mit Sonnenbrille gegenüber, der in ihrem Schrank kauerte.

3

Bei seinem xten Rundgang durch das Haus beschloß Hatch, überall die Deckenlichter und die Lampen zu löschen. Wenn nur die Garten- und die Außenbeleuchtung hell brannten, würde er von drinnen sofort erkennen können, ob draußen jemand herumschlich, ohne selber gesehen zu werden.

Er beendete seine Runde in dem unbeleuchteten Arbeitszimmer, das er zu seinem Hauptquartier erklärt hatte. Wenn er bei offener Zimmertür hinter dem großen Schreibtisch im Halbdunkel saß, war die Eingangshalle bis hin zu den untersten Stufen der Innentreppe für ihn einsehbar. Falls jemand durch das Fenster im Arbeitszimmer oder die Balkontüren vom Rosengarten her einsteigen wollte, würde Hatch es sofort bemerken. Stieg der Eindringling jedoch in einem anderen Zimmer ein, würde Hatch ihn am Fuß der Treppe stellen, weil genug Licht vom oberen Geschoß auf die Treppenstufen fiel. Er konnte zwar nicht überall zugleich sein, doch schien ihm das Arbeitszimmer strategisch am günstigsten zu liegen.

Hatch legte die Schrotflinte und die Pistole in Reichweite auf seinen Schreibtisch. Sie waren in der Dunkelheit nicht gut zu erkennen, er würde sie aber im Ernstfall sofort greifen können. Zur Übung setzte er sich in seinen Drehstuhl und langte, den Blick starr auf die Eingangshalle gerichtet, blind nach der Browning-Pistole, dann nach der 12kalibrigen Mossberg-Schrotflinte, immer im Wechsel: Browning, Browning, Mossberg, Browning, Mossberg, Mossberg. Ein Adrenalinschub mußte sein Reaktionsvermögen geschärft haben, denn wann immer seine Rechte durch die Dunkelheit fuhr, landete sie entweder genau auf dem Knauf der Browning oder auf dem Schaft der Mossberg.

Seine Vorbereitungen überzeugten ihn dennoch nicht ganz, weil er unmöglich 24 Stunden hintereinander, sieben Tage pro Woche auf der Lauer liegen konnte. Schließlich mußte er zwischendurch auch einmal essen und schlafen. Er war zwar heute nicht in sein Antiquitätengeschäft gegangen und würde sicher noch ein paar Tage länger fortbleiben können, doch er konnte die Dinge auf Dauer nicht Glenda und Lew überlassen, irgendwann mußte er sich selber wieder um die Geschäfte kümmern.

Realistisch betrachtet würde er, selbst Essens- und Ruhepausen eingerechnet, als verläßlicher Wachposten versagt haben, ehe seine Anwesenheit im Geschäft erforderlich wäre. Es war ein zermürbendes Unterfangen, einen so hohen Grad an Wachsamkeit und Aufmerksamkeit allein aufrechtzuerhalten. Irgendwann würde er sich nach einem privaten Wachdienst umsehen müssen, dabei hatte er keine Vorstellung, wie teuer so etwas war. Viel mehr bewegte ihn jedoch die Frage nach der Zuverlässigkeit eines bezahlten Wachmannes.

Hatch bezweifelte, daß er sich ernsthaft Gedanken darüber machen mußte, weil der Dreckskerl sowieso bald kommen würde, vielleicht sogar schon heute nacht. Auf einer primitiven Ebene flimmerte eine vage Vorstellung von den Absichten des Mannes über jenen wie auch immer gearteten mysteriösen Draht, der sie beide schicksalhaft verband. Ähnlich wie bei diesem Kinderspiel, wo man in eine Blechdose sprach und die Worte über eine Schnur in eine andere Blechdose übertragen wurden. In der zweiten Dose kamen die Worte nur noch als unverständliche Laute an, der eigentliche Sinn fehlte zum größten Teil aufgrund der schlechten Verbindung, aber der wesentliche Wort-Laut war noch vorhanden. Die Botschaft, die im Augenblick über das telepathische Kabel eintraf, ließ sich nicht genau entziffern, ihre ursprüngliche Bedeutung schien jedoch klar: *Kommen ... werde kommen ... komme.*

Nach Mitternacht vermutlich. Hatch ahnte dunkel, daß ihre Begegnung zwischen der Geisterstunde und Tagesanbruch erfolgen würde. Jetzt zeigte seine Uhr genau 19.46.

Er holte seinen Schlüsselbund aus der Hosentasche, suchte nach dem richtigen Schlüssel, schloß die Schreibtischschublade auf und nahm das angesengte, angeräucherte Exemplar von *Arts American* heraus. Den Schlüssel ließ er stecken. Er setzte sich hin und hielt die Zeitschrift mit beiden Händen, in der Hoffnung, daß allein schon die Berührung wie ein Talisman seine okkulten Energien zum Schwingen brächte und ihn mit magischer Sehkraft erkennen ließe, wann, wo und wie der Killer angreifen würde.

Den Papierseiten entstieg eine merkwürdige Mischung aus Brandgeruch und Verwesungsgestank – einmal so stechend, daß einem übel wurde, dann wieder nur schwach an Asche erinnernd.

Vassago knipste die Schreibtischlampe aus. Dann ging er zur Tür und löschte das Deckenlicht.

Die Hand auf der Türklinke, blieb er stehen. Er ließ das

Mädchen ungern zurück. Es war so exquisit, voller Lebensenergie. Als er sie an sich riß, hatte er blitzartig erkannt, daß er mit diesem erlesenen Opfer die Krönung seiner Sammlung in den Armen hielt und ihm nun für alle Zeit die Anerkennung zuteil würde, nach der er so lange schon begehrte.

Mit einer behandschuhten Hand hatte er ihren Schrei erstickt und sie am Atmen gehindert, während er sie wie in einem Schraubstock festhielt. Sein Griff war so fest, daß das Mädchen sich kaum rühren konnte, geschweige denn irgendein Möbelstück umtreten, um die anderen im Haus zu alarmieren.

Als sie das Bewußtsein verlor, geriet er fast in Ekstase und wurde von dem schier unbezähmbaren Wunsch befallen, das Mädchen gleich hier zu töten. In ihrem Wandschrank, auf den weichen Haufen der Kleidungsstücke, die von den Bügeln gerutscht waren. Umgeben von frisch gewaschener und nach Stärke duftender Wäsche. Dieser warme Duft von Wolle ... und dem Mädchen. Er gierte danach, sie zu würgen und genau zu spüren, wie ihre Lebensenergien langsam durch seine machtvollen Hände pulsten, ihn durchströmten und schließlich in das Reich der Toten eingingen.

Er hatte sehr lange gebraucht, bis er diese überwältigende Begierde unter Kontrolle brachte, beinahe zu lange. Das Mädchen wehrte sich nicht mehr und hing schlaff in seinen Armen. Als er endlich die Hand von ihrem Gesicht nahm, befürchtete er schon, daß sie erstickt sei. Er legte sein Ohr an ihre Lippen und hörte leises Atmen. Unter seiner Hand spürte er ihren ruhigen, kräftigen Herzschlag.

Mit einem letzten Blick auf das Kind unterdrückte Vassago den Drang zu töten, indem er sich sagte, daß er seine Befriedigung noch vor Tagesanbruch bekommen würde. Zunächst mußte er sich als Meister erweisen. Selbstdisziplin zeigen.

Selbstbeherrschung.

Er öffnete die Zimmertür einen Spalt und spähte auf den Gang. Er lag verlassen da. Am unteren Ende, neben der Tür zum Elternschlafzimmer und genau über dem Treppenabsatz, brannte ein Deckenlicht. Es verbreitete so viel Helligkeit, daß Vassago trotz der dunklen Brillengläser die Augen zusammenkneifen mußte.

Er durfte die Mutter und das Kind erst im Museum der Toten umbringen, wo er auch die anderen Opfer seiner Sammlung einverleibt hatte. Jetzt wurde ihm endlich klar, warum er sich zu Lindsey und Regina hingezogen fühlte. Mutter und Kind, Frau und Tochter. Um seinen Platz in der Hölle zurückzugewinnen, mußte er dieselbe Tat verüben, die ihm schon einmal das Entrée in die Verdammnis verschafft hatte: den Mord an Mutter und Kind. Und nachdem seine Mutter und Schwester nicht mehr zur Verfügung standen, waren Lindsey und Regina die Auserkorenen.

Er blieb auf der Türschwelle stehen und lauschte. Nichts rührte sich im Haus.

Genaugenommen war die Malerin ja nicht die leibliche Mutter der Kleinen, das wußte Vassago. Als die Harrisons noch beim Abendessen saßen, hatte er sich von der Garage ins Haus geschlichen, in Reginas Zimmer herumgeschnüffelt und dabei Blätter mit dem Emblem des Waisenhauses entdeckt. Zumeist handelte es sich um billig kopierte kleine Programme von Theaterstücken, in denen die Kinder gewöhnlich zu Weihnachten auftraten. Ungeachtet dessen fühlte er sich von Lindsey und Regina angezogen, und selbst sein eigener Meister schien die beiden als geeignete Opfer anzuerkennen.

Im Haus war es mäuschenstill. Er würde sich lautlos wie eine Katze bewegen müssen. Ein leichtes für ihn.

Vassago warf einen letzten Blick zurück auf das Mädchen. In der Dunkelheit ihres Zimmers vermochte er sie auf ihrem Bett eher zu erkennen als irgendwelche Details in dem viel zu hellen Gang. Die Kleine war noch bewußtlos. Er hatte sie mit einem ihrer Halstücher geknebelt und ein zweites über ihren Mund gebunden, damit der Knebel hielt. Ihre Handgelenke und Füße waren mit dicken Stricken gefesselt, die aus der Bodenkammer über der Garage stammten.

Selbstbeherrschung.

Vassago ließ die Tür zu Reginas Zimmer offenstehen und ging auf Zehenspitzen den Gang hinunter. Er hielt sich dicht an der Wand, wo die Holzdielen unter dem dicken Teppich am wenigsten knarren würden.

Er kannte sich aus. Während die Harrisons noch beim Essen saßen, hatte er vorsichtig den ersten Stock ausgekundschaftet.

Neben dem Zimmer des Mädchens lag ein Gästezimmer. Dunkel. Vassago bewegte sich auf Lindseys Atelier zu.

Glücklicherweise hing die Deckenleuchte vor ihm, und sein Schatten fiel nach hinten. Im umgekehrten Fall wäre die Frau gewarnt worden, wenn sie zufällig aufblickte und zur Tür hinsah.

Er arbeitete sich Zentimeter um Zentimeter zur Ateliertür vor und blieb stehen.

Zwischen dem Handlauf und durch die Streben des offenen Treppengeländers hindurch konnte er die untere Diele erkennen. Nirgendwo schien Licht zu brennen.

Wo mochte der Mann sein? Die hohen Türen zu dem unbeleuchteten Schlafzimmer standen offen. Aus dem Atelier der Frau drangen hin und wieder leise Geräusche, wahrscheinlich arbeitete sie gerade an einem Bild. Wäre ihr Mann bei ihr, hätten sie bestimmt ein paar Worte gewechselt, zumindest in der Zeit, als Vassago durch den Gang schlich.

Hoffentlich war der Mann fortgegangen, um etwas zu erledigen. Vassago spürte keinerlei Verlangen, ihn auch umzubringen. Zudem wäre jede Konfrontation gefährlich.

Er zog einen Totschläger aus geschmeidigem Leder, mit Schrotkugeln gefüllt, aus der Jackentasche. Er stammte noch von Morton Redlow und sah ausgesprochen wirkungsvoll aus. Fühlte sich gut an. In dem perlgrauen Honda zwei Straßen weiter war eine Pistole unter dem Fahrersitz versteckt. Vassago wünschte fast, er hätte sie mitgebracht. Erst heute morgen, kurz vor Tagesanbruch, hatte er sie dem Antiquitätenhändler Robert Loffman in Laguna Beach entwendet. Aber er hegte sowieso nicht die Absicht, auf die Frau oder das Mädchen zu schießen. Selbst wenn er sie nur anschoß und verwundete, könnten sie verblutet sein, ehe er sie zu seinem geheimen Museum des Todes, zu seinem Opferaltar, geschafft hatte. Wollte er jedoch den Mann mit seiner Pistole erledigen, durfte er nur einen Schuß riskieren, höchstens zwei. Die Nachbarn würden die Schüsse hören und orten, und in so einer friedlichen Gegend würde es sofort von Polizei nur so wimmeln.

Der Totschläger war besser. Vassago wog ihn in der rechten Hand, genoß das Gefühl der Waffe.

Behende und leise wie eine Katze drückte er sich an den Türpfosten. Neigte den Kopf. Spähte in das Atelier.

Sie saß auf ihrem Hocker mit dem Rücken zur Tür. Er erkannte sie sogleich, selbst von hinten. Sein Puls raste, wie vor wenigen Minuten, als das Mädchen um sich schlug und schließlich ohnmächtig wurde. Lindsey saß vor ihrem Zeichenbrett, die Zeichenkohle in der Rechten. Emsig, emsig, emsig zischte die Kohle, als sie wie eine Schlange über das Blatt glitt.

Wie sehr Lindsey sich auch anstrengte, sich auf das jungfräuliche Zeichenpapier zu konzentrieren, ihr Blick wanderte doch immer wieder zum Fenster. Ihre kreative Sperre löste sich erst, als sie das Fenster tatsächlich zu *zeichnen* begann. Der vorhanglose Rahmen. Dunkelheit hinter dem Fensterglas. Ihr Gesicht wie das eines wandelnden Geistes. Als sie auch noch das Spinnennetz in der oberen rechten Ecke skizzierte, nahm das Konzept Gestalt an, und sie spürte, wie die Erregung sie packte. Sie würde das Bild *Das Netz von Leben und Tod* nennen und eine Reihe surrealer Symbole verwenden, um das Sujet in jede Faser der Leinwand zu bannen. Nein, nicht der Leinwand, Hartfaser. Genauer gesagt: Papier im Augenblick, ein Entwurf nur, aber gut genug, ihn auszuarbeiten.

Lindsey rückte das Zeichenbrett etwas höher. Jetzt brauchte sie nur aufzublicken und konnte über den Rand auf das Fenster sehen, ohne dauernd den Kopf heben und senken zu müssen.

Es bedurfte noch anderer Komponenten, um dem Bild Tiefe und Wirkung zu geben, ihr Gesicht, das Fenster und das Spinnennetz reichten nicht. Während sie weiterzeichnete, erwog und verwarf sie eine ganze Reihe von Möglichkeiten.

Da sah sie wie von Zauberhand in der Spiegelung des Fensterglases eine Gestalt hinter sich auftauchen: das Gesicht aus Hatchs Alpträumen. Bleich. Der schwarze Haarschopf. Die Sonnenbrille.

Einen Augenblick lang glaubte Lindsey an eine übernatürliche Erscheinung, ein Schemen im Fensterglas. Ihr Atem stockte, als ihr aufging, daß diese Spiegelung so echt war wie ihre eigene, daß der Killer aus Hatchs Visionen sich in ihrem Haus befand und jetzt auf ihrer Türschwelle stand. Sie hätte schreien mögen. Doch wenn er erst merkte, daß sie ihn sehen konnte, hatte sie keine Chance mehr. Er würde sich auf sie stürzen, sie attackieren, aufschlitzen, sie umbringen, bevor Hatch auch nur die erste Treppenstufe erklommen hätte. Also seufzte sie tief und schüttelte den Kopf, als ob ihr die Zeichnung gar nicht gefiel.

Hatch war womöglich schon tot.

Lindsey ließ die Hand mit der Zeichenkohle sinken, als wollte sie nur einen Augenblick überlegen, bevor sie weiterzeichnete.

Wenn Hatch jedoch lebte, wie hatte es dieser Kerl dann bis in den ersten Stock geschafft? Nein. Sie durfte gar nicht erst daran denken, dann wäre sie selber bald tot und Regina ebenso. Du liebe Güte, Regina!

Sie tastete nach der obersten Schublade ihrer Kommode und erschauerte, als sie den kalten Metallgriff der Lade in der Hand fühlte.

Die Spiegelung in ihrem Fenster zeigte Lindsey, daß der Killer nicht mehr am Türrahmen lehnte, sondern nun in die offene Tür trat. Mit der größten Dreistigkeit blieb er stehen und musterte sie, schien den Augenblick auszukosten. Er bewegte sich ungewöhnlich leise. Hätte sie sein Spiegelbild im Fenster nicht entdeckt, wäre sie völlig ahnungslos gewesen.

Behutsam zog sie die Schublade auf und tastete darin nach der Waffe.

Er überschritt die Türschwelle.

Mit einer einzigen Bewegung riß sie die Pistole hervor, schnellte auf ihrem Drehstuhl herum, brachte die schwere Waffe in Anschlag und hielt sie mit beiden Händen fest auf den Kerl gerichtet. Sie wäre kein bißchen überrascht gewesen, wenn er nicht dagestanden und ihre erste Vermutung sich bestätigt hätte, daß es nur eine Spiegelung in der Fensterscheibe war. Aber er stand tatsächlich vor ihr, einen Schritt von der Tür entfernt, als sie ihn mit der Pistole anvisierte.

»Keine Bewegung, du Dreckskerl«, schrie sie.

Ob er nun irgendeine Schwäche in ihr vermutete oder sich einfach nicht darum scherte, ob sie auf ihn feuerte oder nicht, auf jeden Fall wich er vor ihr zurück.

»Halt, verdammt noch mal.«

Er war fort. Lindsey hätte ohne zu zögern auf ihn geschossen, ohne jeden Skrupel, doch er bewegte sich mit solch affenartiger Geschwindigkeit, daß sie höchstens den Türrahmen getroffen hätte.

Sie rief nach Hatch, katapultierte sich gleichzeitig von ihrem Hocker zur Tür und sah gerade noch einen schwarzen Schuh, den linken Fuß des Killers, verschwinden. Sie bremste sich rechtzeitig ab, weil ihr einfiel, daß er hinter der Tür versteckt sein könnte, um sie, wenn sie in Panik herausgeschossen kam, von hinten zu überfallen, ihr einen Schlag über den Schädel zu geben oder sie über das Treppengeländer zu werfen. Regina. Sie durfte keine Zeit verlieren. Womöglich hatte er es auf Regina abgesehen. Sie zögerte nur eine Sekunde, dann durchbrach sie ihre Angst und flog durch die offene Tür, während sie Hatch um Hilfe rief.

Zu ihrer Rechten sah sie den Kerl auf dem Weg zu Reginas Zimmertür, die am unteren Ende des Flurs ebenfalls offenstand. In dem Zimmer, wo Regina Schularbeiten machen sollte, brannte kein Licht. Lindsey hatte keine Zeit, stehenzubleiben und sorgfältig zu zielen. Sie wollte einfach abdrücken in der Hoffnung, daß eine der Kugeln den Kerl irgendwie treffen würde. Aber Reginas Zimmer war so dunkel, das Mädchen konnte sonstwo sein. Lindsey befürchtete, danebenzuschießen und statt dessen mit einer der herumfliegenden Kugeln das Mädchen zu treffen. Also drückte sie nicht ab, sondern lief hinter dem Kerl her und brüllte nun Reginas anstelle von Hatchs Namen.

Der Kerl verschwand in Reginas Zimmer und knallte die Tür hinter sich zu, daß das ganze Haus bebte. Den Bruchteil einer Sekunde später hatte Lindsey die Tür erreicht, prallte von ihr ab. Verriegelt. Hatch rief nach ihr – Gott sei Dank, er lebte, er *lebte* –, dennoch drehte sie sich nicht nach ihm um. Sie ging einen Schritt zurück und trat gegen die Tür, trat noch einmal dagegen. Die Tür hatte nur ein einfaches Schloß, es müßte leicht aufzubrechen sein. War es aber nicht.

Lindsey setzte gerade zu einem neuen Versuch an, als der Killer durch die Tür sprach. Seine erhobene Stimme klang nicht zu laut, drohend, aber beherrscht, ohne Panik oder

Furcht, geschäftsmäßig, erschreckend sanft und ruhig: »Gehen Sie von der Tür weg, oder ich bringe das kleine Aas um.«

Kurz bevor Lindsey seinen Namen zu rufen begann, saß Hatch in seinem Arbeitszimmer am Schreibtisch und hielt das Kunstmagazin in beiden Händen. Die Vision traf ihn wie ein elektrischer Schlag, es knisterte, als ob Funken sprühten und das Magazin in Wirklichkeit ein Starkstromkabel war, das er mit bloßen Händen festhielt.

Er sah Lindsey mit dem Rücken zu ihm auf ihrem Malhocker vor dem Zeichenbrett sitzen und an einer Skizze arbeiten. Plötzlich war es gar nicht mehr Lindsey, sondern eine andere Frau, größer, auch mit dem Rücken zu ihm sitzend, doch nicht auf einem Hocker. Sie saß in einem Sessel in einem anderen Zimmer in einem fremden Haus. Der Faden, mit dem sie strickte, kam von einem hellen Wollknäuel in einem Körbchen neben ihrem Sessel. Hatch betrachtete sie als »Mutter«, obwohl sie überhaupt keine Ähnlichkeit mit seiner Mutter aufwies. Sein Blick fiel auf seine rechte Hand, die ein riesiges, blutbeschmiertes Messer gepackt hielt. Er schlich sich näher an den Sessel heran. Sie merkte nichts. Als Hatch wollte er etwas rufen, sie warnen. Doch als Benutzer dieser Waffe, mit dessen Augen er dies alles sah, war er nur von dem Wunsch besessen, sie hinzuschlachten, ihr das Leben zu entreißen und seine Mission zu erfüllen, die ihn erlösen würde. Er trat hinter die Rückenlehne des Sessels. Die Frau hatte immer noch nichts bemerkt. Er riß das Messer hoch, stieß zu. Sie schrie. Er stieß wieder zu. Sie versuchte aufzustehen. Mit einer raschen Bewegung stellte er sich vor sie, und aus seiner Sicht glich es einem Kameraschwenk im Film, wenn das Gefühl des Fliegens vermittelt werden sollte. Das sanfte Gleiten eines Vogels oder einer Fledermaus. Er drückte die Frau in den Sessel zurück und stach weiter auf sie ein. Sie hob die Hände in Abwehr. Er stieß und stieß zu. Und nun, ein erneuter Kameraschwenk im Film, stand er wieder hinter ihr im Gang, nur war sie nicht mehr »Mutter«, sondern Lindsey, die in ihrem Atelier vor dem Zeichenbrett saß und vorsichtig die oberste Schublade ihrer Kommode aufzog. Sein Blick wanderte zum Fenster. Er erblickte sich selbst in der Spiegelung – bleiches Gesicht, dunkles Haar, Sonnenbrille – und wußte, daß Lindsey ihn entdeckt hatte. Sie wirbelte auf ihrem Hocker zu ihm herum, riß eine Pistole hoch und zielte genau auf sein Herz –

»Hatch!«

Sein Name, der durchs Haus hallte, ließ die Vision zerspringen. Er schoß von seinem Schreibtisch hoch, und die Zeitschrift fiel zu Boden.

»Hatch!«

Mit einem Griff packte er im Dunkeln die Pistole und stürzte aus dem Zimmer. Während er die Halle durchquerte und, zwei Stufen auf einmal nehmend, die Treppe hinaufflog, hörte er Lindsey Reginas Namen rufen. Nicht das Mädchen, du lieber Gott, bitte nicht das Mädchen. Als er den Treppenabsatz erreichte und oben die Tür zuknallte, glaubte er zunächst, es sei ein Schuß gefallen. Letztlich war der Knall aber doch zu typisch, um mit einem Pistolenschuß verwechselt zu werden. Hatch blickte sich suchend um und sah gerade noch, wie Lindsey gegen Reginas Zimmertür prallte. Er wollte ihr zu Hilfe eilen, als sie bereits anfing, gegen die Tür zu treten, immer wieder dagegentrat, bis er sie beiseite schob. »Laß mich mal.«

»Nein! Er hat gesagt, weg von der Tür, oder ich bring' die Kleine um.«

Hatch starrte eine Sekunde lang wie benommen auf die Tür, fühlte sich buchstäblich geschüttelt von erzwungener Hilflosigkeit. Schließlich packte er den Türknauf und versuchte, ihn vorsichtig zu drehen. Die Tür war verriegelt. Hatch drückte die Pistole mit der Mündung an die Unterseite des Türknaufs.

»Hatch«, flehte Lindsey. »Er wird sie umbringen.«

Das Bild der jungen Blondine stieg in ihm auf, wie sie zweimal in die Brust getroffen wurde, wie sie rückwärts aus dem fahrenden Wagen fiel und auf die Fahrbahn stürzte, sich überschlug und immer weiter überkugelte, bis der Nebel sie verschluckt hatte. Und die Mutter, die von dem Fleischmesser getroffen wurde, die ihr Strickzeug fallen ließ und verzweifelt um ihr Leben kämpfte.

»Er wird sie so oder so töten, also dreh dich um«, sagte Hatch. Dann drückte er ab.

Holz und Blech zerbarsten in tausend Stücke. Hatch packte den Metallknauf, der ihm entgegenfiel, und warf ihn beiseite. Er stemmte sich gegen die Tür, doch sie gab nur wenige Zentimeter nach. Das billige Schloß war zerstört. Der Bolzen steckte noch in der Tür, nur klemmte von innen offenbar etwas dagegen. Hatch versuchte, den Bolzen mit aller Kraft wegzudrücken, aber er rührte sich nicht. Was immer von der anderen Seite untergekeilt war – vermutlich Reginas Schreibtischstuhl – hielt den Bolzen, wo er war.

Hatch packte die Pistole am Lauf und benutzte den Knauf als Hammer. Unter lautem Fluchen schlug er auf den Bolzen ein und trieb ihn Zentimeter um Zentimeter aus der Halterung.

Gerade als er sich endlich löste und auf der anderen Seite zu Boden fiel, wurde Hatch erneut von blitzartigen Visionen heimgesucht, die die augenblickliche Wahrnehmung überlagerten. Sie stammten alle aus der Sicht des Killers: ein merkwürdiger Blickwinkel, ein Blick, der über eine Hauswand, dieses Hauses, unterhalb Reginas Zimmer, wanderte. Das offene Fenster. Unter dem Fenstersims ein Rankengewirr von Spalierwein. Eine hornähnliche Blüte im Gesicht. Spalierwerk unter den Händen, Holzsplitter, die sich in seine Haut bohrten. Mit einer Hand festgeklammert, mit der anderen nach einem festen Halt suchend, ein Fuß frei in der Luft schwebend und eine schwere Last über der Schulter. Dann ein Bersten und Reißen. Das Gefühl, daß plötzlich etwas gefährlich nachgab in dem geometrischen Gerüst, an das er sich klammerte –

Hatch wurde durch ein kurzes, lautes Geräusch hinter der Tür in die Wirklichkeit zurückkatapultiert: das Reißen und Splittern von Holz, metallisches Kreischen und Kratzen, ein Krachen, Fallen.

Da brach bereits eine neue Flut von Bildern und Empfindungen über ihn herein. Ein Sturz. Nach rückwärts in die finstere Nacht. Nicht sehr tief. Auf dem Boden aufschlagen. Ein kurzer Schmerz. Ein Überschlag im Gras. Neben ihm eine zusammengerollte Gestalt. Reglos. Sich hinrobben, das

Gesicht ansehen. Regina. Die Augen geschlossen. Ein Halstuch über ihrem Mund verknotet –

»Regina!« schrie Lindsey.

Als die Realität sich wieder einklinkte, rammte Hatch bereits mit der Schulter gegen die Zimmertür. Die Sperre auf der anderen Seite gab nach, die Tür schwang auf. Hatch ging hinein und tastete sich an der Wand entlang, bis er den Lichtschalter fand. In der plötzlichen Helligkeit stieg er über den umgestürzten Schreibtischstuhl und ließ die Pistole kreisen. Der Raum lag verlassen da, wie er schon aus seiner Vision wußte.

Hatch beugte sich aus dem offenen Fenster und sah die abgerissenen Ranken und Blüten des Spalierweins auf dem Rasen liegen. Weder eine Spur von dem Mann mit der Sonnenbrille noch von Regina.

»Scheiße!« Hatch schnellte in das Zimmer zurück, packte Lindsey und schob sie aus dem Zimmer, über den Flur bis zum Treppenabsatz. »Du deckst die Vorderseite ab, ich die Rückseite. Er hat sich Regina geschnappt, halt ihn auf, mach schon, mach schon.« Sie hatte sofort begriffen, was er meinte, und flog geradezu die Treppe hinunter. Hatch dicht hinter ihr. »Erschieß ihn, leg ihn um, ziel auf seine Beine, auch wenn du Regina triffst, er versucht abzuhauen.«

Lindsey erreichte die Haustür im selben Moment, als Hatch die letzte Treppenstufe nahm und in den kleinen Korridor rannte. Er stürmte in den Mehrzweckraum, in die Küche, warf im Vorbeilaufen einen Blick durch die rückwärtigen Fenster. Im Garten und im Innenhof brannte das Licht, aber er konnte niemanden sehen.

Er riß die Verbindungstür zwischen Küche und Garage auf und drückte die Lichtschalter. Ehe die letzte Neonröhre zögernd angesprungen war, hatte er schon die drei Parkkojen abgesucht, hinter die Autos geschaut und bereits die hintere Garagentür erreicht.

Er entriegelte das Vorhängeschloß, trat in den schmalen Seitenhof und spähte nach rechts. Keine Spur von dem Killer oder von Regina. Die Vorderseite des Hauses ging in diese Richtung, hier verlief auch die Straße, und gegenüber standen die anderen Häuser. Dies alles gehörte zu dem Terrain, das Lindsey abdeckte.

Sein Herz pochte so wild, daß es ihm die Lunge abzuschnüren drohte, bevor er nur einen Atemzug nehmen konnte.

Sie ist doch erst zehn Jahre alt, erst zehn.

Er lief an der linken Hausseite entlang, bog um die Garagenecke und gelangte in den Hintergarten, zu dem Häufchen aus abgerissenen Blüten und Ranken des Spalierweins.

So klein, noch so jung. Herr im Himmel, hilf.

Aus Angst, in einen Nagel zu treten und sich kampfunfähig zu machen, schlug er einen Bogen um die gefährliche Stelle und begann fieberhaft, an der Einfriedung des Grundstücks entlang zu suchen, zwängte sich einfach durch die Sträucher und das Gebüsch und kroch sogar hinter die hohen Myrtenbäume.

Ohne Erfolg.

Schließlich kam er zu der Seite des Grundstücks, die am weitesten von der Garage entfernt lag, stolperte und fiel beinahe hin, als er um die Ecke bog. Er hielt die Pistole mit beiden Händen im Anschlag, sicherte den Plattenweg zwischen dem Haus und dem Gartenzaun. Auch hier war niemand.

Von der Vorderseite des Hauses drang keinerlei Geräusch, auf jeden Fall kein Schuß, zu ihm herüber. Dann hatte Lindsey also ebenso wenig Glück wie er. Als einzig möglichen Fluchtweg konnte der Killer eigentlich nur irgendwo über den Zaun geklettert und über ein Nachbargrundstück geflüchtet sein.

Hatch wandte sich von der Vorderseite des Hauses ab und ließ seine Blicke über die rund zwei Meter hohe Wand schweifen, die den Hintergarten umgab und ihn von den angrenzenden Gärten der Häuser am östlichen, westlichen und südlichen Grundstücksende trennte. Baugesellschaften und Grundstücksmakler in Südkalifornien sprachen zwar stets von einem Zaun, in Wirklichkeit handelte es sich jedoch um eine solide Mauer aus Stahlbetonblöcken, mit Gips verputzt, mit Ziegelsteinen verkleidet und angestrichen. Die meisten Häuser besaßen so eine Mauer, um den Swimmingpool oder die Grillecke vor unerwünschten Einblicken zu schützen. Mit guten Zäunen ist gut nachbarlich auskommen, sie lassen Fremde zu Nachbarn werden – und machen es einem Eindringling verdammt leicht, sie zu erklimmen und in dem Gewirr von Mauern spurlos zu verschwinden.

Hatch war dabei, einen emotionalen Drahtseilakt über einem Abgrund aus Verzweiflung zu vollbringen, indem er die Balance lediglich durch den hoffnungsvollen Gedanken hielt, daß der Killer mit Regina auf den Armen oder über der Schulter nicht sehr schnell sein konnte. Ratlos schaute er sich um, unfähig, eine Entscheidung zu treffen.

Schließlich lief er zu der rückwärtigen Gartenmauer, die das Grundstück im Süden begrenzte. Er hielt inne, um Atem zu schöpfen, da begann der mysteriöse Draht zwischen ihm und dem Mann mit der Sonnenbrille erneut zu vibrieren.

Hatch sah jetzt wieder alles mit den Augen des anderen, und trotz der dunklen Brillengläser schien die Nacht in Zwielicht getaucht. Er saß hinter dem Steuer eines Wagens und beugte sich gerade zur Seite, um das bewußtlose Mädchen auf dem Beifahrersitz wie eine Puppe zurechtzurücken. Ihre gefesselten Hände lagen in ihrem Schoß, und der Sicherheitsgurt hielt sie aufrecht. Er drapierte ihr Haar so um den Kopf, daß es den Knoten des Halstuchs in ihrem Nacken verdeckte, dann schubste er sie gegen die Beifahrertür, daß sie mit vom Fenster abgewandtem Gesicht in ihrem Sitz zusammensackte. Auf diese Weise würde der Knebel in ihrem Mund für Leute, die an dem Wagen vorbeifuhren, nicht zu erkennen sein. Sie sah aus, als ob sie schlief. Tatsächlich war sie erschreckend blaß und ruhig, und er befürchtete, daß sie womöglich tot war. Dann hatte es überhaupt keinen Sinn, sie in das Versteck zu bringen. Er konnte ebenso gut die Beifahrertür aufmachen und die Kleine hinausstoßen, das kleine Biest gleich hier loswerden. Er tastete nach ihrer Wange. Ihre wunderbare Haut fühlte sich weich, aber kühl an. Er legte einen Finger an ihre Kehle, fand ihren Puls in der Halsschlagader, er schlug kräftig, oh, wie kräftig. Das Mädchen war so *lebendig* und übertraf noch das Bild, das er von ihr mit dem Schmetterling über dem Kopf empfangen hatte. Keines seiner bisherigen Opfer war so kostbar gewesen wie die Kleine hier, und er dankte allen Mächten der Hölle für dieses Geschenk. Er geriet bereits in Ekstase bei der Vorstellung bald tief in ihr Inneres greifen und das junge starke Herz drücken zu dürfen, während es zuckte, sich krampfartig zusammenzog und dann für immer stillstand. Und er würde ihr dabei in ihre herrlichen grauen Augen schauen und zusehen, wie sich ihr Leben verströmte und der Tod Einzug hielt –

Hatchs Aufschrei, dieser Ausdruck von unbändiger Wut, Seelenqual und tödlichem Entsetzen, ließ den übersinnlichen Kontakt zusammenbrechen. Er fand sich im Hintergarten wieder, streckte die rechte Hand aus und starrte sie in ungläubigem Schrecken an, als ob seine Finger bereits mit Reginas Blut besudelt wären.

Auf dem Absatz machte er kehrt und sprintete an der Ostflanke des Hauses entlang nach vorn.

Nichts zu hören, nur sein stoßweises Atmen. Offensichtlich waren einige von den Nachbarn gar nicht zu Hause. Andere hatten wohl nichts oder nichts Verdächtiges gehört, das sie veranlaßt hätte, draußen nachzuschauen.

Angesichts dieser friedlichen Ansammlung von Häusern hätte Hatch seine Verzweiflung herausschreien mögen. Während seine eigene Welt zusammenbrach, vermochte er dennoch zu erkennen, daß der Anschein von Normalität genau das war – nämlich nur ein *äußerer Schein,* nicht die Wirklichkeit. Gott allein wußte, was sich hinter manch einer Haustür abspielen mochte, ähnliche Schrecknisse wie die, die ihn, Lindsey und Regina heimgesucht hatten, die aber nicht von einem Feind und Eindringling kamen, sondern von den eigenen Familienmitgliedern. Die Spezies Mensch neigte dazu, Monster hervorzubringen, und die Ungeheuer wiederum verfügten oftmals über das Talent, sich hinter der glaubhaften Maskierung geistiger Gesundheit zu verstecken.

Auf dem Rasen vor dem Haus blieb Hatch stehen und schaute sich um, konnte Lindsey nirgendwo entdecken. Er rannte den Plattenweg zum Haus zurück, durch die offene Haustür – und fand Lindsey in seinem Arbeitszimmer mit dem Telefonhörer in der Hand.

»Hast du sie gefunden?« wollte sie wissen.

»Nein. Was hast du vor?«

»Die Polizei anrufen.«

Hatch nahm Lindsey behutsam den Hörer aus der Hand und legte ihn auf die Gabel zurück. »Bis die Polizei hier ist, sich unsere Geschichte angehört hat und dann endlich was *unternimmt*, ist der Kerl mit Regina verschwunden und hat sie so gut versteckt, daß sie sie nie finden werden – bis sie eines Tages versehentlich über ihre Leiche stolpern«.

»Wir brauchen aber Hilfe ...«

Hatch nahm die Schrotflinte vom Schreibtisch und drückte sie Lindsey in die Hand. »Wir werden dem Kerl folgen. Er hat einen Wagen dabei, einen Honda, glaube ich.«

»Hast du das Kennzeichen?«

»Nein.«

»Konntest du sehen, ob ...«

»Genaugenommen habe ich nichts *gesehen*«, erwiderte er, riß die Schreibtischschublade auf, zog die Patronenschachtel mit 12 Schuß heraus und reichte sie ebenfalls Lindsey, wohl wissend, daß die Zeit ihm unter den Fingern zerrann. »Ich habe Kontakt zu dem Kerl, manchmal wackelt er ein bißchen, ich glaube aber trotzdem, daß er hält, daß er stark genug ist.« Er zog den Schreibtischschlüssel mitsamt Schlüsselring ab, der immer noch im Schloß baumelte. »Wir können ihm auf den Fersen bleiben, wenn wir ihm nicht zuviel Vorsprung lassen.« Hatch stand schon in der Halle. »Nur müssen wir uns *rühren*.«

»Hatch, warte doch!«

Lindsey kam ihm in die Halle nachgeeilt. »Geh du, verfolg sie, wenn du meinst, daß du es kannst, ich bleibe hier und alarmiere die Polizei ...«

Hatch schüttelte den Kopf. »Nein, ich brauch' dich am Steuer, Lindsey. Diese ... diese Visionen sind wie Keulenschläge, ich bin so gut wie weggetreten, wenn sie mich pakken. Es könnte passieren, daß ich dabei den Wagen geradewegs in den Graben steuere. Leg die Flinte und die Patronen schon mal in den Mitsubishi.« Er lief zur Treppe und nahm gleich zwei Stufen auf einmal. Über die Schulter rief er noch zurück: »Und nimm Taschenlampen mit.«

»Wozu?«

»Ich weiß nicht, aber wir werden sie brauchen.«

Das stimmte nicht. Obwohl es ihn selbst überraschte, als er die Taschenlampen erwähnte, wußte er, daß er im Augenblick von seinem Unterbewußtsein geleitet wurde, und eine böse Ahnung beschlich ihn, warum sie Taschenlampen brauchen würden. In seinen Alpträumen während der letzten Monate war er oft durch höhlenartige Räume und ein Labyrinth aus betonierten Gängen und Kanälen gegangen, in denen es zwar keine Fenster und keine Beleuchtung gab, die aber dennoch als solche erkennbar waren. Ein Tunnel insbesondere, der in absolute Finsternis, etwas Unbekanntes, abfiel, erfüllte ihn mit solchem Grauen und ließ sein Herz rasen, daß es zu zerspringen drohte. *Deswegen* brauchten sie Taschenlampen, weil sie sich auf dem Weg zu etwas befanden, das er bisher nur aus Traumbildern oder Visionen kannte, ins Zentrum des Grauens.

Hatch war bereits oben angelangt und auf der Schwelle zu Reginas Zimmer, als er sich fragen mußte, warum er eigentlich hergekommen war. Er blieb stehen und schaute sich um, sah den abgebrochenen Türknauf und den umgestürzten Schreibtischstuhl, blickte auf den offenstehenden Wandschrank, wo die herab gefallenen Sachen einen Haufen bildeten, starrte auf das offene Fenster, dessen Vorhänge sich in der Nachtbrise blähten.

Etwas ... etwas Wichtiges. Genau hier, hier in diesem Zimmer, gab es etwas, das er unbedingt brauchte.

Aber was?

Er nahm die Pistole in die linke Hand und wischte sich die feuchte rechte Handfläche an der Jeanshose ab. Jetzt würde dieser Dreckskerl bereits den Motor angelassen haben und mit Regina auf dem Weg aus dieser feinen Gegend heraus sein, befand sich vermutlich schon auf dem Crown Valley Parkway. Jede Sekunde zählte. Hatch fragte sich allmählich, ob er nicht vielleicht doch nur in Panik hier heraufgestürmt war statt aus einem triftigen Grund, dennoch beschloß er, weiter auf seinen inneren Antrieb zu vertrauen. Er trat an den Schreibtisch in der Ecke und ließ den Blick über die Bücher, Stifte und das Notizbuch gleiten. Über das Bücherregal neben dem Schreibtisch. Über eines von Lindseys Bildern an der Wand daneben.

Komm schon, komm schon. Etwas, das er dringend brauchte, so nötig wie die Taschenlampen, wie die Schrotflinte und die Schachtel Patronen. Etwas ganz Bestimmtes.

Er wandte sich um, erblickte das Kruzifix an der Wand und ging ohne Zögern darauf zu. Stieg auf Reginas Bett und riß das Kreuz mit einem Ruck vom Nagel.

Während er vom Bett sprang, aus dem Zimmer und den Gang hinunter zur Treppe rannte, wurde ihm bewußt, daß er die Christusstatue mit eisernem Griff umklammerte. Er hielt sie nicht wie einen Gegenstand frommer Symbolik oder Verehrung, vielmehr wie eine Waffe, wie eine Kriegsaxt, ein Hackebeil.

An der Garage öffnete sich gerade automatisch das Garagentor. Lindsey saß bereits am Steuer.

Hatch setzte sich auf den Beifahrersitz. Lindsey sah das Kruzifix in seiner Hand fragend an. »Was soll das denn?«

»Wir werden es brauchen.«

Sie setzte den Wagen rückwärts aus der Garage und sagte: »Brauchen, wofür?«

»Ich weiß es nicht.«

Lindsey bog in die Straße ein und sah Hatch ungläubig an. »Ein Kruzifix?«

»Ich bin mir nicht sicher, aber vielleicht kann es uns helfen. Als ich mit dem Kerl in Verbindung stand, hat er … dankte er allen Mächten der Hölle, ja, genau so ging es ihm durch den Kopf, bedankte er sich bei allen Mächten der Hölle für Regina.« Hatch wies nach links. »Hier entlang.«

Angst und Furcht hatten Lindsey während der letzten zehn Minuten um Jahre altern lassen. Als sie herunterschaltete und nach links abbog, vertieften sich die sorgenvollen Linien in ihrem Gesicht. »Hatch, mit was haben wir es hier eigentlich zu tun? Mit einem dieser Teufelsanbeter, einem dieser verrückten Sektenanhänger, über die man in der Zeitung liest? Die abgeschlagene Köpfe im Kühlschrank aufbewahren und Gebeine unter der Veranda vergraben?«

»Schon möglich.« An der Kreuzung unterbrach sich Hatch: »Nach links hier. Ja, vielleicht so etwas ähnliches … aber viel schlimmer, fürchte ich.«

»Das schaffen wir nicht, Hatch.«

»Wir müssen es schaffen, zum Teufel!« schnappte Hatch zurück. »Wir haben keine Zeit, es anderen zu überlassen. Wenn wir es nicht tun, ist Regina verloren.«

Sie rollten auf eine Kreuzung mit dem Crown Valley Parkway zu, einem breiten vier- bis sechsspurigen Boulevard mit einem Grünstreifen und Bäumen in der Mitte. Selbst zu dieser späten Stunde herrschte noch Verkehr.

»Wohin jetzt?« wollte Lindsey wissen.

Hatch hatte die Pistole neben seine Füße gelegt, ließ das Kruzifix jedoch nicht los, hielt es mit beiden Händen umklammert. Er blickte nach links, nach rechts, links und wieder rechts, wartete auf eine Eingebung, ein Zeichen, irgend etwas. Das Scheinwerferlicht vorbeifahrender Wagen spülte über sie hinweg, brachte jedoch keine Offenbarung.

»Hatch?« fragte Lindsey besorgt.

Links und rechts, links und rechts. Nichts. Lieber Himmel.

Hatch konzentrierte seine Gedanken auf Regina. Kastanienbraunes Haar. Graue Augen. Die linke Hand verkrüppelt und zur Klaue verdreht. Eine Gabe Gottes. Nein, nicht von Gott. Diesmal nicht. Man konnte ihm schließlich nicht alles in die Schuhe schieben. Regina hatte vermutlich recht: ein Geschenk ihrer Eltern, das Vermächtnis von Drogenabhängigen.

Hinter ihnen hielt ein Wagen an und wollte ebenfalls in die Hauptstraße einbiegen.

Ihre Art zu gehen, um die Behinderung zu überspielen. Wie sie niemals ihre verkrüppelte Hand verbarg, sich ihrer weder schämte noch stolz auf sie war, sie einfach akzeptierte. Wollte Schriftstellerin werden. Intelligente Schweine aus dem All.

Der Fahrer in dem Wagen hinter ihnen hupte.

»Hatch?«

Regina, so klein, mit der ganzen Last der Welt auf den Schultern, doch immer aufrecht, ließ den Kopf nie hängen. Hatte ihr Abkommen mit Gott getroffen. Als Gegenleistung für etwas für sie Wertvolles wollte sie ohne Murren Bohnen essen. Hatch wußte, was für ein wertvolles Geschenk sie meinte, obwohl sie es nie gesagt hatte: eine Familie, eine Chance, dem Waisenhaus zu entkommen.

Der andere Fahrer drückte wieder auf die Hupe.

Lindsey bebte, fing an zu weinen.

Eine Chance. Nur eine winzige Chance. Mehr wollte das

Mädchen nicht. Nie mehr allein sein. In einem Bett mit gemalten Blumen schlafen dürfen. Lieben dürfen, geliebt werden, er-wachsen werden. Die kleine verdrehte Hand. Das feine, liebe Lächeln. *Gute Nacht … Dad.*

Jetzt hupte der Fahrer hinter ihnen ohne Unterbrechung.

»Rechts«, stieß Hatch hervor. »Fahr nach rechts.«

Mit einem Seufzer der Erleichterung bog Lindsey nach rechts in die Parkstraße ein. Sie fuhr schneller als gewöhnlich, wechselte die Fahrspuren, wenn der Verkehr es erlaubte, durchquerte die südliche Ebene in Richtung auf die Vorläufer der fernen Berge im Osten mit ihren nächtlich verhüllten Gipfeln.

Zunächst war Hatch sich nicht so sicher. Dann brach sich allmählich die Überzeugung Bahn, daß sie noch immer die richtige Spur verfolgten. Der Boulevard führte in östliche Richtung an endlosen Häuserreihen vorbei, die die Hügel mit Lichtpunkten garnierten, daß es wie Tausende von Gedenkflammen auf riesigen Votiv-Kerzenhaltern wirkte, und mit jeder zurückgelegten Meile spürte Hatch immer deutlicher, daß er und Lindsey im Kielwasser der Bestie segelten.

Weil sie übereingekommen waren, keine Geheimnisse mehr voreinander zu haben, und weil er glaubte, daß Lindsey die volle Wahrheit über Reginas tödliche Lage wissen sollte – und verkraften würde –, sagte Hatch: »Was er vorhat … Er will ihr pochendes Herz in den bloßen Händen halten und fühlen, wie alles Leben aus ihr entweicht.«

»Oh, mein Gott.«

»Sie ist noch am Leben. Sie hat eine Chance. Es besteht noch Hoffnung.«

Er glaubte, was er sagte, mußte daran glauben oder verrückt werden. Aber wie ein Schatten lag die Erinnerung an Jimmy über ihm, dem er diese Dinge auch so oft gesagt hatte in den Wochen, bevor der Krebs ihn endgültig dahinraffte.

Dritter Teil

Unter den Toten

Der Tod ist kein furchtbares Geheimnis. Er ist dir und mir wohlbekannt. Er birgt keine unergründlichen Geheimnisse, die den Schlaf eines guten Menschen stören könnten.

Wende dein Antlitz nicht vom Tode ab. Nimm es gelassen hin, daß er dir den Odem nimmt.

Fürchte ihn nicht, denn er ist nicht dein Herr, auch wenn er immer schneller dir entgegeneilt. Nicht dein Herr, sondern ein Diener deines Schöpfers, der den Tod genauso erschaffen hat wie dich – und Er, dein Gott, ist das einzige Geheimnis.

The Book of Counted Sorrows

Siebentes Kapitel

1

Jonas Nyebern und Kari Dovell saßen bei gedämpftem Licht in tiefen Sesseln vor den Panoramafenstern in Spyglass Hill und blickten auf die Millionen von Lichtern, die unter ihnen funkelten. In der klaren Nachtluft reichte die Sicht bis weit in den Norden auf Long Beach Harbor. Das Flechtwerk der Zivilisation schien wie ein kalt leuchtendes Pilzgewächs zu wuchern und alles unter sich zu ersticken.

Zwischen ihren Sesseln stand ein Eiskübel auf dem Boden mit einer Flasche trockenen kalifornischen Weißweins. Es war ihre zweite Flasche. Sie hatten noch nichts gegessen. Jonas redete ununterbrochen.

Seit einem Monat trafen sie sich beinahe regelmäßig auf gesellschaftlicher Ebene. Sie waren noch nicht miteinander ins Bett gegangen, und Jonas glaubte nicht, daß sie es je tun würden. Nicht, daß Kari nicht begehrenswert gewesen wäre, mit dieser merkwürdigen Mischung aus Anmut und Unbeholfenheit, die ihn oftmals an einen exotischen, stelzbeinigen Vogel denken ließ. Die Frau in ihr würde niemals die Oberhand über die Ärztin gewinnen, die ihrem Beruf mit Ernst und Hingabe nachging. Wie auch immer, Jonas bezweifelte, daß Kari körperliche Intimitäten überhaupt erwartete, und fürchtete zudem, daß er gar nicht fähig dazu wäre. Er fand keine Ruhe mehr, es gab zu viele Gespenster um ihn, die ihm sein Glück streitig machen würden. Was sie also beide in ihrer Beziehung fanden, war Ansprache, Verständnis und aufrichtiges Mitgefühl ohne Gefühlsduselei.

Heute abend nun sprach Jonas über Jeremy, nicht gerade ein passendes Thema für den Beginn einer Romanze, so man sie plante. Er machte sich große Vorwürfe, daß er damals die ersten Anzeichen von Jeremys ererbtem Wahnsinn nicht gleich als solche zu deuten – oder anzuerkennen – gewagt hatte.

Jeremy war ein auffallend ruhiges Kind gewesen, das lieber mit sich allein blieb. Sie hatten sich das mit normaler kindlicher Schüchternheit erklärt. Sein Desinteresse an Spielsachen, schon vom Babyalter an, wurde seiner ungewöhnlich hohen Intelligenz und seinem ernsthaften Naturell zugeschrieben. Nur heute legten alle diese unberührten Modellflugzeuge, Brettspiele, Tennis- und Ping-Pongbälle und ausgetüftelten Bausätze beunruhigendes Zeugnis dafür ab, daß Jeremys Innenleben um vieles bunter und phantasiereicher war, als sämtliche Spielzeughersteller zusammen es zu bieten vermochten.

»Jedesmal, wenn man ihn umarmen wollte, machte er sich steif«, erinnerte sich Jonas. »Wenn er mal einen Kuß erwiderte, küßte er die Luft und nicht deine Wange.«

»Eine Menge Kinder haben Schwierigkeiten damit, ihre Gefühle zu zeigen«, wandte Kari ein. Sie nahm die Weinflasche aus dem Kühler, beugte sich vor und schenkte Jonas nach. »Das mußte ja wie ein weiterer Aspekt seiner Schüchternheit wirken. Zurückhaltung und Schüchternheit sind keine Charakterfehler. Es gab keinen Grund, etwas anderes darin zu vermuten.«

»Es war aber keine Zurückhaltung«, entgegnete Jonas bekümmert. »Es war die Unfähigkeit zu empfinden, zu lieben.«

»Du mußt mit diesen Selbstbezichtigungen aufhören, Jonas.«

»Wenn aber Marion und Stephanie nun nicht seine ersten Opfer waren?«

»Aber bestimmt.«

»Und wenn nicht?«

»Ein Teenager mag ja einen Mord begehen, er wird aber nicht so abgebrüht sein, daß er unbehelligt weiter mordet.«

»Und wenn er schon wieder jemanden getötet hat, seit er aus der Reha-Klinik verschwunden ist?«

»Vielleicht ist er selber schon umgebracht worden.«

»Unmöglich. Jeremy ist kein Opfertyp.«

»Wahrscheinlich ist er tot.«

»Er ist irgendwo da draußen. Ich bin schuld.«

Jonas sah mit starrem Blick auf das nächtliche Panorama. Die Zivilisation hatte all ihren funkelnden Zauber ausgebreitet, all ihre grelle Pracht, all ihren gleißenden Schrecken.

Als sie sich dem San Diego Freeway, der Interstate 405, näherten, sagte Hatch nur: »Nach Süden. Er fährt nach Süden.«

Lindsey warf den Blinker an und schaffte es gerade noch, in die Ausfahrt abzubiegen.

Zu Beginn der Fahrt hatte sie, wann immer es der Verkehr erlaubte, Hatch noch ein paarmal von der Seite angesehen und gehofft, er würde ihr sagen, was er von dem Mann, dem sie folgten, sehen oder empfangen konnte. Weil Hatch jedoch stumm blieb, konzentrierte sie sich auf die Straße. Vermutlich sah er wirklich nur wenig, und der Kontakt mit dem Killer war nur schwach und wurde hin und wieder unterbrochen. Sie wollte Hatch nicht bedrängen, aus Angst, ihn abzulenken. Dann würde die wackelige Verbindung womöglich ganz zusammenbrechen – und Regina wäre verloren.

Hatch hielt immer noch das Kruzifix in der Hand. Aus dem Augenwinkel konnte Lindsey sehen, wie seine linke Hand unruhig über die metallischen Konturen der Leidensfigur auf dem imitierten Holzkreuz fuhr. Er saß mit einem verinnerlichten Blick da und schien nicht zu merken, daß es Nacht war und er in einem Auto fuhr.

Lindsey mußte sich eingestehen, daß ihr Leben mittlerweile eine surrealistische Note erhalten hatte, die ihren Bildern glich. Übersinnliches Geschehen stand gleichberechtigt neben der vertrauten profanen Welt. Das Bild baute sich aus so grundverschiedenen Komponenten auf wie Kruzifixe und Pistolen, Wahnvorstellungen und Taschenlampen.

In ihrer Malerei verwendete Lindsey gewöhnlich surrealistische Elemente, um ein Sujet zu verdeutlichen. Wurde sie jedoch im Alltag mit dem Übernatürlichen konfrontiert wie jetzt, reagierte sie mit Bestürzung und Verwirrung.

Hatch zuckte zusammen und beugte sich vor, soweit der Sicherheitsgurt dies zuließ, als ob er etwas Seltsames und Erschreckendes zugleich auf der Straße vor sich bemerkt hätte, obwohl er gar nicht hinsah. Er fiel wieder in den Sitz zurück. »Er hat die Ausfahrt zum Ortega Highway genommen. Östliche Richtung. Die Ausfahrt kommt gleich, sind nur ein paar Meilen. Nach Osten auf dem Ortega Highway.«

Manchmal blendeten ihn die Scheinwerfer der entgegenkommenden Fahrzeuge so sehr, daß er trotz der dunklen Brillengläser blinzeln mußte.

Während der Fahrt warf Vassago immer wieder einen Blick auf das bewußtlose Mädchen neben sich auf dem Beifahrersitz. Ihr Kinn ruhte auf der Brust. Obwohl ihr Kopf nach vorne hing und das kastanienbraune Haar die eine Gesichtshälfte verdeckte, konnte er ihren geknebelten Mund sehen, der von dem umgebundenen Tuch zu einer Fratze verzogen wurde, den Schwung ihrer kleinen Nase, ein ganzes Augenlid und ein wenig von dem anderen – diese langen Wimpern – und einen Teil ihrer Augenbraue. In seiner Phantasie spielte er alle Möglichkeiten durch, wie er dieses Mädchen verstümmeln würde, um sie in höchst wirkungsvoller Weise als Opfer darzubringen.

Sie eignete sich geradezu perfekt für seine Zwecke. Mit ihrer durch das lahme Bein und die verkrüppelte Hand geschmälerten Schönheit war sie die Inkarnation der Fehlbarkeit Gottes. Eine Trophäe, fürwahr, für seine Sammlung.

Wie bitter, daß er die Mutter nicht bekommen hatte, doch vertraute Vassago darauf, ihrer auch noch habhaft zu werden. Er liebäugelte mit dem Gedanken, das Kind heute noch nicht zu töten. Wenn er sie noch ein paar Tage lang am Leben ließ, könnte er einen zweiten Versuch mit Lindsey wagen. Wenn er sie beide erst beisammen hatte und gleichzeitig an ihnen arbeiten konnte, würde er aus ihren Leichen eine pervertierte Version von Michelangelos *Pietà* kreieren oder sie zerstückeln und zu einer höchst obszönen Collage zusammensetzen.

Um zu einer Entscheidung zu gelangen, brauchte er eine Eingebung, noch eine Vision.

Während Vassago die Ausfahrt zum Ortega Highway nahm und nach Osten abbog, rief er sich wieder die Szene mit Lindsey ins Gedächtnis, wie sie in ihrem Atelier am Zeichenbrett saß. Wie seine Mutter, die an jenem Nachmittag mit Stricken beschäftigt war, als er sie umbrachte. Nachdem er seine Schwester und seine Mutter innerhalb einer Stunde mit demselben Messer getötet hatte, erwuchs tief in ihm die Gewißheit, daß sein Weg zur Hölle geebnet war. Aus dieser festen Überzeugung heraus hatte er auch noch den letzten Schritt getan und sich selbst gepfählt.

Den Weg zur Verdammnis wies ihm ein kleines Büchlein, das im Selbstverlag erschienen war. Es hieß *Der Mann im Versteck* und stammte aus der Feder eines zum Tode Verurteilten namens Thomas Nicene, der seine Mutter und seinen Bruder umgebracht und dann Selbstmord begangen hatte. Sein sorgfältig geplanter Abgang in die Grube wurde allerdings von einem Notarztteam und deren Ehrgeiz, gepaart mit einem bißchen Glück, vereitelt. Nicene wurde reanimiert, geheilt, eingesperrt, vor Gericht gestellt, für schuldig befunden und zum Tode verurteilt. Die nach ihren eigenen Vorschriften funktionierende Gesellschaft hatte ein Exempel statuiert, daß die Entscheidung über den Tod, auch das Recht, sich selbst zu entscheiden, niemals einem einzelnen obliegen durfte.

Während er auf die Vollstreckung des Todesurteils wartete, brachte Thomas Nicene seine Visionen von der Hölle zu Papier, die ihm auf seiner Gratwanderung zwischen Leben und Tod widerfahren waren, ehe die Notärzte ihn der Ewigkeit entrissen. Seine Schriften wurden aus dem Gefängnis geschmuggelt und an gläubige Genossen weitergereicht, die sie druckten und in Umlauf brachten. Nicenes Buch quoll über von eindrucksvollen und glaubhaften Bildern der Finsternis und der Kälte, und nicht der Hitze klassischer Höllenvisionen. Er schilderte ein Reich von unermeßlicher Weite und frostiger Leere. Auf der Schwelle vom Tod zur Hölle hatte Thomas gigantische Kräfte an mysteriösen Konstruktionen merken sehen. Dämonen von kolossaler Größe und Stärke, in geheimer Mission unterwegs, ritten die Nachtnebel über dunkle Kontinente. Sie trugen weite, schwarze, wallende Umhänge und glänzende schwarze Helme mit aufgebogener Krempe. Thomas hatte dunkle Ozeane gesehen, die unter mond- und sternenlosem Firmament an schwarze Ufer schlugen und wie eine Unterwasserwelt erschienen. Gigantische Schiffe, fensterlos und gespenstisch, durchpflügten düstere Meere, von mächtigen Turbinen angetrieben, die wie der Schrei aus tausend Kehlen klangen.

Nicenes Worte wirkten auf Jeremy glaubhafter als alles, was je gedruckt worden war. Und er beschloß, es dem großen Mann nachzutun. Marion und Stephanie gaben die Fahrkarten zu der exotischen und ungemein verlockenden Unterwelt ab, zu der er gehören wollte. Er hatte diese Fahrkarten mit seinem Fleischmesser gestempelt und sich diesem finsteren Reich ausgeliefert, um selbst das zu erleben, was Nicene in seinem Buch verhieß. Nie hätte er sich träumen lassen, daß seine Flucht aus dieser abscheulichen Welt der Lebenden vereitelt würde, und zwar nicht von den Notärzten, sondern von seinem eigenen Vater.

Aber bald schon würde er den Zutritt zur Verdammnis wiedererlangen.

Während er das Mädchen anblickte, durchlebte er noch einmal das Gefühl, wie sie unter seinem festen Griff zuckte und ohnmächtig wurde. Ein köstlicher Schauer der Vorfreude durchlief ihn.

Zunächst hatte er erwogen, seinen Vater umzubringen, nur um zu sehen, ob er mit dieser Tat seine Einbürgerung in den Hades zurückgewann. Aber irgendwie hütete er sich vor seinem Alten. Jonas Nyebern war ein Lebensspender und schien von einem inneren Leuchten erfüllt, das Vassago anekelte. Er erinnerte sich noch aus frühester Kindheit an Bilder von Christus und Engeln und der Jungfrau Maria und Wundertaten, Szenen aus Jonas' Gemäldesammlung, die immer und überall ihr Heim schmückte. Und vor zwei Jahren erst hatte sein Vater ihn zum Leben erweckt wie Jesus den alten Lazarus. Folglich stellte Jonas für ihn nicht nur den Feind dar, sondern verkörperte auch Macht, er war die Personifizierung jener hellen Mächte, die dem finsteren Willen der Hölle entgegenwirkten. Sein Vater war ohne Zweifel geschützt und unangreifbar, weil er Gnade vor dieser verhaßten *anderen* Gottheit fand.

Somit richteten sich Vassagos Hoffnungen auf die Frau und das Mädchen. Die eine Eroberung war schon gemacht, die andere stand noch bevor.

Er fuhr in östlicher Richtung an endlosen Häuserreihen

entlang, die in den sechs Jahren nach dem Ende von Fantasy World wie Pilze aus dem Boden geschossen waren, und er begrüßte es, daß diese Auswüchse lebenshungriger Heuchler noch nicht bis an sein geheimes Versteck reichten, das immer noch meilenweit hinter den letzten Ortschaften lag. Als er die zersiedelte Hügellandschaft hinter sich gelassen hatte und die Gegend immer unwirtlicher wurde, fuhr Vassago, entgegen seiner sonstigen Gewohnheit, langsamer.

Er wartete immer noch auf eine Eingebung, die ihm sagte, ob er das Mädchen bei seiner Ankunft im Park töten oder warten sollte, bis er die Mutter ebenfalls in seine Gewalt gebracht hatte.

Als er sich der Kleinen wieder zuwandte, traf ihn ihr schreckerfüllter Blick. In ihren Augen lag der Widerschein des Lichts vom Armaturenbrett.

»Armes Baby«, sagte er. »Hab keine Angst. Du mußt keine Angst haben. Wir fahren bloß zu einem Vergnügungspark, weißt du, so was wie Disneyland oder Magic Mountain.«

Wenn er die Mutter nicht bekam, sollte er vielleicht nach einem anderen Kind Ausschau halten, etwa so groß wie Regina und besonders hübsch, mit vier kräftigen und gesunden Gliedmaßen. Mit einem Arm und einem Bein der anderen könnte er dieses Mädchen hier neu erschaffen und sich damit brüsten, daß er, ein bloßer Zwanzigjähriger, Ausgebürgerter der Hölle, sein Handwerk besser verstand als der große Schöpfer selbst. Das würde hervorragend in seine Sammlung passen, ein Meisterstück.

Vassago lauschte dem gedrosselten Lauf des Motors. Dem Singen der Reifen auf dem Asphalt. Dem Sirren des Windes an den Wagenfenstern.

Er wartete auf das Erscheinen einer Gottheit. Wartete auf eine Eingebung. Wartete auf Instruktionen. Wartete und wartete auf eine Offenbarung.

Noch bevor sie die Ausfahrt zum Ortega Highway erreichten, wurde Hatch von Bildern überflutet, die ihn verwirrten. Sie verweilten jeweils nur den Bruchteil einer Sekunde, wie in einem Film ohne durchgehende Handlung. Dunkle Ozeane peitschten unter mond- und sternenlosem Firmament an schwarze Ufer. Riesige Schiffe, fensterlos und gespenstisch, pflügten durch finstere Meere, von mächtigen Turbinen angetrieben, die wie der Schrei aus tausend Kehlen klangen. Überlebensgroße dämonische Wesen mit schwarz glänzenden Helmen durchmaßen mit wallendem Umhang fremdartige Gefilde. Eine schwache Ahnung von gigantischen Apparaturen beim Werken an monumentalen Konstruktionen, deren Zweck und Funktion rätselhaft blieben.

Manchmal stand Hatch alles in gräßlichen, bedrückenden Details vor Augen, dann wieder las er nur eine Schilderung davon in einem Buch. Wenn es dieses fremde Land gab, mußte es zu einer anderen Welt gehören, von dieser Welt konnte es nicht sein. Auch wußte er nicht genau zu sagen, ob er die Impressionen von einem wirklichen oder nur einem Ort der Einbildung empfing. Zuweilen schien er so plastisch wie jede x-beliebige Straße in Laguna, ein andermal wieder so durchsichtig wie feinstes Seidenpapier.

Als Jonas wieder eintrat, hielt er einen Kasten mit Jeremys Schätzen in der Hand. Er setzte ihn ab, nahm ein schmuddeliges, billig gedrucktes Bändchen mit dem Titel *Der Mann im Versteck* heraus und reichte es Kari, die es mit spitzen Fingern entgegennahm.

»Ja, rümpf nur die Nase«, sagte er, nahm sein Weinglas und trat an das große Fenster. »Es ist barer Unsinn. Krankhafter, verbogener Unsinn. Der Verfasser war ein zum Tode Verurteilter, der behauptete, in der Hölle gewesen zu sein. Seine Schilderung ist allerdings nicht mit Dante zu vergleichen, glaub mir. O ja, das Büchlein besitzt durchaus einen gewissen Reiz und ist kraftvoll und mitreißend geschrieben. Und dazu mußt du dir dann vorstellen, du warst ein schizophrener junger Mann, größenwahnsinnig und mit dem Hang zu Gewalttätigkeit, das Ganze gekoppelt mit dem unnatürlich hohen Testosteronspiegel, der für seelische Krankheiten dieser Art typisch ist, du fändest in diesen Höllenbildern die Erfüllung deiner feuchten Träume von Macht und Gewalt. Du würdest in Ekstase geraten. Du würdest an nichts anderes mehr denken. Du warst *süchtig* danach, würdest alles tun, um teilzuhaben und die Verdammnis zu erlangen.«

Kari legte das Büchlein nieder und wischte sich die Finger an ihrer Bluse ab. »Der Verfasser, dieser Thomas Nicene – du sagst, er hat seine Mutter umgebracht?«

»Ja. Mutter und Bruder. Als großes Beispiel.« Jonas wußte, daß er schon zuviel getrunken hatte. Er nahm trotzdem einen tiefen Schluck aus seinem Glas und wandte sich von dem nächtlichen Panorama vor dem Fenster ab. »Und weißt du, was das Ganze so irrwitzig macht?« fuhr er fort. »So elendiglich grotesk? Lies dieses verdammte Buch, wie ich es tat, um einen Ansatzpunkt zu finden, und wenn du nicht schizophren und nicht geneigt bist, dem Verfasser zu glauben, wirst du sofort merken, daß Nicene kein Stück Selbsterlebtes schildert. Er schöpft seine Inspirationen aus einer Quelle, die so dummdreist offensichtlich wie albern ist. Kari, seine Hölle ist nichts anderes als das Böse Imperium im *Krieg der Sterne.* Ein bißchen verändert, ein wenig dazugedichtet, gesehen durch die Linse eines religiösen Mythos, aber immer noch *Krieg der Sterne.*« Er lachte grimmig, spülte gleich noch einen Schluck Wein hinunter. »Seine Dämonen sind nichts anderes als 30 Meter hohe Versionen von Darth Vader, zum Teufel. Lies, wie er den Satan beschreibt, und schau dir dann einen der Filme an, in denen Jabba vorkommt. Der alte Jabba ist das absolute Ebenbild vom Satan, wenn man diesem Verrückten hier Glauben schenkt.« Noch ein Glas Weißwein und noch ein Glas. »Marion und Stephanie mußten sterben –« ein Schluck Wein. Ein großer Schluck, das halbe Glas geleert »– mußten sterben, damit Jeremy in die Hölle fahren und große, finstere, antiheldische Abenteuer in einer beschissenen Darth-Vader-Kostümierung erleben konnte.«

Jetzt hatte er sie beleidigt oder verwirrt, wahrscheinlich beides. Das war nicht beabsichtigt gewesen, und es tat ihm leid. Was wollte er dann? Vermutlich sich alles von der Seele reden. Das hatte er noch nie zuvor getan und wußte nicht zu sagen, warum er es ausgerechnet heute abend tat – es sei denn, weil Morton Redlows Verschwinden ihn in eine solche Panik versetzte, wie er es seit dem grausamen Tod seiner Frau und Tochter lange nicht mehr erlebt hatte.

Kari schenkte sich nicht mehr nach und erhob sich. »Ich glaube, wir sollten jetzt was essen.«

»Keinen Hunger«, brummte Jonas und merkte, wie betrunken er schon war. »Aber vielleicht sollten wir doch.«

»Wir könnten ja irgendwohin gehen«, schlug Kari vor, indem sie ihm das Weinglas aus der Hand nahm und auf dem nächstbesten Tisch abstellte. Das von draußen einfallende Licht, der goldene Widerschein der nächtlich erleuchteten Stadt, machte ihr Gesicht ganz weich. »Oder wollen wir eine Pizza bestellen?«

»Wie wär's mit Steaks? Ich hab' noch welche in der Tiefkühltruhe.«

»Das dauert zu lang.«

»Garantiert nicht. Wir brauchen sie bloß in die Mikrowelle zu legen und auf den Grill zu packen. In der Küche ist einer.«

»Gut, wenn dir danach ist.«

Sie sahen einander an. Karis Blick war so klar, forschend und offen wie immer, nur entdeckte Jonas jetzt mehr Zärtlichkeit darin. Vermutlich brachte sie ihren kleinen Patienten eben jenes liebevolle Verständnis entgegen, das sie zu einer erstklassigen Kinderärztin machte. Möglicherweise war dieses Gefühl immer schon auch für ihn dagewesen, er hatte es nur nicht bemerkt. Oder es war ihr bisher entgangen, wie dringend er Zuwendung brauchte.

»Danke, Kari.«

»Wofür?«

»Daß du da bist.« Er legte ihr den Arm um die Schultern und führte sie in die Küche.

Mit den Visionen von ungeheuerlichen Apparaturen, dunklen Meeren und kolossalen dämonischen Wesen empfing Hatch auch eine Flut von Impressionen anderer Natur. Engelschöre. Die Heilige Jungfrau Maria beim Gebet. Christus mit den Aposteln beim Letzten Abendmahl, Christus in Gethsemane, Das Ringen Christi mit dem Tode, Christi Himmelfahrt.

Hatch erkannte in ihnen Bilder wieder, die Jonas Nyebern möglicherweise einmal gesammelt hatte. Sie stammten aus anderen Stilepochen als diejenigen, die er in der Praxis des Arztes gesehen hatte, entsprachen sich aber im Sujet. Jetzt ergab sich ein Zusammenhang, Fäden verknüpften sich in seinem Unterbewußtsein, nur wußte er sie nicht zu deuten.

Und noch mehr Visionen: der Ortega Highway. Eine Ahnung von nächtlicher Landschaft zu beiden Seiten eines ostwärts fahrenden Autos. Ein Armaturenbrett. Entgegenkommendes grelles Scheinwerferlicht, das ihn manchmal blinzeln ließ. Und plötzlich Regina. Regina im Widerschein der Instrumente auf exakt jenem Armaturenbrett. Die Augen geschlossen. Der Kopf auf die Brust gefallen. Ihr Mund mit irgendwas zugestopft und mit einem Tuch verbunden.

Sie macht die Augen auf.

Der Anblick von Reginas schreckerfüllten Augen ließ Hatch aus seinen Visionen aufschnellen wie ein Taucher, der nach Luft schnappt. »Sie lebt!«

Er schaute Lindsey an, die ihren Blick von der Straße abwandte, um ihn anzusehen. »Du hast nie das Gegenteil behauptet.«

Erst jetzt wurde ihm bewußt, wie gering er die Überlebenschancen für Regina eingeschätzt hatte.

Bevor Hatch Gelegenheit fand, Mut zu fassen angesichts der grauen Kinderaugen, die im gelben Instrumentenlicht des Wagens schimmerten, brachen neue Bilder über ihn herein, die ihn beutelten wie eine Serie echter Treffer.

Grotesk deformierte Wesen tauchten schemenhaft aus düsteren Schatten auf. Menschliche Gestalten in bizarrer Haltung. Er sah eine Frau, so ausgetrocknet und verschrumpelt wie Dörrobst, eine andere im ekelerregenden Stadium der Verwesung, ein mumifiziertes Gesicht unbestimmten Geschlechts, eine aufgedunsene grünlich-schwarze Hand, in demütiger Bitte erhoben. Die Sammlung. Seine Sammlung. Da war wieder Reginas Gesicht, die aufgerissenen Augen. Es gab so viele Möglichkeiten, Gottes Werk zu entstellen, zu verstümmeln und zu verhöhnen. Regina. *Armes Baby. Hab keine Angst. Du brauchst keine Angst zu haben. Wir fahren bloß zu einem Vergnügungspark. Wie Disneyland, weißt du, oder wie Magic Mountain.* Wie hübsch sie in meine Sammlung passen wird. Leichen als Objekt-Kunst, zusammengehalten von Drähten, Stricken und Holzstücken. Er sah erstarrte Schreie, für immer verstummt. Skelettierte Kiefer klafften in ewigem

Flehen um Gnade. Die kostbare Sammlung. Regina, süße Regina, hübsches Baby, was für ein exquisites Stück.

Hatch erwachte aus seiner Trance und begann wild um sich zu schlagen, zerrte an seinem Sicherheitsgurt, der ihm wie eine Fessel aus Drähten, Tauen und Stricken erschien. Er zerrte an dem Gurt wie ein Opfer voreiliger Bestattung an seinem Leichentuch zerren mochte. Es wurde ihm bewußt, daß er laut schrie und nach Luft schnappte, als ob er am Ersticken sei, und sie unter großem Prusten gleich wieder ausstieß. Er hörte Lindsey seinen Namen rufen, begriff, daß er sie zu Tode erschreckte, und konnte doch nicht aufhören, um sich zu schlagen und zu schreien, bis er den Schnappverschluß gefunden hatte und der Sicherheitsgurt ihn endlich freigab.

Damit befand Hatch sich wieder im Mitsubishi, der Kontakt mit dem Verrückten war momentan unterbrochen, der Horror der Sammlung abgeschwächt, doch nicht vergessen, sondern in sein Gedächtnis eingebrannt. Als er sich Lindsey zuwandte, mußte er wieder daran denken, welche Tapferkeit sie in jener Nacht im eisigen Wasser des Bergflusses bewiesen und wie sie ihn gerettet hatte. Heute nacht würde sie ihre ganze Kraft und noch viel mehr brauchen.

»Fantasy World«, stieß er hervor. »Wo vor ein paar Jahren alles abgebrannt ist, da will er hin. Heiliger Jesus, Lindsey, gib Gas, tritt das Gaspedal durch, dieser Dreckskerl, dieser wahnsinnige Dreckskerl bringt sie runter zu den Toten!«

Und sie fuhr wie der Teufel. Sie flogen dahin. Obwohl Lindsey nicht verstand, was Hatch meinte, rasten sie plötzlich in atemberaubendem Tempo ostwärts. Sie schossen durch die letzten gebündelten Lichtpunkte aus der zivilisierten Welt hinaus in ein Reich der ewigen Finsternis.

Während Kari den Kühlschrank in der Küche nach Zutaten für einen Salat durchsuchte, ging Jonas in die Garage, um ein paar Steaks aus der Tiefkühltruhe zu holen. Die Nachtluft war kühl und erfrischend. Er blieb einen Moment in der Tür stehen und atmete tief durch.

Im Grunde genommen verspürte er überhaupt keinen Hunger, höchstens Appetit auf noch mehr Wein, doch er wollte nicht, daß Kari ihn betrunken sah. Am nächsten Tag stand zwar kein Operationstermin bevor, man konnte jedoch nie wissen, ob nicht ein Notfall das Reanimationsteam auf den Plan rufen würde, und er fühlte sich diesen prospektiven Patienten gegenüber verpflichtet.

In seinen dunkelsten Momenten hatte er schon erwogen, das Gebiet der Reanimationsmedizin zu verlassen und sich ganz der Kardiologie zu widmen. Zu erleben, wie ein reanimierter Patient gesund zu seiner Familie und in seinen Beruf zurückkehrte, empfand er wie eine göttliche Bescherung. Nur, im kritischen Augenblick, wenn der Anwärter vor ihm lag, wußte Jonas so gut wie nichts über ihn, was zur Folge haben konnte, daß der Patient womöglich das Böse auf die Welt zurückbrachte, nachdem sie sich gerade davon befreit hatte. Das bedeutete mehr für ihn als nur einen Gewissenskonflikt, es wog zentnerschwer auf seinem Gewissen. Als gläubiger Mensch, wenn auch mit gewissen Zweifeln, hatte er in diesem Punkt immer auf Gott vertraut. Sein Credo lautete: Gott hatte ihm seine Fähigkeiten verliehen, anderen zu helfen, und er durfte sich nicht anmaßen, Gottes Absichten zu durchkreuzen und seine Dienste zu versagen.

Jeremy stellte natürlich einen neuen unberechenbaren Faktor in der Gleichung dar. Wenn er Jeremy ins Leben zurückgeholt und Jeremy unschuldige Leute umgebracht hatte ... Ein unerträglicher Gedanke.

Die kühle Nachtluft schien keine Erfrischung mehr zu bieten. Sie kroch ihm jetzt bis in die Knochen.

Also gut, Abendessen. Zwei Steaks. Filet mignon. Kurz gegrillt mit ein wenig Worcestershire-Sauce. Kein Dressing am Salat, nur eine Prise Pfeffer und ein Spritzer Zitrone. Es kam selten genug vor, daß er Fleisch aß. Schließlich war er Herzchirurg und kannte die grausamen Folgen zu kalorienreicher Ernährung aus erster Hand.

Er ging zu der Tiefkühltruhe in der Ecke. Er löste die Verriegelung und drückte den Deckel auf.

Vor ihm lag Morton Redlow, vormals Redlow Detective Agency, bleich und grau, wie eine Figur aus Marmor, und noch nicht von Eiskristallen überzogen. Ein Blutfleck auf seinem Gesicht hatte sich in eine rote Eiskruste verwandelt, und wo einst die Nase saß, klaffte ein scheußliches Loch. Redlows Augen standen offen. Für immer.

Jonas zuckte nicht zurück. Als Chirurg war er mit den Schrecken wie mit den Wundern des Lebens vertraut und ekelte sich nicht so leicht. Vielmehr erlosch etwas in ihm, als er Redlow sah. Etwas in ihm starb. Sein Herz wurde so kalt wie das jenes Mannes. Auf erschreckende und elementare Weise wurde ihm bewußt, daß er als Mensch erledigt war. Er konnte nicht mehr auf Gott vertrauen. Niemals mehr. Auf welchen Gott? Aber er empfand keinerlei Abscheu oder Übelkeit.

Sein Blick fiel auf den zusammengefalteten Zettel in Redlows starrer rechter Hand. Der Tote ließ sich das Papier leicht entwenden, weil die Finger im Kälteschock geschrumpft waren.

Wie betäubt griff Jonas nach dem Zettel und entfaltete ihn. Er erkannte die saubere Handschrift seines Sohnes auf Anhieb. Seine Post-Koma-Aphasie war nur vorgetäuscht gewesen und seine Debilität ein immens schlauer Schachzug.

Auf dem Zettel stand: *Lieber Vater, für ein anständiges Begräbnis brauchen sie auch seine Nase. Schau in seinem Hintern nach. Er hat sie in meine Angelegenheiten gesteckt, und ich ihm in seine. Wenn er bessere Manieren gehabt hätte, wäre er von mir entsprechend behandelt worden. Tut mir leid, Sir, wenn mein Betragen Ihnen mißfällt.*

Lindsey fuhr mit äußerster Geschwindigkeit, holte das Letzte aus dem Mitsubishi heraus und mußte feststellen, daß die Risse in der Fahrbahndecke bei ihrem Tempo nicht gerade förderlich waren. Je weiter sie nach Osten fuhren, desto weniger Verkehr herrschte auf dem Highway, und das erwies sich als Vorteil, wenn sie eine zu enge Kurve in der Fahrbahnmitte nahm.

Nachdem Hatch seinen Sicherheitsgurt wieder angelegt hatte, rief er über Autotelefon die Auskunft an und ließ sich die Telefonnummer von Nyeberns Praxis geben. Dann wählte er die verlangte Nummer an und wurde sofort mit dem Auftragsdienst des Arztes verbunden. Die Frau am Telefon notierte die Nachricht, die ihr jedoch ganz offenbar rätselhaft schien. Obwohl sie Hatch versicherte, seine Nachricht weiterzuleiten, war er nicht besonders überzeugt, daß seine Vorstellungen von »dringend« sich mit den ihren deckten.

Jetzt erkannte er die Zusammenhänge mit aller Schärfe, und alles ergab einen Sinn, der ihm vorher verborgen geblieben war. Jonas' Frage am Montag in seiner Praxis gewann eine andere Bedeutung: Glaubte Hatch, hatte er gefragt, daß das Böse nur die Folge menschlichen Handelns war, oder meinte er, daß das Böse eine reale Kraft darstellte, eine Präsenz, die sich frei auf der Welt bewegte? Jonas' Geschichte von seiner Frau und Tochter, die er durch einen mörderischen, wahnsinnigen Sohn verloren hatte, und den Sohn durch Selbstmord, stellte nun die Verbindung zu der Frau mit dem Strickzeug her. Die Gemäldesammlungen des Vaters. Die Sammlung des Sohnes. Der dämonische Aspekt der Visionen trug dem Rechnung, was man gemeinhin von einem mißratenen Sohn erwarten durfte, der sich in hirnloser Rebellion gegen den Vater und dessen fest im Leben verankerten Glauben auflehnte. Und dann verband ihn noch ein entscheidender Faktor mit Jeremy Nyebern, die wundersame Wiedererweckung zum Leben durch die Hand ein und desselben Mannes.

»Aber wie paßt das alles zusammen?« wollte Lindsey wissen, als Hatch ihr gerade soviel erzählte wie zuvor der Frau vom Auftragsdienst.

»Ich weiß es nicht.«

Ihm fielen nur die Dinge ein, die er in seinen letzten Visionen gesehen hatte und von denen er kaum die Hälfte begriff. Das, was er begriffen *hatte,* welcher Art nämlich Jeremys Sammlung war, erfüllte ihn mit Angst um Regina.

Da Lindsey im Gegensatz zu Hatch die fragliche Sammlung nicht gesehen hatte, versteifte sie sich nun auf die übersinnliche Verbindung zwischen den beiden, die sich irgendwie – aber nicht ganz – aus der Identität des Killers erklärte. »Was ist mit den Visionen? Wie passen sie in diese verdammte Komposition?« bohrte sie weiter, in dem Bemühen, das Übersinnliche zu begreifen, wie sie in ähnlicher Form die Welt zu verstehen suchte, indem sie sie in Farbe auf ihre Hartfaserplatten bannte.

»Ich weiß es nicht.«

»Dieser telepathische Draht, der dich ihm folgen läßt ...«

»Keine Ahnung.«

Sie nahm die Kurve zu großzügig. Sie kamen von der Straße ab und schlidderten über den Seitenstreifen. Der Wagen brach hinten aus, Schotter löste sich unter den Rädern und prasselte an den Unterboden des Wagens. Die Leitplanke kam näher, viel zu nahe, und mit lautem Scheppern rieb sich Blech an Blech. Lindsey gelang es nur mit äußerster Willenskraft, den Wagen unter Kontrolle zu bringen, sie biß sich dabei auf die Unterlippe, als ob sie Blut saugen wollte.

Hatch war sich wohl bewußt, daß er neben Lindsey im Auto saß und sie mit tollkühner Geschwindigkeit über den Highway und durch manch gefährliche Kurve schossen, und konnte doch nicht ablassen, an die Greuel aus seinen Visionen zu denken. Je länger er darüber grübelte, daß Regina Teil dieser grausigen Sammlung werden sollte, desto mehr steigerte sich seine Angst zu rasender Wut. Es war diese siedende, unbezähmbare Wut, die er von seinem Vater kannte, nur daß sie sich diesmal auf ein konkretes Ziel richtete, etwas Verhaßtes, das so eine Raserei rechtfertigte.

Als Vassago sich der Einfahrt zu dem verlassenen Park näherte, warf er noch einen Blick auf das Mädchen, das gefesselt und geknebelt auf dem Beifahrersitz saß. Selbst in dem schwachen Licht konnte er sehen, daß die Kleine an ihren Fesseln gezerrt und sich die Handgelenke blutig gerieben hatte. Trotz ihrer eindeutig hoffnungslosen Lage machte sich die kleine Regina offenbar Hoffnungen, freizukommen, zu fliehen. Was für ein Lebenswille. Wie aufregend.

Das Kind war so einzigartig, daß er die Mutter womöglich gar nicht benötigte, solange ihm eine Möglichkeit einfiel, wie er das Mädchen in seine Sammlung integrieren konnte. Es müßte ein Kunstwerk sein mit der geballten Wirkung all jener Mutter-und-Tochter-Tableaus, die er bereits konzipiert hatte.

Auf einmal drängte es ihn, in sein Museum der Toten zu kommen, wo die Atmosphäre ihn inspirieren würde. Sobald er in die lange Zufahrtsstraße zum Park eingebogen war, gab er Gas.

Vor ein paar Jahren noch säumten exotische Blumen, Sträucher und hohe Palmen die vierspurige Straße. Die Bäume und größeren Gewächse waren inzwischen im Auftrag der Gläubiger ausgegraben und abtransportiert worden, die Blumen nur noch welkes Gestrüpp, seit die Berieselungsanlage ruhte.

Südkalifornien war eine Wüste, von Menschenhand umgestaltet. Entzog sich diese Hand, holte sich die Wüste ihr rechtmäßiges Territorium zurück. Soviel zur natürlichen Begabung des Menschen, Gottes unvollkommener Schöpfung. Der Asphalt hatte Risse bekommen und sich verworfen, an manchen Stellen verschwand er bereits unter dem Wüstensand. Im Scheinwerferkegel tauchten Disteln und anderes Wüstengewächs auf, die ein westwärts wehender Wind aus den versengten Bergen hierher getragen hatte.

Vor den Mauthäuschen drosselte Vassago das Tempo. Sie reichten über alle vier Fahrspuren und waren als Sperre vor unbefugtem Zutritt stehengeblieben und mit so schweren Eisenketten untereinander verbunden, daß ein gewöhnlicher Bolzenschneider nicht ausgereicht hätte, sie zu zerschneiden. Die Kabinen, in denen einst die Kassierer saßen, dienten nun vom Wind entwurzeltem Strauchwerk als Bleibe und Unbelehrbaren als wilde Müllkippe. Vassago steuerte den Wagen um die Kabinen herum, rumpelte über eine niedrige Betoneinfassung, fuhr über die steinharten ehemaligen Blumenbeete, wo sonst eine üppige tropische Bepflanzung den Weg vermehrt hatte, und schwenkte hinter den Mauthäuschen auf den Asphalt zurück.

Am Ende der Zufahrtsstraße schaltete Vassago die Scheinwerfer aus. Er brauchte kein Licht und wußte sich zudem außer Reichweite jeglicher Polizeistreife. In der Dunkelheit entspannten sich seine Augen wieder, und es war ein beruhigendes Gefühl, daß seine Verfolger ihm nicht mehr auf Sicht würden nachjagen können.

Er bog auf den riesigen, verlassen daliegenden Parkplatz und steuerte auf eine Lieferantenstraße in der südwestlichen Ecke des inneren Zauns zu, der das eigentliche Parkgelände begrenzte.

Während der Honda durch die Schlaglöcher rumpelte,

durchwühlte Vassago seine krankhafte Phantasie, die einem Schlachthof *mit wahnsinnigem* Betrieb glich, nach einer brauchbaren Lösung für das künstlerische Problem, vor das dieses Kind ihn stellte. Er entwickelte und verwarf ein Konzept nach dem anderen. Die Darstellung mußte etwas in ihm auslösen. Ihn erregen. Wenn es wirkliche Kunst war, würde er es sofort spüren; sie würde ihn ergreifen.

Während er sich mit Hingabe die Folterqualen für Regina ausmalte, wurde er mit einem Schlag jener anderen fremden Präsenz in dieser Nacht und ihrer rasenden Wut gewahr. Blitzartige Impressionen brachen über ihn herein, er versank in einer Flut vertrauter Bilder mit einer kritischen neuen Komponente: Er erhaschte ein Bild von Lindsey am Steuer eines Wagens ... der Hörer eines Autotelefons in einer zitternden Männerhand ... und dann das Objekt, das ihn schlagartig aus seinem künstlerischen Dilemma erlöste ... ein Kruzifix. Der ans Kreuz geschlagene und gemarterte Christus in der berühmten Pose edler Selbstaufopferung.

Mit einem Lidschlag blinkte er dieses Bild fort, schaute auf das versteinerte Mädchen neben sich, blinkte es wieder weg und sah vor seinem inneren Auge eine Kombination aus beiden – Mädchen und Kreuz. Mit Regina würde er den Akt der Kreuzigung verhöhnen. Großartig, einfach perfekt. Doch nicht etwa auf einem hölzernen Kreuz. Sie mußte auf dem gegliederten Leib der Schlange hingerichtet werden, zu Füßen des gigantischen Luzifer in den tiefsten Tiefen unter der Geisterbahn. Gekreuzigt und ihr geheiligtes Herz entblößt, würde sie als Hintergrund für die ganze Sammlung dienen. So eine grausame und absolut phantastische Verwendung des Mädchens machte die Mutter völlig überflüssig, denn in dieser Pose wäre das Kind allein schon die Krönung seiner Sammlung, sein Meisterwerk.

Hatch versuchte fieberhaft, über sein Autotelefon zum Büro des Bezirkssheriffs von Orange County durchzukommen, und kämpfte noch mit der gestörten Verbindung, als etwas anderes in sein Bewußtsein eindrang, es »erweiterte«. Er »sah« Regina auf vielerlei Arten verstümmelt und entstellt und fing an vor Wut zu zittern. Dann traf ihn die Vision von einem Kruzifix, so gewaltig, so plastisch und so monströs wie ein Keulenschlag, daß er beinahe die Besinnung verlor.

Ohne Lindsey groß zu erklären, was er gesehen hatte, drängte er sie, noch mehr Gas zu geben. Er war unfähig, darüber zu sprechen.

Hatchs tödlicher Schrecken wurde um ein Vielfaches verstärkt, weil er mit aller Schärfe erkannte, was Jeremy mit diesem Frevel auszudrücken beabsichtigte. Hatte Gott sich geirrt, als er Seinen Eingeborenen Sohn als Mann erschuf? Hätte Christus eine Frau sein sollen? Waren es nicht Frauen, die am meisten Schmerzen zu erdulden hatten und sich deshalb als wahres Symbol von Selbstaufopferung, Gnade und Transzendenz anboten? Gott hatte dem Weib eine besondere Sensibilität verliehen, die Gabe des Verstehens und des Mitgefühls, der Hingabe und Fürsorge – und sie dann in eine Welt voll roher Gewalt geworfen, wo ihre einzigartigen Fähigkeiten sie zur leichten Beute von Verbrechern und Pervertierten werden ließen.

In dieser Erkenntnis lag bereits Schrecken genug, ungleich schrecklicher fand Hatch die Vorstellung, daß womöglich jeder x-beliebige Verrückte Jeremy Nyeberns komplexe Einsicht teilte. Wenn ein psychopathischer Mörder eine solche Wahrheit erkennen und ihre theologische Implikation erfassen konnte, mußte die ganze Welt ein Irrenhaus sein. Anders ausgedrückt: Kein Verrückter wäre imstande, auch nur ein Stück davon zu begreifen, wenn dieser Planet ein vernünftiger Ort wäre.

Lindsey erreichte die Zufahrtsstraße nach Fantasy World und bog so schnell und scharf ab, daß der Mitsubishi ins Schleudern geriet und es für einen Augenblick so aussah, als würden sie sich überschlagen. Doch er blieb aufrecht auf seinen vier Rädern. Lindsey schlug den Lenker bis zum Anschlag ein, zog den Wagen herum und trat das Gaspedal durch.

Nicht Regina. Unter gar keinen Umständen durfte er zulassen, daß Jeremy seine perverse Vision mit diesem Unschuldslamm in die Tat umsetzte. Hatch würde sein Leben dafür geben, wenn er es verhindern könnte.

Angst und Wut schäumten in ihm. Das Plastikgehäuse des

schnurlosen Telefons in seiner Rechten knackte, als wollte es unter seinem festen Griff wie eine Eierschale zerbrechen.

Mauthäuschen tauchten aus dem Dunkel vor ihnen auf. Lindsey bremste unentschlossen ab, dann entdeckten sie und Hatch gleichzeitig die Reifenspuren auf der Erde, Lindsey steuerte den Wagen nach rechts und über die Betoneinfassung, die einmal zu einer Blumenrabatte gehört hatte.

Er mußte seine Wut zügeln, durfte ihr nicht nachgeben wie sein Vater, denn wenn er sich jetzt nicht in der Gewalt hatte, war Regina so gut wie tot. Wieder wählte er die 911 für den Notruf, er mußte einen kühlen Kopf bewahren. Er durfte sich nicht auf das Niveau dieses wandelnden Stück Drecks begeben, mit dessen Augen er die gefesselten Handgelenke und den schreckerfüllten Blick seines Kindes gesehen hatte.

Die rasende Wut, die ihn über den telepathischen Draht überfiel, erregte Vassago ungemein, stachelte seine eigenen Haßgefühle an und bestärkte ihn in seinem Entschluß, nicht mehr zu warten, bis er beide, die Frau und das Mädchen, in seiner Gewalt hatte. Allein die Aussicht auf die einzigartige Kreuzigung erfüllte ihn mit soviel Haß und Abscheu, daß er sich in seinem künstlerischen Konzept bestätigt fühlte. Hatte er es erst einmal mit dem Körper des grauäugigen Mädchens umgesetzt, würde sein Kunstwerk ihm die Pforten zur Hölle wieder öffnen.

Er mußte am Anfang der Lieferantenstraße anhalten, weil sie durch ein Tor mit Vorhängeschloß versperrt schien. Das massive Vorhängeschloß hatte er schon vor langem aufgebrochen. Es hing nur noch zum Schein an dem Haken. Vassago stieg aus, schwang das Tor auf, fuhr hindurch, stieg erneut aus und schob es zu.

Als er sich wieder hinter das Steuer klemmte, beschloß er, den Honda nicht in der Tiefgarage zu parken und auch nicht durch die Katakomben in sein Museum des Todes zu gehen. Keine Zeit. Gottes getreue, aber lahme Gefolgsleute arbeiteten sich allmählich an ihn heran. Er mußte noch viel erledigen, so viel, in so wenigen, kostbaren Minuten. Das war nicht fair. Er brauchte Zeit. Jeder Künstler brauchte *Zeit.* Um ein paar Minuten herauszuschinden, würde er über die breiten Gehwege fahren, zwischen den verlassenen und verfallenen Buden und Pavillons hindurch und direkt vor der Geisterbahn parken, das Mädchen dann über die ausgetrocknete Lagune und durch die Tore für die Gondeln tragen, durch die Tunnel mit dem Gleiskettenmechanismus und direkt hinunter in die Hölle.

Während Hatch noch mit dem Büro des Bezirkssheriffs telefonierte, bog Lindsey auf den Parkplatz ein. Die hohen Bogenlampen verströmten kein Licht. Die riesige leere Parkfläche breitete sich in alle Richtungen wie eine graue Asphaltwüste. Vor Lindsey stand unbeleuchtet das verfallene Schloß, durch das die Besucher damals in Fantasy World eintraten. Jeremy Nyeberns Auto war nirgendwo zu entdecken, es gab auch keine Reifenspur auf dem windgepeitschten, nackten Asphalt.

Lindsey fuhr so dicht wie möglich an das Schloß heran. Vor den Kassenhäuschen und einer Reihe betonierter Einweisungspoller machte sie halt. Sie sahen eher wie Panzersperren aus.

Hatch knallte den Telefonhörer in die Halterung. Lindsey wußte nicht genau, was sie aus dem Telefongespräch schließen sollte, denn Hatchs Antworten hatten sich zwischen Bitten und wütendem Beharren bewegt. Ebensowenig wußte sie, ob die Polizei kommen würde oder nicht, sie fühlte sich so pressiert, daß sie keine Zeit für Fragen hatte. Sie wollte nur los, los, los. Sobald der Wagen stand, schaltete sie die Automatik in Parkposition und machte sich nicht einmal die Mühe, den Motor oder die Scheinwerfer auszuschalten. Das Scheinwerferlicht gefiel ihr, wenigstens etwas in dieser beklemmenden Finsternis. Sie stieß die Fahrertür auf, entschlossen, zu Fuß weiterzugehen. Hatch schüttelte den Kopf und holte seine Pistole heraus.

»Was?« stieß sie ungläubig hervor.

»Er ist irgendwie und irgendwo hineingefahren. Ich denke, daß ich den Kerl schneller finde, wenn wir ihm auf der Spur bleiben und ich den Kontakt mit ihm halte. Außerdem ist dieser Park so verdammt riesig, daß wir besser den Wagen nehmen.«

Lindsey klemmte sich wieder hinter das Steuer, warf den Gang rein und fragte: »*Wohin?*«

Hatch zögerte nur eine Sekunde lang, vielleicht den Bruchteil einer Sekunde, gerade so lange, wie man womöglich brauchte, um ein paar hilflose kleine Mädchen umzubringen, bis er antwortete. »Links, fahr nach links, am Zaun entlang.«

2

Vassago parkte an der Lagune, stellte den Motor ab, stieg aus und ging um den Wagen herum zur Beifahrertür. Er öffnete sie und sagte: »Wir sind da, mein Engel. Ein Vergnügungspark, wie ich dir versprochen habe. Ist das nicht lustig? Freust du dich?«

Er drehte Regina auf ihrem Sitz herum, bis ihre Beine aus der geöffneten Wagentür hingen. Dann zog er sein Schnappmesser aus der Jackentasche, ließ die scharfgeschliffene Klinge herausschnellen und hielt sie dem Mädchen vors Gesicht.

Obwohl der Mond nur als schmale Sichel am Himmel stand und ihre Augen nicht so empfindlich waren wie Vassagos, konnte sie das Messer in der Dunkelheit erkennen. Vassago ergötzte sich an dem Erschrecken, das in ihren Augen aufblitzte.

»Ich werde dir die Fesseln an den Beinen zerschneiden, damit du laufen kannst«, erklärte er und drehte die Klinge des Messers langsam, wie in Zeitlupe, daß der metallische Schimmer wie Quecksilber über die Schneide zu kullern schien. »Wenn du so dumm bist, nach mir zu treten, wenn du glaubst, mich am Kopf zu erwischen und lang genug auszuschalten, damit du abhauen kannst, wirst *du* ausgeschaltet, mein Engel. Da läuft nichts, und dann müßte ich dir auch noch weh tun, und dir eine Lektion zu erteilen. Hörst du, mein Schatz? Hast du mich verstanden?«

Aus Reginas geknebeltem Mund kam ein unterdrückter Laut, den Vassago als Einverständnis auslegte. »Brav«, sagte er. »Braves Mädchen. Und so klug. Du wirst einen schönen Jesus abgeben, nicht wahr? Einen wirklich schönen kleinen Jesus.«

Vassago schnitt Regina die Fußfesseln durch und half ihr aus dem Wagen. Sie stand etwas unsicher auf den Füßen, vermutlich hatten sich ihre Muskeln während der Autofahrt verkrampft, er hatte jedoch nicht die Absicht, sie herumtrödeln zu lassen. Er packte Regina am Arm, ließ ihre Hände gefesselt und den Knebel, wo er war, und zerrte sie um den Wagen herum zu der Einfassungsmauer des Lagunensees.

Die Mauer maß an der Außenseite rund einen halben Meter und doppelt soviel an der Innenseite, wo sich einst Wasser befunden hatte. Vassago half Regina über die Mauer und auf den trockenen Betonboden des weiten Lagunenbeckens. Regina haßte es, wenn er sie anrührte, selbst mit Handschuhen, weil sie seine Kälte durch die Handschuhe hindurch spüren konnte oder vermeinte, sie zu spüren. Seine Kälte und seine feuchte Haut. Sie hätte schreien mögen, obwohl sie wußte, daß das mit dem Knebel im Mund nicht ging. Wenn sie versuchte zu schreien, würde sie nur ein Würgen hervorbringen und kaum mehr Luft bekommen, also ließ sie sich über die Mauer helfen. Selbst wenn er ihre bloße Hand nicht anfaßte, sie nur am Arm packte, und ihr Ärmel noch zwischen ihnen war, wurde ihr von der Berührung so übel, daß sie befürchtete, sich erbrechen zu müssen, und sie bezwang diesen Drang nur mit der Vorstellung, daß sie mit dem Knebel im Mund an ihrem eigenen Erbrochenen ersticken würde.

In zehn langen, leidvollen Jahren hatte Regina einige Tricks entwickelt, die ihr über schlechte Momente hinweghalfen. Da war zum einen der Es-hätte-auch-schlimmer-kommen-können-Trick, bei dem sie sich vorstellte, daß ihr auch noch ein anderes Mißgeschick widerfahren könnte, als es gegenwärtig der Fall war. Daß sie zum Beispiel tote Mäuse im Schokoladenmantel essen müßte, wenn sie sich gerade einmal wieder selbst bedauerte, weil es nur Zitronengelee mit Pfirsichen zum Nachtisch gab. Oder daß sie zu allem Übel auch noch blind wäre. Nach dem gräßlichen Schock ihrer ersten Adoption, als die Dotterfields sie zurückgeschickt hatten, brachte sie Stunden mit geschlossenen Augen zu, nur um sich selbst zu beweisen, was sie hätte durchmachen müssen mit dieser zusätzlichen Behinderung. Der Es-hätte-auch-schlimmer-kommen-können-Trick funktionierte hier leider überhaupt nicht, weil sie sich gar nichts Schlimmeres vorstellen konnte als ihre jetzige Lage, allein mit diesem Fremden, der ganz in Schwarz gekleidet war, auch nachts noch eine Sonnenbrille trug und sie »Baby« nannte und »Schätzchen«. Ihre anderen Tricks klappten allerdings auch nicht.

Während er sie ungeduldig über das Lagunenbecken zerrte, zog sie ihr rechtes Bein nach, als ob das Gehen ihr große Mühe machte. Sie mußte Zeit schinden, um nachdenken, sich einen neuen Dreh ausdenken zu können.

Schließlich war sie noch ein Kind, und so einfach fielen einem keine guten Tricks ein, selbst dann nicht, wenn man so gerissen war wie sie. Ja, nicht einmal einem Kind, das zehn Jahre lang so viele schlaue Drehs und Kniffe erdacht hatte, um den anderen vorzugaukeln, daß sie auf sich selbst aufpassen konnte, daß sie zäh war und daß sie niemals weinte. Nur war jetzt ihre Trickkiste erschöpft, und Regina empfand größere Angst als je zuvor in ihrem Leben.

Er zerrte sie an großen Flachbooten vorbei, wie die Gondeln in Venedig, die sie von Bildern her kannte, doch diese hier hatten einen drachenförmigen Bug wie Wikingerschiffe. Der Fremde riß sie schon wieder weiter, und so humpelte sie an einem fürchterlich schnaubenden Schlangenkopf vorbei, der noch größer war als sie selbst.

Welke Blätter und Papierreste rotteten in dem leeren Bekken vor sich hin. In der manchmal kräftig aufblasenden Nachtbrise wirbelte der Dreck mit dem Klatschen einer gespenstischen See um sie herum.

»Komm schon, mein Schätzchen«, sagte er mit honigsüßer und doch kalter Stimme. »Ich möchte, daß du dein Golgatha zu Fuß erklimmst, genau wie Er. Findest du nicht auch, daß das passender wäre? Ist das zuviel verlangt? Hm? Ich bestehe ja nicht darauf, daß du auch noch dein eigenes Kreuz hinaufschleppst, nicht wahr? Was meinst du, mein Schatz, wirst du gefälligst *deinen Hintern in Bewegung setzen?«*

Regina wurde von Todesangst gepackt, keine List vermochte ihr mehr zu helfen, kein Trick ihre Tränen zurückzuhalten. Sie zitterte und begann zu weinen, und ihr rechtes

Bein wurde nun wirklich schwach, so daß sie nicht mehr imstande war, aufrecht zu stehen, geschweige denn, schneller zu gehen, wie er es verlangte.

In alten Zeiten hätte sie sich in einem solchen Augenblick an Gott gewandt, hätte mit ihm geredet und geredet, weil niemand sonst sich so oft und so offen mit Gott unterhielt, wie sie es seit ihrer jüngsten Kindheit tat. Sie hatte allerdings auch schon im Auto mit Ihm gesprochen und nicht gemerkt, daß Er sie hörte. In all den Jahren war ihre Unterhaltung immer einseitig gewesen, gewiß, doch sie merkte jedesmal, ob Er ihr zuhörte, zumindest spürte sie einen Hauch Seines großen, steten Atems. Jetzt wußte sie mit Sicherheit, daß Er nicht hinhörte, denn wenn Er erkannte, in welch verzweifelter Lage sie sich befand, hätte Er nicht gezögert, ihr dieses eine Mal zu antworten. Er war fort, verschwunden, und sie fühlte sich so verlassen wie nie.

Als die Tränen und ihre Schwäche sie so übermannten, daß sie überhaupt nicht mehr vorwärts kam, hob der Fremde sie auf. Er war sehr stark. Regina sträubte sich nicht, hielt sich aber auch nicht an ihm fest. Sie verschränkte einfach die Arme vor ihrer Brust, ballte ihre Hände zu kleinen Fäusten und zog sich innerlich vor ihm zurück.

»Laß mich dich tragen, mein kleiner Jesus«, sagte er. »Mein süßes Lämmchen, es ist mir eine Ehre, dich tragen zu dürfen.« Trotz der süßen Worte schwang keine Wärme in seiner Stimme. Bloß Hohn und Haß. Sie kannte diesen Ton, hatte ihn schon hundertmal gehört. Egal, was man anstellte, um dazuzugehören und mit jedermann gut Freund zu sein, es gab Kinder, die einen verabscheuten, wenn man sich zu sehr von ihnen unterschied, und in ihren Stimmen lag dann genau dieses Etwas, das einen schaudern ließ.

Er trug sie durch die offenstehenden morschen Türen in eine Finsternis, in der sie sich ganz klein fühlte.

Lindsey machte sich nicht einmal die Mühe auszusteigen und nachzusehen, ob das Tor sich öffnen ließ. Als Hatch die Richtung wies, trat sie einfach das Gaspedal ganz durch. Der Wagen bäumte sich auf und schoß vorwärts. Sie bahnten sich krachend ihren Weg auf das Parkgelände, rissen das Tor um und handelten sich noch ein paar weitere Schäden an ihrem bereits verbeulten Wagen ein, einschließlich eines kaputten Scheinwerfers.

Auf Hatchs Anweisungen hin folgte Lindsey einer Lieferantenstraße, die um den halben Park herum führte. Zu ihrer Linken erstreckte sich ein hoher Zaun, an dem die knorrigen, borstigen Reste von wildem Wein hingen, der einst den Maschendraht überzogen hatte und dann verdorrt war, nachdem man das Berieselungssystem abgeschaltet hatte. Zur Rechten ragten die Rückwände der verschiedenen Karussells und Achterbahnen auf, die so solide gebaut waren, daß sie nicht so leicht demontiert werden konnten. Es gab auch Gebäude mit phantasievollen Fassaden, die von hinten durch Stützbalken gehalten wurden.

Sie bogen von der Lieferantenstraße ab und fuhren auf einem Weg entlang, der einst als Promenade für die Parkbesucher gedient hatte. Von Wind und Sonne und Jahren der Verwahrlosung lädiert, reckte sich vor Lindsey das stählerne Gerüst des größten Riesenrads, das sie je gesehen hatte, in den Nachthimmel wie das Skelett eines Leviathan, das von unbekannten Aasfressern saubergepickt worden war.

Vor einem riesigen Gebäude an der Seite eines leeren Bekkens, das einmal ein großer See gewesen sein mußte, parkte ein Wagen.

»Die Geisterbahn«, sagte Hatch, weil er sie schon einmal, mit anderen Augen, gesehen hatte.

Das Gebäude sah mit seinen drei Dachspitzen wie ein dreimanegiges Zirkuszelt aus. Die Gipswände verfielen leise vor sich hin. Lindsey konnte immer nur einen Ausschnitt des Gebäudes im Lichtkegel ihrer Taschenlampe erkennen, und ihr gefiel nicht ein Stück davon. Von Natur aus nicht abergläubisch – obwohl sie angesichts der täglichen Ereignisse rasch dazulernte –, spürte sie mit untrüglichem Instinkt eine Aura des Todes über der Geisterbahn, genauso wie sie den Kältehauch bemerken würde, der von einem Eisblock ausging.

Sie parkte hinter dem anderen Wagen, einem Honda. Die Insassen mußten den Wagen in größter Eile verlassen haben, denn beide Türen standen offen, und die Innenbeleuchtung brannte.

Lindsey griff nach ihrer Pistole und der Taschenlampe, stieg aus dem Mitsubishi und rannte auf den Honda zu, warf einen Blick ins Wageninnere. Keine Spur von Regina.

Zu Lindseys neuen Erfahrungen gehörte, daß Angst und Furcht nur bis zu einem gewissen Grad wachsen konnten. Jeder Nerv lag bloß. Das Gehirn vermochte keine neuen Daten mehr zu verarbeiten, mithin verharrte es auf dem einmal erreichten Gipfel des Schreckens. Neue Schocks oder neue schreckliche Gedanken steigerten die Angst nicht weiter, weil das Gehirn einfach alte Daten löschte, um Speicherplatz für neue zu schaffen. Sie könnte sich kaum an die Geschehnisse zu Hause oder an die unwirkliche Autofahrt zum Park erinnern; das meiste war verschwunden bis auf wenige Erinnerungsfetzen, und das erlaubte ihr, sich ganz auf das Jetzt und Hier zu konzentrieren.

Im Schein der Wagenbeleuchtung und im Lichtstrahl ihrer Taschenlampe sah Lindsey einen etwa einen Meter langen Strick auf der Erde liegen. Sie hob ihn auf und untersuchte ihn. Er war einmal zu einer Schlinge geknüpft und dann am Knoten durchgeschnitten worden.

»Das muß Reginas Fußfessel gewesen sein«, sagte Hatch. »Er wollte wohl, daß sie selber geht.«

»Und wo sind sie jetzt?«

Hatch schwenkte die Taschenlampe über die trockengelegte Lagune, über drei große, graue, gekantete Gondeln mit prächtigen Bugfiguren bis hin zu dem hölzernen Doppeltor im Sockel der Geisterbahn. Das eine Tor hing schief in den Angeln, das andere stand weit offen. Die Taschenlampe wurde von vier Batterien betrieben, doch reichte ihr Lichtstrahl nicht, um in die gähnende Dunkelheit hinter dem Tor zu leuchten.

Lindsey sprang aus dem Wagen und kletterte über die Einfassungsmauer des Lagunensees. Obwohl Hatch hinter ihr herrief, sie solle warten, vermochte sie nicht mehr zu überlegen oder gar anzuhalten – wie konnte er bloß? – und wurde nur noch von dem Gedanken getrieben, daß Regina sich in der Gewalt von Nyeberns wiedererwecktem wahnsinnigen Sohn befand.

In Lindsey überwog die Angst um Reginas Leben die Sorge um ihre eigene Sicherheit. Doch in dem Bewußtsein, daß sie am Leben bleiben mußte, wenn Regina gerettet werden sollte, schwenkte sie die Taschenlampe hin und her, ließ den Lichtkegel von einer Seite zur anderen wandern und hielt ein wachsames Auge auf die Schatten der Gondeln.

Welke Blätter und Papierfetzen tanzten im Wind, drehten Kreise über dem Boden des wasserlosen Sees und wirbelten hoch in die Luft. Sonst rührte sich nichts.

Hatch holte Lindsey am Eingang zur Geisterbahn ein. Er hatte mit dem Strick noch schnell seine Taschenlampe auf dem Kruzifix festgebunden. Mithin konnte er beide in einer Hand halten und gleichermaßen mit dem Haupt Christi dahin weisen, wo er hinleuchtete. Seine Rechte blieb frei für die Pistole. Die Schrotflinte hatte er zurückgelassen. Wäre die Taschenlampe statt dessen an den Lauf der Flinte gebunden, hätte er jetzt beide Waffen dabei. Offenbar hielt er das Kruzifix jedoch für die bessere Wahl.

Lindsey wußte sich nicht zu erklären, warum Hatch die Christusstatue aus Reginas Zimmer genommen hatte. Er vermutlich auch nicht. Sie wateten bereits bis zum Nabel im trüben Wasser des Unbekannten, und Lindsey hätte sich zusätzlich zu dem Kruzifix auch noch einen Kranz aus Knoblauchblüten, ein Fläschchen mit Weihwasser, ein paar Silberkugeln und ähnlich hilfreiches Gerät gewünscht.

Als Malerin hatte sie immer schon die Auffassung vertreten, daß die solide und sichere Welt der fünf Sinne nicht *alles* bedeutete, und diese Erkenntnis in ihre Bilder einfließen lassen. Nun band sie sie lediglich in den Rest ihres Lebens ein, überrascht, daß sie erst jetzt darauf kam.

Sie folgten dem Lichtkegel ihrer Taschenlampen, der die Dunkelheit vor ihnen zerschnitt, und traten in das Gebäude ein.

Reginas List hatte sich doch noch nicht ganz erschöpft. Sie fand noch einen neuen Dreh.

Ganz tief im Inneren ihres Kopfes entdeckte sie einen Raum, in dem sie Schutz suchen, die Tür abschließen und sicher sein konnte, einen Winkel, den nur sie allein kannte und wo niemand sie finden würde. Ein hübsches Zimmer, mit pfirsichfarbenen Tapeten, gedämpftem Licht und einem

Bett mit gemalten Blumen drauf. War sie einmal drin, ließ sich die Tür nur von innen wieder aufmachen. Es gab keine Fenster. Befand sie sich erst einmal im geheimsten aller Schlupfwinkel, spielte es keine Rolle, was mit der anderen Regina geschah, der physischen Regina da draußen in der abscheulichen Welt. Die *richtige* Regina saß sicher und ruhig in ihrem Versteck, jenseits von Angst und Schmerzen, jenseits von Tränen, Zweifeln und Traurigkeit. In dieses Zimmer drang kein Laut, schon gar nicht die tückisch sanfte Stimme des schwarzgekleideten Mannes. Über den Raum konnte sie nicht hinaussehen, es gab nur die pfirsichfarbenen Wände, ihr bemaltes Bett, das gedämpfte Licht, keine Dunkelheit. Nichts von jenseits des Raumes vermochte sie wirklich anzurühren, erst recht nicht die blassen, flinken Hände, die unter den Handschuhen zum Vorschein gekommen waren.

Und das Wichtigste, in ihrem Refugium gab es nur den Duft von Rosen, wie die auf ihrem Bett, rein und süß. Nicht den widerlichen Geruch von toten Sachen. Niemals den ekelerregenden Gestank von Verwesung, der einen Brechreiz verursachte, an dem man beinahe erstickte, wenn man ein zusammengeknülltes, speichelnasses Tuch im Mund stecken hatte. Nichts dergleichen, niemals, nicht in ihrem geheimen Versteck, ihrem gesegneten Refugium, ihrer geheiligten, sicheren und einzigartigen Zuflucht.

Irgend etwas mußte mit dem Mädchen geschehen sein. Ihre einmalige Vitalität, die sie so reizvoll machte, war verschwunden.

Als Vassago sie in der Hölle vor der gewaltigen Luziferstatue absetzte, dachte er zunächst, sie sei ohnmächtig geworden. Aber daran lag es nicht. Denn als er sich neben sie kniete und sein Ohr an ihre Brust legte, hörte er, wie ihr Herz raste. Es raste wie ein Hase, dem der Fuchs bereits im Nakken saß. Mit so einem Herzschlag konnte man wohl schlecht bewußtlos sein.

Hinzu kam, daß ihre Augen offenstanden. Sie starrte stur geradeaus, als ob es nichts gab, was ihren Blick zu fesseln vermochte. Natürlich konnte sie ihn nicht so im Dunkeln sehen wie er sie, genaugenommen konnte sie gar nichts sehen, das war aber nicht der Grund für diesen starren Blick. Als er ihr rechtes Augenlid mit dem Finger anschnippte, zuckte sie nicht zurück, ja, sie blinkte nicht einmal. Auf ihren Wangen sah er angetrocknete Tränenspuren, doch keine neuen Tränen wallten auf.

Schizophren. Dieses kleine Biest hatte ihn ausgetrickst, sich innerlich abgeschottet und auf ein Minimum reduziert. Das paßte ihm überhaupt nicht ins Konzept. Der Wert seiner Darbringung ließ sich nur an der Vitalität des Opfers ermessen. Seine Kunst stellte Lebensenergie, Todesangst, Marter und Pein dar. Was für eine Aussage konnte er mit diesem kleinen grauäugigen Jesus machen, wenn sie ihre Todesqualen nicht zu empfinden und zu offenbaren vermochte?

Vassago war wütend, die Kleine brachte ihn so zur Weißglut, daß er keine Lust mehr auf bloße Spielchen hatte. Die eine Hand immer noch auf ihrer Brust, über ihrem Hasenherzen, zog er mit der anderen sein Schnappmesser hervor und ließ es aufspringen.

Selbstbeherrschung.

Er hätte sie jetzt und hier aufschlitzen und mit Ergötzen spüren mögen, wie ihr Herz unter seinem Griff aufhörte zu zucken, nur daß er eben ein Meister des Spiels war und die Regeln der Selbstdisziplin beherrschte. Er wußte einem so kurzlebigen Kitzel im Hinblick auf einen ausgiebigeren Genuß und vielversprechenderen Gewinn zu widerstehen. Er zögerte nur eine Sekunde, bevor er das Messer wieder wegsteckte.

Das hatte er nicht nötig.

Seine Entgleisung überraschte ihn.

Vielleicht würde die Kleine aus ihrer Trance erwachen, wenn er dabei war, sie seiner Sammlung einzuverleiben. Falls nicht, würde der erste eingeschlagene Nagel sie zur Besinnung bringen und zu dem brillanten Kunstwerk machen, das er von ihr erwartete.

Vassago wandte sich seinem Werkzeug zu, das sich da stapelte, wo seine im Kreis angeordnete Sammlung derzeit endete. Er besaß diverse Hämmer und Schraubenzieher, Schraubenschlüssel und Zangen, Sägen und eine Gehrlade;

einen batteriebetriebenen Bohrer mit den dazugehörigen Aufsätzen, dazu Schrauben und Nägel, Stricke und Draht, Klemmen jeder Art und was ein handwerklich geschickter Mensch sonst noch so alles brauchte. All das hatte er bei Sears gekauft, als ihm klar wurde, daß er zum richtigen Arrangieren und Aufstellen eines jeden Kunstwerks gut durchdachte Konstruktionen oder Halterungen bauen mußte und in einigen Fällen sogar die passende Kulisse. Das Material, mit dem er arbeitete, ließ sich nicht so einfach verwenden wie Öl- oder Aquarellfarben, Ton und Granit, weil die Schwerkraft den Hang hatte, manchen künstlerischen Effekt rasch zunichte zu machen.

Die Zeit lief ihm davon, ihm waren zwei Leute auf den Fersen, die kein Verständnis für seine Kunst aufbrachten und ihm spätestens bei Tagesanbruch den Vergnügungspark verleidet haben würden. Das hätte dann aber keine Bedeutung mehr, wenn es ihm gelang, seiner Sammlung ein letztes Kunstwerk hinzuzufügen, das sie abrundete und ihm die wohlverdiente Anerkennung eintrug.

Beeilung also.

Bevor er das Mädchen jedoch auf die Füße zerrte und in eine stehende Position brachte, mußte er probieren, ob er einen Nagel in den Leib des reptilartigen Spuk-Luzifer schlagen konnte. Er schien aus Hartgummi, wenn nicht aus Kunststoff gemacht. Je nachdem, wie stark, spröde oder elastisch das Material war, würde der Nagel hineingleiten, abprallen oder sich verbiegen. Sollte indes die Haut dieses Pseudoteufels zu großen Widerstand leisten, mußte er den batteriebetriebenen Bohrer statt des Hammers benutzen und Fünf-Zentimeter-Schrauben anstelle von Nägeln verwenden. Genau besehen, würde eine moderne Note bei der Neuinszenierung dieses antiken Rituals den Gesamteindruck des Kunstwerks jedoch kaum beeinträchtigen.

Er nahm den Hammer zur Hand. Plazierte den Nagel. Mit dem ersten Hammerschlag verschwand der Nagel bereits zu einem Viertel in Luzifers Bauch. Nach dem zweiten Schlag schaute er nur noch zur Hälfte heraus.

Mit Nägeln funktionierte es also.

Vassago warf einen Blick auf das Mädchen, das immer noch

mit dem Rücken an die Statue gelehnt auf dem Boden hockte. Es hatte keine Reaktion auf die Hammerschläge gezeigt.

Vassago war enttäuscht, aber nicht entmutigt.

Ehe er das Mädchen aufrichtete, legte er alles zurecht, was er brauchte. Ein paar Holzkeile, um die Kleine in der richtigen Stellung zu halten, bis sie festgenagelt war. Zwei Nägel und noch ein paar längere mit scharfer Spitze, die man beinahe schon Bolzen nennen konnte. Den Hammer nicht vergessen. Rasch. Kleinere Nägel und eine Handvoll Stahlstifte, die er in ihre Brauen treiben würde, als Ersatz für die Dornenkrone. Das Schnappmesser für die Wunde, die der gehässige Zenturion mit seiner Lanze schlug. Noch etwas? Denk nach. Schnell. Er hatte keinen Essig und keinen Schwamm, folglich würde er mit der Tradition brechen müssen und den sterbenden Lippen keinen labenden Trunk anbieten können. Er glaubte jedoch nicht, daß dieser kleine Makel von dem Gesamtkunstwerk ablenken würde.

Er war bereit.

Hatch und Lindsey drangen tiefer in den Tunnel vor, gingen so schnell sie es wagten und wurden nur von der Notwendigkeit gebremst, jede Nische und jeden raumgroßen Winkel, der sich vor ihnen öffnete, mit der Taschenlampe auszuleuchten. Der Lichtstrahl rief tanzende Schatten auf den Stalagmiten und Stalaktiten und anderen mannshohen Felsformationen hervor, doch alle bedrohlich dunklen Öffnungen erwiesen sich als leer.

Zwei kräftige Schläge, wie Hammerschläge, hallten aus der Tiefe der Geisterbahn wider. Der eine folgte unmittelbar auf den anderen. Dann war es still.

»Er ist irgendwo vor uns«, flüsterte Lindsey. »Nicht allzu dicht. Wir können weitergehen.«

Hatch nickte.

Sie pirschten sich weiter durch den Tunnel, ohne alle die Wandvertiefungen zu untersuchen, in denen einst die mechanischen Monster gesteckt hatten. Unterwegs hatte sich der Kontakt zwischen Hatch und Jeremy Nyebern wiederhergestellt. Hatch konnte die Erregung des Irren spüren, eine obszöne, pulsierende Gier. Zudem empfing er zusammenhanglose Bilder: Nägel, einen Bolzen, einen Hammer, zwei Holzkeile, einen Satz Stahlstifte, die schlanke Stahlklinge eines Messers, das aus dem Federheft sprang …

Hatchs Wut steigerte sich in dem Maße, wie seine Furcht wuchs. Entschlossen, sich nicht von den wirren Visionen ablenken zu lassen, drang er weiter vor, bis er an das Ende des waagerecht verlaufenden Tunnels kam und ein paar Stufen hinunterstolperte. Jetzt erst merkte er, daß der Tunnelboden steil abfiel.

Da traf ihn der Gestank zum erstenmal. Die Zugluft ließ ihn aufsteigen, brachte ihn nach oben. Hatch rang mit einem Brechreiz, hörte Lindsey ebenfalls würgen. Er riß sich zusammen und schluckte ein paarmal hart.

Hatch wußte, was sie erwartete. Halbwegs zumindest. Die Visionen, die ihn während der Autofahrt beutelten, hatten ihm eine Ahnung von der Sammlung vermittelt. Wenn er jetzt nicht die Zähne zusammenbiß und seinen Ekel hinunterschluckte, würde er es nie bis ganz auf den Grund dieser Höllengruft schaffen, und das mußte er, wollte er Regina retten.

Offenbar begriff Lindsey ohne Worte, sie unterdrückte ihren Brechreiz und folgte Hatch in die Tiefe.

Zuerst fiel Vassago der Lichtschein am oberen Ende der großen Höhle auf. Er kam aus dem Tunnel, der in den ehemaligen Wildwasserkanal führte. Die Schnelligkeit, mit der sich das Licht näherte, ließ keinen Zweifel daran, daß er das Mädchen seiner Sammlung nicht mehr würde einverleiben können, bis die Verfolger über ihn herfielen. Er wußte, wer sie waren. Er kannte sie aus seinen Visionen, wie sie offenbar ihn. Lindsey und ihr Mann mußten ihm den ganzen Weg von Laguna Beach bis hierher gefolgt sein. Allmählich dämmerte ihm, daß bei dieser Geschichte mehr Kräfte mitwirkten, als es zunächst den Anschein hatte.

Vassago erwog abzuwarten, bis die beiden den Kanal in die Hölle heruntergestiegen waren, sich dann von hinten anzuschleichen, den Mann umzubringen, die Frau unschädlich zu machen und dann eine *Doppelkreuzigung* zu inszenieren. Allerdings gab es da etwas um den Mann, was ihm nicht behagte. Er wußte nur nicht zu sagen, was.

Immerhin gestand er sich ein, daß er trotz seiner gespielten Tapferkeit einer Konfrontation mit dem Mann aus dem Weg gegangen war. Er hätte abends in ihrem Haus, als er das Überraschungsmoment noch auf seiner Seite hatte, besser zuerst den Mann überrumpelt und erledigt und sich dann Regina oder Lindsey geschnappt. Dann hätte er jetzt womöglich beide, die Frau und das Kind, in seiner Gewalt und wäre schon gemütlich dabei, sie zu verstümmeln.

Der helle Schimmer über ihm hatte sich mittlerweile in die Lichtkegel zweier Taschenlampen verwandelt. Sie verweilten kurz am Rand des Kanals und wanderten dann nach unten. Vassago trug im Augenblick keine Sonnenbrille, und die grellen Lichthiebe ließen ihn blinzeln.

Wie vorher schon einmal, beschloß er auch jetzt wieder, es nicht mit dem Mann aufzunehmen und statt dessen mit dem Mädchen den Rückzug anzutreten. Nur daß er diesmal über seine Besonnenheit staunte.

Ein Meister des Spiels, sagte er sich, muß Selbstbeherrschung beweisen und den richtigen Zeitpunkt für die Demonstration seiner Macht und Überlegenheit wählen.

Gewiß. Nur daß ihm diese Überlegung diesmal eher eine fadenscheinige Rechtfertigung dafür zu sein schien, daß er eine Konfrontation scheute.

Blödsinn. Er fürchtete nichts und niemanden auf dieser Welt.

Das Licht der Taschenlampen bewegte sich noch ein ganzes Stück von ihm entfernt über den Boden des Kanals, sie hatten noch nicht einmal die Hälfte der Strecke geschafft. Vassago konnte hören, wie ihre Schritte immer lauter wurden und von den Wänden widerhallten, als das Paar sich der großen Höhle näherte.

Er packte das starre Kind, hob es auf wie eine Feder und legte es sich über die Schulter. Dann eilte er lautlos auf jene Felsformationen zu, hinter denen sich, wie er wußte, die Tür zum Betriebsraum befand.

»O mein Gott, wie entsetzlich.«

»Schau nicht hin«, sagte Hatch zu Lindsey, während er den Strahl seiner Taschenlampe über die makabre Sammlung gleiten ließ. »Schau um Gottes willen nicht hin, gib mir Rückendeckung und sieh zu, daß er uns nicht von hinten angreift.«

Sie folgte seinen Anweisungen und wandte sich dankbar von den in verschiedenen Stadien der Verwesung kunstvoll arrangierten Kadavern ab. Selbst mit hundert würden diese Formen und Fratzen sie noch in ihren Träumen verfolgen. Was machte sie sich da eigentlich vor – ihren hundertsten Geburtstag würde sie nie erleben, und allmählich stellte sich ihr die bange Frage, ob sie diese Nacht je überlebte.

Schon bei dem Gedanken, diesen *Todesgestank* einzuatmen, mußte Lindsey sich heftig übergeben. Sie tat es auch, weil es den anderen Gestank überlagerte.

Eine unglaubliche Finsternis umgab sie. Der Schein der Taschenlampe vermochte kaum durchzudringen. Die Dunkelheit schien zäh wie Sirup und floß immer wieder in das Loch zurück, das der Lichtstrahl gebohrt hatte.

Lindsey hörte, wie Hatch zwischen der makabren Sammlung von Leichen herumstieg, und wußte, was er bezweckte – rasch einen Blick auf jede einzelne Gestalt werfen und sich vergewissern, daß Jeremy Nyebern nicht zwischen ihnen hockte, ein lebendes Monster inmitten der Verwesung anheimgefallener Ungeheuer, das nur darauf wartete, sie aus der Dunkelheit anzuspringen.

Wo war Regina?

Lindsey schwenkte ihre Taschenlampe unaufhörlich hin und her, auf und ab, beschrieb einen weiten Lichtbogen, um der mörderischen Bestie keine Gelegenheit zu geben, sie aus dem Dunkel anzugreifen. Doch er war flink, konnte unerhört schnell sein. Sie hatte selbst gesehen, wie er den Gang hinunter und in Reginas Zimmer flog und die Tür hinter sich zuschlug, als ob er Flügel hätte, Fledermausflügel. Und wendig. Gelenkig wie ein Affe war er mit dem Mädchen über der Schulter an dem Spalierwein nach unten geklettert, unbeirrt von seinem Sturz wieder auf die Füße gekommen und in der Dunkelheit verschwunden.

Wo war Regina?

Hatch bewegte sich nun in eine andere Richtung, und Lindsey wußte, daß er die gewaltige Teufelsstatue umrundete und nachschaute, ob Jeremy Nyebern sich dahinter versteckte. Hatch tat, was er tun mußte. Das leuchtete ihr ein, und doch behagte es ihr überhaupt nicht, denn jetzt befand sie sich allein mit all diesen Schreckensgestalten im Rücken. Einige von ihnen waren völlig ausgetrocknet und würden rascheln, falls sie irgendwie in Bewegung gerieten und sich auf sie zubewegten, während andere sich in ekelerregenden Stadien der Zersetzung befanden und gewiß klatschende, schmatzende Geräusche machten, wenn sie ... Was für eine absurde Vorstellung! Sie waren doch alle *tot*. Sie brauchte sich nicht vor ihnen zu fürchten. Tot war tot. Bis auf wenige Ausnahmen, oder nicht? Nun, was ihre persönlichen Erfahrungen betraf, nicht immer. Sie schwenkte weiter ihre Taschenlampe, ließ den Lichtstrahl hin und her wandern und widerstand dem Drang, sich umzudrehen und die verwesenden Kadaver hinter sich anzuleuchten. Obwohl sie eher Trauer als Furcht und Wut über die Schändung und Entweihung der Toten empfinden sollte, wurde sie im Augenblick nur von einem Gefühl der Angst beherrscht. Nun hörte sie Hatch näher kommen, er hatte seinen Rundgang wohl beendet. Da wurde sie von dem entsetzlichen Gedanken gepackt, ob es denn wirklich Hatch war oder sich nicht eine der Leichen rührte. Oder Jeremy. Sie drehte sich auf dem Absatz um, sah geflissentlich über die toten Gestalten hinweg und entdeckte Hatch im Schein ihrer Taschenlampe.

Wo war Regina?

Ein deutliches Quietschen zerriß die schwere Luft. Alle Türen der Welt quietschten auf die gleiche Weise, wenn die Türangeln verrostet und lange nicht geölt waren. Hatch und Lindsey drehten sich synchron in dieselbe Richtung. Die beiden Lichtkegel ihrer Taschenlampen überlappten sich an derselben Stelle. Das Geräusch war von einer Felsformation gekommen, die den hinteren Uferrand von etwas säumte, das wie ein Becken aussah und, mit Wasser gefüllt, die Lagune draußen an Größe noch übertreffen würde.

Ohne sich dessen bewußt zu werden, rannte Lindsey los. Hatch zischte ihr mit unterdrückter Stimme etwas zu, was soviel wie *geh zur Seite, laß mich zuerst* bedeuten mochte, doch vermochte sie ebensowenig anzuhalten, wie sie hätte kneifen oder die Flucht ergreifen mögen. Ihre Regina war diesen Toten hier ausgesetzt gewesen, womöglich hatte die merkwürdige Lichtempfindlichkeit des Fremden ihr gnädig den grausigen Anblick erspart, trotzdem mußte sie es gemerkt haben. Der Gedanke, daß dieses unschuldige Kind auch nur eine Minute länger in diesem Schlachthaus blieb, brachte Lindsey schier um. Ihre *eigene* Sicherheit kümmerte sie nicht, nur die von Regina.

Als sie die Felsen erreichte und sofort begann, mit dem Strahl ihrer Taschenlampe überall ins Dunkel zu stechen wie mit einem Dolch, drang entferntes Sirenengeheul an ihr Ohr. Polizei. Man hatte Hatchs Telefonanruf also doch ernst genommen. Aber Regina befand sich in Todesgefahr. Selbst wenn das Mädchen noch am Leben war, würde sie es nicht mehr erleben, daß die Polizisten die Geisterbahn und den Zugang zu Luzifers Höhle fanden. Also arbeitete sich Lindsey weiter zwischen den Felsen vor, die Pistole in der einen, die Taschenlampe in der anderen Hand, bog furchtlos um dunkle Ecken, riskierte alles. Hatch blieb ihr dicht auf den Fersen.

Ganz unerwartet stand sie vor der Tür. Eisen, rostig angelaufen, keine Klinke, ein Schieber. Nur angelehnt.

Lindsey drückte die Tür auf und stürmte einfach durch, ohne das kleinste bißchen Taktik, die sie eigentlich aus unzähligen Polizeifilmen und Fernsehserien her kennen sollte. Einer Löwin gleich, die in Verteidigung ihres Jungen ein anderes Raubtier verfolgt, setzte sie über die Türschwelle. Wie dumm. Lindsey wußte, wie unüberlegt sie vorging, daß sie Gefahr lief, getötet zu werden, aber eine Löwin im Rausch mütterlicher Angriffslust zählte nicht unbedingt zu den Vernunftspersonen. Lindsey folgte jetzt nur noch ihrem Instinkt, und der sagte ihr, daß der Bastard vor ihnen auf der Flucht war und daß sie ihn weiterhetzen mußten, damit er der Kleinen nichts antun konnte. Sie mußten an ihm dranbleiben und ihn schließlich in die Enge treiben.

Hinter der Tür in den Felsen, hinter den Mauern der Höllengruft tat sich eine etwa sechs Meter breite Fläche vor ihnen auf, die einmal Maschinen und Räderwerk enthalten hatte. Jetzt gab es nur noch Bolzen und Stahlplatten, auf denen diese Maschinen einst montiert waren. Ein kunstvolles

Gerüst, mit Girlanden aus Spinnweben geschmückt, zog sich bis zu 15 Meter hoch. Über das Gerüst gelangte man zu anderen Türen, einem niedrigen Durchgang und den Schaltschränken, über die einst die komplexe Beleuchtung und die Gruseleffekte des Parks – Kaltluftdüsen, Laserstrahlen – gesteuert wurden. Jetzt war alles verschwunden, zerlegt, demontiert und weggekarrt.

Wieviel Zeit benötigte er wohl, um das Mädchen aufzuschlitzen, ihr pulsierendes Herz herauszureißen und sich an ihrem Tod zu ergötzen? Eine Minute? Zwei? Vielleicht nicht einmal so lange. Um Regina zu retten, mußten sie ihm im gottverdammten Nacken sitzen.

Lindsey ließ den Strahl ihrer Taschenlampe über dieses »versponnene« Konglomerat aus Stahlrohren, Kniestücken und Trittbrettern gleiten und stellte fest, daß die Beute, die sie jagten, hier nicht versteckt war.

Hatch blieb dicht an ihrer Seite. Beide atmeten schwer, nicht etwa, weil sie sich verausgabt hatten, vielmehr weil ihnen die Angst die Luft abschnürte.

Lindsey wandte sich nach links und ging geradewegs auf eine dunkle Öffnung in der Betonwand am unteren Ende des Raums zu. Irgend etwas zog sie dort hin,weil das Loch einmal mit Brettern vernagelt gewesen sein mußte. Nicht besonders gründlich, aber gut genug, um Unbefugten den Zugang zu versperren. Auf beiden Seiten der Öffnung ragten noch die Nägel aus der Wand, aber die Planken waren weggerissen und beiseite geschoben worden.

Hatch flüsterte ihr noch zu aufzupassen, als Lindsey schon auf der Schwelle stand und hineinleuchtete. Es war überhaupt kein Raum, sondern ein Fahrstuhlschacht. Die Türen, Kabel, Kabinen und das Räderwerk waren demontiert, und zurück blieb eine hohle Stelle im Gemäuer, wie das Loch im Kiefer nach einer Zahnextraktion.

Lindsey richtete ihre Taschenlampe nach oben. Der Schacht reichte über drei Stockwerke hoch, in ihm hatten die Wartungsmonteure und Mechaniker das Dach des Gebäudes erklommen. Lindsey ließ den Lichtstrahl der Taschenlampe langsam über die Betonwand des Schachts an den Eisensprossen der Wartungsleiter entlang nach unten gleiten.

Hatch stand neben ihr und verfolgte gespannt, wie der Lichtkegel nach unten wanderte und auf dem Grund des Schachts, zwei Stockwerke tiefer, ankam. Im Schein der Taschenlampe sahen sie ein paar Sachen herumliegen, eine Kühlbox, eine Anzahl leerer Limonadendosen und eine Plastiktüte mit Abfall. Mitten drin lag eine durchgelegene, schmutzige Matratze.

Auf der Matratze saß Jeremy Nyebern und drückte sich in die Ecke des Schachts. Er hatte Regina auf dem Schoß, preßte sie dicht an seine Brust wie einen Schild. Sie diente als Kugelfang. In der Hand hielt er eine Pistole und feuerte zweimal, als Lindsey ihn entdeckt hatte.

Die erste Kugel traf weder sie noch Hatch, doch die zweite durchschlug ihre Schulter. Der Schuß warf sie gegen die Wand. Als Reaktion auf den Schlag beugte Lindsey sich ungewollt vor, verlor das Gleichgewicht und stürzte in den Schacht, folgte ihrer Taschenlampe, die ihr aus der Hand gefallen war.

Noch während sie fiel, wollte Lindsey nicht glauben, daß es wirklich passierte. Selbst als sie mit ihrer linken Seite unten aufschlug, erschien alles immer noch irreal. Womöglich, weil sie von der Wucht der Kugel noch zu benommen war, um überhaupt Schmerz zu empfinden, und weil sie auf das untere Ende der Matratze fiel, die ihren Sturz abfing.

Die Taschenlampe war auch auf der Matratze gelandet und heil geblieben. Sie beleuchtete ein Stück grauer Mauer.

Wie in Trance und immer noch bemüht, wieder Luft zu bekommen, schob Lindsey langsam die rechte Hand vor und wollte auf Jeremy anlegen. Sie hatte aber keine Pistole mehr. Beim Fallen war sie ihrer Hand entglitten.

Jeremy Nyebern mußte sie während ihres Sturzes mit der Waffe verfolgt haben, denn jetzt blickte sie genau in die Mündung einer Pistole. Der Lauf war unglaublich lang, er reichte genau eine Ewigkeit von der Kimme bis zum Korn.

Hinter der Waffe konnte Lindsey Reginas Gesicht erkennen, das so ausdruckslos war wie ihr Blick leer. Und über dem lieben kleinen Gesicht die abscheuliche Fratze, bleich wie der Tod. Die diesmal nicht hinter dunklen Gläsern verborgenen Augen glitzerten böse und fremd, obwohl sie im

Schein der Taschenlampe blinzelten. Während sie seinem Blick standhielt, durchzuckte sie die Erkenntnis, daß sie es mit einem fremdartigen Wesen zu tun hatte, das lediglich vortäuschte, menschlicher Natur zu sein.

Ist ja toll, surreal, dachte sie noch und merkte, daß sie einer Ohnmacht nahe war.

Sie betete innerlich, daß sie umfiel, bevor er abdrückte. Obwohl das eigentlich keine Rolle mehr spielte. Sie befand sich so dicht vor dem Pistolenlauf, daß sie den Schuß nicht mehr hören würde, wenn er ihr das Gesicht wegblies.

Hatchs Verblüffung über das, was er gleich darauf tat, übertraf noch sein Entsetzen über Lindseys Sturz. Als er nämlich sah, wie Jeremy Lindsey mit der Pistole anvisierte, bis sie unten aufschlug, um ihr dann die Waffe dicht vors Gesicht zu halten, warf er seine Browning beiseite. Solange Regina im Weg war, konnte er sowieso nicht genau auf den Kerl zielen. Zudem ahnte er, daß keine Schußwaffe ausreichen würde, dieses Ding, das Jeremy darstellte, gründlich und für immer zu eliminieren. Es blieb ihm keine Zeit, diesem *wunderlichen* Gedanken nachzuhängen, denn kaum hatte er die Pistole beiseite geworfen, packte er die Kruzifix-Taschenlampe mit der Rechten, und ehe er sich versah, sprang er in den Fahrstuhlschacht.

Danach geschahen merkwürdige Dinge.

Es kam Hatch gar nicht so vor, daß er den Schacht hinunterstürzte, sondern eher, daß er – wie in Zeitlupe – hinabtrudelte und mindestens eine halbe Minute brauchte, bis er unten aufschlug.

Womöglich hatte sich durch den enormen Schrecken bloß sein Zeitempfinden verschoben.

Jeremy sah ihn kommen, nahm ihn ins Visier und feuerte alle acht Schuß auf ihn ab. Hatch glaubte, mindestens drei- oder viermal getroffen worden zu sein, obwohl er keine Verletzungen aufwies. Es schien unmöglich, daß ein Killer auf so beengtem Raum so oft danebenschoß.

Vielleicht war die miserable Schießkunst auf die Panik des Revolverhelden zurückzuführen oder darauf, daß Hatch ein bewegliches Ziel darstellte.

Während er immer noch leicht wie eine Feder hinabschwebte, wurde der sonderbare Kontakt zwischen ihm und Jeremy wiederhergestellt, und er sah sich einen kurzen Augenblick lang aus der Sicht des jungen Mannes zu Boden schweben. Er erhaschte jedoch nicht nur einen Blick auf sich selbst, sondern auch auf die Erscheinung von jemandem oder etwas, das ihn überlagerte, als ob er seinen Körper mit einem anderen Wesen teilte. Er vermeinte, weiße Schwingen zu erkennen, die an den Seiten angelegt waren. Unter seinem eigenen Gesicht erschien das eines Fremden – das Antlitz eines Kriegers, wenn es jemals einen gegeben hatte, aber es erschreckte ihn nicht.

Vielleicht halluzinierte Jeremy zu dem Zeitpunkt, und was Hatch von ihm empfing, war nicht so sehr das, was er wirklich wahrnahm, als vielmehr das, was er vermeinte zu sehen. Vielleicht.

Dann sah Hatch wieder mit seinen eigenen Augen, während er immer noch sanft hinabschwebte, und glaubte, nun etwas zu erkennen, das Jeremy Nyebern überlagerte, eine Gestalt und einen Kopf nämlich, die halb Reptil, halb Insekt schienen.

Es mochte auch alles nur eine optische Täuschung sein, eine Konfusion aus Schatten und sich überschneidenden Lichtkegeln.

Ihren letzten Schlagabtausch konnte Hatch sich jedoch überhaupt nicht erklären und grübelte in den darauffolgenden Tagen noch lange darüber nach:

»Wer bist du?« fragte Nyebern, als Hatch nach seinem freien Fall aus rund 10 Meter Höhe sicher wie eine Katze auf dem Boden landete.

»Uriel«, antwortete Hatch, obwohl er diesen Namen noch nie gehört hatte.

»Ich bin Vassago«, stellte Nyebern sich vor.

»Ich weiß«, sagte Hatch, obwohl er diesen Namen ebenfalls zum erstenmal hörte.

»Nur du kannst mich zurückschicken.«

»Und wenn einer wie ich dich zurückschickt«, erwiderte Hatch und fragte sich, woher diese Worte kamen, »kehrst du nicht als Fürst zurück. Du wirst als Sklave dienen, wie dieser verängstigte dumme Junge, mit dem du zusammen Geisterbahn gefahren bist.«

Nyebern hatte Angst. Es war das erste Mal, daß er Angstgefühle zeigte. »Und ich dachte, *ich* sei die Spinne.«

Mit ungeahnter Kraft, einem Minimum an Bewegung und einer Wendigkeit, die ihn selbst überraschte, packte Hatch Regina an ihrem Gürtel, entriß sie Jeremys Griff, setzte sie in sicherer Entfernung ab und ließ das Kruzifix wie eine Keule auf den Schädel des Wahnsinnigen niedersausen. Das Glas der festgebundenen Taschenlampe zerbarst in tausend Stükke, das Plastikgehäuse brach entzwei und verstreute überall Batterien. Er hieb ein zweites Mal auf den Schädel des Killers ein, und mit dem dritten Schlag schickte er Nyebern in ein Grab, das er sich doppelt verdient hatte.

Hatch empfand eine gerechte heilige Wut. Als er das Kruzifix fallen ließ und alles vorüber war, überkam ihn weder Scham noch Reue. Er glich seinem Vater in keiner Weise.

Ein merkwürdiges Gefühl durchlief ihn, als ob eine Kraft ihn verließ, eine Präsenz, von der er nichts gemerkt hatte. Er ahnte, daß eine Mission erledigt, ein Gleichgewicht wiederhergestellt war. Alles hatte jetzt wieder seinen rechtmäßigen Platz, seine Ordnung.

Regina zeigte keine Reaktion, als er sie ansprach. Physisch schien sie unversehrt zu sein. Hatch machte sich keine Sorgen um sie, weil er aus irgendeinem Grunde fest daran glaubte, daß keiner von ihnen übermäßig darunter leiden würde, daß sie in ... was immer es gewesen sein mochte ... verwickelt waren.

Lindsey war ohne Bewußtsein und blutete aus einer Wunde. Hatch untersuchte sie und stellte zu seiner Erleichterung fest, daß es sich nur um eine leichte Schußwunde handelte.

Er hörte Stimmen über sich. Sie riefen seinen Namen. Die Gesetzeshüter waren eingetroffen. Spät wie immer. Nun ja, nicht immer. Manchmal ... ja, manchmal war einer von ihnen auch gerade zur Stelle, wenn man ihn brauchte.

3

Die unbelegte Geschichte von den drei Blinden, die den Elefanten untersuchen, ist hinlänglich bekannt. Der erste Blinde tastet nur über den Rüssel des Elefanten und beschreibt darauf guten Gewissens das Tier als eine schlangenähnliche Kreatur, vergleichbar mit einer Python. Der zweite Blinde fühlt nur die Ohren des Elefanten und verkündet, daß es sich um einen Vogel handelt, der in großer Höhe zu fliegen vermag. Der dritte Blinde ertastet lediglich den pinseligen Quastenschwanz des Elefanten und »sieht« ein Tier, das kurioserweise einer Flaschenbürste ähnelt.

Und so geht es mit den Erfahrungen, die Menschen teilen. Jeder macht sie auf seine Weise und zieht daraus eine andere Lehre als seine Mitstreiter.

In den Jahren, die auf die Geschehnisse in dem verlassenen Vergnügungspark folgten, verlor Jonas Nyebern jegliches Interesse an der Reanimationsmedizin. Andere nahmen seinen Platz ein, und sie machten ihre Sache gut.

Auf Auktionen verkaufte er jedes Stück seiner beiden religiösen Kunstsammlungen und steckte sein Geld in Anlageobjekte mit der höchstmöglichen Rendite.

Eine Zeitlang übte er noch seinen Beruf als Herzchirurg aus, doch fand er keine Befriedigung mehr darin. Er ließ sich vorzeitig pensionieren und sah sich nach einem neuen Betätigungsfeld für die letzten Jahrzehnte seines Lebens um.

Er ging nicht mehr zur heiligen Messe. Er glaubte auch nicht mehr daran, daß das Böse eine eigene Macht darstellte, eine wirkliche Präsenz, die frei herumlief. Er hatte erkannt, daß der Mensch selbst die Wurzel allen Übels war und alles was in dieser Welt falsch lief, zur Genüge erklärte. Im Umkehrschluß fand er jedoch, daß die Menschheit ihre eigene – und einzige – Rettung war.

Er wurde Tierarzt. Jeder Patient schien des Einsatzes würdig.

Er heiratete nie wieder.

Er war weder glücklich noch unglücklich, und das genügte ihm.

Regina verweilte noch ein paar Tage in ihrem inneren Refugium, und als sie herauskam, war sie verändert. Aber schließlich ändern wir alle uns nach einer gewissen Zeit. Zeit ist die einzige Konstante. Man nennt das auch Erwachsenwerden.

Sie nannte Lindsey und Hatch Mom und Dad, weil sie es so wollte und weil sie es so meinte. Tag für Tag machte sie die beiden genauso glücklich wie umgekehrt.

Sie löste niemals eine verheerende Kettenreaktion unter ihren Antiquitäten aus. Sie brachte ihre Eltern nicht in Verlegenheit durch unangebrachte Gefühlsäußerungen wie Tränenausbrüche und die damit verbundene Rotzerei, obwohl sie im richtigen Moment durchaus zu Tränen und Rotz fähig war. Sie bereitete ihnen auch keinen Ärger, indem sie im Restaurant versehentlich ihren vollen Teller in die Luft warf und genau den Kopf des Präsidenten der Vereinigen Staaten am Nebentisch traf. Sie steckte das Haus nicht ungewollt in Brand, ließ in feiner Gesellschaft keinen fahren und jagte den Nachbarskindern keinen Schrecken mit ihrer Beinschiene und ihrer verkrüppelten Hand ein. Besser noch, sie hörte auf, sich Gedanken um diese Dinge (und noch mehr) zu machen, und mit der Zeit hatte sie ganz vergessen, wieviel Energien sie einst für solche und ähnliche Geschichten verschwendet hatte.

Sie blieb bei ihrer Schriftstellerei. Wurde immer besser. Als sie gerade vierzehn war, gewann sie einen bundesweiten Wettbewerb für Teenager. Als Preis erhielt sie eine recht hübsche Armbanduhr und fünfhundert Dollar. Sie investierte einen Teil des Betrags in ein Abonnement von *Publishers Weekly* und die Gesamtausgabe der Romane von William Makepeace Thackeray. Sie fand nicht länger Interesse daran, über intelligente Schweine aus dem All zu schreiben, weil sie allmählich feststellte, daß es um sie herum viel interessantere Figuren gab, die meisten von ihnen Einheimische.

Sie unterhielt sich auch nicht mehr mit Gott. Es kam ihr kindisch vor, mit Ihm zu plaudern. Zudem brauchte sie Seine stete Anwesenheit nicht mehr. Eine Zeitlang hielt sie an der Vorstellung fest, daß Er fortgegangen sei oder nie existiert hatte, fand das dann aber auch wieder albern. Sie war sich jeden Tag Seiner Gegenwart bewußt, sie zwinkerte ihr aus den

Blumen zu, sprach zu ihr aus dem Gezwitscher der Vögel, lachte sie aus dem schnurrigen Gesicht eines Kätzchens an und streichelte sie mit einer sommerlichen Brise. Sie entdeckte eine passende Zeile hierzu in einem Buch von Dave Tyson Gentry: »Wahre Freundschaft entsteht dann, wenn das Schweigen zwischen zwei Menschen angenehm ist.« Nun, wer war denn dein bester Freund, wenn nicht Gott? Und was für Worte bedurfte es denn zwischen Ihm und dir oder dir und Ihm, wenn man schon das wichtigste voneinander wußte, daß man nämlich immer füreinander dasein würde.

Die Geschehnisse jener Tage hatten Lindsey weniger zugesetzt, als sie erwartet hatte. Ihre Malerei machte Fortschritte, wenn auch nur in bescheidenem Maße. Andererseits war sie auch nie enttäuscht von ihren Bildern gewesen. Sie liebte Hatch nicht weniger als zuvor, mehr hätte sie ihn nicht lieben können.

Etwas hatte sich doch verändert: Lindsey zuckte jedesmal innerlich zusammen, wenn jemand sagte: »Das Schlimmste haben wir hinter uns.« Sie wußte, daß das Schlimmste niemals hinter einem lag. Das Schlimmste kam am Ende. Es *war* das Ende, die nackte Tatsache. Nichts konnte schlimmer sein als das. Doch lernte sie, mit der Erkenntnis zu leben, daß das Schlimmste niemals vorbei war – und konnte jeden Tag genießen.

Was Gott betraf – sie wollte das Thema nicht vertiefen.

Sie erzog Regina im katholischen Glauben, ging mit ihr jeden Sonntag zur Messe, denn das gehörte zu dem Versprechen, das sie den Schwestern von St. Thomas bei der Adoption gegeben hatte. Sie tat es aber nicht aus reiner Pflichterfüllung, sondern aus der Überzeugung heraus, daß die Kirche Regina guttat – wie die Kirche ihrerseits sich über Regina freuen konnte. Jede kirchliche Einrichtung, die Regina zu ihren Mitgliedern zählte, würde feststellen, daß sie durch Regina eine Wandlung erfuhr, wie Regina durch sie – und das zum ewigen Besten. Lindsey hatte einmal behauptet, daß Gebete nie erhört würden und die Lebenden nur lebten, um zu sterben. Nun sah sie die Dinge anders. Sie würde abwarten und sehen, was kam.

Hatch handelte weiterhin erfolgreich mit Antiquitäten. Sein Leben verlief nun in jenen Bahnen, die er sich gewünscht hatte. Wie vorher auch war er ein ausgeglichener Mensch und wurde niemals wütend. Nur daß er keine Wut mehr in sich verspürte, die er unterdrücken mußte. Seine Güte war jetzt echt und kam aus dem Herzen.

Von Zeit zu Zeit, wenn das Leben einen tieferen Sinn anzunehmen schien, der sich ihm nicht erschloß und ihn deshalb in eine philosophische Stimmung versetzte, verzog er sich in sein Arbeitszimmer und nahm zwei Dinge aus der verschlossenen Schreibtischschublade:

Einmal das angesengte Exemplar von *Arts American.*

Zum anderen einen Zettel, den er eines Tages nach gewissen Nachforschungen aus der Stadtbücherei mitgebracht hatte. Zwei Namen standen darauf mit jeweils einer Erklärung dazu. »Vassago – nach der Mythologie einer der neun Kronprinzen der Hölle.« Darunter stand der Name, den er einst für sich in Anspruch genommen hatte: »Uriel – nach der jüdischen Überlieferung einer der Erzengel vor Gottes Thron, der als persönlicher Gehilfe Gott dient.«

Er starrte auf diese Dinge, dachte ausgiebig nach und kam, wie immer, zu keiner plausiblen Erklärung. Dennoch zog er für sich den Schluß, wenn man schon achtzig Minuten lang tot sein mußte, ohne eine Erinnerung vom jenseits zurückzubehalten, dann womöglich deshalb, weil achtzig Minuten dieser Erfahrung mehr waren als nur ein flüchtiger Eindruck von einem Tunnel mit Licht am Ende und aus diesem Grunde mehr, als man gemeinhin verkraften konnte.

Und wenn man schon etwas vom Jenseits mitbringen und in sich tragen mußte, bis es seine Mission auf dieser Welt erfüllt hatte, war ein Erzengel nicht das Schlechteste.